本书荣获

国家级教学成果二等奖

教育部优秀教材一等奖

普通高等教育"十一五"国家级规划教材

外国文学史 第五版
欧美卷

朱维之 赵澧 崔宝衡 王立新 主编

南开大学出版社

图书在版编目(CIP)数据

外国文学史.欧美卷／朱维之等主编.—5版.—天津：南开大学出版社，2014.2（2018.5重印）
ISBN 978-7-310-04414-6

Ⅰ.外… Ⅱ.朱… Ⅲ.①外国文学—文学史—高等学校—教材②欧洲文学—文学史—高等学校—教材③文学史—美洲—高等学校—教材 Ⅳ.I109

中国版本图书馆 CIP 数据核字(2014)第011463号

版权所有　侵权必究

南开大学出版社出版发行
出版人：刘运锋

地址：天津市南开区卫津路94号　邮政编码：300071
营销部电话：（022）23508339　23500755
营销部传真：（022）23508542　邮购部电话：（022）23502200

*

天津市蓟县宏图印务有限公司印刷
全国各地新华书店经销

*

2014年 2 月第 5 版　2018 年 5 月第 54 次印刷
210×148毫米　32开本　20.625印张　2插页　600千字
定价：46.00元

如遇图书印装质量问题，请与本社营销部联系调换，电话：（022）23507125

《外国文学史》(欧美卷)第五版
编委会和执笔者名单

(以姓氏笔画为序)

编　委　王立新　陈惇　徐京安　崔宝衡
执笔者　北京大学：孙凤城　孙坤荣　李明滨　罗经国
　　　　　中国人民大学：赵澧　徐京安　黄晋凯
　　　　　北京师范大学：刘象愚　匡兴　陈惇
　　　　　首都师范大学：吴康茹　曹淑芬
　　　　　北京外国语大学：王立礼
　　　　　南开大学：王立新　王旭峰　任子峰　朱维之
　　　　　　　　　　崔宝衡
　　　　　天津师范大学：马凌　许桂亭

目　录

导　论 …………………………………………………… (1)

第一章　古代文学 ……………………………………… (6)
　　第一节　概述 ……………………………………… (7)
　　第二节　荷马史诗 ………………………………… (17)
　　第三节　希腊戏剧 ………………………………… (23)
　　第四节　维吉尔 …………………………………… (33)

第二章　中世纪文学 …………………………………… (38)
　　第一节　概述 ……………………………………… (40)
　　第二节　但丁 ……………………………………… (55)

第三章　文艺复兴时期文学 …………………………… (63)
　　第一节　概述 ……………………………………… (65)
　　第二节　拉伯雷 …………………………………… (76)
　　第三节　塞万提斯 ………………………………… (82)
　　第四节　莎士比亚 ………………………………… (89)

第四章　17世纪文学 …………………………………… (100)
　　第一节　概述 ……………………………………… (101)
　　第二节　弥尔顿 …………………………………… (110)
　　第三节　莫里哀 …………………………………… (119)

第五章　18世纪文学 …………………………………… (127)
　　第一节　概述 ……………………………………… (129)
　　第二节　菲尔丁 …………………………………… (145)
　　第三节　伏尔泰 …………………………………… (150)
　　第四节　卢梭 ……………………………………… (156)
　　第五节　歌德 ……………………………………… (161)

第六节 席勒……………………………………………(174)

第六章 19世纪初期文学……………………………(181)
　第一节 概述…………………………………………(183)
　第二节 拜伦…………………………………………(194)
　第三节 雪莱…………………………………………(202)
　第四节 雨果…………………………………………(212)
　第五节 普希金………………………………………(223)

第七章 19世纪中期文学……………………………(232)
　第一节 概述…………………………………………(235)
　第二节 斯丹达尔……………………………………(250)
　第三节 巴尔扎克……………………………………(258)
　第四节 福楼拜………………………………………(272)
　第五节 波德莱尔……………………………………(279)
　第六节 狄更斯………………………………………(288)
　第七节 海涅…………………………………………(298)
　第八节 果戈理………………………………………(305)
　第九节 屠格涅夫……………………………………(311)
　第十节 陀思妥耶夫斯基……………………………(319)
　第十一节 密茨凯维奇………………………………(328)
　第十二节 惠特曼……………………………………(336)

第八章 19世纪后期文学……………………………(343)
　第一节 概述…………………………………………(346)
　第二节 左拉…………………………………………(363)
　第三节 莫泊桑………………………………………(370)
　第四节 哈代…………………………………………(376)
　第五节 易卜生………………………………………(383)
　第六节 托尔斯泰……………………………………(392)
　第七节 契诃夫………………………………………(406)
　第八节 马克·吐温…………………………………(412)

第九章　20世纪前期文学 ……… (420)

第一节　概述…………………………… (423)

第二节　高尔基………………………… (439)

第三节　马雅可夫斯基………………… (452)

第四节　帕斯捷尔纳克………………… (461)

第五节　肖洛霍夫……………………… (473)

第六节　罗曼·罗兰…………………… (482)

第七节　普鲁斯特……………………… (491)

第八节　肖伯纳………………………… (502)

第九节　乔伊斯………………………… (507)

第十节　劳伦斯………………………… (518)

第十一节　艾略特……………………… (528)

第十二节　卡夫卡……………………… (536)

第十三节　托马斯·曼………………… (545)

第十四节　德莱塞……………………… (554)

第十章　20世纪后期文学 ……… (563)

第一节　概述…………………………… (565)

第二节　福克纳………………………… (587)

第三节　海明威………………………… (599)

第四节　纳博科夫……………………… (608)

第五节　海勒…………………………… (622)

第六节　萨特…………………………… (629)

第七节　贝克特………………………… (636)

第八节　马尔克斯……………………… (640)

再版后记……………………………………… (649)

第三版后记…………………………………… (651)

第四版后记…………………………………… (652)

第五版后记…………………………………… (653)

导　论

一

外国文学是指我国文学以外的世界各国的文学,这是一个无比宽广的知识领域和艺术宝库。在人类漫长的历史进程中,世界各国人民创造了无数优美的文学作品,汇成了奔流不息的世界文学史的大江大河。这是人类共同的知识和文化财富,是我们认识世界、理解世界、融入世界所必不可少的精神资源。

千百年来人类文学艺术发展的历史证明,不同国家、不同民族之间的文化交流是文化艺术发展不可或缺的动力。对于一个民族来讲,批判地吸收外来文化的养分,正是民族文艺能够不断发展、不断进步的一个重要条件。这是文艺发展的客观规律。当今世界,全球化的趋势日益加强,国际间的交往空前频繁,文化传播的工具越来越发达,各国之间的文化交流达到了空前未有的程度。在这样的情况下,我们本国、本民族的文学艺术要想获得发展,要想被全世界所理解和接受,成为世界文学大家庭中的重要一员,就更要积极主动地了解和学习国外文学。这是我们的责任,也是我们的义务。

文学是社会生活的形象反映,是时代的记录、民族的心声。一个国家,一个民族的政治、经济、历史、文化等各方面的情况,以至风俗、礼仪、心理等各方面的特征,无不鲜明生动地反映在文学作品之中。世界文学史上出现的无数优秀作品,为我们提供的无比丰富的艺术形象、生活画面和社会知识,是我们了解各国的历史和现状的宝贵材料。通过这些作品,我们可以形象地而不是抽象地认识世界各国的历史演变过程,了解他们的生活和风习,这是其他任何学术著作不能代替的。

文学作品同时也是人类智慧的结晶。优秀的文学作品,总结了人类对于真善美理想的精神探索的历程,千百年来不断淬炼着人类的思想,传递着人类最珍视的价值观念,滋养着人类最纯粹的审美品格。即使在那些远古时代的文学作品中,也蕴藏着大量从生活中总结出来的真理和从人与自然的相处中取得的现实经验,体现着古人质朴无华的美学感受,这些并不因时代的推移而失去其价值。

马克思曾说道:"艺术对象创造出懂得艺术和能够欣赏美的大众。"①这句话深刻指出了文学艺术和读者之间的辩证关系。一方面,读者是欣赏文学艺术的主体,另一方面,文学艺术自身又在不断塑造和生产出自己的读者。理解后一点尤其重要。因为它提醒我们,只有积极向读者介绍优秀的文学艺术作品,才能不断提高大家的文学艺术修养,提升大家的文学艺术品位。它更提醒我们,选择阅读什么样的文学作品,就可能培养出什么样的读者。因此我们在外国文学的学习和阅读上,又必须有所选择、有所鉴别。外国文学课程的学习者,应当首先着力去阅读和欣赏那些经过时间检验和获得普遍认可的经典作家和经典作品。只有这样,才能抓住外国文学学习的重点和主线,培养自己纯正良好的文学理解力和审美品位,达到外国文学学习的理想效果。

二

欧美文学是世界文学的一个重要组成部分。欧美各国有着共同的文化渊源,文学发展的历史关系比较密切。因此,尽管它们的文学各有自己的民族特征,也存在着种种复杂的情况,我们仍然可以把它看成一

---

① 马克思:《〈政治经济学批判〉导言》,《马克思恩格斯选集》第2卷,人民出版社1972年版,第95页。

个整体。对此,西方学者也持同样的观点:"我们不能怀疑古希腊文学与古罗马文学之间的连续性,西方中世纪文学与主要的现代文学之间的连续性……我们必须承认一个包括整个欧洲、俄国、美国以及拉丁美洲文学在内的紧密整体。"①

欧美文学史从古希腊文学开始,已有近三千年的历史。

古代希腊是人类童年发展得最完美的地方,在这里产生了欧洲最古老的文学。古代希腊文学是奴隶社会的产物,它是欧洲文学的源头,它的积极健康的思想、优美的形象和丰富的艺术经验,为后来欧洲文学的发展打下了良好的基础。罗马文学继承古代希腊文学的衣钵又有新的贡献,在文学史上占有重要的地位。早期基督教文学是欧洲文学的另一源头,是它新的组成部分。

中世纪欧洲的封建社会以基督教为其精神支柱。它在古代文明的废墟上疏浚两个源头,发展它们的结合,经过千年的努力,而后有"文艺复兴"时期的辉煌成就。

从14世纪至16世纪,欧洲资本主义在萌芽和发展;17世纪中期至18世纪末期,是资产阶级革命的时代。这一时期的欧美文学,反映了不断发展壮大的新兴资产阶级在政治、经济、思想文化和价值观念等各个方面的变化和诉求。在声势浩大的人文主义文学运动中,资产阶级的文化巨匠张扬了人本身的价值,重塑了人作为价值主体的地位。古典主义文学是在资产阶级与贵族阶级势均力敌、资产阶级与王权妥协的历史条件下的产物。启蒙文学则以强烈的思辨色彩和论战精神,凸显了人类理性的核心地位,塑造了全新的价值观念。

19世纪是欧美文学繁荣发展的时期。文学思潮的更替,各种文学运动的迅猛发展,是这一时期欧美文学的一个特点。19世纪欧美历史发展的节奏显然要比过去快得多,文学思潮的变化发展,正是由各国的政治经济形势的迅速发展所决定,又与当时社会思潮、哲学思想的发展有着密切的联系。

19世纪初期,在资产阶级民主、民族运动广泛开展的背景下,在德

---

① 韦勒克等:《文学理论》,刘象愚等译,三联书店1984年版,第44页。

国古典哲学和空想社会主义思想的影响下,浪漫主义思潮蓬勃兴起,冲垮了古典主义的藩篱,席卷全欧。30年代后,随着工业革命的发展,资本主义内部矛盾的暴露,劳资矛盾的激化,加上新兴的自然科学和唯物主义哲学思想的影响,人们抛弃了浪漫的幻想,冷静地对待现实,于是一种以写实手法来暴露社会弊病、批判现实罪恶的现实主义文学应运而生。到了19世纪末期,由于资本主义由自由竞争阶段逐步走向垄断阶段,社会矛盾加深,引起了人们的悲观情绪和危机感。于是形形色色的唯心主义哲学和悲观主义、颓废主义思想普遍流行,文学也开始出现历史性的转折。现实主义文学逐渐失去其主导地位,自然主义、唯美主义、象征主义文学兴起。

19世纪资产阶级文学的思想基础是从人文主义和启蒙主义发展而来的人道主义与民主主义思想。文艺复兴后发展起来的各种文学形式在这一时期达到了比较完善的程度,文学的艺术技巧也已相当成熟,因而出现了一大批卓有成就的作家和堪称典范的杰作。与此同时,随着工人运动的发展和无产阶级登上历史舞台,无产阶级文学以全新的姿态出现在西方的文坛。从30年代的英国宪章派诗歌、40年代的德国革命诗歌,到70年代的巴黎公社文学,无产阶级文学正日益成长。

20世纪是一个发展急剧、复杂多变的时代。一方面,科学技术的突飞猛进,生产力的不断提高,给人类带来了巨大的物质财富。另一方面,两次世界大战的劫难,两种社会制度的冷战对峙,前苏联的解体等等,使世界充满着错综复杂的矛盾和斗争,人类社会处于激烈的动荡不安之中。这种情况必然影响到文学的发展。在20世纪欧美文学中,各种流派纷然杂陈、变化多端,其复杂性与多样性前所未见。以人道主义、民主主义为思想基础的传统现实主义文学仍在发展。与此同时,在两次世界大战前后,现代主义文学迅速崛起,蓬勃发展,形成了与现实主义文学互相对立又互相影响的多元化的格局。现代主义本身也并非统一的整体,它包括形形色色的文学流派。但从总的方面来看,现代主义文学从独特的角度深刻反映了现代西方人的精神面貌,具有重要的认识价值与审美价值。在艺术上,它的反传统的革新精神,大大拓展了文学的表现领域与表现手段,丰富了世界文学的内容,其积极意义不容低估。20世纪后期,后现代主义文学在西方世界兴起。后现代主义文学以一种去中心化和反宏大叙事的姿态,不断寻求和开拓新的表现手法,成为欧美文学中的一道新景观。

三

欧美文学源远流长,卷帙浩繁,我们的教材在有限的篇幅内,不可能包罗万象,面面俱到。根据目前国内大多数高等院校的教学实际,我们确定本书编写体例的基本原则是:系统介绍和重点突出相结合。

在教材中,我们系统地介绍了自古至今欧美文学发展的历史过程,对于这两三千年间欧美文学史上所发生的文学现象,包括文学思潮、文学流派的演变以及代表性的作家作品,都按时间的先后一一作了论述,力图以一种历史的眼光说明这些文学现象的具体情况,分析它们产生的具体条件,评价它们的成就和意义,以帮助读者获得完整而系统的文学史知识。教材的体例也是以时间为序,按文学发展的不同历史时期分章。每章的第一节,概述这一时期欧美各国的历史情况和文学发展情况,介绍一般性的作家及其作品。各章之间前后衔接,以体现历史的联系和文学史知识的完整性。但是,为了使教材简明扼要,切合教学实际,我们不准备把文学史的面铺得太广,每章只突出介绍一个时期的主要文学现象而不求其全,文字力求简明。

本书比较重视重点作家作品的分析介绍。教材的每一章除概述之外,都包括若干作家专节,分别介绍各个时期出现的那些有成就、有影响的作家。对于那些在文学史上占有极其重要的地位、在我国产生巨大影响的作家,我们则把他们列为重点,给以较多的篇幅,全面分析他们的生平创作和代表作品,以帮助读者获得较为深入的理解。大部分作家专节包括生平创作介绍和代表作品分析两个部分,少数作家的专节只综述其生平创作而并不单独分析其某一部作品,这是根据每个作家的具体情况来决定的。

第一章　古代文学

学习提示

本章的学习重点是：
(1)古代希腊罗马文学的发展过程和基本特点。
(2)荷马史诗的思想、人物和艺术特征。
(3)希腊悲剧的基本特征和三大悲剧诗人的代表作。

古代希腊罗马文学是奴隶社会的产物，它的形成和发展的过程与希腊罗马奴隶社会发展的历史密切相连。古希腊文学经历了四个时期：荷马时代、城邦国家形成时期、古典时期、希腊化时期。古罗马文学经历了三个时期：共和时期、共和晚期到奥古斯都时期、帝国时期。

古希腊文学的成就是多方面的，而就其本身的价值和对后世的影响而言，神话、史诗、悲剧和文学理论这四个方面最为重要。

古希腊文学贯穿着为了崇高事业和美好理想而发扬人的智慧和能力，敢于同命运、同来自大自然或来自社会的一切阻力抗争的思想，贯穿着热爱生活、热爱现实、肯定人、相信人的积极的人生态度。古希腊文学在人类艺术发展的早期就表现出高超的艺术技巧，塑造了一系列令人难忘的艺术形象，创造了至今仍然具有艺术魅力的堪称典范的不朽作品。

古罗马文学在继承和模仿古希腊文学的基础上发展起来，并作为古代希腊和近代之间的桥梁，在文学史上占有特殊的地位。维吉尔是罗马最重要的诗人，他的作品也体现了古罗马文学在思想上和艺术上的基本特点。

罗马帝国晚期，本属于西亚文化圈的希伯来文化传到罗马，并与希腊文化结合而形成基督教文化，基督教文学也随之兴起，成为欧美文学史的又一渊源。

第一章　古代文学

第一节　概　述

古代希腊、罗马是欧洲文学的发源地。古希腊位于欧洲南部,包括今巴尔干半岛南部、小亚细亚西岸和爱琴海中的许多岛屿。古罗马城邦位于意大利半岛上,公元前1世纪至公元2世纪,罗马统一了意大利半岛,并向外扩张,建立了一个地跨欧、亚、非三洲的大帝国。古希腊在公元前8世纪以前处于氏族公社制时期。此后,随着生产的发展,约在公元前8世纪至公元前6世纪之间,最早的阶级社会——奴隶社会在希腊建立起来。稍后,奴隶制度也在罗马形成。

古希腊、罗马的文学是奴隶社会的产物。古希腊、罗马的奴隶制经济比古代东方各国发达,政治上也没有形成古代东方各国那样的中央集权的专制国家。古希腊包括许多奴隶制城邦,其中以雅典的经济最为发达,由于废除债务奴隶制的结果,保证了雅典公民的自由,促进了奴隶主民主政治的发展,从而形成了以雅典为代表的古希腊文化学术的繁荣局面。罗马则由城邦制发展为奴隶制大帝国,民主气氛较古希腊薄弱,因而文化学术不如古希腊发达,而在法制、军事及工程等方面却取得了独特的成就。

古希腊、罗马奴隶社会都经历了形成、发展、繁荣和衰亡的阶段,它们的文学也随着社会的发展经历了几个时期。古希腊文学的发展可分四个时期:(1)氏族公社制向奴隶社会过渡的时期,史称"荷马时代"(公元前11世纪～公元前9世纪),主要成就是神话和史诗。(2)希腊奴隶制城邦国家的形成和繁荣时期(公元前8世纪～公元前5世纪),主要成就是抒情诗和寓言。(3)希腊奴隶制的全盛时期(公元前6世纪末～公元前4世纪初),史称"古典时期",雅典成为全希腊的中心,雅典奴隶主民主制促进了雅典文化艺术的繁荣,主要成就是戏剧、散文和文艺理论。(4)希腊化时期(公元前4世纪～公元前2世纪),这一时期文学成就不大,只有新喜剧对后世文学有一定影响。

罗马文学继承并模仿希腊文学,但具有自己的民族特色。(1)早期罗马文学(公元前3世纪～公元前2世纪),即共和时期的文学,主要成就是戏剧。(2)中期罗马文学(公元前1世纪～公元1世纪),即共和晚期和奥古斯都时期,是罗马文学的"黄金时代",散文与诗歌都有新的成就,文艺理论也有一定影响。(3)帝国时期的罗马文学(公元1世纪～5世纪中叶),罗马文学开始衰落,仅讽刺诗和小说较有成就。

罗马文学衰落的时候,早期基督教文学产生了。这是欧洲文学新的源头和新的组成部分,《新约》是它的代表作。

一、古希腊文学

希腊早期文学的主要成就是神话和荷马史诗。

古希腊神话产生在原始氏族社会,成长于古代人民集体生活之中。它反映了"人类社会的童年"时期希腊人的世界观和希腊原始氏族社会的生活状况。后来经过文人的整理和艺术加工,得以保存和流传于世。古希腊神话包含了丰富的人物和故事原型,对后世的西方作家和西方文学产生了重要的影响,是我们理解西方文学必不可少的知识资源。

希腊神话的内容包括神的故事和英雄传说。神的故事讲到开天辟地、神的产生和谱系,以及人类起源等等。奥林波斯神统反映了父权社会的人际关系。宙斯是众神之主,他的兄弟中,波塞冬是海神,哈得斯是冥王。他让他的子女分管天上、人间,如阿波罗是日神,阿尔忒弥斯是月神,阿瑞斯是战神,阿佛洛狄忒是爱神,等等。他们组成了一个高度组织化、纪律化的社会,住在希腊最高的奥林波斯山上。这是人类社会的缩影。

英雄传说起源于对祖先的崇拜,是氏族社会兴起后的产物。古希腊人在幻想中追忆遥远的古代社会生活和自己部落中的杰出领袖,创造了许多英雄的传说。每个氏族或部落都有自己的英雄,在这些英雄形象中概括了全氏族的力量、智慧和理想。他们中间有:建立了十二件功勋的大力士赫剌克勒斯,脚蹬飞鞋的珀尔修斯,到弥诺斯迷宫去为民除害的忒修斯,以及历尽艰险去寻取金羊毛的伊阿宋和"阿耳戈"船上的希腊英雄们,等等。这些英雄为氏族集体的利益出生入死,披荆斩棘,受到古希腊人的崇拜。这些英雄都是神与人之子,是被神化了的人,被奉为神的人。古希腊人歌颂和纪念这些英雄,不仅是对其个人表示崇敬,更因为他们是一个部落或一个城邦的光荣业绩的代表人物,是本族历史的一部分。所以这些英雄业绩世代相传,不断补充,形成了许多系统,主要有:拉布达科斯系统(奥狄浦斯故事),阿特柔斯、廷达瑞俄斯、珀琉斯系统(阿伽门农故事),达那俄斯系统(赫剌克勒斯故事),埃俄罗斯系统(伊阿宋故事)等。

希腊神话很早便摆脱了兽形妖灵阶段,而走上了神人同形同性的道路。

希腊神话中的神是高度人格化的。他们具备人类的思想感情,他们的性格也十分鲜明。希腊神话和其他民族的神话不同,他们的神既不是抽象道德概念的化身,也不是阴森、怪诞、令人生畏的偶像。在希腊神话中,神同人类一样,有爱,有恨,七情六欲样样具备,甚至好嫉妒,爱虚荣,有时在道德上还不如人。他们不是高高在上,高不可攀。他们常常来到人间同美貌的男女谈情说爱。他们同凡人不同的地方,就在于他们长生不死,具有无比的法术和智慧,有超乎凡人的力量。

希腊神话中充满了追求光明、酷爱现实生活、以人为本、肯定人的力量的思想。古希腊人认为享受现实生活就是享受神的恩赐,因此他们追求自然的美景,追求物质的享用,追求文学艺术的赏心悦目,追求自然与人生中的美。

希腊神话与其他民族神话一样,相信神,相信命运,有的神话故事与宗教祭祀紧密相连。但是,希腊神话强调的却是人的力量和人的奋斗精神,强调对人生与现实的热烈追求,因此充满乐观主义精神。在某种意义上说,希腊神话更像"人话"。

希腊神话在世界神话中保存得最完整,因而内容最丰富多彩。马克思指出:"希腊神话不只是希腊艺术的武库,而且是它的土壤。"[①]古希腊的诗歌、悲剧、喜剧都从神话传说中汲取题材。罗马人几乎全部继承了希腊神话和传说。自从欧洲文艺复兴以来,许多文学家、艺术家不

---

① 马克思:《〈政治经济学批判〉导言》,《马克思恩格斯选集》第2卷,人民出版社1972年版,第113页。

断从神话中汲取营养。希腊神话对于后代欧洲文化的发展起了巨大作用。

古希腊早期文学的最高成就是荷马史诗。

荷马史诗之后,出现了著名叙事诗人赫西奥德的教诲诗《工作与时日》。这是流传下来的最早一首以现实生活为主要内容的长诗,共八百多行。赫西奥德是公元前8世纪末至公元前7世纪初比奥细亚的一个自耕农。这时,氏族社会开始瓦解,阶级分化日趋明显。诗人在这首长诗中,劝导弟弟走正直劳动的道路,不要走巧取豪夺的邪路。诗中还反映出当时希腊农村的现实。诗人在这首诗的后部,以一个亲身参加劳动的人的亲切感,描绘出许多农村景色的生动画面,是这首诗艺术上的一大特色。另一首相传是他写的叙事长诗《神谱》,共一千多行。诗中收集了许多古代传说,试图把不同的神话传说组成一个完整的体系。长诗是关于宇宙起源和神的谱系的最早的系统的描述。

公元前8世纪至公元前6世纪时,氏族社会进一步解体,奴隶主城邦制逐渐形成,个人意识代替了集体思想。个人的情感要求多方面的表现,于是适合抒发个人感情的抒情诗便代替史诗而繁荣起来。抒情诗起源于民间歌谣,因伴奏乐器不同而分为琴歌、笛歌(一名哀歌)和讽刺诗等。当时作者辈出,主题多样。有的歌颂竞技的胜利者,歌颂神祇和政治领袖,如品达罗斯(前518~前442或前438)的合唱琴歌;有的制作战歌,歌颂祖国,鼓舞士气,如提尔泰奥斯(公元前7世纪)的进行曲;有的歌颂生活、爱情和大自然,如阿那克里翁(约前570~?)和女诗人萨福(前612?~?)的独唱琴歌。诗人们生活在狭小的圈子里,诗歌的题材很窄。但他们的诗在艺术上都有较高的成就,对后世欧洲抒情诗的发展有较大的影响。

与此同时,希腊民间流传着许多以动物生活为主要内容的小寓言,相传为公元前6世纪时一个名叫伊索的被释奴隶所作。但今天流传的《伊索寓言》,却是后人收集改写的,其中掺杂了一些后代的和其他民族的寓言故事。

《伊索寓言》共收集了三四百个小故事。这些小故事通过描写动物之间的关系生动反映了当时的社会现实,深刻总结了底层民众的生活智慧和社会经验,很多寓言故事还带有深刻的哲理色彩。在一些寓言故事中,作者深刻反映了现实斗争的严酷性,号召被压迫的、善良的人们坚决起来与敌人进行斗争。例如,《农夫与蛇》的故事告诫人们斗争是你死我活的,万不可对敌人仁慈;《狗和公鸡与狐狸》告诉人们要善于运用智慧,战胜敌人。在《狮子与鹿》、《捕鸟人与冠雀》、《两个锅》等故事里,作者表明,当政权掌握在贪婪残暴的统治者手中时,底层人民是不可能平安地生活下去的。有些寓言故事总结了古代劳动人民的生活经验,反映了作者对自我和他人心理的深刻理解,成了人们熟知的典故,如《龟兔赛跑》、《狐狸与葡萄》等等。另外,《伊索寓言》中也有许多哲理性的作品,这些作品所反映的价值观念相对复杂:有的宣扬人要乐天知足(《说马幸福的驴子》),有的宣扬人要顺时而动、向强者妥协(《芦苇与橄榄树》),有的则宣扬做人要谦卑(《两只公鸡与鹰》)等等。这些寓言的形成反映了当时社会生活的复杂性和人们思想的活跃状态。其中一部分寓言也可能是后代收集时混入,所以带有特定时代和特定阶层的思想特征。《伊索寓言》对法国的拉封丹、德国的莱辛、俄国的克雷洛夫等寓言作家都产生了明显的影响。

公元前6世纪末叶,奴隶主民主制的政体在雅典确立起来。这标志着奴隶主民主派,即新兴工商业奴隶主对氏族贵族奴隶主斗争的胜利。从这时起到公元前4世纪中叶,通称为希腊史的"古典时期",其中伯里克利执政时期(前444～前429)是雅典民主政治高度发展的阶段,被称为"黄金时代"。这时雅典民主政治的发展和经济的繁荣,带来了希腊文学的繁荣,特别是戏剧艺术的高度成就。

除戏剧外,这一时期在文艺理论上也取得了较高的成就,最重要的作家是柏拉图和亚里士多德。

柏拉图(前427～前345)是古希腊哲学家。在政治上,他反对民主制,提倡贵族政治;在哲学上,他创立"理念论",成为西方客观唯心主义的始祖。柏拉图认为,文艺是具体事物的摹写,而个别、具体的事物仅是理念或一般的不完全的模仿,因而文艺是不完全的模仿的模仿,是"影子的影子","和真理隔着三层"。同时,他认为诗人"培养发育人性中低劣的部分,摧残理性的部分",破坏"正义和其他德行",因此,他对诗人下了逐客令,"除掉颂神的和赞美好人的诗歌以外,不准一切诗歌闯入"他的"理想国"。但柏拉图并不否定文艺,他反对的是具有民主倾向的文艺,要求文艺为贵族政治服务。他写有对话40篇,其中最著名的有《理想国》、《斐德罗斯篇》、《伊安篇》、《会饮篇》等。这些对话通过对话者之间的辩论,生动而广泛地涉及宗教、神话、政治、伦理、教育及各种文艺和美学问题,是希腊文学中出色的散文作品。后来欧美各国的一些重要的文艺创作者和文艺理论家都受过柏拉图的影响。

亚里士多德(前384~前322)是柏拉图的弟子。他在奴隶主民主派和贵族派的斗争中,采取折中调和的立场。他在《诗学》中对希腊文学作出了理论的总结,回答了文艺创作中的一些根本问题。他认为,艺术的本质是对现实的模仿,现实世界本身是真实的,因此作为现实之摹本的文艺也是真实的。他还拿诗和历史作比较,认为文艺不是对现实的表面的复述,而应该描写现实中那些带有普遍性的东西。他在承认艺术真实性的前提下,还肯定了艺术的认识作用:因为艺术描写的是现实中带有普遍性的东西,人们通过艺术欣赏,就能够达到对现实事物真实意义的认识和了解。他在《诗学》中着重分析了悲剧,指出悲剧是对一个完整而又有一定长度的行动的模仿。悲剧的功用在于引起怜悯与恐惧的感情,促使观众自我反省,促使这种感情得到宣泄,这样,人的心理就恢复了健康。他还强调情节的完整和统一,指出这是戏剧创作的一个重要原则。亚里士多德为西方文艺理论中现实主义的发展奠定了基础,两千多年来发生过深远的影响。

公元前4世纪末叶至公元前2世纪中叶,从马其顿王亚历山大东侵直到希腊被罗马灭亡这段期间,希腊文化向外传播,并和东方文化相互交流。这一时期通称"希腊化"时期。这时期的希腊文学成就不大。只有米南德(前342~前291)的新喜剧和忒奥克里托斯(前310~前250)的田园诗对后世文学发生过一定的影响。米南德共写了105部喜剧,但流传至今的完整剧本只有《恨世者》和《萨摩斯女子》两部。他的喜剧同阿里斯托芬的旧喜剧不同,多描写日常生活,以劝善规过为主题,情节曲折,人物性格鲜明。他的戏剧通过罗马喜剧家的改编,影响到后世欧洲的喜剧。

二、古罗马文学

从公元前4世纪开始,罗马向外扩张,先后统一了意大利本土,并征服了希腊和西部地中海沿岸的广大地区;到了公元前2世纪中叶,终于成为一个强大的国家。在向外扩张的过程中,罗马人接触到先进的希腊文化。约在公元前3世纪中叶,随着国力的强大和经济的繁荣,并在希腊文学的影响下,罗马文学开始形成。

早期罗马文学的主要成就是戏剧。罗马原来流行两种民间戏剧,即阿特拉笑剧和拟剧。后来接受了"希腊化"时期的新喜剧的影响,在公元前3世纪末至公元前2世纪中叶,出现了戏剧的繁荣。由于当时罗马当权的贵族不容许抨击国政,这一时期的罗马戏剧缺乏早期希腊戏剧的战斗性和民主倾向,而主要是继承了新喜剧以描写爱情和家庭生活为主的世态喜剧传统。这一时期的代表作家是普劳图斯和泰伦提乌斯。

普劳图斯(提图斯·玛克齐乌斯·普劳图斯,约前254～前184)出身下层平民,在剧院当过木工和演员,长期从事戏剧活动,据说他写过130部剧本,流传至今的有20部(另有1部残稿)。他的喜剧大都根据希腊新喜剧改编,用的是希腊的题材,反映的却是罗马人的生活。他利用滑稽可笑的情节,揭露出当时罗马上层阶级生活的腐化和道德的败坏,妇女地位的卑下和婚姻的不自由,具有民主的倾向。他在剧中嘲讽富裕阶层的人物,同情争取婚姻自由的男女青年和奴隶。《吹牛的军人》里的奴隶巴勒斯特里奥,运用机智和勇敢,不仅使自己摆脱了一个军人的奴役,还帮助被军人霸占的一个妓女重新回到了她心爱的青年身边。《孪生兄弟》描写一对幼年失散的兄弟被人错认、引起种种误会终于重逢的经过,成为后来莎士比亚的《错误的喜剧》的题材来源。《一罐金子》把一个吝啬鬼拾得一坛金子复又失去金子时那种东猜西疑、坐卧不宁的心理状态刻画得细致入微。后来莫里哀根据它写出了名作《悭吝人》。

普劳图斯的喜剧以其情节巧妙,富于动作,对话生动自然,充满戏谑成分,接近民间喜剧风格,而深受一般群众的欢迎。与普劳图斯不同,泰伦提乌斯(约前190~前159)则以严肃文雅的风格,更受到贵族文人的赞赏。他是一个贵族的奴隶,曾在罗马受过贵族教育,后来获释,从事戏剧创作。他只写过6部喜剧,全部流传下来,都是根据希腊新喜剧改编的。这些作品以结构严谨、语言精练和人物性格鲜明见长。在这些喜剧中,奴隶处于不被重视的地位,比起普劳图斯笔下机智而又勇敢的奴隶来,显然要逊色得多。

《婆母》是泰伦提乌斯喜剧的代表作,描写青年潘菲路斯夫妇间的一段婚姻纠葛。剧中肯定了潘菲路斯的母亲和情妇的自我牺牲精神,说明妇女同奴隶一样,应该为了爱人或儿子的利益而牺牲自己。而在《两兄弟》中,这种主张宽容、相互谅解的思想得到了新的体现。

共和国末期,罗马文学在诗歌和散文方面,曾取得了较高的成就,产生过散文家、演说家西塞罗(前106~前43),诗人、哲学家卢克莱修(约前99~前55)和抒情诗人卡图卢斯(约前87~前54)等人。

公元前3世纪至公元前2世纪期间,罗马对外扩张的胜利和对各行省的榨取,为罗马本土获得了大量的奴隶和财富。贵族奴隶主占有大片土地,使用大量奴隶劳动,组成奴隶制的大田庄,对奴隶残酷剥削。奴隶与奴隶主的对立成为社会的主要矛盾。从公元前2世纪后半期起,波澜壮阔的奴隶起义不断掀起,著名的有西西里岛奴隶起义和斯巴达克起义。为了镇压奴隶起义,旧的共和政体已经无能为力,罗马奴隶主政治发展为军事独裁制,政权落到拥有军队的将军们手里。这些军事独裁者之间不断发生争战,经过凯撒、克拉苏、庞培和安东尼、屋大维、雷必达前后"三雄"间几十年的混战,最后由屋大维于公元前31年统一全国,建立起为时四十多年的元首制,史称"奥古斯都"时期,开始了罗马史的帝国时期。这一时期,内战停止了,罗马帝国维持住暂时的和平,在一定程度上促进了奴隶制经济的发展。屋大维还注意到文化对维护政权的作用,他的亲信麦凯纳斯把当时的著名作家聚集在他周围,为他的政权服务。于是罗马文学出现了所谓"黄金时代"。

这时,在共和制时期成就的基础上,罗马诗歌发展到了它的高峰,文艺理论也取得了新的成就,代表作家是维吉尔、贺拉斯和奥维德。

贺拉斯(前65~前8)是奥古斯都时期杰出的诗人,也是一个有重要影响的文艺理论家。他的诗歌题材多样,有歌颂奥古斯都的政治诗,也有赞美爱情与友谊、鼓吹知足常乐的生活理想的抒情诗。他关于文学的论文都是用诗简的形式写成的,其中最重要的一篇是写给皮索父子的,后人称之为《诗艺》。《诗艺》分三部分,首先讲作诗的一般原则,其次讲诗歌的形式和技巧,最后讲诗人的修养和任务。他根据自己以及同时代作家(如维吉尔)的创作实践,吸收亚里士多德和"希腊化"时期的文艺理论,提出自己对于创作,主要是悲剧创作的理论和要求。在文艺与现实的关系上,他继亚里士多德之后,重申文学模仿自然的观点;在文艺的作用上,他明确提出"寓教于乐"的原则;在艺术创作方面,他提出"合式"的原则,即要求一部文学作品具有"统一与调和的美"。这些主张对后来的古典主义文艺理论产生了很大的影响,为欧洲古典主义作家所继承。

奥维德(前43～18)是奥古斯都时期的重要诗人。他从18岁开始写作,早期主要写爱情诗,有《恋歌》3卷、《列女志》21篇和《爱的艺术》3卷等。这些诗内容轻佻,但在一定程度上反映了当时奴隶主阶级的荒淫生活。由于这些诗的内容违反了屋大维"重整道德"的政策,他在50岁时被放逐到黑海之滨,最后病死在异乡。他中期的作品是两首长诗:《变形记》和《岁时记》。后者只写了一半,因被放逐而中断。晚期即放逐时期,写了《哀怨集》和《里海书简》。

《变形记》是奥维德的代表作。全书15卷,共有大小故事250篇,把古代希腊、罗马的神话故事、英雄传说和一些历史人物汇在一起,按时间顺序,从开天辟地一直写到当代罗马。作者根据卢克莱修"一切在变"的唯物理论和毕达哥拉斯"灵魂轮回"的唯心学说,利用各种形式的变形以及种种艺术手法,把一个个故事联成一个整体。他借助丰富的想象力,运用高度的艺术技巧,特别注意人物心理描写,把传世的许多神话传说描写得生动有趣。全书以凯撒遇刺变为星辰、屋大维建立了统治作为结束,以歌颂罗马帝国的伟大和奥古斯都的英明。这是一部希腊、罗马神话的总集,为后代的作家、艺术家提供了丰富的创作材料,但丁、乔叟、莎士比亚、莫里哀、歌德等伟大作家都很推崇这部作品,并受过它的影响。

在两个世纪的所谓"罗马和平"之后,接着到来的是长期的黑暗和混乱。从公元1世纪起,奴隶制逐渐成为经济发展的障碍,统治者与平民,奴隶主与奴隶之间的尖锐矛盾日益激化。3世纪后,帝国陷入危机,奴隶起义不断发生。与此同时,外族相继入侵。476年,西罗马帝国终于在奴隶起义和外族入侵的内外夹攻下灭亡。

这一时期,文学日趋衰落。戏剧、史诗、抒情诗和文艺理论都没有什么发展,比较有成就的是讽刺文学和小说。塞内加的悲剧,马尔提阿利斯和尤维纳利斯的讽刺诗,卢奇安(琉善)的讽刺散文对话,以及佩特罗尼乌斯的小说《萨蒂利孔》和阿普列尤斯的小说《变形记》(又名《金驴记》),是这一时期的著名文学作品。

三、早期基督教文学

西方文学的第一渊源是希腊、罗马;第二渊源是基督教。前者重理性、重现实;后者重感情、重精神。当罗马文学的"黄金时代"过去以后,早期基督教文学继而兴起,成为欧洲文学的新起点,时间是在公元1、2世纪。

基督教文学的产生,既是世界文学史上的大事,又是东、西方文学交流史上最重大的事。它创造了西方文学的新纪元,是希腊和希伯来这两个上古文学,即所谓"二希"相融合的结晶。

古希伯来文学属于西亚文化圈,古希腊文学属于欧洲文化圈,二者本处于东、西文学对垒的前缘阵地,长期坚壁深沟,闭关自守,使双方文学有趋于老化之势。直到公元前4世纪末,马其顿王亚历山大东征,用闪电式战略,长驱直入西亚,摧毁了"二希"间的壁垒,促使"二希"的开放和结合。经过三百年的"希腊化"运动,"二希"文化结合的主要成果是欧洲的基督教文化和文学的出世。

在这次东、西文化大交流中,有两件大事必须注意。第一件是被称为"基督教之父"的斐洛(前20~45)的讲学。斐洛是出生在希腊化名城亚历山大城的犹太人。他是该城中有影响的著名学者、思想家,他的业绩是用当时的希腊哲学来解释"摩西五经",将柏拉图、毕达哥拉斯、斯多葛派哲学和犹太神学冶为一体,导致早期基督教思想的形成。第二件是"七十士译本"的完成:有72位学贯"二希"的学者,把希伯来民族一千多年的文化遗产(后来被称为《旧约》)全部翻译成希腊文,流畅而有韵味,是史无前例的文化伟业,也是古代东、西方文学交流事业中的奇迹。该译本是在公元前2世纪完成的,为基督教的产生铺平了道路。斐洛和早期基督教徒所用的圣经就是这个译本;罗马诗人维吉尔在公元前40年写的《牧歌》第4首受这个译本的启示,产生了人类新黄金时代的企望;罗马文艺批评界的明珠朗吉努斯的《论崇高》曾引用该译本的"说'要有光'就有了光"的文句来说明宇宙创造者的崇高。

早期基督教文学的作品很多,起初流传在民间,有的保存在教会里,经过时间的考验和读者、教会的筛选,到公元3世纪时,选出27卷,编为《新约》,定为经典之作。其中有"福音书"4卷;史传1卷,即《使徒行传》;书信21卷,如《罗马人书》、《哥林多书》、《加拉太书》、《希伯来书》等;还有《启示录》1卷。《新约》既具有希伯来先知文学的象征性和斗争性,又有希腊文学的现实性和戏剧性。创造出像《启示录》那样雄大悲壮的悲喜剧,像"福音书"那样新奇的文体和基督教的史诗,以及汇合"二希"修辞学之特长的使徒书信。它还有个特点:作者不是一个民族的人,有犹太人如彼得、约翰等,有希腊学者路加,有罗马公民保罗。

《新约》具有特定的文学价值,它对后来的欧美文学产生了深远的影响。

第二节 荷马史诗

许多古老民族在它们的幼年时期都习惯于用史诗形式来记录自己的神话传说和历史,古代希腊的《伊利昂纪》(一译《伊利亚特》)和《奥德修纪》(一译《奥德赛》)就是这样两部著名的史诗,它们是欧洲叙事诗的典范。

公元前12世纪末,在希腊半岛南部地区的阿凯亚人和小亚细亚西北部的特洛伊人之间发生了一次为时十年的战争,最后希腊人毁灭了特洛伊城。战争结束后,在小亚细亚一带便流传着许多歌颂这次战争中的氏族部落首领的英雄事迹的短歌。在传诵过程中,英雄传说又同神话故事交织在一起,由民间歌人口头传授,代代相传;每逢盛宴或节日,在氏族贵族的官邸中咏唱。大约公元前9世纪与公元前8世纪之间,一位盲诗人荷马以短歌为基础,予以加工整理,最后形成了具有完整情节和统一风格的两部史诗——《伊利昂纪》和《奥德修纪》。这就是荷马史诗形成的大致情况。公元前6世纪中叶,在雅典执政者庇士特拉妥的领导下,史诗才有了文字记录。公元前3世纪至公元前2世纪间经亚历山大城的几位学者校订之后,史诗有了最后定本,流传至今。

荷马是一位传说性的人物。现在西方学者认为荷马生在公元前9世纪与公元前8世纪之间,是小亚细亚一带的一位具有高度艺术才能的民间歌人。《奥德修纪》第8卷中描写的游唱诗人谛摩多科就是这样一位歌人的形象。

根据神话传说,特洛伊战争是这样引起的:阿基琉斯的父母举行盛大婚礼时,邀请了所有的神而未请争吵女神厄里斯。厄里斯来到席间扔下一个"不和的金苹果",上写着"给最美的女神"。赫拉、雅典娜和阿佛洛狄忒三位女神果然争夺起来,宙斯要她们找特洛伊王子帕里斯评判。三位女神找到帕里斯,都答应给他好处。阿佛洛狄忒许他以最美貌的妻子,帕里斯把金苹果判给了阿佛洛狄忒。后来女神便帮助他去斯巴达拐走了国王墨涅拉俄斯的妻子、美丽的海伦,并抢走了大批财物。于是希腊各部落公推迈锡尼王阿伽门农为联军统帅,攻打特洛伊。战争进行了十年,众神各助一方。最后,希腊联军将领、伊塔克岛之王奥德修斯设木马计攻下了特洛伊城。战后,希腊人各携财宝、奴隶还乡。有的一帆风顺回到家园,有的长年在海上漂泊。

两部史诗各分24卷,都是由一万余行的六音步长短短格的英雄诗体构成的,每行约有12个轻重音,虽不用尾韵,而诗的节奏感很强。史诗的情节都以特洛伊战争为背景:一写战争,一写复员回乡与恢复王位的斗争。战争十年,海上漂流和还乡后与求婚者的斗争也是十年。两部史诗不写全过程,只截取最后一年中的一段故事来表现全体。

《伊利昂纪》写最后一年中51天内发生的事。史诗一开始就点出,"阿基琉斯的愤怒是我的主题"。阿伽门农和阿凯亚部族中最勇猛的首领阿基琉斯争夺一个女俘,阿基琉斯受辱后,愤而退出战场。希腊军方面连连失利,一直退到海岸边,也抵挡不住特洛伊主将赫克托耳的猛烈攻势,情况万分紧急。阿伽门农请求和解,遭到拒绝。阿基琉斯的朋友帕特罗克洛斯借了他的盔甲,杀上战场,挡住了特洛伊人的进攻。但赫克托耳把他杀死,并夺走了他的盔甲。阿基琉斯悔恨自己的过失,愤而重新参战,为亡友复仇。终于杀死了赫克托耳,并把他的尸体拖在马后奔驰。赫克托耳的父亲、伊里昂的老王普里阿摩斯前来赎回儿子的尸首,全诗在为赫克托耳举行的盛大葬礼中结束。

《奥德修纪》描写木马计的设计者奥德修斯在特洛伊战后,海上十年历险和他归家后夫妻团聚的故事。奥德修斯在海上漂流期间,许多贵族都向奥德修斯的妻子佩涅洛佩求婚,企图夺取王位和财产。奥德修斯最后来到菲埃克斯人的国土,向国王叙述了九年间海上惊心动魄的经历:他用计战胜了独目巨人波吕菲摩斯,把人变成猪的神女喀尔刻,以歌声迷人的人首鸟身的女妖塞壬与海中巨怪卡律布狄斯和斯库拉;他还游历了冥土,看到了特洛伊战争中阵亡英雄的鬼魂;同伴们都已死去,他独自一人为仙女卡吕浦索挽留下七年;最后神女服从了宙斯的意旨,放奥德修斯返乡。国王和乡老们都为他的故事所感动,送了他许多礼物,并派快船送他回乡。回国后,他乔装乞丐和儿子共谋除奸之计,把求婚者全部杀死。史诗在夫妻团圆的喜剧气氛中结束。

这两部史诗是公元前12世纪至公元前8世纪的人民口头创作。当时正是氏族制度已趋瓦解、向奴隶社会过渡的时期。它反映了广泛而又丰富的社会生活、社会斗争,以及政治、军事、道德观念等等,具有极高的认识价值。

《伊利昂纪》是一部描写部落战争的英雄史诗。当时希腊各部落在地中海东部和小亚细亚一带活动。战时各部落结成部落联盟,按原始民主制建立起军事性、宗教性的组织,战后即行解体。

希腊军队就是一支部落联盟的联军,阿伽门农是联军的最高统帅。部落和部族联盟的领袖并不是统治者,他们的权力受长老会议和人民大会的限制。这时,父系氏族组织虽然还保留着,但它的瓦解已经开始。社会逐渐分化为贵族与平民两个阶级,而奴隶制尚未形成,尚处在

"家奴式"时期，奴隶主要是用来从事家务劳动的女子。贵族之间常因战利品的分配不匀而发生纠纷。在对待战争的态度上，贵族与平民是不同的。平民厌战并谴责贵族。

《奥德修纪》中虽然包括许多早期的神话，但从它反映的社会生活和斗争来看，它的形成较《伊利昂纪》为晚。诗中反映了奴隶制萌芽时期的生活图景。通过奥德修斯还乡后同求婚者的斗争，史诗生动反映了当时社会的政治经济模式，表现了私有制和私有财产在当时的重要意义，描摹了正在形成中的新的道德体系。奥德修斯的奴隶主要仍是家奴，奥德修斯本人作为贵族并不完全脱离劳动。但贵族们过着十分豪华的生活，而奴隶们的处境则很悲惨。在家庭关系上，以男性为中心的一夫一妻制已开始形成。诗人把佩涅洛佩塑造成一个善良、忠诚和贞洁的妇女形象，目的是要在她身上体现出形成过程中的新家庭制度的道德规范。奥德修斯比《伊利昂纪》中的英雄更接近于早期奴隶主的形象。

荷马史诗被称为"英雄史诗"。它以简洁鲜明的笔触勾勒出一系列英雄形象。古代希腊人把战争看作为部落争取荣誉和利益的事业，把英雄看作全部落的支柱和光荣。《伊利昂纪》中出现了许多有声有色的描绘战争的场面。史诗作者以赞赏的笔调描绘英雄们为部落而战的高昂的战斗精神，赞美他们超凡的武艺、强健的体魄和惊人的智慧。在他们身上，既集中了氏族集体所要求的英勇品质，又显示出每个人的个性特征。特别在阿基琉斯和赫克托耳这两个主要人物身上，诗人更触及他们性格的复杂性。

英雄阿基琉斯是古代英勇战士的理想形象，带有神话色彩。他是神与人之子，是一个非常骁勇又重视个人荣誉的将领。他与联军统帅阿伽门农的争吵是出于正义。为了避免全军在瘟疫中毁灭，他请求阿伽门农送还日神祭师的女儿。阿伽门农当众辱骂了他，并声言将抢走他的女俘作为报复。阿基琉斯愤怒得拔出刀来，但他克制了自己。为了部落利益，他把自己的女俘交给了阿伽门农。他一怒之下，退出战场，但仍忘不了部落，时时关心希腊军的胜败；在战船着火的紧急时刻，他亲自催送好友帕特罗克洛斯参战。当他得知战友被杀，战争已到了希腊人生死存亡的关头,他悲痛欲绝,深悔自己的愤怒,毅然抛弃旧怨,坚决出战,终于扭转战局。他从发怒到息怒,从退出战场到重新参战,最终以部落的集体利益为重,其间的转变并没有不可克服的思想障碍。他的行动体现了英雄主义和集体主义精神,而这正是部落英雄的特色。

通过阿基琉斯愤怒的情节,诗人又给我们展示了在氏族英雄身上开始萌芽的个人意识。阿伽门农凭借个人权势,无理夺去阿基琉斯的战俘,是使得希腊联军节节败退的根源,而阿基琉斯急躁任性,拒绝参战,而且固执己见,不接受阿伽门农赔礼谢罪,则又是希腊联军遭受更大伤亡的原因。因此,在诗人看来,阿伽门农的滥用权势和阿基琉斯的任性自负,都是有害于氏族集体利益的。希腊联军中以智慧著称的老将涅斯托耳在《伊利昂纪》第9卷和第11卷中,先后两次表示过对这两位首领的意见,代表了史诗作者的观点。

赫克托耳是特洛伊老王普里阿摩斯的儿子,他是特洛伊军方面的主将。他的骁勇善战仅次于阿基琉斯,但他更富于集体主义精神,把为部落牺牲看成是一种荣誉。他明知死后自己的娇妻弱子都将忍受奴隶的悲惨命运,但为了保卫国家,仍英勇奋战,视死如归。他和妻子安德洛玛刻辞别上阵的场面(第6卷)是十分感人的。他不顾老父老母的劝阻,毅然迎战阿基琉斯的场面,刻画出一个意识到自己光荣职责的氏族英雄的形象。

《奥德修纪》中的主人公奥德修斯是伊大卡岛的王。他聪明、勇敢、坚毅而又善用计谋。在特洛伊战争中,他曾多次献计,屡建奇功,是一个足智多谋的政治家和领袖。在海上漂泊过程中,他与惊涛骇浪和妖魔鬼怪搏斗,机智、勇敢地战胜了无数次艰险。困难吓不倒他,任何的荣华富贵,甚至爱情的诱惑也动摇不了他。鼓舞他战胜困难的是他对部落集体和对妻子的深厚感情。在争夺和维护私有财产的斗争中,他狡猾多疑、善用智谋。他对妻子曾产生过怀疑,并采用试探的手段查明真相,甚至对天神也隐瞒自己的身份。他私心很重,财产观念很重。在杀死了众多的求婚者之后,又处死了许多与仇人合作的奴隶。奥德修斯的这些表现说明这一形象带有早期奴隶主的特点。

贯穿这两部史诗的共同思想是热爱现实,肯定人的奋斗精神,强调对人生采取积极的态度。古希腊人相信命运，但是他们从来不消极地屈从于命运。《伊利昂纪》是人神交混的世界，诸神各帮一方，主神宙斯靠天秤来决定战争的胜负，每次大的战斗都有神的预兆。但英雄们仍然依靠自己的力量去夺取胜利。他们还敢于与支持敌方的神进行较量，有的天神就被人间英雄刺得鲜血直流，逃之夭夭。在《奥德修纪》中，奥德修斯虽有雅典娜的鼓励和帮助，但在克服困难的斗争中，奥德修斯仍靠自己的努力去取得胜利。从两部史诗中都可以看出，在人与神的关系上，人绝不是神的奴隶，而是靠自己的智慧和双手去争取荣誉，建立功勋。在自然威力面前或在战争生活中，史诗都强调对人生采取积极的态度。史诗中的英雄们把幸福寄托在现世和人间。在他们看来，生命、战斗、劳动才有更大的价值，更大的意义。

　　由于产生于古希腊特定的政治和文化氛围中，荷马史诗的思想倾向也带有强烈的时代色彩。首先，荷马史诗表现出强烈的神意论色彩。由于史诗形成于古希腊浓烈的神话氛围中，因此人们对事物发展的判断很大程度上不是按照现实的规则，而是按照神话的规则进行的。表现在史诗中，就是把人的行为及其成败归结为神的意志。在《伊利昂纪》中，战争的起因和进程都取决于诸神；在《奥德修纪》中，奥德修斯及其同伴的种种灾难，也是由于触怒了海神。其次，史诗带有明显的贵族政治色彩，反映了贵族意识和贵族观念的主导性。《伊利昂纪》第2卷中，普通兵士忒耳西忒斯在全军大会上发言，谴责军事贵族上层挑起这场大战只是为了自己掠夺战利品，反映了氏族平民的厌战情绪，可是他的形象在史诗中却没有得到充分的肯定。在《奥德修纪》中，主人公奥德修斯颇具神话色彩的返乡之旅背后隐藏的其实是贵族对其财产、家庭和继承权的捍卫；史诗认同的意识形态，如奴隶对主人的绝对忠诚、贵族对背叛者和侵害其私有财产者的严厉惩罚等，都是特定时代和特定阶层价值观念的体现。在历代西方读者和西方学者眼中，荷马史诗不仅是欧洲文学艺术的高峰，也是认识欧洲政治、经济、军事和文化观念源起的重要资料库。

　　史诗结构巧妙，布局完整。《伊利昂纪》从十年战争中截取战争最后一年的51天，以阿基琉斯的愤怒与息怒贯穿全诗，具体描写也只集中在4天的激战。这样的结构突出了歌颂英雄主义的中心思想。阿基琉斯发怒,退出战场,诗人借此机会表现其他将领的英勇。最后阿基琉斯息怒,重上战场,扭转战局,突出了他的决定性作用。《奥德修纪》描写奥德修斯十年海上遇险及家庭的悲欢,但只写了42天发生的事。围绕奥德修斯返乡这一中心事件,诗人铺开两条并行的线索:以奥德修斯返乡为主线;以其妻为求婚者所纠缠,其子出外寻父为副线。两条线索互相联系,时有交错,烘托出奥德修斯返乡的急迫与消除家庭隐患的焦急心情。两部史诗都是一个情节,一个人物,一个中心,不枝不蔓。

两部史诗塑造了众多英雄人物。他们既具有氏族英雄的共性,又有初步的个性特征。一般说来,史诗中的人物性格都具有单一性和不变性,这符合古人对英雄的理解,也体现了古典时代质朴的审美观念。作者在塑造人物时采用多种描写方法,如海伦之美,诗人没有具体描绘,只着重描绘特洛伊长老们对她的美的赞叹。奥德修斯回家时假扮乞丐,亲人没有认出他,但是一个给他洗脚的奴隶认出是其主人,一只老狗一见到他就摇尾欢迎,然后伏地而死。这是侧面烘托法。诗人在刻画人物时,很少心理描写,多用动作和语言描写人物性格。

史诗用自然、质朴的口语写成。诗中比喻丰富多彩,贴切生动,新鲜而又奇特。在描述人物和事件时,使用了约八百个从日常生活和自然现象中选取来的比喻,构成"荷马式的比喻"。此外,史诗中常用重复的手法,如重复同样的句段、同样的形容词等。这是适应古代民间歌人口头复诵条件的一种传统手法,同时还能加强诗歌的感染力。

荷马史诗不仅是欧洲文学史上最早的优秀作品,也是研究希腊早期社会的重要文献。它不仅在希腊成为进行公民教育的教材和文艺创作的典范,而且对后世欧洲文学的发展,也产生过深刻的影响。直到今天,它仍然能够给我们以艺术的享受。

第三节 希腊戏剧

古希腊的戏剧起源于酒神祭祀。

公元前6世纪中叶，由于雅典工商业的迅速发展和对外贸易的扩大，刺激了农业生产的发展。原来盛行于农村的庆祝丰收、祭祀酒神和农神的节日歌舞表演和祭仪表演进入了城市，这些节日也成了全国性的节日。这时雅典的社会生活日趋复杂，政治生活日益活跃，这些简单的歌舞表演已不能充分表达人们的思想感情，因而逐步演变成为戏剧。悲剧的前身是酒神颂歌，喜剧的前身是民间的祭神歌舞和滑稽戏。

到了民主制最兴盛的伯里克利执政时期（前444～前429），兴建大型剧场，发放观戏津贴，组织戏剧竞赛，戏剧成为一种民主政体用以实现政治、道德、教育任务的文艺活动，戏剧演出活动成为雅典公民政治生活和文化生活中的一项不可缺少的内容。可以说，古希腊戏剧是雅典奴隶主民主政治的产物，它随着民主政治的发展而发展，随着民主政治的衰落而衰落；它也反映了奴隶主民主派的生活和斗争，表达了他们的愿望和要求。

希腊悲剧大多取材于神话，其内容往往带有命运观念或其他迷信色彩。但它反映的却是当代的社会生活和斗争。无论是神与神之争，还是人与神之争，实际都是现实中人与人之间斗争的反映。悲剧着重表现主人公的英雄行为，形象高大雄伟，气势壮烈磅礴，一般没有悲观色彩，而是充分表现出奴隶主民主派的自豪感。

希腊悲剧是诗剧，其诗歌艺术继承了史诗和抒情诗的传统。希腊悲剧保留了酒神祭的合唱队，在剧中，戏剧成分和合唱队的抒情成分成为悲剧的两个不可缺少的组成部分。演员朗诵对白，合唱队歌唱抒情诗。演出从始至终不停顿，合唱队起着分幕分场的作用。希腊悲剧有固定的程式，一般分为开场、进场、三至五个戏剧场面、退场这样四个部分。最初采取"三部曲"的形式，三个剧本在题材与思想上互相关联又相对独立。由于种种演出条件的限制，所以剧情比较单纯，事件进行的时间不太长，演出地点也没有过多的转移。

公元前5世纪是希腊悲剧的繁荣时期。这一时期涌现出大批悲剧诗人，上演了许多悲剧作品，流传至今的有埃斯库罗斯、索福克勒斯和欧里庇得斯三大悲剧诗人的作品。他们的创作反映了奴隶主民主制发展不同阶段的社会生活，也显示出希腊悲剧在不同时期的思想和艺特点。

埃斯库罗斯(前525?～前456)是希腊悲剧形成时期的作家。他生活在希腊由氏族贵族奴隶主专政向奴隶主民主制过渡时期。这正是雅典人为祖国自由而战斗的时期。他出身贵族,政治上拥护民主派,但未能完全摆脱旧观念,他的世界观存在着明显的矛盾,并反映在他的创作之中。埃斯库罗斯在悲剧艺术上最大的贡献是在悲剧中增加了第二名演员,使对话成为戏剧的主要成分。他的剧本减缩了合唱队,戏剧结构程式基本形成。他还创造了舞台背景,运用华丽的服装和高底靴,并使演员面具初步定型化。总之,经过埃斯库罗斯的努力,戏剧已不再是祭祀的一部分,而成为一种独立的艺术。当然,由于是早期悲剧,他作品中的人物多是神和英雄,人物性格不够鲜明,故事情节也比较简单。

据传,他共写了70部悲剧和笑剧(一说90部),留下来的只有7部完整的悲剧,其中有1部完整的三部曲。他的创作反映了雅典奴隶主民主制建立时期的社会生活。

埃斯库罗斯曾亲身参加过希波战争,抗击波斯人的侵略。在《波斯人》中,诗人以波斯水师在萨拉米全军覆没的事件为题材,抒发了他的爱国主义热情,赞美了雅典的民主制度和保卫祖国自由的希腊人。这是现存希腊悲剧中唯一取材于现实生活的一部作品。在《七将攻忒拜》中,诗人采用厄忒俄克勒斯和波吕涅克斯两兄弟争夺王位的故事,抨击了当时妄图借波斯兵力进行复辟的僭主,谴责了认敌为友的叛徒。作品反映出埃斯库罗斯的爱国思想和拥护民主制思想的一致性。《俄瑞斯忒亚》三部曲(《阿伽门农》、《奠酒人》、《报仇神》)取材于希腊传说,以一连串的复仇故事,反映出新观念新道德胜于旧观念旧道德、民主制优于旧传统的思想,其中以《阿伽门农》最为著名。

《普罗米修斯》三部曲的第一部《被缚的普罗米修斯》是埃斯库罗斯剧作中最杰出的一部。其情节取材于希腊神话中普罗米修斯盗天火赐予人类的故事,但赋予它丰富的现实意义,以反映当时雅典民主派对寡头派的斗争。

宙斯在神话中是自然威力的代表。这位新得势的众神之王仇视人类,为了惩罚普罗米修斯盗火予人和向人类传授各种技艺,派火神赫菲斯托斯将普罗米修斯绑在高加索山的悬崖上,以迫使普罗米修斯屈服。但是,普罗米修斯掌握着宙斯将被推翻的秘密,不肯泄漏,对此宙斯非常恐惧。剧中宙斯虽然没有出场,但一个色厉内荏的专制暴君的形象却被刻画了出来。

普罗米修斯在剧中是一位庄严、高大的英雄形象。这位人类文明的缔造者,人类的保护神,为了人类的进步与幸福,他不惜作出最大的牺牲,蒙受了最残酷的酷刑。诗人把这场斗争提高到关系人类命运的高度,歌颂普罗米修斯为了正义的事业、甘愿忍受无边痛苦的崇高精神。在剧中,河神俄刻阿诺斯劝说普罗米修斯向宙斯屈服、认罪,普罗米修斯辛辣地嘲讽了河神的懦弱;信使赫耳墨斯威胁普罗米修斯,要他说出秘密,普罗米修斯不畏威逼,挖苦了信使的奴性。诗人在剧中也谴责了威力神的凶残。在普罗米修斯与不义之神的层层对比中,诗人刻画出一个为人类进步而反抗宙斯的伟大的神。他的争自由、反暴政的斗争热情,反映了为民主制而与僭主斗争的希腊广大自由民的精神。马克思赞誉他为"哲学日历中最高尚的圣者和殉道者"[①]。

普罗米修斯反对宙斯的暴虐专横,但对宙斯也不无握手言欢的希望。他不肯泄漏秘密,就是因为他知道只有这样他才能使宙斯与他言归于好。据说,三部曲第二部《普罗米修斯被释》(已失传)中,他们终于和解了。

埃斯库罗斯的剧作,人物形象单纯而高大,他们的性格是理想化的、静止的,缺少发展与变化,不够丰满。戏剧结构比较简单,情节缺乏曲折性,但抒情气氛浓郁,歌队在其中起着重要作用。埃斯库罗斯的诗句庄严、带有夸张色彩,但有时流于堆砌。尽管埃斯库罗斯的悲剧在艺术上还显得比较粗糙,但由于他在悲剧早期发展阶段就在内容和形式方面都作出了创造性的贡献,因而被人们誉为"悲剧之父"。

索福克勒斯(约前496~前406)曾被文学史家誉为"戏剧艺术的荷马"。他的创作是雅典民主制盛极而衰时期的社会生活的反映。他塑

---

① 马克思:《〈博士论文〉序》,《马克思恩格斯全集》第40卷,人民出版社1982版,第190页。

造的悲剧人物丰富多彩,悲剧形式臻于完善,他的创作标志着希腊悲剧已进入成熟阶段。

索福克勒斯出身于雅典一个工商业主的家庭。他受过很好的教育,音乐与诗歌的造诣很深。他28岁时在戏剧比赛中击败了埃斯库罗斯,得了头奖,而且是希腊悲剧作家中得奖最多的一位。他与民主派领袖伯里克利交情颇深,政治上属于温和的民主派。他的剧作据说共有120余部,但仅有7部悲剧流传至今,其中以《俄狄浦斯王》最具代表性。

他提倡民主精神,反对僭主专政,鼓吹英雄主义思想,强调人对命运的反抗。他的剧中很少出现神,他不再借用神力,而是依靠人物性格的发展推动戏剧情节的发展。他在悲剧中加入了第三个演员,加强了戏剧动作和对话,使对话在戏剧中占据了最重要的地位,成为刻画人物的有力手段。他又使歌队成为戏剧整体中的有机组成部分,并打破了"三部曲"的形式。这些改进都是为塑造人物和表现复杂的戏剧冲突服务的。

《俄狄浦斯王》是索福克勒斯的代表作。亚里士多德曾给予它很高的评价,称它为"十全十美的悲剧"。

"俄狄浦斯"按希腊原文是双脚肿胀的人的意思。因他的生父、忒拜王拉伊俄斯从神谕中得知:他长大后,将杀父娶母。于是在他出生时,用铁丝穿其脚踵,令仆人抛于荒山野外。仆人怜惜这无辜的孩子,把他送给科任托斯的一个牧人。俄狄浦斯不但没有死掉,反倒成了科任托斯国王玻吕玻斯的养子。俄狄浦斯成人后,从神谕里得知,他必将杀父娶母。为逃避这可怕的杀人逆伦的命运,他离开"父母",向忒拜走去。在一个三岔路口,因同一老人发生争执,误将老人杀死,此人即微服私访的忒拜王——他的生父拉伊俄斯。他又以自己的出众才智铲除了为害忒拜的狮身人面女妖斯芬克斯,被忒拜人民拥戴为王,并娶了前王的王后伊俄卡斯忒——他的生母。俄狄浦斯成了杀父娶母的罪人,自己却毫无所知。

悲剧开始时,瘟疫笼罩忒拜城。按照神示,必须揪出杀害前王的凶手,否则全城人民将死于瘟疫之中。这时,受到人民爱戴的俄狄浦斯登上王位已16年。他为了人民和城邦的安全,千方百计追查凶手,结果发现他要找的凶手就是他自己。悲痛万分的王后伊俄卡斯忒自尽而死,俄狄浦斯则刺瞎自己的双眼,离开忒拜城。

通过这个悲惨的故事,诗人表达了人与命运的冲突。俄狄浦斯是一位具有坚强意志的爱国爱民的国王,为解除忒拜人民的灾难,他不顾一切地追缉凶手。他的动机是崇高而又无私的,行动是坚决的。但效果却相反,他越是认真地进行追查,就越把自己的杀父娶母的行为暴露出来,一步步陷入了不可抗拒的命运的罗网。具有坚强意志的英雄对无法抗拒的命运的斗争构成了尖锐的悲剧冲突。诗人相信命运和命运威力,但是,诗人的同情完全在俄狄浦斯一边,命运让这样一位有着过人毅力的英雄人物成为城邦的"罪人",这只能说明命运是不合理的。这种对与命运抗争的英雄精神的肯定和在客观上对命运的合理性的怀疑,正是雅典奴隶主兴盛时期民主派意识的特点,正是当时雅典自由民面对尖锐的社会矛盾,一方面相信自己的力量,一方面又感到惶惑的矛盾心理的表现。

索福克勒斯在艺术上利用了戏剧结构的倒叙手法,使剧情发展自然、合理,一环扣一环,环环相连,一步步把戏剧冲突推向高潮。诗人以高度的艺术技巧让故事发生在王宫前,集中写俄狄浦斯追查凶手这一件事。通过五个人的陆续上场,以倒叙形式将错综复杂的矛盾一一揭开,将戏剧冲突引导到惊心动魄的结局,悲剧气氛达到高潮,使观众产生了深切的同情和怜悯。

以《俄狄浦斯王》为代表的索福克勒斯的悲剧艺术,标志着希腊悲剧艺术的成熟。索福克勒斯把人物放在尖锐的冲突中并通过人物对比方法来加以塑造,因而人物的动作性强,性格比较突出。索福克勒斯擅长于结构布局,他的悲剧结构复杂,波澜起伏,却不给人以杂乱之感,布局巧妙,针线细密,而不露斧凿之痕。他的艺术成就曾受到亚里士多德、西塞罗、郎加纳斯、维吉尔、莱辛、歌德等人的推崇。

欧里庇得斯(前485～前406)是民主倾向最强的剧作家。他和索福克勒斯生活在同一时代,但思想倾向却不同。他出身贵族,早年热心于研究哲学,与进步的智者学派相接近,并深受其影响,被称为"舞台上的哲学家"。晚年，由于他反对雅典当局的暴政，反对侵略政策，为当局所不容。七十高龄的诗人流落在马其顿王宫中，并死在那里。他的作品大部分是在内战期间写成，反映了雅典奴隶主民主制危机时期的社会现实和思想意识。他拥护民主政治，但又深感民主制已濒临崩溃，因而他无法再像埃斯库罗斯或索福克勒斯那样，怀着自豪的心情来歌颂那些与命运搏斗的英雄，而是以沉重的笔触描绘出社会的黑暗以及人们在反抗不合理的现实时所付出的巨大代价。

和他的前辈一样，欧里庇得斯利用古老的神话传说来创作他的悲剧，但那些故事在他笔下已经改变了旧日的面貌，而具有更强的现实意义。在他的剧作中，对神和英雄的崇高气质的描写削弱了，代之以对人的激情和意志的刻画。不可一世的众神一变而为无耻之徒，威严高贵的古代英雄露出了卑鄙自私的面目，被压迫的妇女受到了前所未有的重视，受奴役的奴隶开始登上了舞台，这些变化是雅典城邦民主制出现危机时期的社会生活的反映。

据说欧里庇得斯共写过92部作品，得过5次奖，流传至今的只有18部。他的创作题材较广，开拓了一些新的领域。

他的代表作之一《特洛伊妇女》以反对侵略战争为主题。在荷马史诗里，特洛伊战争充满了英雄气概，但到了欧里庇得斯手里，却呈现出一片凄凉景象：城楼起了火，神殿里流着血，男人被杀，女人被俘，孩子被人从高高的城墙上扔下来摔死。作者这样处理的用意，是借特洛伊战争来影射米洛斯的屠杀，反对正在进行的不义战争。

欧里庇得斯对妇女的命运非常关心，在他现存的18部剧作中，就有12部是以妇女问题为题材的，其中最优秀的当推《美狄亚》，它是欧里庇得斯创作中最著名的一部。

《美狄亚》取材于希腊神话。伊阿宋是传说中一个令人敬爱的英雄，他在美狄亚的帮助下，克服重重困难取回了金羊毛，并娶美狄亚为妻。剧本着重写伊阿宋回国后为了个人前途另寻新欢的故事。虽然这段故事是传说中原有的，诗人却有意把它突出，加以渲染，因而其意义也就发生了巨大的变化。伊阿宋由一个勇敢的英雄变成了卑劣的小人；美狄亚则由一个多情的少女发展成为一个大胆反抗的妇人；歌颂英雄的古老故事,变成了谴责社会罪恶、控诉不平等现象、赞美反抗行为的悲剧。

为妇女地位的低下和命运的悲惨鸣不平,是《美狄亚》的中心思想。美狄亚是一个热情、坚强和富有反抗性的女性。悲剧开始,美狄亚已为伊阿宋遗弃,她处于极端痛苦之中。她曾替伊阿宋解除一切忧患,帮助他窃取了金羊毛。为了他,她背叛了自己的家庭,杀死了自己的兄弟,舍弃了家乡,来到异邦雅典。现在,伊阿宋为了获取科任托斯的王位的继承权,决心抛弃美狄亚,和科林斯公主结婚。国王为了防范美狄亚,决定将她和她的两个儿子驱逐出境。哭告无门的美狄亚决定报复。她以毒物害死了公主和国王。为了惩罚伊阿宋,她亲手杀死两个儿子。当这为仇恨之心所激起的报复行为完成之后,她乘着龙车从空中退出。诗人对妇女的悲惨处境表示了深切的同情。

伊阿宋是一个贪图权势和金钱的利己主义者,一个背弃盟誓、冷酷无情的小人。他把婚姻当作夺取权势的一种手段。全剧反映了当时社会贫富分化的加剧和社会道德的堕落,以及妇女遭受凌辱和家庭崩溃的普遍现象。美狄亚的遭遇是当时妇女的共同命运。

欧里庇得斯继承前人,在艺术上有所革新。他的写实手法和心理描写对后人产生了极其深刻的影响。欧里庇得斯在心理描写中特别善于刻画妇女心理。《希波吕托斯》中的变态的恋爱心理,《伊翁》中的嫉妒心理,《酒神伴侣》中的疯狂心理,《美狄亚》中的弃妇之恨与慈母之爱的矛盾复杂心理,都是十分感人的。这些都受到后代作家的称道。因此,他有"心理戏剧鼻祖"之称。欧里庇得斯采用的是神话题材,反映的却是日常生活的画面。他的剧作标志着"英雄悲剧"的终结,他塑造的人物更接近于现实。埃斯库罗斯中的人物是神或是神化了的人物;索福克勒斯的人物是按"应当是怎样"的原则写成的理想英雄;欧里庇得斯则是按"现实中本来是怎样"的原则去塑造人物,他的人物是写实的。

欧里庇得斯着力于刻画人物的内心冲突,不大注意戏剧结构,因此他的剧作布局有些松散,剧尾有时借"神力"来解决情节上遇到的困难,《美狄亚》中的乘龙车退出就冲淡了戏剧效果。而剧中常发表长篇议论,显得有些沉闷。

欧里庇得斯的悲剧,特别是他的艺术成就,对后世欧洲文学发展的影响,远甚于埃斯库罗斯和索福克勒斯,特别是对罗马文学和新古典主义文学的影响更为显著。

古希腊三大悲剧作家的剧作题材都取之于神话,悲剧风格却各有特点:埃斯库罗斯的风格是悲壮、雄浑、自豪而又充满信心;索福克勒斯是悲愤、迷惘、上下求索;欧里庇得斯则是悲痛、憎恨和寻找出路。古希腊悲剧往往以人与命运的斗争为主题,有人称希腊悲剧为"命运悲剧"。"命运悲剧"是希腊悲剧的一种,它主要写主人公的个人意志和命运的冲突。古希腊人认为,在人与神之上还有命运主宰一切,它既支配人,也支配神。它是不可抗拒的,不可解释的,难以捉摸的。悲剧主人公的结局是逃不出命运的魔掌而终至毁灭。所谓"命运",其实质是客观规律的必然性,古希腊人限于思想及科学水平,无法认识。所谓人与命运的冲突,实际反映了人与外界环境、人与人之间的冲突。命运悲剧是古希腊人反映社会矛盾的一种特殊形式。命运观随着社会的变化而变化,三个时期各有不同的表现。埃斯库罗斯把命运看作具体的神,认为命运支配人的一切,但他又强调人的意志。索福克勒斯向命运提出怀疑与挑战,在他看来,命运不是具体的神,而是一种不可捉摸的神秘力量,命运有捉弄人的邪恶性质,他强调人对命运的反抗和坚强的意志。欧里庇得斯不相信命运,他认为命运在人的本身,强调事在人为,强调命运靠自己掌握。

希腊喜剧出现于悲剧之后,它的繁荣是在雅典城邦发生危机的时代。古典时期的希腊喜剧被称为"旧喜剧",主要是政治讽刺剧和社会问题剧。它取材于当时的现实生活,对人们普遍关心的重大政治社会问题发表意见。因此,比之希腊悲剧,具有更为强烈的政治性。

希腊喜剧从民间的祭仪和滑稽戏演变而成,因而从故事情节、人物形象到台词、动作,都非常夸张、滑稽,甚至有些荒诞、粗俗。

公元前5世纪的雅典,曾先后产生过三大喜剧诗人,但流传下完整作品的只有阿里斯托芬。

阿里斯托芬(约前446~前385)是雅典附近的小土地所有者,他的喜剧代表了自耕农的思想和立场。他从这一立场出发来表现雅典奴隶主民主制衰落时期的社会生活。据说他共写过44部作品,得过7次奖,现存仅11部。

阿里斯托芬的创作题材广泛,其中对战争与和平的问题最为关心。这是容易理解的,因为自耕农是战争的直接受害者,只有和平才能保住他们那份小小的财产。

在反战喜剧中,最著名的是《阿卡奈人》。这个剧通过农民狄凯奥波利斯单独与敌人媾和,从而过着幸福生活这一荒诞的故事,表达了人们要求和平的强烈愿望。全剧由一系列闹剧场面组成,但每一个场面都包含着严肃的思想。

这出戏写于雅典与斯巴达战争开始后的第六年。这场战争给人民带来了沉重的灾难,阿里斯托芬反对这场不义之战是有进步意义的。诗人还在剧中明确地指出,战争只能使上层人物得到好处,对人民却是有百弊而无一利。

阿里斯托芬的喜剧绝大部分是描写现实的,如《骑士》直接嘲讽和抨击当时的当权人物勒翁,《云》嘲笑了提倡思想自由并传授诡辩术的智者学派。但有一例外,就是《鸟》。

《鸟》是流传至今唯一以神话幻想为题材的喜剧作品。林间飞鸟建立了一个理想的社会——"云中鹁鸪国",在这里大家都是平等的,没有压迫与奴役。这是欧洲文学中最早的乌托邦思想的表现。这种思想是由于对现实的不满而产生的,它反映出农民的幼稚的幻想。

阿里斯托芬的喜剧与雅典的社会现实密切相关,但是他所采用的手法却是非现实的,诗人在创作中驰骋丰富的想象力,虚构出种种离奇而又荒诞的戏剧情节,塑造出种种特殊的人物性格。他的语言来自民间,朴实、自然、诙谐、生动,既有粗俗的插科打诨,也有优美的抒情诗歌,因而受到广大观众的欢迎。

阿里斯托芬被称为"喜剧之父",他的创作对后世的喜剧和小说都有一定的影响。

阿里斯托芬不仅是古希腊最杰出的喜剧家,而且是欧洲文艺批评的奠基人之一。他关于文艺的言论散见于好几部剧作中,特别是在《蛙》一剧中,通过对埃斯库罗斯和欧里庇得斯的比较,提出了文艺的功用在于提高公民的道德思想,从而认为埃斯库罗斯高于欧里庇得斯。阿里斯托芬关于两位悲剧诗人的具体评价,虽然有失之片面之处,可是他重视文艺的思想性和教育意义的看法值得注意。

第四节 维吉尔

维吉尔是古罗马最杰出的诗人,他的创作继承发展了古希腊诗歌的传统,对后世欧洲各国文学产生过重大的影响,起到了继往开来的作用。

维吉尔(普布留斯·维吉留斯·马罗,前70~前19)出生于意大利北部曼图亚城附近的农村,父亲是个小土地所有者。他幼年在农村度过,熟悉农村和农业劳动,热爱大自然。后来他去克雷莫纳、米兰、罗马等地接受了良好的教育。最初他学习演说术,准备从事政治,但因天性害羞,拙于言辞,身体又弱,便改学哲学,受到卢克莱修自然哲学的影响。他从事律师工作失败,回到农村家中,开始写诗。他的早期诗作大都散失,只有少数短诗流传了下来。内战时期,屋大维为了分配土地给复员军人,曾征用过他家的土地;后来,由于友人的帮助,屋大维又把土地归还了他,对此他非常感谢。后来他加入了麦凯纳斯庇护下的文学集团。他应麦凯纳斯之请写了一首《农事诗》来配合屋大维复兴农业的政策,得到屋大维的赞赏,连续4天听他朗诵。据说屋大维还建议他写一部歌颂罗马帝国的史诗。这可能就是他创作史诗《埃涅阿斯纪》的动机。初稿后,他并不满意。为了熟悉史诗主人公历险所经之地,亲身去希腊和小亚细亚实地考察。在同屋大维一道回罗马途中,不幸染上了重病。临死前留下遗嘱,要求将手稿烧毁,但屋大维没有听从他的意见,将《埃涅阿斯纪》交给维吉尔的好友整理后出版。

维吉尔写的三部主要作品:《牧歌》、《农事诗》和史诗《埃涅阿斯纪》都在古希腊文学中有它们的范本。《牧歌》模仿田园诗的首创者、"希腊化"时期的忒奥克里托斯的诗作,《农事诗》模仿赫西奥德的教诲诗《工作与时日》,《埃涅阿斯纪》的范本则是荷马的两大史诗。维吉尔在学习前人的基础上推陈出新,反映了罗马的现实。

《牧歌》一共10首,是维吉尔的成名作。通过一个牧人的独唱,或是一对牧羊男女的对唱等形式,歌唱牧人的生活与爱情。但同忒奥克里托斯单纯描写田园景色和牧人爱情不同,维吉尔还在诗中表达出他对当时社会和政治的看法与感受。在第一首中,表达他个人在被归还土地之后的感激之情;在第九首中,反映出战争期间人民被迫离乡的痛苦;在第四首中,他歌颂新的黄金时代的到来,抒发出久经战乱的人民渴望享受和平幸福生活的心情。

《农事诗》共4卷,两千多行,耗时7年完成,是维吉尔的第二部重要作品。这是一篇关于古罗马农民的工作与生活的诗歌。当时罗马是个农业国家,经过内战的破坏,农村凋敝,屋大维实行了一项恢复农业的政策。维吉尔自幼生长在农村,熟悉农村的情况,他了解只有农村繁荣,才能有整个国家的强大。他的这首诗乃是写来配合屋大维的农业政策的。但他并不是枯燥地介绍农业知识和阐述农业政策,而是把专门知识同对于祖国山河、自然景色、历史事件甚至神话传说的描写结合起来,把枯燥的农事写得生动有趣。

《埃涅阿斯纪》是维吉尔的代表作,是他最后11年心血的结晶,但只完成了初稿。史诗共12卷,叙述希腊联军攻陷特洛伊城后,特洛伊英雄埃涅阿斯率众来到意大利,成为罗马开国之君的种种经历。埃涅阿斯一行逃出特洛伊后,历时7年,即将抵达意大利时,被一场风暴吹到了北非的迦太基,受到狄多女王的热情接待。埃涅阿斯在宴会上向狄多讲述特洛伊城失陷的情景,讲述他如何经历千辛万苦来到这里。后来,埃涅阿斯与狄多结了婚。尤皮特(罗马的主神,即希腊神话中的宙斯)命神使提醒他,上天的旨意要他去意大利建立新的王国,于是他决心继续前进,狄多绝望而自杀。埃涅阿斯抵达意大利后,在神巫西比尔的指引下游历地府,亡父安基塞斯向他显示了他的伟大的子孙,从罗慕洛斯直到凯撒与奥古斯都等罗马未来帝王的幻影。埃涅阿斯继续北行来到拉丁姆地区,国王拉提努斯听从神示,答应将公主拉维妮亚许配给他,然而遭到另一求婚者鲁图利亚王图尔努斯的反对,以至引起了战争。铁匠神应埃涅阿斯之母爱神维纳斯之请为他铸造甲胄,盾牌上的图画预告出罗马未来的日子。特洛伊人作战失利,图尔努斯杀死埃涅阿斯的盟友派拉斯。埃涅阿斯提议作战双方停止战斗,由他个人与图尔努斯单独决斗以定战争胜负。二人决斗即将进行,鲁图利亚人毁约,战争重起。图尔努斯迎战埃涅阿斯,被杀。

维吉尔写作这首万行史诗的目的,是叙述罗马帝国的历史,歌颂罗马祖先建国的丰功伟绩,并歌颂屋大维本人。他根据古罗马的神话传说,把屋大维王族的始祖追溯到特洛伊英雄埃涅阿斯,而埃涅阿斯又是爱神维纳斯的儿子,从而把罗马王族的历史和神话传说联系起来,借以证明屋大维是神的后裔。史诗不止一次写到光荣的罗马历史和伟大的历史人物,用来激发罗马人民的爱国热情。诗人通过主人公的经历,颂扬了罗马帝国的神圣传统和先王建国的艰辛;通过他游历地府的所见所闻,歌颂了凯撒和屋大维的功绩,并肯定了罗马帝国统治世界的使命。当安基塞斯向埃涅阿斯指出屋大维时,说他是"神之子,他将在拉丁姆、在萨图努斯一度统治过的国土上重新建立多少个黄金时代"。最后,诗人借安基塞斯之口号召罗马人,"要记住,你应当用你的权威统治万国,这将是你的专长,你应当确立和平的秩序,对臣服的人要宽大,对傲慢的人要通过战争征服他们"。这种对罗马帝国的扩张政策的肯定,是维吉尔的奴隶主国家意识的一种表现。

维吉尔写作《埃涅阿斯纪》,是以荷马的两部史诗为范本的。从结构上看,史诗的前半部写埃涅阿斯的海上历险,模仿《奥德修纪》;后半部写特洛伊人与拉丁姆人之间的战争,模仿《伊利昂纪》。在具体情节与艺术手法上,《埃涅阿斯纪》也有不少学习、模仿荷马史诗的地方。首先,二者的题材同出于一个神话传说系统,即特洛伊战争故事。埃涅阿斯也是特洛伊的一名英雄,曾出现在荷马的《伊利昂纪》中,其英勇仅次于赫克托耳。埃涅阿斯的历险同奥德修斯的还乡同是发生在特洛伊城陷落之后,这两位英雄经过的地方与经历的事件也有不少相似之处。其次,与在荷马史诗中一样,《埃涅阿斯纪》中的神也分成两派,参与了人间的战争,以主神尤皮特主宰着最后的结局。在战争中起衬托性作用的情节,都是一方的好友(埃涅阿斯的盟友派拉斯和阿基琉斯的副将帕特罗克洛斯)被另一方(图尔努斯和赫克托耳)所杀。在人物形象上,埃涅阿斯与图尔努斯、阿基琉斯与赫克托耳也都形成了性格的对比。在叙述手法上,《埃涅阿斯纪》与《奥德修纪》都运用了追叙手法,前七年的经历都由主人公在宴会上讲述出来。此外,还有一些细节也多类似,如主人公游地府,铁匠神应女神之请为主人公铸造甲胄,举行葬礼竞技,等等。在描写手法上,维吉尔同荷马一样,使用了大量比喻和重复的手法。

尽管如此,维吉尔的成就,却在于他从当时的现实要求出发,广泛利用了本民族的历史以及古希腊罗马文学的多种成就,并充分发挥个人的风格和特长,因而能在继承中有革新,在学习中有独创。

维吉尔在塑造主人公埃涅阿斯时,集合了荷马史诗主人公奥德修斯、阿基琉斯、赫克托耳的经历于一身,但更着重表现作为罗马帝国创建者的理想品质。这种品质兼有对神明敬畏、对国家忠诚、对人仁爱、对事公正等品德。在作者看来,这是一个开国者应有的品质。史诗描写埃涅阿斯的英勇行为都只服从于天神的旨意,即创建罗马帝国的政治目的。为此他付出了爱情上的牺牲。《埃涅阿斯纪》前四卷描写的狄多女王的爱情悲剧是史诗中最感动人的部分。史诗第4卷描写狄多女王由于埃涅阿斯的始爱终弃而愤恨绝望终于自杀的过程,同欧里庇得斯笔下的美狄亚一样,引起了历代读者的同情,具有深刻的悲剧性。史诗中另一个重要人物图尔努斯,也在一定程度上引起人们的同情。他同希腊悲剧中的主人公有某种类似之处,即他的死主要不是由于他自身的罪过或错误,而是因为他违反了天神的旨意。此外,维吉尔是个天性爱好和平的人,又身经内战乱离之苦,因而厌恶战争,但要完成罗马的建国大业,必须经过艰苦的磨炼,包括战争在内,这势必引起诗人思想上的矛盾。这些都使史诗带上了淡淡的哀伤情绪。

与来源于民间口头创作的荷马史诗不同,《埃涅阿斯纪》是文人史诗的范本,是具有高度艺术修养的个人创作。它的语言缺乏荷马史诗的自然质朴,但音律谨严而富于暗示性,风格严肃而又哀婉。在描写技巧上,维吉尔不善于写战争,而长于爱情心理的刻画。上面提到的狄多的爱情悲剧就是一例。维吉尔在描写这一悲剧性情节时,既肯定埃涅阿斯行动的政治必要性,又写出了狄多殉情的细微心理过程,这是荷马史诗所缺乏的。此外,维吉尔继承了荷马史诗的传统,使用了不少来自日常生活和自然现象的生动贴切的比喻,以增加诗的形象性。

维吉尔在生前就享有盛誉,死后声望仍然不减。中世纪时,他是少数未被基督教会排斥的古代作家之一。但丁很崇敬他,在《神曲》中把他当作自己游历地狱与炼狱的向导。文艺复兴以后,他的《埃涅阿斯纪》一直被史诗作者们看作范本,对近代欧洲文学的发展产生过重大的影响。

思考练习题

1. 古代希腊罗马文学经历了哪些发展阶段?每一个阶段的主要成就和主要特点是什么?有哪些代表性的作家和作品?
2. 希腊神话包括哪两方面的内容?它的主要特点是什么?为什么说它是希腊艺术的"武库"和"土壤"?
3. 荷马史诗是怎样形成的?它的基本内容是什么?怎样分析其主要思想和其中的几个主要人物形象?
4. 荷马史诗有哪些艺术特征?
5. 简述希腊悲剧的形成过程和基本特征。
6. 为什么说古希腊三大悲剧诗人的创作"反映了奴隶主民主制发展不同阶段的社会生活,也显示出希腊悲剧在不同时期的思想和艺术特点"?
7. 埃斯库罗斯《普罗米修斯》是怎样运用神话题材来反映现实、表现作家的思想倾向的?
8. 简述索福克勒斯《俄狄浦斯王》的思想内容和结构艺术。
9. 从《美狄亚》可以看出欧里庇得斯对希腊悲剧的发展有什么新贡献?
10. 希腊的"新喜剧"与"旧喜剧"有什么不同?它们各自的代表作家是谁?
11. 柏拉图、亚里士多德的主要文学观点是什么?
12. 简述维吉尔《埃涅阿斯纪》的思想内容、人物形象和艺术特征。
13. 早期基督教文学的重要意义何在?

第二章 中世纪文学

学习提示

本章的学习重点是：
(1)欧洲中世纪文学的几个基本类型和它们的主要特征。
(2)《罗兰之歌》的思想意义和人物形象。
(3)但丁和他的《神曲》。

这一时期欧洲社会、历史的一个重要特点，是基督教在思想文化领域中的绝对统治地位。宗教统治对中世纪西方文学的发展具有深刻的影响。

古代希腊罗马文化的历史到此中断。中世纪欧洲从古代接受下来的文化成果，主要是基督教以及少量对基督教有用的东西。它的一切几乎是从头做起。在这过程中，日耳曼民族的文化成为一种新的因素融入了进来。

中世纪初期的欧洲，战乱频仍，文坛荒凉。11世纪后，随着封建制度的确立，文学也恢复了生机。

在等级分明的封建社会中，自然形成了反映各个阶级思想意识和审美理念的文学种类。教会文学以宣扬教义为己任，它的梦幻、象征、隐喻等艺术特色对当时的文学产生了广泛的影响；骑士文学（抒情诗、叙事诗）以虚构的故事和人物表现封建主阶级的理想与所谓"骑士精神"；人民英雄史诗和人民诗歌反映了各国广大人民的愿望；城市文学、城市戏剧则以全新的内容和风格表现了新兴市民阶级的思想和情趣。人民英雄史诗在中世纪文学中占有比较重要的地位，法国的史诗《罗兰之歌》是其中最好的作品。

但丁是"中世纪的最后一位诗人,又是新时代的最初一位诗人",是欧洲中世纪最重要的作家。他的代表作《神曲》也表现了这种新旧交替的时代特征。

第一节 概　述

一、历史背景

　　大约从公元3世纪起,北欧的蛮族日耳曼人大批越过罗马帝国边境。罗马人无力赶走他们,曾幻想让他们进入的军队为罗马守卫边疆,结果事与愿违。376年,原住在多瑙河下游的属于日耳曼族的西哥特人因受到匈奴人西侵的冲击而进入了罗马帝国境内,一年之后的377年,他们因不堪罗马官吏的欺压而掀起了大规模的暴动。他们得到了罗马奴隶、隶农和贫民的支持,于378年击败罗马军队,罗马皇帝瓦伦斯阵亡。401年西哥特人入侵意大利,410年西哥特人占领罗马。455年汪达尔人攻陷罗马,进行多日的掠夺和破坏。476年,最后一个西罗马帝国皇帝被蛮族将领废黜,西罗马帝国灭亡。欧洲古代历史至此终结。从这时起,直至17世纪中叶英国资产阶级革命爆发,是欧洲历史上的中世纪。中世纪是欧洲封建制度形成、发展和衰亡的历史。

　　欧洲的中世纪大致可分三个时期。5世纪至11世纪,是它的初期,即封建社会形成的时期。12世纪至15世纪,是中世纪的中期,即封建社会的全盛时期。15世纪至17世纪中叶,是中世纪的末期,即封建社会衰落和资本主义产生的时期。在欧洲文学史上,中世纪文学指的是前两个历史时期的文学,不包括中世纪末期的文学。因为从14、15世纪开始,欧洲近代文学的因素已经出现,一般称之为文艺复兴时期的文学。

　　日耳曼人原来是些氏族部落,正处于氏族社会解体阶段。他们在帝国废墟上建立起来的那些王国,通过土地的大量集中和农民的农奴化,逐渐过渡到封建社会。

　　在中世纪初期,各蛮族王国为了争夺土地不断发生战争,它们的疆域也不断发生变化。中世纪的最初几个世纪就是处在这种混战的状况中。

在日耳曼人建立的各王国中，以6世纪初建立起来的法兰克王国最为强大。8世纪末和9世纪初，法兰克王查理（通称查理大帝，768～814）通过多次征战，大大地扩充了疆域，建立了一个强大的帝国。查理死后，帝国迅速分裂。查理的三个孙子之间发生内战，843年帝国一分为三：西法兰克王国（法兰西）、东法兰克王国（日耳曼）和意大利。欧洲大陆三个主要国家的疆域初步定型。

在欧洲中世纪，封建主阶级和农奴阶级的矛盾，是最基本的社会矛盾。广大农奴挣扎于饥饿和死亡线上，由于不堪封建压迫，经常逃亡，或拿起武器举行起义，掀起反抗封建主的斗争。

中世纪文化是在古代文明被一扫而光的原始状态下从头开始的。它的初期是一段文化低谷，到后来才逐渐走向发展和繁荣。

二、教会文学

基督教在欧洲封建社会中起着十分重要的作用，对文化的影响至为巨大。恩格斯说过："中世纪是从粗野的原始状态发展而来的。它把古代文明、古代哲学、政治和法律一扫而光，以便一切都从头做起。它从没落了的古代世界承受下来的唯一事物就是基督教和一些残破不全而且失掉文明的城市。"①当外族侵入罗马帝国时，他们抢劫和捣毁了古代文化的集中地——城市，致使古代文化大受摧残，基督教必须负起"从头做起"的重新建设文化的任务。在中世纪早期，封建主热衷于征战，轻视文化，僧侣们取得了独占文化教育的地位。基督教在意识形态方面的统治，不可避免地影响了整个文化领域，致使一切文化都染上了浓厚的宗教色彩。

教会把一切学术都纳入神学的范畴。他们把哲学当作"神学的婢女"，把科学看作"宗教的仆人"。文学艺术也被用来为宗教服务。诗歌是为了撰写圣歌和祈祷词，学音乐是为了唱圣歌，修辞学成了说教讲经的艺术，散文是为写忏悔录和圣徒、教父传服务，戏剧是为了搬演圣经

---

① 恩格斯：《德国农民战争》，《马克思恩格斯全集》第7卷，人民出版社1959年版，第400页。

故事和圣徒行迹。

到了中世纪,基督教《圣经》的作用已经发生了根本的变化。《圣经》包括《旧约》和《新约》。《旧约》是希伯来人古代典籍的总汇,其中包括神话、经书、律法、历史书、先知书和诗文集,内容十分丰富,各种体裁的书汇集在一起,成为一部价值无限的典籍,不但其诗文部分艺术价值极高,其他部分也都具有很高的艺术魅力。《新约》是基督教自己的经典,内容是关于耶稣及其使徒们的传说、言行录和书信等,单就艺术价值而言,也是极应重视的。但是,中世纪的基督教会对《圣经》妄加解释,杜撰教义、信条以及种种清规戒律,突出宣传人类负有原罪,在现世理应受苦,安贫守贱,顺从上帝的安排,把希望寄托于来世。而且《圣经》都是古文的,人民无从读经,只能听僧侣的讲解。这样,被垄断了的《圣经》就成了封建统治者压迫人民的理论根据。到了中世纪的末期,宗教改革后,《圣经》才被译成各国语言。《圣经》对欧洲社会和文学产生了深远的影响。

中世纪的教会文学的主要内容是普及宗教教义,其体裁种类繁多,有圣经故事、圣徒传、祷告文、颂歌、圣者言行录、梦幻故事、奇迹故事、宗教剧等。这些作品有的渲染上帝至高无上的权威,有的歌颂基督的伟大,有的对圣徒大唱赞歌。那些为了基督教信仰而献身的殉教者,弃绝尘世生活遁世苦修的苦行者,以及长途跋涉去圣地朝圣的香客,都是它歌颂的对象,他们的事迹被写成传记,大加宣传。在艺术上,它们多梦幻的、朦胧的、浪漫的气氛,又多劝惩的说教。

在教会文学以外,中世纪的其他文学也不免受基督教思想的渗透。凯尔特、日耳曼族的人民史诗和后期的英雄史诗,也受了基督教的影响,打上基督教的烙印;中世纪骑士文学是半教会半世俗的东西,带有更浓厚的基督教色彩。

三、英雄史诗和其他人民诗歌

中世纪的人民文学极其丰富多彩,有各种歌谣、故事、传说,甚至还有长篇的叙事诗。由于人民的文学表现了大胆的"异教"精神,受到教会的摧残。教会的文件中记载着"恶魔的歌曲"、"不要脸的情歌"和"没有信仰的歌曲"等咒骂性的语言，由此可以看出教会对人民文学的仇视。很多作品没有流传下来，那些由教士们记录下来的东西也残缺不全。但教会统治的程度不同，各国人民文学受到摧残的程度也不同。在欧洲中世纪早期的人民文学中，以凯尔特人的英雄故事和北欧日耳曼人的神话和英雄史诗最为丰富。

虽然欧洲中世纪早期的英雄史诗和其他创作被记录成书的时间较晚，但它们产生和流传的时间则较早。很多作品反映的是民族大迁徙时期甚至更早时期的历史事件和部落生活，有较多的神话传说成分。

在流传下来的凯尔特人的作品中，以爱尔兰人的乌拉德系故事和关于英雄菲恩的故事最为有名（形成于3世纪至4世纪，最初被记录下来是在7世纪至8世纪）。乌拉德系故事出自爱尔兰北方乌拉德地方（后称厄尔斯特）。其中最有名的故事之一是《夺牛长征记》，故事中的主要英雄库胡林是保卫家乡的英勇战士，被赋予神话色彩，具有非凡的能力。他英勇无畏，富有同情心，并且极有礼貌，体现着古代爱尔兰人民的道德理想。关于英雄菲恩及其随从武士的故事产生于爱尔兰南部。这些战士全都武艺高强，主要从事战争和狩猎，专门打击为害人民的妖魔，说明这些作品所反映的是氏族社会末期的生活。稍后，爱尔兰还出现关于亚瑟王的故事，影响很大，后来流传到别的国家。

在流传下来的中世纪早期的文学中，日耳曼人的文学在数量上十分丰富。他们的英雄史诗数量很多，反映的是民族大迁徙时代的社会生活。他们还有比英雄史诗更早的神话传说，散见于冰岛诗体的"埃达"和散文体的"萨迦"中。

《希尔德布兰特之歌》是日耳曼人"异教"时代英雄传说中唯一用古德语记录下来的诗篇，仅残存68行。史诗流传于8世纪，记录文字属于9世纪。内容是叙述东哥特王狄特里希的部将希尔德布兰特与儿子哈都布兰特交战的故事。从这部残缺的史诗中可以看出日耳曼人部落生活、战争、荣誉感和尚武精神的一些特点。

日耳曼人的一支盎格鲁撒克逊人的史诗《贝欧沃尔夫》是流传至今的早期英雄史诗中最完整的一部，共3182行。它出现较早，大约在7、8世纪之间写成。但诗中所反映的事件是在6世纪，即盎格鲁撒克逊人尚在欧洲大陆时的生活。史诗叙述瑞典南部耶阿特族国王许耶拉克的侄子贝欧沃尔夫率14名武士前往丹麦,只身与巨怪搏斗,杀死巨怪和它的母亲。许耶拉克和他的儿子死后,贝欧沃尔夫当了国王。他晚年率武士杀死火龙,自己也伤重牺牲。史诗中既有历史成分,也有传说成分。诗中的主人公是一个氏族英雄,他不但英勇无比,而且见义勇为、大公无私、慷慨仁爱、勇于自我牺牲,集中体现了部落人民关于英雄的理想。诗中人物性格鲜明,结构严谨,选材集中,层次分明,语言富于形象的比喻。史诗基本上是氏族社会的产物,但在流传与抄写过程中受到了基督教的影响,如有时把命运同上帝等同起来,以及有某些宿命论的调子等等。

在中世纪早期的文学中,冰岛的"埃达"和"萨迦"占有重要地位。"埃达"分为两部。一部称"旧埃达",是诗体,17世纪中叶发现的一个手抄本大约写于13世纪。另一部是"新埃达",或称"散文埃达",是旧埃达的诠释性著作。

诗体"埃达"共收有诗歌三十余篇,按题材分为神话诗和英雄史诗两大类。神话诗记录了关于北欧一些神的传说,如神王奥丁、雷神兼农神托尔、战神提尔、春天女神和爱神弗蕾娅等,都是北欧日耳曼人十分熟悉的异教神。由于冰岛接受基督教较晚,因而在他们的诗歌中把异教神话保存了下来。

冰岛神话诗最有名的作品是《沃卢斯帕》(又名《女法师的预言》),记录了关于世界的产生、毁灭和再生的传说,反映了氏族社会解体时期社会的混乱和败坏。但诗的结尾并不悲观。在较晚的诗《洛基的吵骂》中,洛基神揭发众神的罪恶,嘲骂女神的荒淫,特别是对主神奥丁的揭露,反映出氏族社会末期贵族统治者权威衰落的情况。

"埃达"中的英雄史诗有不少是关于英雄齐格夫里特、勃艮第王巩特尔、匈奴王阿提拉、东哥特王埃曼纳里克等人的故事。这些都是民族大迁徙后期的故事传说,在大陆上的日耳曼人(如哥特人、勃艮第人、法兰克人)中间流传,大概在6、7世纪从德国北部流传到挪威,又从那里流传至冰岛,内容上有少许的加工改造,人物的名字也都斯堪的纳维亚化了①。"埃达"中还有一些讲述"海盗时期"以前北欧的国王和战士们的故事。

冰岛的散文叙事文学"萨迦"大约形成于10世纪至14世纪。在12世纪至14世纪被记录下来,所反映的主要也是氏族社会的生活。它的内容包括史传、英雄传说、旅行记、家族史话等等。有史传类的重要作品《埃基尔萨迦》,有记述发现美洲的《红埃里克萨迦》,有家族史话类的重要作品《尼亚尔萨迦》,有英雄传说类最重要的作品《佛尔松萨迦》。

由于冰岛中世纪早期的文学保存了北欧神话传说和史传故事的丰富材料,因而在欧洲文学中占有重要地位,具有很高的历史与文学价值。

芬兰的民族史诗《卡勒瓦拉》(又译《英雄国》)由19世纪芬兰诗人兰罗特长期深入民间收集和编写而成,1835年初版。1849年再版时内容大为扩充,包括50篇长诗。《卡勒瓦拉》记录了芬兰人民从7世纪末以来就流传着的神话和传说,颂扬芬兰人民祖先的英雄业绩。史诗描写了卡勒瓦拉(即芬兰)的英雄们争夺三宝(能制造谷物、盐和金币的三个神磨)的故事,反映了芬兰人民在氏族社会解体时期的社会生活和思想面貌。史诗的民族特点和民间特点都很鲜明。

后期的英雄史诗则是封建国家逐渐形成和封建制度发展以后的产物。诗中英雄人物的思想和活动已超出部落的狭隘范围,他们为保卫国家而战斗,勇敢善战、忠于祖国、忠于君主,表现了在封建关系下人民理想中的爱国英雄形象。某些史诗中还出现了刚强英明、能够统一国家、制服封建叛乱的理想君主的形象。后期英雄史诗一般都有一定的历史事实为基础,在民间流传过程中经过各种加工,大约在12世纪至13世纪时方被一些有文化的人记录下来。在长期流传过程中,以及在最后被记录时,往往渗入了一些贵族的、基督教的思想,因而带有一定的复杂性。

---

① 在"埃达"中,巩特尔称巩纳尔,哈根称哈格尼,齐格夫里特称西古尔德,阿提拉称阿特里,克里姆希尔特称古德伦。

后期英雄史诗中最著名的有法国的《罗兰之歌》(1080?)，西班牙的《熙德之歌》(约1140)，德国的《尼伯龙根之歌》(约1200)和俄罗斯的《伊戈尔远征记》(1185～1187)等。

法国的《罗兰之歌》是后期英雄史诗中最有代表性的作品。全诗4002行，用罗曼方言写成。诗中叙述的故事发生在查理大帝时代。查理大帝出兵西班牙，征讨摩尔人（即阿拉伯人），历时7年，只剩下萨拉哥撒没有被征服。萨拉哥撒王马尔西勒遣使求和。查理大帝决定让加奈隆前往。加奈隆在谈判时和敌人勾结，定下毒计：在查理归国途中袭击他的后卫部队。加奈隆回报查理大帝，说萨拉哥撒的臣服是实情。于是查理决定班师回国，并接受加奈隆的建议由罗兰率领后卫部队。当罗兰的军队行至荆棘谷，突然遭到10万摩尔兵的伏击。罗兰率军英勇迎战，但因众寡悬殊，全军覆灭，罗兰最后吹起号角，请查理回兵来救，但为时已晚，罗兰英勇战死。查理大帝赶到，看到的只是遍野横陈的法兰克人的尸体。查理率军追击，大败敌人。回国以后，将卖国贼加奈隆处死。加奈隆的30个亲族为他呼冤，最后也受到惩罚。

778年，查理大帝远征西班牙，因国内发生叛乱而返回，途中遭到巴斯克人的袭击。这是一段史实。《罗兰之歌》的情节以这一历史事实为依据。但史诗把一场只有几天的战争写成历时7年的征伐异教徒的大战，又把36岁的查理写成须发皆白的200岁老人，加奈隆也纯属虚构。这些虚构都服从于全诗主题的需要。

《罗兰之歌》是一部爱国主义诗篇。在史诗中，查理大帝、罗兰和奥里维等英雄为之奋斗的事业是保卫祖国，加奈隆则是为了私利而出卖国家利益的叛变行为和封建主尔虞我诈的体现者。史诗中的查理大帝是一个被歌颂的形象。他英明勇武，威名远扬，甚至敌人也表示敬畏。这样一个贤明、刚强，能保卫祖国，又能制服封建主叛乱的国王，正是当时人民所要求的。

罗兰是史诗中最动人的英雄形象。他体格魁伟，勇敢刚毅，面对10万敌军也毫不畏惧。在临终前的眩晕中，发现一个勇敢精壮的阿拉伯人来夺他身边的宝剑，他竟能"对那人的金盔奋力一击，将钢盔和头骨一齐砸碎"，表现出非凡的英雄气概。他热爱自己的国家，把保卫"可爱的法兰克"看作自己的天职。他忠于查理,但他的忠于查理是和忠于祖国不可分的,并不是简单地体现封建等级制度的狭隘性。尽管如此,史诗中罗兰身上忠于国王的封建藩臣的一面被过分强调了。另外,史诗的事件被写成征伐异教徒、保卫基督教的战争,罗兰死后被神使引入天堂等等,都反映出被统治阶级加工过的痕迹。

《罗兰之歌》在艺术上也比较完美。情节集中在一个事件上,只写战争的最后一年。诗中惯用重叠和对比的手法,风格粗犷朴素。这些都是民间创作艺术特色的反映。

德意志的《尼伯龙根之歌》篇幅很长,有9500余行,产生于1200年前后,但诗中的故事发生在5世纪民族大迁徙的时代。史诗分上下两部,上部叫《齐格夫里特之死》,下部叫《克里姆希尔特的复仇》。史诗叙述尼德兰勇敢的王子齐格夫里特早年曾杀死巨龙,占有尼伯龙根族的宝物。他帮助勃艮第国王巩特尔娶冰岛女王布伦希尔特为妻,自己也娶了巩特尔的妹妹克里姆希尔特。后来布伦希尔特得知巩特尔是靠"侍从"的力量娶的她,深感受了侮辱,便定计让侍臣哈根杀死齐格夫里特。事后,哈根把尼伯龙宝物沉到莱茵河里。克里姆希尔特守寡13年后,为了复仇,嫁给了匈奴王并定计将巩特尔和哈根杀死,东哥特王狄特里希的勇士希尔德布兰特又愤于克里姆希尔特的残忍而将她杀死。

史诗的情节基础是日耳曼人在莱茵河上游所建立的勃艮第王国于437年遭到匈奴人毁灭的史实。但这一史实又和北欧关于英雄齐格夫里特以及强悍的冰岛女王布伦希尔特的传说联系在一起。史诗中的事件发生在日耳曼人尚未封建化的时期,但史诗中对12世纪德国封建时代社会关系的反映远比对5世纪日耳曼氏族部落生活的反映要明显。诗中围绕尼伯龙宝物所产生的争斗和封建主之间的其他流血冲突,都带着封建纷争的烙印。诗中描写人物的封建等级观念、臣下的忠君义务、重视骑士荣誉以及联姻要考虑政治利益等等,都是封建社会意识形态的反映。特别是克里姆希尔特的复仇,说明夫妻关系已经超过了古代氏族部落时期的血缘之情,更是封建关系的反映。此外,诗中所反映的宫廷礼仪习俗和宗教生活,也都带有封建制度形成以后的明显特点。

西班牙的《熙德之歌》反映了西班牙人民争取民族独立的斗争。西班牙在8世纪初被阿拉伯人占领,人民反抗外族压迫的斗争一直不断,到了11世纪至13世纪,这个斗争达到高潮,熙德就是这个斗争中出现的民族英雄。在阿拉伯语中,熙德是"首领"的意思,是阿拉伯人对西班牙英雄罗德利戈·狄亚斯·德·比瓦尔的称呼。史诗中描写罗德利戈·狄亚斯被国王不公正地放逐,但他以国家民族利益为重,英勇抗击阿拉伯人,打败了敌人,夺得城池和土地,并迫使各阿拉伯王臣服于西班牙国王。在熙德的身上,集中地体现了人民所理想的爱国英雄的品质。熙德的封建君臣观念很强,并且为保卫基督教信仰而战,这些都说明《熙德之歌》是封建制度繁荣时期的产物。

俄罗斯的《伊戈尔远征纪》成书于12世纪末,但直至18世纪末才发现一个16世纪的抄本。史诗以1185年罗斯王公伊戈尔远征波洛夫人遭到失败的史实为依据,通过对这次悲剧性远征的具体描写和对失败原因的阐述,表达了强烈的爱国主义思想。史诗对罗斯诸侯们的内讧进行了强烈的谴责,而把基辅大公描写成一个捍卫全罗斯利益的英明统治者,号召罗斯诸侯团结起来,清除阋墙,共同御外。史诗中抒情气氛很浓,衬托出抗敌斗争与祖国大地、人民命运息息相关。诗中所使用的一些民歌手法和形象,说明这部史诗同民间文学有着密切的关系,但也有基督教的影响。

西欧一些国家的封建化过程在12世纪初基本完成。随着封建制度的完全确立和发展,封建剥削与压迫也随之加强。各封建王国之间和大封建主之间的长期混战,8次十字军东征,以及黑死病等所造成的灾难性后果,全部落到了农民的头上。封建主不断加强对农民的掠夺和奴役,农民被逼得走投无路,便不断掀起暴动,反抗封建主。农民的不满和反抗情绪在一些国家的文学中得到了鲜明的反映。如14世纪英国的教会小职员兰格伦(1332～1377? 或 1400?)所写的长诗《农夫皮尔斯》用梦幻故事的形式和寓意象征的手法,揭露了僧俗封建主的罪恶,表达了农民对正义社会的理想,反映了1381年瓦特·泰勒起义前后广大农民的不满情绪。但作者又寄希望于国王主持公道,最后还幻想借助教会劝善的办法来实现真理与正义,反映了作者受宗教教育的深刻影响。

14世纪以后,一种被称为"谣曲"的故事诗流行起来,内容多是写生活的悲剧或历史题材,也有一部分是反映农民同封建主的矛盾与斗争的。后一种中最著名也是最好的一组是英国关于好汉罗宾汉和他的伙伴们的谣曲。罗宾汉是12世纪的自由农民,他英勇善射,因不堪地主压迫逃往山林,结交一批"法外之民",组成一支由绿林好汉参加的武装队伍。他们劫富济贫、仗义疏财,但只反对地主、僧侣、官吏而不反对国王。谣曲热情地歌颂了他们的机智和勇敢。罗宾汉和他的伙伴们的形象,如细长个子小约翰、快乐的僧人大力士吐克、歌手阿兰等,都成了家喻户晓的人物,深受群众喜爱。

四、骑士文学

西欧到了11世纪和12世纪,封建制度已经完全确立,封建主阶级在政治上和经济上的统治地位日益巩固。这种情况使他们在教会文学之外,要求能有更直接更具体地反映自己阶级意识的文化。这种封建主阶级的文化,在他们的文学——骑士文学中得到鲜明的反映。

骑士制度是封建制度的产物。封建主为了进行战争和镇压人民而养了许多骑士。他们替大封建主打仗,得到赏赐而成为小封建主。在多次十字军东征中,由于战争的需要,骑士的地位大为提高,并逐渐形成所谓骑士精神。12世纪时,出现了骑士团组织。在骑士制度的发展过程中,还为骑士制定了一系列的道德标准。骑士信条是"忠君、护教、行侠",此外,还要求骑士"文雅知礼",要把自己的"荣誉"看得高于一切,他不仅要忠实地为主人服务,还要效忠和保护女主人。女主人在骑士心目中像圣母一样神圣。为自己"心爱的贵妇人"去冒险和取得胜利,博得贵妇人的欢心,在骑士看来是最大的荣誉。所有这一切就构成了所谓"骑士精神"。这些都带有明显的封建性和矫揉造作的特点。不过由于他们是封建统治阶级中的下层,他们中有些人的锄强扶弱、保护妇女、尊敬老人等道德信条,也有与人民愿望一致的一面。此外,他们反对宗教的苦行主义,向往世俗生活的欢乐,要求突破禁欲主义的束缚,毕竟也是对宗教教条的背离。

后来随着中央集权的加强和战争活动的相对减少,以及雇佣兵制度的兴起,骑士制度逐渐衰落,骑士们腐朽和寄生的本质日益显露,而他们引为骄傲的尚武精神则逐渐消失。

如同法国是中世纪骑士制度的中心一样,法国也是骑士文学最兴盛的地方。骑士文学的主要体裁有抒情诗和叙事诗(诗体传奇)。骑士抒情诗的中心地是法国南部的普罗旺斯。恩格斯曾指出,南部法兰西"在新时代的一切民族中第一个创造了标准语言。它的诗当时对拉丁语系各民族甚至对德国人和英国人都是望尘莫及的范例"[①]。恩格斯在这里所说的诗,就是普罗旺斯的骑士抒情诗。

骑士抒情诗的作者主要是封建主和骑士,但也有少数是社会下层出身的人。在普罗旺斯,这种诗人称为"特鲁巴杜尔",意为行吟诗人。普罗旺斯的骑士抒情诗在艺术方面受到民间诗歌很大影响,但内容则是描写骑士们的所谓"典雅的爱情",其中心主题是骑士对贵妇人的爱和崇拜。骑士抒情诗种类很多,其中以《破晓歌》最为有名,写的是骑士和贵妇人在黎明前依依惜别的情景。骑士抒情诗和宗教文学不同,写的是现世的生活,而且注意心理描写,语言也形象生动,诗律新颖多样,这些对后来欧洲诗歌的发展都有一定影响。

法国北方骑士文学的主要成就是骑士叙事诗。这种诗歌的诗人称做"特鲁维尔",亦为行吟诗人之意。骑士叙事诗一般都比较长,内容是写骑士对贵妇人的爱情,写他们为获得荣誉和博得贵妇人的青睐,除妖驱魔,降龙伏虎,进行各种冒险的活动,有时也写他们为了护教而征讨异教徒的故事。骑士叙事诗缺乏历史的根据,大多出自诗人的虚构,诗中的离奇情节和冒险精神,同十字军东征时的宗教狂热和阿拉伯传说的影响有关,其根本原因是骑士精神的脱离实际。不过,它的结构形式、人物刻画以及心理描写等方面,对后来欧洲长篇小说的发展有一定影响。

---

① 恩格斯:《法兰克福关于波兰问题的辩论》,《马克思恩格斯全集》第5卷,人民出版社1958年版,第420页。

骑士叙事诗中描写不列颠王亚瑟和他的圆桌骑士的作品数量很多，在法、英、德等国都产生了不少的作品。其中以法国的克雷提安·德·特洛阿（1135?～1191?）所写的最好。亚瑟原是不列颠凯尔特人的一个不大的封建领主，但特洛阿把他写成一个封建大国的国王。他的宫里讲究最优美典雅的礼节，四面八方勇武的骑士都云集这里。他们对美丽的贵妇人表示爱慕和崇拜，并到各地去从事冒险活动。特洛阿对封建骑士的生活和理想极尽粉饰和美化之能事，尽情歌颂其辉煌的一面，完全抹杀了他们的残暴和寄生的特点。

但是，骑士文学中也有表现出一定的反封建精神的作品。《特里斯丹和伊瑟》是流传最广的骑士叙事诗之一。故事取自不列颠凯尔特人的传说，法、德两国的诗人都曾根据这个传说写成叙事诗。13世纪时还出现了散文体的传奇。作品叙述康瓦尔王马尔克派特里斯丹到爱尔兰迎娶公主伊瑟，二人在归途中误饮魔汤，由此产生了不可克制的爱情。伊瑟虽同马尔克结了婚，但一心热爱特里斯丹。马尔克对他们进行种种迫害，终不能制止他们的爱情，最后两个情人都悲惨地死去。诗中歌颂了真诚的爱情，对封建的婚姻提出了抗议。

13世纪流传的《奥卡森和尼柯莱特》是一部用散文和诗交错写成的作品。贵族公子奥卡森违背父亲意志，置保家卫国的骑士职责于不顾，同一个女俘恋爱，经过斗争、逃亡、漂流而终成眷属。这些后期的骑士文学作品，已经明显地表现出中世纪骑士精神的衰落，同时也可以看出近代反封建思想的一些萌芽。

五、城市文学

10世纪至11世纪，欧洲各国出现了以手工业和商业为中心的城市，这是欧洲封建社会开始进入它的全盛时期的标志之一。市民阶级为维护、发展自己的利益和争取独立，与封建主展开了长期的斗争，许多城市取得了自治权。同时由于城市内部的分化，市民阶级上下层之间的矛盾也日益加深。

随着城市的发展，产生了城市文化，出现了非教会的学校和反教会的"异端"运动。于是，教会在思想文化上的垄断被打破，非教会的世俗文化形成，城市文学也应运而生。

城市文学是在民间文学的基础上发展起来的。它与教会文学不同，在内容上现实性极强，在风格上也是生动活泼的，主要使用讽刺手法。城市文学的出现，对于中世纪文化的发展具有重大的意义。

在文学样式上，城市文学也有新的创造，产生了韵文故事、讽刺故事诗等新型体裁。作者主要是城市里的街头说唱者。作品取材于现实生活，表现市民阶级的机智和狡猾，讽刺专横的贵族、贪婪的教士和凶暴的骑士。

法国是城市文学最发达的国家之一。法国的"笑谭"是一种韵文故事，内容是日常生活中滑稽与荒诞的事情，篇幅不太长。教士是经常被嘲笑的对象。《驴的遗嘱》叙述一个穷教士将死驴埋在教会领地，教区主教控告他的渎神行为，教士急中生智，说该驴生前曾立下遗嘱，将其积攒的20银币捐赠给主教。主教便改口说愿上帝饶恕它的一切罪过。可见教会的神圣教规也是因教士贪财而灵活改变的。《修士丹尼斯》讲述一个僧人用欺骗手法到民家去大吃大喝，弄得人家倾家荡产的故事。也有一些故事是讽刺城市上层如高利贷者和富裕商人的。很多作品表现了市民们的机智、灵活和重实际的特点。农民也是笑谭中经常出现的人物。农民的机智和讲究实际使他们得以摆脱困境，得到可喜的结局。如在《神父的母牛》中，一个神父宣称，凡向教会捐赠的人都将得到双倍的回报。有个农民向教会捐赠了一头母牛，神父把农民的牛和自己的牛拴在一起，赶进牛群，不料农民的牛带着神父的牛回到了农民家里。农民以为神父的话应验了。《农民医生》描写农民被错当成医生，运用机智摆脱了困境，喜剧性极强。

德国也有笑谭之类的作品。城市平民出身的流浪诗人史特里克尔（约1215～1250）曾编成一部以神父阿米斯为主人公的笑谭集，描述了这位狡猾神父的经历。阿米斯神父在为修建教堂而进行募捐时宣称，他只收那些不曾背叛丈夫的女人的钱，结果大批女人都来恳求他收下她们的捐献。阿米斯神父还宣称他的驴会读书，实际上书页之间都放了燕麦。

关于列那狐的故事诗是中世纪市民文学的最重要成就之一。大约在9世纪至10世纪,法国广泛流传着动物故事。12世纪后,形成一批以列那狐为中心形象的故事诗。这些故事诗产生在民间动物故事的基础上,作者已不可考。列那狐故事诗中最早的一组叫《列那狐传奇》,产生于12世纪70年代至13世纪中叶,共包括27组故事,每一组称一"支",包括几个小故事。全诗合起来共有三万余行,堪称宏篇巨制。《列那狐传奇》后来由法国传到西欧其他国家。

《列那狐传奇》通过动物生活的描绘反映了中世纪封建社会的现实生活。作品中叙述列那狐同各种猛兽之间的斗争以及对一些小动物的压迫,形象地表现出当时各阶级之间的关系。列那狐与伊桑格兰狼之间的斗争是贯穿各"支"的主线。列那狐狡诈多谋,善于应变,伊桑格兰狼则贪婪、粗鲁、愚蠢,总是上列那狐的当而大吃苦头。作品中狮子诺布勒是专横昏庸的国王,驴子贝尔纳是宗教界的代表,布伦熊和伊桑格兰狼则是残暴贪婪的封建领主和骑士。列那狐象征市民,它跟猛兽之间的斗争象征市民阶级对封建统治阶级的反抗。但列那狐也欺凌鸡、乌鸦、兔、鸟等弱小动物,反映出市民上层与贫苦下层之间的矛盾。诗中通过动物的形象歌颂了市民阶级的机智,讽刺和嘲弄了贵族、僧侣等统治阶级。但许多故事也揭露了列那狐的丑行,列那狐形象的阶级内容也有变化,有些故事中,列那狐身上出现了封建骑士的象征。

在《列那狐传奇》之后,出现了《列那狐加冕》、《新列那狐》、《冒充的列那狐》等续作。在这几部故事诗中,列那狐的形象有了新的发展。

《列那狐加冕》写列那狐继承狮王之位后,保护富者,压迫穷人。《新列那狐》叙述列那狐的邪恶舰队在教会支持下战胜了国王的美德舰队,列那狐也被罗马教皇立为"世界之王",具有明显的反教会倾向。

长篇故事诗《玫瑰传奇》在中世纪文学中占有重要地位。原来的作者吉约姆·德·洛利斯是一个典雅爱情诗的诗人。他在1230年前后所写的《玫瑰传奇》是一部纯爱情题材的作品,但没有写完就去世了。40年后,若望·德·墨恩进行续作,《玫瑰传奇》遂有上下两部。但这两部的思想内容完全不同。上部基本上宣扬骑士爱情的观点,下部则表现市民阶级的思想,而且突破了爱情题材的狭隘框框,写到许多重大的社会问题,对教会和贵族进行了尖锐的揭露。作者嘲骂封建贵族"本人无功又无价值,借他人高贵做装饰……比无赖之子更卑贱"。作者义正辞严地指出:"若无优良道德品质,门第高贵分文不值。"书中有不少拟人化的形象,其中"伪善"承认自己就是教会的化身。作者愤怒斥责教士们用各种手段骗取财富,斥责他们"蓄意做邪恶之事"。此外,作者对富有的商人和贪婪的高利贷者也进行了揭露。所以,《玫瑰传奇》下部是市民文学的重要成就,是欧洲最早反映出人文主义思想萌芽的作品之一。

13世纪后还出现了市民的抒情诗。最重要的市民抒情诗人是吕特勃夫(?～1280)和维庸(1431～1480)。他们的诗被认为是抒情诗的最早成就。吕特勃夫是一个穷歌手。他摒弃了单纯吟咏爱情的做法,使诗歌变成反映日常平凡生活的文学。他在诗里坦率地表现自己极度贫困的境况;他对社会与政治的腐败,对僧侣的特权与搜刮钱财等恶行,表示愤怒与抗议,但把希望寄托在国王身上。

法国15世纪的流浪诗人维庸出身低微,因被别人收养得以上大学,但他变成了一个惯偷,曾被判绞刑,因得到赦免被释放。他的主要作品是《小遗言集》和《大遗言集》。他写了很多人间不平之事,但又认为无论是富贵者或贫贱者最后都免不了一死而长眠地下,表现了严重的颓废思想。

城市戏剧在14世纪发展起来。城市戏剧是在中世纪的人民杂耍表演与宗教奇迹剧和神秘剧的基础上发展起来的。主要剧种有道德剧、傻子剧和闹剧。道德剧的内容是劝善惩恶,使用寓意的手法,把抽象的观念拟人化。傻子剧是通过人物装傻来讽刺贵族和教士,常指摘时事和政治。闹剧是城市戏剧中现实意义最强的一种,它最初作为穿插于宗教剧中的"幕间剧"而演出,后来独立出来,14世纪至15世纪在法、德等国广泛流行。主要是反映市民的生活,表现人情世态,生活气息较浓,充满戏谑和嘲弄,生动活泼,深受群众欢迎。最著名的闹剧是法国的《巴特兰律师》,写巴特兰与羊倌捉弄布商,最后律师又被羊倌所捉弄。这个闹剧揭露了商人的贪婪和法律的腐败,也反映了劳动人民的困苦情况,但剧中又把狡猾和诈骗作为好的品质而加以赞扬,反映了闹剧作者的市民意识。

中世纪的戏剧经过长期的演变、发展而繁荣起来,对文艺复兴和17世纪欧洲戏剧的发展都有不小的影响。

第二节 但丁

一、生平和创作

生活在13世纪后期和14世纪初的意大利诗人但丁(1265～1321)是中世纪最伟大的作家。他的创作反映了从中世纪向资本主义时代的过渡。恩格斯指出:"意大利是第一个资本主义民族。封建的中世纪的终结和现代资本主义纪元的开端,是以一位大人物为标志的。这位人物就是意大利人但丁,他是中世纪的最后一位诗人,同时又是新时代的最初一位诗人。"①这段话准确地指出了但丁在欧洲文学史上的地位。

意大利地处东西方交通的要道,十字军东征以后,东西方贸易更为发展,意大利的工商业日益繁荣,成为资本主义因素最早出现的地方。到13世纪,意大利北部的热那亚、威尼斯、佛罗伦萨、米兰等城市已经成为巨大的经济中心,成为当时欧洲最富庶最先进的地区,兴起了早期资产阶级,他们依靠人民的力量,推翻了封建统治,取得了自治权,建立了城邦共和国。但从整个意大利来说,经济发展并不平稳,政治上四分五裂。罗马教皇和神圣罗马帝国皇帝为了统治意大利和掠夺它的财富,彼此进行长期的斗争。教皇反对意大利资本主义的发展,反对意大利的统一,主张对各城邦分而治之。神圣罗马帝国皇帝则主张将意大利统一于自己的帝国之中,力图建立自己对意大利的统治权。他们之间的互相争夺,更加深了意大利的分裂状态。各城市内部的各阶级之间也存在着尖锐的矛盾和斗争,这些复杂的矛盾往往表现为党派间的斗争。所有这些情况都严重地影响了意大利国家的统一。在但丁的故

---

① 恩格斯:《〈共产党宣言〉1893年意大利文版序言》,《马克思恩格斯选集》第1卷,人民出版社1972年版,第249页。

乡佛罗伦萨,城邦共和国内部的政治力量,也分别依靠教皇和皇帝这两个最高的封建权威,形成了两个彼此对立的政党:基白林党和贵尔夫党。基白林党是封建贵族的政党,支持神圣罗马帝国皇帝;贵尔夫党是资产阶级的政党,支持罗马教皇。1293年,贵族政权被摧毁,基白林党亦被粉碎。贵尔夫党执政后不久,又发生了分裂,分成黑白二党,彼此进行残酷的斗争。

但丁·阿里盖利生于佛罗伦萨的一个城市小贵族家庭,后来家道中落,父亲长期经商,属贵尔夫党。但丁早年拜著名学者布鲁内托·拉蒂尼为师,学习拉丁文、诗学、修辞学,并研究古典文学。他对罗马大诗人维吉尔极为崇拜,称之为导师。但丁对其他文化领域如绘画、音乐、哲学等,也颇有造诣,他是当时最博学的人之一。但丁的创作道路是从用意大利语写诗开始的。他属于"温柔的新体"诗派。但丁少年时曾对邻人少女贝阿特丽采产生爱情,这是一种近乎骑士式的精神之爱,带有神秘色彩。1290年贝阿特丽采夭逝,但丁把自己1283年以来所写的献给贝阿特丽采的抒情诗收集在一起,连同新写的悼亡诗,共31首,用散文连缀起来,取名《新生》(1292～1293),以纪念自己所爱的女子。《新生》没有触及重大的社会问题,并且带有中世纪文学的神秘色彩,但其中对纯洁爱情的歌颂,反映了摆脱禁欲主义束缚的愿望,具有自然清新的风格。这是西欧文学史上第一部向读者剖露作者最隐秘的思想感情的自传性作品。

但丁在青年时代就参加了贵尔夫党,积极投入反对封建贵族的斗争,参加了粉碎基白林党的坎帕尔迪诺之战。贵尔夫党得胜后,但丁被选为佛罗伦萨的行政官。在贵尔夫党分裂为黑白两党后,但丁属于白党,反对教皇干涉佛罗伦萨内政。1302年,黑党在教皇包尼法西八世和法国军队支持下掌握了政权,但丁全部家产被没收,并被判处终身流放,从此开始了长达20年的流亡生活。政治活动和流放生活,对但丁的思想和创作产生了极大的影响。他走出了狭隘的个人生活的圈子,接触到现实的重要问题。流亡中他看到祖国的壮丽山河,也看到城邦之间内争之危害,更增加了他对祖国统一的渴望。流放初期,他写了《飨宴》(1304～1307)和《论俗语》(1304～1308)两部著作。前者是一部用意大利通俗语言向读者介绍科学文化知识的著作,共4卷,中心思想是用人类道德的完善和对知识的热爱来消除城邦之间的纠纷和城邦内的倾轧与争斗,表达了诗人对祖国的爱。后者论证了意大利人民语言的优越,批判了那种只推崇拉丁文、轻视人民语言的偏见,对解决意大利民族语言和文学问题起了很大作用。1309年,他用拉丁文写成的《帝制论》共3卷,集中地反映了但丁的政治观点。他一方面正确地主张建立政教分离的统一的国家,反对教皇干涉政治;另一方面又美化了王权的作用,实际上重复了已被历史淘汰了的基白林党关于"神圣罗马帝国"的概念。在实践上,但丁把希望寄托在神圣罗马帝国皇帝亨利七世身上,反映了诗人不切实际的幻想。《帝制论》第3卷最后一章是了解但丁《神曲》创作思想的主要依据。他谈到人生有两种幸福:"此生的幸福以人间天国为象征,永生的幸福以天上王国为象征。此生幸福须在哲学(包括一切人类知识)的指导下,通过道德与知识的实践而达到,永生的幸福则须在启示的指导下,通过神学之德(信德、望德、爱德)的实践而达到。""皇帝根据哲理引导人们走向现世幸福之路;教皇根据启示的真理,引导人类享受来世的永生幸福。"但丁肯定现世幸福,并以此为出发点,说明政教分离之必要,证明教皇无权干涉政治,表达了他的爱国的进步思想。在漫长的流亡生活中,但丁一直同教皇作斗争,拒绝向教皇在佛罗伦萨所支持的反动势力屈服。1321年但丁客死于拉文那,一直没有再回到故乡。所幸,但丁在死前完成了他最伟大的作品《神曲》,由于这部作品,但丁成为不朽的诗人。

二、《神曲》

《神曲》(1307~1321)是但丁在放逐期间写的一部长诗,是他呕心沥血、经历14年之久的忧愤之作,是诗人的代表作。《神曲》直译为《神圣的喜剧》,但丁原题为《喜剧》。中世纪时,喜剧的概念和今天不同,那时凡由纷乱和苦恼开始而结局于喜悦的故事,都可称为喜剧,并不限于舞台剧本。《神曲》以哀切、悲惨的地狱开始,而结局的天堂是光明、愉快的。这正符合喜剧的定义。后人为了表示对《神曲》的赞赏和对作者的崇敬,加上了"神圣的"这个形容词。

《神曲》分为三部:《地狱》、《炼狱》、《天堂》。诗人采用中世纪流行的梦幻文学的形式,描写了一个幻游地狱、炼狱、天堂三界的故事。诗人在诗中自叙他在人生的中途(35岁),在一片黑暗的森林中迷了路,正想往一个秀美的山峰攀登时,忽然出现了三只野兽——豹、狮、狼拦住去路。在危急关头,古罗马诗人维吉尔出现了,他受贝阿特丽采之托前来援救但丁从另一条路走向光明。维吉尔引导但丁游历了地狱和炼狱,最后由贝阿特丽采引导他游历了天堂。

地狱共分九层,如漏斗形,越往下越小。有些层又分若干圈。罪人的灵魂依照生前罪孽的轻重,分别被放在不同的圈层中受苦刑惩罚,罪行愈大者愈居于下层。但丁按照基督教的观点,把生前贪色、贪吃、易怒和邪教徒的亡灵放在地狱中受苦,但他更把社会上各种作恶的人放在地狱的下层。如第八层里受罪的是淫媒和诱奸者、阿谀者、贪官污吏、买卖圣职者、占卜者、高利贷者、伪君子、盗贼、诱人作恶者、挑拨离间者、诬告害人者、伪造者以及罗马教皇。在第九层受罪的则是叛国卖主的人,他们被冻在冰湖里,是但丁所最痛恨的人。

冰湖是地狱之底。维吉尔负着但丁,越过地球的中心,来到炼狱山下。

炼狱又译净界,实乃大海上的一座孤山。炼狱外部是山脚。由海滨经过山脚,通过山门,才能进入炼狱。炼狱的主体部分是七层,加上炼狱外部的山脚和山顶上的乐园,总共也是九层。炼狱内,分别住着犯有骄、妒、怒、惰、贪、食、色七种罪恶的亡魂。他们虽然犯有罪过,但程度较轻,而且已经悔悟,得到上帝的宽恕,在这里忏悔洗过。他们在完全洗净罪恶之后,便可升天。但丁游炼狱时,也像那些洗涤罪孽者一样,一层一层地上升,最后来到地上乐园。在这里,维吉尔突然消失不见,天空中祥云缭绕,花雨缤纷,贝阿特丽采出现在但丁面前。但丁喝了忘川水,忘了过去的过失,获得新生。贝阿特丽采引导但丁游历了天堂。

天堂分为九重,有月球天、水星天、金星天、太阳天、火星天、木星天、土星天、恒星天、水晶天。生前为善、有德行的人在这里享福。这里有虔诚的教士,有为基督教信仰而殉难的人,也有圣明的君主和学界的贤哲,基督和天使们也都住在这里。这里境界庄严,光辉四射,充满欢乐和爱,是但丁理想中的天堂。

九重天之上是上帝所在的天府。到天府以后,贝阿特丽采回到自己的位置。这里比天堂更加美丽、光明,上帝之光笼罩一切。但丁见到了上帝,但只如电光一闪,迅速消失。全诗就此结束。

《神曲》中表现了中世纪基督教世界观的明显烙印,包含着不少神学和烦琐哲学的知识,神秘色彩浓厚。但是,《神曲》绝不是一部宣扬死后善恶报应、鼓吹来世主义和赎罪思想的宗教作品。但丁创作这部作品,目的是为了给人类指出一条从黑暗走向光明的途径。对迷路,游地狱、炼狱和天堂的描写,象征着人类经过迷惘和错误,经过苦难和考验走向光明与至善的历程。书中很多寓意的形象都是由作品的基本思想所决定的。黑暗的森林象征着意大利的现实,三头野兽象征着阻碍人们走向光明的邪恶势力。维吉尔象征理性,他引导但丁游历地狱和炼狱,象征人类在理性指引下认识罪恶与错误从而醒悟、获得新生的过程。贝阿特丽采象征信仰,她引导忠于信仰的人达到思想的至善境界。从表面上看,似乎但丁提出了一个通过净化道德以达到永生的基督教神学问题。但实际上,但丁所探讨的乃是人类的光明未来,首先是意大利光明未来的问题。作为一个伟大的诗人,他既为祖国的命运忧虑,设法为它探索一条政治上和道德上新生和复兴的道路,同时也关心基督教世界以至整个人类的前途。

《神曲》写的虽然是一个梦游三界的故事,但作品的主要内容则取材自意大利的现实生活,有着强烈的现实性。特别是《地狱篇》,通过但丁和各种亡魂的对话,鲜明地反映了意大利的现实生活,接触到了一系列重大的社会政治问题。他写了佛罗伦萨的党争,也写到其他的城市,既写了世俗的压迫者和剥削者,也写了教会的罪恶,包括专横残暴的封建统治者、鱼肉人民的贪官污吏、重利盘剥的高利贷者、买卖圣职的教皇、贪婪成性的主教和教士等等。此外《神曲》还写到哲学、科学、神学、艺术等方面的问题,极其广泛地反映了当时意大利的社会政治和文化方面的情况,具有百科全书的性质。

但丁强烈而鲜明的政治倾向性,在《神曲》中得到充分的表现。佛罗伦萨是诗人所热爱的故乡,但作为党派纷争之地,使诗人深恶痛绝。诗人写党争使佛罗伦萨"充满了嫉妒,已经到了不可收拾的地步"。但丁渴望祖国的统一和复兴,具有强烈的爱国主义感情。即使是在游地狱时,国家的兴亡问题仍使他激动不已,不由自主地同鬼魂们讨论起来。凡是碰到那些危害过国家统一和利益的鬼魂,他就加以斥责;凡是遇到对国家民族做了好事和维护国家统一的人,就予以赞扬,哪怕是自己的政敌。《地狱篇》第10歌中,写到佛罗伦萨基白林党的首领法利那太,他是但丁敌党的人物。当年基白林党打败了贵尔夫党的军队以后,胜利者企图毁灭佛罗伦萨,法利那太持反对意见,才使这座名城免于浩劫。但丁在地狱里遇到了他的亡魂,对他格外表示尊敬,称他为"崇高的灵魂"。但丁描写这个爱国者即使身在地狱之中也保持着他的威严与高傲的雄姿。《地狱篇》第33歌中描写了贵尔夫党人乌格利诺和他的四个孩子被基白林党的罗吉埃利大主教关在塔里活活饿死的悲剧,写得极其凄惨,但丁对这种造成人间惨祸的残酷党争进行了有力的谴责。

但丁渴望祖国的统一与和平,在放逐生活中更体会到分裂与纷争的危害。在《炼狱篇》第6歌中写了一段但丁对祖国分裂发出的哀叹:"唉,奴隶般的意大利,你哀痛之逆旅,你这暴风雨中没有舵手的孤舟,你不再是各省的主妇,而是妓院!……你的活着的人民住在你里面,没有一天不发生战争,为一座城墙和一条城壕围住的人却自相残杀。你这可怜虫啊!你向四下里看看你国土的滨岸,然后再望你的腹地,有没有一块享着和平幸福的土地。"诗人对祖国的悲惨现状感到痛心,因此他对那些造成祖国分裂和混乱的人就格外痛恨。有些罗马教皇长期干预世俗政治,他们从统治意大利的野心出发,宁愿保持这个国家的分裂状态。意大利各地祸乱的根源是和教皇的罪恶分不开的。但丁特别对他所痛恨的教皇包尼法西八世,进行了猛烈的鞭挞,愤怒地揭露他对世俗政权的野心。当时包尼法西还没有死,但是但丁认为他的罪恶太大,所以事先就在地狱里给他定好位置,预言他死后将被倒栽在石穴里受火刑的惩罚。但丁虽是一个正统的天主教徒,但是他对教会腐败的无情揭露,在客观上跟人民群众的反封建反教会的情绪是一致的,具有进步的意义。

《神曲》的进步性还表现在它对新的思想和生活态度的肯定上。《神曲》关于游三界的构思,是以基督教的禁欲、苦修为内容的神学世界观作基础的。但在作品的实际描写中,却表现出对现世生活斗争的强烈兴趣,主张在生活与斗争中遵循理性的教导,强调自由意志的重要。书中反对蒙昧主义,提倡追求真理,赞美人的才能与智慧,肯定文化知识的重要,这一切都是同教会的教义相悖,是新的人文主义思想的萌芽。在《神曲》中,但丁引进了一大批古代希腊罗马的先贤荷马、苏格拉底、柏拉图、亚里士多德、维吉尔、贺拉斯等人,特地为他们在地狱中安排一个幽静美丽的地方,毫不受苦。但丁对这些异教的诗人学者表示了极大的尊敬,还把维吉尔奉为导师,称他为"智慧的海洋"、"拉丁人的光荣",并让他引导自己游历地狱和炼狱。诗中攸里西斯(即荷马史诗中的奥德修斯)的形象,集中地反映了要求理智解放的思想。但丁不但要求理智的解放,他还要求感情的自由。比如在对因相爱而被惨杀的情侣弗兰采斯卡和保罗的描写中,就明显地违反了宗教的观点,对他们争取恋爱自由的精神,表现了深切的同情。

但是,但丁是新旧交替时代的诗人,基督教的神学观念,中世纪的思想偏见,在他的世界观中仍占相当的比重,这就决定了《神曲》的思想内容是极其复杂和矛盾的。但丁虽然歌颂现世生活,但又把它看作是来世生活的准备。他虽然揭露贪婪腐败的教皇和僧侣,但并不反对宗教本身,对神学也是看重的。他推崇古典文化,但又把古典文化的伟大代表们作为异教徒放在第一圈的候判所里。另外,攸里西斯被当作使用阴谋诡计者,弗兰采斯卡和保罗因淫行全被放进地狱中受苦,与此同时,却把一些"虔诚的"教士、苦行者、殉教者和为基督教信仰而牺牲的十字军战士放在天堂,这都表现了但丁作为中世纪最后一个诗人所具有的神学世界观和作为新时代的第一个诗人的人文主义世界观的矛盾。但丁真诚渴望祖国的统一,但又天真地把希望寄托在神圣罗马帝国皇帝身上,为此他在《神曲》中不惜对他加以美化,在天堂里给他安排了位置。诗中旧时代的旧观点的痕迹还相当明显,但重要的是这些旧时代的旧观点已被新时代的新观点所压倒。正是诗人世界观中的进步因素,使他在中世纪文学中最先创造出广泛反映时代的社会政治生活、具有巨大的思想认识价值和艺术价值的伟大诗篇。

《神曲》在艺术上也有很高的成就。它所塑造的人物形象,特别是《地狱篇》里的形象,决不是阴暗的幽灵,而是一些丰富多姿、有血有肉的人,如贪婪并有野心的教皇、专横残暴的君主、刚强高傲的法利那太、温柔多情的弗兰采斯卡等,都写得栩栩如生,个性鲜明,令人难忘。

《神曲》的结构巧妙而严整。全诗分为三部,三行分节,奇偶连韵,每部33篇,加上序诗共100篇。各部的诗行大致相等,看起来匀称、工整,一直为文学史家所称道。

《神曲》用意大利语写成。在当时,正统的文学作品都是用拉丁语写作,但丁首创用意大利民族语言写作文学作品,对于促进意大利民族语言的统一和民族文学的发展,都起了很大的作用。由于《神曲》的出现,使意大利文学跃居当时欧洲文学的前列。

思考练习题

1. 欧洲中世纪文学有哪些类型?它们各自有什么特征?
2. 教会文学的主要内容和艺术特点是什么?
3. 中世纪早期英雄史诗和后期英雄史诗有什么不同?它们各有哪些主要作品?
4. 简述《罗兰之歌》的思想内容和人物形象。
5. 什么是骑士文学?它对文学发展有什么意义?
6. 举例说明城市文学和城市戏剧的基本特征。
7. 但丁的《神曲》如何表现新旧交替的时代特征?

第三章 文艺复兴时期文学

学习提示

文艺复兴时期的欧洲文学成就卓著,地位重要,是欧美文学史上继古代希腊罗马以后的第二个高潮。

本章的学习重点有:

(1)什么是"文艺复兴"和"人文主义"。

(2)这一时期各国文学的主要成就。

(3)塞万提斯《堂吉诃德》的人物形象和艺术成就。

(4)莎士比亚的创作成就,其代表作《哈姆莱特》的人物形象、思想意义和艺术特点。

文艺复兴发生于中世纪晚期,也就是资本主义萌芽、封建制度开始衰落时期,是第一次全欧性的反封建反教会的思想文化运动。欧洲文化的历史由此摆脱了漫长的发展缓慢的中世纪而进入迅速发展的新时期,其影响巨大,意义深远。这一时期产生的新思想——人文主义,具有反封建反教会的进步性。它指导着近代西方的思想、科学、文艺的发展,并为日后西方的学术和文学的发展打下了基础。

文艺复兴时期是欧洲文学大发展的时期。它在继承古代希腊罗马和中世纪的文学成就的基础上,爆发了一次伟大的变革。文艺复兴从意大利发端,逐渐形成全欧性的声势浩大的运动。意大利、德国、法国、西班牙、英国等都先后进入近代文学的新时代,各种民族语言的新文学、各种新的文体(诗歌、散文、短篇小说、长篇小说、悲剧、喜剧等)在此时萌生。欧洲文学从思想到艺术都"旧貌换新颜",取得了历史性的突破,并为今后的发展开辟了道路。

在当时蓬勃发展的各国文学中,西班牙和英国的文学成就最高。塞万提斯和莎士比亚是其中最突出的两个作家。

塞万提斯以小说方面的成就树立了他在文学史上的崇高地位。他的《堂吉诃德》在文学史上具有继往开来的意义,书中的同名主人公已经被公认为世界文学史上不朽的艺术形象之一。

莎士比亚是这一时期最杰出的作家,也是全部欧美文学史上评价最高、影响最大的作家之一。因此,第四节应该是本章学习的重中之重。学习这一节,一方面要对莎士比亚的创作(主要是戏剧,包括历史剧、喜剧、悲剧、传奇剧)及其发展过程有全面的了解;另一方面,对其代表作《哈姆莱特》的思想、人物、艺术,特别是对剧中的同名主人公有较深的理解。

第一节 概 述

一、历史背景

文艺复兴是从14世纪至17世纪初先在意大利产生,然后在欧洲其他许多国家相继发展起来的一次思想文化运动。

这个时期是欧洲封建社会逐渐解体,资本主义生产方式在封建社会母体内孕育的时期,也是欧洲从中世纪封建社会向资本主义社会过渡的历史转折时期。从14世纪开始,欧洲封建社会内部陆续出现了资本主义关系的萌芽;15世纪末,随着新航路的开辟和地理大发现,世界市场形成,进一步推动了资本主义的发展。

但封建的生产关系还占统治地位,资产阶级要自由地发展资本主义,就必然与阻碍他们发展的封建制度发生尖锐冲突。他们反对封建贵族和教会的统治,反对封建主和僧侣特权,反对封建割据,关心民族的统一和商道的安全。但是,这时新兴的资产阶级在政治上还是软弱的,因而他们的反封建斗争主要表现在思想文化方面。

当时对封建制度打击最深、声势和规模最大的是反封建的城乡劳动人民的起义。从14世纪起,意、法、英、德等国都爆发了一系列的农民起义和城市平民起义。资产阶级作为刚刚兴起的一支力量,在斗争中同劳动人民结成了暂时的联盟。虽然当时的资产阶级还具有软弱和妥协的一面,然而从历史发展的大趋势看,资产阶级还是代表了欧洲历史进步的潮流的,是当时"欧洲的革命因素"。① 新兴资产阶级步入欧洲的历史舞台,将为欧洲文学带来一番全新的面貌。

经过上千年的经营,其时天主教会的势力已遍布欧洲社会的各个角落,与传统封建体制和封建势力的关系盘根错节,其触手更是深入到

---

① 恩格斯:《社会主义从空想到科学的发展》,《马克思恩格斯选集》第3卷,人民出版社1972年版,第389页。

政治、经济、文化和思想意识等各个领域。新兴资产阶级对旧制度的任何改造,都必然要遭遇教会的力量。因此,恩格斯说:"要在每个国家内从各个方面成功地进攻世俗的封建制度,就必须先摧毁它的这个神圣的中心组织"[①]。

这个时代的革命运动,正如恩格斯所说:"我们德国人由于当时我们所遭遇的民族不幸而称之为宗教改革,法国人称之为文艺复兴。"[②]宗教改革与文艺复兴是一件事的两面。这就是要在体制和思想领域全面削弱教会对欧洲社会的影响力和控制力。宗教改革本质上是教会内部的进步力量为改造落后的教会体制,适应新的社会发展形势而展开的努力,是对旧宗教体制的主动修正;文艺复兴则是从外部,以确立人文主义的新价值体系的方式,和天主教会的宗教意识形态展开斗争。

人文主义是文艺复兴时期资产阶级反封建斗争的思想武器,也是这一时期资产阶级进步文学的中心思想。它的批判锋芒直接针对中世纪封建主义世界观,特别是天主教会的宗教世界观。教会以神为宇宙的中心,人文主义者则提出人是宇宙的中心。对"人"的肯定,成了资产阶级思想的核心。这一时期的人文主义思想,主要有以下几个方面的内容:

第一,用人性反对神权。中世纪教会认为神高于一切、主宰一切,宣称自己是神在人间的代表,而人则是渺小的,只能忠顺地听任神的摆布,当神的奴仆。这套学说赋予了教会过大的权力,使得天主教会几乎成为欧洲价值世界中全部合法性的来源,严重禁锢了思想文化的发展,引起了新兴资产阶级的严重不满。为了反对教会的思想统治,人文主义者用"人性"来反对神权。他们竭力歌颂人的价值、人的尊严和人的力量,认为人有理性,有崇高的品质,有无穷的求知能力,可以创造一切。人文主义者宣称他们"发现"了"人",以"人性论"为他们的理论纲

---

① 恩格斯:《社会主义从空想到科学的发展》,《马克思恩格斯选集》第3卷,人民出版社1972年版,第390页。

② 恩格斯:《〈自然辩证法〉导言》,《马克思恩格斯选集》第3卷,人民出版社1972年版,第444页。

领,反对教会的神权论。"人""神"之争,本质上反映的是新兴资产阶级与以教会为代表的封建势力之间展开的文化领导权之争。

第二,用个性解放反对禁欲主义。中世纪教会宣扬禁欲主义,要人们克制欲望,放弃斗争,放弃现世的幸福,以求得天堂中的位置。人文主义者则提出"个性解放"的口号以对抗教会的禁欲主义。他们肯定现世生活,认为现世幸福高于一切,人生的目的就是追求个人自由和个人幸福。他们公开宣称"人人可以发财致富","财富是上帝爱护一个人的最鲜明的标志",给"个性解放"涂上了鲜明的资产阶级色彩。

第三,用理性反对蒙昧主义。中世纪教会为了愚弄人民,宣扬蒙昧主义,垄断了教育权。人文主义者与此针锋相对,大力鼓吹理性,重视人的聪明才智。他们认为人之所以高贵,就在于理性的力量。他们宣称理性是"人的天性","知识是快乐的源泉","知识就是力量"。

第四,拥护中央集权,反对封建割据。这是人文主义者主要的政治思想。当时,封建贵族割据,战乱不休,妨碍资本主义的发展;人民的不断起义也威胁着资产阶级的财产安全。当资产阶级自己还无力掌握国家政权时,就迫切要求有一个强大的王权出来消灭封建割据,并镇压人民起义,为资本主义的发展提供统一的国内市场。所以人文主义者的政治要求是建立一个中央集权的以民族为基础的统一的国家。

此外,在进步的人文主义作家中,已经有人指出,社会罪恶的根源是私有财产,并提出人人劳动、按需分配的社会理想。这些人被称为空想社会主义者。英国的托马斯·莫尔(1478~1535)和意大利的托马斯·康帕内拉(1568~1634)是其主要的代表。

人文主义作为新兴资产阶级的世界观和思想武器,对阻碍生产力发展的封建束缚和宗教观念起着强大的冲击作用,推动了欧洲社会的进步和发展。另一方面,作为资产阶级的意识形态,人文主义者所肯定的"人",实质上是"作为资产阶级的人";他们宣扬的自由、幸福、平等,实质上也是资产阶级个人主义层面上的自由、幸福、平等。人文主义作为一种新的意识形态,随着欧洲资产阶级的不断发展而日益强大,不仅成为欧洲的主导性价值观,而且后来对全世界都产生了重要的影响。

文艺复兴时期欧洲各国有三种文学同时并存,即人文主义文学、民间文学和封建文学。具有进步意义的人文主义文学逐步形成为强大的洪流,占有主导地位。人文主义文学的巨大成就带来了欧洲文学史上一个新的繁荣时期。"意大利出现了前所未见的艺术繁荣,这种艺术繁荣好像是古典古代的反照,以后就再也不曾达到了。在意大利、法国、德国都产生了新的文学,即最初的现代文学;英国和西班牙跟着很快达到了自己的古典文学时代。"[①]文艺复兴时期的文学是欧洲近代文学的开端,也是继希腊文学以后的欧洲文学的又一个高峰。

首先,这一时期的文学具有鲜明的反封建反教会色彩。早期的资产阶级作家们,以人文主义为武器,对封建贵族和僧侣上层的败德恶行严加抨击,对宗教禁欲主义和封建道德进行嘲讽批判,在资产阶级反封建斗争中起过积极的推动作用。当然这种批判一般多限于道德方面。

其次,这一时期的文学在现实主义方法的运用上更加自觉更加成熟。自然科学的发展,对古典文学的研究,特别是作家们参加了反封建反教会的实际斗争,促进了文学中的现实主义的发展。作家们力求了解现实,反映现实,他们都爱把文艺比作反映现实的镜子,说明他们在更加自觉地运用现实主义方法进行写作。这一时期现实主义的特点是:(1)对社会现实有广阔的反映,如拉伯雷的《巨人传》、塞万提斯的《堂吉诃德》、莎士比亚的戏剧等。(2)在忠实于现实的同时,又具有浓厚的浪漫主义色彩,具体表现为形象的夸张、抒情的气氛、对乌托邦未来的向往等。(3)在人物塑造上达到新的高度,创造出许多个性鲜明的典型形象,其中堂吉诃德和哈姆莱特就是两个最著名的典型。

最后,这一时期是欧洲主要国家的民族文学诞生的时期。随着统一的民族国家的形成,反映民族生活、富于民族色彩、使用民族语言的民族文学先后建立了起来,有的国家还产生了本国文学最杰出的代表。他们从民间传说和语言中汲取营养,又借鉴了古典和外国的文学成就,加以革新创造,从而为本民族的语言和文学的发展奠定了基础。

---

① 恩格斯:《〈自然辩证法〉导言》,《马克思恩格斯选集》第3卷,人民出版社1972年版,第445页。

二、意大利文学

意大利是资本主义关系最早出现的地方,也是文艺复兴运动的发源地,因而人文主义的新文学出现也最早。彼特拉克和薄迦丘是人文主义文学的先驱。

弗兰齐斯科·彼特拉克(1304~1374)学识渊博,他搜集古希腊、罗马的抄本,研读并推广古典名著。他起初用拉丁文写作政论和叙事诗,后来用意大利语写作了抒情诗名作《歌集》。该集主要歌咏对劳拉的爱情,其中也有些政治抒情诗,歌颂祖国,呼吁统一。他的抒情诗发展了"温柔的新体"诗派的风格,抛弃了中世纪抽象、隐晦的风格,突破禁欲主义的束缚,表达以个人爱情幸福为中心的人文主义精神。诗人一反中世纪诗歌的出世神秘的思想,赞美劳拉形态的美和精神的美。他的创作也反映出其思想的矛盾,一方面追求爱情和生活的幸福,另一方面又不能完全摆脱宗教禁欲主义,因而造成他内心的痛苦。《歌集》的形式,以"十四行诗"为主,达到艺术上的高度成就,为后来欧洲抒情诗开辟了一条新的道路。

乔万尼·薄迦丘(1313?~1375)是第一个通晓希腊文的人文主义者。他出生于商人家庭,受过大学教育。他早年在那不勒斯接触过宫廷和贵族骑士的生活,后来回到佛罗伦萨,拥护当地共和政权,积极参加反对封建贵族的斗争。1350年,他与彼特拉克交往,共同提倡古典文化。

薄迦丘是一位多产的作家,著有长篇传奇、史诗、叙事诗、十四行诗、短篇故事集、论文等,代表作是短篇小说集《十日谈》(1348~1353)。作品开端写10个青年男女,为逃避黑死病在乡间住了十几天,每人每天讲一个故事,10天共讲100个故事(祈祷日不讲故事)。通过这些故事,作者揭露了封建贵族的罪恶,抨击了教会的腐化和教士的荒淫,否定了中世纪的宗教世界观及禁欲主义道德观。在嘲笑和讽刺贵族僧侣阶级的同时,作者塑造了一系列新兴资产者的形象,歌颂他们的聪明才智,赞美其中一些青年男女的爱情。作者指出幸福并不是在来世的天堂,而是在现世生活中,男女爱情是人的正当的自然要求。小说在反对禁欲主义的同时,又带有一定的享乐主义色彩。

小说集的成就还在于它广泛地反映出 14 世纪意大利的社会现实,描绘出各个阶级、各具性格的人物形象,并利用框形结构,把故事串连起来,使之成为一个有机的整体,给欧洲后来的小说以很大的影响。《十日谈》文笔精练,语言丰富,善于刻画心理、描绘自然,奠定了意大利散文的基础,并对西欧现实主义文学的发展产生了很大的影响。

15 世纪中叶以后,意大利出现前所未有的艺术繁荣。这一时期,表达人文主义思想的著名作家是阿里奥斯托和塔索。

卢多维科·阿里奥斯托(1474~1533)的传奇体长诗《疯狂的罗兰》(1516~1532)叙述罗兰疯狂地爱上安杰丽加,走遍天涯海角去寻找她,后来知道她已结婚,气愤、失望而发疯。诗中描写他发疯的过程和心理的变化,是全诗精彩部分。作者嘲讽离奇的骑士冒险,歌颂爱情和忠贞、勇敢、牺牲的精神,体现出人文主义思想。他也抨击外来的侵略和诸侯割据,呼吁国家统一。

托夸多·塔索(1544~1594)是意大利文艺复兴时期文学的最后一个代表,他出生于一个富有文化教养的家庭,当过宫廷诗人,后由于精神失常曾被囚禁达 7 年之久。他的代表作《被解放的耶路撒冷》以第一次十字军东征为背景,描写十字军将士在布留尼率领下,经过艰苦战斗,终于取得对回教徒的胜利,收复了圣城耶路撒冷。长诗表现爱情对信仰的胜利,歌颂现世生活的欢乐,闪耀着人文主义的思想。但诗中赞美十字军的功绩,歌颂宗教信仰的力量,也反映了作者思想的矛盾。

三、德国文学

这一时期的德国仍处于分裂状态,资本主义发展迟缓,没有形成统一的民族国家。在罗马天主教、神圣罗马帝国和封建诸侯的三重压迫下,农民和城市平民,甚至下层贵族都对现存制度不满,尖锐的社会矛盾导致宗教改革和农民战争的发生。这一时期,德国人文主义文学的代表作品是埃拉斯慕斯(1466~1536)的著名讽刺作品《愚蠢颂》(1509)和乌利希·冯·胡登(1488~1523)的《蒙昧者书简》第二部(1517)。前者通过"愚蠢"这个人物的自白,揭露僧侣的虚伪和迷信,抨击诸侯之间的内战,后者则尖锐地批判了整个教会。

马丁·路德(1483~1546)是德国宗教改革的领袖,他用德国人民的语言翻译《圣经》,使农民和平民能引用《圣经》的章句作为斗争的武器,对于德国语言的统一产生过一定的作用,并奠定了德国文学语言的基础。马丁·路德写了许多论辩的小册子和鼓动人心的赞美诗,其中《我主是坚固堡垒》(1525)一首被称为16世纪的《马赛曲》。恩格斯肯定他对德国文学的贡献,说他"不但扫清了教会这个奥吉亚斯的牛圈,而且也扫清了德国语言这个奥吉亚斯的牛圈"[①]。

民间文学在德国相当繁荣,其中以《梯尔·厄伦史皮格尔》(1515)和《浮士德博士传》(1587)为代表。《浮士德博士传》叙述浮士德和魔鬼订约,把身心卖给魔鬼,魔鬼为他服务24年,满足他任何愿望,上天入地追求人生乐事。浮士德的一生反映出文艺复兴时代追求知识和人世欢乐的进取精神。

四、法国文学

16世纪的法国已建立了统一的民族国家,王权地位巩固,是西欧最大的君主国。由于资产阶级力量的软弱,法国人文主义作家有贵族与平民两种倾向,由龙沙等七人组成的七星社代表前者,拉伯雷代表后者。

七星社对法国文学的主要贡献在于对民族语言的统一和对民族诗歌的建立上。杜·贝雷起草的《保卫和发扬法兰西语言》是他们的宣言书。龙沙(1524~1585)是七星社的最杰出的诗人。他出身贵族,出入宫廷,曾写过不少应酬之作的宫廷诗,也写过许多感情真挚的爱情诗,成为法国近代第一位抒情诗人。他讴歌生活,讴歌爱情,悲叹人生的短暂易逝。《十四行·致海伦》构思新颖,想像丰富,是他爱情诗中的珍品。

蒙田(1533~1592)是16世纪下半叶法国著名的思想家、散文家,

[①] 恩格斯:《〈自然辩证法〉导言》,《马克思恩格斯选集》第3卷,人民出版社1972年版,第446页。

著有《随笔集》3卷。书中的怀疑论思想既包含对传统观念的挑战,通过否定来探寻真理的精神,也表达了人们要求结束宗教内战,以克制、折中谋求和平稳定的意愿。内容包罗万象,行文旁征博引,语言平易流畅,对同时代英国作家莎士比亚、培根以及17世纪和18世纪法国文学均产生深远的影响。

拉伯雷是人文主义文学在法国最杰出的代表。

五、西班牙文学

西班牙在15世纪和16世纪之间结束了反摩尔人侵略的斗争,统一了国家。16世纪发现美洲后,西班牙肆意掠夺,美洲的黄金滚滚注入西班牙。查理一世于1519年当选为神圣罗马皇帝,改称查理五世,称霸欧、美两洲,资本主义一度繁荣。但这繁荣是短暂的,到16世纪中叶后便开始衰落,一切进步思想都受到王权和教会的残酷镇压。正如马克思所说,"西班牙的自由在刀剑的铿锵声中、在黄金的急流中、在宗教裁判所火刑的凶焰中消失了"[①]。由于反动势力的强大,西班牙人文主义运动发展较迟。直到16世纪至17世纪之间,西班牙文学才进入"黄金时代",在小说和戏剧方面取得很大成就。

16世纪中叶,西班牙城市发达,产生了新型的小说,即流浪汉小说。这类小说描写城市平民的生活,并通过城市平民的眼光对各阶层人物加以讽刺。最早的一部流浪汉小说是无名氏的《小癞子》(1553)。小癞子从小离家流浪,先为一个瞎子领路,继而先后侍候过吝啬的教士、穷无分文的绅士、穿着破烂的修士、经销免罪符的骗子手和公差等人。这些人贪婪、奸诈,不顾廉耻,连小癞子自己也学会了欺诈,一心只想发迹,终于在城里做个叫喊消息的报子,赚不义之财,还靠老婆与神甫私通而得过富裕的生活。作者通过小癞子的生活遭遇,揭露了封建社会中僧侣教士的贪婪自私、道德败坏与贵族绅士的虚伪无聊和假充阔气。小癞子从一个贫苦儿童经过生活的磨炼最后成为一个老练、狡

[①] 马克思:《革命的西班牙》,《马克思恩格斯全集》第10卷,人民出版社1962年版,第461页。

猾的骗子手的过程,反映出当时社会的黑暗和罪恶。《小癞子》出版后,仿作的不少,对欧洲小说的发展有过深远的影响。

文艺复兴时期西班牙小说的最高成就是塞万提斯的《堂吉诃德》。

这一时期西班牙的戏剧也相当繁荣,建立了公众剧场,涌现出大量优秀的剧本,形成了民族戏剧。其中成就最大的剧作家是洛佩·德·维加(1562~1635),他出身于一个农民的家庭。据说他写过1800多部剧本,现在留下的有400多部。此外他还写了不少各种形式的诗歌和小说。塞万提斯称他是"大自然的奇迹"。维加提出戏剧应当满足当代观众的要求,不必拘泥于古典剧的清规戒律。他认为戏剧的首要任务是反映现实,主张把"悲剧和喜剧夹杂在一起",他还很重视情节安排的技巧。维加剧作的思想是复杂的,人文主义思想是它主导的一面,但又不同程度地带有贵族思想和宗教思想。内容上可分两类:一类是写爱情自由的;一类是写社会政治问题的,揭露暴君的罪恶,歌颂开明君主。

《羊泉村》(1609)是维加的代表作,取材于1476年4月羊泉村村民不堪封建领主的压迫,进行武装抗暴的历史。骑士团队长费尔南·高迈斯在驻地羊泉村企图污辱当地长老的女儿劳伦霞,青年农民弗隆多梭救出了劳伦霞。费尔南又破坏这对青年的婚礼,抢走新娘,还要绞死新郎。劳伦霞逃回村来呼吁起义抗暴。全村人民攻占了城堡,杀死费尔南。后来,国王赦免了他们,把该村收归为自己的辖区。剧中不仅塑造了一个热情勇敢的农村姑娘劳伦霞的形象,而且突出地描写了农民在斗争中团结一致的力量。剧本所表现的农民的集体反抗精神,不仅在维加,就是在整个文艺复兴时期的戏剧中,也是难能可贵的。但是,维加站在资产阶级人文主义的立场上,对西班牙的专制王权始终是肯定的。维加笔下的众村民,自始至终对国王衷心拥护。

维加的剧作奠定了西班牙民族戏剧的基础,对17世纪和18世纪的欧洲戏剧产生过一定的影响。

六、英国文学

英国文学是文艺复兴时期欧洲文学的顶峰。早在14世纪,英国就产生了人文主义作家。16世纪中叶到17世纪初,人文主义文学发展到繁荣时期。

英国人文主义文学最早的代表是杰弗利·乔叟(1340？～1400)。他出生于富裕市民家庭,早年出使意大利,接触到那里的人文主义文学。乔叟的代表作《坎特伯雷故事集》(1387～1400)利用一群从伦敦去坎特伯雷朝圣的香客,在路上为解闷而轮流讲故事的方式,写了24个短篇故事。全书前有总叙,生动介绍了众香客的容貌、举止和个性,其他故事则构成了一幅当时英国社会的画卷,真实地反映出14世纪英国的社会现实。他用生动活泼的伦敦方言,幽默讽刺的手法,揭露出僧侣的欺骗、教会对人民的压迫以及金钱的罪恶,同时表达了作者在爱情和婚姻问题上的人文主义观点,但也流露了消极容忍的人生哲学。

16世纪时,托马斯·莫尔(1478～1535)因同情人民,反对圈地运动和国王兼揽教权而被斩首示众。他的对话体幻想小说《乌托邦》(1516)揭露、批判了资本原始积累的残酷性,说"圈地"是"羊吃人",而且认为社会罪恶的原因在于私有制度。书中还描绘了一个名叫"乌托邦"的理想社会。在这个"乌托邦"里,私有制被废除,公民在政治上一律平等,人人劳动,没有人剥削人的现象。这部小说是空想社会主义的最初著作之一。

16世纪后期,英国文艺复兴运动达到高潮,人文主义文学空前发达。诗歌、小说、戏剧等方面都得到了很大发展。诗歌以斯宾塞(1552～1599)的成就最高。他的代表作是《仙后》(1596),描写仙后葛罗丽亚娜派遣12位骑士去解除灾难的冒险事迹。全诗思想比较复杂,既有人文主义者对生活的热爱,又有新柏拉图主义的神秘思想,还带有清教徒的伦理道德观念和强烈的资产阶级爱国情绪。长诗艺术成就很高,继承了古典的和外国的多种诗歌传统。由于技巧上的成熟,斯宾塞被称为"诗人的诗人",但辞藻过分堆砌,缺乏朴素自然的美。

16世纪后叶,英国翻译了许多古希腊、罗马和意大利等国的作品。《圣经》的英译本竟有十种以上,其中以1611年的英译本为最后定本。这是英国资产阶级革命前夕文化生活中的一件大事,在文学上影响极大。译文的简洁、朴素和严肃的风格,形成英国民族语言和散文的特点。

英国16世纪文学中成就最大的是戏剧。英国民族戏剧在16世纪中叶开始形成和发展，它以中世纪的民间戏剧为基础，学习了古代希腊、罗马戏剧的遗产。1551年和1562年，伦敦舞台上先后出现了最早的喜剧和悲剧。从16世纪60年代开始，伦敦建立了正式的剧院。80年代开始，英国戏剧进入繁荣时期。新建的剧院越来越多，演技水平也在不断提高，而且出现了一大群中产阶级出身、在大学念过书的作家。他们大多受过人文主义思想的熏陶，具有比较丰富的古典文化修养，被称为"大学才子"。其中最早的是约翰·李利（1554～1606），他写剧本也写小说。他的小说《攸福斯》，文体华丽，对当时的文学风尚发生过较大影响。他用散文写爱情喜剧，歌颂女王，是人文主义戏剧中贵族倾向的代表。他的晚期喜剧《班贝老大娘》（1594）把现实主义与幻想结合起来，庄谐杂出，保留了英国民间喜剧的传统。在牛津大学和剑桥大学学习过的罗伯特·格林（1558～1592）一生放浪不羁，穷愁潦倒，最后病死在小客店里。他熟悉下层社会生活，写过多种体裁的作品：诗歌、长诗、小说、讽刺小册子和戏剧。他以本国历史和民间传说为素材写成的剧本，对英国戏剧的发展作出了贡献。他在《僧人培根与僧人班格》（1590）中塑造出一对他那个时代所特有的力求掌握自然奥秘为人类服务的浮士德式人物。他的《威克菲尔的护林人》（1592）描写了一个帮助制止了贵族的反抗并拒绝国王赏赐、甘当普通老百姓的民间英雄乔治·格林，是英国人文主义戏剧中民主倾向的代表。托玛斯·基德（1558～1594）的杰作《西班牙悲剧》（1589），以西班牙宫廷阴谋为背景，揭露马基雅维利式的阴谋家，是"流血悲剧"的范例，对莎士比亚影响很大。他精通舞台艺术，他那深刻的构思和简洁的对话，博得剧坛的好评。"大学才子"中年纪最小而贡献最大的是剑桥大学学生克里斯托弗·马洛（1564～1593），他是莎士比亚的先驱，处女作《帖木儿》（1587）表现出新兴资产阶级追求征服世界的进取精神。《马尔他岛的犹太人》（1590）表现资产阶级追求财富的欲望，富商巴拉巴斯贪得无厌，满屋黄金，却不让自己的妻子儿女享用，反而毒死女儿，害死妻子，结果自己落进沸祸丧命。该剧对资产者的好利忘义进行了批判。他的杰作《浮士德博士的悲剧》(1592～1593),采用德国民间故事中关于魔术师浮士德把灵魂卖给魔鬼的传说写成。作者认为有了知识就可获得一切,实现理想,从而肯定知识的绝对力量。

这一时期英国文学的最高成就是莎士比亚。

第二节　　拉伯雷

一、生平和创作

弗朗索瓦·拉伯雷(1494？～1553)是法国文艺复兴时期最重要的代表作家。他也是一位通晓医学、天文、地理、数学、哲学、神学、音乐、植物、建筑、法律、教育等多种学科和希腊文、拉丁文、希伯来文等多种文字的人文主义"巨人"。

拉伯雷出生在法国中部图尔省希农市一个律师家庭。少年时代,拉伯雷像当时的许多富家子弟一样,被送进邻近的修道院学习拉丁文和经院哲学。1520年左右,他成了封德奈-勒孔德地区一座圣芳济修道院的修道士。

在这座保守的修道院里,拉伯雷并不安分守己。在严格的教规的禁锢下,他寻找着自己的发展道路。他一方面设法和著名的人文主义学者比代建立通讯联系,结交了当地的一些思想家,以求得他们的指点;另一方面,他以极大的热忱偷偷攻读希腊文。1523年,修道院查抄了他的希腊文书籍。他愤然离开了圣芳济修道院,担任了人文主义者、圣—彼埃尔修道院院长德斯狄沙克的私人秘书和他侄子的家庭教师。

1523年至1527年,拉伯雷随德斯狄沙克在布瓦杜教会巡视。1527年,他离开布瓦杜地区游历全国。两次漫游,为他日后的创作奠定了生活基础,同时也使他更看清了法国所处的愚昧状态。

1530年,拉伯雷进入蒙彼利埃医学院学习。从此,他踏上了从医的道路,并取得了杰出的成就。

在此前后,拉伯雷开始了文学创作生涯。1532年,他在一本名为

《伟大而高大的巨人高康大的伟大而珍贵的大事记》的民间故事的启发下,写出了《巨人传》的第二部分,书名同样具有民间故事的闹剧色彩:《伟大的巨人高康大之子,狄波索德王、大名鼎鼎的庞大固埃的恐怖而骇人听闻的事实和业绩》。作品于1532年11月1日正式出版,署名是以弗朗索瓦·拉伯雷的16个字母打乱后重新排列而成的化名:阿尔戈弗里巴·纳齐埃。作品刚一问世,就以其犀利的思想锋芒、大胆的讽刺风格和夸张幽默的民间文学传统,赢得了广大读者的喜爱,很快被抢购一空。但是,不久即被以巴黎神学院为代表的宗教势力宣判为"淫书"而遭禁。其两年后发表的小说的第一部《高康大》(1534),几乎经历了同样的命运。

其后,他跟随昔日同窗、巴黎主教(后成为红衣主教)约翰·杜·贝莱或其弟纪耀姆·杜·贝莱多次出访意大利,不仅有机会对古罗马的优秀遗产作了深入的考察,而且亲身感受了文艺复兴的时代气息,多方面涉猎了意大利人文主义的文学艺术,从中汲取了丰富的思想养料。

1535年左右,法王弗朗索瓦一世改弦易辙,倒向反动的天主教,公开镇压代表进步势力的新教,使文艺复兴运动受挫。拉伯雷也因此而屡遭厄运。在后半生中,他经济拮据,几次为躲避风险而不得不隐居,还曾被投入狱。但是,这一切都未能磨灭他的斗志,折损他的勇气。拉伯雷仍孜孜不倦地继续创作他的《巨人传》。1546年,他经过多方努力,得到国王的特许而发表了第三部《善良的庞大固埃英勇言行录》,卷首还特地加写了给纳瓦尔王后的献诗。这次,他有恃无恐地署上了真名实姓:医学博士弗朗索瓦·拉伯雷。《巨人传》第四部初版于1549年,后经补充,于1552年再版。第五部是在作家去世后的1564年出版的。

晚年的拉伯雷,生活贫困,处境艰难。1553年1月,他辞去了两处教堂本堂神甫的职务。4月初,于巴黎去世。

二、《巨人传》

《巨人传》(1532~1564)是欧洲文艺复兴时期的一部杰作,法国长篇小说的发端。

拉伯雷的这部巨著,以神话般的人物形象,荒诞不经的故事情节,妙趣横生、有时不免流于油滑粗俗的独特风格,表现了反封建、反教会的严肃主题,歌颂了新兴资产阶级"巨人"般的力量,描绘了人文主义的乌托邦理想,具有鲜明的时代特点和丰富的思想内容。作者在前言中自信地指出:"我可以肯定你们读过之后会更明智、更勇敢;因为你们将感受到独特的风味和深奥的道理。不管是有关宗教,还是政治形势和经济生活,我的书都会向你们显示出极其高深的神圣哲理和惊人的奥妙。"

小说共分5卷。第1卷写高康大的出生、受教育、抵御外敌侵略和建立特来美修道院的故事;第2卷写庞大固埃的出生、巴黎求学和结识巴奴日的经过;第3卷就巴奴日是否应该结婚的问题引出了各种奇谈妙论;第4、5卷描写了为探求婚姻问题的答案,庞大固埃和巴奴日、约翰修士一道外出寻找"神瓶"的经历。

这是一部百科全书式的作品。与中世纪敌视科学、摧残学术的愚民政策和宗教偏见相对立,拉伯雷在小说中融入了天文、地理、气象、航海、生物、人体生理、医药、法律、哲学、语言等大量自然科学和社会科学方面的知识,显示了作家学识的渊博,更体现了作品的贯串思想——"使人的灵魂充满真理、知识和学问"。从开卷高康大降生时的喊声"喝啊,喝啊,喝啊!"到篇末"神瓶"发出的"喝"的谕示,首尾呼应,强烈地表达了新兴资产阶级冲破精神奴役,追求新思想、新知识的热切愿望。

小说主人公、父子两代巨人高康大和庞大固埃都具有超乎寻常的体魄和力量、公正善良的品德和乐观主义的天性,体现了人文主义者对"人"、"人性"和人的创造力的充分肯定。在他们身上,拉伯雷不仅表现了人的价值、人的伟大,更着重强调了人文主义教育的重要作用。在高康大给庞大固埃的"劝学信"中,作家进一步系统地阐明了他的教育思想,明确提出应当造就"十全十美、毫无缺陷的人,不管在品行、道德、才智方面,还是在丰富的实践知识方面"。这是对反理性、反科学的宗教蒙昧教育的全面挑战,具有巨大的进步意义,对后来教育思想的发展有很大影响。

约翰修士在高康大支持下创建的特来美修道院是人文主义的理想

国，它集中反映了拉伯雷政治、社会、宗教和道德等各方面的理想原则。这些原则的核心是个人自由、个性解放。男女修士来去自由、交往自由、装束自由、活动自由，而且"可以光明正大地结婚，可以自由地发财，可以有自己的生活方式"。高康大把院规概括为这样一句名言："随心所欲，各行其是。"在等级森严、神权笼罩的封建王国里，这一口号的出现，其强烈的冲击力是可以想见的。

《巨人传》中乐天、达观的"庞大固埃主义"是16世纪的法国资产阶级勇于进取、不畏险途，对本阶级的力量和未来充满自信的精神状态的反映。拉伯雷热情讴歌的巨人形象，无不具有这种品格。无论是在保卫祖国的疆场上，还是在风云多变的旅途中，他们都能从容地面对各种艰难险阻，并凭借奇智大勇或超人的力量轻巧取胜。作家赋予人物的理想光彩，实质是资产阶级阶级意识的扩大表现。巴奴日形象的塑造，更清楚地表明了拉伯雷笔下人物的阶级属性。他和前者一样都是个性解放的化身，但又具有更加鲜明的现实主义特点。巴奴日机敏而近乎狡诈，务实而至于贪利，崇尚冒险精神但又临危而逃，追求现世幸福而不惜损害他人。可以说，他的发展个性的要求带有强烈的资产阶级个人主义色彩。

《巨人传》不仅以饱满的热情歌颂了新兴资产阶级锐不可挡的力量，抒发了人文主义的理想，而且从多方面对法国的黑暗现实进行了大胆而深刻的揭露。从全书的发展看，在成书于30年代的前两卷里，作家以较大的篇幅正面阐发了他的人文主义思想，表达了他对开明君主的希望。后三卷创作于40、50年代。当时法国政治形势的变化，封建统治和教会势力的进一步加强，动摇了拉伯雷对开明君主的幻想，对现实的不满更加强烈。因而，在他的笔底，暴露的成分愈发增强，涉及的范围愈发宽广，批判的锋芒也更加犀利。

人文主义者都把对神权的批判作为斗争的首要任务，拉伯雷也不例外。他对欧洲封建统治的强大支柱天主教教会的否定是大胆而彻底的。从普通教士到罗马教皇，从愚蠢的禁欲主义到无聊的经院哲学，从教会的盘剥勒索到宗教裁判所的残酷无情，都一一受到拉伯雷的辛辣嘲讽和猛烈抨击。"反教皇岛"上的居民原来富裕而自由，只因有一个人对教皇的画像做了个不敬的手势就大祸临头,并殃及全岛。大部分居民被吊死,少数幸存者也在受尽侮辱后沦为奴隶。教皇的淫威可见一斑。教会和上层僧侣不仅在精神上奴役群众,而且在经济上已成为一个搜刮民脂民膏、骄奢淫逸的特权阶层,而其总代表就是教皇,他甚至可以通过"神圣的敕令"迫使各国交纳大量的黄金。塞色修道院在遭受外敌侵扰时乱作一团,只有约翰修士一人用十字架当武器打败敌人的故事,不仅嘲弄了教士们的怯懦无能、教规的迂腐,更重要的是,人们从中可以引出深刻的启示:真正要解决人世间的现实问题,不能依靠对上天念念有词的祈祷。崇尚科学、崇尚理性的拉伯雷,已经走向了对宗教的否定。

司法机构是封建统治的又一支柱。拉伯雷谙熟法律知识,又深知法院内幕,所以毫不留情地把锋芒指向腐败的封建司法制度。在庞大固埃断案的故事里,拉伯雷痛斥了法国乃至外国的所谓法学权威们的无知无能,也揭露了诉讼手续复杂、文牍繁多、拖延时日等弊端。针对当时司法界徇私舞弊、贪赃枉法成风的严重问题,作家把诉讼国里的执法吏描写成只要给钱什么事都肯干的无耻之徒,把法官形容为"靠贿赂为生"的极端凶残的"穿皮袍的猫",表现了他对司法界各色人等的切齿之恨。更加值得注意的是,作家继续深入,进一步把矛头指向了封建法律本身,把它比作是一张只会捕捉小苍蝇小蝴蝶,而不敢干涉"牛虻"的"蜘蛛网",这就触到了封建法律的某些本质问题。

巴赫金认为,《巨人传》最重要的艺术特色在于其深深植根于中世纪和文艺复兴时期欧洲民间文化的土壤中。拉伯雷不仅借用了传统的、为群众所喜闻乐见的民间故事,并对这些故事加以改造和发展,来表现人文主义的思想内容;更重要的是,拉伯雷把中世纪和文艺复兴时期民间文化的狂欢精神注入了自己的文学,创造出了一种不同于中世纪官方文学的民间文学精神。正如巴赫金指出的,拉伯雷的创作中鲜明反映了"民间文化和中世纪官方文化的斗争,这是基本的、重要的两种文化路线的斗争"。① 拉伯雷在民间传说的基础上,依靠深厚的生活功底和渊博的科学知识,驰骋丰富的想象力,使整部小说色彩斑驳,变幻无穷,以多棱镜的形式反映出了16世纪上半叶法国社会的大千世界,传达出了新时代的信息。

作为法国的第一部长篇小说,《巨人传》在形式结构上远非成熟的,在人物塑造上也未脱脸谱化、类型化的窠臼,明显地保留着民间口头文学的痕迹。但是,作家以人文主义精神统辖,给大部分人物和故事都赋予了程度深浅不一的象征意义和思想内涵,又用几个主要人物形象的活动贯穿起来,这就形成了一个比较完整的有机体,开创了通俗小说形式的先河。

夸张和讽刺是民间文学的惯用手法。拉伯雷出色地继承和发展了这一传统。无论对人、对事、对物,他都能抓住其基本特征加以放大,给人留下深刻的印象。讽刺更是他擅长的武器。冷嘲热讽,嬉笑怒骂,寓庄于谐,对反动腐朽的事物鞭辟入里,造成强烈的艺术效果。笑声成为拉伯雷小说中的一个重要角色,其不仅起到了消解严肃的中世纪官方文化和刻板的宗教文化的作用,更体现了新兴资产阶级和现代人所具有的那种自信、乐观和昂扬的人生态度。

拉伯雷的语言直接得益于人民群众、得益于日常生活。他以市民语言为基础,大量吸收俗语、俚语、行话,又融进了民间故事中寓意、象征的手法,使他的小说语言通俗易懂,生动流畅,丰富多彩,自成一格,深受广大读者的欢迎。

拉伯雷在法国文学史和世界文学史上都占据一席重要的地位,对后世浪漫主义作家或现实主义作家,都产生过有益的影响。

---

① 巴赫金:《巴赫金全集·第六卷》,李兆林、夏忠宪等译,河北教育出版社1998年版,第507页。

第三节　塞万提斯

一、生平和创作

米盖尔·德·塞万提斯·萨阿维德拉(1547～1616)是西班牙文艺复兴时期最杰出的现实主义小说家。他出生于一个穷医生的家庭,只读过几年中学。1569年,他作为红衣主教的随从去意大利,接触到意大利的文学和艺术,受到了人文主义的影响。1571年,塞万提斯作为一名士兵参加了对土耳其的著名的雷邦多海战,身负重伤,左手残废。1575年回国途中,他被海盗掳去,在阿尔及尔服苦役5年。他曾4次组织难友潜逃,都没有成功。1580年,一次偶然的机会被赎回国。回国后,开始从事创作,因生活所迫,他当过军需采购员和收税员,有机会接触许多城镇及各行各业的人。1587年他按规定征收了厄西哈大教堂讲经师囤积的麦子,以弥补由于旱灾使人民无法交纳的份额,被教会革出教门。他因得罪权贵和教会,数次被诬入狱,这使他看到了社会的黑暗和人民的不幸。他的著名代表作《堂吉诃德》(1605～1616),就是在狱中酝酿成熟的。他的作品还有历史剧《奴曼西亚》(1584)、短篇小说《惩恶扬善故事集》(1613)、长诗《巴那索神山瞻礼记》(1613)以及《八出喜剧和八出幕间短剧集》(1615)等。

历史剧《奴曼西亚》取材于西班牙人民争取独立、反抗罗马侵略者斗争的史实,用中世纪道德剧的形式写成。奴曼西亚城被罗马军队围困,全体居民坚持抗战14年,英勇不屈,最后仅存的一个少年跳下高塔,以身殉国。剧本充分体现了西班牙人民的爱国主义精神和坚贞不屈的性格,堪称当时最成功的剧本之一。《惩恶扬善故事集》共收入13篇短篇小说,贯穿着作者对压迫、奴役、欺骗的憎恨。《玻璃学士》借疯子之口对当时各种社会现象和人物进行讽刺;《林科涅德和科尔达迪略》描绘了受到当局保护的盗贼世界,揭露了贪赃枉法的司法机构;《忌妒的埃斯特雷马杜腊人》严厉谴责不以真正的爱情为基础的婚姻,批判伪道德的维护者;最后一篇《两狗对话》揭露当时社会的阴暗面和形形色色人物的丑恶行为,情节引人入胜。这篇作品像是对各篇小说的内容作了一个总结。《惩恶扬善故事集》是西班牙文学中第一部完全摆脱意大利短篇小说影响的富有独创性的杰作。

长诗《巴那索神山瞻礼记》共9章,以浪漫主义笔调叙述作者的一次"梦游"——诗人在巴那索神山以诗词为武器,与庸劣诗人展开战斗,斗争结束后,返回西班牙。作者在诗里总结了他的创作,阐述了他的现实主义理论:

> 虚构近似真实,
> 就能令人满意;
> 如果写得又优美,
> 一定能使贤愚都欢喜。

塞万提斯的《幕间短剧》也同样有着高度的现实主义精神。它们以诙谐的笔调和生动的语言,或描绘农民、手工业者和大学生的生活,或揭露法官的欺诈,或暴露僧侣的腐化堕落,或嘲笑人们的盲从、空谈等恶习。它是一种继承了民间喜剧传统的短小精悍的社会剧。其中著名的有《怪戏》、《萨拉曼卡山洞》、《爱吃醋的老头儿》、《两个饶舌者》等。

塞万提斯写作《堂吉诃德》时已50多岁。当时,荒诞的骑士传奇在西欧各国早已销声匿迹,但在西班牙却风行一时。作者对此深恶痛绝,他把消灭荒诞的骑士文学看成是西班牙从封建主义的锁链里解放出来的一项不可缺少的思想启蒙。他郑重宣布自己的创作目的"无非要世人厌恶荒诞的骑士小说"。1605年《堂吉诃德》第1部问世,备受读者欢迎,作品的客观效果远远超出了对骑士文学的嘲讽和攻击,从而引起反动贵族和教会的惊恐。不到一个月就出了三个盗印的版本。1614年出现了一部伪造的《堂吉诃德》续集,作者化名为阿伦索·费尔南德斯·德·阿维拉尼达,他代表天主教和反动贵族势力,对塞万提斯进行恶毒的攻击,并把堂吉诃德和桑丘写成了伧俗、下流的人物,妄图抵消作品的社会影响。塞万提斯愤慨之余,带病赶写续集,于1615年出版。1616年,他刚写完长篇小说《贝雪莱斯和吉西斯蒙达历险记》,便在马德里病逝。

二、《堂吉诃德》

长篇小说《堂吉诃德》是欧洲文学史上划时代的讽刺杰作。作品的主人公是一位奇情异想的"骑士"。他身跨瘦马,全身披挂,带着一个侍从,几乎走遍了全世界。他们主仆二人的典型形象,以奇特的艺术魅力,吸引着历代读者。

堂吉诃德本是蛰居在拉曼却村的一个年近 50 岁的穷乡绅。他读骑士小说入了迷,决心模仿古代骑士去周游天下,打抱不平,实现他所崇信的骑士道,立志"冒大险,成大业,立奇功",帮助被侮辱与被压迫者。但他的抱负和理想不为人们所理解,一路受尽嘲笑、辱骂与毒打,结果一事无成,回乡郁闷而死。临死前立下遗嘱,不许他的唯一继承人——他的侄女嫁给读骑士小说的人,否则取消其继承权。

小说以堂吉诃德企图恢复骑士道来扫尽人间不平的主观幻想与西班牙社会的冷酷现实之间的矛盾作为情节的基础,巧妙地把堂吉诃德的荒诞离奇的游侠经历与 16 世纪末 17 世纪初的西班牙社会现实结合了起来。

《堂吉诃德》想象性的情节结构下隐藏着作者对现实和时代深刻的洞察。在作品中,塞万提斯以犀利的讽刺笔锋对日趋没落的西班牙统治阶级进行了无情的鞭挞,对普通人的苦难寄予了深切的同情。公爵夫妇是上层统治阶级的代表。表面豪华的公爵府第,内囊早已空虚,为了寻开心,他们不惜指挥上百个奴仆扮演妖魔鬼怪,残酷地折磨堂吉诃德主仆,作者以此揭露了西班牙统治阶级彬彬有礼的外表下掩饰着的阴险、凶残的本性。在塞万提斯笔下,官僚们贪污纳贿,卖官鬻爵。教会借"神圣友爱团"拦路打劫。好大喜功的国王疯狂地进行军事侵略,7000 名无辜士兵,尽成炮灰。在面临重重危机的情况下,统治阶级以挑起宗教冲突或民族矛盾来摆脱困境,被驱逐的摩尔人李果德父女的悲惨遭遇就是对这种残酷政策的血泪控诉。人民活不下去,只好铤而走险。官府把他们当成土匪和强盗"挂在树上吊死"。作者真实地反映了这种官逼民反的实情。堂吉诃德不止一次诅咒了这一个"多灾多难的时世","可恶的时代"。

主人公堂吉诃德是世界文学史中的一个理想主义者的典型。小说中,作者为我们塑造了一个"不畏强暴,不恤丧身",立志扫尽人间不平的堂吉诃德。他的动机充满着崇高的理想主义精神。他从不向挫折和失败低头,无论什么灾难都不能改变他所选择的道路。他情愿牺牲自己,一心要实现一个为现实世界所不容实现的理想。作者在种种场合中,反复突出他醉心铲除人间罪恶的这一特点,展示出他性格中的高贵品质,即为了追求正义、理想而置自身危险于不顾,甚至愿为社会正义而牺牲自己生命的优秀品格。

堂吉诃德强烈的理想主义精神形成了与现实和时代之间的强烈反差和剧烈冲突。堂吉诃德认为,要扫除社会不平"莫过于游侠骑士和骑士道的复活"。骑士道本是反映中世纪封建经济的观念形态,发生在西欧封建制度进入全盛时期的11世纪;随着封建经济的解体和火枪在军事上的运用,它早已成为历史陈迹。生活在资本主义业已兴起的时代的堂吉诃德却要恢复这种古旧的东西,这就形成了堂吉诃德与客观现实和时代之间的冲突。这一冲突既具有喜剧性又具有悲剧性。在小说第一部中,作者着重揭示了堂吉诃德性格中的喜剧因素。他带着幻想中的骑士狂热一路行侠,在他眼中,万物都走了形,变了样。他把风车当成了凶恶的巨人,把穷客店看成了豪华的城堡,把两队羊群当作军队,把苦役犯当作受害的骑士,他不顾一切地冲杀,自认为自己是在维护正义,消除邪恶,尽骑士的职责。然而,他的行动不但没有帮助别人解除困难,反而给人们带来灾难;他善良的动机,得到的却是危害人的恶果。他的游侠行径被世人看成"疯"和"傻"。他"挨够了打,走尽背运,他遍尝道途艰辛"。另一方面,与单纯的喜剧性角色不同,堂吉诃德又是一个带有悲剧因素的人物,是一个有着崇高精神境界的"疯子"。堂吉诃德疯狂而可笑行为的背后,隐藏的是一颗追求真理、追求正义、矢志不渝的坚强的心。人们在对堂吉诃德行为的每一次笑声中,都能体会到其背后的崇高和伟大,感受到一种深深的悲剧色彩。正是堂吉诃德荒唐可笑行为中透出的悲剧性,赢得了人们更深的同情和尊敬。

在塞万提斯笔下,堂吉诃德是充满了智慧的。只要不提骑士道,堂吉诃德是非常清醒的。他的谈吐应答都十分高明,是一个学识渊博的学者;他的见解高出于周围的人;他对社会的批评,对战争、法律、道德、文学艺术的看法具有远见卓识,闪耀着人文主义的思想光辉。他追求的理想不是为封建主效劳,而是要实现一个黄金时代,是建立一个"不懂得什么叫做'我的',什么叫做'你的'"的"黄金国土"。他心目中的游侠骑士是一个懂得法学、神学、医学、天文、数学,甚至"会钉马蹄铁和修理鞍辔"的全才;还要具有勇敢、文雅、胆大和为了"坚持真理,不惜以生命捍卫"等各种美德。堂吉诃德同情受侮辱受压迫的妇女,热情地支持追求个性解放的青年男女。他认为平民与帝王无贵贱之分。贵与不贵不在血统,"美德为贵"。他要求即将上任总督的桑丘破除封建的门阀等级观念,进行人道的司法改革。这些带有人文主义特色的思想,正好体现了塞万提斯的人文主义理想以及对现实的批评和否定态度。

　　堂吉诃德时而清醒,时而糊涂,时而在谈吐中流露睿智,时而又成了乱冲乱杀的疯子。这些极端矛盾的现象集中在他一个人身上,就构成了他的复杂、丰富、多方面的性格。堂吉诃德性格中的矛盾正是处于新旧交替时代西班牙现实社会矛盾的反映。西班牙的资本主义发展迟缓,贵族与教会势力又相当猖獗,思想控制相当严密,社会现实不能为作家提供改造社会的理想人物,加上历史条件和人文主义思想的局限,因而塞万提斯把希望寄托于理想化的骑士精神身上。在堂吉诃德形象中,既有作家否定的批判的东西,又有作家肯定的理想的东西。在《堂吉诃德》中,作者虽然嘲笑骑士制度,却又赞美理想化的骑士精神;痛斥种种罪恶现象,但又把许多社会问题归结到抽象的道德上去。这正是塞万提斯的人文主义理想与西班牙社会现实的矛盾的反映,也是人文主义弱点的反映。

　　桑丘·潘沙与堂吉诃德是既对立又互为补充的形象。一身村夫打扮,矮墩墩,胖乎乎,骑着灰驴的侍从跟堂吉诃德出外闯荡世界。主仆二人,一个是狂热的骑士,一个是冷静的村夫;一个耽于幻想,一个讲求实际;一个在虚幻中遨游,一个脚踏实地求生存。一主一仆,相反相成,相映成趣。

　　桑丘本是堂吉诃德的街坊,靠当长工维持一家老小的生活,家境贫穷。儿子上不了学,女儿嫁不出去,一家人经常挨饿。他的处境反映了西班牙农民的实况。他的特点是讲求实际、头脑清醒、生性机敏、有衡量得失的聪明。他当骑士侍从不是为了建立"丰功伟业",而是幻想通过冒险寻求一条摆脱穷困的生活出路。他幻想有朝一日当了总督,发了财,驼背老婆就可以坐上金光闪闪的马车,儿子有钱上学,女儿出嫁有陪嫁。这些幻想既反映了他改变现状的要求,又反映了时代风气的影响。在文艺复兴时代的西班牙,有许多人在冒险中获得成功,桑丘也想出外碰碰运气,谋个一官半职。

　　桑丘·潘沙有目光短浅、愚昧、轻信、狭隘自私的一面,不过这些弱点在跟随主人游侠过程中逐渐消失,而西班牙农民的机智、善良和乐观精神在桑丘身上逐渐放出光辉。尽管他一路上不断咒骂游侠行径的疯狂,一边叫嚷不再当这倒霉的侍从。可是他怎么也不肯背离主人,他越来越爱堂吉诃德,"爱得比爱自己的眼珠还要厉害,不管他荒唐到什么程度,还是不能把他抛下"。他被堂吉诃德的美德和博大胸怀所吸引,甘愿为了真理跟随主人去吃苦。他不再自卑,认识了自我价值,懂得自己"有一个灵魂跟别人一般大"。他的当总督想发财的欲望逐渐由变革现状的要求所代替。当他渴望已久的"海岛"(一个村镇)到手时,他对公爵夫人的叮嘱的回答是"好人我会保护,坏人决不宽容"。桑丘在当总督的日子里,断案如神,执法无私,改革弊政,锄强扶弱。堂吉诃德为之奋斗一生没有做到的,桑丘却做到了。不过,他最终仍然逃不出被人玩弄的命运,最后他辞官离开了"海岛"。塞万提斯不禁发出慨叹:"可惜生在这个罪恶的世纪"。桑丘显示了自己超凡的才能,但在那罪恶的社会里却没有生存的余地。

　　《堂吉诃德》问世数百年以来,经受了时间的考验,堂吉诃德的名字在不同的历史年代,在不同的国家都流传着。一方面,堂吉诃德是一个耽于幻想的典型,另一方面,人们又被堂吉诃德身上的理想主义和崇高精神所打动、激励和鼓舞。堂吉诃德的形象已成为世界文学宝库中最卓越的典型人物之一。

　　塞万提斯的创作原则是,"描写的时候摹仿真实:摹仿得愈亲切,作品就愈好"①,"凭空捏造越逼真越好,越有或然性和可能性,就越有趣味"②。《堂吉诃德》乍看似乎荒诞不经,实则隐含作者对西班牙现实关系深刻的理解和概括。作者力图通过真实中的荒诞或荒诞中的真实,提醒人们,堂吉诃德的为理想正义而矢志不移的精神,正体现了西班牙社会要求变革的强烈愿望。作者采用讽刺夸张的艺术手法,把现实与幻想结合起来,表达他对时代的见解。现实主义的描写在小说中占统治地位,在环境描写方面与旧骑士小说的装饰性的风景描写截然不同。作者以史诗般的宏伟规模,以农村为主要舞台,出场人物以平民为主,人数近 700 人之多,在这广阔的社会背景上,描绘出一幅幅各具特色又互相联系的社会画面。他在作品中对西班牙的社会世态、人情习俗、当代重大的事件都作了反映。

　　讽刺手法的运用,也是这部小说的一大特色。作者以多重讽刺视角描写生活和塑造人物,他常借用堂吉诃德的疯话和桑丘的傻话讽刺、鞭挞现实社会。譬如,桑丘曾经幻想通过倒卖黑奴,买个爵位,就可以"安安逸逸地过一辈子"。这种讽刺方法往往起到一箭双雕的作用。作者一方面取笑桑丘的如意算盘,另一方面又讽刺和鞭挞了当时封建统治者此类罪恶活动。作者在许多地方故意引用骑士小说中的装腔作势的词语和实际情况对比,造成极不协调的对照。如堂吉诃德认为他的意中人杜尔西内娅是绝代的佳人,是娇美的公主。她的"眼睛是太阳,脸颊是玫瑰,嘴唇是珊瑚,牙齿是珍珠……"但她实际不过是一个乡下姑娘,"身子粗粗壮壮,胸口还长着毛呢"。这种对比既讽刺了骑士小说的文风和它描写的矫揉造作的爱情,又嘲笑了堂吉诃德的脱离实际和无病呻吟,从而收到强烈的喜剧效果。

　　塞万提斯认为借用骑士小说这种体裁,可以"借题发挥,放笔写去,海阔天空,一无拘束"③。作者利用这种形式,时而针砭时弊,时而描绘滑稽荒诞的游侠行径,时而热情歌颂,时而冷嘲热讽,使这种体裁具有

---

① 塞万提斯:《堂吉诃德》(上),杨绛译,人民文学出版社 1979 年版,第 9 页。
② 同上书,第 433 页。
③ 同上书,第 434 页。

了丰富的社会内容。他戏拟骑士小说的写法和口吻,也构成了他叙述的语言和基调。小说结构以主仆游侠历程为主线,穿插一些各自独立又与主题相联系的故事作为补充,加深了主题的深度与广度。三次出游,在不同条件下,堂吉诃德的喜剧性格特征一再重复,加强了读者印象。他一生执迷不悟,"临殁见真",情节突然一转,戛然而止,突出了结局的悲剧气氛。堂吉诃德的美好愿望终于落空,给人以深长的回味。

以文艺复兴为起点的欧洲近代小说,真正着力塑造人物典型的,可以说是从《堂吉诃德》开始。塞万提斯在猛烈抨击骑士小说的同时,以现实主义创作方法塑造了堂吉诃德和桑丘·潘沙两个不朽的典型,完成了小说艺术上的改革。塞万提斯可以说是欧洲近代现实主义小说的先驱,他的《堂吉诃德》不仅标志着西班牙古典艺术的高峰,而且对欧洲各国的现实主义文学具有深远的影响。

第四节 莎士比亚

一、生平和创作

威廉·莎士比亚(1564～1616)是文艺复兴时期欧洲文学最杰出的代表。他的创作广泛地反映了当时英国社会的方方面面,他的作品在欧洲戏剧发展史或文学发展史上占据重要地位。

莎士比亚于1564年4月23日出生于英国中部艾汶河畔斯特拉福镇的一个富裕市民家庭。祖辈务农,父亲经营手套生意兼营农业,担任过当地的议员和镇长。

在他幼年时期,伦敦城里一些著名的剧团每年都要从首都来到斯特拉福镇作巡回演出,引起了他对于戏剧的爱好。他进过文法学校,接触到古代罗马的诗歌和戏剧;后因家庭破产,辍学谋生。1585年前后,莎士比亚去伦敦。据说,他起初在剧院里打杂,为看戏的绅士们看管马匹,后来才当上一名雇佣演员。这些职务给了他接触各阶层人士的机会,增加了他的生活经验。后来,他参加编剧工作,并且成了剧团的股东。他又结识了一些青年新贵族和大学生,扩大了他的生活经验,进一步接触到古代文化、意大利文艺复兴时期文化和人文主义思想。这些,为他的创作打下了基础。由于戏剧活动的成功,他的收入日趋丰富,后来还在故乡买地置产,并为他的家庭取得了世袭绅士的身份。1608 年前后,他回到故乡并定居在那里,于 1616 年 4 月 23 日逝世。

莎士比亚的编剧工作从改编旧剧开始。自 1590 年起到 1612 年为止的 20 多年中,一共完成叙事长诗 2 部、十四行诗一卷共 154 首、戏剧 37 部(其中有一二部很可能是与人合作的)。他的主要成就是戏剧。根据当时英国现实情况和作者思想的发展变化,他的戏剧创作可分作三个时期。

(一)早期(1590~1600),一般称为历史剧、喜剧时期,写出《亨利四世》上、下篇和《亨利五世》等历史剧 9 部,《仲夏夜之梦》、《威尼斯商人》、《第十二夜》等喜剧 10 部和《罗密欧与朱丽叶》、《裘力斯·凯撒》等悲剧 3 部。

莎士比亚创作的初期正当英国伊丽莎白女王统治的极盛时期。这时,英国建成了统一的民族国家。由于中央集权的专制王朝执行了有利于资本主义工商业发展的政策,得到资产阶级和新贵族的支持,因而形成王室和资产阶级、新贵族之间的暂时联盟。对外战争的胜利和对殖民地的掠夺,进一步促进了工商业的发展。1588 年,英国海军战胜西班牙"无敌舰队",成为海上霸主。英国社会呈现出一片繁荣富强的景象。莎士比亚这时对社会的认识充满了青年人特有的热诚,他真诚相信人文主义理想可以在现实中得到实现,这就决定了他的早期创作充满愉快乐观的浪漫色彩。

莎士比亚早期的历史剧取材于 13 世纪初到 15 世纪末的英国史实,鲜明地表达出人文主义的政治历史观点:反对封建诸侯割据,拥护中央集权的君主专制制度。剧中揭露了封建家族之间的纠纷(如《亨利六世》中的约克家族与兰开斯脱家族)和诸侯叛乱(如《亨利四世》中的北方大贵族)对于国家统一的危害,用以说明国家统一的必要性。与此同时,莎士比亚还通过不同类型的封建君主的形象对比来说明这一观点。他一方面对亨利六世的软弱无能(对外战争失利,对内引起诸侯叛乱和农民起义),理查二世的奢侈放纵、不负责任和理查三世的暴虐无道、失尽民心,都进行了揭露和谴责;另一方面又在《亨利四世》上、下篇和《亨利五世》中,着重塑造了一个符合资产阶级要求的理想君王(亨利五世)的形象,写他从当太子到登基后,内平诸侯叛乱,外胜强敌法国,法令严明,接近人民的事迹。

在他的优秀历史剧中,莎士比亚通过丰富生动的情节、众多的人物和广阔的场面,再现出14、15世纪的英国历史和当时各种社会力量之间的冲突。他塑造出许多人物,从国王、贵族到士兵、农民,其中不少具有鲜明的个性,有的还成为文学史上有名的典型。《理查三世》(1592)是他早期历史剧中的一部杰作。全剧集中描写15世纪末英国国王理查三世的暴行,表达了对封建暴君的谴责。这个剧不仅主题突出,情节生动,而且在人物形象的塑造上也取得了可喜的成就。《亨利四世》上、下篇(1597,1598)是莎士比亚历史剧的代表作,描写亨利四世在位时期,青年王子亨利(即位后称亨利五世)的活动。这两部戏加上《亨利五世》,刻画了这个人物经过道德改善,从浪子到理想君主的转变过程,又集中表现亨利五世一生中的两件大事:即位前平定国内叛乱和即位后对法作战。通过这一系列活动,莎士比亚写出了一个理想君主的基本品质和成长过程。剧中的福斯塔夫是莎士比亚笔下最出名的喜剧人物之一,就出身说,他是一个破落的封建贵族——爵士,在他身上带有浓厚的封建寄生生活的特点:好酒贪杯,纵情声色。他是军人,却缺少一个封建骑士的荣誉观念和勇敢。同时,他混迹于市民之中,虽没有新兴市民阶级的进取心,却染上了他们的愉快乐观和自我享受的品性,他利用拍马、吹牛、逗笑、取乐来谋取生活。莎士比亚通过一系列难忘的喜剧场面,塑造出这样一个从封建社会向市民社会过渡时期的寄生者的典型。

莎士比亚早期的喜剧,主要是正面宣扬人文主义的生活理想,如个性解放、爱情自由等,力求摆脱宗教禁欲主义和封建伦理道德的束缚。在这些喜剧中,他塑造出许多贵族青年男女的形象,描写他们与封建习俗、道德、传统的冲突,最后争取到爱情和婚姻上的幸福结局。他把尖锐的社会矛盾理解为善恶两种力量的斗争,并通过恶人的悔悟和好人的宽恕来求得矛盾的解决。

《仲夏夜之梦》(1595)是一部充满幻想和浪漫色彩的抒情喜剧。剧情虽然发生在古希腊神话传说中忒修斯统治雅典的时期,实际上反映的却是当时英国的现实。喜剧描写青年男女之间相互恋爱的故事,他们反对家长的干涉,得到仙人的帮助,最后争取到婚姻自由。剧中神话的世界和现实的矛盾交织在一起,使它成为莎士比亚最富于诗意和想像的剧作之一。

《威尼斯商人》(1596)是莎士比亚喜剧中最富于社会讽刺意义的一部。剧中包含两个平行的情节。主要情节是威尼斯商人安东尼奥和犹太人高利贷者夏洛克之间围绕割一磅肉的诉讼而展开的冲突,次要情节是富家小姐鲍西娅遵父命三匣选亲的故事。此外还穿插进夏洛克的女儿杰西卡同罗伦佐卷款私奔的故事。《威尼斯商人》情节紧凑,故事发展扣人心弦。戏剧涉及当时欧洲的经济、金融、法律、文化、种族、宗教、爱情等方方面面的问题,蕴含了异常丰富的时代内容。莎士比亚一方面肯定并赞美了安东尼奥、鲍西娅等人以友谊、爱情为重的人文主义生活理想;另一方面,也塑造出夏洛克这样一个鲜明生动而又复杂矛盾的典型形象。夏洛克是客居威尼斯的犹太人。由于受到当时欧洲普遍存在的反犹主义思想的影响,夏洛克在威尼斯的生活并不如意。他所从事的放贷业务,因不符合基督教教义而深受歧视。在威尼斯的法庭上,他因为种族、文化等种种原因,无法得到威尼斯法律的有效保护,最终落得人财两空。夏洛克的悲剧一方面反映了作家对其个人恶行的批评,另一方面恐怕也是犹太人在欧洲历史命运的真实写照。

《无事生非》(1598)、《皆大欢喜》(1599)和《第十二夜》(1600)是莎士比亚抒情喜剧的代表作。情节生动丰富,富于生活气息,思想更加成熟,既宣扬了人文主义的生活理想,又嘲笑了封建教会的禁欲主义(《第十二夜》),同时也揭露了资产阶级的自私自利行为(《无事生非》)。剧中人物也更加丰富多彩,主要人物如《无事生非》中的培尼狄克和贝特丽丝,《第十二夜》中的薇奥拉,次要的人物甚至小丑、佣人,如《无事生非》中的道格培里和弗吉斯,《皆大欢喜》中的试金石,《第十二夜》中的马伏里奥和费斯特,都塑造得有血有肉,鲜明生动。

《罗密欧与朱丽叶》是莎士比亚早期创作中的一部悲剧,但无论主题思想还是艺术风格,都和这一时期的喜剧接近。戏剧叙述了一对青年恋人,由于双方家族是世仇,无法结合,最终双双殉情的故事。在艺术形式上,戏剧以家族世仇和青年一代的爱情之间构成的强烈张力为背景,设置了异常紧张的戏剧冲突,又通过偶然和误会的使用,造成了情节发展的多次转折,产生了荡气回肠的艺术效果。罗密欧与朱丽叶,成为西方乃至全世界人心目中的一对爱情偶像;他们之间伟大的爱情故事,提升了私人情感在现实世界中的意义,对现代人的爱情观念产生了不可估量的影响。

(二)中期(1601～1607),一般称为悲剧时期,共写出《哈姆莱特》等悲剧7部、《一报还一报》等喜剧4部。

17世纪初,伊丽莎白女王统治的末年,英国社会的各种矛盾都尖锐化起来。农村的圈地运动在加速进行,失去土地的农民四处流浪,城市平民的情况不断恶化。同时,资产阶级、新贵族的力量更加强大,深感专制王朝已成为他们经济发展的障碍。1602年,发生以艾塞克斯为首的贵族暴乱。1603年,詹姆斯一世继位,执行更加反动的内外政策,恢复封建贵族和天主教会的特权,宣扬"君权神授",宫廷挥霍浪费,官吏贪污成风。资产阶级、新贵族同王室之间的斗争开始公开化。政治的腐败和繁重的剥削引起城乡广大人民的不满。1607年,英格兰中部和伦敦附近各郡都发生过大规模的农民起义。

这时,随着对现实认识的加深,莎士比亚深深感到现实的发展和自己的人文主义理想之间的矛盾越来越大。因而这一时期的作品中,揭露批判的力量加强了,剧作的情调和风格也发生变化,带上了悲愤沉郁的色彩。这一时期莎士比亚主要写的是悲剧,其中著名的除《哈姆莱特》外,还有《奥瑟罗》、《李尔王》、《麦克白》、《雅典的泰门》等。

《奥瑟罗》(1604)叙述摩尔人贵族奥瑟罗由于听信手下旗官伊阿古的谗言,被嫉妒所压倒,掐死了无辜妻子苔丝狄蒙娜,随后自己也悔恨自杀。奥瑟罗是一个襟怀坦白、英勇豪爽的战士。苔丝狄蒙娜天真痴情,毅然爱上了他,不顾家庭的反对和社会的歧视,同他结了婚。他们的爱情虽然战胜了种族歧视,却没有逃脱伊阿古的阴谋陷害。伊阿古伪装忠诚,心地奸诈,由于升不上副将,就对奥瑟罗怀恨在心,千方百计害死奥瑟罗夫妇,最后自己也得到了应有的惩罚。通过这个形象,莎士比亚对原始积累时期新兴资产阶级中的极端利己主义进行了深刻的揭露和批判。与此同时,他在奥瑟罗和苔丝狄蒙娜身上寄托了人文主义的理想。

《李尔王》(1605)描写一个专制独裁的昏君,由于刚愎自用,遭受到一场悲惨的结局。莎士比亚通过李尔的悲剧指出,在早期资本主义关系中,封建的人伦关系被无情地摧毁了。他对当时英国社会的那种见利忘义的现实进行了无情的揭露和批判;同时,他提出同情、仁爱、真诚等人文主义原则来同丑恶的现实相对立,表达出他对人文主义理想的信念。

《麦克白》(1606)是莎士比亚悲剧中最阴沉可怕的一部。苏格兰大将麦克白从战场上立功凯旋,由于野心的驱使和妻子的怂恿,利用国王邓肯到自己家中做客的机会,弑君而自立。最后,这个血腥的篡位者被邓肯的儿子和贵族麦克德夫战败而亡。他的妻子也因精神分裂而死。剧中刻画出麦克白夫妇这一对野心家的形象,深刻地揭示出个人野心对人所起的腐蚀作用,是莎士比亚心理描写的杰作。

1607年,莎士比亚写成《雅典的泰门》。在这部悲剧里,通过一个慷慨好客的富豪,由于钱财散尽,亲友纷纷散去的情节,对现实社会中金钱的作用作了深刻的揭露。

总体来说,这时期莎士比亚的创作无论在思想上还是艺术上都更趋成熟。从思想上看,这些悲剧对英国当时的社会生活和矛盾有了更广泛的反映,不仅对封建宫廷的揭露加深了,而且对资产阶级的"金钱万能"和极端个人主义也进行了批判,还在一定程度上反映出当时两种敌对的社会力量之间的冲突。从艺术上看,他把悲剧主人公放到这种社会力量的冲突和斗争之中,让他们经受尖锐的内心斗争。这样,就使得他们的性格不但具有鲜明的特征,而且随同外部世界的冲突而有所发展。此外,在情节的安排和语言的运用上,这些悲剧都达到了更高水平。

(三)后期(1608~1612),可称为传奇剧时期,共写出《暴风雨》等传奇剧4部和《亨利八世》历史剧1部。

这一时期,詹姆斯一世的统治进一步暴露出专制王朝的反动本质。

资产阶级、新贵族的力量更加强大。他们同王室之间的冲突也更加直接和尖锐。戏剧界出现迎合宫廷趣味的贵族流派,其作品重视情节的曲折和离奇。面对这一更加尖锐的斗争形势,莎士比亚退居故乡的田园,从事传奇剧的写作。他的4部传奇剧,对现实的黑暗还有所揭露,但剧中矛盾的解决缺乏现实的基础,每每是通过道德的感化,甚至超自然的力量,促使坏人悔改。

《暴风雨》是这一时期的代表作。剧中描写米兰公爵普洛斯彼罗被他弟弟安东尼奥夺去爵位,流亡到了一座荒岛。后来,他凭借魔法,让恶人们受到教育,兄弟和解。莎士比亚在剧中肯定了纯朴的爱情,谴责了自私的阴谋,并通过普洛斯彼罗的形象,着重肯定了理性和智慧的力量,宣扬了人性善良、改恶从善的思想。

二、《哈姆莱特》

悲剧《哈姆莱特》(1601)是莎士比亚戏剧创作的最高成就,写的是丹麦王子哈姆莱特为父复仇的故事。这段情节取材于12世纪的丹麦史。1576年一位法国作家把它改写为故事。16世纪80年代,伦敦舞台上曾多次上演过莎士比亚同时代剧作家据此改编的戏。1601年,莎士比亚又把它重新改编,把一段中世纪的封建复仇故事,改写成一部深刻反映时代面貌、具有强烈反封建意识的悲剧,哈姆莱特的形象也成为世界文学中著名的艺术典型之一。

悲剧一开场,莎士比亚就描绘出一幅丹麦宫廷的混乱局面。老王驾崩不久,新王就同寡嫂结婚,婚礼紧随着丧礼;敌军压境,宫廷里却通宵达旦地酗酒取乐。正如军官马西勒斯所说,"丹麦国里恐怕有些不可告人的坏事"。宫廷中尔虞我诈,互相倾轧;社会上群情激愤,一触即发。当御前大臣波洛涅斯被哈姆莱特误杀致死后,他的儿子雷欧提斯从法国赶回丹麦,登高一呼,就号召起大批暴乱群众杀进宫去,其声势之大,正如侍臣向国王报告的:"比大洋中的怒潮冲决堤岸、席卷平原还要汹汹其势。"平日里,犯上作乱的事时有发生。哈姆莱特在墓园中对他的好友说:"我觉得这三年来,人人都越变越精明,庄稼汉的脚趾头已经挨近朝廷贵人的脚后跟,可以磨破那上面的脚疮了。"指的就是这样的现实。因此,哈姆莱特说:"丹麦是一所牢狱。"又说,世界也是"一所很大的牢狱,里面有许多监房、囚室、地牢;丹麦是其中最坏的一间"。这里说的是丹麦,指的正是17世纪初的英国。

悲剧主人公哈姆莱特是文艺复兴时期人文主义者的典型形象。他出身王室,却在大学里接受了人文主义教育。他同当时的人文主义者一样,对"人"抱有美好的看法:

> 人类是一件多么了不得的杰作!多么高贵的理性!多么伟大的力量!多么优美的仪表!多么文雅的举动!在行为上多么像一个天使!在智慧上多么像一个天神!宇宙的精华!万物的灵长!

在他的心目中,他的父亲老哈姆莱特正是这样一个"人"的典范。而他自己,按照奥菲利娅对他的描述,也是一个人文主义青年王子的形象:"朝臣的眼睛、学者的辩舌、军人的利剑、国家所瞩望的一朵娇花;时流的明镜、人伦的雅范、举世瞩目的中心。"这样的一个"可爱的王子",自然会得到民众的拥戴,这点,连他的敌人也不得不承认。克劳狄斯一再说:"他是为糊涂的群众所喜爱的。""一般民众对他都有很大的好感。"

可是,戏一开场,他就陷入了家庭的不幸之中。他所崇拜和热爱的父王突然死去,他所爱的母亲很快就同新登基的叔父结了婚。坚贞的爱情,忠诚的友谊,一个人文主义者所宝贵的生活理想,都开始破灭了。他感到忧郁:"人世间的一切在我看来是多么可厌、陈腐、乏味而无聊!"他悲叹:"脆弱呵,你的名字就是女人!"正在这时,父王的鬼魂告诉他,自己是如何被克劳狄斯毒害死的,并要他为父报仇。对于哈姆莱特来说,为父王复仇,不仅是个个人的问题,而是关涉到整个国家、整个社会的问题。他勇敢地承担了这一任务,同时也深感这一责任的重大:

> 这是一个颠倒混乱的时代,唉,倒霉的我却要负起重整乾坤的责任!

这时,他考虑到许多问题:对手是国家的最高统治者,强大而又阴险;鬼魂是真是假,它会不会骗人?又怕不小心,泄漏了心事,反遭敌人的毒手。哈姆莱特本来郁闷的心,受到这可怕消息的打击,又加上这许多考虑,神经开始有些受不住,正好趁势装疯,既可以躲过对方的耳目,也可借此试探对方,还可疯言疯语,发泄对当前黑暗现实的不满。

与此同时,老奸巨滑的克劳狄斯对他也开始了怀疑,特把哈姆莱特的两个老同学从外地叫到宫里来对他进行监视;又利用哈姆莱特的情人奥菲利娅来作为试探他的工具。哈姆莱特万万想不到,他的老同学,甚至他心爱的情人,也竟然变成了奸王的帮凶。他的人文主义的理想在丑恶的现实面前完全破灭。他甚至考虑到"生存还是毁灭"的问题。尽管如此,他并没有一刻忘记复仇的任务,而是安排了"戏中戏",以便进一步证实奸王的罪行。一俟罪行落实,他便立即行动。只是由于寻找正义的手段,他放过了在奸王祈祷时将其杀死的机会,接着又误杀了波洛涅斯,反为自己招来被放逐的命运。最后,他虽然逃了回来,在一场决斗中杀死了奸王,但自己也因中了毒计而牺牲,"重整乾坤的责任"终于未能完成。

《哈姆莱特》是莎士比亚艺术上成熟的标志。莎士比亚很注意情节的安排,他的戏剧常常包含几条平行的或者交错的情节。《哈姆莱特》中三条复仇的情节交织在一起,而以哈姆莱特为父复仇为主线,以雷欧提斯和小福丁布拉斯为副线,三条线相互联系,又彼此衬托。在复仇情节之外,剧中写了哈姆莱特和奥菲利娅之间的不幸的爱情;写了哈姆莱特和霍拉旭之间的真诚的友谊以及罗森格兰兹、吉尔登斯吞对哈姆莱特的友谊的背叛;还写了御前大臣波洛涅斯一家父子兄妹之间的关系。所有这些又都起着充实、推动主要情节的作用。其次,《哈姆莱特》情节的丰富性还表现在它描绘的生活面很广阔,从宫闱到家庭,从深闺到墓地,从军士守卫到民众造反等场面,一一展现。莎士比亚常常突破古典戏剧的清规戒律,把喜剧因素和悲剧因素结合在一起,如在奥菲利娅落水淹死的悲惨场面之后,紧接着是掘墓者插科打诨的场面。这种"崇高和卑贱,恐怖和滑稽,豪迈和诙谐离奇古怪地混合在一起",正是马克思和恩格斯所称道的莎士比亚悲剧的"特点之一"①。

---

① 马克思:《议会的战争辩论》,《马克思恩格斯全集》第 10 卷,人民出版社 1962 年版,第 188 页。

悲剧中人物众多，但各具性格特点。在反面人物中，克劳狄斯这个"脸上堆着笑的万恶的奸贼"，阴险狠毒，笑里藏刀，表面对人和气，善于笼络人心，实际无比凶狠奸诈。哈姆莱特同这样一个难于对付的笑面虎进行面对面的斗争，才显示出他复仇任务的艰巨。于是不但装疯、"戏中戏"等安排有了情节上的必要，而且主人公的犹豫、拖延也才有了客观的根据。王宫中大小廷臣阿谀逢迎，狼狈为奸。年老的如波洛涅斯，昏庸老朽，自以为是。奥斯里克则是年轻廷臣的典型。在正面人物中，奥菲利娅天真柔弱，既真心爱哈姆莱特，又甘心做波洛涅斯的工具，心爱的人发疯使她心碎，老父被爱人误杀又使她真疯以至落水致死，她是宫廷阴谋斗争中的不幸的牺牲者。霍拉旭理智冷静，同哈姆莱特一样，抱有人文主义的理想，富于正义感，但性格不同，又没有如哈姆莱特那样肩负起不共戴天的复仇任务，自然不会产生哈姆莱特那样激烈的内心斗争。在复仇问题上，哈姆莱特同雷欧提斯、小福丁布拉斯形成鲜明的对比。雷欧提斯为报私仇，利用民众对王室的不满，登高一呼，群众像怒潮一般涌向王宫。他只问目的，不择手段，也不顾后果，只有个人的恩怨，而缺乏扭转乾坤的大志，同哈姆莱特相比，显得简单鲁莽。小福丁布拉斯原定兴兵复仇，夺回老王失去的国土，在个人私仇上似乎也加上了一点国家兴亡的色彩，但却禁不住叔王的一顿训斥，轻易就放弃了复仇的打算。相形之下，显然没有哈姆莱特性格的复杂和坚定。

除通过人物之间的对比来突出主人公的性格外，莎士比亚在《哈姆莱特》中还充分利用"独白"这一传统手法，来揭示主人公的内心活动，使得他的性格更加深刻和丰富。剧中主人公的重要独白共有六次之多，有的戏剧性强，有的富于哲理，但都有助于揭示性格。如第3幕第3场末尾哈姆莱特的独白（"他现在正在祈祷，我正好动手"），既说明了哈姆莱特当时放弃这一行动的原因，又达到推动剧情进一步发展的目的，具有高度的戏剧性，使得观众的情绪随之起伏。又如第3幕第1场那段"生存还是毁灭"的著名独白，不仅本身是一首富于揭露性和哲理性的好诗，也是理解主人公性格的一个重要方面的钥匙。通过这段独白，我们看到了他对人生的思索，他的烦恼和失望，苦闷和彷徨以及他对周围现实的深刻揭露和批判。

莎士比亚是语言的大师,他的语言丰富而富于形象性。他的戏剧主要用无韵诗体写成,又结合了散文、有韵诗和抒情歌谣等,不同的文体在剧中起着不同的作用。莎士比亚按照人物的身份与处境的不同而使用不同的语言,文雅或粗俗,哲理或抒情,目的都是为了更有助于表现人物。同是一个哈姆莱特,装疯时的语言与平时的也各不同。此外,莎士比亚还善于运用比喻、隐喻等形象化的语言。

思考练习题

1. 什么是文艺复兴？文艺复兴产生的时代背景及其历史意义是什么？
2. 什么是人文主义？人文主义思想有哪些主要内容？人文主义文学的主要特征是什么？
3. 简述文艺复兴时期欧洲主要国家文学的发展情况和主要成就。
4. 彼特拉克如何为欧洲抒情诗开辟了新路？
5. 薄伽丘的《十日谈》是一部什么样的作品？它在欧洲文学史上有什么重要意义？
6. 简述拉伯雷《巨人传》的主要内容和人物形象。
7. 什么是流浪汉小说？它有哪些主要特征？最早的流浪汉小说是哪部作品？
8. 简述维加《羊泉村》的思想、人物及其进步意义。
9. "大学才子派"戏剧家对英国民族戏剧的发展有哪些重要贡献？
10. 堂吉诃德形象分析。
11. 桑丘形象分析。
12. 《堂吉诃德》的艺术特色及其对欧洲小说史的重要贡献是什么？
13. 莎士比亚创作的三个时期各有什么特点？他的历史剧、喜剧、悲剧、传奇剧的主要内容和艺术特点是什么？
14. 哈姆莱特形象分析。
15. 简述《哈姆莱特》的艺术特点。

第四章　17世纪文学

学习提示

本章的学习重点是:
(1)正确认识"巴罗克"和"古典主义"这两个文学潮流。
(2)英国诗人弥尔顿的长诗《失乐园》的思想内容和艺术特点。
(3)法国喜剧大师莫里哀和他的代表作《伪君子》。

17世纪的欧洲正处于文艺复兴和18世纪启蒙运动这两个伟大的全欧性的思想文化运动之间。当时欧洲的总态势是各国发展的不平衡。英国发生了资产阶级革命,推翻了封建统治,走在了历史的前列。法国建立起强大的君主专制政权,它作为资产阶级和贵族阶级的中间人而维持着国家的平衡,有利于社会的发展。意大利和德国则由于封建势力的反扑而致历史倒退。巴罗克和古典主义就是在这样复杂的历史条件下产生的两种文学潮流。巴罗克文学反映了文艺复兴衰落之后思想的动荡和复杂。古典主义是在法国专制君主政体的扶植下兴起的一种文学思潮,体现了理性与统一的历史趋势。

弥尔顿是17世纪欧洲最重要的诗人和革命家。他的诗歌创作与他的革命活动一样,与宗教有着密切的关系。他的晚年创作是在宗教性的题材与思考中,对革命进行深刻的反思,曲折地反映了英国革命的历史。把握好这一点,能帮助我们更好地理解他的诗歌的特点。

古典主义具有宫廷的贵族的倾向。但是,古典主义作家并不是清一色的。莫里哀继承人文主义传统,学习民间艺术,取材现实生活,他的作品具有民主倾向和民族风格。他的代表作《伪君子》是一部运用古典主义创作方法写出的思想进步、讽刺犀利、艺术完美的喜剧杰作。

第四章 17世纪文学

第一节 概 述

一、历史背景

17世纪的欧洲历史舞台，揭开了近代史的帷幕。

1640年至1648年的英国革命，推翻了封建主义的宝座，1649年建立了最初的资产阶级共和国的典范。革命后，英国的资本主义迅速发展。另一方面，资产阶级与封建贵族妥协，1660年以后，出现了长达二十多年的王政复辟时期。1688年，资产阶级发动"光荣革命"，建立君主立宪制国家，资产阶级统治才最终确立。

在法国，胡格诺战争（1562～1598）已经结束，建立起中央集权的强大君主专制国家，到17世纪中叶路易十四当政初期，达到了鼎盛时期。17世纪法国的君主专制政体是在资本主义成长并足以与贵族势力抗衡的条件下形成的。君主则"作为表面上的调停人"从中操纵，实际上是两面依靠。它一方面依靠贵族的传统势力作为封建政权的基础，另一方面依靠资产阶级殷实的钱包，维持庞大的军队和入不敷出的宫廷豪华开支。王权为了获取资产阶级的支持，采取了重商政策、殖民政策和奖励民族工业政策，而且通过卖官鬻爵等办法，向资产阶级开放一部分政治权力。大资产阶级也向贵族化方向努力，成了"长袍贵族"。

但是在英、法两国之外，欧洲的封建势力却加强了它的反动统治，在某些国家还出现历史倒退现象。天主教会利用宗教裁判所来反对改革，统治人们的思想；开列"禁书目录"，扼杀一切进步的出版物；用火刑等极其残酷的刑罚来迫害新思想家。天主教还利用耶稣会这样的机构，以新教会的面目出现，操纵教育系统和文化思想。

封建宗教的反动势力在西班牙和意大利为害尤甚。西班牙在15世纪至16世纪曾是欧洲最富强的国家。不久便一蹶不振，日趋衰落。王权依靠军队和天主教会来加强统治。天主教反动势力猖獗一时。意大利原是欧洲资本主义最早发达的地区，文艺之盛况达到空前的地步。

但世界贸易航路的改变,给它的经济以致命的打击,又长期连遭外来侵略,致使意大利民生凋敝,文化衰落,天主教反动势力之大更甚于西班牙。

德国的命运和意大利有许多相似之处。毁灭性的 30 年战争(1618~1648)给广大人民带来深重的灾难。战争结束时,德国已是四分五裂、满目疮痍,全国陷于瘫痪,长期处于经济文化的落后状态。

17 世纪天主教反动势力的猖獗,给欧洲的思想界和文化界带来了严重的后果。

在 17 世纪初期欧洲文坛,人文主义文学还占有相当重要的地位,文艺复兴时期的现实主义思潮仍在继续发展。莎士比亚和塞万提斯这两位文艺复兴时期的大文豪,都死于 1616 年,维加死于 1635 年。莎士比亚的后继者本·琼生写了大量现实主义的剧本。维加的学生和追随者们如吉连·德·卡斯特罗(1569~1631)等继承了文艺复兴时期现实主义的风格。

出现在 17 世纪欧洲文学史上的新现象是巴罗克风格和古典主义的兴起。封建天主教会的反扑虽然没有毁灭文艺复兴的基本成就,却引起人们意识上的混乱,精神上的消沉。欧洲文艺中的巴罗克风格就是这种精神意识的具体表现。"巴罗克"原是葡萄牙语,是珍奇和奇妙的意思。在文学上是指夸张、繁艳的藻饰,花团锦簇的风格。巴罗克风格文学惯用的主题是宗教的狂热,人类在上帝的残酷威严面前无能为力;常用极端混乱、支离破碎的形式,表现悲剧性的沮丧;用夸张、雕琢的词藻,冷僻的典故,谜语似的词汇来玩弄风雅。然而,巴罗克文学的情况非常复杂。有各种各样的巴罗克,它们的思想倾向并不一致,只是作为一种风格流行一时,许多作家受其影响。

巴罗克文学于 17 世纪初期从意大利、西班牙兴起,后来流传到英、法等国。意大利巴罗克文学的代表是马里诺派。马里诺(1569~1625)博闻强识,把古典作品中的词句引用在作品里,以诗句轻松简练、韵律铿锵著称,以夸饰的词句散布人生的悲哀情绪。西班牙巴罗克文学的代表是贡哥拉派。贡哥拉(1561~1627)贵族出身,为宫廷神父。他提倡一种与晦涩思想结合的华丽雕琢的诗歌语言。后来在法国有矫揉造作的文学,由意大利的马里诺传入,经兰蒲绮夫人的沙龙的鼓吹而风行一时。在英国有玄学派,以神秘主义诗人约翰·多恩(1571～1631)为代表。他把神秘的宗教情绪和色情、好战等内容交织在一起。

17世纪西欧著名的巴罗克风格文学家是卡尔德隆(1600～1681)。他曾为宫廷戏剧家和宫廷神父,得过诗人桂冠。其剧作二百余种,以《人生如梦》为代表作,剧中表现对人生的藐视,对宗教的狂热,是典型的巴罗克风格的作品。《人生如梦》的主人公是波兰王子,因为星相家说他长大后会成为残暴不仁的君主,而被父王囚禁在塔楼里。后来父王怀疑星相家的说法,把他放出来一试,王子的行为使国王认为他确是残暴不仁,便再次囚禁他。最后,他醒悟到人生的一切就是一场幻梦。当群众破狱,放他出来时,他对那严厉看守他的狱吏并不记仇,因为看守执行国王的命令;对解放他的革命战士反而加以严惩,因为他们违反国王的命令。剧本的思想充满了矛盾,一方面表现出对人生的积极意义的思考,另一方面,又发出人生如梦的感叹,还鼓吹基督教教义,宣扬对国王的忠诚,体现了西班牙巴罗克的特点。

17世纪的德国,文化落后,文学作品极少,且带有巴罗克色彩。其中比较杰出的作品,要算格里美尔斯豪森(1622～1676)的《痴儿西木传》。这是一部自叙体的流浪汉小说,主人公西木生活在社会的底层,在长期的战争中受尽苦难和屈辱。小说在叙述现实生活之外,还穿插了幻想的情节,如妖魔的舞会、狂人朱庇特的故事,以及上天下地的离奇情节。最后,主人公西木皈依上帝,安然和这个苦难的世界告别。

巴罗克文学的影响很广,17世纪最杰出的法、英大作家如高乃依、拉辛、弥尔顿、马维尔等人的作品中也有巴罗克的痕迹。

17世纪欧洲最主要的文艺思潮是古典主义。它产生于17世纪初期的法国,影响到欧洲其他各国,持续到19世纪初。法国古典主义是君主专制制度的产物,其首要特征是具有为君主专制王权服务的鲜明倾向性。法国是当时欧洲最强大的中央集权君主专制国家,专制王权为了牢牢掌握统治权,要求文武百官和老百姓都奉公守法;也要求文学语言规范化,文学样式程式化或格律化。亨利四世时代的诗人马来伯(1555～1628)首先提出诗歌要为王权服务,语言要明晰、合理,创作要有严整的格律。法国政府更推波助澜,通过设奖金、赐年俸等办法笼络文人为王权服务。路易十三时期,还设立"法兰西学士院",作为国家的机构来推行它的政策。法兰西学士院的主要任务是制定并控制语言的法规和各种文体的格律,如"三一律"等。

古典主义的第二个特征是注重理性。古典主义的立法者布瓦洛(1636～1711)说:"首先必须爱理性;你的文章永远只凭理性才获得价值和光芒。"当时法国的大哲学家笛卡尔(1596～1650)的理性主义为古典主义提供了理论基础。笛卡尔认为理性就是良知,人人都有。他肯定人的理性,主张用理性克制情欲。17世纪的法国,中央集权已经形成,专制君主便要求人们克制个人欲望,遇事以理性为重,以国家民族为重。但他们的所谓国家,只是指君王的国家,路易十四就说"朕即国家"。进步的作家则不愿受这样的限制,对王权提出公正的要求,对它采取又拥护又有所保留的态度。

古典主义的第三个特征是模仿古代,重视格律。近代西欧年轻的民族国家,文化根底浅薄,为了建树自己的古典文学,只能把古希腊、罗马的文学奉为楷模。从16世纪后半叶起,一部分作家在创作上采用古典文学的题材和体制,学习古代的创作方法。到了17世纪法国古典主义者的理论和创作中,便全面以古典作品为最高典范,并从其中找出写作的规则和格律。实际上这些规则不完全是从古典作品中总结出来的,有些是为了当前的需要而托名古典的,如最著名的戏剧"三一律"就是如此。"三一律"是指时间、地点、情节三者的单一:一出戏只演一件事(情节单线索),剧情必须发生在同一地点,一昼夜之内。古典主义的维护者说这一格律来源于希腊,由亚里士多德规定。其实不然,亚里士多德只提到剧本中的动作或情节要一致,不可枝蔓,并未对剧情的时间、地点做什么规定。正如马克思所说:"路易十四时期的法国剧作家从理论上构想的那种三一律,是建立在对希腊戏剧(及其解释者亚里士多德)的曲解上的。但是,另一方面,同样毫无疑问,他们正是依照他们自己艺术的需要来理解希腊人的。"①

二、英国文学

17世纪的英国是欧洲最先进的国家,曾与王权合作的资产阶级,已经逐渐转向和王权对立。发展到40年代,便进入资产阶级革命时期,揭开了欧洲近代史的第一幕。

16世纪以来,英国的宗教改革是在国王主持下进行的,很不彻底。改革后建立了"国教",其结果只是国王夺取了教皇在英国的权力,和天主教没有什么区别。因此,代表新兴资产阶级利益的新教加尔文派中的积极分子要求清理、整顿教会,以此有"清教徒"之称。其中的独立派、平均派和掘地派则提出了革命的要求。1640年的革命就是以清教徒领导的反国教的形式进行的。革命阵营中的一些头面人物都是清教徒代表,如克伦威尔、弥尔顿等是独立派,政治家约翰·利尔本(1618～1657)代表平均派,杰拉德·温斯坦莱(1609～1652)代表掘地派。所以人们把17世纪的英国革命叫做清教革命。

17世纪继莎士比亚之后的英国进步作家,以本·琼生(1573～1637)为代表。他真实而生动地描绘了英国的风俗,熟练地刻画人物性格,而且提出一系列道德问题,表现了进步的倾向。本·琼生的重要贡献是喜剧,《福尔蓬涅》(1606)、《炼金术士》(1610)、《巴托罗缪市集》(1614)等作品,用现实主义的方法,嘲笑了腐朽淫靡的贵族,鞭挞了贪得无厌的资产阶级。

四五十年代革命时期的作家中,最主要的是约翰·弥尔顿。另外,诗人安德鲁·马维尔(1621～1678)是杰出的清教诗人之一。他在50年代写过抒情诗,在散文方面也久享盛名。约翰·利尔本是平均派的代表作家。他那热情横溢的小册子《揭发英国的新锁链》,反对克伦威尔镇压人民的行为。杰拉德·温斯坦莱的作品反映农村中贫民平均主义的心理,为掘地派或真正平均派的代表作家。他的小册子《真正平均

---

① 马克思:《致斐·拉萨尔》,《马克思恩格斯全集》第30卷,人民出版社1975年版,第608页。

派高举的旗帜》(1649)、《英国被压迫贫民宣言》(1649)、《给议会和军队的新年礼物》(1650)等文,矛头指向王党分子,也指向新贵族和城市富户。

斯图亚特王朝复辟时期(1660～1688),宫廷古典主义盛行,其代表人物是桂冠诗人约翰·德莱顿(1631～1700)。德莱顿曾是克伦威尔的歌颂者,共和国被颠覆之后,他便投到复辟王权一边,不久又改信天主教。但在1688年所谓的"光荣革命"以后,他固守原来的信仰不变,他的桂冠和其他职务都被撤销。他是诗人和剧作家,在60年代至70年代,曾致力于悲剧和喜剧的创作。他的悲剧是所谓的"英雄剧",美化贵族生活和君主制度,风格浮夸,适于朗诵,不适于演出。他的讽刺诗和颂诗也表现了复辟王朝的立场和古典主义的风格。德莱顿还是17世纪英国最主要的古典主义理论家。

复辟时期的清教徒作家约翰·班扬(1628～1688)是当时英国的一位重要作家。班扬生于贫苦农家,十多岁就当兵,参加了革命斗争,1649年退伍为补锅匠,后来成为清教徒的布道者。王朝复辟时期,在一次布道者的秘密会议上被政府逮捕,因为拒绝停止布道而系狱达11年之久。释放后仍公开布道。三年后再入狱一年半,就在这时开始写他的名作《天路历程》(1678)。这本小说采用梦境寓意的写法,广泛地描写当时英国的现实生活。故事的主人公叫做"基督徒",他从"将亡城"逃出,往郇山走去,路中遇到"失望"沼泽等险阻艰难,制服了恶魔阿波龙,路经死荫幽谷,到达"名利场",在这里被巨人"失望"所俘虏,幽闭在"疑惑"的城堡里,最后到了"愉快山"上,遥望天都,进入"安静国",登上高耸云霄的山岭,遇到了天军。其中的人物如"世智"、"胆小鬼"、"依赖"、"爱财"、"不学无术"、"刽子手"等都是象征性形象。《天路历程》受到基督教思想文化的浸润,从作品形式和细节以至故事的内在结构和情节发展动力,都来自基督教的宗教经典和宗教教义。班扬的第二部小说《卑德蛮传》(又译《坏人传》)描写一个英国市侩的一生;第三部《神圣的战争》描写40年代内战时期作者所目睹的革命军对封建反动军队的胜利。

三、法国文学

17世纪的法国是欧洲最强盛的中央集权君主专制国家,文化上丰富多彩,古典主义思潮一时称盛。古典主义在法国兴盛,首先与政府的需要和推行有关。17世纪,新兴资产阶级已经帮助王权建立和巩固了中央集权,树立了绝对君权。在这样的条件下,就需要王法,以便把一切都严格地统管起来,在文化、思想、艺术方面,也要求规范化、格律化,哲学思想要理性化。笛卡尔的理性哲学便应运而生,这种理性主义的思想也就是古典主义创作方法的理论基础。

在古典主义兴盛之前,17世纪的法国文学界有两个流派。一是贵族沙龙文学,一是人文主义文学。法国贵族中流行的沙龙文学,即客厅文学。1608年,兰蒲绮侯爵夫人把自己的客厅开放,作为贵族文人名流的聚集地,从此形成风气。17世纪上半叶法国的上流社会人士和文艺家都做过这个沙龙的座上客。这些贵族的文人学士精神空虚,在虚无缥缈的想象中,虚构一些悲欢离合的艳情故事和历史故事。于是,骑士爱情小说和长篇历史小说风靡一时。沙龙文学的语言矫揉造作,莫里哀在《可笑的女才子》和《女博士》两剧中曾给以辛辣的嘲笑。

人文主义文学也就是市民的写实文学,以查理·索莱尔(1579～1674)为代表。他的小说《法朗西翁趣史》通过一个流浪汉的一生,描绘五光十色的巴黎社会。人文主义文学代表下层市民的思想和趣味,它承继16世纪文艺复兴的传统,表现出乐观、粗犷的精神,但技巧尚欠成熟,结构松散,人物不典型,语言欠精练。

17世纪上半叶,这两派互相对峙,谁也无法在文坛上占统治地位。而且这两派文学都受到巴罗克风格的影响。后来,古典主义兴起,并在君主专制政权的扶植下日益兴盛,成为占统治地位的文学思潮。

法国古典主义内部存在不同的倾向,他们之间在思想上、艺术主张上都有区别。进步的、具有民主倾向的有悲剧作家高乃依和拉辛,喜剧作家莫里哀,还有寓言诗人拉封丹等。

彼埃尔·高乃依(1606～1684)的父亲是个法官,他自己也学过法律,当过律师,但对法律不感兴趣。后来他试写过喜剧,成就不大。

1636年，他的悲剧《熙德》上演，轰动了巴黎。剧中的诗句极为优美，以至有"美得像熙德"这样的成语在法国流行。可是学士院的当权者却横加攻击，说什么情节复杂，地点不一，不合三一律；女主人公突破了封建道德的准则，剧中国王却劝导她和青年熙德和好，有失君王的尊严。高乃依受了围攻，愤而搁笔达3年之久。

《熙德》的主人公是贵族老臣杰葛之子罗狄克。他与伯爵高迈斯的女儿施曼娜相爱。一天，国王选中杰葛当太傅，高迈斯不服，于激动中打了杰葛一个耳光。杰葛要儿子罗狄克为他复仇。罗狄克陷入思想矛盾，但为了家恨，决定和高迈斯战斗，并杀死了他。施曼娜心中也充满矛盾，但为报父仇不得不请求国王为她雪耻。正当此时，摩尔人入侵。罗狄克奋勇抗战而得胜，成了民族英雄，被称为"熙德"，光荣归来。而施曼娜却要求报仇，国王劝导她以国为重，并设法成全了他俩结为连理。

这个悲剧的基本冲突是义务与感情之间的矛盾。在罗狄克身上，封建的荣誉观念和个人的爱情之间形成尖锐的对立，因而引起激烈的内心矛盾。当然，最后是理智战胜了感情。同样的矛盾也存在于施曼娜心中。当罗狄克成为国家功臣的时候，由国王出面干预，说服了施曼娜。因此，剧本是在国家利益高于一切，国王的权力高于一切的原则下解决了矛盾，既肯定了理智的胜利，也满足了个人的幸福。这反映了高乃依一方面服从专制王权，一方面又有所保留的态度，因而受到学士院的指责。高乃依对此抵抗了3年，但最终还是屈从，从此再也不敢违背三一律。

1640年，他写了《贺拉斯》，歌颂为民族而牺牲个人恩爱，甚至大义灭亲的精神。这部剧本的思想倾向是非常明确的，它主张当理性与感情矛盾时，应该服从理性，以邦国为重。剧本的艺术形式比较完整，完全遵守三一律。同年，他又写出了《西拿》，题材取自古罗马。全剧虽有诗句之美，却充满着政治理论，缺乏艺术感染力。1651年，他写了《梅高尼德》，反映了投石党运动的情况，描写人民为保卫自己所爱戴的领袖而举行起义的故事。从1653年以后，路易十四残酷地镇压投石党，专制政治更加跋扈，高乃依便不再写作。

让·拉辛(1639～1699)是法国古典主义悲剧的后起之秀,17世纪法国古典主义悲剧发展的巅峰。他的风格和高乃依不同。高乃依写崇高的感情和理性,作品中洋溢着英雄主义精神,拉辛则更多挖掘人性的弱点,写情欲造成的悲剧;高乃依描写意志坚强的理想人物,拉辛写有缺点的人物。1667年,他的悲剧《昂朵马格》上演,大受观众赞赏。

昂朵马格(即荷马史诗中的安德洛玛利)是特洛伊主将赫克托耳的寡妻,特洛伊战争后成了爱庇尔国王庇吕斯的奴隶。国王要娶她而不与未婚妻成亲。希腊特使奥莱斯特传令庇吕斯交出昂朵马格的儿子,以绝后患。庇吕斯借此威胁昂朵马格。她为了保全儿子的性命,被迫应允,但准备在庇吕斯宣誓保证儿子的安全后自杀。国王的未婚妻爱尔米奥娜因嫉恨而唆使有意于她的奥莱斯特去刺杀国王。国王被杀后她便自杀,奥莱斯特也发了疯。剧本揭露了贵族阶级内部荒淫无耻、自相残杀的情景,谴责了这些受情欲支配而自私残暴的贵族人物。昂朵马格与他们不同,她忠于国家、忠于丈夫,既保贞洁,且保子嗣,赢得道义上的胜利。

1667年,他写了杰作《费得尔》。这也是一个希腊故事。雅典国王的继室费得尔向前妻之子希波吕托斯求爱而遭到拒绝,她恼羞成怒,反诬王子侮辱她。国王怒而求海神处死王子。王子死后,费得尔后悔而自尽,临死时吐露真情。作者揭露了宫廷贵族的荒淫,但对费得尔表示同情。这部悲剧结构严整,技巧纯熟,更长于心理分析。剧本的反贵族倾向表现了拉辛的进步立场。但他却因此而遭到以红衣主教近亲为首的一伙贵族的侮弄。《费得尔》演出时,他们定下剧场的全部座位,到时不来看戏。诗人气愤,竟长期搁笔不写剧本。

1689年,拉辛应一虔诚女友的请求,为某女校写了两出以圣经故事为题材的悲剧《以斯帖记》和《亚他利雅记》。从中可以看出,拉辛和前辈高乃依一样,不满于极权的专制君主,要求民主和自由。

让·拉封丹(1621～1695)是17世纪法国杰出的寓言诗人。他写过悲剧、喜剧、颂诗、歌谣、讽刺诗、长篇小说等各种文体的作品,但最著名的是寓言诗和故事诗。他的寓言流露出民主主义思想,在动物故事的形式中反映现实生活,既有对统治阶级的揭发,又有对下层人民的同情,对17世纪法国社会作了生动的描绘。拉封丹善于组织情节,运用生动的人民语言,刻画鲜明的艺术形象。他的寓言作品对后来世界各国的寓言作家都有很大影响。

尼古拉·布瓦洛(1636～1711)是古典主义的理论家,他的诗体理论著作《诗的艺术》(1647)是古典主义理论的权威性作品。布瓦洛站在绝对王权的立场上,总结了法国古典主义文学的成就,制定了古典主义的法规。他继承亚里士多德的"模仿说",认为文学创作的最高任务是模仿"自然",但这种模仿又必须服从理性。只有"理性"才是获得创作成功的原则,也是文学批评的原则。布瓦洛认为作家应该"研究宫廷"、"认识城市",也就是按照绝对王权和资产阶级的愿望和标准来进行创作,这就说明他的理性原则实际上反映了资产阶级对王权的妥协性。布瓦洛把古代希腊、罗马文学看作永恒的典范,模仿古代作品就是成功的"捷径"。他还按封建观念把文学体裁分成高级的史诗、悲剧与低级的寓言、闹剧等,褒扬前者,贬斥后者。布瓦洛的理论符合君主专制政体的需要,其中虽有某些正确的见解,但充满着形而上学的观点和贵族倾向。

第二节 弥尔顿

一、生平和创作

约翰·弥尔顿(1608～1674)是17世纪英国最主要的诗人、思想家和政论家。他把人文主义向前推进,贯彻到资产阶级革命的实践中去;同时,他又是恩格斯所说的"第一个为弑君辩护的人",是18世纪启蒙思想家们的"先辈"。因此,弥尔顿可以说是文艺复兴运动和启蒙运动之间的桥梁。

弥尔顿的生平和著作可以分为三个时期:

(一)前期(1608～1639)。1608年12月9日,弥尔顿生于伦敦一个富裕的公证人家庭。父亲因热心于宗教改革而被逐出家门,独自到伦敦去谋生。父亲还具有较高的文化修养,在音乐和古典文学研究方面有较大的成就。诗人幼受家教,喜爱古典文学和音乐,而且在家庭教师托马斯·杨的教导下,深受人文主义思想的影响。他在1622年前后进圣保罗学校,学习拉丁文、希腊文,极为勤奋。1625年进剑桥大学的基督学院,1632年获硕士学位。

诗人在大学时,厌恶那些经院式的课程,特别喜欢拉丁文和古典文学,还写过很多拉丁文的诗歌和演说稿。完成学业时,他拒绝当牧师,不愿与当时腐败的英国教会同流合污。此后6年,他在父亲的别墅苦读,把古典文学、历史和哲学以及各种艺术融会贯通,冶为一炉。1638年,他游历欧洲大陆,到过意大利的佛罗伦萨、罗马、那不勒斯等名城古刹,见到了大科学家、大学者伽利略。正当他准备往西西里和希腊去时,听到英国发生了政治上的激烈斗争,便中止远游而准备回国。他说:"正当祖国的同胞为争取自由而作战时,我却逍遥于国外,这是可耻的。"1639年7月他回到伦敦。

弥尔顿的前期作品,主要是中、短篇诗作。成名作《圣诞清晨歌》风格清丽,表现无邪、洁白的心胸,以铿锵的音调、整齐的诗行,彰显诗人的心灵之美。1630年,写了《莎士比亚碑铭》,是一首最早献给莎士比亚的赞歌之一。1632年至1633年间,写了美丽的姐妹篇《快乐的人》和《沉思的人》。在诗中,人文主义的思想与基督教的思想融会在一起,在青年诗人身上形成和谐的整体。1634年的假面诗剧《科马斯》,写一个少女在森林中迷路,她拒绝了妖魔的百般诱惑,终于被救。诗剧歌颂勇敢、机智和高尚无邪的品格。1637年,因好友爱德华·金的溺水,写了挽歌《黎西达斯》,哀悼一个正要踏进社会之门,准备做一番事业的正直青年。诗中也讽刺了教会的腐败,显示诗人创作风格的转变。

(二)中期(1639~1660)。弥尔顿从欧洲大陆回国后,决定把自己的一生献给祖国的革命事业。

1641年后的20年中,他写了一系列的小册子,因而成为笔战中的主将,思想战线上的铁军将领。

1641年写的《论英国教会的教纪改革》和1642年写的《论教会必须反对主教制》,首先向教会开炮,把英国的宗教改革推进一步。17世纪英国革命被称为清教徒革命,一方面因为它是清教徒领导的,另一方面因为它既是对封建贵族的政治革命,同时又是对主教统治下的教会的革命。

1642年弥尔顿和鲍威尔·玛丽结婚。这个贵族姑娘不习惯于诗人严肃而清静的家庭环境,结婚后一个月就趁省亲的机会,一去不回。弥尔顿因此想到英国人的离婚问题,写过三篇论离婚问题的小册子。《离婚的原则与实施》是最重要的一篇。1645年因朋友的劝和,玛丽请求诗人原谅,从此恩爱有加,共生三女。玛丽1652年生幼女时身亡。1656年弥尔顿娶的续弦夫人嘉德琳·胡德科克是一个温柔贤德的女子,婚后一年半而死于产褥。诗人为她写了《我仿佛看见了圣洁的亡妻》那首著名的十四行诗。

弥尔顿最有名的散文小册子是1644年的上国会万言书《论出版自由》。诗人用自己的全部热情和学识写成这篇杰作,慷慨陈词,影响深远。

1649年2月13日,英王查理一世被处死,弥尔顿及时地写出《国王和官吏的职责》,纵谈君臣受人民的委托治理国事,人民有权处置暴君,甚至将他处死。论文出版后,作者受聘为国务院拉丁文秘书,从此一心为共和国革命事业贡献全部力量。当时王党主教高登写了《国王肖像》一书,伪称查理一世为人虔诚、和蔼、爱民如子,用以蛊惑人心。弥尔顿立即写了《偶像破坏者》,给以粉碎性的反击,在国内思想战线上赢得一个大胜利。

1651年,他当了共和国新闻《政治导报》的监督主编,更以高昂的气概出现于欧洲舞台上。当时亡命于荷兰海牙的查理二世,想尽方法联合大陆上的君主来干涉共和国。路易十四纠同荷、西、葡等国进行武装干涉,同时在思想战线上对共和国发动进攻。当时大陆上最有国际声望的大学者沙尔马修,受托用拉丁文写小册子《为国王声辩》,拥护君主专制,谴责共和国犯有弑君之罪,在国际舆论界造成不利于英吉利共和国的局面。弥尔顿那时已一目失明,医师警告他必须休息,否则便有双目失明的危险。但是,弥尔顿认为挽救革命危机责无旁贷,不顾一切地写成《为英国人民声辩》一书,驳斥对方的所有论点,严厉批评对方人品的卑劣。弥尔顿的著作轰动了全欧。沙尔马修则受到致命的打击,他搜索枯肠,苦思反驳而不能成文,竟于1653年死去。弥尔顿并没有停止战斗,1654年又为反驳沙尔马修的从者莫路等人而写了《再为英国人民声辩》一书,驳得对方再也不敢狡辩。两篇《声辩》赢得了国际思想战线上的大胜利。

1658年,克伦威尔死后,形势急转直下,大资产阶级和新贵族害怕革命深入,暗中和王党妥协,准备迎接王党复辟。弥尔顿大义凛然,继续同反动势力笔战。1659年,写文章主张把雇用的教职人员撵出教会。1660年初,查理二世复辟的前夕,还写小册子《建立自由共和国的捷径》,尽力辩明共和国的优越性和迎接王党复辟的危害性。

就文学来说,弥尔顿的中期可以说是散文时期。他的散文是论战的产物,富于战斗性。作品的风格雄健,文笔流利。《论出版自由》旁征博引,情文并茂;两篇《声辩》洋洋洒洒数十万言,泼辣而有生气。他的散文堪称17世纪欧洲散文的冠冕。

(三)晚期(1660～1674)。复辟王朝对革命党人采取残酷的报复行为,弥尔顿一度被捕入狱,由于反动派慑于欧洲的舆论,才幸免死刑。但财产被没收,书籍被烧毁,行动也受到监视。加上失明、痛风和大女儿的违拗,弥尔顿处境极端困难。即使这样,他仍继续斗争,继续笔战,不过不用散文而改用诗歌。在书报检查制度严厉的复辟时期,在双目失明的情况下,他以口授的方式完成了辉煌的三大诗作和其他著作。

三大诗作中,《失乐园》结构宏大,气势雄伟,是他的力作。《复乐园》篇幅较短,主题鲜明,写得很紧凑。它取材于《新约·路加福音》第4章,写耶稣在旷野禁食40天之后,受魔鬼试探而不动心的故事。魔鬼用豪奢的筵席,用金钱财富,用大国的王位、壮大的军容和全世界的荣华来诱惑耶稣,都不能使他动心。魔鬼改用古典文学、艺术、哲学等诱惑他放弃自己的立场,结果也是徒然。用暴风雨来威吓他,仍属无效。最后把耶稣带到高山上圣殿的塔尖,叫他跳下去,考验他是否神子。结果魔鬼自己目眩而下坠,耶稣则由天使迎入仙谷。史诗是对复辟时期那些坚持立场的斗争者的歌颂,也是诗人自况。

剧诗《斗士参孙》(一译《力士参孙》)取材于《旧约·士师记》第13

章至第16章。参孙是古代以色列部落的士师(军事首长兼裁判官),力能搏狮,在战场上所向无敌。后来被女人出卖秘密(力气在头发里),敌人将他剪去头发,挖掉双眼,投入牢中做苦工。后来他的头发又长了起来,恢复了力气。敌人在节日纵酒为乐,要参孙献技供他们取乐。他乘机把大厦的支柱折断,大厦倾覆,压死敌人的首领和臣民无数,自己也同归于尽。这部作品也是作者的自况。他和参孙一样,失明、失败,在敌人的监视下过着艰苦的生活。但他时刻不忘自己神圣的战斗使命,利用自己的才华和学力,重新拿起写诗的彩笔,作最后的战斗。

二、《失乐园》

《失乐园》是弥尔顿的代表作,一万多行,1667年初版时为10卷,1674年版改为12卷。

诗人在大学读书时就想写一部像荷马的《伊利昂纪》、《奥德修纪》那样的长篇史诗。游历意大利回来后,他一面从事革命宣传和斗争实践,一面酝酿着史诗的创作。他列出了99个题目,都是关于《圣经》题材和祖国历史传说题材的。最突出的是《旧约·创世记》中人类始祖被赶出乐园的故事和英国传说中亚瑟王光辉的战绩。他作了各种写作方案,拟了大纲。在这过程中,他觉得亚瑟王的故事固然可以光耀祖国,但17世纪的英国发生了革命,今后的建国,决不再是亚瑟王式的帝国了。于是他决定写人类始祖的传说故事,并把英国的革命历史也曲折地反映出来。

1640年至1642年间,他拟了几个方案:第一、第二方案只列出人物表,都废弃了;第三方案是五幕悲剧,从天地创造写到亚当、夏娃被逐出乐园后遭到的各种苦难;第四方案题名"失去乐园的亚当",比前一方案增加了加百列天使到乐园和亚当谈话,教育他的情节;在亚当犯禁后,着重对他的教导、训诫,不写逐出乐园后的事。方案、大纲决定后,开始写了部分剧诗,但因忙于撰写宣传小册子,搁笔多年。到了1657年以后,才有时间重新计划长诗的写作。1658年克伦威尔死后,英国革命危机深重,国会中的大资产阶级投降派希望查理二世复辟。坚持革命到底的人愈来愈少。诗人悲愤、感慨,要向国人诉说的千言万语,都准备写在这部作品里。于是他觉得一个剧本不能容纳太多的内容,便恢复史诗的形式,开始吟咏《失乐园》,由他口授,他的朋友、女儿和外甥等笔录。

弥尔顿从1658年5月至1660年5月两年中,吟完了一半。查理二世复辟后,诗人遭受残酷迫害,他在极端困难的条件下坚持工作,到1665年完成了这部巨著。诗人自己说这诗的创作环境极为恶劣,如第7卷第21行以下云:

> 我的诗还有一半尚未吟咏……
> 我要更扎实地用人的声音歌唱,
> 虽然落难,也决不变哑或沉默。
> 在落难的日子里,频遭恶毒的
> 唇枪舌剑,身在黑暗中,危险
> 和孤独包围着我……

苦难的境遇,使诗人的意志更显坚强,仍然用圆润的男中音唱完始祖和撒但的失坠,隐喻祖国人民的失坠。

全诗的故事梗概是这样的:上帝宣布其独子为天使、天军的首领,统帅天国。大天使长鲁希弗(又名撒但)不服,于是组织起义,意欲推翻帝位。不料起义失败,反而坠入地狱火湖之中。但他并不服输,在地狱中自立为王,并大兴土木,筑起"万魔殿",作为国事会议的场所。撒但同他的伙伴们开会决定,派要员去侦察上帝刚刚造成的乐园,引诱人类来归顺,以壮大自己而孤立上帝。魔王撒但自告奋勇,独自冒险远征。他冲出地狱的大门,横越混沌深渊,直向太阳天飞去,在那里探得地球和乐园的所在。魔王偷入乐园,并潜入蛇身,去亲近人类。他凭着三寸不烂之舌,骗得夏娃摘食禁果。夏娃食后眼睛明亮,又劝亚当取食。亚当知道她已犯罪,便也吃了禁果,愿和她同死。这时,他俩变得聪明起来,也知道了羞耻,于是缝起树叶来遮盖。撒但骗计成功。亚当和夏娃被逐出乐园,从此靠劳动糊口。

《失乐园》的故事分为两条线索,表明两个主题。一条线索是亚当、夏娃犯禁令,偷尝禁果而失去地上乐园的故事;另一条线索是撒但反抗天神,经过一场激烈的大战,失败而失去天上乐园的故事。两条线索的交叉点是撒旦引诱亚当、夏娃犯罪的情节。

亚当犯禁被逐的线索,说明人类从原始社会采集果实过活的自然生活,进化到生产劳动的文明社会的历史过程。长诗指明:人类进化必须依靠劳动和知识。亚当夫妇偷尝的正是"知识树"的果子。亚当在乐园里就已养成劳动的习惯;失去乐园之后,更须依靠自己的劳动来养活自己。他说:"这有什么不好呢?懒惰原是更坏的事。我的劳动可以养活我。"他们夫妇离开乐园时,回顾一下故居,自然地滴下眼泪,但很快就拭掉了。整个世界就在他们的面前。二人携手,俨然踏上孤寂的征途。这是人类漫长历史的第一步。

撒旦反叛的线索来自《新约·启示录》,同时也是诗人所生活的英国17世纪时代精神的折光反映。别林斯基在《一八四七年俄国文学一瞥》中说这部好作品是时代的产物,即使作者不是有意在作品中描写1648年的革命,却也在不知不觉中反映了那个时代的革命精神。特别是在骄傲而阴沉的撒旦的形象中,写出了敢于与权威抗争的崇高精神境界。他反抗斗争失败后的愁绪,正流露出英国人民和诗人自己的苦闷和郁勃情绪。在弥尔顿看来,神话传说和历史一样,都表现时代的精神,而且这个时代是人类历史进程中必然要出现的,和历史上一切变革时代都有相通的地方。撒旦失去天上的乐园和亚当失去地上的乐园,都是人间历史上反复出现的严峻时代的反映,17世纪英国正是这样的时代。

长诗中的亚当是个勇敢刚毅的人。当他知道夏娃吃了禁果闯下大祸时,不忍见她独受死罪,也吃了禁果和她同命运。他的内心世界有热情,有自由意志,也有理智。弥尔顿确信:在理智指导下的自由意志能够帮助人类找到正确的途径,解决面临的历史任务。自由意志是推动人类前进的动力。

夏娃这个形象,既有美丽、活泼、天真的外貌,又有贞洁、温柔和善良等构成的心灵美。她的弱点是轻信,经不起谄媚的吹捧。

诗人描绘犯罪前的亚当和夏娃,如同希腊的太阳神阿波罗和司美女神阿佛洛狄忒:

> 两个高大挺秀的华贵形象,
> 他们的挺秀俨然神的样子。
> 以本身固有的光彩,披在庄重的
> 裸体上,看成万物的灵长也很相称。
> 因为那神样的容颜,映照出
> 造物主的光辉影子……
> 他们在青草地上,丛林荫下,
> 一道清澈的泉水旁边坐下来,
> ……斜倚在花团锦簇的
> 柔软的堤上,顺手采摘枝头的鲜果。

长诗中最鲜明的形象是撒但。他有勇有谋,又有不屈不挠的毅力,虽被打入地狱深渊之下,仍桀骜不驯。他说:

> 我们在这里可以稳坐江山,
> 我倒要在地狱里称王,大展宏图;
> 与其在天堂里做奴隶,
> 倒不如在地狱里称王。

他大有王者的风度,体态魁伟,声音洪大。当他在地狱中鼓励千千万万颓唐的天军时,他的呼喊使整个地狱都响起了回声。他有坚强的意志,不怕失败。他不但在对抗天神的战争中显示为有才能的将领,即使失败,仍不气馁。他敢作敢为的精神赢得部下的尊敬和钦佩:

> 他们向他卑躬屈膝地弯腰,
> 歌颂他,好像天上至高的神一样,
> 并且都表示自己对他的谢意,感激
> 他为了大众的安危而忘己的精神。

弥尔顿笔下的撒但形象是复杂的,他和歌德《浮士德》中靡非斯特的形象有类似之处,既是恶魔,又是光明之子(他本是鲁希弗,即晓星、金星),既有破坏的一面,又有促进改革的一面。他的魄力与庄严值得尊敬,他的狡猾阴险令人厌恶。

《失乐园》的艺术特色在于雄浑宏伟的风格。除全诗结构宏伟之外，作品中又充满了宏伟的图景，如写天上的战争，漫天刀光剑影，像一场大雪纷飞，双方拔山相掷，地动天摇。又如在混沌的深渊上架起的大石桥，不知其为几千万里，远非彩虹所可比拟。长诗的文字在朴素庄严之中体现出宏大壮丽的美。以无韵诗的体制，抑扬格五音步，铿锵洪亮，但不拘泥，其中多跨行的漫长句子，表现出雄伟的革命气势和革命激情。

《失乐园》的另一个艺术特色，是巧妙隐蔽的讽喻。他在极端恶劣的政治环境下，在敌人的严密监视下，竟能把自己满腔的革命热诚，在诗中向英国人民诉说，吟成这部"大胆冒险的歌"（第1卷第13行），这不能不说是诗人表现艺术的巧妙。例如第7卷第24行至第28行，说自己在落难时遭到恶骂侮辱，众叛亲离，危险在包围着他。这就骂尽了复辟王朝统治下的黑暗以及世态的炎凉。接着从第30行起：

> 尤拉尼亚呀，愿您继续眷顾我的歌，
> 为我寻找适当的听众，哪怕不多。
> 但要远远地驱逐野蛮的噪音，
> 驱逐巴科斯和他那些纵酒之徒。

这是慨叹事易境迁，许多人丧失了革命的立场，他的知音越来越少，但他愿为少数的知音歌唱。同时，他又嘲骂了复辟王朝统治下的文风，纵酒荒淫而发出的野蛮的噪音，非远远地将其驱逐出去不可。

又如第12卷第485行以下的一段，借天使长的口，称赞基督教初期使徒们献身的业绩，接着便指出：

> 代替他们的是群狼，残暴的群狼，
> 继他们之后，作为教师，把一切
> 天上神圣的奥秘。变成他们的
> 私利和野心……

弥尔顿痛骂当时英国教会的主教和牧师们如同"群狼"，揭示了这批丑类残暴和卑劣的本质。

《失乐园》的局限性是时代所致。在英国革命中，清教思想起支配作用。诗人利用圣经题材和清教教义来鼓动革命热情,这就不能不发生矛盾。在第1、2卷中,他把撒但写成高大的革命英雄,到第3卷以后便逐渐矮小了,在第5卷末,简直成了反革命的查理王党头子。诗人创造了一个特立独行的人物亚必迭,身为撒但的手下大将,却不赞成谋反的言行,独对千万之众,威武不屈,坚贞不移。这个形象明里是反对撒但的谋反,暗中象征诗人自己对抗王党的反革命复辟,器宇轩昂,岿然不群。这是诗人的障眼法,也是他的教义和革命热情之间的矛盾,这种矛盾在他的革命热情和信念中得到了勉强的统一。火热的爱国热情掩盖了他那教义中的矛盾。

第三节　莫里哀

一、生平和创作

莫里哀(1622~1673)是17世纪法国古典主义喜剧家,原名让-巴蒂斯特·波克兰。父亲是挂毯商和宫廷室内陈设商,用钱买得"国王侍从"的身份。他希望莫里哀能继承父业,或者成为律师。但是,莫里哀自幼喜爱戏剧,而不爱经商。1643年,他走出家庭同朋友组织了"光耀剧团"在巴黎演戏。演出失败,剧团负了债,莫里哀为此而被拘押起来,后来由父亲作保获释。1645年,剧团解散,莫里哀又参加了另一剧团,在法国西南一带流浪了13年。在这期间,他生活在民间,锻炼成一个出色的戏剧活动家。

1652年以后,莫里哀成为剧团的负责人,并开始创作剧本。他的剧作受到观众的欢迎,剧团的声誉也蒸蒸日上,以至名闻巴黎。1658年10月24日,莫里哀剧团应召来巴黎,在卢浮宫为路易十四演出,得到赏识,从此定居巴黎。

1659年11月18日,他的《可笑的女才子》上演。剧本通过两个贵族青年向一对资产者出身而喜欢模仿巴黎贵族习气的外省女子求婚时的笑话,嘲笑贵族沙龙文体,也讽刺资产阶级矫揉造作、附庸风雅的丑态。

1661年上演的《丈夫学堂》和1662年上演的《夫人学堂》,是莫里哀运用古典主义创作规则所写的两部喜剧。《丈夫学堂》写两兄弟分别收养两个孤女,一个严加管教,一个任其自然发展,结果是前者失败,后者成功。剧本反对封建礼教,拥护顺乎天性的教育。《夫人学堂》也写女子教育问题,但是剧本从这里出发,涉及婚姻、家庭、宗教等问题,集中批判了封建的夫权主义。女孩子阿妮斯在修道院住了13年,17岁离开修道院时,成了个什么都不懂的白痴。夫权思想的体现者阿诺夫就希望这样的女子做他的妻室。但封建桎梏经不起真正爱情的冲击。阿妮斯与青年贺拉斯相爱,设法逃出了阿诺夫的家庭。剧本着力说明:封建的夫权主义和修道院教育无力扼杀人的天性。《夫人学堂》成功地运用了古典主义规则,它的演出标志着古典主义喜剧的诞生。剧本在思想上继承了人文主义的传统,维护个性自由,反对封建意识,说明他在接受古典主义规则的时候并没有放弃自己的民主立场。

《夫人学堂》演出以后,在社会上引起一阵轩然大波。教会反动势力和封建卫道者竭力攻击这个剧本,还散布了许多流言蜚语。莫里哀便写了《〈夫人学堂〉的批判》(1663)和《凡尔赛即兴》(1663)两部论战性的剧本,不仅有力地反击了各种无理指责,而且讨论了喜剧理论问题,提出了自己的艺术见解。莫里哀主张戏剧应该面向广大的"池座观众",不必迎合少数坐在戏台上观剧的上层人物;剧本的好坏,当看它能否打动观众,教育观众,不应该用死板的规则来束缚作者,不应该把文体(如喜剧、悲剧)分为等级的高下;喜剧的责任在于表现"本世纪人们的缺点",起移风易俗的作用。

从1664年开始,莫里哀的喜剧创作进入了全盛时期,也是他与教会和贵族反动势力斗争最激烈的时期。这一时期,他不但熟练地掌握了古典主义的创作规则,并且在作品中表现更加深刻的社会内容和更加强烈的民主倾向,作品的思想性、战斗性和艺术性都达到了他自己的最高水平。除了最著名的《伪君子》(1664)外,《堂·璜》(1665)、《恨世者》(1666)、《悭吝人》(1668)、《乔治·唐丹》(1668)等,都是这时期的名剧。

《伪君子》是一部讽刺教会僧侣的力作,强烈的战斗性和高度的艺术性使它在莫里哀的创作中占有特殊的地位。

《堂·璜》和《恨世者》是两部揭露封建贵族的剧本。路易十四时代的法国贵族,已经随着封建制度的衰败而走向没落,它的寄生性和腐朽性已经十分明显。莫里哀在他的剧本中,对于贵族阶级进行无情嘲笑和深刻的揭露。

《堂·璜》(一名《石宴》)借一个西班牙的传说人物,揭露法国贵族的罪恶。主角堂·璜表面上文雅、潇洒,还有"自由思想",实际上无恶不作。他代表了当时社会上那些利用自己的身份和特权为非作歹、横行霸道的大贵族。莫里哀在揭发贵族阶级的恶行败德的同时,否定了门第身份的意义,批判了贵族的特权思想。《堂·璜》人物性格复杂,情节发生的地点多次转换,并不遵守三一律,是莫里哀剧作中独具一格的作品。

《恨世者》(又译《愤世嫉俗》)是一部五幕诗体喜剧的杰作,它以整个贵族社会作为讽刺对象,揭露贵族阶级的腐朽、堕落以及贵族社会内部自私虚伪、勾心斗角的情景。男主人公阿尔赛斯特看不惯这一切,却爱上了专好诽谤别人的风骚寡妇色里曼娜。当他要求色里曼娜抛弃这个社会时,却遭到对方的拒绝。这出喜剧把贵族社会的丑态写得淋漓尽致,在语言艺术方面达到了莫里哀的最高成就。全剧严格遵守古典主义法则,没有插科打诨式的笑料,被认为是"高级喜剧"的典范。

《悭吝人》和《乔治·唐丹》是两部讽刺资产阶级的作品。法国资产阶级是在封建政权的保护下进行资本原始积累活动的。17世纪的法国资产阶级一方面贪婪地追求金钱,另一方面又对王权、贵族软弱妥协,富裕的商人更用金钱买取官职,跻身统治阶层。拜金主义和虚荣心可以说是当时法国资产阶级的重要特性。莫里哀的这两部作品击中了资产阶级的要害。

五幕散文喜剧《悭吝人》(又译《吝啬鬼》)被看作与《伪君子》齐名的杰作。它的情节是从古罗马喜剧家普劳图斯的《一坛黄金》脱胎而来的。主人公阿巴贡是高利贷商人,他贪婪吝啬,爱钱如命,与他的儿女形成了尖锐的矛盾。为了省钱,他要女儿嫁给年已半百的老头,要儿子娶一个寡妇，自己则要不花钱娶年轻美貌的姑娘，为此而闹到父子反目。阿巴贡是莫里哀笔下的一个不朽的艺术形象。他爱钱胜过荣誉、美德，甚至爱情。为了积攒金钱，他变得极度吝啬。金钱成了他的最高的追求目标，成了他的生命。他见人伸手要钱便浑身抽搐，发现钱箱被偷简直就像丢了命失了魂似地陷入痴狂状态。阿巴贡的形象表现了一个早期资产阶级剥削者的特色，贪财和敛财的冲动在他身上有着绝对的统治地位。阿巴贡在西方语言中，成了吝啬鬼、守财奴的代名词。另外，阿巴贡与他的儿女之间在婚姻和经济问题上的矛盾，反映了金钱贪欲如何泯灭了亲子之爱，破坏了家庭内部的天伦关系，破坏了青年人的爱情幸福。在欧洲文学史上，这部喜剧可以说是最早揭露资本原始积累时期金钱如何破坏温情脉脉的家庭关系的作品之一。

三幕散文喜剧《乔治·唐丹》写富商乔治·唐丹为取得贵族的身份，娶了一个没落贵族的女儿。但是岳父母和妻子都看不起他，妻子还和人家私通，使他受尽了奚落和侮辱。资产阶级羡慕贵族的身份，不惜通过婚姻手段来改变自己的社会地位，这是法国封建势力余威尚存、资产阶级向贵族妥协的一种表现，也是资产阶级挤入统治集团的一种途径。莫里哀对资产阶级的妥协性投以辛辣的嘲讽。

莫里哀对资产阶级的讽刺是切中要害的，但是他的态度不同于对待贵族。如果说他对贵族和僧侣采取了无情抨击的态度，那么他对资产阶级的讽刺则更多是为了开导和警戒。在他的笔下，资产者往往是被愚弄的受害者。通过这样的形象，莫里哀告诫他们要迷途知返。

1669年以后，莫里哀的创作发生了一些变化。他这时所写的作品，在思想内容上继续发挥前一时期的主题，在艺术上则着力运用民间闹剧的艺术传统。

《布索那克先生》(1669)和《醉心贵族的小市民》(1670)是两出舞蹈喜剧，也是两出嘲笑资产阶级虚荣心的喜剧。外省土财主布索那克来到巴黎同一个小姐结婚，结果受到捉弄，而他反把捉弄他的人当作大恩人。《醉心贵族的小市民》写巴黎富商茹尔丹一心想当贵人，被人玩弄还自以为乐。剧本以夸张的闹剧性的情节，揭露了贵族的没落以及他们对资产阶级的欺骗行为，也讽刺了资产阶级奴颜婢膝、屈从贵族的丑态。剧中一个富有阶级自尊心的人物自豪地声称:"一个又有钱又长得体面的正人君子比一个肮脏而穷酸的贵族可强得多。"

1671年,莫里哀写了一部闹剧风格的作品《史嘉本的诡计》,这是他晚年的杰作。剧中主人公史嘉本是一个仆人,他帮助小主人反对家长的专制作风。他的聪明、勇敢和机智,远远地超过了任何一个有地位的人。莫里哀以奴仆作为戏剧的主人公,本是他的民主倾向的一种表现,却受到了布瓦洛的非难,说什么莫里哀本可以冠绝今古,"可惜他太爱平民,常把精湛的画面用来演出他们那些扭捏难堪的嘴脸"。

莫里哀的最后一部剧作是《无病呻吟》(1673),此剧由他亲自主演。1673年2月17日,他不顾重病肺炎在身,坚持继续演出,勉强把第四场演完,回到家咳血不止而与世长辞。

莫里哀是古典主义流派中具有较多民主思想的作家。他继承了文艺复兴时期人文主义传统,站在民主立场上讽刺贵族,揭露僧侣,对劳动人民也抱有一定的同情。他的剧本直接取材现实生活,而且不断从民间戏剧中吸取营养,因而具有鲜明的现实性和浓郁的民族风格。莫里哀是杰出的剧作家和导演,对欧洲戏剧产生了巨大的影响。

二、《伪君子》

《伪君子》(一译《达尔杜弗》)是莫里哀的代表作。1664年5月12日,路易十四在凡尔赛举行"仙岛狂欢"游园会,莫里哀在游园会上演出了他的新作《伪君子》。剧本大胆地把教士作为讽刺对象,这就惊动了太后,激怒了巴黎大主教。他们亲自出动,要求国王禁止该剧上演。路易十四也只好下令莫里哀暂停演出。但莫里哀并不罢休,他把剧本写得更加完善,于同年8月4日给教皇特使朗读,取得他的称赞,并于同年11月在国王弟媳的别墅演出。1666年太后去世,第二年路易十四口头答应解禁,修改后上演。但只演了一场,巴黎最高法院又下令禁演。巴黎大主教也下令禁止教民观看和阅读该剧。一直到1669年2月5日,教皇发布"教会和平"谕令,宗教迫害有所减轻的时候,莫里哀又作了第三次修改,再经路易十四批准,重新上演,演出获得极大的成功。

《伪君子》是五幕诗体喜剧。主人公答丢夫是一个骗子,他以伪装的虔诚骗得富商奥尔恭和他母亲的信任,成为这一家的上宾和精神导师。答丢夫并不以此为满足,竟无耻地勾引奥尔恭年轻的妻子。奥尔恭的儿子达米斯向父亲告发这一丑行。奥尔恭执迷不悟,反把儿子逐出家门,把全部财产的继承权送给了答丢夫。在这严重的局面下,奥尔恭的妻子欧米尔设下巧计,让丈夫亲眼看到答丢夫调情的丑态。答丢夫露出狰狞面目,要将奥尔恭一家赶走,并向国王告密,陷害奥尔恭。但国王英明,洞察一切,下令逮捕了答丢夫。

在剧本中,莫里哀集中笔力塑造答丢夫的形象,逐层深入地揭露了这个伪善者的本质。首先,以简捷的笔法揭露了他的表里不一,指出这个声称"把世上一切都看成粪土不如"的骗子,贪吃贪喝又贪睡,从不拒绝世俗享受。继而通过他在桃丽娜面前耍手帕的行动,一针见血地揭露了他好色的本性,然后从这里开刀让他自己逐层地剥下伪装。原来他打着宗教虔诚的幌子混进别人的家庭,目的却是霸占别人的妻女,夺取别人的财产。这是一个披着宗教外衣进行欺骗和掠夺的恶棍。当他的假面具被撕破后,他的行动和奥尔恭一家所面临的灾难,更显示了这个伪善者的危害性,起到振聋发聩的作用。通过这一形象,莫里哀深刻地揭露了教会和贵族上流社会中部分人的伪善、狠毒、荒淫和贪婪。天主教是当时法国旧势力的代表,当时教会的所作所为与宗教所宣扬的精神存在较大出入,甚至常常给人以虚伪之感。17世纪初期,教会势力和贵族反动势力勾结在一起,组织了反动谍报机构"圣体会",打着宗教慈善事业的幌子,派人混进良心导师的行列,监视人们的言行,陷害进步人士。所以,莫里哀笔下的答丢夫,有着明显的针对性。伪善的风气还流行于整个上流社会,《伪君子》里的克雷央特说:有许多人"以假虔诚来配合他们的恶习",从事罪恶活动。莫里哀的剧本切中时弊,触到了反动势力的痛处,抨击了庞大的反动集团,正如他自己在剧本的序言中所说:"这出喜剧,哄传一时,长久受到迫害;戏里那些人,有本事叫人明白:他们在法国,比起目前为止我演过的任何人,势力全大。"所以,答丢夫的形象具有高度的典型性,它已成为伪善、"故作虔诚的奸徒"的代名词。

奥尔恭的形象也富有典型意义。这个巴黎富商是王权的支持者，在国内几次变乱中，他都支持过国王。然而，对于宗教的狂热，使他受到答丢夫的欺骗而变得十分愚蠢。他的思想比较保守，害怕自由思想，惟恐因此会惹出什么灾祸。

桃丽娜身为女仆，但头脑清醒，目光敏锐。在奥尔恭家里，她最早识破答丢夫的伪善和他贪图金钱、女色的本性。她既反对奥尔恭的专制作风和封建观念，又痛恨答丢夫的伪善。她认为"爱情这种事是不能由别人做主的"，"谁要把女儿许配给一个她所厌恶的男子，那么她将来所犯的过失，在上帝面前是该由做父亲的负责的"。她甚至不怕吃耳刮子，和奥尔恭唇枪舌剑，积极支持年轻人争取婚姻自主。莫里哀把桃丽娜放在反封建、反宗教伪善的重要位置上，在与多种人物的对照中，显示出这个劳动人民形象的优秀品质。比起奥尔恭的愚蠢、达米斯的急躁、玛丽娅娜的懦弱、克雷央特的无能，桃丽娜的聪明、机智、勇敢、灵活，更显得突出了。

喜剧的结局是仰仗国王的英明，而使恶人受到惩罚，奥尔恭受到恩赦。这个收场来得突然。然而正体现了作者主张的国王应该以理性治国的政治原则，同时也符合古典主义文艺思想的要求。

《伪君子》在艺术上是按照古典主义原则创作的。莫里哀熟练地运用这些原则，使他们有利于刻画人物，表现主题。剧中的情节都发生在奥尔恭的家里，作者充分利用了这个室内环境来进行巧妙的构思。像第三幕达米斯藏在套间，第四幕奥尔恭躲在桌下，既构成了关键性的戏剧情节，又造成喜剧效果。更重要的是其中一些戏剧动作，像答丢夫的求欢和欧米尔的巧计，只有在室内才能发生，离开了那个环境，这些就成为不可信的了。

这部喜剧结构严谨，冲突集中，层次分明。主要人物在前两幕并没有出场，但通过奥尔恭一家的争吵，却处处都能感到答丢夫的存在，为主要人物的登场做好了准备。答丢夫一上场，莫里哀用几句话和一个小小的动作（耍手帕）就撕破了他的伪善面罩。接着，通过他向欧米尔的两次求欢，剥下了他伪善的外衣。最后，通过他蛮横执行"契约"，陷害奥尔恭的情节，进一步揭露了他的凶恶面目。这样就在集中、紧凑的戏剧冲突中,有层次地、逐步深入地揭穿了伪善者的本质。

莫里哀还在喜剧中插入了悲剧的因素。玛丽娅娜和瓦赖尔的婚姻的结局已近悲剧。剧情达到高潮时,答丢夫几乎要把奥尔恭一家给断送掉,这更是悲剧的因素。这些悲剧因素的插入,使得这部喜剧的冲突更加紧张、尖锐,从而更有力地揭示了答丢夫这个恶棍的凶恶本质。莫里哀在喜剧中还吸收了民间戏剧和各种喜剧体裁的艺术手法,增加了剧本的喜剧效果。例如:打耳光、桌下藏人等,都是民间闹剧的艺术手法;家庭吵架、撵走儿子、父亲逼婚等,又是风俗喜剧的手法。莫里哀在吸取各种戏剧手法的基础上创造了独具风格的近代喜剧。

剧中人物的语言符合各自的身份和性格。桃丽娜的语言犀利、明晰、朴素、生动,处处显示出她爽朗的性格和来自民间的智慧。答丢夫的语言则是矫饰、造作,竭尽堆砌词藻之能事,他长篇大论地玩弄教义,为自己的卑劣行为进行诡辩。人物的语言风格十分有利于表现性格。

思考练习题

1. 巴罗克文学的基本特点是什么?
2. 什么是古典主义?古典主义文学有哪些特征?
3. 简述17世纪英国文学的发展情况和主要作家。
4. 高乃依、拉辛悲剧的代表作是什么?他们各自创作的主要特点是什么?
5. 法国古典主义理论家布瓦洛的主要文艺观点是什么?
6. 简述弥尔顿《失乐园》的思想内容和艺术特点。
7. 如何认识莫里哀创作的民主倾向?
8. 《伪君子》主要人物形象(答丢夫、奥尔恭、桃丽娜)分析。
9. 从《伪君子》看莫里哀是如何运用古典主义原则又有所突破的?

第五章 18世纪文学

学习提示

本章的学习重点是：
(1)启蒙运动和启蒙文学的基本特征。
(2)18世纪各国文学的主要成就。
(3)伏尔泰、卢梭、席勒在文学上的主要贡献和他们的代表作品。
(4)歌德和他的《浮士德》。

18世纪是广大人民反封建情绪空前高涨的时期，1789年的法国大革命代表了整个欧洲的历史趋势。这一时期发生的全欧性的第二次思想文化革命运动——启蒙运动，为资产阶级夺取政权和巩固政权提供了理论武器。

启蒙运动影响下形成的新型文学——启蒙文学，是这一时期欧洲文学的主流。

18世纪英国文学的主要成就是现实主义小说。笛福是这种新型小说的奠基人，他的《鲁滨逊漂流记》为小说的发展开辟了新路。斯威夫特的讽刺小说《格列佛游记》是当时的一部重要作品。四五十年代后，理查逊、斯摩莱特的作品取材日常生活，结构完整，语言通俗，把现实主义小说推进了一步。菲尔丁集各家大成，是18世纪英国最杰出的小说作家。他的代表作《汤姆·琼斯》是18世纪英国现实主义小说的最高成就。18世纪后期英国出现的感伤主义也有广泛影响。

作为启蒙运动中心的法国，启蒙文学成就卓著。早期代表孟德斯鸠和伏尔泰的主要贡献在哲理小说。伏尔泰的《老实人》是其中的代表作。狄德罗和卢梭的作品加强了革命性和战斗性。狄德罗主编《百科全书》，全面总结了启蒙运动的成果。卢梭的《忏悔录》和《新爱洛伊丝》具有强烈的反封建精神，又是浪漫主义的先声。博马舍的戏剧已是"行动中的革命"。

德国启蒙运动的主要表现形式是建立民族文化，代表人物是莱辛。70年代至80年代发生的第一次全国性的文学运动——"狂飙突进"运动，实际是启蒙运动反封建精神的继续和发展。青年时期的歌德和席勒是这一运动的代表。席勒青年时期的剧本《阴谋与爱情》通过一个爱情悲剧表现强烈的反封建精神。90年代后，他们提倡以古典艺术的美来实现人道主义理想。

歌德是这一时期最重要的作家。歌德的身上充满着反叛和妥协的矛盾。他青年时期的杰作《少年维特之烦恼》，充分体现了"狂飙突进"精神。他的总结性的作品——《浮士德》，塑造了体现"浮士德精神"的艺术形象，概括了三百年来西方先进知识分子和他自己的精神探索的历史，成为一个时代的总结。

第一节 概 述

一、历史背景

18世纪是欧洲历史发生重要转折的时期,1789年的法国大革命是这一时代的标志性事件。法国大革命以暴力革命的形式迅速推翻了旧政权,摧毁了君权神授的政治神话,确立了人民主权的政治形式,建立了民主的政治制度,宣扬了自由平等的价值观念。法国大革命所促成的政治形式和价值观,远远超出了法国的范围,预示了整个欧洲乃至世界历史发展的趋势。正如马克思所指出的:它不是一国范围的革命,而是"欧洲范围的革命";它"不是社会中某一阶级对旧政治制度的胜利",而是"宣告了欧洲新社会的政治制度";它不仅反映了它本身发生地区的要求,"而且在更大得多的程度上反映了当时整个世界的要求"[①]。这一时期,欧洲各国也发生了继文艺复兴运动之后的第二次思想解放运动——启蒙运动。

启蒙运动就其字面意义上讲,是指当时的进步思想家提倡用近代文化"启迪"人们的理性和智慧,"照亮"愚昧、落后、黑暗的封建社会,以消除教会和贵族统治所散布的迷信与偏见。康德认为,所谓启蒙状态就是无需他人的引导,就可以自由地运用自己的理性。启蒙运动不仅是一场思想文化领域内的更新运动,更是一场反思宗教世界观和欧洲传统政治体制合法性的运动,具有尖锐的政治指向性。

启蒙运动是在资本主义经济迅速发展,资产阶级力量不断壮大,自然科学和唯物主义哲学逐渐占据意识形态高地的条件下发生的。17世纪中期的英国清教革命建立了君主立宪制的资产阶级政权,资本主义经济迅速发展,自然科学和唯物主义哲学也有巨大进展。牛顿

---

① 马克思:《资产阶级和反革命》,《马克思恩格斯选集》第1卷,人民出版社1972年版,第321页。

(1642～1727)的力学和天文学可以说是这一时期最大的科学成就,影响到各种学科的发展。洛克(1632～1704)以经验论批判了宗教迷信,以社会契约论批判了君主专制。托兰德(1670～1727)等所谓自由思想家,更以其激进的态度反对宗教教条和权威,提倡自然神论。

英国的经验极大地鼓舞了法国。在法国,17世纪末和18世纪初期,已经出现了贝尔(1647～1705)和梅叶(1664～1729)等启蒙思想先驱。进入18世纪以来,启蒙运动逐渐形成一个声势浩大的运动,出现了孟德斯鸠、伏尔泰、狄德罗、卢梭等一批卓有成就的启蒙思想家。他们的著作传遍了欧洲各地。在英、法两国先进思想家的影响下,欧洲许多国家都产生了启蒙思潮。

启蒙运动是文艺复兴反封建、反教会斗争的继续和发展,不过,在资产阶级革命迫在眉睫的形势下,它比之前的人文主义运动带有更加强烈、更加明显的政治革命的性质。如果说人文主义者的注意中心是如何从宗教束缚下解放人的个性,肯定人有享受世俗幸福的权利,那么,启蒙时期的资产阶级思想家们则要求破除宗教世界观,摧毁宗教偶像和神权政治,废除贵族特权,主张法律面前人人平等,建立符合资产阶级利益诉求的政治制度和社会体制等。

启蒙主义者对封建制度及其上层建筑进行了全面有力的批判。他们认为宗教世界观和专制政治是封建制度罪恶的集中表现,是"拴在人类脖子上的两大绳索"(狄德罗)。他们把宗教世界观看作科学与进步的死敌,以唯物论批判宗教和封建制度的理论基础——唯心主义,以自然神论或无神论来否定基督教的神权和宗教偶像,他们还以"自然法则"和"天赋人权"的理论,来反对封建专制统治和贵族特权。他们说"一切人生来就是平等的"(孟德斯鸠),"自由是天赐的东西"(狄德罗),以此证明封建统治的不合理。有些启蒙思想家甚至对封建国家的政体、立法等都提出了尖锐的批判。自由与平等成为启蒙运动中最鲜明的两面大旗。

启蒙思想家反对封建制度的理论武器是"理性",他们把人的理性看作是一切现存事物的最高裁判。恩格斯指出:"他们不承认任何外界的权威,不管这种权威是什么样的。宗教、自然观、社会、国家制度,一切都受到了最无情的批判;一切都必须在理性的法庭面前为自己的存在作辩护或者放弃存在的权利。……以往的一切社会形式和国家形式、一切传统观念,都被当作不合理的东西扔到垃圾堆里去了。"①

启蒙思想家认为,消灭了封建制度以后,人类将建立一个理想的社会,那将是一个自由平等、普遍幸福的王国。这也就是他们所说的"理性王国"。

启蒙思想家所说的"理性"和"理性王国"具有特定的时代色彩和现实指向性。启蒙思想家一般比较强调思想意识的作用,把启蒙教化看作改造社会的基本途径。他们认为只有通过教育,启发人的理性,才能消除社会弊病的根源,实现"理性王国"。他们的启蒙活动,一方面意味着启迪群众,另一方面也意味着教化统治者。一些启蒙思想家还把改革社会的希望寄托在"开明君主"和"天才"人物的身上,甚至亲身到封建朝廷中去做官。在宗教问题上,启蒙思想家们并不完全否定宗教;他们认识到了宗教对现实社会的重要作用,有的启蒙思想家甚至指出:即使没有上帝也要创造一个出来。欧洲启蒙思想家的许多社会政治论述,诸如社会契约论、"自然人"理论、"返回自然"的学说等,虽然带有一定的想象性,但却是现代西方资产阶级政治体制和政治制度的存在基础。

启蒙运动作为一场广泛的思想革命运动,也影响到文学的发展。许多启蒙思想家直接进行文学创作,把文学作为宣传启蒙思想、批判封建制度的有力武器。

18世纪初期,古典主义仍然在欧洲各国的文坛上占有统治地位。启蒙运动初期和中期的许多文学作品也受其影响。随着启蒙运动的发展,古典主义的宫廷倾向和它的刻板原则,已不适合启蒙文学的需要,作家们开始抛弃它、否定它,同时从理论到实践,都另辟新径。狄德罗和莱辛在打破古典主义的束缚、探索文学发展新方向上,作出了重要贡献。他们的美学理论,他们提倡的"市民剧",都为近代现实主义文学开

---

① 恩格斯:《社会主义从空想到科学的发展》,《马克思恩格斯选集》第3卷,人民出版社1972年版,第404～405页。

辟了道路。至于英国18世纪的现实主义小说,法国启蒙文学中的哲理小说等,更是在启蒙运动影响下产生的新的文学成就。

启蒙文学具有鲜明的倾向性和教诲性。启蒙作家往往就是启蒙思想家,他们强调文学的社会功能,特别重视文学作品在批判封建制度、批判宗教世界观与提高人们道德素养方面的意义。启蒙文学的批判锋芒非常明确,战斗性较强,它们猛烈地抨击封建制度和教会,揭露社会上的种种不平等、不合理的现象,宣传自由平等的思想。有些作品还描绘社会政治理想的图画,唤醒人们对"理性王国"的向往。

启蒙文学具有民主性。当时的资产阶级文学家正在为争取第三等级的文学地位而斗争,力图使文学作品能为广大人民所接受,因而他们反对文学的宫廷倾向,主张文学面向广大平民。他们着重描写平民的日常生活;反对贵族文学矫揉造作的文风,采用人民群众喜闻乐见的艺术形式和表现技巧;"中等人"即资产者的形象和下层人民的形象成为正面主人公,而王公贵族、教皇、教士则往往成了被嘲笑、被批判的对象。

启蒙文学继承了文艺复兴以来进步文学的现实主义传统,同时又表现出自己的特点。启蒙文学作家更强调真实性。他们不像文艺复兴时期许多作家那样借用传统的题材来反映现实生活,而是直接取材于现实,在日常的生活细节中来表现现实社会的人与人之间的关系。他们不仅反映生活,具体地描绘生活,而且对之进行分析和议论,因而作品带有哲理性和分析性。但是,启蒙文学作家往往不注意塑造个性鲜明的艺术形象,而把正面人物作为自己思想的代言人,犯有"把个人变成时代精神的单纯的传声筒"[①]的毛病。

为了便于宣传启蒙思想,启蒙作家还创造了许多新的文学形式,如哲理小说、正剧(即莱辛的"市民悲剧"和狄德罗的"严肃喜剧")、书信体小说、对话体小说、抒情小说、教育小说等等。

[①] 马克思:《致斐·拉萨尔》,《马克思恩格斯选集》第4卷,人民出版社1972年版,第340页。

二、英国文学

17世纪中期的英国资产阶级革命的胜利促进了资本主义经济的发展。18世纪中叶开始的产业革命使英国成为世界上第一个工业国。与此同时,英国不断发动对外战争,夺得了大量的殖民地和半殖民地。农村中的圈地运动还在继续进行。但是,封建势力的残余仍然存在,而且随着资本主义的发展,资产阶级与广大劳动人民的矛盾也越来越表面化。爱尔兰人民的民族解放运动、资产阶级激进派的民主运动以及无产阶级的反抗运动连绵不断。

18世纪初期的英国文学中,资产阶级温和派占优势。他们用古典主义的方法来描写贵族资产阶级的生活。代表人物是诗人亚历山大·蒲柏(1688～1744)。随着政治生活的活跃和城市的发展,英国出现了大批的报纸和刊物,产生了新型的散文作品(如小品文)。活跃于当时英国文坛的作家,适应新制度的需要,进行道德启蒙工作,同时也对一些不良现象进行温和的讽刺。散文的兴盛则为现实主义小说的发展开辟了道路。

1719年,笛福发表了《鲁滨逊漂流记》,标志英国现实主义小说的诞生,也奠定了这种新型文学形式的基础。从此,小说在18世纪英国文坛上迅速地繁荣起来,成为这一时期英国文学的主要成就。

丹尼尔·笛福(1660～1731)是18世纪英国现实主义小说的奠基人。他的小说创作多采用流浪汉小说的结构,以普通人的现实生活为主要描写对象,通过这些普通人的遭遇和命运,反映了18世纪英国初期资本主义发展的现实,表现了强烈的海外殖民扩张意识。他小说创作中出现的新的人物、新的内容与手法,为英国现实主义小说的发展开辟了新路。

《鲁滨逊漂流记》无论就思想内容还是艺术成就来讲,都是笛福的代表作品。小说是以苏格兰水手亚历山大·赛尔柯克在荒岛上的真实经历为原型的。在小说的创作过程中,笛福从自己对时代的观察和感受出发,以资产阶级上升时期的冒险进取精神和18世纪的殖民精神塑造了鲁滨逊这一形象。在这个人物身上,笛福注入了自己的理想,赋予他以强烈的时代色彩。小说的主人公鲁滨逊不安于父母给他安排的小康之家的命运,不顾任何危险,到海外去经商。在经营了4年种植园后,又冒着更大的风险去非洲进行奴隶贸易。不料遇上海难,他孤身一人漂流到一个荒无人烟的小岛。在荒岛上,鲁滨逊面临绝境,但是,他很快就克服了消极情绪,不畏惧、不颓丧,进行了一场征服大自然的斗争。在荒岛上的28年间,他克服了种种意想不到的困难,表现出罕见的坚毅和顽强。小说详尽地描写了鲁滨逊如何用双手在荒岛上为自己创造了一个文明人所必需的生活条件。他经历了人类从采集、渔猎、畜牧到种植等生产发展过程,彻底改变了自己无衣无食的苦难命运。在此过程中,鲁滨逊付出了难以述说的艰辛。

《鲁滨逊漂流记》已经具备了现实主义小说的内在品格。笛福深刻意识到了欧洲新兴资产阶级对真实世界和现实生活的向往,小说一开篇就强调了自己故事的真实性。这种真实性不仅表现在故事情节的安排上,更表现在人物刻画和真实具体的细节描写上。小说中,鲁滨逊的生活充满了冒险与奇遇,笛福对细节进行精细描写,使读者相信小说中所有的描写都"确有其事"。另外,作家对鲁滨逊为开发荒岛所进行的种种活动的叙述都有始有终,有起因有结果,具体而翔实。这种十分具体而细微的描写,使一个虚构的故事显得非常实在,毫无虚假之感。除了叙述层面的真实外,《鲁滨逊漂流记》的现实主义品格更表现在对人物性格和精神气质的塑造上。笛福笔下的鲁滨逊,不仅符合当时欧洲对英雄人物的期待,也完全符合启蒙时期新兴资产阶级的精神气质。

就思想层面而言,鲁滨逊的形象体现了上升时期资产阶级的创业和奋斗精神,反映了新兴资产阶级朝气蓬勃的精神面貌和自信昂扬的向上气质,鲁滨逊也成为欧洲文学史上最早的一个理想化的资产者形象。另一方面,我们也应当看到,《鲁滨逊漂流记》是伴随着英国的海外殖民运动而出现的一部文学作品,其内部蕴含着复杂的殖民主义意识形态和帝国主义的经济政治诉求。从某种意义上讲,鲁滨逊也是欧洲文学中较早的一个殖民者典型,《鲁滨逊漂流记》开辟了欧洲殖民主义文学的传统。

约拿丹·斯威夫特(1667~1745)是一个激进民主派,出生于爱尔兰都柏林一个贫苦家庭。曾为维护爱尔兰人民的民族利益而著书立说,受到爱尔兰人民的爱戴。他的著名作品是讽刺小说《格列佛游记》(1726)。小说共4卷,假托船长里梅尔·格列佛的口气叙述他四次航海的经历,到过小人国、大人国、飞岛国、慧骃国等奇异国家。作者通过这种幻想旅行的方式来影射和讽刺现实,对英国的资本主义制度,举凡君主政体、议会政治、司法制度、财政、教育、军队、殖民制度、社会风尚等,都进行了深刻的揭露和辛辣的讽刺,甚至直截了当地批评英国王朝的腐败和社会的黑暗。与这种现存制度相对照,斯威夫特在大人国的描写中,提出了建立开明君王、贵族和人民三方面势力均衡的法治的主张。斯威夫特的小说把艺术虚构和现实讽刺巧妙地结合在一起,而且自如地运用了反语、对比、夸张、影射等各种讽刺手法,表现了高度的讽刺艺术技巧。

18世纪40年代至50年代,英国的小说又有了新的发展。作家们更注意描写下层人民的形象,作品的题材更接近于社会现实,作品的结构更显得完整,语言更加通俗。

撒缪尔·理查逊(1689～1761)在这方面作出了新的贡献。他的书信体小说《帕美拉》(1740～1741)和《克拉丽莎》(1747～1748)曾流行于当时的英国和欧洲。《帕美拉》的主人公是一个女仆。小说写她守身如玉,拒斥了主人的种种威逼利诱,终于感动主人,向她正式求婚的故事。帕美拉以自己的美德赢得了人们的尊敬,击败了贵族的偏见。《克拉丽莎》写了少女抗拒父母逃婚在外,受到贵族的欺骗折磨而死去的故事。他的作品思想保守、题材狭窄,但是与笛福等人的作品不同,他不写冒险生活和海外奇闻,而写家庭生活中的爱情、婚姻问题,他注意分析人物的感情和心理,在结构上又突破了流浪汉小说以主人公经历来串联多种事件的传统手法,而集中描写一个完整的事件。这些都显示了小说发展的新的趋向。

英国现实主义小说发展到亨利·菲尔丁的创作达到高潮。菲尔丁集各家之大成,成为这一时期英国最杰出的小说作家。托比亚斯·斯摩莱特(1721～1771)也是当时一个重要的小说作家,他的作品《兰登传》(1748)、《克林克》(1771),已非常接近批判现实主义文学。

18世纪后半期的英国,由于产业革命的进行,社会矛盾更加尖锐、复杂,反映在文学上,出现了许多新的流派,其中以感伤主义最为重要。它曾流传到法、德、俄等国,产生了广泛的影响,并为后来的浪漫主义文学的形成作了准备。感伤主义是中小资产阶级情绪的一种反映。他们面对产业革命后的社会现实,感到自己的生活和地位不稳。他们不满贵族和资产阶级的暴虐,却又不理解社会变革的原因,产生了伤感的情绪。他们对于"理性"社会表示失望,转为崇尚感情。在创作上,强调感情的力量,着力描写人物的不幸和痛苦,以引起读者的同情和怜悯。感伤主义的小说家主要是劳伦斯·斯特恩(1713~1768)和奥立佛·哥尔德斯密斯(1730~1774)。感伤主义的名称即由斯特恩的代表作《感伤旅行》(1768)而来。哥尔德斯密斯的代表作《威克菲牧师传》(1768)写牧师普利姆罗斯一家受贵族乡绅迫害的故事,通过主人公的悲惨遭遇打动读者的心灵,批判乡村地主的专横、暴虐,另一方面又美化宗法制生活,提倡与世无争的生活态度。

18世纪英国的戏剧成就不高。理查·布林斯莱·谢立丹(1751~1816)是当时最重要的喜剧作家。他的著名作品《造谣学校》(1777),生动而尖锐地讽刺了贵族资产阶级的虚伪、荒淫等恶习,是英国上流社会的一个缩影。

在18世纪的英国诗歌中,威廉·布莱克(1757~1827)和罗伯特·彭斯(1759~1796)占有重要的地位。布莱克是诗人,也是著名的版画家。他的诗歌抨击封建专制和教会的黑暗,歌颂民主革命,同情劳动人民的悲惨遭遇,具有鲜明的民主立场,但也有宣扬宗教思想的一面,晚年作品神秘气氛更浓。布莱克打破了古典主义的束缚,在诗歌创作中重热情,重想象,是英国浪漫主义诗歌的先驱。

彭斯出生在苏格兰一个贫苦的佃农家庭,从小就在田间劳动。他只受过几年教育,主要靠自学,受苏格兰的民间文学和歌谣的哺育而成为诗人。他的大部分诗歌是在乡村生活时创作的,歌颂大自然和纯真的爱情,更唱出了苏格兰人民反对专制压迫和民族压迫,向往自由、民主、平等的心声。《两只狗》深刻地揭露了农村中尖锐的阶级对立。《威利长老的祈祷》淋漓尽致地揭露了教会的伪善。《自由树》热情地赞扬法国人民处死国王的革命行动,号召英国人民起来"愉快地迎接自由"。《苏格兰人》更号召人民为自由而战。彭斯的诗歌体裁多样,感情热烈而真挚,而且具有苏格兰民歌的特色。

另外,18世纪40年代至50年代的"墓园派"诗歌,50年代后的"哥特式小说",都对后来的浪漫主义文学的兴起和发展有着重要的影响。

三、法国文学

18世纪的法国,资产阶级与封建制度的矛盾日益激化,广大人民与封建统治者的矛盾也不断加深。在当时的法国,占人口百分之一二的僧侣和贵族(即第一等级和第二等级)占有绝大部分土地,享有种种特权。封建王朝不断加重赋税,把宫廷开支和庞大的军费都压在农民身上,迫使他们把百分之八十的收入交给了政府、教会和地主,自身处于赤贫的地位。因此,包括资产阶级和工人、农民在内的广大第三等级与封建统治之间的矛盾极其尖锐。农民起义此起彼伏,城市暴动不断发生。

紧张、激烈的阶级矛盾终于酿成1789年的革命。这是欧洲资产阶级反对封建制度的一次比较彻底的革命。"这是第一次完全抛开了宗教外衣,并在毫不掩饰的政治战线上作战;这也是第一次真正把斗争进行到底,直到交战的一方即贵族被消灭而另一方即资产阶级获得完全胜利。"①

18世纪初期开始的启蒙运动直接为这次革命作好了思想准备。比起英国的思想家来,法国启蒙思想家具有更加鲜明的彻底的反封建精神,"在法国为行将到来的革命启发过人们头脑的那些伟大人物,本身都是非常革命的"②。这种革命性就是由当时法国阶级矛盾的尖锐性和广大人民强烈的革命要求所决定。

18世纪初期的法国文坛,占统治地位的是为专制王权服务的古典

---

① 恩格斯:《社会主义从空想到科学的发展》,《马克思恩格斯选集》第3卷,人民出版社1972年版,第395页。

② 同上书,第404页。

主义文学,但已现颓势。凡尔赛宫廷也不再是文学艺术的中心,反映贵族阶级淫靡生活的矫饰性作品流行一时。与此同时,出现了大胆暴露封建社会黑暗的讽刺性写实文学。其中最重要的作家是阿兰-列内·勒萨日(1668～1747)。他写喜剧,也写小说,代表作是长篇小说《吉尔·布拉斯》(1715～1735)。小说的主人公是一个西班牙平民,他从小老实而有才能,但是在社会上到处受欺凌。后来他学会了欺诈,不择手段往上爬,直到做了首相秘书。小说通过主人公从底层到宫廷的经历,全面地揭露了当时法国封建社会的黑暗。作家把主人公的卑劣行为完全归罪于社会制度,但是并不主张推翻它。小说的人物形象和结构形式,受到西班牙流浪汉小说和法国17世纪市民文学的影响,但在性格刻画和世态描写上都有独到之处,对欧洲小说的发展有一定的影响。

从18世纪20年代开始,启蒙文学逐渐成为当时法国文学的主流。早期的启蒙文学作家主要是孟德斯鸠和伏尔泰。

查理·路易·德·瑟贡达·孟德斯鸠(1689～1755)是法国第一个启蒙作家。他出身贵族,在司法界工作多年,他的思想相对保守,带有较强的改良色彩。他的主要文学作品是书信体讽刺小说《波斯人信札》(1721)。《波斯人信札》讲述的故事发生在路易十四和奥尔良公爵摄政时期,包含两条叙述线索:一是旅法波斯人对法国政治经济、社会文化、宗教状况等的深入观察,其背后隐藏的其实是孟德斯鸠本人对法国社会的理解和批评;二是主人公郁斯贝克与其波斯后宫的通信,包括与阉奴总管和妻妾的通信。这部分内容虽然缺少思辨和政治批判色彩,但却深刻反映了人类本身的欲望、嫉妒、权力意识等,这些都被孟德斯鸠写得饶有趣味。在"穴居人"的故事里,作者还提出了自己的社会理想,反映了孟德斯鸠对社会存在和运行机制的政治理解。与一般意义上的小说不同,《波斯人信札》并不致力于塑造按照时间顺序演进的故事,也不着力塑造鲜明生动的人物形象,其主要是通过一些零星的形象,片断的画面,短篇的故事、寓言,以及精妙的评论等,来表现作者的思想,展现作者对现世界的理解。《波斯人信札》是法国启蒙文学的第一部重要的文学作品和最早的一部哲理小说,它的成功为这类新型文学体裁开辟了道路。

伏尔泰是法国启蒙运动的领袖人物,在启蒙运动中享有很高的声望,他的活动时间很长,又具有多方面的成就,因此在启蒙运动中占有极为重要的地位。

18世纪中叶,法国启蒙运动发展到成熟阶段,形成强大的声势,而且大大加强了它的战斗性。老一辈启蒙思想家伏尔泰还在继续活动,他的反封建的战斗立场比前一时期更加鲜明。新一代思想家卢梭、狄德罗等,以更加激进的面貌出现。这一时期启蒙运动的成就集中表现在编纂《百科全书》上。法国的启蒙思想家也因此而被人称为"百科全书派"。《百科全书》,全名《科学、艺术和工艺百科全书》。出版商原来只是想把英国的一部科技大辞典译成法文,请狄德罗和数学家达朗贝(1717～1782)担任主编。但是,狄德罗却把《百科全书》的编纂工作变成了一个全面总结启蒙运动成果的大工程。《百科全书》从1751年开始出版,历经20年,到1772年完成,共计32卷。狄德罗把当时的启蒙思想家组织起来,总结了启蒙运动在自然科学和社会科学方面的成就,实际上也是对封建制度的上层建筑和意识形态,从政治制度、法律机构到宗教、文化、艺术,发动了一次全面的攻击。

与此同时,启蒙文学也作为启蒙运动的一个方面有了极大的发展。

德尼·狄德罗(1713～1784)是法国启蒙思想家中最杰出的唯物主义者和无神论者。他和达朗贝一起主持《百科全书》的编纂工作。后来,达朗贝慑于统治者的压力,辞去了编辑工作,狄德罗独自在艰苦的斗争中坚持主编工作,为此作了终生的努力。

狄德罗在反封建精神指导下,运用唯物主义思想去解决美学问题,在戏剧、绘画、音乐等问题上都有独到的见解,成为18世纪欧洲最杰出的美学理论家。他的重要美学著作是《美之根源及性质的哲学研究》(1750)、《沙龙》(1751～1781)和《绘画论》(1765)等。他提出了真善美统一的理论,主张把美建立在真与善的基础上。在艺术表现上,他提出"要真实"、"要自然"的要求。狄德罗非常重视戏剧,主张打破悲剧与喜剧的严格界限,建立一种运用日常语言、表现市民家庭生活的"严肃喜剧"或"市民剧",使戏剧成为"善良的学校"。他的主张为欧洲近代戏剧开辟了道路。狄德罗运用这种理论进行创作实践,写了《私生子》(1757)和《一家之主》(1758)。

狄德罗的文学成就主要是他的三部小说。《修女》(1760年写作,1796年出版)通过少女苏珊的自述,揭露了教会修道院的黑暗、腐败和残忍。对话体小说《宿命论者雅克和他的主人》(1773~1774年写作,1796年出版)通过雅克与他主人的漫游与闲谈,揭露法国社会的黑暗,批判了宿命论思想。《拉摩的侄儿》(1762年写作,1823年法文本出版)是狄德罗最重要的文学作品。拉摩是当时一位有名的音乐家,他的侄儿是一个落魄文人。小说写作家与拉摩的侄儿的对话,把这个落魄文人的形象刻画得栩栩如生。这是一个性格复杂而矛盾的人物,他知识丰富,才华出众,但却玩世不恭,寡廉鲜耻。他洞悉贵族社会的真相,看透了利己主义是这个社会人们所奉行的准则,因而自甘堕落,只求酒足饭饱。拉摩的侄儿是时代和社会的产物,他的自白控诉了封建制度的黑暗,也揭示了正在成长中的资产阶级社会的心理特征。

卢梭是法国启蒙运动中的民主派,他的思想与创作不仅表现出强烈的战斗精神,而且对浪漫主义文学产生了巨大影响。

加隆·德·博马舍(1732~1799)的戏剧创作遵循狄德罗指出的方向,鲜明地反映了革命前夕紧张激烈的阶级斗争。博马舍原名彼埃尔·奥古斯旦·加隆。他的生活经历丰富而复杂,思想上深受启蒙运动的影响,自称是伏尔泰和狄德罗的学生。他在戏剧创作上的成就,主要是以费加罗为主人公的三部喜剧:《塞维勒的理发师》(1772年写作,1775年演出)和《费加罗的婚姻》(1778年写作,1784年演出),《有罪的母亲》(1792年写作)。

《塞维勒的理发师》写理发师费加罗帮助少女罗丝娜摆脱老医生霸尔多洛的纠缠而与阿勒玛维华伯爵结婚的故事。《费加罗的婚姻》是前者的续篇,矛盾发生在费加罗与阿勒玛维华伯爵之间。伯爵在结婚时曾宣布放弃初夜权,但是当费加罗与他的女仆苏珊娜相爱,准备结婚的时候,伯爵企图秘密恢复这种野蛮的特权。于是费加罗与他展开了一场激烈的斗争,终于使伯爵当众出丑。剧本通过费加罗与伯爵的冲突,把大革命前夕法国社会的紧张的阶级矛盾搬上了舞台。费加罗机智、敏感、富有斗争精神和乐观精神,集中体现了第三等级的特征。他对伯爵的胜利,就是第三等级对封建贵族的胜利,所以路易十六害怕这部作品,说它嘲笑了几百年来"一切应该被尊敬的事物",而拿破仑看过演出则说:这已经是"在行动中的革命"了。

四、德国文学

德国自17世纪三十年战争之后,国家四分五裂。三百多个小朝廷割据争霸,政治极其腐败,经济上也处于衰退阶段。到了18世纪,资本主义有所发展,但是工商业落后,而且依赖宫廷和贵族。

18世纪德国的历史情况,决定德国的启蒙运动不可能导致政治革命。德国的启蒙思想家认为:通过建立统一的民族文化和民族戏剧,促进民族的统一,这是他们的当务之急。进步知识分子的精神创造力集中在文化艺术上,在精神领域里构筑他们的理想王国,形成了18世纪德国文艺、哲学方面空前繁荣的时期。正如恩格斯指出的:"这个时代在政治和社会方面是可耻的,但是在德国文学方面却是伟大的。"①

在40年代以前,德国启蒙文学的主要内容是在古典主义原则下进行戏剧改革。它的代表人物是高特舍特(1700～1766)。到了启蒙运动的高潮时期,德国民族文学开始走向繁荣,主要作家是克洛卜施托克(1724～1803)、维兰德(1733～1813)和莱辛。

高特荷德·埃夫拉姆·莱辛(1729～1781)是德国启蒙运动最主要的代表人物,德国民族文学的奠基人。他以自己的美学理论、戏剧理论和戏剧实践,为德国启蒙文学的发展开辟了道路。

莱辛的重要美学著作是《拉奥孔,或论画与诗的界限》(1766)。他在这部著作中论述了绘画与诗歌在反映现实上的区别,为的是打破封建宫廷的艺术趣味和创作方法,强调表现人的行动。这是合乎要求变革、要求行动的市民阶级的愿望的理论。莱辛的戏剧理论著作《汉堡剧评》(1767～1769)是他在汉堡民族剧院担任剧评家时所写的104篇剧

---

① 恩格斯:《德国状况》,《马克思恩格斯全集》第2卷,人民出版社1957年版,第634页。

评的结集，中心是论述如何建立德国民族戏剧的问题。作为一个启蒙主义者，他特别重视戏剧的教育作用，把剧院称做"道德的学校"。他反对机械地模仿法国古典主义，主张写"市民悲剧"。他认为人物要有典型性，而且推崇莎士比亚。

莱辛写有一系列优秀的剧本。《萨拉·萨姆逊》(1755)是德国第一部"市民悲剧"。他的著名剧作还有喜剧《明娜·封·巴尔赫姆》(1767)、悲剧《爱米丽雅·迦洛蒂》(1772)和诗剧《智者纳旦》(1779)。《爱米丽雅·迦洛蒂》是莱辛最成功的作品，也是一部典型的"市民悲剧"。故事发生在15世纪的意大利，古斯特勒公爵企图霸占上校沃多维多之女爱米丽雅，沃多维多及时赶到，杀死女儿，保全了她的贞操。悲剧对德国专制君主的荒淫暴虐进行了尖锐的揭露和强烈的控诉。但正面人物对封建专制的斗争仅限于道义上的自卫。这部作品结构紧凑，人物性格鲜明，在德国文学史上具有划时代的意义。

德国进步文学界的反封建精神在70年代至80年代的"狂飙突进"运动中发展到更加强烈的程度。当时德国各地出现了一批青年作家，写出了一大批作品，文学进入繁荣时期，形成了德国文学史上空前的反封建斗争的高潮。恩格斯称赞这些作品说："这个时代的每一部杰作都渗透了反抗当时整个德国社会的叛逆精神。"①

"狂飙突进"运动是德国文学史上第一次全国性的文学运动，它因克林格尔的剧本《狂飙突进》(1776)而得名。"狂飙突进"运动的作家们强调文学的民族性，要求发扬文学的民族风格；他们反对封建束缚，强调"天才"，强烈地要求个性解放；他们还接受卢梭的"返回自然"思想的影响，歌颂理想化的大自然和淳朴的人民。

表面看来，"狂飙突进"运动的急风暴雨式的反叛精神与启蒙运动的理性主义、道德教育是背道而驰的，而实际上，它是启蒙运动的继续和发展，它与启蒙运动的反封建精神一脉相承。

"狂飙突进"运动作家的反抗带有个人主义的自发的性质，不知道

---

① 恩格斯：《德国状况》，《马克思恩格斯全集》第2卷，人民出版社1957年版，第634页。

如何去改变现实,没有明确的政治纲领。因此这一运动并没有进一步引向政治斗争,更没能持久。80年代中期便已衰落。

"狂飙突进"运动的中心在斯特拉斯堡,主要作家有赫尔德(1744～1803)、歌德(1749～1832)、瓦格纳(1747～1779)、棱茨(1751～1792)、克林格尔(1752～1831)等。1770年,歌德与赫尔德在斯特拉斯堡相见,标志着"狂飙突进"运动的开始。席勒(1759～1805)在"狂飙突进"运动的后期进入文坛。此外,福斯、毕尔格等所谓"哥廷根林苑派"作家,也是这一运动的重要力量。

约翰·高特夫利特·赫尔德是"狂飙突进"运动的理论家和精神领袖。他在"狂飙突进"时期所写的《论语言的起源》(1772)、《莪相和古代民族的诗歌》(1773)、《莎士比亚》(1773)等论著中,主张打破陈规,重视民间文学。他还大量地收集民歌,他的文艺理论和民间文学的收集研究工作,对德国文学界有着颇大的影响。

18世纪末期法国大革命爆发时,德国的许多思想家和文学家先是欢呼,后来反对。但是,进步作家并没有放弃革命理想,而是继续探索他们自己的道路。革命的条件既不具备,法国的先例又使他们感到恐惧,他们就逃避现实的政治斗争,转向精神领域去寻求实现理想的途径。歌德与席勒就在这时进入所谓魏玛古典主义时期。他们认为法国革命的胜利、资本主义制度的确立,并没有实现人道主义的理想和启蒙思想家关于自由、平等、博爱的美好约言,为了实现这样的理想,他们认为根本的途径是培养完整和谐的个性。他们在古代希腊艺术中看到了一种纯朴、宁静、和谐的美的理想,以为用这种古典艺术的美来教育人改造人,恢复古代希腊时代人与自然的和谐状态,便可以实现人道主义的理想。

古典派作家的理想具有一定的进步内容,他们企图以个性教育、自我完成来代替政治革命。在艺术上,他们推崇古代艺术,讲究形式的和谐完整。这些主张看起来与"狂飙突进"运动的反叛精神大相径庭,实际上它们之间存在着内在的联系。同时,也可以说是启蒙主义精神的另一种表现。

德国古典派的代表作家也是歌德和席勒。从1794年至1805年,他们两人密切合作，互相鼓励，写出了许多优秀作品，把德国民族文学提高到全欧的先进水平，从而奠定了德国文学在世界文学中的地位。

五、意大利文学

16世纪以来，意大利一直处于分裂状态，外国的侵略与内部的反动统治，使意大利长期处于落后状况。18世纪下半期，意大利的经济有所发展，资产阶级的进步力量和民族意识开始觉醒，意大利的文学艺术也开始复兴。哥尔多尼的创作是这一时期意大利文学的主要成就。

卡尔洛·哥尔多尼（1707～1793）是一位卓越的戏剧家。他从小喜欢戏剧，1748年后放弃律师职务，专门从事被社会轻视的戏剧事业，致力于戏剧改革，并取得成功。16世纪以来，意大利剧坛流行"假面喜剧"。这种喜剧没有固定的剧本，只有演出提纲（"幕表"），表演时由演员即兴编词（因此也称"即兴喜剧"）。人物角色是定型的，滑稽人物戴假面具。假面喜剧本来具有一定的进步意义，受到人民的欢迎。到了18世纪，它已经僵化，固定的程式化的演出方式已不能适应当代的现实生活。哥尔多尼以大胆而谨慎的态度对它进行了改革，一方面发挥它原有的社会讽刺的特性，保留它的传统特色；另一方面，逐步取消了幕表、假面等方式，改成具有固定台词的，既能刻画鲜明人物性格，又能反映生动的社会生活的新型喜剧（他把这种新型喜剧称为"性格喜剧"、"风俗喜剧"），从而为意大利的现实主义戏剧开辟了道路。

哥尔多尼在启蒙思想指导下进行创作，重视戏剧的社会教育作用。他说："喜剧应当是一个教人学好的学校，暴露人类的弱点只是为了改正这些弱点。"他的作品真实地反映了18世纪意大利的社会现实，深刻地揭露了贵族阶级的腐朽没落，也讽刺了资产阶级、小资产阶级的恶习。他希望人们能弃恶从善，主张以温和的方式来解决社会矛盾。但是他的进步戏剧活动为当时的意大利的保守势力所不容。1762年，他不得不离开祖国，客居巴黎30年之久，最后在贫病中死于异乡。

哥尔多尼写有150多个喜剧。《女店主》（1753）是他的代表作。剧中女主人公米兰道琳娜是一个年轻、漂亮、聪明、机智的姑娘。父亲死后，她成了店主，独自操持客店的事务。住在店中的三个贵人（侯爵、伯爵、骑士)都来向她求爱。米兰道琳娜不卑不亢,自如地对付了他们的诱惑和威胁,而且巧妙地捉弄了他们,让他们一个个出尽了洋相,然后当众宣布与自己的仆人——勤劳忠诚的法布里齐奥结婚。剧本通过生动的戏剧情节和艺术形象,写出了贵族阶级衰落、资产阶级得势的现实。这家客店就像是意大利社会的一个缩影,这里发生的一切显示了当时意大利各个阶级的处境和社会生活的风貌。作者在鲜明的对比中,鞭笞了封建贵族和上层资产阶级,赞扬了米兰道琳娜的平民的优越感和独立自主精神。这部喜剧的情节生动活泼,人物性格鲜明突出,代表了18世纪意大利启蒙戏剧的成就。

第二节 菲尔丁

一、生平和创作

亨利·菲尔丁(1707~1754)是英国18世纪的戏剧家和杰出的小说家。他的小说创作理论和实践,不只对英国而且对欧洲19世纪批判现实主义文学的发生与发展也产生过很大影响。

1707年4月22日,菲尔丁出生于英格兰一个破落贵族的家庭。最初在贵族的伊顿学校受教育,1728年进入荷兰的莱顿大学学习语言,1730年因经济困难辍学回国。此后以职业戏剧家的身份为剧院编写剧本,并一度主持过小剧场。他写了25部剧本,均遭禁演。主要有《堂吉诃德在英国》(1734)、《巴斯昆》(1736)、《历史纪事》(1737)等。这些剧本揭露英国竞选活动中的种种黑幕,讽刺英国政治制度的腐败与虚伪。1737年6月,议会颁布了"戏剧审查法",规定剧本必须经王室礼部官长的批准才得上演,菲尔丁被迫结束了自己的戏剧创作。

此后,菲尔丁进法学院学习,三年后取得律师资格,在故乡一带做律师。也在此时,他开始写杂文,办刊物。法律工作使菲尔丁洞悉了首都及外省司法界的内幕,扩大了视野,为他日后的现实主义小说创作提供了丰富的材料。

从1742年起，菲尔丁从事小说创作，他在继承理查逊传统的基础上，将小说创作的艺术向前推进了一步。他的小说突破了资产阶级家庭生活的狭小范围，反映了英国社会生活中许多重要现象。而且敢于反抗时代风气，对传统的道德、宗教、法律提出尖锐的批评。在艺术形式上，他大多采用流浪汉小说的结构，通过主人公的流浪历险，将五光十色的社会生活图景摄入作品，大大地扩充了小说表现社会生活的能量。他的小说情节生动曲折，人物心理描写深刻，为长篇小说艺术的进一步发展作了准备。

在他为自己小说所写的序文中，菲尔丁提出了关于小说创作的理论。他把自己的小说称为"散文滑稽史诗"，意思是用散文来写普通人的喜剧性故事。在人物塑造方面，他说自己不是描写人，而只是描写他们的性格，不是写个别的人而是描写人的类型。他认为无论写人写事都要"严格模仿自然"，因此一个作家应广泛地直接地熟悉生活，和各种身份各种地位的人交往。菲尔丁还十分注意小说的结构。他认为故事情节应变化多端，滑稽的和严肃的、平凡的和奇妙的可以相互结合，但应具有内部的统一性，共同阐明主题及作者的思想。

《约瑟·安德鲁传》(1742)是菲尔丁的第一部小说。它是模仿塞万提斯的风格而写成的。主人公是地主布比家的青年仆人约瑟·安德鲁，因为拒绝女主人的诱惑而被驱逐。他离开伦敦到乡间去找自己的女友芳妮，路遇乡间牧师亚当斯密和芳妮。他们经历了许多奇事险情，最后回到乡间，约瑟与芳妮结婚。通过这三人的冒险奇遇，小说描写了社会上各色各样的人物：地主、强盗、小客栈老板、乡绅、牧师、小贩、管家、侍仆等，勾勒出一幅18世纪英国社会风俗的画面。亚当斯密是一个堂吉诃德式的人物，天真淳朴，心地善良，有正义感，但不谙世态人情，不时闹出笑话，惹出许多麻烦。但他竭尽全力帮助安德鲁和芳妮这一对穷仆人结成眷属，而且面对社会上的邪恶而绝不屈服，保持了自己的人格与尊严。这是作家的理想人物。

《大伟人江奈生·魏尔德传》(1743)取材于真人真事，描写强盗头子魏尔德的劣迹，是一部政治讽刺小说。魏尔德是盗贼首领，他手下一伙歹徒抢劫拐骗，作恶多端，魏尔德却装成正人君子出入于官府法院。

但事情终于败露,魏尔德被送进了牢狱。在狱中,他又和另一个强盗头子争夺控制其他犯人的权力。魏尔德的形象体现了当时英国资产阶级疯狂掠夺财富的一种时代特征。菲尔丁还通过魏尔德手下匪徒的党派之争,讽刺了英国资产阶级的议会政治。小说是为反面人物立传。菲尔丁模仿当时传记作家歌功颂德的笔调,自始至终几乎都是反笔。这样的手法更能引起读者对魏尔德的厌恶,以增强讽刺的效果。

1749年,菲尔丁发表了代表作——长篇小说《汤姆·琼斯》。

《阿米莉亚》(1751)是菲尔丁最后一部也是他自己最钟爱的一部小说。阿米莉亚出身于富贵人家,却自愿嫁给了一个穷军官布斯上尉。他们婚前婚后的苦难遭遇构成了小说的主要内容。伴随着主人公一步深似一步的苦难,作家描绘了一幅幅广阔的社会生活图画:黑幕重重的法院、凄凉的公寓、腐化的上流社会、淫荡的化装舞会、污浊的拘留所等;刻画了一大群各色各样的代表人物:荒淫无耻的贵族,贪赃枉法的狱吏、警卒,以及与其狼狈为奸的律师们、浪子们、鸨母们……通过这些场景与人物,菲尔丁抨击了英国的法律与司法界,提出了许多严重的社会问题。

这部小说不同于他以前的作品,很少滑稽幽默的喜剧成分。它着意描绘阿米莉亚的苦难与痛苦,情调灰暗沉重,充满悲剧气氛。这种艺术风格的变化,说明菲尔丁对社会黑暗与矛盾的了解更加深刻了,他越来越感到自己的理想不可能实现。小说在内容与形式上更接近于19世纪批判现实主义的作品。但前后两个部分不够匀称,结尾缺乏现实生活的依据,又无艺术上的理由。

菲尔丁44岁时,被任命为韦斯敏斯脱的代理司法官。由于工作忙碌和写作的艰辛,他的健康状况日下。1754年到葡萄牙休养,但已无法康复。1754年10月8日在里斯本逝世,年仅47岁。

二、《汤姆·琼斯》

《汤姆·琼斯》(1749)不只是菲尔丁本人的代表作,而且标志着18世纪英国现实主义小说的最高成就,是英国小说史上划时代的杰作。

《汤姆·琼斯》的主人公汤姆·琼斯是个来历不明的私生子,为乡绅奥尔华绥所收养。他爱上了乡绅威士特恩的独生女索菲亚。奥尔华绥的外甥布立非贪图财产也在追求索菲亚，为了达到自己的目的，布立非在舅父面前中伤汤姆，致使汤姆被逐。索菲亚也因父亲逼她与布立非成婚而离家出走。二人分别在去伦敦途中经历了种种险情。在伦敦，汤姆遭到布立非的再次陷害。索菲亚险遭一位贵族伯爵的侮辱。最后，布立非的诡计被揭穿，汤姆身世真相大白，原来他与布立非同母异父，也是奥尔华绥的外甥。于是奥尔华绥立汤姆为嗣，威士特恩也同意索菲亚与汤姆结婚。

小说通过汤姆与索菲亚争取婚姻自由的经历，描绘了从乡村到城市，从底层到上流社会的一幅幅丰富多彩的生活画面。旅店、戏院、集市、法庭、监狱、杂货铺、生意人的账房、上流社会的沙龙等各种生活场景，几乎构成了18世纪英国社会生活的全景，具有史诗般的规模与气势。

在这个十分广阔的背景上，菲尔丁描绘了各个阶层、各种社会出身的人物49个。这里有乡间的地主、伦敦上流社会的贵族、律师、教师、农民、旅店老板、牧师、士兵、强盗、政客、流氓、骗子、乞丐等等，形成了一条光彩夺目的人物画廊。

通过一幅幅社会生活画面及对各色人物的描绘，菲尔丁深刻地揭露了庄园主及上层资产阶级的婚姻中的金钱门第观念和唯利是图的本质，批判了英国贵族资产阶级上流社会荒淫、腐朽、伪善的社会生活。

在小说中，菲尔丁通过人物各自的命运及相互关系，表现了善与恶的斗争，以及善必将战胜恶的人道主义理想。但菲尔丁笔下的人物大都是有血有肉的实实在在的活人，不是绝对的"善"与绝对的"恶"的化身。他说他不写完美的人，只写在大自然中存在的人。因此，他的笔下很少有抽象性的人物。就是写正面人物，也不回避他不光彩的行为，甚至是某种劣迹。他的这种美学见解除忠实于现实生活之外，还具有反对清教徒禁欲主义和英国社会中伪善风尚的积极意义。另外，在刻画人物时他还采用了人物性格与品质分组对照的美学原则，使人物形象在相互辉映中更显突出。"因为任何事物的美与卓绝之处，除了它的反面还有什么能把它显示出来？就如白昼与夏日之美，正由于黑夜及冬天之可怖而相得益彰。"

主人公汤姆·琼斯是个心地善良、性格坦率的正直青年。他为人诚实、热情、豪爽侠义、见义勇为。为了保护猎场看守人乔治不被解雇，他宁肯自己受到责骂毒打。为索菲亚的安全，汤姆曾奋不顾身拦截惊马。赴伦敦途中，他从强盗手中救出山中隐士，从凶手手中救出华特夫人。在伦敦，他帮助被抛弃的南瑟姑娘建立了幸福的家庭。汤姆对于养父奥尔华绥始终十分尊敬，从不怀疑奥尔华绥的慈爱，对布立非也异常宽宏大量。汤姆的真诚善良又与他的轻率、鲁莽结合在一起，常常凭着热情冲动行事而犯有过失，在诱惑面前失去理智而不能控制自己的情欲。

与汤姆相反，布立非是个阴险狡诈、诡计多端的伪君子。

奥尔华绥是个慷慨好施、善良正直的乡绅。他常常为欺诈行为所欺瞒而不察真相，被人愚弄而赏罚不明。但他心地宽厚，乐于助人。对婚姻问题，他始终认为爱情是婚姻幸福的唯一基石，而一切以其他动机结成的婚姻都是罪恶。在作者心目中，奥尔华绥是一切善良人中最可爱的人，具有理想的光辉。

与奥尔华绥的性格形成对照的是威士特恩，他专横暴戾、粗鄙、自私，对待妻子女儿同样是粗暴的家长制作风。

索菲亚是一位纯洁、美丽而又单纯的少女，是作者理想的人物。她温柔、贤淑，但当她的自由幸福受到阻碍、遭到破坏时，她敢于反抗，面对父亲的暴力及威胁，她毫不屈服，宁肯自杀也不嫁给布立非。最后以离家出走来对抗传统的社会习俗。经过许多波折与不幸，她终于获得了幸福。

《汤姆·琼斯》内容丰富复杂，人物众多，但结构布局精巧严密，情节生动。菲尔丁认为，作品写得愈使读者惊奇，就愈会引起读者注意，愈会引起读者神往。主人公汤姆的生身父母到底是谁？这一问题从一开始就构成了作品中的悬念。这个悬念关系着汤姆的生活与命运，是小说情节发展的一种推动力。直到作品的结尾，主人公汤姆的命运陷于绝境、情节发展到高潮时，问题的答案才水落石出。作品除男女主人公的生活、命运及种种冒险奇遇外，还穿插了许多次要的人物、事件与逸闻掌故,为男女主人公绘制了一幅巨大的背景。但菲尔丁的主要目的是要史诗般地表现18世纪中期英国社会生活的整体,抒发他的观感,因此小说中所写的社会生活对于人物的行动、人物之间的冲突以及人物的命运的影响大多是外在的、表面的,致使人物的思想行为与社会矛盾缺乏内在的联系。小说中的人物形象只能停留在普通形象的水平,而达不到深刻反映社会矛盾的典型形象的高度。

第三节 伏尔泰

伏尔泰(1694~1778)本名弗朗索瓦-玛丽·阿鲁埃。"18世纪是伏尔泰的世纪",这句话虽然有些夸张,但也反映了他在18世纪启蒙运动中所占的重要地位和巨大影响。

伏尔泰出生于巴黎一个富裕的资产阶级家庭,曾在耶稣会主办的贵族学校读书。据作家回忆:这所学校只给了他"拉丁语和愚蠢"。中学毕业后,父亲一心想把他培养成法官,伏尔泰却立志做一名诗人。他的即兴讽刺诗流传很广,他俏皮的警句和锋利的短诗常被人们引用。由于在短诗中嘲笑了法国统治者,曾两次遭流放,后来被囚禁在巴士底狱。这一切都阻挡不了他从事文学创作的决心。狱中,他开始写史诗《亨利亚特》和第一部悲剧《俄狄浦斯王》。1718年,他的《俄狄浦斯王》在巴黎初次上演,获得成功,顿时名声显赫,从此跻入文坛。

伏尔泰初露锋芒,就面临着封建专制社会的挑战。他虽被誉为法国最优秀诗人,却因得罪了一个小贵族而被其仆人当众杖责。伏尔泰遭此侮辱,政府不但不给予保护,反而把他第二次投入巴士底狱。1726年至1729年,伏尔泰避居英国。在伦敦,他以新奇的眼光观察了英国的政治制度和经济生活,研究了英国的唯物主义和新兴文学,熟悉了英国科学思想的成就,欣赏了莎士比亚的戏剧。唯物主义哲学家洛克和科学家牛顿的作品给予他特别强烈的印象,对他的世界观产生了巨大的影响。1734年发表的《哲学书简》(又名《英国书简》)集中表现了伏尔泰对英国的印象。在这部著作中,他赞扬英国革命后取得的成就,批评法国封建制度，宣传唯物主义哲学思想。此书一出版，即被法国政府判为禁书，并当众焚毁。伏尔泰为了避祸，来到了法国东北部一个古老、偏僻的西雷村的庄园，住在他的女友德·夏特莱侯爵夫人家中。在那里隐居并埋头创作15年（1734～1749）。悲剧《恺撒之死》（1732）、《穆罕默德》（1741），讽刺长诗《奥尔良的少女》，哲理小说《查第格或命运》（1747），历史著作《路易十四时代》（1732），以及科学论著《牛顿哲学原理》（1738）等，都在这期间写成。1749年，夏特莱侯爵夫人去世，伏尔泰在西雷时期的紧张的创作生活才告结束。

1750年，应普鲁士国王腓特烈二世的多次邀请，伏尔泰访问柏林。他来到一个比法国更黑暗、更残酷的专制国家，却幻想借助"开明君主"之力，进行某些社会变革，实现启蒙主义理想。然而腓特烈二世只把这位在欧洲享有盛誉的伏尔泰当作宫廷的点缀。伏尔泰丝毫不能改变德国的暴政，终于和腓特烈国王决裂，于1753年离开柏林。在离开普鲁士之际，他不仅遭到侮辱性的搜查，还被拘禁一个多月，这加深了他对封建专制暴政的认识。

归国后，为了取得更多的独立与自由，1760年起他在法国与瑞士边境的费尔奈庄园定居下来，在此度过了他一生中的最后二十余年。在这期间，他写出了大量的文学、哲学和政论著作。哲理小说《老实人或乐观主义》（1759）、《天真汉》（1767），哲学诗《自然规律》（1756），悲剧《中国孤儿》（1755），还有《哲学辞典》（1764）等都是在这期间发表的。他在紧张创作之余，每日接待来自四面八方的进步哲学家、艺术家以及演员的来访，与欧洲的各方人士保持通讯联系。伏尔泰的一万多封信中，有八千余封是这时期写的。伏尔泰还写了许多文章与小册子，抨击教会和专制统治，它们以化名和匿名的方式在欧洲各地流传，推动了进步的思想运动。他还在家庭剧院上演自己的剧本，费尔奈庄园成了欧洲启蒙运动的中心。

伏尔泰的社会活动极为广泛，他经常为无辜受害的人士奔走。突出的是发生在1762年的闻名欧洲的喀拉事件。新教徒喀拉老汉被诬告为杀子凶手（他儿子改信天主教），天主教会的宗教裁判所判他车裂极刑。被激怒了的伏尔泰为维护人的尊严，为争取信仰自由，亲自调查事件真相，执笔猛烈抨击天主教会的惨无人道和专制政体的草菅人命，这激起了全欧公众舆论的愤怒，迫使教会不得不宣布喀拉无罪，并恢复其家属的自由。喀拉事件后，伏尔泰被誉为被压迫者的保护人，声望日高。

路易十五死后，1778年2月，84岁高龄的伏尔泰重返阔别28年的巴黎，人民群众夹道欢迎，给了这位启蒙运动的领导者以极大的荣誉。由于强烈兴奋和疲劳，伏尔泰于是年5月30日逝世。临终，神甫要他承认基督的神圣，他愤然拒绝。反动教会不准把他落葬在首都。大革命时期，根据立宪会议的决定，伏尔泰的骨灰运回巴黎，在法国伟人祠隆重安葬。

伏尔泰是最早摒弃唯心主义哲学并接受唯物主义的启蒙思想家之一。他承认物质的客观存在，但又不能解释产生感觉和思维的自然原因，所以他认为感觉和思维的能力是万能的神加于物质的。由此产生了伏尔泰的宗教观——自然神论。在政治上，他是封建专制制度和封建偏见的最激烈的批判者，但是在他力图改变封建秩序时，又把自己的希望寄托在开明君主身上，认为开明君主会遵循理性的规律改造社会。反教权主义是伏尔泰世界观的最鲜明的特征，他认为宗教组织和宗教迷信是人类理性的大敌，终生与宗教偏见作斗争。但是，他又认为上帝的存在是人们道德行为的必要前提，他说："如果上帝不存在，也应该创造出来。"伏尔泰代表了法国资产阶级上层的利益，在启蒙思想家中，他的思想和立场较为保守。

伏尔泰一生热爱戏剧，积极从事戏剧创作，写有剧本五十多部。他希望继高乃依和拉辛之后，在戏剧领域里获得永恒的荣誉，成为不朽的悲剧诗人。他不但写剧、演剧，还在自己的邸宅建立家庭剧院。

伏尔泰把高乃依和拉辛的悲剧艺术当作不可企及的典范，认为18世纪只能因袭17世纪古典主义的道路。伏尔泰遵奉"三一律"，但又反对把古典主义的文学规则说成是永恒不变的，因此他又不拘泥于古典主义，在许多方面有所突破。

伏尔泰一度为莎士比亚所吸引，曾给以高度的评价，但他并不赞成莎士比亚剧作中那种崇高与卑贱、悲剧与喜剧互相融合的写法。在创作中，他虽然排斥莎士比亚的创作方法，但仍能看到莎士比亚的影响。他的悲剧《扎伊尔》明显地受了《奥瑟罗》的影响；悲剧《塞密拉密斯》中的亡魂，使人联想到《哈姆莱特》。在演出上，他用了很像现在的舞台和各种齐备的道具。此外，他还废除了舞台上的近百人的观众席。特别值得一提的是，他把舞台作为启蒙思想的讲坛，宣传宗教宽容、政治独立，抨击宗教的狂热和野蛮的专制暴政。

《布鲁图斯》（1730）取材于古罗马故事，反映共和主义与君权政治的斗争。布鲁图斯是一个忠于共和理想的英雄人物，为了反暴政、争自由，他甘愿为人民利益牺牲自己的一切，甚至亲手处死了叛国的儿子。剧中人物具有高乃依悲剧英雄的特点。在大革命的高潮中，随着"共和万岁"的口号声，巴黎的剧院完整地上演伏尔泰的戏剧而无须改动内容。

《扎伊尔》（1732）是追随拉辛而写的一部具有启蒙内容的爱情悲剧。信仰伊斯兰教的苏丹——奥洛斯曼爱上了阶下囚、女基督徒、美丽的扎伊尔。严酷的宗教狂热和惨无人道的宗教偏见，摧残了这一对真诚相爱的青年。通过流血悲剧，作者对宗教偏见提出了强烈的控诉，主张不同信仰之间应互相宽容。

伏尔泰的文学作品中最有价值的是哲理小说，这是法国启蒙文学家开创的一种新体裁。伏尔泰的哲理小说继承了拉伯雷的讽刺幽默传统，又吸取了英国斯威夫特的手法，将现实的题材、辛辣的讽刺、轻松的诙谐与嬉笑怒骂结合在一起，形成了伏尔泰哲理小说的独特风格。伏尔泰哲理小说的代表作有《查第格或命运》（1747）、《老实人或乐观主义》（1759）和《天真汉》（1767）。

《查第格或命运》的主人公是古波斯巴比伦的一个聪明而又品性优良的青年。他出于善良的动机做了许多好事，但总是遭到人们的暗算，大祸不断临头。他在充满邪恶的社会里，看到的是政治黑暗，人情险恶，法院腐败，教会人士伪善，专制君主暴虐无道，举国上下人人自危。查第格依靠个人才智，化险为夷，平定了国家的动乱，被人民拥戴为国王。他以哲学家方式治理国家，"从此天下太平，说不尽的繁荣富庶，盛极一时"。查第格的不幸命运象征人类经历过的种种苦难，作者借此揭露专制统治的黑暗。小说又通过查第格的开明政绩，颂扬开明的君主制。这反映了伏尔泰对开明君主的期望。

伏尔泰不赞同卢梭关于"自然人"与文明对立的观点，写了《天真汉》作为对卢梭的回答。《天真汉》的主人公是一个法国血统、在加拿大的未开化的印第安部落中长大的青年。他具有未开化的"自然人"的许多特点，蒙昧幼稚，天真纯朴，表里如一，"想说什么就说什么，想做什么就做什么"。他初入欧洲，便与"文明"社会发生尖锐冲突。这个没有受过"文明"教育，只按"自然"本来面目思考和行动的人，对现实的认识仍停留在蒙昧阶段，他处处比"文明人"善良、纯洁，但处处碰壁，又被无端地投入监狱。伏尔泰通过天真汉这一艺术形象，与卢梭展开论战，他认为，"自然人"应该文明化。他先让天真汉皈依宗教，接受洗礼，又让他在狱中学习具有启蒙理性特点的各种知识。"文明"社会终于同化了天真汉，使他变成一个具有高度文化教养的人。伏尔泰通过天真汉的形象纠正了卢梭对文明的粗暴的否定。天真汉也认为，他"从野兽变做了人"。

《老实人》是伏尔泰最出色的哲理小说。1755年，里斯本发生了震惊世界的大地震，教会借此散布邪说以镇压人民。这激怒了伏尔泰，他公开与莱布尼兹等人的乐观主义哲学决裂。《老实人》不同于《查第格或命运》伪托古代异国以影射现实的写法，而是直接描述当时欧洲的社会生活，把盲目乐观主义哲学思想作为揭露和嘲笑的对象。

《老实人》中妄自尊大的"哲学家"邦葛罗斯常说：在这"最完美的世界上，一切都是尽善尽美"，"万物皆有归宿，此归宿自必为最美满的归宿"。这种说教来源于德国17世纪唯心主义哲学家莱布尼兹的公式："在这最美好的世界上，一切都走向美好。"在封建统治的法国宣扬这种哲学，只能起到麻痹人民、为封建专制统治作辩护的作用。伏尔泰在小说中，针锋相对地加以否定。

邦葛罗斯的一生，灾难重重，对他的"哲学"说来是一个极大的嘲讽。他先染上梅毒，接着又遭到宗教裁判所的火刑，后又被卖为奴，这个冥顽不化的"哲学家"虽然也"承认自己一生苦不堪言"，但他死不改口，坚持到底。

深受邦葛罗斯教育的主人公老实人是德国男爵的养子,曾经天真地相信过邦葛罗斯的说教,但残酷的现实却粉碎了关于"世界是十全十美的"乐观幻想。由于他与男爵的女儿、贵族小姐居内贡相爱,就被贵族偏见极深的男爵逐出家门。从此流浪到欧洲各地,处处看到的是封建专制统治的腐败和天主教会的罪恶。他历尽了苦难。到里斯本时,遇到大地震。为防止全城毁灭,教会与大学博士相勾结,认为只有"在庄严的仪式中用文火活活烧死几个人,才是阻止地震的万试万灵的秘方"。为此,教会抓了五个人。其中一人的罪名是娶了自己的教母,另外两个葡萄牙人是"吃鸡的时候把同煮的火腿扔掉"。在场的邦葛罗斯和老实人似乎赞同他们的吃法,于是,他俩也一块儿被送上宗教火刑场。结果三人被烧死,邦葛罗斯和老实人却奇迹般地脱了险。老实人的情人居内贡小姐也很不幸,在战乱中全家被杀,她沦为一个相貌奇丑的洗衣妇。总之,社会的愚昧和暴虐达到令人发指的程度。伏尔泰曾说,那些议论世界和谐的乐观主义哲学家,就像玩弄自己镣铐的流刑犯。然而事实上,世界却更像屠宰场。老实人吃过种种苦头之后,终于认识到,邦葛罗斯的乐观主义"就是吃苦的时候一口咬定百事顺利",他终于抛弃了它。老实人觉得世界也不像悲观主义者玛丁描写的那么悲观。令人满意的世界究竟在哪里?他曾到过黄金国,这一与现实形成鲜明对比的王国,是伏尔泰作为启蒙思想家所设计的理性王国的美丽蓝图。

在这个黄金国里,上有贤明的国君,下有幸福的人民,在这里,人人过着自由平等、愉快而又富足的生活。这里的人既不认识黄金的价值,也不受黄金的奴役。国内遍地都是黄金、碧玉和宝石。这里没有剥削、奴役和压迫,更无法院和牢狱。这里没有烦琐的宗教仪式,居民只知从早到晚感谢上帝。这里的人们丰衣足食,科学文化极为发达,处处都是雄伟的建筑,家家传出悠扬悦耳的音乐,科学馆更是富丽堂皇。在这普遍幸福、科学发达的理想王国里,有皇帝却不需要法院与监狱,有上帝却废除了宗教仪式,有科学与文化却不受资本主义价值规律的支配与奴役。这幅图景虽然有矛盾之处,却真实反映了启蒙主义者的政治理想。

怎样消除现实中的苦难？老实人继续探索，终于遇到一位土耳其修士。他的一家过着丰衣足食的世外桃源式的田园生活。老实人从他那里找到答案："工作可以使我们免除三大不幸：烦恼、纵欲和饥寒。"老实人得到一个宝贵的启示："种我们的园地要紧。"这是全书的带有哲理性的结论，这句名言构成了伏尔泰全部哲理的真谛。它比开明君主制的幻想前进了一步，反映了新兴资产阶级的进取精神。

伏尔泰把他所有的小说都纳入他的哲学体系，以宣传启蒙思想为目的。每部小说都像寓言一样，有着深刻的哲理意义。作者并不注重人物性格的刻画和人物生活环境的描写。他善于通过讽刺性的人物形象和荒诞离奇而带有寓意的情节，揭露和讽刺现实，表现某种深刻哲理。他还善于选用黑暗现实中的典型事例，加以夸大，甚至达到荒诞的程度，让它暴露出丑恶的本质，然后淋漓尽致地加以嘲笑，让人们在笑声中否定它。在语言上，伏尔泰善于运用俏皮的警句、机敏的辞令、深刻的讽喻和轻松的嬉笑，达到嘲笑和讽刺的目的。伏尔泰的笑是无情的笑，挖苦的笑，毁灭性的笑。它是启蒙运动中刺向敌人的最有力的破坏性的武器之一。

在18世纪的欧洲，曾经出现过一阵"中国风"，许多人热衷于中国文化，一些思想家把中国视为理想之邦。伏尔泰可以说是当时"亲华者"的代表。他尊崇孔子，自称"孔门弟子"，他读了不少有关中国的材料，把中国想象为一个符合启蒙理想的君臣贤良、仁爱为本、法制健全、社会安宁的国家。他还把中国元曲《赵氏孤儿》改编为题名"中国孤儿"的剧本上演，称之为"儒家道德五幕剧"。伏尔泰在中西文学交流史上写下了浓重的一笔。

第四节 卢 梭

一、生平和创作

让－雅克·卢梭(1712～1778)是法国杰出的启蒙思想家、文学家，法国启蒙运动中最富民主倾向的代表。

1712年6月28日,卢梭生于日内瓦一个钟表匠的家庭,是受法国天主教迫害而逃到瑞士的新教徒的后裔。他从14岁开始学徒生活,受尽主人的凌辱。16岁时逃离日内瓦,开始了衣食无着的流浪生活。他曾像乞丐一样被送进宗教收容所,当过店员、杂役,受到许多不公平的待遇,观察了社会上种种不平等的现象,形成了他对社会不平等的极大愤恨。1732年后,生活比较稳定,他自学哲学、历史、地理、天文、物理、化学和音乐,掌握了渊博的知识,增强了文化教养。伏尔泰的《哲学书简》引起了他对学术的极大兴趣。1741年,他来到巴黎,以抄写乐谱、教授音乐或给贵夫人当秘书为生。这时他认识了狄德罗、达朗贝等年轻的启蒙思想家,并为狄德罗主编的《百科全书》撰写音乐条目。

1749年,卢梭为第戎学院写了一篇应征论文《论科学与艺术》,获得极大成功。这篇文章指出人类道德的败坏是由于科学与艺术的发展。他认为"人生来是善良和幸福的,是文明腐蚀了他,毁坏了他最初的幸福"。他厌恶近代文明,向往他幻想中的接近原始人类的"自然状态"。卢梭这种提法是针对贵族阶级的文化而发,是对现存的社会关系的坚决否定。1755年,第戎学院再次征文,卢梭以《论人类不平等的起源和基础》一文应征,引起了更大的反响。他以辩证的方法论述了人类不平等起源于私有观念的产生和私有制的出现。他把原始社会作为人类的黄金时代而加以歌颂,对比了自然人与社会人的区别,认为人类由平等到不平等是人为的,"罪恶来自人的自身",并描写了这种人为的堕落过程。他对封建专制暴政进行了尖锐的批判,还提出以暴力推翻暴力的主张。这两篇文章表现了卢梭惊世骇俗的叛逆思想,因而震惊了欧洲,奠定了他在欧洲思想史上的崇高地位。

卢梭的声望日高,但他鄙弃与贵族为伍,始终保持独立人格。从1756年起,他隐居在巴黎近郊的蒙莫朗西森林附近直到1762年。这期间是他创作力量旺盛的时期,他发表了《致达朗贝论戏剧书》(1758)、《新爱洛伊丝》(1761)、《社会契约论》(1762)和《爱弥儿》(1762)等著作。

卢梭的政治名著《社会契约论》用社会契约学说解决国家的起源和本质问题。他强调人是生而自由平等的,天赋人权不容剥夺。主张国家应以人间的社会契约为支柱,实行民主共和国形式的直接的人民政权。为了获得自由,人民有权进行革命,以便恢复天赋人权。这一学说对18世纪和19世纪初政治生活的发展起过巨大影响,成了资产阶级推翻封建专制的强大思想武器。它的历史进步意义是不容忽视的。

《爱弥儿》是一部讨论教育问题的哲理小说,在世界近代教育史上占有重要位置。开卷第一句"出自造物主之手的东西,都是好的,而一到了人的手里就全变坏了",表达了卢梭的重要观点。他认为:腐朽的社会文明,即封建社会和封建文化教育是损害人的自然本性的渊薮。他提出"返回自然"的口号,用自然社会对抗封建社会。从这一观点出发,他认为应当重新教育封建主、贵族和懒汉,正确地教育他们的儿童,只有这样才能根治社会的弊病。因此,卢梭有意识地把出身显贵的爱弥儿当作教育对象和作品中的主人公,提出了一个教育改造贵族的设想。他主张对爱弥儿进行"顺乎自然"的自由教育,把爱弥儿培养成一个具有健康体魄,热爱劳动,掌握各种劳动手段,保持"自然习惯",并能进行独立思考的自由人。这种人不受权贵的奴役,自由自在地享受大自然赋予的权利。这样一个自食其力的平民劳动者,就是卢梭理想中的新人。

卢梭的教育思想,对于当时的封建教育和宗教偏见是强有力的批判,对于新兴资产阶级反对封建专制的斗争,具有鼓舞作用。他的按着儿童年龄特点分段进行教育的提法,在教育史上也是重大的进步。但他的教育、改造贵族的计划只是一个天真的幻想。至于他对妇女的教育,仍未摆脱封建偏见。

《爱弥儿》不注重人物性格的刻画,也没有结构严密的情节,作者只注意教育问题的论辩,它是半论文体的哲理小说。

《爱弥儿》的问世,引起封建王朝和僧侣们的惊恐不安。大理院下令在巴黎的一个广场上焚烧此书,还威胁要烧死作者。教会也决定把作者革除教门。卢梭被迫逃亡国外。但是,仍遭到反动势力的迫害。1764年12月,出现一本题为"公民们的感情"的小册子,对卢梭进行了激烈的诽谤,更令他痛心的是这一攻击来自启蒙者阵营。卢梭腹背受敌,处境极为孤立,迫切地感到有为自己辩护的必要。1766年至1770

年,他怀着悲愤的心情写成自传性作品《忏悔录》。

《忏悔录》(1782,1789)分为两部,共12章。全书的主题是通过卢梭坎坷的一生控诉封建专制社会对人的迫害和腐蚀。卢梭真诚地、坦率地,甚至赤裸裸地把自己的灵魂和盘端给了读者,其坦率的程度确实是史无前例的。在这部被称为"文学史上的奇书"的自传里,卢梭是把自己作为人的标本来剖析的。他认为自己与那些迫害他的人相比,是纯洁的。他说:"不管末日审判的号角什么时候吹响,我都敢拿着这本书走到至高无上的审判者面前,果敢地大声说:'请看!这就是我所做过的,这就是我所想过的,我当时就是这样的人……让他们每一个人在您的宝座前面,同样真诚地披露自己的心灵,看有谁敢于对您说:我比这个人更好!'"这是一个平民出身的人对封建专制社会的大胆挑战,也是为维护"人权"尊严的一部宣言书。

卢梭在晚年又于贫困、孤独中写了自传的续篇《一个孤独的散步者的梦想》。1778年7月2日,他于悲愤中结束了自己的一生。

卢梭作为启蒙运动的思想家,曾为法国大革命提供了理论武器。革命后,他的遗体移葬于巴黎的伟人祠。

二、《新爱洛伊丝》

卢梭的小说《新爱洛伊丝》原名《尤丽,或新爱洛伊丝——阿尔卑斯山麓一个小城中两居民所写的情书》。此书叙述贵族小姐尤丽和她年轻的家庭教师圣·普乐恋爱的故事。它的情节和12世纪法国哲学家阿贝拉尔和他的女学生爱洛伊丝之间的恋爱故事相似。但卢梭的作品中反映的不是中世纪的思想,是18世纪一对年轻恋人反封建的悲剧,所以在《爱洛伊丝》的前面冠上"新"字,题名是颇有深意的。

小说的全部情节是以书信往还的方式叙述的。

圣·普乐是一个知识渊博、敏感、俊美的平民知识分子。他做了贵族小姐尤丽的家庭教师。不久,他们冲破社会舆论和法律,真诚地相爱了。但是,他们的自然而又纯真的爱情得不到社会的承认。尤丽的父亲是一个封建等级偏见很深的人。他愤怒地打了尤丽,声称今后不准提圣·普乐的名字。尤丽和圣·普乐之间的符合自然道德的纯洁的爱情,与封建的社会道德之间构成了尖锐冲突。作者通过他俩感情上的痛苦来揭露和指责封建门阀等级偏见的残酷无情。尤丽在给圣·普乐的信中愤怒地喊出:"自然,甜蜜的自然,我蔑视毁灭你的权力的一切野蛮道德!"卢梭对社会不平等带给一对恋人的痛苦,倾注了满腔的同情,并借用人物之口控诉了整个贵族阶级:"贵族,这在一个国家里,只不过是有害而无用的特权,你们如此夸耀的贵族头衔有什么可令人尊敬的?你们贵族阶级对祖国的光荣、人类的幸福有什么贡献!你们是法律和自由的死敌,凡是在贵族阶级显赫不可一世的国家,除了专制的暴力和对人民的压迫以外,还有什么?"

圣·普乐被迫离开尤丽,外出旅行。在巴黎,他以闻名的评论家的身份担负起新任务。他在写给尤丽的信中,对巴黎贵族上流社会进行辛辣的批判。他还到过没有被"文明"开化的岛屿和山区,赞美那里的美丽的大自然,赞美那里的接近自然状态的人民的纯朴的生活和高尚的道德风尚,表现了卢梭否定贵族文明,主张"返回自然"的一贯思想,从而使这一爱情题材具有了深广的社会内容。

尤丽迫于父亲的压力,和一个年近五十的大贵族德·伏勒玛结婚。圣·普乐又成了他们儿子的家庭教师。尤丽与圣·普乐日日相见,表面上似乎彬彬有礼,相安无事,实际上仍然相互爱恋,极力克制内心的感情的波涛,为了屈从社会偏见而忍受着感情上的痛苦。一日,尤丽为搭救落在水中的儿子,染病死去。在给圣·普乐的遗嘱中她承认自己依然对圣·普乐怀着爱情。尤丽死后,圣·普乐愤怒地给她父亲写了一封信,指责他"为了自己的偏见而牺牲了她的幸福"。

卢梭把圣·普乐描写为一个热情的青年。他在社会、政治等方面的思想是比较激进的。在爱情上,虽然爱得热烈、真挚,但缺乏果敢的行动。遇到阻挠便抽身远游,独自去咀嚼恋爱的苦果。尤丽是一个受宗教影响很深,意志薄弱,但尚未失掉美丽心灵的姑娘。她具有高尚的美德,既能坚定地爱,又勇敢地承受不幸的命运。她迫于压力,遵从了封建道德。没有爱情的婚姻,使符合自然法则的爱情遭到破坏。但自然法则是不可战胜的,她死前的坦白证明了这点。卢梭认为人的感情是自然的赐予。他把纯真的爱情作为人类的一种优美感情来讴歌,主张摆脱一切封建的偏见和束缚,"顺乎自然"地发展,取得感情的解放。在当时的条件下,尤丽在行动上的反抗是有限的,她更多的是封建势力压迫下的牺牲品。

这部小说的魅力在于肯定了感情在文学中的地位。古典主义文学描写感情是为了谴责感情,强调和讴歌的是理性;卢梭描写感情,是为了肯定它,尽情抒发它,讴歌它。他把主人公遭受压抑的无法控制的真挚爱情作为一种高贵的道德品质来歌颂。第一人称的书信形式最适于尽情地倾诉感情。尤丽热恋时的缠绵,她在封建等级制度压迫下失去恋人的悲愤与痛苦,使整个作品具有一种感伤的情调。小说的特点是以情感人,一对年轻恋人的感情写得凄婉动人。卢梭又是第一个使大自然在文学作品里占有主要地位的作家。小说中对优美大自然的歌颂,情景交融的抒情描写,以及崇尚自我的感伤主义情调,历来为人们称道。卢梭的思想和艺术对浪漫主义思潮的产生,有着巨大影响。

第五节 歌 德

一、生平和创作

约翰·沃尔夫冈·歌德(1749~1832)是18世纪末19世纪初德国的伟大诗人、作家和思想家,他的创作把德国文学推向一个前所未有的高峰,并对欧洲文学的发展作出了巨大的贡献。

歌德出生于法兰克福市一个富裕市民的家庭。父亲从事法律事务,曾买得宫廷顾问的职务。1765年,歌德按照父亲的意愿到莱比锡大学攻读法律。但是,他对法律不感兴趣,径自学习文学、绘画、自然科学,在宫廷文学和古典主义文学的影响下,学习写诗写剧本。1768年因病辍学。

1770年,歌德到斯特拉斯堡大学继续上学。斯特拉斯堡地处德法边境,较多接受法国革命思想的影响。斯特拉斯堡也是"狂飙突进"运动的策源地,歌德在这里接受了卢梭的影响,接受了斯宾诺莎的哲学思想,更重要的是他结识了"狂飙突进"运动的领袖赫尔德和一批青年作家。赫尔德引导他学习荷马和莎士比亚,引导他收集和学习民歌,从而使他摆脱了宫廷文学和古典主义的影响。在这时期,歌德写出了一批感情真挚、旋律优美的抒情诗,如《欢会与离别》、《五月之歌》、《野玫瑰》等。这些作品脍炙人口,至今仍被认为是德国诗歌史上的名篇。

1771年,歌德获斯特拉斯堡大学法学博士学位,结束了自己的学业。回到故乡后,做了一名律师。但是他把主要精力放在文学创作上,写出了一批体现"狂飙突进"精神的优秀作品。

为了塑造具有反叛精神的形象,歌德曾从历史著作和古代神话中汲取题材。1773年,他完成了一部历史剧《铁手骑士葛兹·封·伯利欣根》。这部作品取材于16世纪宗教改革时期的德国史实。在剧中,歌德以生动的戏剧场面,再现了那一历史时期复杂的社会图景。剧中所描写的那个分崩离析、充满暴力压迫和阴谋诡计,因而矛盾重重、动荡混乱的社会,使人联想到18世纪的德国,激起了人们对现实社会的反思,引发了人们改变现实的强烈愿望。在歌德笔下,葛兹是一个善良、正直、勇敢、坚毅的人,一个争自由的英雄。他反抗大封建主和大主教,拥护皇帝,希望建立一个统一的德国。他的反封建争自由的倾向体现了"狂飙突进"运动的精神。当然,葛兹形象也带有其所处时代的典型特征。他以个人力量反抗封建主,热衷于维护骑士的独立地位。他被迫参加农民起义,并力图把起义限制在温和的范围之内。在艺术上,这个剧本有意学习莎士比亚而不遵守"三一律"。剧中场面丰富,情节复杂,人物众多,语言生动。剧本发表后,轰动了德国。歌德因而获得全国声誉,成为"狂飙突进"运动的主将。

这一时期,歌德还着手写诗剧《普罗米修斯》。这部作品借古代希腊神话表现了反封建精神,其思想倾向与《铁手骑士葛兹》一脉相承。剧本虽然只写了前两幕和第三幕的片断,但普罗米修斯形象的反叛精神已相当突出。

青年时期歌德最重要的作品是书信体小说《少年维特之烦恼》(1774)。这是他根据自己1772年在魏茨拉实习时的一段生活经历,又综合了其他的一些见闻而写成的作品。主人公维特与绿蒂的一段爱情悲剧构成了作品的情节基础。

维特是18世纪德国进步青年的典型形象,他思想敏捷,才华出众,热情奔放,渴望自由。他崇拜大自然,热爱纯朴的村民和天真的儿童,向往人的自然天性能得到解放。但是,围绕着他的环境却是一个腐朽、顽固、庸俗、鄙陋的社会。维特与周围的现实格格不入,孤独而愁闷。当他看到贤淑、善良、勤勉的绿蒂时,立刻为之倾心。他把绿蒂看作是质朴纯真的人的自然本性的体现,便寄予全部的热情和无限的崇拜。然而,绿蒂也跳不出平庸生活的圈子,宁肯服从礼俗而牺牲爱情。这就使维特陷入绝望的境地。维特的性格过于软弱。他憎恨周围暮气沉沉的现实,但只是停留在孤独的感伤和愤慨,或者想到用刀子捅进自己的心坎,割破自己的血管,并不去改变现实,最后以自杀了此一生。维特的自杀是他对那个令人窒息的社会所进行的孤独而消极的反抗,也是他憎根社会又找不到出路的必然结果。

小说通过维特这个叛逆者与周围环境之间的矛盾,对当时德国的丑恶现实进行了深刻的批判,对封建的德国社会进行了公开的挑战。

小说采用维特致友人与致绿蒂的书信以及他的日记片断的方式写成。这种文学形式把叙事、抒情、描写、议论自然地融为一炉,既便于直抒胸臆,使全书带有强烈的感情色彩,又便于对素材进行自由灵活的裁剪,通过主人公的主观感受,深刻地反映社会现实。

这部作品突出地表达了德国进步青年的情绪,所以它一出版就受到了青年们的狂热的欢迎,一时形成了"维特热"。这部小说不仅在德国风行一时,而且很快就被译成欧洲各国文字,成为德国文学中第一部在国际上引起轰动的作品。

1775年11月,歌德接受卡尔·奥古斯都公爵的邀请,来到了魏玛,后来就在这里定居。歌德以为魏玛的统治者比较开明,自己可以在这里从事实际工作,施展才能,实现抱负。因此,不久他便在魏玛的朝廷中做官。先任枢密顾问、枢密大臣,后升任内阁大臣,主持魏玛公国的政务。整整10年间,歌德很少进行文学创作而忙于行政事务。他热心地实行社会改良,如整顿财政,精简军队,恢复矿山,修筑公路,减轻农民赋税,发展文化教育等等,有时还要侍奉公爵出游狩猎,写应制作品。

歌德从一个具有反叛精神的作家变成了一个封建小朝廷的官吏和宫廷文人,但是,他的内心是充满着矛盾的。为了行政工作,他不得不在许多方面对外妥协,对己克制。为此他常常感到痛苦。他曾一度对政务厌倦,埋头于自然科学研究。1786年9月,他再也不能忍受这种令人窒息的环境,改名换姓,独自一人乘驿车逃离魏玛,来到了他早已向往的意大利。

在意大利,他游遍了各个城市和西西里岛。宏伟的大自然,丰富的文化遗产,淳朴的民间生活,都使他心旷神怡。他仿佛重新"找到了自己",成为一个充满着活力和创作激情的人。他对古代艺术发生了浓厚的兴趣,接受美术史家温克曼的观点,认为古代艺术体现了一种纯朴、宁静、和谐的理想的美。他在意大利生活了两年。1788年4月返回魏玛,但不再参与政务。

意大利之行使歌德转入"古典"主义。歌德用新的观点批判地回顾了自己的过去,放弃了"狂飙"式的幻想。他相信,通过人的个性的改善,便可以实现改造社会的理想;文学应该以完美的形式、纯洁的语言来表现这样的人道主义内容,而古希腊的艺术就是榜样。与此同时,歌德恢复了创作热情,完成了一些他早已动手的作品,其中重要的如《埃格蒙特》、《伊菲格尼亚在陶里斯》、《托夸多·塔索》以及《浮士德》的部分场景。

历史剧《埃格蒙特》(1789)写16世纪尼德兰人民的反侵略斗争。剧中描写了许多群众场面,描写了起义前夕紧张的社会矛盾。主人公埃格蒙特是一个同情人民的贵族,在对敌斗争中,其态度却游移不定。歌德从1775年就开始写作这部剧本,因此剧中保留着"狂飙突进"的反叛精神,但这种精神已明显降低。

《伊菲格尼亚在陶里斯》是一部取材于古希腊的剧本。它标志着歌德从"狂飙突进"到"古典"主义的转变。歌德在1779年写成该剧的散文本。1786年从意大利回来后,又把它改成诗剧。剧本主人公是一个体现了人性感化力量的理想的女性。她能用自己高贵的德行和真诚的感情打动国王,启发国王内心的善。剧本表现了歌德以纯洁人性消除邪恶,以道德感化打动统治者完成社会改良的思想,体现了他的人道主义理想。剧本用古代戏剧的风格写成,形式完整,语言洁净。

1790年完成的剧本《托夸多·塔索》以16世纪著名意大利诗人塔索的身世为题材,写他从一个敢于揭露宫廷腐败的反抗者变成一个自我克制、安于现状的人的转变,塔索形象也包含着作家本人的体验。因此,歌德曾说"这个剧本是我的骨头中的一根骨头,我肉中的一块肉"。

法国大革命爆发后,歌德曾热情欢呼,说这次革命将是"世界历史上的一个新时代的开始"。但是,随着革命的深入,随着革命破坏性一面的显现,歌德开始反思革命的意义,甚至指责革命中出现的问题(如《威尼斯铭语》的某些部分,剧本《大科普塔》、《市民将军》和《受鼓动的人》)。从本质上讲,歌德是赞成"合乎自然,和平的发展进化",不赞成革命的暴力的。

1794年,歌德与席勒订交,开始了这两位伟大作家互相合作的10年。共同的思想使他们结为知己,一起把德国文学推进到一个新的发展阶段。他们在魏玛共同主办剧院,主编文艺杂志,合作写成了一批诗歌作品。1796年,他们合作所写的四百多首警句诗——《馈赠》,无情地讽刺了当时文化界的不良现象。1797年,他们又一起写了一系列谣曲,其中著名的《掘宝者》、《魔术学徒》、《科林斯的未婚妻》等就是歌德此时创作的诗篇。与此同时,他俩还各自完成了自己的一些重要作品。歌德写出了《威廉·迈斯特的学习年代》(1795~1796)、《赫尔曼与窦绿苔》(1797)和《浮士德》第一部(1808年出版)等,成为他一生中又一个新的创作丰收时期。

《赫尔曼与窦绿苔》是一部古典牧歌式的叙事诗,描写法国大革命时期德国某小镇一个家境宽裕的青年与莱茵河左岸逃难过来的姑娘的爱情故事。歌德反对大革命带来的混乱,而赞美封建宗法式的田园生活。

进入19世纪以后,欧洲与世界都发生了很大的变化。科学技术突飞猛进,文化交流空前频繁。歌德努力接受新事物,对于当时兴起的许多自然科学和工程建设计划(如苏伊士运河、巴拿马运河的开凿计划),他都很热心。他还研究了傅立叶、圣西门等人的空想社会主义著作。

歌德曾以极大的兴趣研究阿拉伯、波斯、印度和中国的文学与哲学，神游于东方世界，写出大量诗歌，后来收集在《西东合集》(1819)中。他在看到了《好逑传》、《玉娇梨》、《花笺记》等中国小说和中国诗歌作品的译本之后，大为赞叹，甚至模仿中国诗歌的风格写了14首抒情诗，题名"中德四季晨昏吟咏"。文化交流大大扩充了歌德的文学视野，使他预见到从民族文学向世界文学发展的广阔前景，从而提出了"世界文学的时代已快来临"的著名论断。

歌德的晚年是在隐居生活中度过的。他以惊人的毅力埋头写作，完成了一些重要作品，如长篇小说《威廉·迈斯特的漫游年代》(1820～1829)、《亲和力》(1809)，自传《诗与真》(1811～1830)，以及《意大利游记》(1816～1829)、《出征法国记》(1822)等，当然，最重要的是完成了他"毕生的主要事业"——诗剧《浮士德》。

《威廉·迈斯特》(包括《学习年代》和《漫游年代》)是在歌德全部创作中地位仅次于《浮士德》的重要作品。歌德从1776年着手写作，1796年完成上部《学习年代》，1829年完成下部《漫游年代》。它的创作过程贯穿歌德一生的几个重要时期。这是一部描写一个人的成长发展过程的教育小说。主人公威廉·迈斯特是富商之子，他不满周围平庸狭隘的市民生活，希望从事有益的工作，实现远大的抱负。他离开家庭到处漫游。威廉渴求个性的协调发展。在他的个性形成过程中，我们看到了他与周围现实的矛盾，但是歌德并不想改变现有的秩序，只是通过开明贵族之手来改革现实。小说的下部描写威廉与他儿子费利克斯的漫游，后来他认识到人应该对社会有益，决定当医生。

威廉·迈斯特是德国进步青年的形象，他的漫长的生活经历反映了德国进步人士对社会理想的探索过程。小说的最后结论是：为集体劳动，为人类幸福才是真正的生活理想。这里反映了空想社会主义思想的影响。但是上部所写的理想由开明贵族提出，下部提出的社会改革方案则是一个逃避现实、回避革命、妥协容忍的乌托邦。

1832年3月22日，歌德病逝。

歌德的思想和著作博大精深，他的一生充满着矛盾。他生活在封建制度崩溃,资本主义欣欣向荣,科学技术突飞猛进的大变革年代,他总是积极关心现实,孜孜不倦地学习和探求,努力赶上时代前进的步伐。但是,作为一个德国资产阶级的代表,他又无法摆脱这个阶级与生俱来的鄙俗气和妥协性。恩格斯曾经非常精辟地分析了歌德的矛盾:

> 在他心中经常进行着天才诗人和法兰克福市议员的谨慎的儿子、可敬的魏玛的枢密顾问①之间的斗争;前者厌恶周围环境的鄙俗气,而后者却不得不对这种鄙俗气妥协,迁就。因此,歌德有时非常伟大,有时极为渺小;有时是叛逆的、爱嘲笑的、鄙视世界的天才,有时则是谨小慎微、事事知足、胸襟狭隘的庸人。②

二、《浮士德》

《浮士德》是歌德以毕生心血来完成的一部杰作。它与荷马史诗、但丁的《神曲》等齐名,被文学史家认为是史诗性的巨著。

《浮士德》取材于德国 16 世纪的民间传说。浮士德原名约翰·乔治·浮士德(1480～1540?),是当时一个跑江湖的魔法师,懂得炼金术、星相术、占卜等。死后,在德国流传许多关于他的传说。1570 年开始有人记载这些传说。1587 年,德国出版了故事书《约翰·浮士德的一生》,叙述浮士德与魔鬼订约,漫游世界,满足各种欲望,享受人间的欢乐,最后惨死于魔鬼之手的故事。浮士德的形象表现了宗教改革时期资产阶级的思想要求,深受人们欢迎。文艺复兴以来,不断有人用这一传说作为创作题材。

歌德在少年时期就看过有关浮士德的木偶戏和故事书。上大学时,有了创作《浮士德》的想法。1773 年开始构思。1775 年写成一部分初稿,后来因魏玛之行而中断。1786 年旅行意大利后,歌德又继续写

---

① 恩格斯在这里指出了歌德的身份特征:一个德国市民的儿子,封建宫廷中的官吏,以说明他的软弱性的阶级根源。但是,稍有误差。歌德的父亲只是用钱买到"宫廷顾问"的头衔,并没有做过法兰克福市议员。

② 恩格斯:《诗歌和散文中的德国社会主义》,《马克思恩格斯全集》第 4 卷,人民出版社 1958 年版,第 256～257 页。

作,1790年发表了《浮士德片断》。1794年歌德在席勒的督促和鼓励下努力写作,1806年完成第一部。此后,他花了20年的时间来酝酿与构思第二部,到1825年,集中精力写作,1831年7月完成。

《浮士德》的创作时间长达60年之久,贯穿于歌德的全部写作生涯。如果说歌德的其他作品是"一部巨大的自白的许多片断"(歌德自述),那么《浮士德》可以说是他的总结性的作品。同时,在这60年间,世界发生了历史性的变化,歌德的思想也不断发展,这些都反映在诗剧之中,所以,《浮士德》可以说是一部具有历史总结意义的作品。

《浮士德》以诗剧的形式写成,共分两部,12111行。第一部共25场,不分幕,第二部分为5幕。全剧没有首尾连贯的情节,以主人公浮士德的思想发展为线索,写他探索真理的一生。

《天上序幕》是全剧的开端。在这一场中,歌德借用基督教的形象表现了全剧思想的总纲。魔鬼靡非斯特与天帝的争论和赌赛,引出了浮士德追求真理的生活历程,其间主要经过五个阶段:学者生活、爱情生活、政治生活、追求古典美和改造大自然。

诗剧开端,浮士德是一个年过半百的老学者。他为了了解自然的秘密,孜孜不倦地博览群书,钻研各种学问。到了老年,他才发现自己所学的知识毫无用处;阴暗的书斋形同牢狱,把他与生动的大自然隔离。他诅咒这一切,想到自杀。魔鬼靡非斯特乘虚而入,答应做他的仆人,带他去经历人生,条件是他一旦满足,灵魂归魔鬼所有。浮士德与他打赌,订立契约。浮士德的学者生活遂告结束。

靡非斯特先把浮士德带到莱比锡的一家酒馆,浮士德讨厌这种荒唐生活。靡非斯特再带浮士德返老还童,来到德国的一个小镇,与市民姑娘玛甘泪发生恋爱。在魔鬼的诱惑下,浮士德放纵情欲,几乎堕落得与魔鬼相仿,玛甘泪却为他献出了一切,陷入绝境。等到浮士德醒悟时,玛甘泪已经身陷囹圄、精神失常。浮士德在小世界中追求个人享乐,结果造成了一场悲剧。浮士德在悔恨中结束了自己的爱情生活。诗剧的第一部至此结束。

第二部开始,浮士德在阿尔卑斯山麓一个百花烂漫、风景优美的地方醒来,忘却了前事,从生机勃勃的大自然中感受到一种"不断向最高的存在飞跃"的动力。魔鬼与他一起来到了神圣罗马帝国的宫廷。这是一个腐朽空虚的王朝。浮士德陪皇帝玩乐,又发行纸币,暂时解决了王朝的危机。皇帝便异想天开,要浮士德把古代希腊美人海伦拘来观赏。当宫中显出海伦的幻影,浮士德也一见倾心。

浮士德对政治生活失望之后,便转向古代,追求古典美。浮士德做了中世纪某城堡的主人。海伦与浮士德结合,生下一子,名欧福良。欧福良向高处飞去,不幸陨落在父母的脚下。海伦也痛苦地离去。浮士德对古典美的追求,以幻灭而告终。

浮士德在空中看到汹涌的大海,顿时产生了征服大海的雄心。浮士德帮助皇帝平定了战乱,得到一块海边的领地。浮士德命令魔鬼驱使百姓移山填海,开发出新的土地,并焚毁了山上一对老夫妇的房屋和教堂。

此时,浮士德已是百岁老人,死灵们为他挖坟。浮士德以为是群众在劳动。他想到自己正在从事的伟大事业,不由得满意地说出了"你真美啊,请停留一下!"按照契约,他倒地死去。但天使把浮士德接到天上,浮士德见到了圣母和已成为赎罪女子的玛甘泪。

《浮士德》构思宏伟,内容复杂,但是其基本思想在全剧开头的两次赌赛中已经提出。《天上序幕》中魔鬼与天帝的赌赛,《书斋》一场中魔鬼与浮士德的赌赛,争论的都是关于人生的理想以及如何实现理想的问题。浮士德上天入地,探索人生的真理,就代表了人类的命运和前途。诗剧通过浮士德的一生总结了人类发展的历史经验。歌德同启蒙时期的许多思想家一样,把自己看作全体人民的代表。他在浮士德形象中所概括的历史经验,实际上是资产阶级进步人士思想探索的历程。通过浮士德的学者生活阶段,歌德回顾了文艺复兴以来资产阶级思想家的觉醒过程。心焦欲燃,大声疾呼要冲决牢笼,要了解自然秘密的老学者形象,体现了文艺复兴、宗教改革到"狂飙突进"运动的反封建精神。浮士德走出书斋之后,从"小世界"到"大世界",从德国市民社会走向宫廷,走向古代,走向大自然,诗中描写的生活领域不断扩展,诗中的背景也从德国现实出发,往后追溯到三千年前的古代世界,往前展望了人类的未来。在这样广阔的天地中,诗剧描写了浮士德的思想发展。

他从对个人的官能的感官享受,发展到对事业的追求、美的追求、改造大自然的追求,思想境界不断开阔,其中包含着歌德本人和许多资产阶级思想家的经历和体会。玛甘泪的悲剧使浮士德认识到个人狭隘的爱情生活不是人生的理想。宫廷生活的经历使他认识到:在朝廷做官不过是供帝王享乐,最多只能维持摇摇欲坠的封建王朝,而不可能有什么建树。实践证明了启蒙主义者关于开明君主的政治幻想的破产。在海伦的悲剧中,我们看到那种企图用古典美来陶冶现代人以求实现人道主义的理想的幻灭。最后,浮士德发动群众,以集体劳动改造大自然,建立了理想的人间乐园。浮士德终于找到了人生的真理:

> "要每天每日去开拓生活和自由,
> 然后才能够作自由与生活的享受。"
> ············
> 我愿意看见这样熙熙攘攘的人群。
> 在自由的土地上住着自由的国民。

这里可以看到18世纪启蒙思想家关于"理性王国"的蓝图,也可以听到19世纪空想社会主义者的声音。总之,这部诗剧以史诗的规模总结了文艺复兴以来三百年间资产阶级精神发展的历史。

浮士德是一个虚构的形象,但是它具有鲜明的性格。浮士德曾这样说明自己的性格特征:

> 有两种精神居住在我的心胸,
> 一个要想同别一个分离!
> 一个沉溺在迷离的爱欲之中,
> 执拗地固执着这个尘世,
> 别一个猛烈地要离去凡尘,
> 向那崇高的灵的境界飞驰。

这种既有崇高的精神追求又希望得到尘世的享乐,既有进取精神又难免满足现实的矛盾性,正是上升时期资产阶级的两重性的表现。有人把它概括为"灵与肉"的矛盾,虽然提法显得简单,但也不无道理。但是,对于浮士德来讲,勇于实践,不断追求,乃是他的性格的主要特征。

他在翻译《圣经》时就悟出了"泰初有为"的道理,渴望投入实际斗争:

> 我要跳身进时代的奔波,
> 我要跳身进事变的车轮,
> 痛苦、欢乐、失败、成功,我都不问,
> 男儿的事业原本要昼夜不停。

他的人生道路是漫长而曲折的,魔鬼也曾利用他性格中"沉溺于迷离的爱欲"的一面引诱他堕落,使他坠入迷津,犯了错误。但是他不但没有沉沦,反而向着更高的境界不断攀登。最后找到理想,灵魂得救。诗剧开头时,天帝强调说,一个善人只要"努力向上",就不会迷失正途。在结束时,天使将浮士德灵魂接上天堂时说"凡是自强不息者,到头我辈均能救",总结了他的一生。歌德曾强调这些诗句对理解浮士德形象的重要性,并说:"浮士德身上有一种活力,使他日益高尚和纯洁化,到临死,他就获得了上界永恒之爱的拯救。"①这种"努力向上"、"自强不息"的精神,这种"活力",也就是所谓"浮士德精神",正是资产阶级上升时期的积极进取精神的表现。

诗剧在描写浮士德的一生时,贯穿着批判的精神。全剧描写德国的资产阶级先进分子与德国现实之间的不可调和的矛盾,其批判的锋芒指向上至宫廷、下至市民社会,包括教会和一切经院哲学在内的整个腐朽鄙陋的德国。全诗像当时的许多启蒙文学作品一样,具有反封建反教会的战斗性。其次,歌德通过靡非斯特用"海盗、走私、战斗"三位一体的方法开拓事业和无情地摧残山上老夫妻等情节,谴责了资本主义原始积累的残酷性。另外,诗剧的批判精神还表现在对资产阶级自身的种种不切实际的幻想的否定之中。

诗剧在描写浮士德一生时,也贯穿着辩证的精神。《天上序幕》中天帝说:人类往往贪图安逸,他们的精神易于弛靡,所以他造出恶魔来,"以激发人们努力为能"。这里预示了纵贯全剧的浮士德与靡非斯特之间的对立统一的关系。浮士德不断寻找至善至美,体现了肯定的精神。

---

① 爱克曼:《歌德谈话录》,人民文学出版社1978年版,第244页。

靡非斯特体现了恶,体现了否定的精神,正如他自己所说:"犯罪、毁灭,更简单一个字'恶',这便是我的本质。"他不相信历史会前进,不相信人类会进步,对一切都抱着轻蔑嘲笑的态度。当他以这种态度对待现实中的某些丑恶事物时,能够清醒地看清事物的本质,给以尖锐的嘲讽。但是对于浮士德这样一个不断追求的人来讲,他的恶却是从反面起到了推动的作用。他一再引诱浮士德作恶,实际上使浮士德从错误中摸索到正途,不断向真理前进,促成了浮士德向善。这样,靡非斯特便成了浮士德前进路上不可缺少的动力。总之,在歌德看来,善与恶并不是绝对对立的,而是互相依存、互相转化的,恶的作用并不全是破坏,人类正是在同恶的斗争中克服自身的矛盾而取得进步。所以靡非斯特说,他是"作恶造善的力之一体"。

《浮士德》也反映了歌德思想的限度。首先,全诗写出了资产阶级先进思想与德国落后现实之间的矛盾,不过这种矛盾主要表现在思想领域。歌德把社会改造的过程转化为一个完善个性的过程,描写了浮士德如何在克服自身与客观现实的矛盾的过程中,克服了自己内在的矛盾而臻于完善。其次,浮士德目睹现实的丑恶,但他无意对现实进行制度层面的变革。浮士德最后找到的理想是在皇帝赏赐的土地上改造大自然,发展生产力,这说明他相信基于现存制度就可以实现个人的理想,建立一个完美的世界。再次,浮士德探索真理和改造世界的全部行为都是受到个人主义思想主导的,其基本的展开形式就是个人奋斗。在与民众的关系中,浮士德始终认为民众只是可以利用的工具,而并未形成以民众为主体和目的本身的思想。最后,浮士德的理想虽以"永恒之爱",即人道主义为思想核心,然而他为实现海边的"理性王国"时,"以人为牲",从事海盗强权勾当,表现出他的事业的掠夺性,违背了人道主义原则。掠夺和破坏虽然是资产阶级和资本主义制度发展过程中的必然产物,歌德对此也作了真实描绘,但却似乎缺乏必要的反思。当浮士德呼喊"你真美呀"的时候,实际是回避了自己实践中破坏性的一面。从某种意义上讲,浮士德是一个典型的资产阶级英雄,是资产阶级意义上的探索者和资产阶级价值观念的践行者。他的创造者歌德亦如是。

《浮士德》整体采用了"上帝与魔鬼打赌"、"人与魔鬼定约"等经典的原型结构作为故事框架,将一个时代的故事置于宗教文化的传统语境中,表现出庄重、典雅而又寓意深刻的文学风格。

　　《浮士德》具有庞大的艺术结构,其中包括古往今来的各种人物和各种场面,构成一幅千变万化、丰富多彩的历史画卷。为了充分表现这样的内容,歌德采用了现实主义与浪漫主义相结合的创作方法。全诗的基本精神是描写理想与现实的矛盾,探索现实的出路。但是为了突破时间与空间的限制,总结历史经验,也为了驰骋诗人的想象,自由地表现精神探索的历史,诗中大胆地利用了各种虚构的、幻想的、神话的形象。诗中的某些片断,具有较大的真实性,但全篇的构思却是幻想性的。浮士德的形象也是现实与幻想相结合的产物。他的精神和经历具有现实基础,但整个形象却是传奇式的虚构的。因为,单纯的写实手法,无法表现这一形象所包容的丰富而广泛的含义,德国鄙陋的现实也不可能提供这样富有诗意的理想人物,于是歌德求助于民间传说,写出了一个象征性的人物。

　　为了适应诗剧丰富多彩、变化万千的内容,歌德还采用了多种多样的诗歌形式,以便更好地描写环境,烘托气氛,塑造形象。如诗剧的开头用自由韵体,玛甘泪口中又唱出一曲曲纯朴的民歌,海伦部分则运用古希腊悲剧的诗体。当时欧洲的各种诗体都在《浮士德》中出现。诗中的语言风格也变化多端,有颂扬,有嘲讽,有诙谐,有庄严,有明喻,有影射,显示了歌德高超的艺术才能。

　　诗剧还善于运用矛盾对比的方法来安排场面,配置人物。全诗以浮士德为中心,其他的人物如靡非斯特、玛甘泪、瓦格纳、海伦等,都与他形成对比。全诗的构思中,光明与黑暗,崇高与卑劣,和谐与混乱等常常是交替出现的。阴暗的书斋与明丽的城郊,宁静的玛甘泪闺房与狂乱的瓦普几斯之夜,魔怪逞威、浑浑噩噩的神话世界与庄严清明的古代希腊等都形成矛盾对比、互相映衬的关系。

　　《浮士德》内容庞杂艰深,大量运用典故和象征手法,致使作品晦涩难懂。尤其是第二部,浮士德形象变得抽象化概念化,更不易为广大群众所接受。

《浮士德》是迄今为止德国文学史上最伟大的作品。作为一部历史经验的艺术结晶,它闪烁着人类智慧的光芒,显示了永久的魅力。

第六节 席　勒

一、生平和创作

约翰·克里斯托弗·弗利德里希·席勒(1759～1805)是18世纪德国的杰出诗人和戏剧家。他与歌德一起把德国的古典文学推向高峰,为德国民族文学的发展作出了巨大的贡献。

席勒出生于符腾堡公国的马尔巴赫城,父亲是医生,做过小军官,母亲是面包师的女儿。1773年,13岁的席勒被公爵强行送进了人称"奴隶养成所"的军事学院,度过了8年囚徒式的生活。这段经历使他对专制统治充满了憎恨。席勒通过一位教师接受了"狂飙突进"运动的影响,开始秘密地写诗、写剧本。1780年,席勒毕业于军事学院,在斯图加特做军医。1781年,他自费出版了剧本《强盗》。次年,该剧在曼海姆剧院上演。席勒未经公爵允许就越境去那里观看,为此被关进禁闭所,剥夺了写剧本的权利。席勒不能忍受这种迫害,便私自逃离斯图加特,在各地流浪。1787年定居魏玛。在这时期,他写了不少诗歌,发表了《阴谋与爱情》(1782)和其他一些作品。

在"狂飙突进"运动的影响下,青年时期席勒的创作充满着反暴政、争自由的精神。处女作《强盗》的主人公卡尔是一个有理想、有作为的进步青年的形象。他仇恨暴政,蔑视法律,同情被压迫人民,而且想要改造社会,在德国建立一个共和国,"让罗马和斯巴达与之相比都不过是尼姑庵"。他参加盗群,用恐怖手段对统治者进行复仇。当然,他的个人反抗并没有什么成果,最后屈从于他一向蔑视的法律。尽管如此,全剧的反暴政倾向是非常鲜明的。剧本的第一版引用古希腊医学家希波克拉忒斯的话"药治不了的,要用铁;铁治不了的,要用火"作为题词,第二版的扉页上,又添上"打倒暴虐者"的铭语,更突出了剧本向专制统治展开暴力斗争的思想。所以,恩格斯称赞它是"歌颂一个向全社会公开宣战的豪侠的青年"①。

《斐哀斯柯》(1782)是席勒的第一部历史剧,描写16世纪热那亚共和主义者的反暴斗争。全剧的反专制倾向非常强烈。剧中包含有群众场面和紧张的戏剧冲突。这都是后来席勒历史剧所具有的一些特色。《堂·卡罗斯》(1787)以16世纪尼德兰解放运动为背景,写西班牙宫廷中进步势力与反动势力的斗争。剧中仍然回响着反对专制、渴望自由的基调。但是主要人物波沙把自由理想的希望寄托在统治者身上,妥协的倾向已很明显。它标志着席勒从"狂飙突进"向"古典"主义的过渡。

80年代中期以后,德国的"狂飙突进"运动逐渐衰落,席勒的反叛精神也逐渐衰退,而且中断了文学创作活动,转为研究历史和哲学。从1788年到1794年,他写过《尼德兰独立史》(1788)、《三十年战争史》(1791～1793)等著作。其间还担任过耶那大学的历史学教授。

1789年法国大革命爆发时,席勒曾给以热烈的欢迎。他的《强盗》在巴黎上演,他本人被法国人民推选为共和国的名誉公民。但是,雅各宾党专政后,他被革命暴力所吓倒,变成了革命的反对者,甚至表示要在路易十六受审时为之辩护。与此同时,他钻研了康德的唯心主义哲学,热衷于美学,主张"通过美来达到自由"。

1794年,席勒与歌德订交,从此开始了他的生活与创作的新时期。他们二人的思想方式很不相同,但是他们发现这种相异不但不妨碍他们对问题作出共同的结论,而且能互相补充、互相促进。法国大革命后,许多浪漫派作家害怕革命而缅怀过去。席勒与歌德虽然同样对革命感到恐惧和失望,但是他们都不满这种向后看的浪漫主义。他们把古代的艺术与近代的(主要是浪漫派的)艺术相互比较,探讨文学健康发展的道路。他们从人道主义原则出发,认为理想的艺术应当描写通过理性而重新取得和谐的具有完整的人性的人。这也就是他们都走向

---

① 恩格斯:《德国状况》,《马克思恩格斯全集》第2卷,人民出版社1957年版,第634页。

"古典"主义的原因。

与歌德的亲密交往，使席勒摆脱了康德的唯心主义。在歌德的鼓励下，席勒又恢复了文学创作的激情，出现了他的创作的又一丰产时期。1798年，他们合作写了大量的警句诗——《馈赠》。次年又大写叙事谣曲。席勒的著名叙事诗《潜水者》、《手套》、《波吕克拉特的指环》、《去铁匠铺的路上》、《伊比库斯的鹤》等都是这时所写。在席勒创作中，除了戏剧以外，这些作品占有主要的地位。

席勒后期创作的主要成就是戏剧。他从德国和其他国家的历史转折关头选取题材，写了一系列历史剧，也翻译和改写了莎士比亚、拉辛、莱辛、歌德等人的作品。人民群众为争取独立、自由而进行的伟大斗争，成为这一时期席勒作品的中心主题。在创作方法上他更多地靠近歌德，倾向于现实主义。1793年开始写作的历史剧《华伦斯坦》就是这种变化的标志。正如他自己所说："从前，比如在波沙和卡罗斯[①]等人物上，我试图用美丽的理想去代替那不足的真实，如今在华伦斯坦身上，我试着用赤裸裸的真实来弥补贫乏的理想……"

《华伦斯坦》(1799)取材于德国30年战争史，共分三部（《华伦斯坦的军营》、《皮柯洛米尼父子》、《华伦斯坦之死》），描写皇军统帅华伦斯坦从深孚众望到身败名裂的全部过程。席勒写出了德国人民的统一愿望，也写出了当时德国没有出现足以实现这一愿望的力量。席勒在这一时期还写了取材于16世纪英国史的《玛丽·斯图亚特》(1801)、取材于英法百年战争史的《奥尔良的姑娘》(1801)、取材于14世纪瑞士人民反抗奥地利统治的史实的《威廉·退尔》(1804)等。

《奥尔良的姑娘》写法国民族女英雄贞德的故事。剧本的爱国精神对1813年至1815年的德国解放战争起过积极作用，因而被称为解放战争的前奏曲。

《威廉·退尔》是席勒的最后一部剧作，也是他后期创作中最好的作品。威廉·退尔原是瑞士民间传说中的英雄，歌德把这故事告诉了席勒。席勒巧妙地把它和14世纪瑞士人民反抗异族侵略者的斗争历

---

① 席勒《堂·卡罗斯》中的两个主要人物。

史糅合在一起,写成了一部歌颂民族解放斗争的史诗剧。剧中谴责了奥地利统治者的暴行。描写瑞士人民不能忍受这种压迫,秘密地组织联盟,高呼"不自由,毋宁死"、"祸福相共,生死与同"的誓言,走上了斗争的道路。

威廉·退尔是一个传奇性的神箭手。他正直、勇敢,痛恨暴虐的异族统治,忘我地帮助被压迫的同胞。起初,他对奥地利统治者抱有幻想。后来,他因未向总督的帽子行礼而受到迫害。人民的起义就此爆发。退尔也机智地逃出魔掌,射死总督。起义的人民解放了自己的家乡。剧本说明了官逼民反的道理,描写了人民觉醒的道路,歌颂了人民的力量。

剧中人物众多而形象鲜明。威廉·退尔的性格变化被席勒以深刻的现实主义手法刻画得细致而真实。剧本对瑞士自然风光的描绘和抒情性场面的穿插,更加强了作品的爱国主义感情。这部作品发表在拿破仑入侵德国之时,反映了德国人民正在高涨的爱国情绪,鼓舞了人民的解放斗争。

席勒因长期生活困难而体衰多病。1791年病势已重,仍长期坚持写作。1805年5月9日因病去世。

二、《阴谋与爱情》

《阴谋与爱情》发表于1782年,是席勒青年时期的代表作。它直接取材于德国现实,表现了强烈的反封建精神,因而也是德国"狂飙突进"运动的最优秀作品之一。

剧本的主人公是一对热恋的青年。斐迪南是某公国宰相的儿子,他爱上了音乐师的女儿露伊斯。但是,宰相迫使他与公爵的情妇结婚,目的是控制公爵,独揽大权。斐迪南不从,秘书伍尔牧便策划了阴谋,逮捕音乐师,逼迫露伊斯为救父亲而给宫廷侍卫长写假情书,使斐迪南怀疑露伊斯不忠。斐迪南中计,给露伊斯服了毒药。露伊斯在临死前揭穿真情,斐迪南在悲痛中也服下毒药。最后,一对情人牺牲,罪人也被囚入狱。

席勒在谈到这一剧本时,曾直言不讳地声明"剧中事件发生于德国第一宫廷中",剧中的人物实际是以符腾堡公国的某些现实人物作为原型的。

《阴谋与爱情》表面上是一个由于权力和阴谋介入爱情,从而导致主人公毁灭的悲剧故事。实际上,构成剧中矛盾冲突基础的是两个阶层之间激烈的冲突:以宰相为代表的贵族统治者和以露伊斯为代表的市民阶级之间存在严重的不平等;他们在政治经济利益和文化意识形态等方面,存在难以跨越的障碍。

宰相瓦尔特是一个在封建朝廷权势斗争中玩弄权术的老手。他曾用阴谋手段害死前任,又通过公爵的情妇来控制国君。为此不惜牺牲儿子的幸福,而且利用了伦理、暴力和诡计。强烈的权势欲,以及阴险、暴虐的性格,可以说是这一人物的主要特征。这样的人物正是当时的封建宫廷的产物。伍尔牧是一个鬼鬼祟祟的"文妖"和阴谋家。他出身平民而投靠统治者,依靠自己的小聪明取悦上司,以图谋私利。剧中微妙地写出了他与宰相之间既狼狈为奸又勾心斗角的复杂关系。站在宰相和伍尔牧背后的,还有公国的最高统治者公爵。这个人物并没有出场。剧中侧面描写了这个荒淫无道的昏君。其中一场戏提到他出卖七千个臣民给外国当炮灰,换来一盒珠宝送给情妇,直截了当地揭露符腾堡公爵卡尔·欧根等统治者的罪行。

与这群反动统治者相对立的,也是剧中着力刻画的几个人物,是具有反抗精神的市民。女主人公露伊斯是一个美丽、纯洁、善良的姑娘。她对斐迪南的爱情完全出自真挚的感情。她向往打破等级界限、"人就是人"的未来,认为到那时平民的美德与纯洁才显出其高贵。露伊斯有一种独立自尊的精神。她不能忍受权贵的侮辱,但又缺乏积极主动的反叛精神。当她感到等级界限难以冲破、不幸的命运难以逃脱的时候,她宁肯做一个维护封建伦理关系的"女英雄",而不采取反抗行动。在她内心发生的义务与爱情的矛盾,实际上就是忍受与反抗的矛盾。伍尔牧的诡计击中了她的致命伤。她无力识别,无力抗争,被迫同意写假信、守誓言,造成了严重的后果。正如她自己所说,她"错误地对阴险的地狱屈服了"。

音乐师米勒的形象同样真实地反映了18世纪德国市民阶级的自

觉性和软弱性。他的社会地位虽然卑微，但是他耿直、自尊，从不向权贵谄媚。面对统治者的迫害，他也敢当面对抗，甚至向宰相下"逐客令"。但是米勒的反抗性是有限的，他的基本性格是安分守己。他只求平安无事，保住家庭的安宁，并不想突破现存的社会秩序。

在两个阶级的对抗当中，斐迪南处在一个特殊的地位。就社会地位来讲，他是宰相之子。然而就其思想和行动来讲，却是贵族阶级的叛臣逆子。他并不看重自己的地位和身份，相反，因为认识到贵族门第的徽号下掩藏着数不尽的罪恶，公然拒绝继承父亲那份"造孽的家当"。他看到了平民的高尚和纯洁，因此热爱"天神似地完善"的露伊斯。这种爱情是真诚的、平等的，鼓舞他以勇敢的行动跨越等级的鸿沟，抵制父权的威严，他说："父权是一个强大的字眼，但是真正大到尽头的只有爱。"在争取爱情的斗争中，他表现得比露伊斯更坦然，更坚定，他没有露伊斯的那种苦恼和矛盾。但是，斐迪南长期养尊处优，体会不到一个平民女子的苦衷和露伊斯与她父亲之间那种相依为命的关系，因而当自认为崇高的感情受到打击的时候，就轻易地被敌人煽起了妒忌心，甚至向敌人忏悔，毒死了情人。斐迪南的形象反映了在新思想的冲击下封建关系已经开始崩溃，叛逆者从旧营垒中分化出来。但是，斐迪南的主观、偏激、妒忌也说明这个决心与旧传统决裂的贵族青年，仍然不能完全消除旧阶级的烙印。

全剧正是通过这样一个爱情悲剧把18世纪德国的社会矛盾搬上了舞台，揭露了封建统治者的暴行，歌颂了市民阶级的反抗精神。同时，由于它把爱情悲剧与宫廷的政治阴谋联系在一起，大大加强了剧本对于封建统治的揭露力量。

这个剧本在艺术上的显著特色是人物性格的复杂性。正面人物的优秀品质使人敬佩，但是他们身上的种种弱点也使人确信他们的悲剧绝非偶然。反面人物的形象也不是单种色调。瓦尔特、伍尔牧、米尔佛特夫人的形象都具有复杂性。席勒的这种创作方法，是他接受莎士比亚的影响，表现了现实主义的精神。露伊斯和米勒这两个人物，更是写得栩栩如生，富有立体感。露伊斯的思想矛盾刻画得细腻逼真，具有动人的艺术力量。剧本的情节丰富生动，富有戏剧性。露伊斯与斐迪南的恋爱引起一系列的多层次的矛盾。剧情发展复杂多变,惊心动魄,几经波折,最后导致悲剧的结局。

思考练习题

1. 什么是启蒙运动？简述启蒙运动发生的历史背景和基本特征。
2. 简述启蒙文学的主要特点。
3. 什么是感伤主义？
4. 简述18世纪英国现实主义小说的发展过程和主要作家。
5. 菲尔丁在文学史上有什么重要地位？试对他的《汤姆·琼斯》的思想、人物进行分析。
6. 18世纪法国启蒙文学中有哪些主要作家和作品？
7. 从伏尔泰的文学创作看启蒙文学的特点。
8. 卢梭有哪些重要文学作品？他对文学发展有什么贡献？
9. "狂飙突进"运动在德国文学史上有什么重要意义？它的基本特征是什么？
10. 试对席勒《阴谋与爱情》的思想、人物进行分析。
11. 如何认识歌德一生的矛盾？
12. 为什么说歌德的《浮士德》是三百年来西方先进人士精神探索的总结？什么是"浮士德精神"？试对浮士德和靡非斯特进行形象分析。

第六章　19世纪初期文学

学习提示

本章的学习重点是：
(1)浪漫主义文学思潮产生的历史背景、哲学基础和文学传统。
(2)欧洲各国浪漫主义文学的主要成就和主要特点。
(3)拜伦《恰尔德·哈洛尔德游记》、《堂璜》的思想内容和艺术特点。
(4)雪莱《解放了的普罗米修斯》的思想内容和艺术特点。
(5)雨果《悲惨世界》的人物、思想和艺术特点。
(6)普希金《叶甫盖尼·奥涅金》的人物形象和艺术特点。

浪漫主义是18世纪末19世纪初在欧洲文坛占主导地位的文学思潮。它是由法国革命开始的民族民主革命新时代的产物；它在德国古典哲学、空想社会主义理论和感伤主义文学的基础上，在与古典主义的斗争中发展起来。浪漫主义文学偏爱表现主观感情、主观理想和非凡事物，主观性是其本质特征。浪漫主义作家热爱大自然，重视民间文艺，以此与他们厌恶的城市文明对立。在艺术上，他们反对古典主义因袭陈规，主张创作自由，喜用夸张、对比等手法。

欧洲各国的浪漫主义运动具有自己的特点。德国是浪漫主义文学的故乡。德国浪漫主义作家反对古典主义，鼓吹创作自由，但缺乏战斗精神，唯心的宗教的色彩较浓。英国浪漫主义成就卓著。"湖畔派"三诗人因厌恶城市文明而寄情自然、缅怀中古。他们发动了诗歌革新。新一代诗人拜伦、雪莱在民族民主运动的鼓舞下创作，思想激进，并把诗歌革新推向新阶段。法国浪漫主义文学运动与1789年革命后的复杂形势密切相关,政治色彩鲜明。夏多布里昂和斯塔尔夫人代表了法国早期浪漫主义的不同方向。以雨果为代表的新一代诗人战胜古典主义,把浪漫主义运动推向高潮,其势头持久不衰。在俄国,以普希金为代表的进步浪漫主义作家表现出反沙皇专制暴政的倾向,而且很快向现实主义转化,把俄国文学提升到一个新的水平。

本章列出四个专节,分别论述拜伦、雪莱、雨果、普希金这四位杰出的浪漫主义作家。

拜伦和雪莱是两位英国浪漫主义诗人。学习"拜伦"这一节,要着重了解拜伦的思想和创作与英国进步运动及欧洲民族民主运动的密切联系。他的诗作思想激进,热情饱满,长于讽刺。拜伦的主要作品是两部体裁新颖的长诗:《恰尔德·哈洛尔德游记》和《堂璜》。他创造了这类新型文学形式,既描绘了风起云涌的革命时代,又抒发了激情昂扬的时代精神。学习"雪莱"一节,既要注意雪莱与拜伦一样,同进步的时代潮流有着密切的联系,更要注意他的特点,即他的叛逆精神是与空想社会主义思想结合在一起的,因此他的作品在反对暴政、鼓吹革命的同时,也表现了乐观主义的信念。著名的抒情诗《西风颂》和诗剧《解放了的普罗米修斯》都具有这样的特点。

学习"雨果"一节时应该注意:在雨果漫长的一生中,从他的反古典主义的斗争,他的《巴黎圣母院》、《悲惨世界》等众多作品的创作中,以及他在复杂的政治生活的表现中,贯穿着一条红线,那就是他的民主主义、人道主义思想。正确地认识和评价雨果的这种思想,也就成为我们把握好这个作家的成就与局限的关键。

普希金被认为是"俄罗斯文学的始祖"。学习这一节,要注意普希金如何把俄国文学与俄国解放运动联系了起来,又如何在《叶甫盖尼·奥涅金》等作品中,为现实主义奠定了基础,从而把俄国文学引上真正民族化的道路,把它提高到了欧洲的先进水平。

第一节 概 述

一、历史背景

18世纪末19世纪初的欧洲,不但在历史上是一个伟大的转变时期,而且也是文学上的一个重要的转折时期。古典主义流行了二百年之久,已处于衰亡阶段。浪漫主义文学得到了辉煌的发展,它席卷全欧,并且在一些国家发展成为强大的文艺运动。

浪漫主义文学的兴起是由18世纪末19世纪初欧洲的社会政治状况决定的。1789年的法国资产阶级革命,推翻了封建专制政权,建立了资产阶级的统治。这次革命影响巨大,意义深远。它震撼了整个欧洲的封建统治,许多国家掀起了资产阶级民主运动和民族解放运动。但是,在保卫和巩固这次革命成果的过程中,曾出现极其复杂的形势,经历了一场革命与反革命、复辟与反复辟的长期斗争。法国大革命后出现的动荡、混乱、灾难的局面,完全不是人们所期望的。18世纪伟大的启蒙学者们所预言的那个理想社会根本没有出现。贫富对立变得更加尖锐,阶级压迫更加残酷,资产阶级的恶德败行以最丑恶的形式表现出来。法国革命后的现实宣告了启蒙运动理想的破灭,在广大社会阶层中引起了一种普遍的失望情绪,浪漫主义正是这种失望情绪在文学上的反映。

德国古典哲学和空想社会主义思想,也对浪漫主义文艺思潮的兴起产生了影响。当时康德、费希特、谢林、黑格尔的哲学十分流行。他们夸大主观的作用,强调天才、灵感和人的精神力量,把"自我"提到高于一切的地位。德国古典哲学对于浪漫主义文学强调主观精神和个人主义的倾向产生了不小的影响。另外,圣西门、傅立叶、欧文等人的空想社会主义思想在这个时期流传甚广,他们尖锐地批判了资本主义制度,幻想消灭阶级对立,企图通过空想的计划实现全人类的解放。空想社会主义反映了当时尚未成熟的无产阶级对现存社会制度的失望和抗议，以及建立使他们真正取得解放的理想社会的愿望。他们的理论是不成熟的，但他们的思想对浪漫主义文艺思潮产生了很大影响。

浪漫主义在其发展过程中也吸收了以前文学的一些经验。18世纪英国感伤主义文学对浪漫主义思潮的产生和发展有着巨大的影响。卢梭对个性解放和感情自由的宣扬，对想象的崇尚，以及返回自然的主张，对浪漫主义思潮的形成起了重大作用。

浪漫主义是在对古典主义的斗争中发展起来的。浪漫主义者反对古典主义的泥古倾向和理性教条的束缚，强调创作自由，强调情感和想像在创作中的作用。

作为一个有着特定的社会历史背景和哲学思想基础的文艺思潮，浪漫主义文学在其发展过程中形成了自己的一些特点。浪漫主义作家强烈地不满现实，对庸俗丑陋的现实极为反感，而对一切非凡的事物有强烈的兴趣，他们一般不喜欢如实地描写现实生活，而偏爱表现主观的思想。浪漫主义者反对古典主义枯燥而冰冷的"理性"，而着重抒发个人的感受和体验，他们的作品有着鲜明的感情色彩。浪漫主义作家对大自然有强烈的爱，雄伟奇异的大自然或远方异域往往是他们寄托自由理想之所在，他们笔下的那些非凡人物往往出没在大自然中间或奇异的环境里。浪漫主义作家对中世纪带有神秘色彩的历史和丰富多彩的民间传说、民歌、民谣极感兴趣，很多浪漫主义作家是民间故事传说的搜集者，更多的人对民间文学进行加工，利用民间文学的题材进行创作。对民间文学的重视反映了浪漫主义作家的民主倾向。浪漫主义者反对古典主义的因袭陈规、压制个性，而要求个性解放和绝对的创作自由，否定艺术家遵循任何规则。从这种观点出发，他们在创作中采用多种多样的体裁形式，他们经常采用的是那些具有强烈感情色彩的体裁，如抒情诗、抒情叙事诗、以神话传说为题材的戏剧和历史剧等。在表现手法上，浪漫主义作家喜爱用夸张和对比的手法，以期达到形象鲜明、给人以强烈印象的效果。浪漫主义作家喜欢运用华丽的词藻，作品中充满生动丰富的比喻。这种语言风格同作品中非凡的人物和环境正相适应。但某些浪漫主义作家过分追求词藻的华美，有的人甚至堆砌浮夸，矫揉造作，作品内容贫乏空虚。

由于各国政治、经济发展的不平衡以及社会状况、文化历史传统的不同,各国浪漫主义文学发展的状况也不可能完全相同。而且,各国浪漫主义文学内部的作家思想倾向和风格特点也各自不同。在动荡不定的社会条件下,作家本人的思想也不断地起着变化。在浪漫主义作家内部,有时也发生矛盾和斗争。这种情况说明,浪漫主义作家是千差万别的,他们仅仅是属于同一个思潮,而不是属于同一个流派。

当然,浪漫主义文学并不是这一时期唯一的文学。在18世纪曾经取得巨大成就的英国现实主义小说,经历该世纪后期的低潮之后,现在又有了新的发展。英国女小说家简·奥斯汀(1775~1817)是其中的代表。利维斯对简·奥斯汀给予高度评价,认为她是英国小说史上真正重要的作家,是英国文学传统中的重要一环。简·奥斯汀的代表作包括《傲慢与偏见》(1796)、《爱玛》(1814)等。她的作品多描写英国乡间的日常生活,尤其善于叙述英国青年男女之间的爱情和情感体验。简·奥斯汀对人物心理有深刻的把握,塑造的人物形象带有鲜明的性格化特征。她的小说情节曲折,常有峰回路转的艺术效果,又在生动的故事中反映了18~19世纪英国社会通行的价值观,阅读体验极佳。奥斯汀的创作在英国18世纪小说和19世纪批判现实主义小说之间起了承上启下的作用。在19世纪20年代,法国作家斯丹达尔提出了实质上是现实主义的文学主张,并且在自己的创作中加以体现。在俄国,大诗人普希金也在20年代中期由浪漫主义转向现实主义。

二、德国文学

在德国,由于封建割据局面长期未能改变,经济落后,封建势力相对顽强,市民阶级十分软弱,这种情况决定了德国浪漫主义作家缺乏英法很多浪漫主义作家所具有的那种政治指向性。规模宏大、体系精严的德国古典唯心主义哲学,更是直接地影响了德国浪漫主义作家,致使德国浪漫主义运动的唯心主义和神秘主义色彩比较浓厚。德国浪漫主义作家也同当时的许多其他作家一样,最初曾对法国革命表示欢迎。可是当革命深入下去,他们就变得恐惧和畏缩了。德国早期浪漫派的代表有奥古斯特·施莱格尔(1767~1845)、弗利德里希·施莱格尔

(1772～1829)和诺瓦利斯(1772～1801)、蒂克(1773～1853)等人。施莱格尔兄弟是浪漫主义理论家。弗利德里希·施莱格尔提倡个性解放、创作自由，主张"诗人要凭兴之所至，不受任何狭隘规律约束"，虽然有反对古典主义的意义，但也有放纵主观幻想之嫌。施莱格尔兄弟中年以后思想趋于保守，向往中世纪在基督教统治下的封建宗法社会。诺瓦利斯是德国早期浪漫主义在创作上的主要代表，他的作品宗教神秘色彩很浓。在《夜的颂歌》中，他整个沉湎于神秘的世界，否定人生，歌颂黑夜和死亡。诺瓦利斯的理想是中世纪那样的社会，他希望回到天主教占统治地位的封建时代。诺瓦利斯的小说《亨利希·封·奥夫特尔丁根》是为了反对歌德的《威廉·迈斯特》而写的。在这部小说里，作者把阶级矛盾十分尖锐的13世纪说成是人类文化的黄金时代。

　　进入19世纪以后，一批年轻的德国浪漫主义者走上舞台。重要人物有布伦塔诺(1778～1842)和阿尔尼姆(1781～1831)等人。他们被称为后期浪漫派。布伦塔诺和阿尔尼姆也是宣扬天主教和美化封建制度，思想并不比前期浪漫主义者进步。但他们曾收集大量的民歌和童话，经过整理加工后出版，他们在这方面的工作是有意义的。阿尔尼姆与布伦塔诺合编的民歌集《儿童的奇异的号角》(1806～1808)和格林兄弟(雅科布·格林、威廉·格林)搜集和编写的《儿童与家庭童话集》都很有名。

　　霍夫曼(1776～1822)是一个在创作上受到浪漫派影响的作家。他的作品具有神秘色彩，写人的生活受到一种阴暗的、幽灵般的力量支配，人没有能力主宰自己。他主要是通过奇异幻想和荒诞离奇的情节反映现实，对现实中的黑暗势力进行讽刺和批判。霍夫曼在国外有很大影响。

　　和霍夫曼同时进行创作的沙尔索(1781～1838)是德国浪漫主义作家中进步倾向最明显的一个。他最著名的作品是童话体小说《彼得·史雷米尔奇异的故事》(1814)，通过一个人用影子换得财富但丧失了人的要素而痛苦不堪的奇异故事，揭露了资本主义金钱罪恶，是一部浪漫主义与现实主义相结合的作品。

　　海因利希·海涅(1797～1856)也是在浪漫主义的影响下开始走上

创作道路的。但是,他的《论浪漫派》的发表,却结束了浪漫主义在德国文学中的统治地位。海涅后来成为一个革命民主主义诗人。

三、英国文学

18世纪末19世纪初,英国浪漫主义文学得到很大的发展。在19世纪的头三十年里,英国的浪漫主义文学是欧洲成就最高的文学,对欧洲其他国家的文学产生了很大的影响。

英国文学中最早出现的浪漫主义作家是所谓"湖畔派"三诗人——华兹华斯(1770～1850)、柯尔律治(1772～1834)和骚塞(1774～1843)。他们对资本主义文明及人与人之间的现金交易关系极为反感,向往中古时期的封建社会。他们曾隐居于英国西北部的湖区,由是得名"湖畔派"。他们的诗作或讴歌宗法式的农村生活和自然风景,或描写奇异神秘的故事和异国风光,一般都是远离社会斗争的题材。他们常常是通过缅怀中古时代的"纯朴"来否定丑恶的城市文明。

华兹华斯的早期作品长诗《黄昏漫步》发表于1793年。但产生巨大影响的是1798年出版的由华兹华斯和柯尔律治合著的《抒情歌谣集》。1800年,当《抒情歌谣集》再版时,华兹华斯写了一篇序言。这篇序言成了英国浪漫主义的宣言。华兹华斯提出诗是"强烈感情的自然流露"。他特别强调诗人在"选择普通生活里的事件和情境"时,要"给它们以想象力的色泽,使得平常的东西能以不寻常的方式出现于心灵之前"。华兹华斯强调写"微贱的田园生活",主张用民间的纯朴语言来写诗人的真实感受,不要用那些美丽的"诗意词藻"。

华兹华斯在很多诗中描写优雅恬静的自然景物,还喜爱描绘在大自然中活动的普通人形象。他的诗也完全体现着他的诗学,意境清新、形象生动、极有情趣。华兹华斯热爱大自然,他在一些诗中探讨了大自然与人生的关系,认为大自然有一种使人提高精神境界与道德价值的力量,所以他在诗中把大自然作为一种精神力量来加以歌颂。人在大自然中洗掉一切精神上的烦忧和污垢。华兹华斯描写大自然的诗极多,被誉为自然诗人。他的《丁登寺》(1798)被认为是不朽之作。其他重要作品如《序曲》(1805),组诗《永生的了悟颂》、《露茜》,抒情诗《孤寂的刈麦女》《杜鹃颂》等都很有名。

华兹华斯关于诗歌改革的主张以及他的创作实践结束了英国古典主义诗学的统治，有力地推动了英国诗歌的革新和浪漫主义运动的发展。

柯尔律治是"湖畔派"另一重要诗人。和华兹华斯一样，早年曾同情法国革命，后来转向保守立场。他的诗作不多，但在文学史上占有重要地位。他的长诗《古舟子咏》(1798)、《忽必烈汗》(1816)、《克里斯脱贝尔》(1816)等都被认为是浪漫主义文学中的佳作。柯尔律治的诗具有神秘浪漫色彩，常把玄妙迷离、古怪离奇的轶事尽力写得逼肖现实生活，如《古舟子咏》中老水手的奇特经历：在一次海上航行中，他杀死了一只信天翁，因而遭到上天的惩罚。南风把船送到了赤道上，从此风停浪静，船成了不动的死船，火热的太阳晒裂船板，人们口渴难忍，除老水手外全都死去。老水手也受到口渴与良心有罪的折磨。他开始跪下来祈祷，入耳的魔咒又冻结了他祈祷的热忱。但最后终于得到上天宽恕，鬼影消失，清风把船吹向岸边。这首诗很能代表柯尔律治的风格。

柯尔律治还是一个重要的理论家和评论家。他在理论批评著作中强调形象思维，特别看重想象的力量。他认为想象力是诗人的最高品质，有了想象力，诗才有了灵魂，真正的诗人都有想象力，而庸才只有幻想。在诗的语言方面，柯尔律治不同意华兹华斯的完全采用村俗口语的主张，他认为低微粗鄙的田园生活不可能产生好的语言。

骚塞早年欢迎法国革命，态度激进，但后来转向，成了反动统治的拥护者，被封为"桂冠诗人"。骚塞写过不少抒情叙事诗，有的写封建的中古时代，有的写东方和南美的异域远方，充满离奇怪异的形象，美化封建制度，宣扬神秘主义。他在长诗《审判的幻影》中歌颂去世不久的昏聩暴君乔治三世，写他死后进了天堂，是一部为反动统治者歌功颂德的典型作品。

正当拿破仑率大军在欧洲东征西伐、欧洲民主运动和民族解放运动不断高涨的时候，英国第二代浪漫主义诗人拜伦(1788～1824)和雪莱(1792～1822)登上了文坛，比他们稍晚一些的是济慈(1795～1821)。这三个诗人跟"湖畔派"诗人不同，他们始终忠于法国革命的理想，反对专制暴政,同情人民的苦难,支持各国人民的民族解放运动,具有鲜明的资产阶级民主主义的倾向。拜伦和雪莱热情支持刚刚兴起的工人运动,在工人中拥有广大的读者。他们塑造出了一些社会叛逆者的形象,使浪漫主义文学的思想内容得到丰富与提高。第二代浪漫主义诗人把"湖畔派"开始的诗歌革新工作推进到了一个新的阶段,在艺术上有重大创新。

济慈是英国文学史上最杰出的抒情诗人之一。他热爱古代希腊文化,对资本主义现实抱厌恶态度,具有进步的思想倾向。济慈是一个追求美、对美极为敏感的诗人,但也不是不关心社会问题。在著名长诗《伊莎贝拉》(1818)中,济慈借助于中世纪的题材批判资本主义的罪恶。而在以古代希腊神话为题材的未完成的诗篇《海披里昂》中,通过新旧神斗争的描写,表现出了革命的倾向。

济慈诗中也有一部分是没有明显社会内容、单纯描写美的境界的。但这些诗从总的倾向来说,是和诗人对美好理想的追求联系在一起的。在《夜莺颂》里,诗人通过夜莺和人间生活的对比,表达了一种信念:不了解社会的疾苦,就达不到诗的更高境界。在济慈的心目中,美不可能脱离真理而存在。他说:"美就是真理,真理也就是美。"在这种精神的激励下,济慈创作了一些不朽的抒情诗,像《夜莺颂》、《秋颂》、《希腊古瓮颂》、《忧郁颂》、《无情的妖女》等都是他的传世之作。

济慈的诗,形象动人、想象丰富,真正达到了诗中有画的境界。诗人对大自然的感受极其敏锐细致,加之信念真诚,所以他的诗感染力极大。济慈在 26 岁夭亡,使他的诗歌天才未能完全发挥出来。

瓦尔特·司各特(1771~1832)是 19 世纪前三十年英国文学中最重要的作家之一。他早期创作长诗,富有浪漫主义色彩。从 1814 年起开始写小说,他的小说主要是历史小说,以描写家乡苏格兰历史的作品为最多,如《罗伯·罗依》、《清教徒》、《罗沁中区的心脏》等。司各特也写了许多有关英国和法国历史的小说,如他的代表作《艾凡赫》(1819),以及《肯尼沃尔思》、《昆丁·达沃德》等。司各特的小说反映了重大的历史事件,揭露了尖锐的社会矛盾和民族矛盾,描写了广阔的群众场面,并使农民和其他被压迫者成为小说的中心人物。

司各特是欧洲历史小说的创始人,他善于采用历史资料和民间传说以构成历史小说,并把浪漫主义与现实主义手法结合起来,反映出时代的特色。这些成就为后来批判现实主义小说的发展提供了有益的借鉴。司各特的小说,对欧洲许多国家的文学都有影响。

四、法国文学

19世纪初期法国文学的主流是浪漫主义。由于法国革命后复辟与反复辟的斗争异常激烈,它的浪漫主义思潮带有鲜明的政治色彩。

法国文学中最早出现的浪漫主义作家是夏多布里昂(1768～1848)和斯塔尔夫人(1766～1817),但二人的政治观点完全不同。夏多布里昂思想保守,拥护波旁王朝。斯塔尔夫人则属于自由资产阶级的立场。夏多布里昂的中篇小说《阿达拉》(1801)的问世,标志着法国浪漫主义文学的开端。《阿达拉》和1802年出版的中篇《勒内》是夏多布里昂的两部主要作品。两部小说都有反启蒙主义的倾向。在《阿达拉》中,作者通过印第安人中一个信奉天主教的女子爱上了异教徒的故事,歌颂了基督教的崇高与伟大。女主人公阿达拉在爱情与宗教信仰的矛盾面前,毅然为宗教信仰而殉身。小说中作者还展现了印第安人在宗教感召下文明起来的画面,宗教色彩十分浓厚。

《勒内》是《阿达拉》的续篇。主人公法国贵族青年勒内自幼在忧郁孤独中长大,成人之后到处漫游,对一切都投之以没落的慨叹,感到人生无常。他患了"世纪病",曾想自杀。后来在痛苦之中远涉重洋,逃到美洲原始森林中去寻找安慰。最后在基督教中找到精神的归宿。夏多布里昂在这部小说中再一次想证明:人在自己的情欲面前是无能为力的,只有对上帝纯洁的信仰才能摆脱痛苦和怀疑。《勒内》发表后影响很大,主人公勒内是欧洲文学中第一个表现出"世纪病"特征的浪漫主义"英雄"的形象。

斯塔尔夫人具有资产阶级自由主义思想,在政治上是一个温和派。她在理论著作《论文学》(1800)中,提出了文学为社会环境所制约,社会造就文学的深刻观点。斯塔尔夫人把欧洲文学分为南方文学和北方文学两部分。南方文学包括希腊、罗马、意大利、西班牙以及路易十四时代的法国文学。它的特点是崇尚古典,情调欢快,充满民族精神和时代精神。北方文学包括英、德和北欧国家的文学,其特点是感情强烈,富于哲理,想象力丰富。实际上南方文学和北方文学在这里就是古典主义文学和浪漫主义文学的同义语。斯塔尔夫人明显地表现出对于北方文学的偏爱。后来她又在《论德国》一文中对她的观点作了进一步的论述,她强调向外国浪漫主义文学借鉴,而不是死抱住"紧紧追随古人足迹"的古典主义不放。

斯塔尔夫人的两部最重要小说《黛尔芬》(1802)和《柯丽娜》(1807)都是充满浪漫主义精神和色彩的作品。《黛尔芬》写一个聪明、感情丰富和极有个性的贵族女子的爱情悲剧,小说深受卢梭的《新爱洛伊丝》的影响。《柯丽娜》写的是一个才华出众的新型女子为社会的偏见所不容,最后悲哀死去的故事。两部小说的女主人公的形象都反映出了斯塔尔夫人自己的性格和理想。

拉马丁(1790～1869)是在复辟王朝时期走红的浪漫主义诗人。他深受夏多布里昂的影响。他的诗作《沉思集》(1820)、《新沉思集》(1823)、《诗与宗教的和谐》(1830)等主要是写忧愁、孤独,对逝去的美好时光的感慨,飘逸的心绪,对人生短暂的悲叹,以及宗教的虔诚等等,突出地反映了没落贵族对自己命运感到悲观绝望的情绪。

维尼(1797～1863)是诗人、剧作家和小说家。他自觉地维持旧制度,他的诗更加突出地反映了贵族的没落情绪。悲观厌世、孤独、对苦难和死亡的傲岸态度,构成了他的诗的基本内容。他说:"我们可能信仰的唯有苦闷和死亡。"在历史小说《桑—马尔斯》(1826)中,他否定黎希留铲除分立主义、巩固王权和重商主义政策的进步意义。

20年代中期,一批具有进步思想倾向的浪漫主义作家开始走上文坛。他们是雨果(1802～1885)、缪塞(1810～1857)、大仲马(1802～1870)、诺迪耶(1780～1844)等。法国浪漫主义的美学理论直到20年代后期才真正形成。在法国,古典主义的传统特别强大而持久,对新的文学思潮进行了顽强的抵抗,特别是在戏剧领域,展开了一场尖锐的斗争。1827年雨果发表了《克伦威尔》一剧的序言,成为浪漫主义的理论纲领。雨果、大仲马、缪塞以及接近浪漫主义的梅里美都相继发表破坏古典主义戏剧规范的作品。这些戏剧有着自由的结构，描写主人公狂放的热情和强烈的感受。许多浪漫主义戏剧的演出，巩固了浪漫主义的胜利。特别是雨果的悲剧《艾尔那尼》(1830)的演出，引起了古典主义者和浪漫主义者的决战，结果浪漫派取得了胜利。

法国和英国、德国不同。30年代以后，浪漫主义文学并没有销声匿迹，而是继续发展，形成同现实主义文学并驾齐驱的局面。30年代至40年代，雨果、乔治·桑、缪塞、大仲马等浪漫主义作家，以及和浪漫主义有联系的梅里美，都进入了自己创作的繁荣时期。

在19世纪前期的法国文学中，革命民主主义诗人贝朗瑞（1780～1857）占有特殊的地位。他是歌词作者和讽刺诗人，极端憎恨封建专制，猛烈攻击封建贵族和天主教会，对那些专横暴戾，妄图恢复封建特权以及对外国侵略者感恩戴德的贵族进行了尖锐的讽刺，同时也深刻地揭露了维护统治阶级利益的天主教会。在复辟时代，由于他仗义执言，曾两次被捕入狱，但没有屈服。七月革命以后，贝朗瑞出现了摇摆不定的情况，但很快就看清了七月王朝的反动本质，拒绝了七月王朝给予的"恩宠"。他这时虽然写了一些批判大资产阶级和金融贵族的诗，但已很少号召革命斗争，倾向于空想社会主义，希望不经过暴力实现社会平等。在1848年革命前夕，贝朗瑞一度又燃起热情，写出《洪水》一诗，以翻天的巨浪象征即将来临的革命。到1848年革命期间，他的思想矛盾又表现出来，一方面真诚地渴望人民的自由，另一方面又不主张暴力。六月工人起义遭到资产阶级镇压时，他是同情工人的，对拿破仑三世的第二帝国也一直抱批判态度。贝朗瑞死于1857年，一直受到人民的尊敬和爱戴，马克思称他为"不朽的贝朗瑞"。

贝朗瑞的诗和歌曲继承和发扬民歌和大革命时代革命民歌的传统，朴实自然，生动活泼，形象鲜明，韵律和谐，明快动听，深受广大群众热爱，在社会政治斗争中起了巨大的作用。贝朗瑞的诗歌是浪漫主义和现实主义相结合的典范。

1823年至1825年，斯丹达尔发表了《拉辛与莎士比亚》一文。他批评古典主义，肯定莎士比亚，自称拥护浪漫主义。但他所阐明的那些原则，实际上为现实主义开辟了道路。数年之后，斯丹达尔、巴尔扎克等人的现实主义作品相继问世,于是法国文学中又出现了一个和浪漫主义并驾齐驱的新的文学潮流。

五、俄国文学

俄罗斯帝国是一个沙皇专制和农奴制度的国家。贵族地主骄奢淫逸,为所欲为,农奴受着最深重的压迫。1789年法国资产阶级革命以后,被视为"法兰西瘟疫"的资产阶级民主思想逐渐传入俄国。沙皇亚历山大一世在19世纪初作出要改革的姿态,结果是昙花一现。1812年,拿破仑入侵,俄国遭到失败,引起了俄国民族意识的觉醒,也刺激了先进人士进行改革的决心,终于在1825年爆发了十二月党人起义。起义虽然被残酷镇压了,但对19世纪俄国人民的解放运动产生了深远影响。

19世纪以前,俄国文学相对说来是贫弱的。这种情况直至19世纪初期才发生变化。俄国第一个浪漫主义诗人茹科夫斯基(1783～1852)思想比较保守,代表作故事诗《斯维特兰娜》(1812)宣传顺从天命的思想,充满颓丧、朦胧的色彩和神秘主义的倾向。在浪漫主义文学中反映出重大社会主题,富有战斗精神的作家是十二月党人诗人和普希金(1799～1837)。十二月党人雷列耶夫(1795～1826)和普希金的浪漫主义诗歌渗透着反专制暴政的革命热情和为祖国献身的精神。这一时期克雷洛夫(1768～1844)的寓言的出现,是俄国文学的重要成就。这些寓言讽刺专制暴政,揭露贵族寄生虫的丑恶,赞颂人民的勤劳朴实,同情人民的痛苦命运,富有民族风格,充满幽默与机智,为广大人民所热爱。

20年代,一个新的文学思潮——现实主义,在格利鲍耶多夫(1794～1829)、普希金的创作中表现出来。在反对专制农奴制的斗争中,要求人们冷静地分析现实,寻求社会的病根,这就促使一些作家走上现实主义道路。格利鲍耶多夫的《智慧的痛苦》(一译《聪明误》,1824年完成,1862年出版)是一部现实主义喜剧,描写进步贵族青年与官僚世界的矛盾冲突,塑造了几个正反面典型形象,具有鲜明的现实主义特点。普希金于20年代中期由浪漫主义转向现实主义,创作了历史剧

《鲍利斯·戈都诺夫》和诗体小说《叶甫盖尼·奥涅金》等著名作品。30年代他又创作出了《别尔金小说集》、《上尉的女儿》等杰出的现实主义小说。普希金是俄国现实主义文学的奠基人,他是第一个达到世界水平的俄国作家,从他开始,俄国文学开始了向世界文学高峰的进军。

第二节 拜伦

乔治·戈登·拜伦(1788～1824)是英国19世纪初期伟大的浪漫主义诗人,1788年1月22日出生在一个古老没落的贵族家庭。父亲曾供职于英国海军,母亲是英格兰人。父亲将母亲的财产挥霍尽净,为避债逃到法国,1791年死于异乡。拜伦跟随母亲在苏格兰度过了贫穷而孤寂的童年。10岁时,继承了家族的爵位与庄园。父母的离异,他自己的生理残疾,苏格兰大自然的风光以及乡间的朴实生活,在拜伦幼年的心灵中留下了深深的印记。

1801年拜伦就读于哈罗中学,1805年入剑桥大学。1807年出版第一本诗集《懒散的时日》,其中虽不乏模仿,但已明显地流露出对现实的不满,对周围庸俗环境及上流社会的轻蔑与鄙视,以及诗人在空虚的喧嚣中所感到的寂寞和孤独的悲哀。诗集出版的第二年,《爱丁堡评论》发表匿名文章对其进行挖苦、讽刺。1809年拜伦写出长篇讽刺诗《英格兰诗人与苏格兰评论家》进行回击。这首长诗显示了拜伦作为一个讽刺诗人的才华,确立了他在英国诗坛上的地位。在诗篇中,拜伦不仅向资产阶级自由主义反动集团发动猛烈进攻,而且还以文学评论家的身份对英国文学界作了评论,特别是对湖畔派诗人脱离社会的神秘主义倾向进行谴责。此外,他还批评司各特不应将封建社会的内乱诗情化,对封建骑士的道德加以宽容。

1809年大学毕业后,拜伦在贵族院获取了世袭议员的席位,但却受到歧视。于是他带着一种愤懑的心情离开英国,先后游历了葡萄牙、西班牙、马耳他、阿尔巴尼亚、希腊、土耳其等地。当时这些国家的民族解放运动正在发展,资产阶级民主运动方兴未艾。这次旅行大大开拓了诗人的社会政治视野。

1811年7月拜伦回到英国。这次旅行孕育了后来的《东方叙事诗》，并在归途中创作了《恰尔德·哈洛尔德游记》的第一、二章，内容就是这次出国游历的所见所闻。这两章在1812年发表时，震动了欧洲诗坛。全诗共4章，后两章完成于诗人流亡时期，是诗人在滑铁卢战役之后在比利时、瑞士、意大利等地的见闻与感想。长诗主要是浪漫主义抒情，但其中也有直接刻画现实、讽刺现实的章节，还有些章节直接抒发诗人对哲学、政治和艺术的见解。在浪漫主义文学中，《恰尔德·哈洛尔德游记》第一次以政治和社会问题为题材，内容独特而新颖。

长诗主人公恰尔德·哈洛尔德是一个叛逆的贵族青年，一个孤独而忧郁的漂泊者，是"拜伦式英雄"的雏形。他深深地热爱自己的祖国，而又厌恶、憎恨周围空虚的现实生活。他高傲的性格，使他不为庸俗虚伪的上流社会所接受；而他的贵族习气，又使他不与人民交往。由于对生活的厌倦、冷漠，他陷入难以解脱的痛苦之中，终于悲愤地离开了祖国，到海外去寻求解脱，开始了孤独而忧郁的漂泊生活。

长诗第一章主要是描写在拿破仑的铁蹄下西班牙人民的苦难，他们的反抗以及对自由解放的渴望。诗人赞扬西班牙的过去和它不屈的现在，歌颂由农民、手工业者组成的游击队反对入侵者的英勇斗争，塑造了一位参加萨拉哥撒保卫战的西班牙女游击队员的光辉形象。对英国、西班牙、葡萄牙的统治者，对入侵者拿破仑，诗人表示了极大的憎恨。同时，诗人又感到西班牙人民反对侵略者的斗争，归根到底只不过对本国的君主制度有利，所以在诗篇中又流露出前途无望的悲哀。

第二章，恰尔德·哈洛尔德来到希腊，希腊人民正遭受土耳其的奴役而尚未起来斗争。诗人站在被土耳其奴役的希腊土地上，眼望着灿烂而凄凉的历史遗迹，回忆着希腊伟大光荣的过去，哀叹着近代希腊的懦弱，诗人激励希腊人民起来斗争，追回失去的自由："谁想要获得自由，必须自己起来斗争。"

相隔六七年之后，拜伦完成了第三章（1816）和第四章（1818）。第三章的开头，诗人以极其深沉的歌声唱出被上流社会放逐的愤懑，以及对女儿的思念。然后诗人来到比利时，凭吊滑铁卢战场，评说拿破仑的功过；从比利时沿莱茵河来到日内瓦湖畔，诗人以昂扬的情绪追忆法国大革命，讴歌它的先驱者——启蒙主义者卢梭、伏尔泰，表达自己对启蒙主义自由平等思想的忠诚。

第四章是在诗人流亡到意大利后写的。当时意大利正处于奥地利的统治下，被分裂成许多小邦。诗人用意大利光荣的历史、意大利当时的民族灾难，激励爱国志士起来推翻奥地利的暴虐统治，实现民族的统一和解放。

第三、四章同前两章相比较，恰尔德·哈洛尔德的形象减弱，而诗人本人的形象大大加强。拜伦把自己的所见、所闻、所感、所想，随时随地自由抒发出来，因此这两章政论色彩异常强烈。第三、四章创作时间正值意大利、希腊等国人民斗争高涨之时，而诗人又同斗争发生了实际联系，从而使他的创作获得新的生气和力量，表现出了对自由必胜的信念：

> 但自由啊，你的旗帜虽破而仍飘扬天空，
> 招展着，就像雷雨似的迎接狂风；
> 你的号角虽已中断，余音渐渐低沉，
> 依然是暴风雨后最嘹亮的声音。
> 你的树木失了花朵，树干遍体鳞伤，
> 受了斧钺的摧残，似乎没有多大希望，
> 但树浆保存着，而且种子已深深入土，
> 甚至已传播到那北国的土地上，
> 一个较好的春天会带来不那么苦的瓜果。

诗人在恰尔德·哈洛尔德的形象里，反映出自己生活与性格的某些特点：高傲孤独，放荡不羁，对上流社会的憎恶与鄙视等。但主人公那种冷漠静观的消极的生活态度则与诗人不同。诗人热切关注着人民的斗争，焦虑着人民未来的命运与前途，怀抱着从事英雄事业的理想。

1811年拜伦回到英国时，英国爆发了路德派领导的纺织工人暴动，并遭受残酷的镇压。英国政府为保护资本家的利益，在1812年2月由下议院迅速通过了"严禁纺织机破坏法案"，在法案提交贵族院审

议时,拜伦在贵族院发表了他第一次有名的议会演说。他怀着对工人群众的深切同情,为被迫害的工人辩护,严厉斥责政府的暴行。议会不顾拜伦的抗议,通过了血腥的法案。1812年3月2日,在《纪事晨报》上拜伦发表了不署名的愤怒的诗篇《〈制压破坏机器法案〉制订者颂》,这首辛辣的讽刺诗,真实地反映了英国资产阶级与无产阶级的矛盾,揭露了资本主义剥削方式的惨无人道。

1812年4月21日,拜伦发表了第二次议会演说,斥责英国政府对爱尔兰人民的民族压迫政策。

拜伦虽然早就热心于社会政治活动,英国统治者却阻止他步入政坛。拜伦深感自己政治上的孤独和英雄无用武之地,同时又为国内外反动势力的猖獗所震动,心中充满苦恼和悲伤,但他决不妥协。这种思想情绪及精神状态深刻地反映在他的《东方叙事诗》中。

《东方叙事诗》是以东方为背景的浪漫主义组诗,共6篇:《异教徒》(1813)、《阿比托斯的新娘》(1813)、《海盗》(1814)、《莱拉》(1814)、《巴里西纳》(1816)、《科林斯的围攻》(1816)。在组诗中,诗人对封建的资本主义的现实提出了强烈抗议,进行了彻底否定。由于这种抗议和否定带有浪漫主义的抽象性而缺乏明确的规定性,所以变成了对一切社会制度的抗议和否定,有虚无主义和个人主义倾向。这些诗的主人公都是悲剧性的孤傲的叛逆者,他们都有非凡的才能和力量,但在腐败的社会中却无法施展。他们为自己的无所作为而感到痛苦,因自己的才能和情感的虚耗而感到绝望。他们以挑战示威的态度,以异样的勇敢和热情,以不屈不挠的意志和毫不妥协的精神,或报复或反抗社会的专制与压迫。在这些主人公身上,有诗人本人生活遭遇的明显印迹,被称为"拜伦式的英雄"。

《东方叙事诗》的发表赢得极高的声誉,但诗人的政治态度和诗歌中的叛逆精神,引起反动阵营与帮闲文人的仇恨与嫉妒。他们利用他同妻子分居的家庭纠纷,对他进行疯狂的诋毁,迫使他永远地离开了祖国。

1816年4月,拜伦离开英国,途经比利时到了瑞士。同年10月到达意大利。在此期间,他结识了英国另一位伟大诗人雪莱。在雪莱的影响下，他创作了不少优秀的诗篇。

长诗《锡隆的囚徒》(1816)的主人公弗朗斯瓦·博尼瓦尔是历史人物，他为捍卫瑞士独立而被囚入监狱长达6年之久。长诗对为了民族自由而遭受苦难的战士充满了同情。

《曼弗雷德》(1816～1817)是一部哲学诗剧。它的创作受歌德《浮士德》的影响，但构思决然不同。主人公曼弗雷德也是一个悲剧性的孤独的叛逆者。他苦闷厌世，独居阿尔卑斯山的古堡中，埋头于科学，想从知识中求得幸福与安宁，但知识之树绝非生命之树，知识只会带来痛苦。他拒绝了宗教诱惑又不向现存秩序屈从。拜伦以浪漫主义幻想与象征的方式，在曼弗雷德与命运斗争的情节中，概括了现实世界中欧洲各国人民同反动势力之间的矛盾冲突。同时通过曼弗雷德的形象，反映了启蒙思想在社会实践中的破灭，以及资产阶级革命性的消失。启蒙主义者将理性视为社会进步的动力，而曼弗雷德看出这只不过是一种天真的幻想而将它抛弃；启蒙主义者崇尚知识，而曼弗雷德认为知识只能给人带来痛苦从而怀疑知识的成果。诗剧由对英国社会的否定，发展成对整个人类生存意义的怀疑和否定，主人公只寻求"忘却"和死亡。他把自己锁闭在高傲的冥想之中，因轻视人民而不与人交往。诗人过分地夸大与美化孤独者的精神力量，没有认识到曼弗雷德脱离人民、脱离生活实践和社会斗争，正是他自我毁灭的真正原因。

在《普罗米修斯》(1816)中，诗人赞美普罗米修斯敢于抗拒一切邪恶势力的不屈不挠的伟大灵魂。在《路德派之歌》(1816)中，诗人号召工人将手中的织梭换成利剑，用自己手织的布匹去包裹暴君的尸体，用暴君黑色的血滴去润泽路德种下的自由之树。

当时的意大利正遭受奥地利的奴役，革命运动蓬勃兴起。拜伦同当地的爱国志士密切交往，并在1820年参加了意大利有名的烧炭党秘密组织，投身火热的斗争。在诗歌创作中，他丢掉浪漫主义的幻想而走向现实，进入了他一生中最光辉灿烂的时期。

为激励意大利人民的斗争，拜伦创作了《塔索的悲哀》(1817)、《威尼斯颂》(1819)、《但丁的预言》(1821)等诗篇。长诗《但丁的预言》是号召意大利人民争取民族解放和国家统一的诗体宣言。诗中但丁的伟大形象,渗透着诗人自己的命运、声音与情思:对祖国的忧虑,被放逐的痛苦,不屈的精神。

1821年创作的诗剧《该隐》,取材于圣经传说,诗剧的主要人物是该隐和他的兄弟亚伯以及叛逆天使路息非。在圣经传说中,该隐是第一个杀人犯,在诗剧中,他是反抗专制统治与专制神权的战士。由于路息非的指导,他认识到能吃到面包是由于自己不辞辛苦的耕作,并不是什么神的恩赐。他拒绝服从神任意作出的横暴的规定,捍卫了自己的思想自由。他反抗上帝不是为了自己,而是为了千千万万的人。在圣经传说中,路息非是第一个背叛上帝的堕落的天使,在诗剧中,他是个反抗神权统治的形象,他赞扬理性与自由理想。拜伦在《该隐》中,批判传统的宗教信仰和"原罪"理论,否定上帝的存在和操纵人们命运的神权,揭露宗教的伪善。诗剧这种鲜明的反宗教倾向,在"神圣同盟"以宗教、神圣掩盖他们血腥罪行的历史条件下,有深刻的现实意义和政治意义。

1820年英国国王乔治三世死亡,桂冠诗人骚塞写了长诗《审判的幻景》表示悼念。1822年拜伦写了一部同名长诗与之进行论战。长诗围绕着天堂和地狱争讼死去的国王的灵魂归谁占有的问题,对乔治三世进行审判。在诗中,拜伦以尖刻、辛辣、犀利的笔锋抨击乔治三世的腐败与暴虐,嘲弄"湖畔派"诗人骚塞美化封建统治者的卑劣行径。

《青铜时代》(1822～1823)是拜伦重要的政治讽刺诗。它写的是拿破仑死后的1822年,这一年西班牙的资产阶级民主革命取得了胜利,而反动的"神圣同盟"召开了维罗纳会议商讨对策以扑灭革命。拜伦在诗中痛斥"神圣同盟"的政策,歌颂西班牙人民的英勇斗争,颂扬俄国人民反拿破仑侵略的卫国战争。长诗为欧洲各国反动头子路易十八、亚历山大、威灵吞等人描摹了一幅幅可鄙的肖像,指斥他们打倒拿破仑但却继承拿破仑的侵略政策,镇压人民革命,维护反革命秩序。

《堂璜》(1818～1823)是一部未完成的长篇叙事诗,是诗人最后也是最优秀的一部诗作。长诗主人公取名堂璜,目的是向资产阶级伪善的道德挑战。因为在西班牙中世纪的民间传说与后来的文学作品中,堂璜都是一个到处追逐女性的纨绔子弟。在拜伦的笔下,堂璜只是一个普通的贵族青年。长诗的主要意图并不在于塑造堂璜的典型性格、表现他的命运,而是通过他在许多国家与地方的冒险和奇遇,来展现这些国家的社会生活和道德风尚。

长诗共16歌。第1至6歌描写堂璜因爱情风波而逃离故乡西班牙,遭遇海上沉船,后在希腊岛上和海盗女儿恋爱,在君士坦丁堡的奴隶市场上被卖到苏丹后宫。第7至9歌描写堂璜从苏丹后宫逃走后参加1790年俄军围攻伊斯迈尔城的战役,因作战有功被送往彼得堡。长诗的最后部分描写堂璜作为俄国女皇的使节到了英国。

长诗的背景极其广阔,主人公的足迹从西班牙到希腊,从希腊到土耳其,到俄国,再经波兰、德国、荷兰到达英国,几乎包括整个欧洲。拜伦原计划让堂璜最后出现在巴黎参加法国资产阶级大革命,后因写作中断,只写到英国为止。

长诗的前半部,描写了许多封建专制统治者的代表人物:威严的女皇,淫威的皇后,谄媚的朝臣,骄奢专横的将军,堕落腐化的王公贵族……这些人一半是淫荡,一半是威权,全都是吃人的野兽。由于他们不可遏止的野心、贪欲和荒淫,制造了无数人间惨剧:民族的被奴役被侵略,战场上血腥的屠杀,奴隶市场上人像牲畜似的被买卖。诗人慨叹,从欧罗巴到亚细亚到处都散布着宫殿,世界上没有一寸自由的土地。长诗深刻地暴露了封建专制的暴虐和伪善,对专制政治表现出坚决彻底的憎恶。

长诗愤怒地抨击了"神圣同盟"的反动势力,谴责他们为奴役其他民族所发动的侵略战争。诗人特别指出,俄国进行1788年至1792年的俄土战争,目的就是掠夺土耳其的土地。在战争中,俄国侵略者摧毁城池,屠杀生灵,表现得比野兽还要狰狞凶残,与他们相比,"熊是开化的,狼是和善的"。

长诗对英国的揭露与讽刺最为深刻,也最富现实主义精神。英国是欧洲资本主义最发达的国家之一,拥有雄厚的资本,在欧洲反动政治中起主导作用,充当了镇压革命扼杀自由的宪兵。诗人尖锐地指出,英国那些大银行家大财阀是"欧洲真正的主人",因为每项借款并不仅仅是投机上的成功,而且起着"巩固一个国家或者推翻一座王位的作用"。

诗人将英国首相比作诈取各国钱财的海盗,只不过海盗换成了首相,掠夺也就变成了捐税。那些在陆上海上都占统治地位的英国资产阶级,从南极到北极到处贴出布告,"甚至要大海的波涛也付给他们通行税"。拜伦对英国资产阶级及其金钱统治作了穷形尽相的描写。他将英国比作一座住着凶禽猛兽的动物园,将首都伦敦称为"魔鬼的客厅"。通过贵族政客阿孟维尔公爵和夫人的形象,揭露讽刺了伦敦上流社会的虚伪道德和奢侈生活。

拜伦号召人民起来斗争,改变那个不道德的人压迫人的旧世界。第2歌中著名的《哀希腊》一诗,歌颂了希腊光荣的过去,哀悼希腊当时被奴役的处境,热情激励希腊人民起来斗争,诗人甚至号召顽石也起来反抗世上的暴君。在长诗中,诗人热情地颂扬了土耳其人民对俄国入侵的英勇抵抗:

> 那城市被占领了,却不是双手奉上的!——
> 不!没有一个伊斯兰教徒交出了刀剑,
> 鲜血可以迸涌出来,好像多瑙河的水
> 在城墙边滚滚而流,但在语言和行动上
> 决不承认对死亡或敌人有任何畏惧……

拜伦确信未来的世界是个自由的世界:人民将是自由的,一切王座与君主,必将成为使未来子孙们感到可怕的、不可理解的陈迹。在《堂璜》中,诗人有时也流露出忧郁和消沉的情绪。

《堂璜》拥有十分丰富的内容,风格与情调多彩多姿。既有热情的暴露、辛辣的揶揄,又有温柔的抒情、诙谐的欢笑;既有哲学的沉思,又有尖刻的辩论;既有轻松俏皮的嘲笑,又有锋利愤怒的揭露;既有正面出击,又有旁敲侧击。变化多端,又浑然一体。

1823年意大利烧炭党运动遭到了失败,拜伦离开意大利前往希腊。他变卖了世袭的庄园,以所得款项和历年版税的积累支持希腊的解放战争。拜伦深得希腊人民的爱戴,被推为希腊军的统帅。1824年1月22日拜伦生日时,他写了一首诗《今天我度过了三十六年》,带着极大的感慨号召希腊人民起来斗争,"打出去,致敌人于死命"。1824

年4月9日诗人在暴风雨中骑马外出巡视,遭受风寒,4月19日与世长辞。希腊人民为他举行国葬,整个欧洲大陆也为之哀伤。

拜伦不仅是诗人,而且是争取自由的战士。他的光辉诗篇和斗争业绩永留史册。

第三节 雪 莱

一、生平和创作

波西·比希·雪莱(1792～1822)是19世纪初期与拜伦齐名的英国浪漫主义诗人。他出生于苏塞克斯郡一个古老的贵族家庭。祖父是个男爵。父亲属于代表工商业资产阶级和新贵族利益的辉格党,当过国会议员。雪莱自幼聪颖,8岁能诗。少年时代曾在贵族子弟学校伊顿公学就读,1810年进入牛津大学学习。他对社会科学和自然科学有广泛兴趣,尤其推崇英国著名思想家威廉·葛德文的《政治正义论》一书,受到资产阶级民主主义与空想社会主义思想的影响,反对压迫奴役,反对宗教迷信,主张通过教育手段来改革社会。1811年写作哲学论文《无神论的必然性》,用逻辑推理论证上帝之不存在,宣传无神论思想,因而被开除学籍,又见罪于父亲,只好离家独居。1812年2月至4月,偕同新婚妻子哈丽叶赴都柏林,支持爱尔兰人民反对英国统治的斗争,发表《告爱尔兰人民书》和《人权宣言》,提倡民族独立、宗教解放,提倡自由、平等、博爱和人权。从爱尔兰回来后,继续写诗作文,抨击暴政,鼓吹革命。

长诗《麦布女王》(1813)是雪莱早期创作的第一部重要作品。它描写执掌人类命运的麦布女王携带少女艾安蒂的灵魂云游宇宙,纵览古今,评说人间,表达了诗人的社会历史观点和政治、哲学思想。雪莱通过麦布女王之口谴责封建暴政和宗教迷信,批判资本主义的金钱关系,宣传空想社会主义思想。他指出:"人类的花朵在它的萌芽时期,便受到帝王、教士、政治家的摧残",自由遭践踏,才智受压抑。到了资本主义时代，商业兴起，贫富对立，黄金"统治着人间万物"，"人类的手艺和天然生产的一切，都可以利用货币来做交易"；人间到处是饥饿、疾病和暴死。然而，在永恒的世界里，变革是自然的基本法则。随着人们理性的觉醒、才智的解放，"快乐的地球"就会变成"人间的天堂"。这首诗曾经在英国人民中间产生过强烈的影响，被后来的宪章派奉为"圣经"。

雪莱的批判态度和叛逆精神引起了统治阶级的忌恨。1814年，雪莱与妻子离异，同葛德文的女儿玛丽结合。英国当局便利用婚姻事件对他诽谤中伤，致使诗人不得不愤然离开祖国，旅居意大利。

著名长诗《伊斯兰起义》(1818)于诗人离国前出版，它原名为《莱昂和茜丝娜》，副题是"黄金城的革命"。长诗的开头是一个寓言故事。描写巨蛇与苍鹰在大海云天的一场恶斗，两败俱伤，苍鹰逃向天外，巨蛇跌落海中，为一仙女救起。蛇与鹰的搏斗象征着人间善与恶的斗争，这是长诗的序曲，也是理解长诗主题思想的一把钥匙。长诗的主体部分是一场虚构的"黄金城的革命"。描写男女主人公莱昂和茜丝娜的故乡伊斯兰黄金城由于暴君统治，昔日的黄金国土变成了黑暗的人间地狱，百姓受苦，生灵涂炭，莱昂和茜丝娜也遭到逮捕和凌辱。于是，他们以宣传作武器，到处发表演说，用真理、正义、自由、仁爱的思想唤醒群众，瓦解敌人，浩浩荡荡的起义队伍冲进宫殿，推翻暴君的专制统治。人民群众要求处死罪恶累累的暴君，莱昂却出于仁爱之心将其释放。不久，暴君卷土重来，实行反革命复辟，革命人民惨遭杀害，莱昂和茜丝娜被绑在火堆上烧死。最后，一声轰鸣、烈焰冲天，暴君倒地，莱昂和茜丝娜在仙女的帮助下复活，驾着小船在长河上漫游。

长诗通过对黄金城革命的描写，再现了18世纪法国资产阶级大革命的战斗精神。当时，法国大革命正面临挫折，封建势力猖狂复辟，反动的神圣同盟统治着欧洲大陆。雪莱在《伊斯兰起义》这首长诗中热情肯定了法国人民反对专制统治的革命斗争，宣扬了正义必然战胜邪恶的乐观主义信念，这对欧洲革命人民是个有力的鼓舞。但是，雪莱对法国大革命的暴力行动是不赞成的，正如他在序言中所表白的那样："在提倡对人类精神状态进行重大改革，以促进人类社会制度方面，我决不恭维那些粗暴的、恶意的情操——这些情操时时刻刻都在伺隙混进极其有益的社会改革中来。诗中没有报复、妒忌和偏见的容身之地。唯有爱,被当作统治精神世界的唯一法律,在诗中处处受到赞美。"

在意大利期间,雪莱关心英国工人阶级和劳动人民的生活与斗争,同情、支持西班牙、意大利和希腊人民的解放运动,并与诗人拜伦结为知交,创作热情非常高涨。著名诗剧《解放了的普罗米修斯》(1819)、《钦契》(1819)、《希腊》(1821)和长诗《暴政的假面游行》(1819)、《自由颂》(1820)、《阿多尼》(1821)以及脍炙人口的短诗《西风颂》(1819)、《致云雀》(1820)、《给英格兰人的歌》(1819)、《云》(1820)等等,都是这个时期的作品。诗剧《钦契》取材于 16 世纪意大利的历史故事。封建贵族钦契伯爵是一个"万劫不复的魔鬼",一生干尽了"淫邪纵欲和杀生害命"的勾当,手段残忍,罪恶累累。然而,由于罗马教皇贪赃受贿,对他蓄意包庇纵容,使他得以屡屡逃避惩罚。钦契不仅野蛮残暴,而且寡廉鲜耻,他不仅在外作恶多端,而且在家里残害亲人。他害死儿子,强奸女儿,毒打妻子,简直丧尽天良。女儿贝特丽采备受污辱蹂躏之后,多方投诉无效,忍无可忍,只好同家人合谋,雇用刺客把钦契杀死。事情发生后,法官判处他们无罪,教皇却坚持要把他们处死。最后,贝特丽采同母亲和兄弟一起,从容自若走上刑场。诗剧采用现实主义的手法,鞭挞贵族的暴虐和教皇的虚伪毒辣,表现了诗人反封建、反教会的立场。诗剧中,在如何看待暴力这个问题上,雪莱的态度是犹豫的。一方面,他客观上肯定了使用暴力手段反抗邪恶势力的必要性和合理性;另一方面,他还是坚持"仁爱、宽恕"待人,反对"以牙还牙,冤冤相报",提倡"用和平与爱把损害者从卑劣的情操中改变过来"。

1819 年 8 月 16 日,英国曼彻斯特八百群众在圣彼得广场举行集会,要求改革议会制度和取消谷物法,反动当局出动军队镇压,打死打伤四百余人,制造了历史上有名的"彼得卢大屠杀"事件。雪莱在国外获悉此事后,异常愤慨,挥笔写下了《暴政的假面游行》、《给英格兰人的歌》等政治诗多首,抗议英国政府镇压人民的野蛮暴行。在长诗《暴政的假面游行》里,诗人以形象性的语言尖锐指出,"谋杀"、"欺骗"、"伪善"等一批刽子手,正在戴着"上帝、法律和国王"的假面具的"暴政"的率领下,踏着人民群众的鲜血,在英国的大地上游行。他们耀武扬威,

得意忘形,而英国人民却处于被压迫、受奴役的地位。诗人最后号召英国人民为争取自由而奋起斗争:

  起来吧,像睡醒的狮子,
  你们多得无法制服,
  赶快摇落你们的锁链,
  像摇落睡时沾身的露——
  你们人多,他们是少数。

  在《给英格兰人的歌》这首短诗里,诗人通过明白流畅的诗句告诉英国人民:你们辛勤劳动,耕种土地,纺纱织布,但创造出来的财富却被一群寄生虫占有。你们锻造出来的钢铁武器,却掌握在暴君手中,反过来成了镇压你们的工具,这是绝对不能容忍的。诗人大声疾呼:

  播种吧——但别让暴君搜刮;
  寻找财富吧——别让骗子起家;
  纺织吧——可别为懒人织锦衣;
  铸武器吧——保护你们自己。

  雪莱是热情的政治诗人,同时又是优秀的抒情歌手,他创作过许多格调清新、意境优美的抒情短诗,歌唱自然、歌唱爱情、歌唱人生、歌唱理想,表现了对光明、自由、幸福和美的热烈追求,给人一种积极向上的鼓舞力量和艺术享受。《西风颂》是雪莱抒情短诗中流传很广的名篇。诗人以豪迈奔放的激情歌颂狂暴有力的西风。他赞美西风以摧枯拉朽之势,扫除地上的残枝败叶;他赞美西风以磅礴之气驱散高空的流云,召来冰雹、大雨和雷电,为黑夜的世界唱出葬歌;他赞美西风把昏睡的大海唤醒,掀起汹涌的浪波,震撼海底的花草树木;他赞美西风是破坏者,同时又是保护者,西风在到处播种生命的种子,催促万紫千红的春天的到来。《西风颂》采用象征性的艺术手法,寓意深远。雪莱歌颂自然界的西风,实际上是歌颂人间社会的革命风暴。他赞美革命运动如狂暴有力的西风摧毁一切反动邪恶的努力,他赞美革命不仅无情地破坏黑暗的旧世界,而且播下新世界的种子。他表达自己献身革命的强烈愿望,表示要做革命的号角、预言的喇叭,向人们传播革命的思想,预言美好的未来：

> 就把我的话语，像灰烬和火星
> 从还未熄灭的炉火向人间播撒！
> 让预言的喇叭通过我的嘴唇
> 把昏睡的大地唤醒吧！要是冬天
> 已经来了，西风呵，春日怎能遥远？

在短诗《致云雀》里，雪莱在"欢快的精灵"——云雀身上，灌注了诗人自己的灵魂：

> 你从大地一跃而起，
> 往上飞翔又飞翔，
> 犹如一团火云，在蓝天
> 平展着你的翅膀，
> 你不歇地边唱边飞，边飞边唱。

这只在蓝天上展翅高飞，放声歌唱的云雀，鄙弃尘世的污浊，厌恶空洞浮华的腔调，它以真挚热烈的感情，优美朴实的歌声，诉说内心的忧伤和爱，诉说对光明和自由的憧憬，不倦地向人类播撒同情、欢乐和希望。这正是雪莱形象的自我写照，它寄托了诗人的精神境界、社会理想和艺术抱负。

抒情诗剧《希腊》是雪莱生前出版的最后一部重要作品，它取材于1821年希腊人民反对土耳其苏丹马穆德统治的武装起义。在诗剧中，诗人缅怀希腊的光荣历史，歌颂希腊人民反对土耳其压迫、争取独立自由的斗争，揭露英、奥、法、俄等国政府对希腊的险恶居心，预言希腊民族解放运动必将赢得最后胜利。

> 爱琴海边的巉岩正在响应
> 自由的人们的战歌声，
> 我要张开翼翅，
> 向那儿飞驰，
> 我是暴风雨的胜利的信使！

我将黄金似的甘霖
　　献给殉难的希腊人，
　　将像眼泪似的跟血腥的大海相混，
　　而我庄严的雷声隆隆，
　　就是暴君统治的丧钟，
　　告诉下界人世！

　　1822年7月8日，雪莱在海上航行时遇到暴风雨，覆舟身死，年仅29岁。马克思深为雪莱的早逝而惋惜，热情称赞他是一位真正的革命家，社会主义的急先锋。恩格斯则称雪莱为"天才的预言家"。

　　雪莱的时代，欧洲正经历着法国资产阶级大革命和神圣同盟的反动复辟。资产阶级的自由、民主思想还在深入人心，而贵族资产阶级的专制统治却相当强大；早期的工人运动正在兴起，民族解放运动蓬勃高涨，而科学社会主义理论还没有诞生。雪莱在他短促的一生中，以资产阶级民主主义和空想社会主义作武器，反对专制暴政，反对宗教迷信，鼓吹自由民主、平等博爱，同情和支持工人运动和民族解放运动，向往没有压迫剥削的大同世界。雪莱是时代的先知，是诗坛上的普罗米修斯；他通过诗歌创作，向被压迫的人民、被奴役的民族传播自由的火种。

二、《解放了的普罗米修斯》

　　著名诗剧《解放了的普罗米修斯》是雪莱的一部重要的代表作品。它取材于古希腊的神话故事和希腊戏剧家创作的悲剧，而又经过诗人自己的加工改造：众神之主朱比特(宙斯)在巨神普罗米修斯的帮助下，登上了王位，但他却违背了"给人类自由"的诺言，惟我独尊，实行专制统治，给人类带来了痛苦和灾难。普罗米修斯为了拯救人类，从天上窃来智慧之火，把科学文化和生产技艺教给人类。凶狠残暴的朱比特怀恨在心，以怨报德，他把普罗米修斯锁绑在天涯海角的高加索悬崖上，施以种种酷刑折磨。普罗米修斯坚贞不屈，斗争到底。就在朱比特得意之时，他的儿子冥王以迅猛之势，一举把朱比特从天上的王座打入地狱深渊。普罗米修斯被大力士赫拉克勒斯从悬崖上释放下来，他派出精灵向人间宣布解放的消息，整个宇宙沐浴着一片"爱"的光辉，人类万物幸福欢乐。雪莱在诗剧的序言中说:"我所创造的形象,有许多都是从人类心灵活动,或是它们表现在外面的行为中吸取来的。"雪莱还表示,他是怀着"改良世界的欲望"来创作这部作品的,其目的是"使一般爱诗的读者们细致的头脑里,记住一些高尚美丽的理想"。这部披着浪漫主义神话外衣的诗剧,实际上植根于19世纪初期的英国现实社会,是现实的社会斗争和诗人的政治理想的曲折反映。它真实揭露了专制统治给劳动人民带来的痛苦和灾难,歌颂了人民群众反抗专制统治的斗争精神和英雄气概,表达了诗人建立自由平等的美好社会的崇高理想。

英国早在17世纪就初步完成了资产阶级革命。到了18世纪60年代,工业革命蓬勃开展。依靠人民大众的力量推翻封建统治、夺得政权的资产阶级,利用资本主义工业化的大机器生产,残酷剥削奴役工人。英国的资产阶级革命在解除了民众身上的封建束缚之后,又给他们套上了资本主义剥削的新锁链;工业革命在极大提高了社会生产力的同时,也给工人阶级带来了失业、贫困、破产、饥饿、疾病和死亡。19世纪初叶,工人阶级和资产阶级的矛盾冲突日益明显,捣毁机器事件和罢工斗争不断发生。《解放了的普罗米修斯》就是在这样的历史背景下创作出来的。诗人笔下的朱比特是一个控制着"整个仙界和人类的暴君",作者通过这个神话形象抨击英国专制统治的罪恶:

> 统治就是万能和唯我独尊,
> 把信仰、法律、爱全都抛弃;
> 现在朱比特来统治,人类就遭殃;
> 先是碰上饥馑,接着是劳役,
> 后来又是疾病,争夺和创痛,
> 以及前所未睹的丑恶的死亡;
> ············

在诗剧里,雪莱还以炽热的感情塑造了普罗米修斯反抗者、播火者和解放者的形象。普罗米修斯同朱比特是根本对立的,他热爱人类,同情人类疾苦,为人类幸福英勇献身。他为拯救人类免于苦难,反对朱比特的专制统治,因而被绑在悬崖上三千年,风吹日晒,雨淋雷劈,秃鹰啄噬,恶鬼折磨,受尽了难以忍受的痛苦。普罗米修斯掌握着朱比特将来一定要被推翻的秘密,这使朱比特很害怕,他派使者来劝说普罗米修斯供出这个秘密,以便得到宽恕。在希腊戏剧家埃斯库罗斯失传的剧本《解放了的普罗米修斯》里,普罗米修斯是答应了朱比特的条件,两人最后言归于好的。但雪莱"根本反对那种软弱无力的结局,叫一位人类的捍卫者同那个人类的压迫者去和解"。他大胆摒弃传统观点,反其道而行之。在诗剧里,雪莱描写普罗米修斯坚决不向朱比特"屈膝下跪","低头祈祷"。他既不为神仙们的声色娱乐所诱惑,也不被恶鬼们的残酷刑罚吓倒,而是坚贞不屈,大义凛然,同暴君斗争到底。普罗米修斯作为"人类的救星和卫士",他同朱比特的斗争是善与恶的斗争,被压迫者与压迫者的斗争,人民群众与专制统治的斗争。雪莱塑造的普罗米修斯的形象,"非但勇敢、庄严、对于万能的威力作坚忍的抵抗,而且毫无虚荣、妒忌、怨恨,也不想争权夺利……始终是道德和智慧十全十美的典型,动机既纯正,目的又伟大"。这个形象概括了工人阶级和劳动人民反抗专制统治,争取自由解放的斗争精神,同时也体现了诗人自己坚定的立场,伟大的品格,崇高的思想。

诗剧中的冥王是朱比特和海神忒提斯的儿子,他比朱比特更强大,更有力量,代表着"永恒的必然性"。当他遵从自然的规律出现在朱比特面前,喝令朱比特退位的时候,朱比特"困兽犹斗","竭力挣扎"。于是,"经过了一场恶斗",太阳失色,星辰战栗,冥王使用旋风、闪电、冰雹给朱比特以无情的打击,最后把朱比特埋葬于地狱的深渊。在雪莱早年的诗歌创作中,曾经流露过否定革命暴力的改良主义思想,他坚持以理智和道德作武器,革除社会弊病,实现社会正义。在《解放了的普罗米修斯》这部诗剧里,雪莱却在一定程度上肯定了革命暴力的合理性和必要性,它真实客观地揭示出专制统治决不会自动退出历史舞台,只有通过暴力手段才能推翻暴君,实现人民的自由解放。

在诗剧里,雪莱还以浓郁的色彩、欢快的旋律描绘了朱比特被推翻、普罗米修斯被解放以后,地上人间的新气象、新面貌、新秩序:

> 只见许许多多的皇座上都没有了皇帝,
> 大家一同走路,简直像神仙一样,
> 他们不再互相谄媚,也不再互相残害;
> 人们的脸上不再显示着仇恨、轻蔑、恐惧……
> 人类从此不再有皇权统治,无拘无束,自由自在;
> 人类从此一律平等,
> 没有阶级、氏族和国家的区别,
> 也不再需要畏怕,崇拜,分别高低;
> 每个人都是管理他自己的皇帝;
> 每个人都是公平,温柔和聪明。

这个没有阶级,没有国家,没有皇帝,没有压迫奴役的大同世界,这个人与人一律平等,相亲相爱,自由自在的人间乐园,同暴君朱比特统治下的黑暗王国,同当时贫富割裂的资本主义社会形成鲜明对照。它反映了诗人对充满着压迫、剥削、欺骗、仇恨、痛苦、灾难的现实世界的不满,以及对美好未来的期望,对光明前途的信念。雪莱在诗中所描绘的这一社会蓝图,反映了以"自由、平等、博爱"为核心的资产阶级"理性王国"的政治理想,同时也带有强烈的空想社会主义色彩。

诗剧《解放了的普罗米修斯》是一部具有浪漫主义艺术特色的作品。它气魄宏大,想象丰富。诗人把普罗米修斯和朱比特的矛盾冲突,把人类的苦难和解放,放在全宇宙的范围内去展开。诗人的想象翱翔于整个宇宙之中,他的笔触时而天上,时而地下,时而人间,时而冥府,纵横来去,挥洒自如。他不仅为我们描绘了凶恶残暴的朱比特,坚定勇敢的普罗米修斯,还创造了各种类型的神仙、精灵、鬼怪,有的善良,有的丑恶,有的热情,有的软弱。他不仅刻画了普罗米修斯高大的形象和精细微妙的内心活动,描写了惊心动魄的矛盾斗争,还展现了自然界变幻无穷、多彩多姿的壮丽景色。整部作品立足于现实,而又不拘泥于再现现实,它取材于神话故事和前人的创作,而又不落窠臼,诗人以浪漫主义的丰富想象力,创造了一个宏大、神奇的诗的世界。

《解放了的普罗米修斯》是一部感情充沛的抒情诗剧,全剧用诗歌形式写成。有押韵诗,也有无韵诗;有独唱、对唱和合唱。诗人的主要笔墨不是用在展开戏剧冲突、推进情节发展上面，而是用在抒情描写上面。其中一些诗段在故事情节中虽不占重要地位，但它直抒胸臆，写得非常出色，可以独立成篇，当作一首抒情短诗来读：

> 生命的生命！你的嘴唇诉说着爱，
> 你的呼吸像火一般往外冒；
> 你的笑容还来不及消退，
> 寒冷的空气已经在燃烧；
> 你又把笑容隐藏在娇颜里，
> 谁看你一看，就会魄散魂飞。
> 光明的孩儿！你的四肢在发放
> 火光，衣衫遮不着你的身体；
> 好像晨曦一丝丝的光芒，
> 不待云散就送来了消息；
> 无论你照到什么地方，
> 什么地方就有仙气飘扬。

从《解放了的普罗米修斯》中，我们可以比较清晰地了解雪莱的思想状况。雪莱认识到了现实英国存在的严重问题，意识到了英国社会阶层之间严重的分裂和对抗；某种程度上他也肯定了以暴力推翻既定统治、实现人民解放的行动。他的诗歌和思想中充满了对人类自由和解放的坚定信念。雪莱喜欢把人类历史解释为"善"与"恶"的搏斗；把社会的发展变革归结为一种神秘的"必然性"；他相信"爱"的作用，把"永恒的爱"当作改造社会的伟大力量源泉。雪莱的诗歌风格热情洋溢，想象丰富，同时又较多使用抽象的比喻和象征，使其诗歌带有较强的哲理色彩。

第四节 雨 果

一、生平和创作

维克多·雨果(1802～1885)是法国浪漫主义文学运动的领袖,是法国文学史上最有才华的作家之一。雨果在复辟王朝时期开始文学创作,逝世时已是第三共和国时期,文学生涯达60年之久。他的创作反映了19世纪法国的重大历史进程和文学进程。

雨果生于靠近瑞士的贝藏松城。祖父是木匠,从过军。父亲是共和国军队的军官,后被派往西班牙任职。拿破仑之兄西班牙王约瑟夫·波拿巴授予他将军衔,成为这位国王的亲信重臣。雨果小时候曾随父亲到过意大利和西班牙。雨果的母亲在政治上是波旁王室的拥护者,顽固地反对拿破仑。由于母亲的影响较大,雨果少年时期的政治观点是保皇主义的。

雨果天资颖慧,未成年时就开始写诗。15岁时写的《读书乐》受到法兰西学士院的褒奖;20岁时因第一本诗集《颂歌和杂诗》①的发表,国王路易十八赐给他年金。他这时的诗篇歌颂正统王朝和天主教,表现了明显的保守主义倾向。20年代前期,雨果在写诗的同时,还开始了小说的创作。他这时期写的中篇小说《冰岛魔王》(1823)和《布格—雅尔噶勒》(1826)在思想上和艺术上都非成熟之作。前者充满恐怖、神秘和荒诞不经的想象,过于追求离奇;后者对暴动的黑人有歪曲描写,美化了白人军官。

1827年雨果发表剧本《克伦威尔》及其序言。剧本因不符合舞台艺术的要求而未能演出。但那篇序言却成了文学史上划时代的文献,被认为是浪漫主义的宣言。在《〈克伦威尔〉序言》中,雨果把人类社会分为原始、古代、近代三个时期,每个时期都有与自己相适应的文学:

---

① 这本诗集以后又不断补充新作,用新的书名多次出版。

"原始时期是抒情性的,古代是史诗性的,而近代则是戏剧性的。"雨果指出,既然支配世界的并不永远是同一种社会形式,当然也就没有永恒不变的艺术。因此,盲目模仿古代是非常荒谬的。在新时代里,文艺必须抛弃古典主义的桎梏。

雨果集中批判了古典主义悲剧因素和喜剧因素不可逾越的规定,以及将崇高优美和滑稽丑怪截然分开的做法。他认为,新时代的艺术应将二者融于一体。因为"万物中的一切并非都是合乎人情的美……丑就在美的旁边,畸形靠近着优美,丑怪藏在崇高的背后,美与恶并存,光明与黑暗相共"。雨果认为,事物的这种现象产生于基督教对人的本质的认识。既然客观存在着善恶美丑两种要素,所以文艺理所当然地应该描写这两种要素的对照。雨果认为,文艺的真实"产生于崇高优美和滑稽丑怪的非常自然的结合"。古典主义者只表现"崇高优美"而排斥粗野丑怪和平凡的事物,是完全违背自然和生活真实的。同时,雨果非常强调诗人在反映客观现实过程中的主观作用,他所描写的美丑现象都是理想化的和十分夸张的。雨果认为,艺术这面镜子在"集中"的时候,"不仅不减弱原来的颜色和光彩",而且应该把它们"凝聚起来,把微光化为光明,把光明化成火光"。这实际上就是为了形成强烈和鲜明的对照而要求作家进行夸张,其结果便是描写不寻常的即非凡的现象。雨果的这种理论,显然是浪漫主义的。

雨果在批判古典主义时,对它的主要教条之一的"三一律"表达了自己的看法。他认为时间的一致和地点的一致这"二一律"是完全荒谬的,必须抛弃。但情节的一致是合理的,可以保留。雨果在《〈克伦威尔〉序言》中还要求文学表现"地方色彩"和有历史的具体性,从而否定了古典主义那种抽象地描写超历史超民族的人的做法。此外,雨果还批判了古典主义者在高级体文学[①]中不准使用"粗俗"词语的规定,宣称"所有的词语都一律平等"。古典主义者只使用"高雅"、"精美"的词语,造成语言的僵化。雨果主张使用丰富多彩的普通语言。

雨果的《〈克伦威尔〉序言》是浪漫主义文学的一篇重要的理论文

---

① 指颂诗、史诗和悲剧等体裁的作品。

献。它在反对古典主义的斗争中起了很大的进步作用。雨果说:"浪漫主义的真正定义不过是文学上的自由主义而已。"由此可见,《〈克伦威尔〉序言》的出现,是资产阶级反封建思想在文艺上的反映。

《〈克伦威尔〉序言》发表后,雨果成了浪漫主义运动的领袖。在同古典主义的斗争中,雨果的思想有了发展,渐渐地离开了保皇主义立场。从20年代末起,雨果创作了许多绚丽多彩的浪漫主义戏剧、诗歌和小说,表现了惊人的创作力。鞭挞封建统治者的罪恶,揭露社会的不平,对受压迫者和贫苦人的同情,是这些作品的基本内容。在1829年发表的短篇小说《一个死囚的末日》里,作家呼吁废除死刑,突出地表现了他的人道主义精神。同年还发表了抒情诗集《东方集》(1829)和剧本《马丽雍·德·洛尔莱》(1829)、《艾尔那尼》(1829)。《东方集》表达了作者对20年代希腊人民反抗土耳其统治、争取自由独立斗争的同情,富有东方异国情调。《马丽雍·德·洛尔莱》由于把路易十三描写成一个低能的国王而被禁演。《艾尔那尼》的上演,产生了巨大的影响,引起浪漫主义和古典主义的决战,结果古典主义者遭到彻底的失败。

《艾尔那尼》写的是16世纪西班牙一个贵族出身的强盗艾尔那尼反抗国王的故事。雨果赞美这个贵族强盗的侠义和高尚。剧中完全打破了古典主义戏剧的惯例,地点任意转换,不遵守时间的一致律,并把悲剧因素和喜剧因素糅合在一起。特别是绿林大盗竟敢教训国王,在古典主义看来更是不成体统。剧本演出获得巨大成功的重要原因之一,是它表达了1830年革命前夕广大群众反封建的思想情绪。雨果热情欢迎1830年的七月革命。在诗篇《致年轻的法兰西》里,他歌颂革命的参加者。在《赞美诗》里,他为那些在巷战中牺牲的英雄痛哭哀悼。

1831年,雨果发表了长篇历史小说《巴黎圣母院》。小说富有浪漫主义色彩,情节紧张,变幻莫测,戏剧性很强。事件发生在15世纪的巴黎。巴黎圣母院副主教克洛德·弗罗洛,作为一个祭司,认为情欲是罪恶,会毁灭人的灵魂。但是当他看到美丽的吉普赛女郎爱斯美拉尔达之后,他的被禁欲主义所压抑的情感蠢动起来,疯狂地爱上了她,并不择手段地想占有她。在罪恶情欲支配下,他的追逐变成了迫害。

巴黎圣母院的敲钟人喀西莫多也爱慕爱斯美拉尔达。喀西莫多相貌奇丑,但他的爱却是高尚的,具有人道和自我牺牲的特点,和弗罗洛的罪恶情欲完全不同。道貌岸然的弗罗洛,在他的罪恶企图不能达到时,便卑鄙地采用嫁祸于人的办法,把爱斯美拉尔达送上绞架。与此同时,对弗罗洛十分忠实的喀西莫多,却被他主人的残暴和无耻所激怒,把弗罗洛从教堂的高塔上推了下去。

小说反映了作家对底层人民美好品德的赞颂和对身居高位者卑下品性的批判。被社会嘲弄和迫害的下层人民的代表喀西莫多和爱斯美拉尔达,被作家赋予了天真、善良、真诚等品性。雨果在解释历史事件和人物性格时带有明显的浪漫主义色彩。他认为爱、善良、仁慈是能够改造社会、拯救人类和创造奇迹的。对于雨果来说,世界就是善与恶的角逐场,历史也就是这两种原则斗争的过程。小说全面揭露了中世纪教会和贵族统治阶级的罪恶:雨果批判的锋芒并不限于个别贵族和教士,而是指向了代表整个中世纪宗教的巴黎圣母院和代表政治保守势力的国王路易十一。小说也赋予了底层人民鲜活的力量,巴黎的流浪汉和乞丐们对圣母院的攻打,就象征着人民群众对教会和国王权力的勇敢反抗。

雨果的优秀剧本《逍遥王》(1832)是在1832年巴黎共和主义者革命起义的日子写成的。由于剧本揭露了国王弗朗索瓦一世及其宫廷的荒淫无耻,只演了一场就被禁止。

1834年发表的中篇小说《穷汉克洛德》是一部重要作品。在这部小说里,作者探讨了工人贫困和由此造成犯罪的问题。工人克洛德失业后,为了妻儿去偷面包,被捕下狱。在狱中由于他的真诚、直爽和才干,博得了周围人的尊敬。然而监狱里的工厂厂长却对他不断迫害,克洛德在忍无可忍的情况下杀死了厂长,结果被送上断头台处死。雨果在小说里谴责了资产阶级法庭的黑暗腐败,并提出通过道德教育的办法来解决社会问题。

30年代,雨果在诗歌上的成就也很显著。《秋叶集》(1831)和《微明之歌》(1835)写于革命运动高涨时期,带有鲜明的时代烙印。诗中除了关于人的命运的哲理思考外,还有关于诗歌的社会使命以及歌颂人民、鞭挞暴君的主题。在以后发表的《心声集》(1837)和《光与影》

(1840)中,主要是抒发个人感情,描写家庭的欢乐和自然之美,反抗的调子日渐减少,而自由主义的倾向有了一定的加强。1838年发表的写西班牙题材,揭露宫廷贵族罪恶的剧本《吕依·布拉斯》,是一部思想性较强的作品,然而这样的作品在这一时期已不再多见了。雨果是一个资产阶级的自由主义者,他一直在幻想与敌对阶级的和解。加之七月王朝不断对他进行拉拢——1841年他被选入法兰西学士院,1845年路易·菲力普封他为法兰西贵族世卿,还当上了贵族院议员。这导致了他对七月王朝的妥协。1843年写的剧本《卫戍官》充满神秘主义,反映了作家这一时期的思想状态,剧本上演遭到失败。此后雨果沉默了将近10年,直到1848年革命,特别是1851年路易·波拿巴政变后,雨果的创作才又恢复了活力。

1848年的革命对雨果思想和创作的转变起了决定性作用,粉碎了他对君主立宪的幻想。最初雨果对二月革命是不理解的,对六月工人起义更有很多误解,但是他又觉得人民的行动是争取自己权利的"神圣的愤怒"。当大多数资产阶级代表人物站到了反革命方面,反动势力阴谋消灭共和国时,雨果却成了一个坚定的共和主义者。1851年12月,路易·波拿巴发动政变,雨果参加了共和党人组织的反政变起义。拿破仑三世实行恐怖手段,对反抗者无情镇压。雨果也遭到了迫害,不得不流亡国外。19年后,他才回到祖国。

流亡期间,雨果一直坚持对窃国者拿破仑三世的斗争。流亡之初,他发表了猛烈声讨拿破仑三世的政治讽刺小册子《小拿破仑》,并写成揭露政变过程的文章《一桩罪恶的始末》(1877年发表)。

1853年,又发表了政治讽刺诗集《惩罚集》。诗人怀着极大的愤怒揭露了拿破仑三世肆无忌惮地镇压人民,指责这个独裁者是罗马皇帝狄拜式的暴君,是犹大。诗集洋溢着革命气势和批判力量。

1855年深秋,英国政府为了讨好拿破仑三世,将雨果从泽西岛驱逐。雨果一家来到比泽西岛更小更艰苦的格恩西岛。雨果的财源已近枯竭。在友人的要求下,他将收藏着的一万一千行诗拿出来发表了,这就是著名的《静观集》(1856)。诗集获得奇迹般的成功,初版刚一问世,就被抢购一空。《静观集》里既有令人陶醉的田园诗,也有描写民生疾苦的社会诗;既有歌咏恋情的爱情诗,也有探索宇宙人生奥秘的哲理诗。此外,还有一些是记述童年往事、家庭生活的诗以及为文艺论战而写的诗,内容极其丰富多彩。雨果作为抒情诗人的才华在这里得到了充分的表现。诗集中悼念他溺水夭亡的大女儿雷奥波尔丁娜的诗(《赠维勒基耶》、《明天,天一亮》、《啊,记忆》、《当我们住在一起的时候》),感人至深,是法国抒情诗中的佳作。

流亡期间,雨果在小说创作上的成就尤为突出。1862年他发表了长篇杰作《悲惨世界》,1866年又发表了长篇小说《海上劳工》,1869年发表了长篇小说《笑面人》。《海上劳工》的故事有着明显的浪漫主义特点。青年渔民吉里亚特暗中爱着老水手勒杰利的侄女代律雪特。老水手的船触礁遇险,但机器仍然完好。代律雪特和勒杰利许下诺言:谁能将机器运回,就可以娶代律雪特为妻。吉里亚特便乘轻舟前往,他克服了难以想象的困难,战胜了排山倒海的巨浪和大风暴的袭击,最后终将机器运回。吉里亚特有了娶代律雪特的权利,可是他无意中发现代律雪特和一青年神甫相爱。他决定牺牲自己,成全了一对恋人的姻缘。在把他们送上旅程后,自己则登上了耸立在海中的一块岩石,让汹涌的海浪将自己淹没。在小说中,雨果以极大的艺术力量描写了劳动者同大自然惊心动魄的搏斗,歌颂他们高尚纯洁、诚实善良和富于自我牺牲精神。

《笑面人》写的是17世纪与18世纪之交英国宫廷内的斗争和尖锐的社会矛盾。小说通过英国国王詹姆士二世将政敌的2岁儿子卖给儿童贩子,被毁容后成了笑脸的小丑流浪民间的故事,有力地揭露了英国统治阶级的残暴和人民群众的苦难。小说的传奇性很强。

1870年普法战争爆发,法国遭到惨败。在第二帝国倾覆后,雨果回到了别离多年的祖国。他怀着激愤的心情奔赴国难,大力呼吁法国人民起来保卫祖国,反对德国的野蛮侵略,并用他的著作和朗诵诗歌所得的报酬买了两尊大炮,表现了崇高的爱国精神。

巴黎公社起义时,雨果未能正确理解这场革命的伟大意义,错误地认为不应在国难当头的时刻发动起义。但是当公社失败后,凡尔赛分子疯狂镇压公社社员时,雨果又愤怒谴责反动派的兽行,他呼吁全部赦免公社社员,并在报纸上宣布把自己在比利时首都布鲁塞尔的住宅提供给流亡的社员做避难所。为此,他的住宅遭到反动暴徒的袭击,他险些丧命。比利时政府又把他驱逐出去,但作家一直坚持为巴黎公社社员辩护,多次要求赦免公社社员。

1872年雨果发表诗集《凶年集》,反映了他在普法战争和巴黎公社时期的思想感情。其中最好的部分,是谴责侵略者、揭露敌人暴行以及保卫巴黎公社社员的那些诗篇。《凶年集》出版后两年,雨果又发表了长篇小说《九三年》(1874)。小说描写的是1793年共和国军队镇压旺岱反革命叛乱的故事。革命军年轻而有才能的司令官郭文把反革命头子朗特纳克侯爵从监狱中放走,因为后者是在已经逃走的情况下又重新回来,从大火中救出三个孩子时被捕的。郭文的行为触犯了革命法律,被送上断头台。雨果在小说中提出了"在绝对正确的革命之上,还有一个绝对正确的人道主义"的观点。雨果的这一认识具有重要意义,其指明了真理的非唯一性,反映了作家对暴力革命和人道主义之间可能存在的矛盾的深刻理解。

雨果的创作力历久不衰,1883年又发表了诗集《历代传说》(1859~1883)。这部诗集被认为是法国诗歌和世界文学中最丰富最完美的抒情史诗之一。

雨果还是一位世界文明的捍卫者和中国人民的朋友。他严辞谴责英法联军烧毁北京圆明园的罪行。他指出,圆明园之于东方,等于金字塔之于埃及,竞技场之于罗马,巴特农神庙之于希腊,圣母院之于巴黎,都是世间玄邈丰美、灵思巧构之大成,是至高无上化境之体现。英法联军毁坏旷世伟构之罪行,青史昭然,罪无可逭。他更呼吁法兰西再造共和,应洗涤盗匪秽名,将法军摧毁圆明园所掠回法国的稀世珍宝悉数归还中国。

雨果死于1885年。巴黎公社的参加者在报纸上发表宣言,号召公社社员参加葬礼。法国人民为自己伟大的诗人举行国葬,雨果遗体被送到先贤祠安葬。

雨果是法国最伟大的诗人和小说家之一。他的诗不但数量丰富,而且主题多样,形式完美,表现手法细致多彩。他的小说精彩动人,雄浑有力,以五光十色、气势雄伟的画面见长,为浪漫主义小说开辟了广阔的天地。雨果的创作对后来的作家产生了不小的影响。

二、《悲惨世界》

《悲惨世界》(1862)是雨果的代表作,是法国文学中最著名的小说之一。雨果从40年代开始写作,于1862年发表,前后达20年之久。小说中所描写的事件始于1815年,而结束时已经是七月王朝时期了。但是雨果不断回溯到人物的过去,即1815年以前的生活,回顾了大革命时期和拿破仑战争时期的历史事件。所以,小说实际上反映了整个19世纪前半期法国的社会政治生活。在这部小说里,雨果描绘了广阔的生活画面,同时穿插了各种社会政治事件。受压迫人民的苦难,资产阶级的日常生活,直到拿破仑战争和人民群众的革命起义,构成了一幅幅五光十色的动人画面。

小说的基本情节是冉阿让的悲惨生活史。他原是一个贫农出身的工人,因收入不够家人糊口,有一次偷了面包,被捕入狱,度过了19年牢狱和苦役生活。刑满后又有过偷窃行为,但受仁慈的主教米里哀的感化,转变成一个舍己为人的人。冉阿让化名马德兰,当过企业家,并被推为市长。但不久又因暴露了过去的身份而被捕下狱。逃出后,从一个坏蛋手中救出已故女工芳汀的孤女珂赛特,前往巴黎。后来又不断遭到警探的追缉。冉阿让的整个一生充满着坐牢、苦役和颠沛流离的痛苦,这是小说的主要线索。同时作家在小说的第四部和第五部中用许多笔墨描写了1832年共和党人在巴黎举行的革命起义。小说内容十分丰富,但作家注意的中心是那些不幸者的"悲惨世界"。

在小说的作者序里,雨果曾提出当代社会的三个迫切问题——"贫穷使男子潦倒,饥饿使妇女堕落,黑暗使儿童羸弱"。这是理解小说主题的钥匙。对下层人民痛苦命运的描写,在小说中占主要地位。小说名字的原意是"受苦的人们"。冉阿让、芳汀、珂赛特以及街头流浪儿格夫罗舍,都属于这些不幸的人。他们受尽痛苦,遭遇到无情迫害,被社会所唾弃。雨果在描写他们痛苦的命运时,揭露了当时社会巨大的贫富差距和尖锐的矛盾冲突。

雨果指出,资产阶级法律并不具有普遍的公正性,它是为了保护有产阶级的利益而制定的。小说中,冉阿让为了饥饿的孩子偷了一块面包,竟服了19年苦役。芳汀是一个贫苦和诚实的姑娘,被人诱骗后沦落到社会的底层,伪善残忍的资产阶级道德和法律剥夺了她工作和生存的权利,最后被迫去出卖自己的肉体。雨果以极大的愤怒斥责了那个逼良为娼的社会体制。他写道:"据说,奴隶制从欧洲文明中消失了,这是错误的想法,它迄今还存在着,不过现在它的重荷落到了女人身上,它的名字便叫做卖淫。"芳汀受尽了一切凌辱,当她稍微反抗一下一个无缘无故戏弄她的过路绅士时,警察就把她逮捕了,并且判她坐牢6个月,理由是她竟敢侮辱一个绅士。可怜的芳汀在遭受长期贫困饥饿的生活后,又经过这次逮捕和恐吓,终于断送了生命。她的孤女小珂赛特落到了坏蛋德纳第夫妇手中,被迫从事力所不及的沉重劳动,备受摧残,完全失去了童年的快乐。当读者读到冉阿让抱着小珂赛特黑夜里为了逃避警察的追捕,沿着巴黎的街巷东躲西藏陷入绝境的那些篇章时,不能不为之震动,不能不对那个不给穷苦人以活路的社会产生仇恨。当时的资本主义社会确实是穷苦人的"悲惨世界"。雨果这部小说对社会现实进行了大胆的描写,让读者直面时代的真实,同时作者强烈谴责了资产阶级法律的不公正性,引发了人们对正义问题的深刻思考。

雨果本人对法国社会现实是有深刻认识的,也具有强烈的批判精神,不过作为一名深具人道主义情怀的作家,他在思想和艺术上又喜欢将尖锐的社会矛盾作道德化的处理。他认为,世间存在着两种法律,一种是高级的,一种是低级的。前者的代表是米里哀主教,后者的代表是警察沙威。在米里哀看来,罪恶不能靠惩罚解决,而是应该饶恕。这样,人从灵魂深处得到认识,才能从根本上解决社会罪恶问题,这才是最完善的法律。现行的法律,单靠刑罚惩治罪行,并不能消灭犯罪,反而使犯罪加深。雨果以冉阿让为例,企图说明世俗法律之无用。统治者以刑罚惩治他,他反而变得凶狠,更加容易犯罪。可是当米里哀主教用仁慈感化他时,他就变成了一个真正的人,一个充满博爱精神的人。雨果力图通过冉阿让的转变说明米里哀主教的精神感化法的伟大。从这里我们也可以看到,小说的思想基础就是人道主义,它是雨果揭露社会罪恶的出发点。

由于作家是从理想的人道主义立场出发来塑造冉阿让这个人物，这就使冉阿让的形象带上了强烈的浪漫主义色彩。冉阿让的转变并不完全符合现实生活的逻辑。主教的宽容和饶恕，使他变成了一个乐善好施的企业家，这主要是作家按照浪漫主义的人道主义原则塑造的。在小说中，雨果是这样描写冉阿让的工厂的："厂里分两个大车间，一个男车间，一个女车间。任何一个无衣无食的人都可以到那里去报名，准有工作和面包。……欣欣向荣的气象广被一乡，渗透一切。失业和苦难已经消灭。在这一乡已经没有一个空到一文钱都没有的衣袋，也没有一个苦到一点欢乐也没有的人家。"当了企业家的冉阿让乐善好施，仗义疏财，使整个地区得到好处，因而受到了群众的爱戴。这样的描写符合人道主义的标准，同时也带有空想社会主义色彩。但是这种使资产阶级企业主施行仁慈爱人的企图，在当时的历史条件下基本上是很难实现的，也缺乏现实依据。在这些描写中，作家就不是遵循生活真实的逻辑，而是把某种道德哲学交给主人公去体现，因此一定程度上也就失去了真实性。

在描写冉阿让对待自己的死敌沙威的问题上，同样体现着作家的道德感化思想。沙威曾是法律和既存秩序的坚定捍卫者，他从未想过自己所捍卫的东西是否是真正正义的。这个一度铁石心肠的宪警机关的鹰犬，曾不断地迫害那些贫穷饥饿无家可归的人。他残酷迫害冉阿让多年，就像影子一样追踪着他。他也是造成芳汀悲惨死亡的直接罪人。然而，沙威最终也受到了道德的感化。他被起义战士捉住了，但冉阿让在执行枪决时把他放走了。这时，他发现被他迫害多年的苦役犯原来是个高尚的人，于是，他从前的思想基础动摇了，他的"人性"开始复活。他的新认识和他所忠实的法律之间发生了矛盾，在内心矛盾无法解决的情况下，沙威跳河自杀了。在雨果看来，沙威的自杀是善对恶的胜利。

描写巴黎人民起义的壮丽场面，是《悲惨世界》最激动人心的篇章："起义——这是真理的一阵发怒，被起义所凿开的街路，迸发出权利的火花。"那些衣衫褴褛、被资产阶级视为贱民的人，像巨人一样参加战斗。雨果说，这一场战斗堪与特洛伊围城战相比。起义者表现出高度的英雄主义精神。80岁的老翁马贝夫为了升起被敌人排枪打掉的红旗，冒着弹雨攀上街垒。街头流浪儿格夫罗舍热爱革命，视死如归，在替战斗者到街垒外去收集子弹时被敌人射中，壮烈牺牲，临死时还唱着嘲笑官军的歌曲。

雨果还塑造了一系列共和主义者的英雄形象。他们忠于共和主义理想，憎恨专制制度，一心为解放人民而斗争，最后在街垒战斗中英勇地牺牲了。在小说中，雨果用最动人的词句歌颂革命起义，赞美起义者的英雄行为，不过，他始终认为，人道主义是人类生活的最高准则，而革命斗争只是为了实现人道主义理想不得已采取的手段。共和主义者的领袖安若尔拉斯说："朋友们，我们所生活的和我跟你们说话的时刻是一个黑暗的时刻，但是我们是为未来付出这可怕的代价的。革命——就是我们为了这个光明未来所必须缴纳的通行税。"他的话非常清楚地反映了作者的思想。

《悲惨世界》是一部现实主义和浪漫主义相结合的作品。小说的很多章节，闪烁着现实主义的光辉，如冉阿让被迫害的经历，芳汀的悲惨命运，以及滑铁卢战役，1832年巴黎的街垒战等，都写得比较真实。警探沙威的形象，除了他最后的"人性复活"外，基本上也是现实主义的。但是《悲惨世界》里浪漫主义的特色仍然十分鲜明，从小说对一些人物如冉阿让、沙威和德纳第的描写就可看出。他们都是不寻常的人物，许多行为都是极不寻常和超凡的，如冉阿让的超人的体力和惊人的自我牺牲精神，以及德纳第的许多罪行，都体现着这种特点。这些都是浪漫主义夸张手法的反映。

作者的浪漫主义手法，在小说的情节安排上也比较明显。作家力图使情节戏剧化，因此写了不少"非凡的"事件。如冉阿让攀上阿利雍号战舰的极高的横杠去救一个水手而自己落入海中；冉阿让抱着珂赛特被警察追捕得走投无路的情况下爬高墙进入修道院，而碰到的人恰恰是受过他恩惠的割风爷爷；冉阿让躺在棺材里被抬出修道院，他从街垒上救出马里于斯，在巴黎水道中碰到的人恰恰是德纳第等等，都是离奇的，体现了浪漫主义的特色。

《悲惨世界》在风格上的另一特点,是它的政论性。雨果力图把自己的作品变成社会讲坛,因此不断亲自出来表达对一些问题的看法,力图在思想感情上影响读者,使之接受自己的观点。

小说的语言也表现出雨果的特色:高昂、激动和热情,经常运用多义词,富有隐喻性,有的句子类似成语格言。这些特点使这部小说的叙述具有一种崇高的史诗般的风格。

雨果是一位热忱的民主主义者和真诚的人道主义者。他期盼用人道主义手段来代替暴力斗争和社会革命,把仁慈、博爱作为改造社会的药方。雨果对当时资产阶级社会的伪善、冷酷进行了无情的揭露,对劳动人民和受压迫民族的苦难表示了深切的同情,并为他们的权利勇敢地斗争过。雨果的作品和他的思想,带给了他的每一位读者无尽的感动和深刻的启示。

第五节　普希金

一、生平和创作

亚历山大·塞尔盖耶维奇·普希金(1799～1837)是俄国浪漫主义文学的主要代表和俄国现实主义文学的奠基人。他的创作在俄国解放运动中起过重要作用,在俄国文学史上占有光辉的地位。高尔基赞誉普希金是"俄国文学之始祖",是"伟大的俄国人民诗人"[①]。

普希金生在莫斯科的一个古老的贵族家庭。小时候受到民间口头创作的熏陶。1811年,他入贵族子弟学校——皇村学校学习,受到法国资产阶级启蒙思想的影响,并和一些十二月党人接近。

普希金从学生时代就开始写诗。他一生写了800多首抒情诗,内容丰富,形式多样。

在青年时代,他为反拿破仑战争的爱国激情所鼓舞,并受十二月党

---

① 高尔基:《俄国文学史》,上海译文出版社1979年版,第177页。

人的思想影响,写了不少反对专制暴政、歌颂自由的政治抒情诗。如《自由颂》(1817)、《童话》(1818)、《致恰达耶夫》(1818)、《致普柳斯科娃》(1818)、《乡村》(1819)等,都具有浪漫主义精神,反映了十二月党人的革命理想和决心。在《致普柳斯科娃》一诗中,作者这样写道:

> 我只愿意歌颂自由,
> 只向自由奉献诗篇,
> 我诞生到世上,而不是为了
> 用羞怯的竖琴讨取帝王的欢心,

在《自由颂》中,诗人则以极大的仇恨谴责暴君:

> 你专制独裁的暴君,
> 我憎恨你,憎恨你的宝座!
> 我以严峻和欢乐的眼光,
> 看待你的覆灭,你儿孙的死亡。

普希金的政治诗当时在进步的贵族青年中间广泛流传,对解放运动起了促进作用,引起了沙皇的惊恐。亚历山大一世曾愤恨地说:"应该把普希金流放到西伯利亚去。他弄得俄罗斯到处都是煽动性的诗,所有青年都在背诵这些诗。"由于皇村学校一些教师的说情,诗人才免于流放西伯利亚,而被放逐到南俄。从1820年起,他在那里度过了4年放逐的生活。

在南俄期间,他同十二月党人的联系更加密切,结识了"南社"的领导人彼斯杰尔,参加了他们的秘密集会,并写了号召反对农奴制、杀死暴君的著名诗篇《短剑》(1821)。此外,还写了不少浪漫主义的抒情诗,如《囚徒》(1822)、《致大海》(1824)等和一组叙事长诗:《高加索俘虏》(1822)、《强盗兄弟》(1822)、《巴赫奇萨拉伊的泪泉》(1824)、《茨冈》(1824)。这些诗篇表达了诗人渴望自由的思想感情,反映了进步贵族青年寻求社会出路的情绪,充满着对上流社会的愤懑和对纯朴的山民、茨冈人的同情。

长诗《茨冈》是诗人过渡到现实主义创作以前的最后一部浪漫主义叙事诗。它写的是贵族青年阿乐哥同城市"文明"社会发生冲突,因"衙门里要捉他"而出走;到了茨冈游牧群中间,和他们一起流浪,并同茨冈姑娘真妃儿结为夫妻。但两年以后,却发生了阿乐哥和茨冈人的新冲突。他发现真妃儿另有新欢,于是怀着报复心理杀害了真妃儿和她的情人。阿乐哥由此遭到茨冈人的唾弃,孤零零地留在草原上。长诗表现了俄国贵族青年寻找出路的主题。诗的前半部写阿乐哥对城市社会的厌恶,"回到自然",在茨冈游牧群中自由自在地过日子。诗人以浪漫主义的情调把茨冈人的生活理想化,用以对照城市文明的虚伪,增强对当时社会的批判力量。但诗人也揭示:一个贵族阶级的知识分子想脱离本阶级,摆脱本阶级传统的影响,同以劳动为生活基础的普通人融为一体,这是很困难的。诗的后半部暴露了阿乐哥由于贵族阶级的思想习惯所养成的个人主义劣根性。诗人用老茨冈纯朴的原始民族的美德同阿乐哥的利己主义相对照,对贵族社会进行了深刻的批判。长诗展示了阿乐哥性格的复杂和矛盾,他作为19世纪初俄国贵族青年的形象具有一定的典型意义。

1824年诗人因和南俄总督发生冲突,被放逐回父亲的领地米哈依洛夫斯科耶村,过了两年幽禁的生活。这时他钻研俄国历史,搜集民歌、故事和童话,从而大大丰富了他创作的内容和民族特点,这对于他现实主义创作方法的形成有极大的帮助。1825年,现实主义的历史剧《鲍利斯·戈都诺夫》问世。

《鲍利斯·戈都诺夫》取材于16世纪末17世纪初俄国的历史事件。大贵族鲍利斯·戈都诺夫杀害了幼小的皇子季米特里,登基称皇。这个阴谋事件被一个年轻的僧侣葛里戈里得知,葛里戈里乃僭用季米特里之名投奔波兰,在波兰贵族地主支持下,起兵进攻莫斯科,推翻了鲍利斯,自立为王。戏剧冲突是在鲍利斯和假皇子之间展开的。鲍利斯厉行苛政,丧失民心,因得不到人民的支持而倒台。假皇子正是利用了人民对鲍利斯的不满情绪而取胜,但他怀着个人野心,引波兰军队入侵,为私欲而背叛祖国,终于被人民看穿,最后人民也不再支持他。作者通过历史故事,揭示了沙皇专制制度的反人民本质,指出"人民的公意"才是改朝换代的决定因素,这是民主主义思想的鲜明表现。普希金写作《鲍利斯·戈都诺夫》的时候正是十二月党人起义失败的年代,剧本肯定了人民是决定历史命运的力量,这正是剧本重要意义之所在。而这一点却是十二月党人所缺乏了解的。他们的悲剧在于脱离人民,害怕依靠广大人民群众。剧本因为鲜明的政治倾向而遭到沙皇政府的禁演,一直到诗人死后很久,在1870年才得以首次搬上舞台。

诗人于1826年回到莫斯科。那是在1825年12月14日十二月党人起义失败以后,刚即位的尼古拉一世为了收买人心而把普希金召回。沙皇曾问普希金,假如起义时他在彼得堡,他将会做什么。诗人明确回答,他会在起义者的行列里。

在莫斯科时期,普希金曾一度希望沙皇对十二月党人能采取宽大的措施。但不久他便抛弃了幻想,写出《阿里昂》(1827)和《致西伯利亚的囚徒》(1827)等著名诗篇,在后一首诗中写道:

> 在西伯利亚矿坑的底层,
> 望你们保持着骄傲忍耐的榜样,
> 你们悲惨的工作和思想的崇高意向,
> 决不会就那样消亡……
> 沉重的枷锁会掉下,
> 阴暗的牢狱会覆亡,
> 自由会愉快地在门口迎接你们,
> 弟兄们会把利剑送到你们手上。

这首诗托一个十二月党人的妻子带到流放地去,在十二月党人中广为传诵,起了很大的鼓舞作用。在流放中的十二月党人奥陀耶夫斯基立即写了一首诗应和,诗中说道:"我们悲惨的工作不会就这样消亡,行看星星之火即将燃成熊熊的烈焰。"①

1830年9月普希金到波尔金诺村,住了3个月,这是他创作上有重大收获的季节。在这里他完成了被称为俄国批判现实主义文学奠基作的诗体小说《叶甫盖尼·奥涅金》(1823~1831),还写了《别尔金小说

---

① 这句诗后来被革命导师列宁用作《火星报》的刊头题词,而《火星报》的名称也从这句诗脱化而来。

集》(1832)、4个小悲剧(《石客》、《吝啬的骑士》、《莫扎特和沙莱里》、《瘟疫流行日的宴会》)和近30首抒情诗等等。

《别尔金小说集》因作者以伊凡·彼得罗维奇·别尔金为笔名发表而得名,包括5个短篇小说,即《驿站长》、《风雪》、《射击》、《棺材匠》、《村姑小姐》。其中影响最大的是《驿站长》,它叙述一个小驿站的站长辛酸悲惨的一生。忠厚善良的驿站长维林,终日辛劳为旅客服务,遭到往来官吏的欺凌,只有单纯美丽的女儿是他唯一的欣慰。女儿被过路的骠骑兵军官拐走后,他十分伤心,想尽办法来到彼得堡,期望找回"迷途的羔羊"——他的女儿杜妮娅。可是狠心的军官明斯基却将他拒之门外。维林孤苦无靠,回去之后不久就悲愤而死。作者以同情和尊敬的心情描写了小职员的悲惨命运,开了俄国文学描写"小人物"的先河。

30年代普希金继续创作了许多作品,如抒情诗《我又重新造访》(1835)、优美的童话诗《渔夫和金鱼的故事》(1833)、短篇小说《黑桃皇后》(1834),以及著名长篇小说《上尉的女儿》(1837)和《杜布洛夫斯基》(1835)等。此外,还写了一些文学论文。他在1833年写的叙事长诗《青铜骑士》,则与长诗《波尔塔瓦》(1828)等合成一组歌颂彼得大帝的作品。他还在1836年创办了文学杂志《现代人》,该刊后来成了进步思想的喉舌。

长篇小说《上尉的女儿》取材于18世纪普加乔夫起义。小说以主人公格利涅夫的个人遭遇为线索,通过他的叙述再现了普加乔夫暴动的历史。贵族青年军官格利涅夫在一场暴风雪中偶然遇见了普加乔夫,他送给普加乔夫一件兔皮袄御寒。后来,格利涅夫在服役时爱上了炮台司令米隆诺夫上尉的女儿玛丽娅,因而同另一个青年军官施伐布林不和。不久,炮台被普加乔夫起义军攻陷,司令夫妇被处死,玛丽娅和格利涅夫被捕。施伐布林则投靠义军,借机威胁格利涅夫,企图夺占玛丽娅。普加乔夫进行干预,他很重旧情,释放了格利涅夫,并成全了格利涅夫和玛丽娅的婚姻。最后普加乔夫因起义失败被处死刑。小说的意义在于塑造了农民起义领袖普加乔夫的形象。它不像贵族社会那样把普加乔夫描绘成杀人放火的强盗,而是把他写成热爱自由、宁死不屈的英雄。小说描写他英勇机智、坚定乐观、很有气量,到处受到人民的拥戴,表现了作者进步的政治立场。

  1831年2月18日,普希金和莫斯科一位19岁的少女娜·尼·冈察罗娃结婚,随后即迁居彼得堡,重入外交部任职。但家庭生活并不愉快。由于法国公使馆丹特士男爵调戏诗人的妻子,普希金于1837年2月8日和丹特士决斗,身负重伤而于当月10日逝世。

  关于诗人一生的创作,他逝世前一年写的《纪念碑》一诗,好像是个很好的总结。诗中说:

> 我为自己建立了一座非人工的纪念碑……
> 我的名声将传遍整个伟大的俄罗斯,
> 它现存的一切语言,都会讲着我的名字……
>
> 我所以永远能为人民敬爱,
> 是因为我曾用我的诗歌,
> 唤起人民善良的感情,
> 在这残酷的世纪,
> 我歌颂过自由,
> 并且还为那些倒下去的人们,
> 祈求过怜悯同情。

二、《叶甫盖尼·奥涅金》

  从1823年5月到1831年秋,普希金写成了他的代表作《叶甫盖尼·奥涅金》,并于1833年出版。这部诗体小说描写彼得堡一个贵族青年叶甫盖尼·奥涅金感到贵族社会的社交生活空虚无聊,为继承叔父的财产来到乡下。他与当地女地主拉林娜的女儿达吉亚娜认识,来往一段时间后,她对他表示了热情诚挚的爱情,他却冷淡地拒绝。不久,他出于恶作剧调戏了达吉亚娜的妹妹奥丽加,导致他同奥丽加的未婚夫连斯基决斗,并杀死了连斯基。连斯基本来也是他的好朋友,在发生了这样的惨剧之后,他只好离开这个地主庄园。他过了一段漂泊的生活,后来回到彼得堡,又遇见达吉亚娜。这时她已嫁给一个年老的将军,成了社交界的贵妇,他对她感情反而炽热起来,不断地追求她。她迫不得已终于当面答复说,她虽然爱他,但不能属于他。理由是:"我嫁了别人,我要永远对他忠实。"

小说的主人公奥涅金是在俄国贵族阶级的典型环境中长大的青年,他过的是花花公子的浪荡生活,整天周旋于酒宴、舞会和剧场,逢场作戏,追逐女性。然而,"他的性格和爱幻想的天性,与众不同的怪癖,辛辣而冷淡的才气",又使他对上流社会的花花世界感到厌倦,终日郁郁寡欢,陷入"忧郁病"的状态中。他曾读过英国资产阶级政治经济学家亚当·斯密的经济学著作,受到过法国启蒙主义者卢梭的影响。他不满现实,怀疑一切,对周围世界十分冷淡。他也不满意自己,感到缺乏合理的工作和高尚的思想,他痛苦地寻求出路。他曾从事创作,也在自己庄园里实行自由主义的改革,"用较轻的地租代替古老的徭役的重担,农奴们都很庆幸自己的命运"。这些都可以看作当时进步贵族青年的表现。

但是奥涅金和一般贵族又没有本质的区别。贵族教育使得他毫无实际工作能力,缺乏毅力和恒心,干什么都是半途而废。"辛勤的劳动使他厌恶,他的笔没有写出一点东西";读书也没有系统,不久便"丢下了书籍";至于在庄园的农事改革,并不是想对社会做些有益的贡献,而"只是为了消磨时光"。他无力摆脱贵族阶级传统思想和习俗的影响,以玩世不恭的态度拒绝了达吉亚娜的诚挚爱情,把她大胆的表白误以为是社交界仕女们的情场作戏。他后来热恋和追求她,则是出于虚荣心,想取得"征服"彼得堡社交界"女皇"的声誉。他戏弄奥丽加,破坏别人的爱情,他嘲弄和刺激连斯基的自尊心,伤害了自己的朋友。凡此种种,都说明了他的思想和行动深深地打上了贵族阶级的烙印。诗中这样概括他的大半生涯:

> 奥涅金……
> 在决斗里打死了朋友,
> 活着没有目的,没有工作,
> 一直到二十六岁,
> 在闲暇无事里苦恼着,

> 没有职务,没有妻子,没有事情,
> 无论什么都不会做。

这反映了俄国 19 世纪 20 年代贵族青年的彷徨苦闷和自私自利的品性。

总之,奥涅金是俄国封建农奴制社会贵族青年的一种典型。他虽然受过资产阶级民主思想的启蒙,不满于贵族社会的庸碌,自视清高,和周围的人格格不入,但贵族生活方式又使他灵魂空虚,无所作为。这种人正如赫尔岑所说的,"永远不会站在政府方面",同时也"永远不能够站到人民方面",只能做一个社会的"多余人"。这样,奥涅金就成为俄国文学中第一个"多余人"的形象。普希金在这里提出了俄国解放运动的一个重要社会问题,即贵族知识分子脱离人民的问题。尽管他们不愿与贵族社会同流合污,但是他们同人民的距离非常远。这正是列宁所指出的十二月党人失败的原因。

小说女主人公达吉亚娜是普希金心目中理想的贵族妇女形象。她温柔敦厚,感情丰富而纯真。她不满于外省地主的平庸生活,沉湎于大自然景色之中,生活在俄国民间传说和童话的幻想世界里。她读理查生和卢梭的著作,受启蒙主义思想的熏染,要求个性解放。她把奥涅金看作贵族青年中之佼佼者,大胆地向他表露爱情,不同于上流社会小姐们的忸怩作态。所有这些都是她的出众之处。但她也如奥涅金一样有着明显的局限性。她的视野狭隘,远离社会斗争,缺乏政治理想。她也未能完全摆脱贵族阶级的传统观念,对现实的反抗极为有限。

这部诗体小说具有现实主义的鲜明特点。它忠实地描写了 19 世纪 20 年代俄国地主贵族的社会生活,简洁地描绘了俄罗斯的民族习俗,并成功地刻画了主要人物,多方面地展示了他们的性格。小说塑造了 20 年代贵族青年的典型,反映了当时贵族青年的苦闷、彷徨和追求,同时还勾画了各种类型的城乡贵族和地主的形象,无情地加以嘲讽,使作品在揭露与批判贵族社会的腐败和丑恶方面具有相当的力量。《叶甫盖尼·奥涅金》是俄国现实主义文学的奠基作品,对俄国文学的发展有着很大的影响。

普希金在俄国文学史上享有很高的地位。他奠定了俄国现实主义文学的基础,把俄国文学引上真正民族化的道路。别林斯基指出:"只有从普希金起,才开始有了俄罗斯文学,因为在他的诗歌里跳动着俄罗斯生活的脉搏。"普希金把文学和先进的思想、解放运动结合起来,使作品具有充实的思想内容和社会意义。他塑造人物形象的典型化原则,作品结构的精巧,语言的朴素和优美,艺术形式的多样都足以为后来的俄国作家所师法。他在创建俄罗斯文学语言、确立俄罗斯语言的规范方面也有巨大的贡献,屠格涅夫曾说过,"毫无疑问,他创立了……我们的文学语言"。

思考练习题

1. 浪漫主义思潮产生的社会历史条件是什么?
2. 浪漫主义文学有哪些基本特征?
3. 简述浪漫主义文学在英、法、俄三国的发展概况及其主要成就。
4. 简述《恰尔德·哈洛尔德游记》的思想内容与艺术成就。
5. 简述《堂璜》的思想倾向与艺术特色。
6. 简述《解放了的普罗米修斯》的思想倾向与艺术特色。
7. 为什么说《〈克伦威尔〉序言》是浪漫主义的一篇重要理论文献?
8. 简述雨果的文学成就及其在文学史上的地位。
9. 简述《悲惨世界》的主题思想、人物形象与艺术特色。
10. 为什么说普希金是"俄国文学之始祖"?
11. 奥涅金形象分析。

第七章　19世纪中期文学

学习提示

本章学习的重点：

(1)批判现实主义文学产生的历史背景、哲学基础,各国现实主义文学的特点。

(2)斯丹达尔《红与黑》主人公于连形象分析。

(3)巴尔扎克世界观的矛盾及其成因,《人间喜剧》的构思,《高老头》的人物形象和艺术特点。

(4)狄更斯《艰难时世》的人物形象与艺术特点。

(5)果戈理《死魂灵》人物形象分析。

(6)陀思妥耶夫斯基《罪与罚》的艺术特征。

(7)惠特曼《草叶集》如何开一代诗风。

19世纪30年代的欧洲,激情昂扬的浪漫主义时代已经过去,两种制度的斗争虽未结束,而资本主义的胜利已成定局。在这一特定历史时期,现实主义文学取代浪漫主义文学,成为文学的主流。本章第一节"概述"主要阐明批判现实主义文学产生的历史背景、哲学基础和基本特征,阐明各国批判现实主义文学的成就和特点。

本章列有八个专节(第二、三、四、五、六、八、九、十节)分别介绍了八位批判现实主义作家,他们都是在文学史上占有显赫地位的大作家。学习时,需要多下功夫。另外,有三节分别介绍这一时期西方文学中三个具有鲜明民主主义色彩的作家海涅、密茨凯维奇和惠特曼。

法国批判现实主义文学兴起较早,成就突出,对其他国家的现实主义文学运动产生了积极的影响。斯丹达尔和巴尔扎克都是法国批判现实主义文学的奠基人。学习"斯丹达尔"一节,重点在分析好《红与黑》中主人公于连性格的演变,分析于连悲剧的社会意义。巴尔扎克是一个巨匠级的作家,他的《人间喜剧》是法国批判现实主义文学的最高成就。学习"巴尔扎克"这一节,有三个重要环节:正确认识作家世界观的复杂性;《人间喜剧》的宏伟构思和创作方法;从《高老头》的人物形象、思想内容和艺术手法,具体领会巴尔扎克的创作特点。1848年后,法国现实主义转向精确的客观的描写,其代表人物是福楼拜。学习"福楼拜"一节时,重点领会他的"客观而无动于衷"的创作风格与其作品对现实的批判精神。法国在现实主义盛行的同时,浪漫主义并未消退,又出现了以波德莱尔为代表的象征主义,预示着文学变化的新趋势。"波德莱尔"一节介绍了这一具有特殊意义的作家。

19世纪中期,英国出现了狄更斯、萨克雷、勃朗特姐妹等一批作家,他们的作品是现实主义的佳作,而且在文学史上最早描写了劳资矛盾。三四十年代的宪章派诗歌又是文学史上最早出现的无产阶级文学。在英国众多的批判现实主义作家中,狄更斯的作品题材广泛、批判深刻,从人道主义思想出发揭露讽刺了资本主义社会的弊病,但改良主义思想突出,幻想通过道德感化来改革社会。学习这一节,要全面认识作家的这些特征。

以果戈理为首的"自然派",即俄国批判现实主义文学与反专制农奴制的解放运动有着密切的联系。作家以揭露批判专制农奴制为己任,在艺术上达到较高水平,很快成为欧洲批判现实主义文学的一支劲旅。本章介绍了三位重要的俄国作家。果戈理是俄国批判现实主义文学的奠基人,学习这一节要了解他是如何开创了俄国文学的新时期,了解他的代表作《钦差大臣》和《死魂灵》在这方面的重要价值。屠格涅夫以其风格清新、富有抒情味的作品(《父与子》等)体现了俄国文学从塑造"多余人"形象到"新人"形象的转变,为俄国文学赢得了世界声誉。学习这一节,要着重认识屠格涅夫的这种贡献。陀思妥耶夫斯基是与托尔斯泰齐名、在当今国际文坛上影响较大、备受称赞的俄国作家。他以"虚幻的现实主义"来反映畸形的社会和现实的本质。学习这一节,包括学习其代表作《罪与罚》,都要以此为重点。

德国的现实主义不够成熟。40年代工人运动高潮中出现的维尔特等革命作家是早期无产阶级文学的杰出代表。以海涅为代表的革命民主主义文学是这时期德国文学的最高成就。学习"海涅"一节,着重了解他的以《德国——一个冬天的童话》为代表的作品中所表现的对德国封建专制制度的仇恨、他的革命要求以及思想局限。

东欧国家的文学在民族解放运动中兴起。波兰爱国诗人密茨凯维奇、匈牙利民族诗人裴多菲是其中的佼佼者。北欧的批判现实主义文学也在此时出现,丹麦作家安徒生第一次为北欧文学赢得了世界声誉。学习本章第十一节,重点了解密茨凯维奇如何把自己的创作与民族解放运动联系在一起,从而写出了思想艺术俱佳的优秀作品。

美国民族文学的形成晚于欧洲,但成熟较快,在这一时期出现的民族诗人惠特曼,获得了世界声誉。学习"惠特曼"一节,了解他的《草叶集》如何开一代诗风,体现了时代精神,使美国文学蜚声于世界文坛。

第一节 概 述

一、历史背景

从19世纪30年代开始,英、法两国的资本主义势力取得了决定性的胜利,资产阶级政权日益巩固和发展。但是,无论是在英国还是法国,资产阶级和封建贵族的斗争并没有完全结束。同时,大资产阶级和中小资产阶级的矛盾日益加剧。而资本主义残酷的经济剥削和政治压迫,则使无产阶级反对资产阶级的斗争日趋激化,他们之间的阶级矛盾逐渐上升为社会的主要矛盾。

德、意两国实现了国家的统一,有利于资本主义的发展。但人民受着封建阶级和资产阶级的双重压迫。

俄国在19世纪初叶,资本主义因素有显著的增长,但是,俄国历史发展的主要障碍——沙皇专制制度和农奴制度却依然在作最后挣扎。

东欧各国在30年代至60年代正处于民族解放运动的高涨时期,北欧各国在40年代至50年代由于资本主义经济的发展,资产阶级先后参加了政权,民主、民族解放运动应运而起。

在工人阶级斗争实践的基础上,马克思、恩格斯批判地吸取了法国空想社会主义、德国古典哲学和英国古典政治经济学的精华,创立了科学社会主义理论。1848年,《共产党宣言》的发表,成为人类历史上一部具有划时代意义的文献。

18世纪末至19世纪三四十年代西欧的哲学、社会科学空前繁荣,唯物主义和辩证法都有了很大的发展。辩证法、唯物论、空想社会主义乃至自然科学的新成就,都对批判现实主义文学的出现产生了不同程度的影响。

这一时期,随着工人阶级登上政治舞台,在西欧开始出现了无产阶级文学的萌芽,即法国的工人诗歌,英国的宪章派文学和德国的革命诗歌。同时,浪漫主义作家还在继续创作,但成为这一时期文学主潮并不断发展的,则是批判现实主义文学。

西欧批判现实主义文学是这一特定历史时期复杂的阶级关系和阶级斗争形势的产物。"理性王国"幻影的消失,社会矛盾的深刻化和明朗化,使得"人们终于不得不用冷静的眼光来看他们的生活地位、他们的相互关系"①。浪漫主义文学对社会的抽象抗议和对未来的空洞理想已远不能满足时代的要求,代之而起的是真实地表现现实生活,典型地再现社会风貌,深入解剖和努力揭示种种社会矛盾的现实主义文学。这股文学潮流,由于它对现存秩序的鲜明、强烈的揭露和批判而被后人称为批判现实主义。

批判现实主义作家大多出身于中小资产阶级,由于他们处于大资产阶级和无产阶级之间,一方面对贵族、大资产阶级的经济掠夺和政治垄断非常不满,另一方面又对无产阶级的革命风暴深为恐惧;因而他们企图通过改良现存社会的弊端恶习,以求建立一个自由、平等、博爱的"理想"社会。

批判现实主义是属于资产阶级范畴的文学。它的思想武器是以人性论为基础的人道主义,它的社会政治主张主要是改良主义,它的创作理论的哲学依据基本上是唯物论的反映论。

较之过去的文艺,批判现实主义突出的一个特点是比较广阔、比较真实地展示了社会生活的各个方面,对现实矛盾的揭示具有相当的深度。马克思、恩格斯赞扬这些杰出的批判现实主义作家对现实关系的深刻理解,并高度评价巴尔扎克、狄更斯等人反映社会生活的丰富性和深刻性,认为他们在作品中提供的历史材料比历史学家、经济学家、统计学家等合起来所提供的还要多。在他们的笔下,我们可以看到封建社会的崩溃,资本主义的兴起,也可以看到农奴制的暴虐,资本剥削的残酷。特别是他们对资本主义制度的揭露和批判,更是广泛地涉及各个领域,尖锐地提出了许多重大问题,勾勒出一幅幅触目惊心的悲惨图画,引起人们对现存秩序的深刻怀疑和不满,因而具有巨大的社会意

---

① 马克思、恩格斯:《共产党宣言》,《马克思恩格斯选集》第1卷,人民出版社1972年版,第254页。

义。同时，由于这些作家与劳动群众同样被排斥在政权之外，他们看到人民的痛苦，看到劳动人民的某些优秀品质，进而表现出对劳动群众疾苦的同情和改变群众贫困境遇的善良愿望，在相当程度上反映出劳动人民的真实生活和他们的反抗斗争。

批判现实主义作家的愤世嫉俗，大多来自受压抑遭排斥的地位。然而，他们虽不满现状，却不了解无产阶级革命，这就使他们不可能在黑暗的现实中找到光明的出路。苦于没有结论的探索，使许多批判现实主义作家的作品不同程度地杂有宿命论和悲观主义的色彩，越到后期，这种悲观主义就越明显、越深沉。

"除细节的真实外，还要真实地再现典型环境中的典型人物。"[①]这是恩格斯对现实主义的经典概括。批判现实主义作家注意观察生活，分析社会，选择典型的事件，透过集中的情节展示广阔的社会生活，他们在真实反映现实关系和时代特征的同时，还以严肃的态度力求精确地表现细节的艺术真实，很多作家都亲自去到所描写的地方进行实地考察，巴尔扎克、果戈理、福楼拜在这方面的成就尤其突出。以典型的社会画面为背景，批判现实主义作家成功地塑造了一系列封建贵族、地主和资产阶级的典型形象，以及一大批与社会格格不入的、具有不同程度的叛逆精神的中小资产者形象。这些形象是生活的集中概括，他们的性格、行动和心理无不带着他们阶级的烙印，大都是共性与个性结合的典型。典型环境中的典型性格的塑造，是批判现实主义文学的重要贡献，在文学发展史上具有重要意义。

在批判现实主义作家的笔下，长篇小说的创作出现了空前的繁荣。他们使这种文学体裁发展到了成熟的阶段，从而成为文学中一种十分重要的类型。批判现实主义的长篇小说，将丰富多彩的生活画面和多种多样的人物形象，熔铸在完整有机的情节结构中，表现了深刻丰富的社会内容，在思想和艺术两方面都达到了前所未有的高度。有些优秀作品，甚至被人们称做社会生活的"百科全书"。在戏剧和中短篇小说

---

① 恩格斯：《致玛·哈克奈斯》，《马克思恩格斯选集》第4卷，人民出版社1972年版，第462页。

等方面,批判现实主义作家们也作了可贵的探索,丰富了艺术表现手段,增强了思想深度。在一些具体的表现方法方面,如景物描写,人物刻画,心理分析,性格化的语言、动作、表情,抒情或哲理的插白等方面,批判现实主义文学也都积累了非常宝贵的经验。

二、法国文学

1830年的七月革命结束了波旁复辟王朝的统治,但封建贵族的势力依然存在。工业无产阶级也从这时开始登上了历史舞台,工人阶级和资产阶级的矛盾逐渐上升为社会的主要矛盾。与此同时,中小资产阶级的要求得不到满足,这就使法国社会阶级之间的关系,呈现了错综复杂的局面。40年代,反对七月王朝的斗争日趋激化,终于酿成了1848年的二月革命和六月起义。1851年12月,大资产阶级的代表拿破仑第三发动政变。翌年12月,拿破仑第三正式称帝,结束了第二共和国的统治。在第二帝国的反动高压下,工人运动暂时进入低潮。60年代工人运动重新兴起,至1871年,爆发了震惊世界的巴黎公社革命。

19世纪中期是法国文学的繁荣时期。浪漫主义文学仍在持续发展。批判现实主义文学在30年代初登上文坛后,迅速成为文学主潮,并对欧美其他国家现实主义文学运动的形成和发展产生了积极的影响。

这时期浪漫主义的重要作家除雨果外,还有大仲马(1803～1870)和乔治·桑(1804～1876)等。大仲马从写剧本开始他的文学创作活动,一生写了300多部作品及论著。但使他获得声誉的是他的通俗小说。他以丰富的想象力构思了大量曲折离奇、传奇色彩浓厚的小说,其中《三个火枪手》(又译《三剑客》,1844)和《基度山伯爵》(1844)在思想上和艺术上都达到了较高的水平。《三个火枪手》以17世纪路易十三当国王时红衣主教黎希留执政为背景,叙述阿托斯、波尔托斯和阿尔密斯三名英雄剑客伙同他们的朋友达尔培尼昂共同对黎希留的阴谋进行英勇斗争的故事。小说情节错综复杂,引人入胜;主要人物鲜明生动,对话妙趣横生。但作为一部历史小说,与史实相去甚远,并不具有史料价值。这是大仲马的历史小说的通病。《基度山伯爵》通过邓蒂斯离奇而悲惨的遭遇,暴露了复辟时期司法制度的黑暗,同时也揭露了七月王朝时期的一些上层人物的罪恶发迹史。小说描写的重心放在邓蒂斯个人恩仇相报的主题上,具有极强的传奇色彩。

乔治·桑是法国文学史上优秀的女作家之一。她的创作具有明显的理想主义色彩,表达了作家对和谐的人与人之间的关系的向往。细腻抒情的风格,更增添了作品的诗意。乔治·桑的重要作品有《木工小史》(1840)、《安吉堡的磨工》(1845)、《魔沼》(1846)和《小法岱特》(1849)等。《木工小史》和《安吉堡的磨工》都是空想社会主义小说,通过虚构的情节故事和人物,表现作者的空想社会主义热情,颂扬社会平等与正义,谴责资本主义社会的压迫和剥削。但是,作者在小说里提出的改造社会的方案,要求有产者放弃财富,要求人人进行道德上的自我完善,显然是不现实的。

1830年前后,斯丹达尔、梅里美和巴尔扎克等先后步入文坛,创作了一批优秀的作品,为批判现实主义文学的蓬勃发展开拓了道路。

斯丹达尔在20年代发表的文艺论著《拉辛与莎士比亚》(1823～1825)中就阐明了他的现实主义文艺观点。他的长篇小说《红与黑》(1831)的问世,标志着批判现实主义的真正开端。普罗斯贝·梅里美(1803～1870)以他独树一帜的创作给文苑增添了异彩。他先以历史题材的作品获得名声,写出过剧本《雅克团》(1828)和小说《查理九世时代轶事》(1829),表现了反封建的热情。但更为引人注目的是他的中短篇小说,其中最著名的有《塔曼果》(1829)、《高龙巴》(1840)、《嘉尔曼》(1845)等,批判矛头转向殖民主义的残酷奴役和资本主义的虚伪文明,异域的情调和传奇的色彩,都显示了浪漫主义的影响。巴尔扎克的《人间喜剧》以其丰富的历史内容和典型化的创作方法,代表了法国批判现实主义的最高成就。

1848年革命,是法国文学的一个转折点。批判现实主义文学失去了前期的热情和锐气,强调以"科学的精神"追求更精确的描写和纯客观的分析,福楼拜是这时期的代表作家。与此同时,唯美主义勃兴,著名诗人戈蒂耶(1811～1872)从浪漫主义转向唯美主义,提出了"为艺术而艺术"的主张。另一位重要诗人波德莱尔(1821～1867)创作了惊世骇俗的《恶之花》(1857),成为象征主义的先驱,对19世纪末文学产生了巨大的影响。

三、英国文学

从19世纪30年代到70年代,英国从一个农业国迅速发展成为一个工业国,一跃而居世界首位,被称为"世界工场",在海外进行大规模的殖民扩张,成为一个强大的"日不落帝国"。但是随着工业资产阶级对封建阶级斗争的胜利,无产阶级和资产阶级的矛盾发展成为社会主要矛盾。三四十年代爆发的著名的宪章运动,列宁称之为"世界上第一次广泛的、真正群众性的、政治性的无产阶级革命运动"[①]。

英国批判现实主义文学开始出现于30年代,四五十年代达到了它的高峰期。狄更斯是英国批判现实主义文学的奠基人,他的笔锋几乎触及英国社会各个领域。四五十年代,英国涌现出一批出色的小说家,他们创作数量不大,但风格各异,对社会问题的揭露也都达到了一定的深度。

威廉·梅克皮斯·萨克雷(1811~1863)对资本主义社会人与人之间的金钱关系,以及伪善、假道学、势利眼等丑恶的现象进行了深刻的揭露和尖锐的嘲讽。他的代表作《名利场》(1848)一条线索写天真纯洁、目光短浅的姑娘爱米丽亚与空虚浅薄的乔治的罗曼史,一条线索写爱米丽亚的同学蓓基·夏泼的钻营史。作者在小说中把贵族阶级和资产阶级的卑鄙的精神面貌刻画得淋漓尽致,成功地塑造了一个不择手段地发财致富和往上爬的女冒险家和冷酷无情的伪善者蓓基·夏泼的形象。盖斯凯尔夫人(1810~1865)的小说正面反映劳资矛盾和工人反抗斗争,她的主要作品《玛丽·巴顿》(1848)以宪章运动为背景,表现了失业工人的悲惨生活和他们的自发斗争,但也宣扬了阶级调和的观点。长篇小说《北与南》(1855)将工业发达的北方与经济落后的南方作了对比,塑造了一个理想化的资本家的形象,同样表现出作者的阶级调和的

---

① 列宁:《第三国际及其在历史上的地位》,《列宁全集》第29卷,人民出版社1956年版,第276页。

幻想。其余几位女作家的作品,如夏洛蒂·勃朗特(1816～1855)的《简·爱》(1847),爱米莉·勃朗特(1818～1848)的《呼啸山庄》(1847),安妮·勃朗特(1820～1849)的《艾格妮丝·格雷》(1847)和《野岗庄园的房客》(1848)等,也都各具特色。《简·爱》描写了一个谦谨、坚强而有独立精神的女性简·爱的形象,在英国文学妇女画廊中独树一帜。《呼啸山庄》深刻地揭示了一系列人物,包括主人公希思克利夫悲剧性的病态心理,由于人物间的矛盾冲突具有现实的社会基础,因而小说的内容具有重大的意义。

在三四十年代宪章运动的高潮中,形成了一次初具规模的群众性文艺运动,涌现出一批工人诗人。他们用诗歌、歌曲等形式进行宣传鼓动,激励人们投入斗争。宪章派诗歌是最早的无产阶级文学,著名的代表作家有厄内斯特·琼斯(1819～1869)、威廉·林顿(1812～1897)和杰拉尔德·梅西(1828～1907)。琼斯的《未来之歌》(1852)深刻地揭露了资本主义制度的罪恶,控诉了地主、资本家对工农大众的残酷压榨,强烈地表达了工人心中的愤懑不平。这首诗节奏明快,格调高昂,没有和平改良的空洞说教,没有悲观失望的感伤情调,不愧为无产阶级的一曲革命战歌。梅西的《红色共和党人抒情诗》(1850)则概括了英国工人阶级的觉醒过程,抒发了工人阶级决心同敌人斗争到底的革命豪情。宪章派诗歌以其鲜明的政治倾向性、强烈的战斗性、广泛的群众性和国际主义精神,在早期无产阶级文学史上写下了辉煌的一页。

四、德国文学

从30年代开始的工业革命,给德国资产阶级带来了活力。结束封建割据、实现德国统一的要求,已成为全民族的迫切愿望。当时出现的"青年德意志派"并非有纲领的文学团体,而是一些革命作家、进步作家的松散组合。由于他们缺乏坚定的思想基础,艺术上也不成熟,未能形成较大的影响。革命民主主义诗人海涅和剧作家毕希纳尔的作品代表着这一时期德国文学的最高成就。他们既否定封建专制制度,又批判资本主义的残酷剥削,表现了强烈的政治倾向。格奥尔格·毕希纳尔(1813～1837)的创作期只有3年,共完成了3个剧本,其中以《丹东之死》(1835)最为重要。

1848年的西里西亚纺织工人起义,表明德国工人已发展成为独立的政治力量;1848年3月的柏林起义,再次显示了工人阶级的战斗力。随着革命形势的日益高涨,在马克思、恩格斯的直接影响下,先后涌现了一批革命作家,其中最杰出的代表是格奥尔格·维尔特(1822~1856)。维尔特是马克思、恩格斯的朋友,接受了他们的共产主义思想,并加入了"共产主义者同盟",曾担任《新莱茵报》的副刊编辑,写了许多出色的政治诗和散文。维尔特的诗歌,表现了工人阶级悲惨的生活境况,真实地反映了广大劳动人民的心声。他的创作手法多样,讽刺性极强,语言朴实精练,深受群众欢迎。维尔特的著名诗篇有:《兰卡郡酒店的老板》(1845)、《一百个哈斯韦尔男子》(1845)、《刚十八岁》(1845~1846)、《铸炮者》(1845)、《我愿做一名警察总监》(1848)等。除了写诗,维尔特还写小说,讽刺小说《著名骑士施纳普汉斯基的生平事迹》(1848~1849)反映了19世纪40年代德国的社会政治生活,对容克地主进行了尖刻的讽刺和愤怒的抨击。恩格斯称他为"德国无产阶级第一个和最重要的诗人"[①]。

五、东欧和北欧文学

东欧各国的民族解放运动在19世纪30年代至60年代掀起了高潮。在波兰,反对奥地利和沙皇俄国的起义相继发生;在捷克,有反对奥地利统治的运动;在匈牙利,1848年的革命风暴发展成反对奥地利哈布斯堡王朝统治的民族独立战争;在奥地利和土耳其统治下的罗马尼亚几个公国,也开展了争取民族解放的革命斗争。这时期文学的共同主题就是反对异族奴役和封建专制,争取自由独立。波兰的爱国诗人亚当·密茨凯维奇(1798~1855)是突出的代表。他的主要作品诗剧《先人祭》第三部(1832)和叙事诗《塔杜施先生》(1834)都表现了为民族解放而斗争的思想。他在波兰是浪漫主义文学的奠基者,又为现实主

[①] 恩格斯:《格奥尔格·维尔特》,《马克思恩格斯全集》第21卷,人民出版社1965年版,第7页。

义文学开辟了道路。保加利亚的革命诗人赫里斯多·保特夫（1849~1876）和伊凡·伐佐夫（1850~1921）也很活跃。匈牙利民族诗人裴多菲·山陀尔（1823~1849）是1848年匈牙利革命的领导者之一，他不仅以诗歌为战斗武器，而且亲身投入革命斗争，为民族解放献出了年轻的生命。

裴多菲在短短的一生中创作了800多首短诗和8首长诗。其中长篇叙事诗《使徒》（1848）是他的代表作。长诗的主人公锡尔维斯特是一个被遗弃的孤儿，他饱经生活的磨难，深知人民的疾苦，决心拯救人民于水火之中。于是他到人民群众中从事革命活动，秘密出版进步书籍，因而被捕，过了十年的囚徒生活。出狱后，因刺杀国王被处死刑，从而结束了他战斗的一生。通过锡尔维斯特的遭遇，作者反映了匈牙利人民的苦难，表达了对专制暴政的仇恨，歌颂了革命者为争取自由而斗争，为人民的解放而献身的精神。

裴多菲的短诗大都具有反对异族压迫、反对封建专制的思想倾向，洋溢着争取祖国独立、争取自由民主的革命激情。《贵族》（1844）、《反对国王》（1844）、《镣铐》（1846）等诗，猛烈抨击了卖国求荣的封建贵族和黑暗暴虐的王权统治。《民族之歌》（1848）、《大海沸腾了》（1848）、《把国王吊死》（1848）、《老旗手》（1849）、《投入神圣的战争》（1849）等诗，热情歌颂了1848年席卷欧洲的革命风暴和匈牙利人民反抗侵略、奴役的解放战争。在《我梦见流血的日子》（1847）、《一个念头在烦恼着我》（1847）、《自由与爱情》（1847）等诗中，诗人表达了献身祖国、献身革命的崇高理想和坚定信念。其中《自由与爱情》脍炙人口的诗句："生命诚可贵，爱情价更高。若为自由故，二者皆可抛。"早已在我国广为流传。

在诗歌形式方面，裴多菲继承了匈牙利歌的传统，建立了自由、明快的民族诗歌，为匈牙利诗歌的发展开拓了新道路。

北欧各国在19世纪40年代至50年代，资本主义经济有了飞速的发展，并引起了农民的民主运动。北欧的自由资产阶级与封建贵族相勾结，激起进步的知识分子的不满，他们用作品来揭露资产阶级政客的丑恶灵魂和伪善面目，开始形成北欧的批判现实主义文学。

这一时期北欧最重要的作家是丹麦的安徒生,他以丰富多彩的充满魅力的童话,第一次为北欧文学赢得了世界性的声誉。

汉斯·克利斯蒂·安徒生(1805~1875)写过诗歌、戏剧和小说,成就最大的方面是童话。他出身贫穷,父亲是鞋匠,母亲是洗衣工,贫穷的童年使他对人民的痛苦有深切的体会。他上过哥本哈根大学,广泛接触了群众,为文学创作打下了基础。1929年,他开始发表游记、轻喜剧及诗剧、小说等。1835年,发表第一个童话集《讲给孩子们听的故事》,此后每年发表一个集子,他一生共发表168篇童话和故事。安徒生童话的基本主题之一是揭示贫富悬殊的社会现实,如《卖火柴的小女孩》、《夜莺》、《她是一个废物》等。他的童话具有深刻的民主精神,对上层统治阶级进行无情的鞭挞,指出他们的愚蠢和无知,如《园丁和主人》、《皇帝的新衣》等。安徒生的童话还广泛地描写了灾难深重的劳动人民。在他的童话中,穷人都是勤劳智慧和品德高尚的人,但遭遇都很不幸,如《海的女儿》、《野天鹅》、《丑小鸭》、《光荣的荆棘路》、《老头子做的事总是对的》等。安徒生的童话大都取材于民间的故事、传说和歌谣,加上他独特的拟人化笔法,文字的清新、朴素、流畅,以及强烈的乡土气息,使他作品中的许多人物、故事成为世界性的典故。

六、美国文学

1775年至1781年独立战争的胜利,结束了英国在美国的殖民统治。1783年,正式建立美利坚合众国,这是北方资本家和南方奴隶主的联合政权。北方资本主义经济的迅速发展和南方保留的蓄奴制形成尖锐的矛盾,又导致了南北战争(1861~1865)的爆发。由于北方的工业资产阶级赢得了这场战争的胜利,促使工商业经济得到全面发展,并很快就出现了垄断集团。到19世纪末,美国已完成了向帝国主义的过渡。

美国文学在独立后的一个时期内仍然没有摆脱对英国文学的依附和模仿。19世纪初,处于上升时期的资产阶级满怀理想和激情,建立民族文学的愿望日渐强烈,于是,在英、法等国浪漫主义运动的影响下,美国也开始了自己的浪漫主义文学。约持续了半个多世纪的美国的浪漫主义运动,一般以1829年为界分为前后两期。

前期浪漫主义的重要作家有欧文和库珀等。他们多以美国的历史传说、风土人情、自然风光为题材,以浪漫的笔调,勾画了童年美国的形象,为建立美国的民族文学迈出了重要的一步。华盛顿·欧文(1783~1859)有"美国文学之父"之称。他的代表作是一部包括散文、随感、故事等在内的《见闻札记》(1820),其中最著名的是《隔普·凡·温克尔》、《睡谷的传说》等短篇小说。詹姆斯·费尼莫·库珀(1789~1851)因创作了一批"纯粹美国式"的长篇小说而在文学史上占据重要地位。他开创了美国文学史上三种不同的小说形式,即以《间谍》(1821)为代表的革命历史小说,以《开拓者》(1823)为代表的边疆题材小说和以《水手》(1824)为代表的航海生活小说,其中以反映美国不断向西部扩张为题材的所谓边疆生活小说尤为引人注目。

30年代以后,以超验主义为思想基础的后期浪漫主义文学的出现,标志着美国文学逐步进入了成熟阶段。宣扬人的本性、人的智慧和创造力、人的个人意志和绝对自由,是后期浪漫主义的基本内容。后期浪漫主义在理论和创作上的最早代表是拉尔夫·华尔多·爱默生(1803~1882),影响最大的浪漫主义小说家是纳撒尼尔·霍桑(1804~1864)。霍桑的思想偏于保守,常以抽象的善恶观点来观察分析社会现象,把一切社会问题的根源归之于人心中的"恶"。他的创作想象丰富,浪漫气息浓厚,特别擅长描写人物的内心冲突,形成了独特的风格。霍桑的许多短篇小说都受到好评,而获得巨大成功的长篇小说《红字》(1850)被认为是他的代表作,小说从"夫权"、"教权"入手对资本主义社会进行了较深入的批判。

浪漫主义文学在诗歌方面取得了更大的成就。亨利·华兹华斯·朗费罗(1807~1882)的诗作,多取材于民间,技巧完美,深受群众欢迎,在国内外均负盛名。19世纪最杰出的民主诗人惠特曼的诗作的出现,代表着浪漫主义文学的最高成就,也使美国文学真正获得了世界性的声誉。

在浪漫主义文学盛行时期,现实主义文学也开始萌芽。在反对南方蓄奴制的斗争中形成的废奴文学,对残酷反动的蓄奴制进行了深刻的揭露和批判,表现了强烈的民主倾向,这方面的重要作品有理查·希尔德烈斯(1807~1865)的《白奴》(1836)和哈里叶特·比彻·斯托夫人(1811~1896)的《汤姆大伯的小屋》(1852)。

南方作家艾德加·爱伦·坡(1809~1849)是象征主义文学的鼻祖。他把创作视为脱离现实和超感觉的纯粹主观思维的过程,提倡"纯艺术"、"纯诗歌"。他认为诗歌应以美为目标,创造某种"预定的气氛"而给人以"美的享受"。在小说理论方面,他提倡单纯追求艺术效果和气氛,轻视反映现实生活。爱伦·坡的作品大部分内容颓废,形象怪诞,充满悲观情绪和神秘色彩。但他的作品形象精美,诗歌富于音乐性,小说技巧圆熟。他写了约70篇短篇小说,收在《述异集》(1840)中。著名的短篇小说《厄舍古屋的倒塌》描写了一对兄妹的命运。他们是厄舍家族的末代,都患有不可名状的不治之症。哥哥出于一种病态心理,在妹妹未死之前就埋葬了她。结果在一个狂风暴雨之夜,妹妹裹着尸衣回来,拖住了哥哥,两人同归于尽。这时厄舍古屋突然倒塌,从地面上消失得无影无踪。古屋的倒塌象征这个古老家族的败落。长诗《乌鸦》(1845)表现了诗人丧妻后的绝望心情。乌鸦在诗中对诗人的一切提问都报以"永不复返"的答话,使人对世事万物产生一种完全绝望的情绪。

七、俄国文学

1825年十二月党人起义被镇压后,俄国出现了黑暗统治时期,贵族革命家遭到残酷迫害。40年代以后,资本主义的进一步发展使俄国社会在废除农奴制问题上又展开了激烈的斗争,导致了1861年由沙皇宣布进行农奴制改革,平民知识分子、革命民主主义者登上了政治舞台。但是农奴制改革仅仅是改良,并没有解决社会问题,进步人士和进步作家仍然站在农民方面与专制农奴制进行坚决顽强的斗争。

俄国批判现实主义文学形成于19世纪30年代,五六十年代走向繁荣,70年代至90年代达到高峰,20世纪初趋于没落。俄国批判现实主义文学的批判锋芒主要是针对封建主义,后期才涉及资本主义。俄国文学和俄国解放运动有着密切的联系。反对农奴制的斗争,要求文学揭露社会的黑暗,这是批判现实主义产生的社会基础。当二三十年代浪漫主义文学盛行的时候,现实主义文学也开始出现了。普希金的后期创作由浪漫主义向现实主义过渡,并奠定了俄国批判现实主义文学的基础。莱蒙托夫、果戈理等早期创作以浪漫主义见称的作家,也在30年代转向现实主义。他们的作品从不同角度表现了反农奴制的批判精神。米哈依尔·尤里耶维奇·莱蒙托夫(1814～1841)的诗充满着进步贵族反对专制农奴制的思想,拿诗人自己的话来说,就是用"注满了悲痛与憎恨的铁的诗句"向沙皇的暴政挑战。他在1840年发表的小说《当代英雄》,塑造了"多余人"形象的又一个典型毕乔林。毕乔林是一个对上流社会强烈不满的贵族青年,可是他摆脱不了贵族生活,没有理想,玩世不恭,感到苦闷绝望。他时时进行自我心理分析,既否定一切,也蔑视自己,只能成为社会的"多余人"。作者用暴露的笔调讥刺他,并且谴责造成这种性格的贵族社会。

果戈理的讽刺作品确立了俄国文学的批判倾向,加强了普希金奠基的俄国批判现实主义。他在剧本《钦差大臣》(1836)、小说《死魂灵》(1842)等作品中,用讽刺的武器和卓越的艺术描写,揭露农奴制腐朽的官僚统治的罪恶。反动文人攻击他只写黑暗不写光明,是对俄国现实的"诽谤",并轻蔑地称他为"自然派"。文艺批评家维萨里昂·格里戈里耶维奇·别林斯基(1811～1848)则坚决支持"自然派"(即俄国批判现实主义)。他写了《论俄国中篇小说和果戈理先生的中篇小说》(1835)和《乞乞科夫的游历或死魂灵》(1842)等文,指出果戈理对生活既不阿谀,也不诽谤,而是对它的黑暗面进行有力的批判。后来,别林斯基又写了《一八四六年俄国文学一瞥》(1847)和《一八四七年俄国文学一瞥》(1848),论述"自然派"形成的过程和它的特点。他认为,"自然派"的特点就是真实地描写和批判农奴制社会的黑暗面,以下层社会的人物为作品的主人公,反映人民的疾苦,这恰好是俄国社会迫切需要的文字;而果戈理对现实的无情揭露和辛辣讽刺,正是为"自然派"开辟了道路。别林斯基以革命民主主义观点阐明了"自然派"批判倾向的意义,他的理论对俄国批判现实主义文学的发展起了巨大推动作用。经过普希金、果戈理的创作实践和别林斯基在理论上的总结和阐述,俄国批判现实主义到40年代已经取得了完全胜利。

从50年代起,俄国文学逐步繁荣起来。亚历山大·伊凡诺维奇·赫尔岑(1812～1870)出身贵族,少年时受到十二月党人的影响。一生为废除农奴制而斗争,曾两次被流放。他的哲学思想吸收了黑格尔的辩证法和费尔巴哈的唯物主义。1947年流亡到西欧,开始批判资本主义,并创办《北极星》丛刊(1855～1869)和报刊《钟声》(1857～1867),秘密在俄国传播。他的长篇《谁之罪?》(1845～1846)及七卷集回忆录《往事和随想》(1854～1868)是他的代表作,不论在思想内容上还是艺术手法上,都极具独特的风格。以车尔尼雪夫斯基为首的革命民主主义者取代了贵族革命家,成为解放运动的领袖;同时也成为思想界和进步文学的领导力量。革命民主主义者十分重视文艺阵地,要求文艺为解放运动制造舆论,他们的政治理想、美学原则和文艺批评给进步文艺以有力的影响。同时,就批判现实主义文学本身的成长看,从40年代兴起的一批作家已经积累了创作经验,能够写出高度概括现实,深入反映社会生活的作品了。于是,俄国批判现实主义文学就在50年代至60年代进入空前繁荣的时期。

这一时期批判现实主义文学作品中的主人公"多余人"形象被"新人"形象所取代,这种变化生动地说明:贵族知识分子已经逐渐丧失其进步意义,平民知识分子登上了政治舞台。在50年代需要行动的时候,"多余人"已经担负不起改革现实的任务了。冈察洛夫的小说《奥勃洛摩夫》(1859)的主人公奥勃洛摩夫,尽管"有黄金般的心灵",但只不过是一个剥削阶级寄生虫的典型。他从小有农奴服侍,吃饭穿衣从不自己动手。他懒惰成性,一生大部分时间都躺在床上度过,精神极度空虚,连做梦也梦见睡觉。他极端无能,不能思考任何实际问题,不能处理任何日常事务,哪怕是贵族少女的爱情也不能使他振作起来,最终还是蜷缩到平静的安乐窝里去。这个"多余人"形象表明,以往的先进贵族已经成了躺卧不起的废物。这个典型形象的客观意义就是反映了俄国贵族阶级革命性的终结。随着时代的发展,生活要求的是另一种类型的新人物,"新人"形象也就应运而生。这里所谓"新人",指的是平民知识分子,即"自由民主资产阶级的受过教育的代表,他们不是贵族,而是官吏、小市民、商人、农民"①。

最先反映这种变化的作家是屠格涅夫(1818～1883)。他在50年代写了表现"多余人"的小说《罗亭》(1856)和《贵族之家》(1859)后,60年代转向描写"新人",于1860年和1862年接连写出长篇小说《前夜》和《父与子》。而真正创造"新人"典型的任务,是由车尔尼雪夫斯基完成的。

尼古拉·加夫里洛维奇·车尔尼雪夫斯基(1828～1889)是革命民主主义者、唯物主义美学家,同时也是作家。他在1855年发表的论文《艺术对现实的美学关系》,系统地阐发了唯物主义的美学观点,对俄国批判现实主义文学的发展产生了重大影响。由于从事反沙皇政府的斗争,他从1862年到1883年被关押了21年之久。就在这备受折磨的境况下,车尔尼雪夫斯基开始了他的创作生涯,先后写过小说和剧本多种,其中最重要的是《怎么办?》(1863)和《序幕》(1877)两部长篇小说。《怎么办?》的副标题是"新人的故事",作家塑造了罗普霍夫、吉尔沙诺夫和薇拉等一批品德高尚,又和人民群众息息相通的"新人"形象,其中的领袖人物拉赫美托夫更是具有坚强意志和毅力的对祖国、对革命事业无限忠诚的职业革命家的光辉形象。车尔尼雪夫斯基推出这批"新人",正是为了回答反对专制农奴制应当"怎么办"的问题。列宁对《怎么办?》一书曾给予极高的评价。

革命民主主义诗人尼古拉·阿列克塞耶维奇·涅克拉索夫(1821～1878)在长诗《谁在俄罗斯能过好日子?》中,描写改革后的农民除受地主压迫外,还要受资本家、商人、富农的新剥削,揭露农奴制改革的欺骗性,表现农民的觉醒,并告诉人们只有做格里沙那样为人民幸福而斗争的战士才是快乐的。戏剧家亚历山大·尼古拉耶维奇·奥斯特罗夫斯基(1823～1886)的著名剧作《大雷雨》,描写了一个追求个性解放的女性被残酷的环境所毁灭的悲剧。文艺批评家杜勃罗留波夫在《黑暗王国的一线光明》一文中指出,女主人公卡杰琳娜的死是对俄国

---

① 列宁:《俄国工人报刊的历史》,《列宁全集》第20卷,人民出版社1958年版,第240页。

这个"黑暗王国"的反抗。她代表了人民对自由和生活权利的要求,是"黑暗王国"里的一线光明。

改革以后,封建农奴制急剧崩溃,资本主义蓬勃发展,农村破产,农民赤贫,反抗的浪潮又激起了部分知识分子的注意。70年代产生了民粹派"到民间去"的革命运动。俄国文学也开始了另一个新的时期——向它的高峰发展的时期。

第二节　斯丹达尔

一、生平和创作

斯丹达尔(1783～1842)是法国批判现实主义文学奠基人之一。他的作品反映了19世纪法国尤其是复辟时期社会剧烈的变动,表现了在变动社会中各个阶层、各种地位的人的生活状态和心理特征。斯丹达尔对时代风云有着异常敏锐的把握能力,他常常在错综复杂的社会现象中寻找到时代发展的主线,塑造出代表时代趋势的主人公形象。斯丹达尔的创作体现了现实主义文学塑造典型环境中的典型人物这一特征;其文学创作的思路和手法开创了法国批判现实主义文学的道路,对后代作家产生了重要的影响。

斯丹达尔原名亨利·贝尔,生于格朗诺布城一个律师家庭。7岁丧母,由思想开明的外祖父和正直刚强的姨祖母教养成人。外祖父在斯丹达尔年轻时就介绍他阅读启蒙作家的作品和古典文学作品,这对他的思想产生了很大的影响。

1799年底,斯丹达尔来到巴黎。1800年,他进入拿破仑任第一总裁的军政部任职,后随拿破仑军队到了意大利,在军队里当龙骑兵中尉。1801年,辞去军职,闲居巴黎,专心阅读爱尔维修、孔狄亚克、卡巴尼斯、孟德斯鸠、卢梭等思想家的作品以及拉伯雷、蒙田、莫里哀、莎士比亚等作家的作品,同时学习希腊文和英语。1806年,他又回到军队,随"帝国大军"转战欧陆,曾目睹莫斯科在大火中化为灰烬,亲身体验到军队从莫斯科的溃退。1813年,他曾在德国参加拿破仑抗击欧洲君主国第六次反法联盟的战争。他一生崇敬拿破仑,但对拿破仑也有批评。追随拿破仑十余年的军旅生活体验,日后成了他创作的重要基础和源泉。

拿破仑的失败结束了他的军人生涯。波旁王朝复辟后,他侨居米兰并开始写作。自1814年始,他用各种不同的笔名发表了《海顿、莫扎特和梅达斯泰斯的生平》(1814)、《意大利绘画史》(1817)、《罗马、那不勒斯和佛罗伦萨》(1817)等作品。从后一作品开始,他使用斯丹达尔的笔名。他在这些谈音乐、绘画和各地风情的作品中,常涉及当时的政治和社会问题,表达他对法国复辟王朝的不满。在意大利期间,他站在革命人民一边,与烧炭党人有来往,并参加了具有浓厚的政治色彩的意大利浪漫主义运动,因而被奥地利当局视为"极端危险"分子,被迫离开意大利。

1821年至1830年,他住在巴黎。这期间他两次去英国旅行。从1822年开始,在英国报刊上发表了不少关于巴黎的时评,这些文章后来以"英国通讯集"为题出版。此外,他还出版了《论爱情》(1822)、《罗西尼的生平》(1823)、《罗马漫步》(1829)和《拉辛与莎士比亚》(1823~1825)等著作。《拉辛与莎士比亚》是斯丹达尔的重要美学论著。他在这部著名的论集中,针对古典主义的清规戒律和泥古倾向,反复申明艺术必须适应时代潮流,必须"表现人民的习惯和信仰的现实状况"。他认为:"一切伟大作家都是他们时代的浪漫主义者,表现他们时代的真实的东西,因此感动他们同时代的人。"这种创作方法其实就是后来称为现实主义的创作方法。因此,《拉辛与莎士比亚》被认为是批判现实主义的第一篇美学宣言。

1827年,斯丹达尔发表第一部小说《阿尔芒斯》(被称为《爱的悲剧》)。小说以一对贵族男女青年的爱情悲剧故事为情节线索,通过对巴黎几个贵族妇女沙龙场景的生动描写,揭露了波旁王朝复辟时期封建贵族的反动嘴脸和精神状态,嘲笑了这个"最缺乏生命力的阶级"妄图使历史车轮倒退的各种丑态,再现了复辟时期贵族生活的图景。

七月王朝的建立以及拜金主义的盛行,引起斯丹达尔的极大反感。

在写于1834年至1835年间而在他身后发表的未完成的《吕西安·娄凡》(《红与白》,1901)这部小说中,他揭露了七月王朝金融资产阶级的统治和资产阶级民主的虚伪性。

1830年七月革命后,斯丹达尔被任命为意大利一海滨小城的领事,直到1842年逝世。这是他最重要的创作时期。在此期间,除出版他的代表作《红与黑》(1831)外,还发表了《回忆拿破仑》(1836)、《一个旅游者的见闻录》(1838)。发表《见闻录》的同年,他用了52天工夫,通过口授完成了《巴马修道院》(1839),这一部杰作发表后受到巴尔扎克的热情称赞。托尔斯泰对小说第二章至第四章中关于滑铁卢战役的出色描绘也十分赞赏。

《巴马修道院》是受一部名为《法尔耐斯望族创业史》的手抄本的启发而写的,但原素材经过了斯丹达尔的提炼和艺术加工。小说共两卷,以19世纪意大利北部的巴马小公国为背景。上卷主要写贵族少年法布利斯和他的姑母吉娜的经历,下卷主要写法布利斯和克莱莉娅的恋爱故事。法布利斯和吉娜同情法国大革命,仰慕拿破仑。1815年拿破仑发动百日政变,法布利斯在姑母的支持下投奔拿破仑,但到法国后被当作奥地利间谍投入监狱,等他逃出来时,只赶上了滑铁卢战役的尾声。拿破仑部队被击溃后,他回到意大利,和姑母一起,对巴马宫廷展开反复而曲折的斗争。姑侄之间感情笃厚的故事和法布利斯与克莱莉娅之间浪漫的恋爱故事交织其中,使情节发展曲折跌宕,摇曳多姿。法布利斯在克莱莉娅死后,万念俱灰,辞去总主教职务,退隐巴马修道院,一年后死去。他的姑母不久也离开人世。小说通过错综复杂的斗争和一系列戏剧性冲突的描绘,生动地揭示了专制宫廷的残暴黑暗与荒淫无耻,并烘托出复辟时期意大利政治风云的变幻。巴马小朝廷里演出的一幕幕丑剧,实质上是王政复辟时代绝对君权国家各种典型特征的概括和写照。《巴马修道院》的故事情节紧凑,人物性格鲜明,心理描绘细致入微,批判精神锐利,显示了斯丹达尔小说创作的新成就。

1839年,斯丹达尔十年间陆续发表的一些中、短篇小说,结集为《意大利遗事》出版。其中有脍炙人口的名篇《法尼娜·法尼尼》(1829)和《卡司特卢的女修道院院长》(1839)。《法尼娜·法尼尼》叙述罗马一个贵族少女与一个年轻的烧炭党人之间的悲剧性的爱情故事。青年烧炭党人彼耶特卢·米西芮里越狱后受伤,在养伤期间与法尼娜·法尼尼相遇,两人产生爱情。彼耶特卢为了投身民族解放斗争,伤愈后毅然离开了法尼娜。法尼娜为了使彼耶特卢回到自己身边,不惜向当局告发,使彼耶特卢的许多同志遭到逮捕。彼耶特卢自动投案,与狱中同志共患难。法尼娜探狱时坦白了自己的告发行为,遭到彼耶特卢的唾弃。作品通过揭示革命与爱情尖锐冲突的主题,热情歌颂了意大利烧炭党人对祖国的热爱,对自由的执著,对革命的忠诚,同时表现了对出卖革命者的切肤之痛。作者成功地塑造了一个为祖国、为自由、为革命而献身的革命志士的感人形象。作品具有完整的故事情节,紧张尖锐的戏剧性冲突,细致的心理分析,展示人物性格的精彩语言,在思想上和艺术上都达到了很高的水平。中篇小说《卡司特卢的女修道院院长》则通过贵族少女海芝与一个青年"强盗"虞耳的爱情悲剧,表现作者所谓的"激情爱",并对造成这一悲剧的贵族暴政、宗教迫害提出强烈的抗议,对一个纯洁少女的毁灭表示沉痛的哀悼。《意大利遗事》中的大部分故事都表现了作者对"热情"和"力"的崇拜,其中主人公的"激情"与资本主义社会中人的苍白感情形成鲜明的对照。

1842年斯丹达尔回巴黎治病,3月23日因中风而逝世。遗体葬于蒙马特尔公墓,墓碑上用拉丁文刻着作家生前拟定的几行字:"亨利·贝尔,米兰人,写作过,恋爱过,生活过。"在斯丹达尔身后出版的作品还有《斯丹达尔日记》(1888)、未完成的长篇小说《拉米埃尔》(1889)、自传性小说《自我中心的回忆》(1892)和《拿破仑生平》(1929)等。

斯丹达尔生前文名寂寞,为他送殡的只有他的妹妹、堂兄和作家梅里美三人。但正如作家本人所预言的[1],后人会越来越认识到他的作品的意义和他的艺术造诣对于欧洲文学发展的重要性。他对社会的敏锐的洞察力,准确把握时代特征的才能,鲜明的政治倾向和民主精神,

---

[1] 他曾经说:"到1880年的时候,将会有人了解我。""我抽了张彩票,得奖的号码是:1935年拥有读者。"又说:"我一定要为二十世纪而写作。"转引自赵隆勷著《司汤达和〈红与黑〉》,北京出版社1983年版。

对于事件的戏剧性描写的高超技巧,以及卓越的心理分析才能,使他成为一位优秀的现实主义作家。他在欧洲文学史上占有一席重要的地位。

二、《红与黑》

斯丹达尔以《司法公报》上刊登的一则家庭教师杀害女主人的社会新闻为情节基础,进行大量的艺术加工和开拓,创作了这部具有浓厚政治色彩和时代色彩的长篇小说。小说原名《于连》,后来改为富有象征意义的《红与黑》,副题是"一八三零年纪事"。

小说以于连的生活经历为经,以复辟时期法国的社会生活为纬,广泛地反映了当时法国社会方方面面的剧烈变动,在广阔的社会背景上清晰地勾勒出一幅复辟时期社会的生动画面。

于连是维立叶尔小城一家锯木工场小业主的儿子。他是一个意志坚强、精力充沛、聪明能干的青年。他崇拜卢梭,接受启蒙思想家的自由平等观念和无神论思想。在一位老军医的熏陶下,他也崇拜拿破仑,羡慕拿破仑时代青年人能凭自己的才干青云直上。他在家受到父兄的压制和苛待,在社会上又受到统治阶级的歧视和压抑,所以,他从小就有强烈的平民反抗意识和要求改变命运的愿望。他企图通过个人奋斗来实现自己向上爬的愿望。倘若在大革命时期,他一定会穿上红色军服走从军的道路,但在王政复辟时期,这条道路已经被堵塞了;当他看到神父能拿到三倍于拿破仑手下大将的收入,就决定穿上黑色教会服,通过教会的门路向上爬。他背熟一部拉丁文《新约全书》和墨士德的《教皇传》作为向上爬的敲门砖,以伪饰作为"唯一的武器"来适应社会,混迹于贵族沙龙。他常常口是心非,言不由衷,把自己的真实感情深藏起来。他内心崇拜拿破仑,但为了适应形势,却又在人前痛诋拿破仑;他不信神,却装出一副虔敬天主的样子,如此等等。

于连的奋斗经历了三个重要的场景,也代表了其事业发展的三个阶段。第一个场景是德·瑞那市长家。年轻的于连凭借自己的才华成为市长家的家庭教师,这是他踏入社会、实现个人理想的第一步。在市长家里,出于强烈的自尊、对傲慢的市长的报复心理和试练自己胆量的冒险心理，于连与市长夫人发生了暧昧的关系。德·瑞那市长夫人是个30岁的少妇，端庄秀美，心地纯洁，富有同情心和自我牺牲精神。她的丈夫则是个粗鲁鄙俗、麻木不仁的贵族官僚。德·瑞那夫人在家庭生活中是个不幸的、受压迫的女性，于连的出现不但唤醒了她心中沉睡的爱情，也激发了她对丈夫的厌恶。他们在相互了解、相互同情的基础上，产生了真正的爱情。然而，他们的关系很快败露，于连不得不离开市长家，进入贝尚松神学院学习。神学院也是于连奋斗历程中的第二个场景。在神学院，于连选择了追随彼拉院长学习。然而让于连没想到的是，神学院内部居然存在复杂而激烈的派系斗争。于连虽然事事提防，处处小心谨慎，但是教派斗争还是把他卷了进去。他最终只得随去职的彼拉院长来到巴黎，成了德·拉·木尔侯爵的私人秘书。至此，于连进入了自己奋斗历程的第三个场景中。在侯爵家，于连凭借出众的才干、审时度势的能力，得到了侯爵的赏识和重用，还曾担负过去英国向某"要人"口传机密的重任。侯爵的女儿玛特儿小姐极富个性，她不满平庸的贵族生活和周围的纨绔子弟，看中了意志坚强、有才能、有个性的于连。他们之间产生了爱情，最后结为夫妇。木尔侯爵对这门婚事初则暴跳如雷，后来也无可奈何。于连因此获得德·拉·伟业骑士的称号、二万零六百法郎年收入的庄园和法兰西陆军中尉的军衔，初步实现了他个人的野心。但正当他踌躇满志之时，贵族阶级和教会狼狈为奸，设下圈套，通过教会特务威逼市长夫人写了揭发于连的告密信，木尔侯爵因此取消他和玛特儿的婚约。他在激愤之下赶到维立叶尔，向正在教堂祈祷的市长夫人射击，最终被处死刑。于连终于成为统治阶级阴谋的牺牲品。统治阶级惩罚于连，目的是要惩戒那些敢于混迹高等社会的平民少年。

  于连是王政复辟时代受压抑的小资产阶级青年的典型形象。他一生的遭遇，他的希望、追求、奋斗、失败，都反映了这一时期小资产阶级青年的命运。于连奋斗的动力一方面固然来自其个人的野心和欲望，另一方面，于连的命运也代表了正在崛起的小资产阶级的历史命运。于连所生活的时代，正是资产阶级尤其是小资产阶级迅速崛起的时代。法国大革命以及之后的拿破仑时代，塑造了于连这样的小资产阶级的梦想，为他们打开了一个向上流动的社会通道。小说中，于连之所以不断追念大革命时代，崇拜拿破仑，正是因为那时像他这样有才干的青年有数不清的机会可以大显身手。然而，突然到来的王政复辟时代，打断了他向上发展的道路，使他成了"一个逆叛的平民的悲惨角色"，成了"一个跟整个社会作战的不幸的人"。他不得不选择新的方式来实现自己的抱负。于是，从市长的家庭教师到神学院的学习再到木尔侯爵的私人秘书，于连凭借一己之力，不择手段地一路向上爬。然而，复辟时代特定的社会结构和价值观念，决定了上层社会不愿也不会接受于连这样一个小资产阶级出身的青年。最终，于连在贵族社会的围剿下结束了自己年轻的生命。从某种意义上讲，于连的悲剧就是新兴资产阶级和小资产阶级与贵族阶级围绕社会控制权所展开的一场斗争的缩影。于连个人的奋斗虽然失败了，但是这个奋斗过程本身却说明了他所代表的阶级正在不断挑战传统力量的权威，全力获取自己对整个社会的控制权。可以说，于连的奋斗展现了新兴资产阶级所具有的内在的、长远的力量。

复辟与反复辟的斗争是当时法国社会的重大时代特征，斯丹达尔在小说中对此进行了深刻细致的描写。小说生动展现了复辟时代贵族阶级的存在状态。经历了大革命，他们"什么也没有忘记，什么教训也没有记取"。他们以十倍的疯狂和百倍增长的仇恨，力图恢复旧制度和旧秩序。流亡国外的反动贵族首领木尔侯爵又回到了巴黎，成为"法兰西大臣"。他的权势炙手可热，各省都有他的田产。他的府第灯火辉煌，舞会通宵达旦。他结党营私，策划阴谋，里通外国，妄图对革命进行彻底的反攻倒算，政治上极为顽固反动。大革命时期残留国内的外省贵族德·瑞那，因反革命有功，复辟后出任市长，对下属和仆人同样颐指气使，趾高气扬。他明白告诉妻子："要保持我们的地位和权威，所有在你家生活的人，只要他不是贵族，他接受了工钱的，都是你的奴仆。"贵族阶级更与教会沆瀣一气，狼狈为奸。教会特务组织密布全国，监视人民，成为教皇手中惩治人民的"一根棍子"。人民的一切权利和自由都被剥夺殆尽，这就是王政复辟带来的后果。

小说从两方面反映了人民正在酝酿着一场反复辟的斗争。一方面，人民普遍追念大革命时代的生活，对拿破仑充满怀念和崇拜，对复辟王朝充满敌对情绪。另一方面，小说又从复辟阵营的惶惶不可终日，对复辟政权岌岌可危的不祥预感，烘托出另一场革命行将来临的紧张气氛。木尔侯爵主持召开的密谋会，透露出社会斗争尖锐紧张的气氛和"山雨欲来风满楼"的形势。统治阶级内部政派和教派间纷争不断，政治上歧见丛生，也反映了统治集团面临分崩离析的局面。在日常谈话中，他们也总离不开政治话题，害怕"在每一段篱笆后面都有一个罗伯斯庇尔和他驾来的囚车"。小说中的这些细节描写，生动反映了七月革命前夕法国的社会风貌。

  塑造典型环境中的典型性格是《红与黑》的最重要的艺术特色。斯丹达尔是自觉的现实主义作家，其创作活动有着明确的现实主义诉求。对复辟时期法国社会的深入观察和研究，又使他能比较准确地把握时代的本质特征。小说里所描写的唯利是图的维立叶尔、人间地狱般的贝尚松神学院和"阴谋与伪善的中心"巴黎，是揭示作品主题、展示时代特征、表现人物性格的典型环境。作者善于使人物性格的形成和发展与人物活动的环境紧密相连，典型的环境又为人物性格的形成和发展提供了合理的依据。这使得《红与黑》这部作品不仅塑造了一系列栩栩如生、富有鲜明个性的典型形象，而且使整部作品具有浓郁的时代气息。

  斯丹达尔擅长心理分析，善于对人物灵魂深处进行探索。细致入微的心理分析是他塑造典型环境中的典型性格的一个重要手段。斯丹达尔的心理分析和心理描绘，既细腻入微，又不失之烦琐。他的笔下没有游离故事情节和特定情境的心理分析，这不仅能展示人物情绪的微妙变化和人物思想的丰富多彩，而且为故事情节的发展作了铺垫。于连赴玛特儿约会前的心理活动，就是最明显的一个例子。20世纪评论家称之为"第一人称"视角的强化，以及20世纪现实主义文学发展的新特点——探索"内宇宙"，"向内转"的趋势，其实在这部小说中已初露端倪。

斯丹达尔的"观念富有戏剧性"①,他善于运用戏剧性冲突场面来展示人物性格,推动情节的发展。于连到哇列诺家赴宴的一场,写得有声有色,富于戏剧性。哇列诺及其周围人的鄙俗与无知,这位暴发户洋洋得意的神态及其背后的丑恶,于连的思想反应和心理活动,在这戏剧性场面中都得到生动的刻画和充分的展示。

《红与黑》除了上述艺术特色外,还具有结构严谨完美、故事情节生动、语言精确等独特的艺术风格。

第三节　巴尔扎克

一、生平和创作

奥诺雷·德·巴尔扎克(1799～1850)是法国19世纪批判现实主义文学的伟大代表。马克思非常推崇巴尔扎克,认为他"对现实关系具有深刻理解"②;恩格斯赞誉他作品中有着"了不起的革命辩证法"③,并在《致玛·哈克奈斯》的信中(1888年4月),对巴尔扎克作了精辟的论述。

1799年5月20日,巴尔扎克诞生在图尔市一个中等资产阶级家庭里。他的父亲是在大革命后开始发迹的。1814年,他随父亲来到巴黎。1816年至1819年,他在法学院学习法律,并在一家律师事务所当文书,毕业前后,曾当过律师的助手。透过律师事务所的窗口,巴尔扎克初次看到了巴黎社会的黑暗腐败,这对他日后的创作十分有益。

从1819年起,巴尔扎克决心投身文学事业。他一面大量阅读各种书籍,一面卖文为生。后来他又投笔从商,先后经营出版、印刷等业,但

---

① 巴尔扎克:《拜耳先生研究》,《巴尔扎克论文选》,新文艺出版社1958年版,第163页。
② 马克思:《资本论》第3卷,人民出版社1966年版,第20页。
③ 恩格斯:《致劳·拉法格》,《马克思恩格斯全集》第36卷,人民出版社1975年版,第77页。

是，这些商业活动非但没有获得他所渴望的大量金钱，反而债台高筑，以至拖累终生。在巴黎各界的奔波碰撞，和巴黎各种人物的接触交往，更使他亲身领略了资本主义社会中金钱的万能力量，人与人之间赤裸裸的利己主义关系。这些为他成功地创作《人间喜剧》奠定了生活基础。

1829年，巴尔扎克发表了《舒昂党人》，迈开了走向现实主义的第一步。以后的二十余年中，他夜以继日地创作出一部又一部的作品，直至1850年8月18日病逝于巴黎。

巴尔扎克的世界观是一个异常复杂的复合体。他的世界观的复杂性，源于其所生活的那个新旧交替的时代自身的复杂性，也和其个人的社会地位和思想经历有着密切的关系。当时的法国，资产阶级的胜利、发展，封建势力的反扑、复辟，工人阶级的兴起、斗争，使社会形势急剧变化，政治体制迅速更迭；资产阶级与封建贵族又斗争又妥协，使阶级关系和力量对比经常出现不稳定的局面。同时，他的思想又受到当时各种社会思潮的影响。他曾是启蒙思想家的信徒，也羡慕拿破仑的业绩；他接受过空想社会主义的影响，也接受过封建的教义；他基本上是唯物主义者，但对神秘主义也颇感兴趣。凡此种种，最终构成了巴尔扎克世界观的复杂性。

巴尔扎克是一位中小资产阶级作家，在大革命中获利的中产阶级家庭地位，使巴尔扎克倾向大革命。青年时代不得志的生活和他在巴黎社会中个人奋斗的经历，更增添了他对等级森严的波旁王朝的厌恶。1830年的七月革命推翻了波旁王朝，政权落入大资产阶级、金融贵族手中，新建立的七月王朝不仅对劳动人民残酷压榨，也威胁和损害工商资产阶级和小资产阶级的利益。巴尔扎克看到启蒙主义"理性王国"的再一次破灭，慨叹《民约论》的作者卢梭"说不定被送上法庭"；慑于工人阶级的革命力量，他认为"工人是野蛮人的前卫"；他又认为，中产阶级不宜掌握政权，社会只能由少数有特权的人来管理。于是他把目光转向贵族方面。中小资产者攀援名贵的虚荣心和谋取地位、金钱的个人主义都使他向贵族靠拢，力争厕身贵族之林。30年代初，巴尔扎克宣称自己是贵族出身，堂而皇之地给自己姓氏前加上了一个表示贵族身份的"德"字。在此前后,他又在他周围的贵族的包围和拉拢下,参加了保王党,在政治上成了一个正统派。但他与保王党的政见也不完全一致。不久之后,他的政策建议遭到保王党的拒绝,他的《乡村医生》受到保王党的责骂,他对保王党也怨气重重,实际上只保留着貌合神离的关系。对资产阶级唯利是图的道德原则的深恶痛绝,也使巴尔扎克倾向贵族。他企图"恢复那些过去存在的道德原则,因为这些道德原则是不朽的"。巴尔扎克向贵族靠拢,主要是出于对七月王朝的不满,并没有因此而彻底改变他中小资产阶级的政治立场。

针对七月王朝腐败的现实,巴尔扎克在《乡村医生》(1833)中全面地提出了自己的乌托邦理想和政治主张。小说描写了一个民不聊生、愚昧落后的山村,经过乡下医生倍纳西多年的苦心经营,被改造成为人间乐园的故事。作家在作品中以其对理想乐园的描绘和主人公的长篇议论相互印证表达了他的政治观点。针对贫富悬殊的现象,他提出人人劳动、人人富足的理想;针对人民的疾苦,他主张改善人民生活;针对大资产阶级对中小资产阶级的排斥,他主张让有志者和有能力者有"崭露头角"的机会;针对金融贵族对经济命脉的控制,他认为"竞争是实业的生命";针对金钱的腐蚀力量,他希望"金钱一方面使人安居乐业,一方面还使人得着健康、富足的快乐";针对社会的停滞不前,他主张发展资本主义工商业;针对"人欲横流"的恶疾,他主张以宗教感情来"压制坏倾向,发扬好倾向";针对政府的无能,他主张实行强权政治……

作家声称:"我在两种永恒真理的照耀之下写作,那是宗教和君主政体。"[①]这也是他的主要的政治思想。不过,这"两种真理"并不能概括他的全部创作,只有《乡村医生》这类正面描绘作家理想的作品才真正是这一理论的体现。

他所提倡的君主政体,正如他所推崇的英国式君主立宪制那样,实际上是包括中小资产阶级在内的资产阶级专政。它的职能,一方面是保障资本主义的发展,"需要产生实业,实业产生商业。商业产生利益,

---

① 巴尔扎克:《〈人间喜剧〉前言》,《文艺理论译丛》1957年第2期,人民文学出版社出版,第9页。

利益产生幸福。因而幸福便产生有益的思想"。这就是巴尔扎克规划的社会道路。另一方面就是镇压群众。他理想中的政权是绝对排除劳动人民在外的,不仅如此,"政府为着存在起见"还必须"除去大众中间那些足以煽动大众的勇者"。巴尔扎克也十分明白宗教的工具作用,"它也许不是神的设施,而是人的需要"。他借用宗教,一方面是为了抑制人类泛滥的"情欲",制止社会道德的堕落;一方面又是为了调和阶级矛盾,防止人民革命:"基督教告诉穷人容忍富人,告诉富人减轻穷人的困难。对于我,这寥寥数语是一切神的和人的法律精要。"

出于人道主义的立场,巴尔扎克对社会底层的穷困人群表示过同情,表现过他们的苦难,也真诚地希望他们的生活状况能够得到改善。他深刻认识到,社会贫富差距的扩大,底层穷困人口的增加,将会导致社会的不稳定,甚至激发革命。他说:"穷困到了相当比例,不仅是政府的耻辱,也是对它的控诉,也是它的崩溃。穷人多到一个相当的数目,富人屈指可数,革命就不远了"。

巴尔扎克是个多产的作家,仅收入《人间喜剧》的长、中、短篇小说就有90多部。巴尔扎克把《人间喜剧》分为三大类:"风俗研究"、"哲学研究"和"分析研究"。其中"风俗研究"又分为"私人生活场景"、"外省生活场景"、"巴黎生活场景"、"政治生活场景"、"军旅生活场景"和"乡村生活场景"六个部分。

巴尔扎克立意要写出一部艺术的历史(他要"完成一部描写19世纪法国的作品"①,要把"作品联系起来,调整成为一篇完整的历史,其中每一章都是一部小说,每一部小说都描写一个时代"②),要用小说来进行社会研究("研究产生这些社会现象的原因,寻出隐藏在广大的人物、热情和事故里面的意义"③),要以社会为舞台,让读者看到一幕幕

---

① 巴尔扎克:《〈人间喜剧〉前言》,《文艺理论译丛》1957年第2期,人民文学出版社出版,第5~6页。
② 巴尔扎克:《〈人间喜剧〉前言》,《文艺理论译丛》1957年第2期,人民文学出版社出版,第5~6页。
③ 巴尔扎克:《〈人间喜剧〉前言》,《文艺理论译丛》1957年第2期,人民文学出版社出版,第5~6页。

惊心动魄的"人间戏剧"("我常常用这样一句话说明我的计划,'一代就是四五千突出的人物扮演一出戏',这出戏就是我的著作"[①])。他多处谈到文学的使命是描写社会,他的名言是:"从来小说家就是自己同时代人们的秘书。"[②]"法国社会将要作历史家,我只能当他的书记。"[③]恩格斯称赞"他是比过去、现在和未来的一切左拉都要伟大得多的现实主义大师"[④]。

当我们走进这由两千多人物组成的《人间喜剧》的画廊时,就可以看到一部生动、形象的"法国'社会'特别是巴黎'上流社会'的卓越的现实主义历史",巴尔扎克"用编年史的方式几乎逐年地把上升的资产阶级在1816年至1848年这一时期对贵族社会日甚一日的冲击描写出来,这一贵族社会在1815年以后又重整旗鼓,尽力重新恢复旧日法国生活方式的标准"[⑤]。

《人间喜剧》中包含着一部封建贵族的没落衰亡史和一部资产阶级的崛起史,二者是有机地联系、紧密地结合在一起的。恩格斯指出:巴尔扎克"不得不违反自己的阶级同情和政治偏见;他看到了他心爱的贵族们灭亡的必然性,从而把他们描写成不配有更好命运的人;他在当时唯一能找到未来的真正的人的地方看到了这样的人,——这一切我认为是现实主义的最伟大胜利之一,是老巴尔扎克最重大的特点之一。"[⑥]

---

① 巴尔扎克:《致"星期报"编辑意保利特·卡斯狄叶先生书》,《文艺理论译丛》1957年第2期,人民文学出版社出版,第35页。

② 巴尔扎克:《〈古物陈列室〉、〈钢巴拉〉初版序言》,《古典文艺理论译丛》1965年第10期,人民文学出版社出版,第121页。

③ 巴尔扎克:《〈人间喜剧〉前言》,《文艺理论译丛》1957年第2期,人民文学出版社出版,第5~6页。

④ 恩格斯:《致玛·哈克奈斯》,《马克思恩格斯选集》第4卷,人民出版社1972年版,第462~463页。

⑤ 恩格斯:《致玛·哈克奈斯》,《马克思恩格斯选集》第4卷,人民出版社1972年版,第462~463页。

⑥ 恩格斯:《致玛·哈克奈斯》,《马克思恩格斯选集》第4卷,人民出版社1972年版,第462~463页。

巴尔扎克在《古物陈列室》(1838)中安排的情节是寓意深远的。小说展示了两个势不两立的沙龙集团,一个是旧贵族集团,他们顽固地忠实于被废除的贵族制度和君主政体,忠实于旧思想、旧道德,巴尔扎克尖锐而又贴切地给这个沙龙送了一个雅号:"古物陈列室";另一个是资产者集团,这个沙龙和前者有同等的势力,而且"更有朝气,更为活跃"。这两个沙龙互相仇视,明争暗斗,前者以其"高贵"的身世蔑视后者,后者则以其实力决心打垮前者。显然,这正是两个阶级激烈斗争的缩影。虽然巴尔扎克残存的封建思想感情和道德观点使得他的同情常常是在贵族方面,但他的中小资产阶级立场和对待现实的唯物主义态度,使他能违反自己的同情和偏爱,正确地反映出贵族阶级必然灭亡的历史命运,并对他们加以无情的嘲讽和猛烈的鞭挞。德斯格里翁侯爵就像是与世隔绝的"古物",尽管"高雅",但却只有"陈列"的价值,而无行动的能力。怪不得巴尔扎克要通过公爵夫人的口对这批老朽的古物大喝一声:"当我们是在19世纪的时候,你们难道要留在18世纪的时代里吗?亲爱的孩子们,此后不会再有什么贵族了,现在只有权势。拿破仑的民法已经毁坏了爵位,正如大炮已经轰倒了封建社会一般。只要您有钱,您就可以变得比现在更为高贵。"正是由于这种对历史进程的清醒认识,使巴尔扎克能够剥开贵族阶级高贵的外衣,揭示出他们已经过时的本质,即使那些他力图美化的正面人物或深表同情的悲剧形象,也同样被"描写成不配有更好命运的人"。

在巴黎上流社会司空见惯的情场轶事,到了对现实生活洞察入微的巴尔扎克笔下也同样染上了时代的色彩,刻上了阶级的印记。名门贵妇鲍赛昂夫人的盛衰史也是与贵族阶级的盛衰史紧密相连的。她在《高老头》中被迫离开巴黎,是贵族厄运的写真。《被遗弃的女人》(1832)是《高老头》中鲍赛昂夫人故事的继续。卡斯顿男爵来到鲍赛昂夫人隐居的下诺曼地,因慕其盛名姿色而热恋鲍赛昂夫人,他们一起度过了9年。但是卡斯顿经不起四万法郎年租的诱惑,终于抛弃了她而娶了他并不喜欢的罗地埃小姐。"财产安慰一切",贵妇人再一次受到社会的弃绝,败在资产者的手中。就是这样,资产阶级的妇女击败了贵族妇女并代替她们活跃在上流社会。

与封建贵族没落的画面相对应又相交织的是资产阶级暴发户的发迹图。巴尔扎克给贵族形象涂抹上"可笑"和"可怜"的色调,而在资产者的脸谱上却着力勾勒了"可憎"和"可怕"的线条。从高利贷者高布赛克到投机商葛朗台,从贵族的管家高贝丹(《农民》,1844)到银行家纽沁根,一张张都是卑鄙凶残的面孔,一个个都是贪婪无耻的恶棍。

由于巴尔扎克曾对各色各样的贪婪做过透彻的研究,所以他能通过这一系列本质相同而形象各异的资产阶级人物真实地再现出资本主义剥削方式的发展史。高布赛克是早期资产阶级的代表,他以单纯的高利贷方式获取利润,而不懂得商品的流通和资本的周转。葛朗台虽然和他一样贪婪吝啬,但他在发财致富方面却要比高布赛克"高明"得多。商业投机和高利盘剥是他的主要手段,他还参加证券交易,他已懂得在流通中求得资本的增值。银行家纽沁根则是金融资产阶级的典型。这是资本主义迅速发展时期的产物,他的发家史有鲜明的时代特征。他不仅用资金的不断周转来获取巨额利润,而且还制造假象,散布谣言,在股票的涨落中投机取巧,牟取暴利。"投机得来的财富自然要寻求满足",他身上已经没有早期资产者的守财奴特性,他过的是穷奢极欲、荒淫无耻的豪华生活。巴尔扎克揭示出这是一批具有更大寄生性、更大破坏性的剥削者。

恩格斯把巴尔扎克对资产阶级进攻和贵族阶级衰亡的描绘称为《人间喜剧》的"中心图画"。恩格斯说"他描写了这个在他看来是模范社会的最后残余怎样在庸俗的、满身铜臭的暴发户的逼攻之下逐渐灭亡,或者被这一暴发户所腐化;他描写了贵妇人(她们对丈夫的不忠只不过是维护自己的一种方式,这和她们在婚姻上听人摆布的方式是完全相适应的)怎样让位给专为金钱或衣着而不忠于丈夫的资产阶级妇女。在这幅中心图画的四周,他汇集了法国社会的全部历史"[①]。

资本主义社会是一个追逐金钱的世界,在资产阶级那里,几乎每一桩婚姻都是一次交易,每一次外遇都是一笔买卖。葛朗台不让女儿去

---

① 恩格斯:《致玛·哈克奈斯》,《马克思恩格斯选集》第4卷,人民出版社1972年版,第463页。

爱一个破了产的查理(《欧也妮·葛朗台》,1833);赛西儿在婚事中感兴趣的只是对方的财产(《邦斯舅舅》,1847;但斐纳为了金钱嫁给了纽沁根,拉斯蒂涅为了金钱去追求但斐纳(《高老头》);为了谋取更多的财产,拉斯蒂涅又转而追求埃斯巴夫人(《禁治产》,1836)……资产阶级妇女在追逐金钱,而她们自己也成了金钱的牺牲品。在资产阶级眼里,"生活不是一部由金钱开动的机器么?"(《高利贷者》)

《共产党宣言》中指出:"资产阶级在它已经取得了统治的地方把一切封建的、宗法的和田园诗般的关系都破坏了。它无情地斩断了把人们束缚于天然尊长的形形色色的封建羁绊,它使人和人之间除了赤裸裸的利害关系,除了冷酷无情的'现金交易',就再也没有任何别的联系了。"在《人间喜剧》的舞台上,我们看到拜金主义使资产阶级变成畸形的人物,造成了他们的变态心理。他们除了金钱以外,看不到任何东西;除了发财的快乐以外,体验不到任何幸福。透过对这些人物丑恶表演的细致刻画和对他们内心世界的深入挖掘,巴尔扎克愤怒地控诉了资本主义世界道德的堕落。在《夏倍上校》(1832)里,律师但尔维的道白概括地表达了《人间喜剧》中这方面的内容:"我亲眼看到一个父亲给了两个女儿每年四万法郎进款,结果自己死在一个阁楼上,不名一文,那些女儿理都没理他!我也看到烧毁遗嘱;看到做母亲的剥削儿女,做丈夫的偷盗妻子,做老婆的利用丈夫对她的爱情来杀死丈夫,使他们发疯或者变成白痴,为的要跟情人消消停停过一辈子。我也看到一些女人有心教儿子吃喝嫖赌,促短寿命,好让她的私生子多得一份家私。我看到的简直说不尽,因为我看到很多为法律治不了的万恶的事情。总而言之,凡是小说家自以为凭空造出来的丑史,和事实相比之下真是差得太远了。"巴尔扎克不仅详尽地编制了这份"恶习的清单",令人信服地表现了资本主义社会中人与人之间的"现金交易"关系,描写出这种关系已发展到了何等疯狂、何等残酷的程度,而且还尖锐地指出,痼疾难除,这些卑鄙心理的重演是无法改变的,这些万恶的丑行是法律也根治不了的。这样,在客观上就使人们看到了这些矛盾的深刻性和顽固性。

"资产阶级抹去了一切向来受人尊崇和令人敬畏的职业的灵光。

它把医生、律师、教士、诗人和学者变成了它出钱招雇的雇佣劳动者。"[①]职业的商品化和人与人之间关系的金钱化一样,同是资本主义私有制的必然产物,是资本主义关系渗透到一切精神领域的后果。巴尔扎克在《幻灭》(1835～1843)三部曲里,详尽地描述了这一资本主义化的过程,形象地表现了在金钱的魔术棒下,文学、新闻这些"神圣殿堂"是如何变成污秽肮脏的"真正地狱"的。外省青年吕西安来到巴黎,希望以其诗才获得诗人的光荣,但是他的幻想破灭了。他遇到的是一个"出卖一切,制造一切,甚至制造成功"的社会,"黄金是这世界的人要顶礼膜拜的唯一力量",在这样的社会里,"报界是一个地狱","艺术和荣誉"已经不复存在,"样样要靠金钱决定",出版书店与交易所无异,戏院的喝彩声决定于用钱雇来的"一队队发臭的捧场人",报馆里麇集着一批寡廉鲜耻的"杀害思想与名誉的人"……这些画面形象逼真,对于人们认识巴尔扎克时代的社会面貌是有帮助的。

对黑暗现实不满的巴尔扎克,经常在探索着出路,寻找能够代表历史发展方向的正面人物。他在现实斗争中,在反对七月王朝的行列里,看到了当时"的确是代表人民群众"的共和主义者的形象;尽管他并不同意他们的政治主张,也不完全理解他们的思想实质,但他看到了他们是反对派中真正有行动能力和高尚品德的人物。他在作品中以毫不掩饰的口吻对他们大加赞赏。《幻灭》中的克雷斯吉安,《农民》中的尼雪龙,作为艺术典型虽不够生动丰满,但他们的崇高精神却被描写得十分突出。巴尔扎克形容尼雪龙老爹"铁一般坚硬、像黄金一样纯净",他把共和党英雄克雷斯吉安称做是"一个会改变世界面目的大政治家"、"法兰西最高尚的一个人物"。恩格斯特别注意到巴尔扎克笔下的这几个形象绝不是偶然的,因为他们曾一度代表过人民群众,因为他们的出现为巴尔扎克的作品增添了新的光彩。巴尔扎克还看到并描写了一些劳动者的优秀品质。在《夏倍上校》和《无神论者望弥撒》(1836)中,与弱肉强食、尔虞我诈的社会现实形成对比的是下层劳动者慷慨助人、自我

[①] 马克思、恩格斯:《共产党宣言》,《马克思恩格斯选集》第 1 卷,人民出版社 1972 年版,第 253 页。

牺牲的美德。

恩格斯曾说:"巴尔扎克在政治上是一个正统派;他的伟大的作品是对上流社会必然崩溃的一曲无尽的挽歌;他的全部同情都在注定要灭亡的那个阶级方面。但是,尽管如此,当他让他所深切同情的那些贵族男女行动的时候,他的嘲笑是空前尖刻的,他的讽刺是空前辛辣的。"[1]巴尔扎克以其全部才华,描写了19世纪法国贵族走向衰亡的过程,同时展现了一幅正在蓬勃兴起的新兴资产阶级不断获取权力的图景。尽管巴尔扎克本人对贵族充满了同情和好感,推崇贵族的品格,认可贵族统治的体制,但是他仍然以现实主义的态度,展现了旧贵族的衰亡和新阶级的崛起。这是巴尔扎克的艺术魅力,也是现实主义文学的艺术魅力。

二、《高老头》

1834年开始发表的《高老头》是巴尔扎克优秀的作品之一。小说以1819年底和1820年初为时代背景,以伏盖公寓和鲍赛昂夫人的沙龙为舞台,以高老头和拉斯蒂涅两个人物基本平行而又间或交叉的故事为主要情节,真实地勾画出波旁复辟王朝时期法国社会的面貌。

《高老头》对这一时期封建贵族权势的得而复失、盛而复衰的历史趋势,作了细致而深入的描写。鲍赛昂夫人是"贵族社会的一个领袖",她的府邸是贵族住区"最有意思的地方",能在这"金碧辉煌的客厅里露面,就等于一纸阀阅世家的证书","一朝踏进了这个比任何社会都门禁森严的场所","就可以到处通行无阻"。但在这花团锦簇的繁华盛世背后,却潜藏着危机,隐伏着灾难。拉斯蒂涅被引进鲍府的时候,鲍赛昂夫人已到了"被遗弃的关头",她骚动在心中的不安已经溢于言表,"上流社会最可怕的祸事"已经临头。更具讽刺意味的是,虽则鲍赛昂夫人自视清高,对资产阶级妇女不屑一顾,但她对拉斯蒂涅的"开导"却完全是资产阶级式的;她对但斐纳非常轻视,却让拉斯蒂涅去追求这位银行

---

[1] 恩格斯:《致玛·哈克奈斯》,《马克思恩格斯选集》第4卷,人民出版社1972年版,第463页。

家的太太,并亲自带他到剧院去结识但斐纳。因为个人的阅历和遭遇使她懂得了贵族的一套已经不时兴了,资产阶级的金钱力量才是真正的统治者。她自己就是金钱的手下败将。洛希斐特是新起的暴发户,鲍赛昂夫人的情夫阿瞿达也并不十分喜欢洛希斐特小姐,但他却毅然决然抛弃了名媛贵妇鲍赛昂夫人,决定和资产阶级暴发户联姻,因为可以得到"20万法郎利息的陪嫁"。

鲍赛昂夫人告别巴黎的盛大舞会,恰似贵族社会的回光返照,是巴尔扎克着力刻画的"上流社会必然崩溃的一曲无尽的挽歌"。富丽堂皇的外景与鲍赛昂夫人凄凉的心境形成强烈的对比。这位贵妇尽管在众人面前"安闲静穆",好像"到了最后一刻,她依旧高高在上地控制着这个社会";但在卧室里,她却流着眼泪烧毁情书,作着诀别巴黎的最后准备。这种人前背后的表演,正是贵族阶级行将没落而又强恃尊严的社会地位的真实写照。

《高老头》一书着重揭露批判的是资本主义世界中人与人之间赤裸裸的金钱关系。

高老头的两个女儿,在高老头的培养下都过着奢华的生活。一个高攀贵族,跳进了上流社会,成了新贵雷斯多伯爵太太;一个喜欢金钱,嫁给了银行家,成为纽沁根夫人。这是一对典型的资产阶级女性。她们出嫁的时候,每人得到80万法郎的陪嫁,所以对高老头极尽奉承体贴之能事。但是,不久高老头就被撵出了女儿的大门,在伏盖公寓里过着穷酸的生活。开始他还可以每星期在女儿家吃一两次饭,后来改为一个月两次,再后来他就连女儿的家门都进不去了。这种感情的变化,一方面是因为到了复辟时期,父亲的面条商身份已不能给女儿的家庭带来光彩;更重要的是因为高老头的钱越来越少了。她们有时也来到伏盖公寓父亲的住处,目的就是为了继续榨取高老头仅存的钱财。两个女儿竞先下手,互相争夺,在财产的面前,一对亲姐妹变成了不共戴天的仇敌。

高老头之死是这幕家庭丑剧的高潮。高老头死前想见女儿,哭天喊地,但也枉然,这才使他悟出了资本主义社会的残酷的真理,"钱可以买到一切,买到女儿","倘若我有钱,倘若我留着家私,没有把财产给她们,她们就会来了,会把她们的亲吻来舔我的脸!""父亲轴心"无情地被"金钱轴心"代替了。女儿们"为了参加跳舞会,即使踩着父亲的身体走过去也在所不惜"。为了筹款治丧,拉斯蒂涅"在纽沁根夫妇与雷斯多夫妇两处奔走"竟"毫无结果",理由是"先生跟太太谢绝一切宾客,他们的父亲死了,都悲痛得了不得。"在送葬的行列里,出现的是这两家"有爵徽的空车"。巴尔扎克的揭露和批判真可谓入木三分,力透纸背。

《高老头》还多方面地触及现实社会的累累罪恶。在巴尔扎克笔下,无论在"上流社会"还是在下层公寓,极端利己主义的冰水淹没了一切道德原则,金钱像一只巨掌,牵着无数木偶,在社会舞台上各尽其能地进行着丑恶的表演。为了觊觎高里奥的财产,伏盖太太竟乔装打扮,媚态百出;贪图3000法郎收入,米旭诺和波阿莱成了官方的密探,对伏脱冷暗下毒手;为了到手20万法郎,伏脱冷巧设陷阱,杀害了泰伊番的独子;纽沁根大耍无赖手段,鲸吞妻子的全部钱财;拉斯蒂涅则以他眼前的"英雄"们为榜样,亦步亦趋,在社会这个大泥坑里越陷越深,明知"入了地狱",还决心要"耽下去","拼一拼"。

伏脱冷这个人物在《人间喜剧》中占据着特殊的地位。这是个具有象征性的恶魔,又是活生生的典型。他在不同作品中以不同身份出现,但却起着同样的引诱青年堕落的作用。在《高老头》里,他的身份是被警察特务追捕着的苦役犯,但他的思想和行动,却与资产者、银行家没有什么不同。法律制裁伏脱冷,也只是为了保护角逐场上的胜利者。正是通过这样巧妙的构思,使得作品对社会罪恶与资产阶级的批判更加深入一层。

伏脱冷老于世故,深知黑暗社会的底蕴,他用最赤裸裸的语言,把资产阶级极端利己主义的道德原则在拉斯蒂涅面前和盘托出,开始使涉足不深的拉斯蒂涅感到惊讶、可怕,继而在他脑海里留下了难以磨灭的印象。巴尔扎克通过伏脱冷的长篇台词,嬉笑怒骂,冷嘲热讽,对社会腐朽的败德进行了淋漓尽致的揭露和毫不留情的鞭挞。拉斯蒂涅受多方面的影响走上了野心家的道路,而伏脱冷的"道德教育"却具有提纲挈领的性质。

鲍赛昂夫人是在暴发户的逼攻下走向灭亡的贵族的典型。拉斯蒂涅则是为暴发户所腐化的贵族子弟的典型,他的堕落过程是贯串全书的主线。他来往于"上流社会"与伏盖公寓之间,把两个场景紧密地联系在一起,融合为一体。他在两处受教育,方式不同,内容一样:金钱便是力量。为了爬上去,必须有钱,为了有钱必须涂黑良心。通过拉斯蒂涅所走过的道路和他的心理变化,作家细致地揭示了金钱对人们灵魂的巨大腐蚀作用。

拉斯蒂涅在外省是破落贵族子弟,到巴黎是穷困窘迫的大学生。花花世界的巴黎与家道中落的故乡相比,强烈地刺激了他向上爬的欲望。于是他遍寻家谱,找到了远亲鲍赛昂夫人作为高攀"上流社会"的引进人。然而,世道变了,高贵的门第只能帮助他进入"上流社会",却不能帮助他在"上流社会"扎根,连这位鲍赛昂夫人自己也在与资产阶级妇女的角逐中败下阵来。聆听鲍赛昂夫人的"教导",目睹她的命运,金钱的威力超过了姓氏的力量,这是时代的特点。伏脱冷也向他道出了这个真理,鲍赛昂家只能给他撑腰,但袋里空空如也还是无济于事,要想爬得上去,必须有"一百万家财",而"要搞大钱,就该大刀阔斧地干,要不就完事大吉。……人生就是这么回事。跟厨房一样的腥臭。可是要作乐,就不能怕弄脏手,只消你事后洗洗干净:今日所谓的道德,就是这一点"。资产阶级的赌博心理和道德准则被伏脱冷一语道破,它深深地印在拉斯蒂涅的心中。但是,拉斯蒂涅并不是立即就全部接受下来并付诸实施的。他的经历,他的见闻,不断印证了伏脱冷的邪恶说教。大量的罪恶事实,特别是伏脱冷的被捕和鲍赛昂夫人的被逐,对他震动尤大。高老头之死,是拉斯蒂涅上的最后一课。他再也压抑不住心中炎炎的欲火,纵身跳进了巴黎"上流社会"这个罪恶的深渊。这样,我们看到拉斯蒂涅步步堕落的同时,也就看到了社会的重重罪恶。

从对现实的细致观察中进行精确描写,是巴尔扎克艺术的最大特色,这是与他反映社会生活的深度和广度相适应的。

巴尔扎克非常重视详细而逼真的环境描绘,一方面是为了再现生活,更重要的是为了刻画人物性格。他总是力图为他的人物提供真实、具体的活动背景,从而使人物获得真实感、典型性。《高老头》一开始对伏盖公寓内外景的描写,确使人有身临其境之感。先写外景(街道、建筑、阴沟、墙脚),显出"一派毫无诗意的贫穷";然后写内景(院子、客厅、地板、陈设),无一不散发着"公寓味道",一股"闭塞的、霉烂的、酸腐的气味"。在这样的背景下,再介绍那一张张奇形怪状的脸谱,就显得十分自然,十分贴切了。但是巴尔扎克的写景也时常失之冗长、烦琐,尽管他曾为这一缺点多方辩解,有时也不无道理,但我们还是认为他那些过于细腻的"考古学描写",不免有些累赘。

客观环境的逼真描写,只是构成"典型环境"的一个组成部分。恩格斯所说的"典型环境",主要是要求作家真实地再现当时历史条件下的阶级关系,要在正确的阶级关系中来塑造各种典型人物。《高老头》中展示的穷酸的伏盖公寓,是巴黎下层社会的缩影。这里弥漫着市侩习气,充斥着尔虞我诈的关系,也流露出对上层的妒羡和不满,正是在这样的环境里,我们认识了伏脱冷这个典型。而在富丽堂皇、珠光宝气的沙龙里,集结的是一群"出名放肆的男人"和"最风雅的妇女",他们寻欢作乐,放荡不羁,作者着力描写辉煌掩盖下的精神空虚,虚伪遮饰下的勾心斗角,正是在这里,我们目睹了鲍赛昂夫人的荣辱。这两个交替出现的场景,或者说,整个万头攒动、互相倾轧的巴黎社会的典型环境,为野心家拉斯蒂涅的成长发展提供了真实可信的依据。紧扣着环境表现人物,环境的变化促使人物发展,典型人物又使环境具有典型特征,二者相辅相成,辩证统一。这样,巴尔扎克的创作就较好地体现了"典型环境中的典型人物"这一现实主义的根本原则。

巴尔扎克基本上遵循现实主义集中概括的典型化原则塑造人物。"为了塑造一个美丽的形象,就取这个模特儿的手,取另一个模特儿的脚,取这个的胸,取那个的肩。艺术家的使命就是把生命灌注到他所塑造的这个人体里去,把描绘变成真实。如果他只是想去临摹一个现实的女人,那么他的作品就根本不能引起人们的兴趣。"[①]这种"杂取种种人,合成一个"的做法,使作家笔下的人物从肖像到性格都具有鲜明、突

---

① 巴尔扎克:《〈古物陈列室〉、〈钢巴拉〉初版序》,《古典文艺理论译丛》1965年第10期,人民文学出版社出版,第120页。

出的特点,能给人留下深刻的印象。巴尔扎克像出色的素描画家一样,只需寥寥数笔,就能把人物的外形特征勾画得惟妙惟肖,而且与其内在性格相得益彰。在《高老头》中,重要人物如伏脱冷,次要人物如伏盖太太,都是这方面成功的例子。在性格描写上,巴尔扎克特别渲染他笔下每一个典型最基本、最富于特征、最能表现其性格本质的东西,如高布赛克的贪婪、葛朗台的吝啬、于洛的好色、腓力普的凶残等等。为了达到最充分地揭示形象的目的,他把这类主导特征又加以扩大、提炼和夸张,乃至用近于漫画的手法,刻画得淋漓尽致。

《人间喜剧》中的人物数以千计,但主要人物,有的尽管类型相同,也同样做到了面目各异。这是因为巴尔扎克不但牢牢把握了人物的本质,也赋予人物以鲜明的个性。高里奥的两个女儿就是既有共同点,又绝不会被混淆的人物,作为艺术形象,都是共性与个性相结合的典型。

巴尔扎克还善于用"人物再现"的方法,即以前作品中的人物在以后作品中再次出场的方法,把《人间喜剧》的许多典型人物贯穿起来。如拉斯蒂涅在《高老头》中还是一个涉世不深、"天良"未泯的大学生;但到了《纽沁根银行》里,他已是银行家投机生意的得力助手了。以后他还得到伯爵封号,当上了部长。这样,不仅作品中的主要人物得到了符合其性格特征的充分发展,而且把各个独立的单篇也连成一个互相关联的艺术上的"有机整体"。

此外,《高老头》在结构安排,语言个性化,心理描写等方面,都达到了一定的高度。

第四节 福楼拜

一、生平和创作

居斯达夫·福楼拜(1821～1880)是19世纪中叶法国重要的批判现实主义作家。他的作品表现了1848年至1871年间法国的时代风貌,深刻反映了资产阶级社会道德和价值观念的内在困境。他的"客观而无动于衷"的创作理论和精雕细刻的艺术风格,在法国文学史上独树一帜。

福楼拜于1821年12月17日出生在卢昂一个著名外科医生家庭。医院的环境培养了他的实验主义倾向,使他注意对事物的缜密观察,而与宗教格格不入。他与青年哲学家普瓦特万很早就结下了亲密的友谊,普瓦特万的悲观主义思想和唯美主义观点对福楼拜有相当影响。福楼拜思想上还有着斯宾诺莎无神论思想的明显影响。他在中学时就热心阅读浪漫主义文学作品,并从事文学习作。1840年,福楼拜赴巴黎攻读法律,因患神经系统的疾病于1843年秋辍学。在巴黎,他结识了雨果。1843年至1845年间,他写了《情感教育》初稿。1846年父亲去世后,他在卢昂附近的克罗瓦塞别墅定居,埋头于写作,除偶尔到巴黎拜会一下文艺界的朋友外,在那里独身终其一生。福楼拜卒于1880年5月8日。

福楼拜一生虽很注意时代的风云变幻,但对政治却抱有恶感。他的政治见解是无政府主义与虚无主义的复合体,对保王党、共和党和社会主义者一概痛诋。1848年的革命使他感到失望。为了逃避现实,他写了古代宗教传说《圣安东的诱惑》。但诗人路易·布耶和作家杜刚却劝他把它扔到火里,"去写一部像巴尔扎克的《穷亲戚》那样讲实际的小说"。据说,这促使作者开始构思《包法利夫人》。

50年代至60年代,他完成了3部主要作品:《包法利夫人》(1856)、《萨朗波》(1862)和《情感教育》(1869)。《包法利夫人》的发表,轰动了法国文坛。但是这部作品却很快受到了当局的指控,罪名是败坏道德,诽谤宗教。当局要求法庭对"主犯福楼拜,必须从严惩办!"赖有律师塞纳的声望和辩护,福楼拜才免予处罚。但是"政府攻击、报纸谩骂、教士仇视"的局面,对他是很大的压力,使他放弃了现实题材的创作,转向了古代题材。经过6年的艰苦写作,历史小说《萨朗波》终于问世。

《萨朗波》共15章,描写公元前3世纪迦太基的雇佣军哗变起义的故事。起义军在首领马托的率领下,很快得到全国群众揭竿响应。迦太基统帅汉密迦的女儿萨朗波倾慕马托的勇敢,在哗变之初就对马托表示过好感,马托也爱上了她。义军虽经艰苦的浴血战斗,最终还是被镇压下去,马托被俘。政府当局决定在萨朗波和纳哈法举行婚礼时处决马托。萨朗波在神殿石阶上见到马托鲜血淋漓地被押解过来,便仰身倒地而死。作品发表后大受欢迎。

《情感教育》是作者第二部以当代生活为题材的重要小说。小说的副题是"一个青年的故事"。小说主人公弗雷德利克·莫罗出身于外省的一个中产阶级家庭,1840年去巴黎上大学。旅途中与画商阿尔努夫妇相识,对阿尔努夫人一见钟情,回巴黎后想方设法跟她接近。阿尔努夫人稳重端庄,不滥用感情。莫罗由于得不到阿尔努夫人的爱情,又和交际花萝莎妮媾合,有了一个孩子。从此他陷入双重恋爱中不能自拔。与此同时,他和各种政治倾向的人物交往,以致学业荒废。后来由于家庭经济困难,只得蛰居家乡。直到1845年得到叔父的一笔遗产,才重返巴黎,做股票投机生意。1848年二月革命爆发,他狂热了一阵;但到六月革命时,他的政治热情已经完全消失。为了跻入上流社会,他又去追求大银行家唐布罗士的妻子,但遭失败。他不得已返回家乡,想去找过去一直迷恋着他的女子路易丝,但她已嫁给他的朋友戴洛立叶。小说以他和戴洛立叶在炉边一起回忆无聊虚度的一生而结束。

莫罗是七月王政时期中小资产阶级青年的典型,他的思想和性格带着受过那个时代"情感教育"的鲜明烙印。他是一个所谓"集一切弱点之大成"的青年,意志薄弱,庸碌无为,而又耽于幻想。他时而想当文学家、画家、哲学家,时而又想当议员,终归一事无成。他追求过四个女性,但结果都离开了他。他不无浪漫幻想,但他已是浪漫主义的最后一个"英雄",实质上已是一个十足的庸人。庸俗混乱的时代孵育了庸碌无为的一代,他是时代的产物。

这部小说广泛地描写了1840年至1867年间的法国社会生活,1848年革命贯穿其中,展现出一幅错综复杂、瑰丽宏伟的社会画面。莫罗刚到巴黎,就遇上街头群众集会。人们在广泛地抨击时政,酝酿着一场革命风暴。而大地主、大资产阶级的代表人物,以大银行家唐布罗士的府邸为活动中心,也在广泛议论着如何对付"山雨欲来风满楼"的局面。小说作者描绘了1848年革命的过程,真实地再现了这一时期的社会历史面貌。但是,另一方面,作者对民众的暴力革命持怀疑态度。民众冲进王宫后进行肆无忌惮的破坏的场面描写,以及在小说中避开这场革命运动的社会实质问题,正反映了作家的这种怀疑态度。

福楼拜小说文体的特有风格,即"客观而无动于衷"的笔调,在《包法利夫人》中已经形成,而在这部小说中臻于完善。当代法国作家梅尔勒说:"无论从写作技巧还是从灵感上看,《情感教育》无疑是福楼拜所写的最现代化的小说。……因此,这本十九世纪的小说已经宣告了二十世纪小说的诞生。"①

70年代,他又一次修改了《圣安东的诱惑》。这部于1874年定稿的作品,通过一系列群魔作恶的场面,描写了中世纪埃及一位圣洁隐士克服魔鬼种种诱惑的故事,表达了作者对社会贪欲的极端厌恶,也反映出作者的悲观主义和宿命论情绪。此外,在70年代他还创作了揭露资产阶级议会政治的喜剧《竞选人》(1873)②,三个探索人生价值的短篇——以《三故事》(1877)为名发表,包括《圣·于连的传说》、《一颗简单的心》、《希罗狄亚》。其中《一颗简单的心》是他的短篇小说杰作。小说叙写了一个劳动妇女平凡的一生,刻画了"一个隐微的生命"的感人形象。女主人公全福(菲丽希特)是个泥瓦匠的女儿,最初在农场当女工,后来到主教桥当女仆。她的平淡无奇的一生,她的劳动妇女的优良品质,单纯而带有几分愚呆的性格,被作者用高超的写实技巧鲜明地呈现了出来,产生了一种奇异的感人力量。这个短篇显示了福楼拜描写真实细微的心理活动的极高造诣。

福楼拜在晚年除悉心指导莫泊桑写作外,一直在写最后一部长篇小说《布瓦尔和佩居榭》(1881),差一章没有完成。这部小说可以说是《情感教育》的姊妹篇,可称为"理智教育"。它描写1848年革命在外省的反响,与《情感教育》所描写的1848年革命时期的巴黎相呼应。作者对资本主义社会的各个方面都深感失望。这种情绪也表现在他身后才

---

① 转引自《〈情感教育〉前言》,冯汉津等译,人民文学出版社1981年版。
② 此外,福楼拜还写过两个剧本:《心之堡》(1869)和《女性》(1872)。

出版的讽刺性作品《众所周知的真理辞典》(1910)里。

福楼拜创作的基本主题是对资产阶级社会道德价值观的反思，其艺术特征基本上是现实主义的。他主张艺术应该反映现实生活，揭露社会黑暗。为了塑造典型，他十分注意对人物内心活动、外貌特征和细节的真实描绘，十分重视人物性格的变化与环境的紧密联系。他的几部主要作品，写出了时代、社会环境对人物性格、命运的深刻影响，塑造了一系列具有时代特征和个性特征的典型人物。

福楼拜主张"小说应当科学化"，认为小说写作应当像科学家做实验那样实事求是，强调通过实地考察和对事物的细心观察"发现别人没有发现过和没有写过的特点"，然后如实、准确地把它描写出来，他认为写一部小说首先要以学者的态度用理智来解决它，然后再以艺术家的态度来掌握它。他身体力行，为了写《包法利夫人》，以"临床医学者"的身份对爱玛悲剧中所发生的一切做过缜密的调查研究；为了写《萨朗波》，他去北非进行了实地考察，并阅读了数以千计的有关书籍；为了写《一颗简单的心》，他几次去主教桥和翁花镇了解农村情况，并在案头摆着一个鹦鹉标本；为了写《情感教育》主人公在革命时期的所见所闻，他写信给朋友打听巡回医院的情况和当时巴黎夜晚的一些情景；为了写《布瓦尔和佩居榭》，他研究了化学、园艺学、医学、地质学等。所以他的作品在细节描写、表现生活和历史真实方面，均有独到之处。

福楼拜倡导"客观而无动于衷"的创作理论，认为"一个小说家没有权利表现他的意见"，为此曾与乔治·桑发生过争论。他认为正确的表现本身就有一种公正的力量，"公正组成一切道德"。

福楼拜强调精确表达词意在艺术创作中的重要作用，认为精确的语言不仅能反映生活观察的真实性，还能创造美的气氛。他反对陈词滥调，反对人为的语言——行话，反对运用失去光辉和表现力的词组。他每写完一部分作品，总要吟诵几遍，听听声调和节奏是否优美和谐，能否向读者传达思想，能否像音乐那样打动读者的心灵。他对稿本总是反复修改，力求达到词章、结构、意境、声韵诸方面的完美。

福楼拜独特的艺术风格影响和启迪了后来的作家，开了现代小说的先河。他的"客观而无动于衷"的创作理论和对创造艺术的形式美的强调,为19世纪后期的自然主义和唯美主义开辟了道路。

二、《包法利夫人》

《包法利夫人》的副题是"外省风俗",小说描写外省一个富裕农民的独生女爱玛的悲剧性的一生。少女时期,她被送到修道院寄宿学校陶养。在修道院里,她养成了贵族的思想感情,幻想浪漫主义小说中所描写的恋爱生活。成年后,她嫁给一个平庸的市镇医生查理·包法利。生活平淡无奇,使她的浪漫幻想很快破灭,陷入极度失望之中。包法利为了解除她的烦闷,从小城镇道特迁出,到较繁华的永镇居住。在永镇,她认识了地主罗道耳弗,和他私通,后被抛弃。她精神上受到很大打击,病了几个月。后来她在卢昂遇到过去相识的赖昂,又和他过了近两年的偷情生活,最后也被遗弃。堕落腐化的生活不仅荡尽包法利的家财,而且使她债台高筑。在高利贷商人的逼迫下,她求告无门,终于服毒自尽。

小说通过爱玛的悲剧,控诉了恶浊鄙俗的社会。作者以现实主义的深刻描绘,指出爱玛的悲剧是社会造成的。爱玛本是一个小资产阶级女子,本性纯洁,但是社会环境和社会影响把她一步步引向毁灭。修道院违背常情的宗教生活戕害了她稚弱的心灵,浪漫主义文学作品又使她对爱情生活充满虚妄的遐想。待她走进社会以后,狭隘闭塞、单调沉闷的外省环境和缺乏精神生活的家庭,不能满足她感情生活的要求,而淫靡享乐的社会风气,进一步腐蚀了她的心灵,使她对上流社会腐化堕落的生活悠然神往。终于在罗道耳弗的引诱下,走上了堕落的道路。

作者在小说中不但写出了爱玛堕落和毁灭的社会原因,而且分析了它的物质基础。罗道耳弗和赖昂对爱玛的背叛,不只是由于他们堕落的生活态度,而且是对金钱、地位的利己主义计较的结果。作者在小说中每写爱玛的一次爱情生活,就掉转笔锋写一次高利贷者的钻营行径,以此强调了造成爱玛悲剧的物质原因。爱玛是被无法偿还的巨大债务和一次次的爱情幻灭引向灭亡的。小说通过爱玛的悲剧既控诉了资本主义社会金钱关系的罪恶,又有力地揭露了资本主义社会精神生活的空虚和堕落。作者认为爱玛的悲剧带有普遍性。

小说还刻画了形形色色的地主资产阶级人物形象。罗道耳弗是外省地主的典型。他精神空虚,灵魂肮脏,是一个风月场上的老手。他是个恶棍,但不是一个简单的恶棍,所以显得更虚伪、更无耻。郝麦是自由资产阶级的代表人物,他是一个没有开业执照的药剂师,由于私下开药方受到过官府的警告,但他依靠弄虚作假、招摇撞骗和自我标榜,竟在社会上站稳了脚跟,而且得到了国王赏赐的十字勋章。勒乐是商人兼高利贷者,挤着一双专看风色的猪眼,一肚子揣摩别人弱点的心思。他无孔不入,无巧不取,不但逐一吞并了永镇的小店,掌握了永镇的经济命脉,而且乘人之危,把爱玛榨得一干二净。他是逼死爱玛的主凶之一,却恬不知耻地出现在为爱玛送殡的行列里,还表现出比谁都更怜惜死者的不幸。

小说还成功地塑造了作为时代产物的包法利的庸人形象。平庸是他的主要性格特征。他在思想、感情、资质、能力、见解、谈吐、举止等方面都异常平庸,作者形容他"谈吐就像人行道一样平板,见解庸俗,如同来往行人一般,衣着寻常,激不起情绪,也激不起笑或者梦想"。他很少感动,也不会使人感动。他也缺少自尊心,如果他在外面受了同行的羞辱,回到家来还像讲故事一样,原原本本说给爱玛听,他麻木不仁,连爱玛自杀的原因也不清楚,说"错的是命"。待他发现了罗道耳弗和赖昂给爱玛的情书,才恍然大悟,但也只是忍气吞声。这是一个没有理想、没有意志、没有精神生活的庸人的典型形象,和莫罗一样,都是庸碌时代的产物。

《包法利夫人》虽然只写了一个局限在狭小天地里的外省故事,却通过典型环境的描绘和典型人物的塑造,反映出时代和社会的基本特征,具有深刻的批判意义。它艺术上"清澈与完美"[1],故事完整,结构严密,描写准确而细腻。作者在小说里避免表示自己的意见,但他对女主人公的同情和讽刺,对鄙俗社会的揭露和批判,清晰可见。这种独特的艺术风格,对小说艺术是一个发展,使这部作品成为当时的一部"新

---

[1] 左拉:《居斯达夫·福楼拜》,《包法利夫人》译本序,李健吾译,人民文学出版社1979年版。

的艺术法典"①。

第五节　波德莱尔

一、生平和创作

沙尔·波德莱尔(1821~1867)是19世纪中期法国著名诗人和文学评论家,西方象征主义文学的先驱。他的诗歌创作承前启后,在欧美文学史上具有划时代意义。

波德莱尔出生于巴黎一个中产阶级家庭。其父当过教师,后在参议院供职,波德莱尔出生时他已60多岁,到波德莱尔6岁时他便去世了。波德莱尔的母亲是位贤淑的孤女,丈夫逝世时年纪尚轻,次年改嫁欧比克少校。欧比克是个正统军人,官运亨通,后来晋升至将军军衔,担任过法国驻多个国家的大使。但在波德莱尔心目中,欧比克只不过是现存社会秩序与资产阶级价值观念的维护者,随着年龄的增长,他对继父的憎恶与日俱增。在1848年革命高潮中,狂热的波德莱尔走上街头,高呼"杀死欧比克将军"的口号。革命失败后,波德莱尔短暂的革命激情也就烟消云散了。

波德莱尔自幼天资聪颖,生性敏感,内心深处潜藏着孤独、忧郁、愤懑的叛逆心理。中学读书时成绩优秀,但藐视校规,曾被开除学籍。1839年中学毕业会考及格后,波德莱尔遵照家人的意愿到法学院注册就读。但不久他便放弃学业,甚至拒绝了继父为他在外交界谋得的职位,表示要当一名自由自在的作家。此后,他与一群放荡不羁的文学青年一起,经常出入酒吧、咖啡馆与妓院,寻欢作乐,纵情声色。

1841年6月,继父为了遏止波德莱尔的放荡生活,决定让他出游去印度的加尔各答。航船到达毛里求斯后,他便中途返回法国。但这

---

① 左拉:《居斯达夫·福楼拜》,《包法利夫人》译本序,李健吾译,人民文学出版社1979年版。

次历时9个月的异域之旅,对他后来的创作却有很大的影响。回到巴黎后,波德莱尔继承了先父留下的七万五千法郎的遗产,离开家庭,过上了追逐时尚、挥金如土的生活。短短两三年间,便几乎将遗产挥霍殆尽,从此以后,他不得不走上卖文为生的道路。也就在这段时间,波德莱尔开始了与女演员让娜·迪瓦尔长期断断续续的同居生活,《恶之花》中的一些诗篇如《猫》(之一)、《腐尸》、《阳台》、《首饰》、《舞动的蛇》、《吸血鬼》等等,都描写了他们两个人复杂微妙的关系。

1845年,波德莱尔发表了《1845年沙龙》,次年又发表《1846年沙龙》,这两篇论文较为系统地提出了颇具独创性的文艺观,受到文坛的重视。1847年,波德莱尔读到了美国著名诗人、作家爱伦·坡的短篇小说《黑猫》,大为赞赏。爱伦·坡的精神气质、艺术才华、美学思想以及悲凉身世、坎坷遭遇,引起了他的强烈共鸣与兴趣,在此后的十多年中,波德莱尔一直没有停止过对爱伦·坡著作的翻译、研究与介绍工作,爱伦·坡的诗歌艺术与美学思想对他的创作生涯产生了重要的影响。

波德莱尔的评论活动涉及诗歌、小说、戏剧、绘画、雕塑、音乐、舞蹈诸方面,内容十分广泛,特别是他的象征主义艺术理论,树立了一代新风,对后世的影响极为深远。

波德莱尔对浪漫主义和现实主义的艺术理念皆有所不满,他发展了自己的独特而系统的诗歌和美学理念。首先,波德莱尔公开提出,"那个真善美不可分离的著名理论不过是现代哲学胡说的臆造罢了"。其次,他反对文学以客观真实作为描写对象,认为"真实与诗了无干系"。第三,他反对文学的道德教化作用,认为道德说教是"真正诗歌的最大敌人"。第四,波德莱尔认为,诗歌并非激情的产物,在热烈地倾吐感情的浪漫主义时代,把诗歌"全权交给了激情",是一种"美学上的错误"。第五,波德莱尔强调诗歌的自足性和美学性。波德莱尔宣称:"诗除了自身之外没有其他目的;它不可能有其他的目的。""诗的本质不过是、也仅仅是人类对一种最高的美的向往。"第六,波德莱尔将传统的属于"丑恶"的对象,纳入了审美表现的范畴中。波德莱尔对美的理解与浪漫主义的"华彩之美"迥然有异,它是一种丑恶的美、病态的美、痛苦的美。"丑恶经过艺术的表现化而为美,带有韵律和节奏的痛苦使精神充满了一种平静的快乐,这是艺术的奇妙的特权之一。"因此,"从恶中去发掘美",把社会之丑恶、人性之丑恶作为审美对象在诗歌中加以表现,就成为波德莱尔毕生的艺术追求。

在诗歌的表现手法上,波德莱尔既不采用再现客观现实的写实手法,也不采用直抒内心激情的抒情手法,而是大力倡导一种独特的象征手法。在被誉为"象征主义宪章"的《感应》[①]一诗中,波德莱尔写道:

> 自然是一座神殿,那里有活的柱子
> 不时发出含糊不清的语音;
> 行人经过那里,穿过象征的森林,
> 森林露出亲切的眼光对人注视。
>
> 仿佛远远传来一些悠长的回音,
> 互相混成幽昧而深邃的统一体,
> 像黑夜又像光明一样茫无边际,
> 芳香、色彩、声音全在互相感应。
>
> 有些芳香新鲜得像儿童的肌肤一样,
> 柔和得像双簧管,绿油油像牧场,
> 另外一些,腐朽、丰富、得意洋洋,
>
> 具有一种无限物的扩展力量,
> 仿佛琥珀、麝香、安息香和乳香
> 在歌唱着精神和感官的狂热。

在波德莱尔看来,自然界是一个神秘、博大、深邃的统一体,万物之间相互感应、相互象征,并向人类传达出种种讯息,人与自然也是相互交流,心心相映。诗人的使命就是通过神秘的心灵感应,通过丰富的想

---

① "感应",又译"应和"或"通感"。

象力,采用象征的语言,把"地上和天上的生活展示的无穷场景暗示的梦幻"揭示出来,"译解好奇的人类所进行的永恒的猜测",译解自然界与人类社会这部谜一样的"天书"。

波德莱尔读中学时开始写诗,1845年开始在杂志上发表诗作。到50年代中期已发表了诗作30多首,并结识了雨果、福楼拜、戈蒂耶等著名作家。1857年出版诗集《恶之花》,收入100首短诗,另在卷首附有一首《致读者》点明诗集的题旨。《恶之花》出版不久便受到保守势力的诽谤和攻击。巴黎司法当局指控作者"有伤风化和妨碍公共道德罪",宣判对作者和出版商分别课以罚款,并勒令删除诗集中的6首"淫诗"。这对波德莱尔无疑是一个沉重的打击。文学巨匠雨果则在给波德莱尔的信中热情称赞道:"你的《恶之花》像星辰一样光辉耀目。"这给予青年诗人莫大的保护和鼓励。1861年,波德莱尔亲自编定出版《恶之花》第二版,删去了6首禁诗,增添了32首新诗(如果《幻影》按4首计,则为35首),共收入诗作126首。此后,诗人又着手准备修订出版诗集的第三版,因英年早逝,未能如愿。《恶之花》第三版于1868年由友人编定出版,共收入诗作151首。

波德莱尔虽然在诗坛上独树一帜,取得了令人瞩目的杰出成就,但生前却没有得到足够的重视,不仅未能入选法兰西学士院,而且终生穷困潦倒。60年代以来,长期的纵欲、酗酒、吸毒,使他健康日益恶化,债台高筑。1867年终于在贫病交加中逝世,年仅46岁。

波德莱尔的重要著作除了《恶之花》外,还有散文诗集《巴黎的忧郁》(1869),文艺论集《浪漫主义艺术》和《美学珍玩》等。

二、《恶之花》

《恶之花》是波德莱尔的代表作,也是世界文学中惊世骇俗的不朽名著。诗人在诗集的题词中写道:"谨以最谦虚之情,将这些病态的花呈献给最完美的诗人,法国文学的十全十美的魔术师,我非常亲爱的尊敬的老师和朋友泰奥菲勒·戈蒂耶。""恶之花"的法文原意是"病态的花"。"恶"字在法文中有多重含义,如疾病、邪恶、丑恶、怪诞、痛苦、损害等等。而"花"的含义则具有文学色彩,指美好、神奇的东西,如艺术、诗歌等等。波德莱尔用"恶之花"作为诗集的题名,其用意是通过诗歌展示人世间丑恶的事物,从恶中去发掘美,给世人以震撼与惊醒。

《恶之花》第二版分为六个部分:《忧郁与理想》、《巴黎风貌》、《酒》、《恶之花》、《叛逆》、《死亡》。第一版没有《巴黎风貌》,只有五部分。第三版仍为六部分。诗集中的诗不是按写作年代顺序排列的,而是按诗人要表达的主旨重新组合编排。诚如作者所言,《恶之花》"是一本有头有尾的书"。它具有一以贯之的主题思想,表现了孤独、病态的诗人,在光明与黑暗、现实与虚幻、灵与肉之间的痛苦挣扎,上下求索,不断追求美与理想的曲折历程和悲怆的内心感受。

第一部分《忧郁与理想》篇幅最长,约占全书的三分之二,主要写诗人在现实中的痛苦处境和对理想的执著追求以及由此引起的厌倦与忧郁。开篇《祝福》叙说诗人按照上帝的旨意降临到"烦恼的世间",但迎接他的是仇恨、虐待和轻蔑。母亲惊恐万分,骂不绝声,像憎恶怪物一样诅咒他。妻子要挖出他的血淋淋的心,扔在地上喂宠物。周围的人都回避他,侮辱他。然而诗人认为,"痛苦是治疗我们的污垢的灵药"。他相信上帝会"在天国神圣天使的幸福行列中为诗人保留一个席位",他要依靠一切时代和整个世界的助力,来编织诗人"神秘的花冠"。在《信天翁》中,诗人从信天翁的不幸遭遇联想到自己的相似处境,这只出没于暴风雨的"云中之君",一旦被放逐到地上就会"陷于嘲骂声中",受尽人们的奚落。尽管如此,诗人还是渴望能够冲破人间的乌烟瘴气,"让思想驰骋碧天,像云雀一样自由飞翔"(《高翔》)。诗人放眼诗坛,他看到了"患病的诗神"和"为金钱服务的诗神",她们或者在专制压力下表现出"冷淡沉默的畏惧与癫狂"(《患病的诗神》);或者为了挣取糊口的面包,像唱诗班的童子那样"歌唱并不相信的赞美诗篇",向庸俗的观众卖弄欢颜(《为金钱服务的诗神》)。诗人自嘲是个"坏修士",他没有随波逐流,为"可憎的修道院"绘制过一幅装饰画,他要直面丑恶的社会、丑恶的人性,"懒惰的修士啊!我要等到何时才能把我这凄惨的身世亲手画成美景,供我亲眼欣赏?"(《坏修士》)但现实中的"恶运"又使诗人喟然长叹:"艺术无涯,光阴短暂。"时间正在侵蚀生命,许多珍贵的东西将会被埋没在黑暗与遗忘之中(《恶运》)。

艺术追求令人失望，于是诗人转而追求肉欲的爱情："我真想呆在女巨人身旁，仿佛女王脚下一只淫猥的猫。"(《女巨人》)然而，肉体之爱充满"污秽的伟大，崇高的卑鄙"(《你想把整个世界……》)，它只能像酗酒和赌博那样获得短暂的满足，而灵魂却日益堕落(《吸血鬼》)。于是诗人渴望寻找一种高尚的精神之爱，能够"救助我脱离一切罗网和罪孽"，"引导我走上美的道路"(《活火炬》)。但在恶浊的尘世，高尚纯洁的爱情纯属虚妄，"相信世人的心，乃是一件蠢事；爱和美都要破碎，最后被遗忘扔进它的篓里，而把它们归还给永恒"(《告白》)。

失望使诗人再次陷入困境，他感到自己如同一口破钟，"灵魂已经破裂，在无聊之时，它想用歌声冲破夜间的寒气，可是它的声音常常趋于微弱"(《破钟》)。难以摆脱的沉重忧郁压抑着他，包围着他：

当天空像盖子般沉重而低垂，
压在久已厌倦的呻吟的心上，
当它把整个地平线全部包围，
泻下比夜更惨的黑暗的昼光；

当大地变成一座潮湿的牢房，
在那里，"希望"就像是一只蝙蝠，
用怯懦的翅膀不断拍打牢墙，
又向朽烂的天花板一头撞去；

当雨水洒下绵绵无尽的雨丝，
仿佛一座大牢狱的铁栏一样，
当一群无声息的讨厌的蜘蛛，
来到我们的头脑的深处结网；

这时，那些大钟突然暴跳如雷，
向长空发出一阵恐怖的咆哮，
像那些无家可归的游魂野鬼，
那样顽固执拗，开始放声哀号。

第七章 19世纪中期文学

一长列的柩车,没有鼓乐伴送,
在我的灵魂里缓缓前进:"希望"
失败而哭泣,残酷暴虐的"苦痛"
把黑旗插在我低垂的头颅上。

(《忧郁》之四)

忧郁使诗人犹如身陷牢狱,内心感到莫大的失望和痛苦。他成了"一个中魔术的不幸者,为了逃出爬虫的栖息地,在徒劳的摸索中寻找光明、寻找钥匙"(《无可救药者》)。

第二部分《巴黎风貌》写诗人把目光转向现实世界,他浪游在巴黎的大街小巷,描绘出一幅幅城市生活的画卷。诗人登上高高的顶楼,"眺望歌唱着、闲谈着的工场;眺望烟囱和钟楼,都市的桅杆,还有那让人梦想永恒的苍天"(《风景》)。他要寻找光明,寻找美与快乐。不过诗人很快就失望了。当他像流放者一样在熙熙攘攘的巴黎彷徨游荡,他看到的是酒店门口乞讨残羹剩饭的女乞丐(《给一位红头发的女乞丐》),是身体残废、眼露凶光的怪老头(《七个老头子》),是弯腰弓背、衣衫褴褛的老太婆(《小老太婆》),是神情呆滞的盲人(《盲人们》),是遭受残酷盘剥的农民骷髅(《骷髅农民》),是赌博、卖淫、偷盗和诈骗。病态的城市和丑恶的现实,又一次使诗人感到厌烦和忧郁。

第三部分《酒》是一组记酒诗。诗人求助于酒,祈求以酒消愁。他赞美酒是用辛劳、汗水和灼热的阳光酿造的玉液琼浆,能给人以安慰、希望、快乐和力量,能帮助诗人创造出"奇葩一样的诗篇"(《酒魂》)。但无论是"拾垃圾者的酒"、"凶手的酒"、"孤独者的酒"还是"情侣的酒",只能给人暂时的陶醉与满足,那些醉意朦胧中的"神圣仙境"、"海市蜃楼"、"梦想乐园",只不过是"昏热病的谵妄"(《情侣的酒》),到头来是春梦一场。

第四部分《恶之花》。诗人从酒的麻醉中清醒,在魔鬼的诱惑下,内心"充满了一种永远的犯罪的欲望"(《破坏》)。他要从丑恶的社会与丑恶的人性中,撷取几朵"恶之花"展示在人们面前:鲜血淋淋而又美艳妖冶的女尸(《被杀害的女尸》),尽情享乐而又自寻烦恼的女同性恋者

(《被诅咒的女人》),蔑视道德而又引人堕落的卖淫女(《寓意》)。这一束"恶之花"是诗人"痛苦的歌唱",它不为人们所理解,受到人们的嘲笑(《贝雅德丽采》)。在诗歌的胜地、维纳斯女神的故乡基西拉岛上,诗人看到"象征性的绞架,吊着我的幻相"(《基西拉岛之游》)。

第五部分《叛逆》写诗人经历了诸多磨难,看到了人世间太多的丑恶,于是对神圣的上帝产生怀疑与反叛。在《圣彼得的否认》中,诗人直斥上帝是漠视众生疾苦的"酒肉醉饱的暴君"。在《亚伯与该隐》中,诗人不仅指责上帝对叛逆者该隐的不公正待遇,还公开号召"该隐的后代,去登天庭,把上帝揪出来摔倒在地上"。在《献给撒旦的连祷文》中,诗人对反叛上帝的恶魔撒旦表达了敬意和赞美,并希望"让我的灵魂有朝一日在智慧树下傍着你休息!"

第六部分《死亡》写诗人最后想到了死亡。在诗人看来,死亡是苦难的解脱,是生命的终结,又是人生旅程新的起点。情侣的死亡,会使熄灭的生命之火重新复活(《情侣的死亡》);穷人的死亡,是他们脱离贫穷与饥饿,"通往未知的新天国的柱廊"(《穷人们的死亡》);而死亡能使艺术家达到完美的艺术境界,"头脑里面百花齐放"(《艺术家们的死亡》)。诗集的终篇《旅行》是全书最长的一首诗,是诗人对人生与艺术追求的总结:

> 啊,死亡,啊,老船长,时间到了!快起锚!
> 我们已倦于此邦,啊,死亡!开船航行!
> 管他天和海黑得像墨汁,你也知道,
> 在我们内心之中却是充满了光明!
>
> 请你给我们倒出毒酒,给我们鼓舞!
> 趁我们头脑发热,我们要不顾一切,
> 跳进深渊的深处,管他天堂和地狱,
> 跳进未知之国的深部去猎获新奇!

波德莱尔在谈及《恶之花》时曾经说过:"在这本残酷的书里,我放进了我全部的心、全部的温情、全部的信仰(改头换面的)、全部的仇恨。"的确,《恶之花》是诗人的人生历程与心灵历程的真情实录,诗集所描写的都是诗人感同身受的人和事,波德莱尔长期生活在巴黎这座现代的"病态之都",处在"恶"的环境重重包围之中,身心深受其害,成了腐朽的资本主义社会的牺牲品。诗人亲身目睹和体验了杀人、投毒、纵火、强奸以及愚蠢、谬误、罪孽、吝啬等诸多丑恶现象,内心深处产生了难以排解的厌烦和忧郁,在失望、放纵、沉沦、悔恨的过程中痛苦挣扎与无奈反叛,他要把这些被人回避、遭人掩饰的"恶"展示出来,呈献给"虚伪的读者——我的同类——我的兄弟"(《致读者》)。因此,《恶之花》既是资本主义社会的"恶之花",也是诗人心灵的"恶之花",波德莱尔通过对自身大胆的解剖和真诚的告白,无情地揭露了资本主义的社会丑恶与人性丑恶,这就是《恶之花》惊世骇俗之所在。

《恶之花》是依据"从恶中去发掘美"的美学原则创作的。波德莱尔所描写的是爬满蛆虫的腐尸、红头发的女乞丐、神情怪异的老头、弯腰曲背的老妪、目光呆滞的盲人、污秽卑贱的拾垃圾者、惨不忍睹的骷髅,是卖淫、纵欲、性变态、赌博、吸毒、酗酒、疾病、凶杀、死亡,是阴沉的天空、晦暗的冬季、潮湿的地下室、虫蛇出没的墓地。把这些被人漠视、为人不齿的丑恶形象写入诗中,实乃当时诗坛一道奇特的风景。它与浪漫主义诗人笔下的英雄美人、王公贵胄、豪华宫殿、田园风光、异域胜景可谓大异其趣,表现了波德莱尔独辟蹊径的艺术追求。诗人在《美的赞歌》中明确表示,美是混合着善行和罪恶的美酒,具有矛盾对立的两重性,"美啊,巨大,恐怖而又淳朴的妖魔!你来自天上或是地狱,这又何妨?"无论是善还是恶,是天使还是妖魔,都包含着美,都可以入诗。从恶中发掘美,把恶转化为美,从而引起人们对恶的警觉与思考,以"减少世界的丑恶和时间的重负"。这就是《恶之花》重要的思想价值和艺术特色。被人们广为称道的《腐尸》、《七个老头》、《小老太婆》、《情侣的死亡》、《黄昏》便是这方面的代表作。

《恶之花》中的诗,无论写景状物、表情达意都采用象征手法。诗人通过大量的象征、暗示、隐喻、典故等,使人与自然、精神与物质相互象征、相互感应、相互阐释,从而形象地、生动地表达诗篇深刻的思想内涵,给人以诗意无穷的艺术享受。如《猫》(之一)既是写猫,又是写女人,是借用猫的意象来表达对妻子又爱又恼的复杂感情。《香水瓶》则是一首奇特的爱情诗,诗人把自己比作老旧肮脏而又余香犹存的香水瓶,借用香水瓶散发出来的"强烈的芳香",象征诗人对心爱的女人强烈的感情。忧郁是一种难以言说、难以名状的内心感受,诗集中以"忧郁"为题的诗共有四首,没有一首采用浪漫主义直抒胸臆的手法,而是采用象征主义的手法:"大钟在悲鸣,冒着烟气的柴薪,用假声伴奏伤风的钟摆之声,这时,一个患浮肿病的老妇人死后留下的发臭的扑克牌里,红心侍从和黑桃皇后在一起闷闷地交谈他俩过去的爱情。"(《忧郁》之一)这就是诗人笔下的忧郁,这就是波德莱尔式的隐喻与象征,其想象力之丰富奇诡令人惊叹不已。

波德莱尔的《恶之花》确立了全新的美学原则。《恶之花》打破了"美"与"善"合一的传统审美观念,将美作为一个独立的范畴加以强调,使美摆脱了善的规约。波德莱尔实际上使审美范畴从道德伦理范畴中独立了出来。可以说,波德莱尔的理论和实践解放了诗歌审美的对象,拓展了诗歌艺术的空间。波德莱尔所确立的艺术理念、审美理念和诗歌表现方式,对20世纪的欧美文学尤其是诗歌艺术产生了深远的影响。

第六节　狄更斯

一、生平和创作

查理·狄更斯(1812～1870)出生于贫苦的小资产阶级家庭,父亲是英国海军军需处的小职员。狄更斯12岁时,父亲因债务缠身,被关进负债人监狱,母亲和他的兄弟姐妹跟父亲同住在监狱内。狄更斯在一家皮鞋油公司当学徒,干的是洗玻璃瓶和粘贴标签等杂活。童年时代这一段艰苦的生活成为他终身辛酸的回忆。狄更斯15岁时到一家律师事务所当小职员。他经常出入监狱和法院,亲眼看到无休无止的诉讼中所包含着的种种悲剧。律师事务所的工作使狄更斯增长了见识,成为他日后创作素材的一个重要来源。狄更斯在1831年进入报界,不久就成为当时出色的记录员和新闻记者。他的任务主要是记录议会对国内外重大事件的辩论,这使他有机会奔跑于城乡之间,广泛熟悉了英国社会各方面的生活,这也为他日后创作提供了有利条件。

狄更斯在做新闻记者时,就开始了文学创作。最初写的是一些杂记,以幽默的笔法描写伦敦的风尚,报道伦敦中下层阶级的生活。这些杂记用"博慈"的笔名发表,后来收集为《博慈杂记》(1836～1837)。1837年狄更斯出版的《匹克威克先生外传》,使他一举成名,从此摆脱了贫困生活,专门从事文学创作。

1842年狄更斯访问美国。在去美国以前,他对新兴的合众国充满幻想,但美国的现实使他大为失望,回国后发表了《美国札记》(1842)和《马丁·朱什尔维特》(1843～1844),对美国的假民主、竞选丑剧、监狱制度和黑奴制度进行猛烈抨击。

从1844年起,狄更斯长期侨居瑞士、法国和意大利。除了文学创作外,1849年起他还主办报纸。他在报上宣扬他的政治观点,呼吁改善工人生活和提高工人的文化。他的许多长篇小说都是在他所主办的周刊《家常话》(1849～1859)和《一年四季》(1859～1870)上分期刊载的。

狄更斯在三十多年中创作了14部长篇小说和许多中短篇小说。他的作品广泛和生动地反映了19世纪英国资本主义社会,描绘了维多利亚时代的精神面貌。从创作的发展过程来说,他的创作大致可以分为三个时期。

第一时期的创作包括19世纪30年代至40年代初的作品。这是资产阶级进行议会改革的年代,也是宪章运动活跃的年代。这一时期,狄更斯创作的长篇小说主要有《匹克威克先生外传》(1836～1837)、《奥列佛·推斯特》(1838)、《尼古拉斯·尼古贝》(1838～1839)、《老古玩店》(1841)和《巴纳比·拉奇》(1841)。

《匹克威克先生外传》写的是匹克威克先生和他的三个朋友坐四轮大马车从伦敦匹克威克俱乐部出发到外地旅行,向俱乐部其他成员报道旅途见闻。狄更斯用幽默风趣的笔法,揭露了英国社会种种不合情理、荒诞可笑的现象。《奥列佛·推斯特》是这一时期的一部重要作品。小说主人公奥列佛出生在根据新济贫法所设立的济贫院里。他忍受不了济贫院的非人生活,逃到伦敦,又落入窃贼集团之手,被迫偷窃。最后得到一个好心肠的有产者勃朗罗的帮助,脱离了盗窃集团,继承了一笔遗产,找到了幸福。小说通过奥列佛的经历,生动展现了19世纪英国的现实生活,尤其关注了儿童和社会底层人的命运。作品情节生动、曲折而又连贯,在完满的结局中展现了狄更斯强烈的人道主义思想。《尼古拉斯·尼古贝》的主要内容是对当时英国资产阶级教育制度的批判,揭露了当时私立学校里虐待儿童、摧残儿童身心健康的黑暗现象。狄更斯一生只写过两部历史小说,一部是《巴纳比·拉奇》,另一部是《双城记》。《巴纳比·拉奇》是以1780年的"伦敦起义"为背景的,这是一次由清教徒领导的群众性暴动。狄更斯同情被压迫的劳苦大众,承认革命必然要爆发的客观规律,但是他又相信抽象的道德教育,反对群众性的暴力行为,这种思想在《双城记》里更为突出。

　　狄更斯的初期创作已经触及当代一些重大的社会问题。但是,在这一时期,狄更斯对社会丑恶现象的揭露还只停留在对个别议员、个别高利贷者和个别社会机构的揭露上。他的讽刺还比较温和,常常和幽默掺和在一起(如《匹克威克先生外传》),还洋溢着充满幻想的乐观情绪(如《奥列佛·推斯特》和《尼古拉斯·尼古贝》),小说中受苦难的"小人物"最终大多赢得了"仁爱"的资产阶级的庇护,找到了幸福生活。

　　狄更斯初期作品一般采用流浪汉小说的形式。如匹克威克先生的旅途见闻,奥列佛·推斯特在伦敦的流浪生活,尼古拉斯·尼古贝随剧团流浪演出,《老古玩店》中老店主和孙女耐儿在工业市镇与偏僻乡村的遭遇,等等。通过个人的流浪生活,展示广阔的社会画面,是狄更斯小说艺术的一大特色。在艺术手法上,他擅长用夸张和重复来达到讽刺的效果。例如在《奥列佛·推斯特》中,描写管理济贫院的教区官吏本博尔时,以重复和夸张的手法描写他的手杖和他的习惯用语,以衬托人物的卑鄙、自大和虚伪。

　　狄更斯第二时期的创作包括19世纪40年代中的作品。代表作有《马丁·朱什尔维特》(1843～1844)和《董贝父子》(1846～1848)。在

《马丁·朱什尔维特》中,通过资产者安东尼和鸠纳斯·朱什尔维特父子之间的勾心斗角,揭示了资本主义社会中人与人之间赤裸裸的金钱关系。鸠纳斯为了早日占有财产,竟亲手杀死了父亲,他整日考虑的是利润和金钱,他的处世箴言是"要干掉别人,否则别人就会干掉你"。这部小说还塑造了培克斯尼夫这个伪君子的形象。他表面上道貌岸然,实质上在"仁爱"的外衣下干着见不得人的勾当。小说还通过小马丁·朱什尔维特在美国投资遭到破产和险些丧命的故事,揭穿了美国社会的假民主,批判了美国的新闻界、舆论界。《董贝父子》写的是从事海外贸易的老板董贝先生的故事。董贝先生的生活原则也是利润和金钱,由于女儿不能继承他的事业,董贝先生对她冷酷无情。儿子保罗由于得不到家庭的温暖,早年夭折。最后,董贝先生丧失了财产,终于为女儿的温情所感化,重新得到了幸福。这部小说所描写的董贝父子公司和主人公董贝先生都具有鲜明的时代特征。董贝先生是40年代经营海外贸易的英国商业资本家的典型形象。

40年代中值得注意的另一类作品是中篇小说《圣诞之歌》(1843)和《钟声》(1844)。这两篇故事都是寓意的,它们反映了作者的正面理想。《圣诞之歌》宣传有产者必须改变他们的冷酷心肠,"仁爱"地对待弱小者。在《钟声》中,作者批评马尔萨斯学说、曼彻斯特学派的自由贸易原则和边沁的功利主义学说。小说企图以梦幻和钟声来启发年老而贫困的信差托比·费克,使他明白穷人之所以贫困并不像曼彻斯特学派所说的那样是穷人自己的罪过,应当归罪于唯利是图的有产阶级。

狄更斯在创作的第二时期出现了一些思想变化。早期创作中"仁爱"的资产者不见了,作者对他们的乐观幻想已经基本破灭。他强调为富不仁者必须经过破产或其他折磨,接受感情的教育,才能真正懂得"仁爱"与"谅解"。年轻的马丁·朱什尔维特必须经历贫困才能改变他的自私性格,继承他祖父的遗产;董贝先生必须经过破产和女儿的感情教育才能享受正常的家庭幸福;《圣诞之歌》中的史古鲁奇必须首先洗心革面方能重享人间的温暖与同情。狄更斯对资产阶级的认识比较现实和深刻些了,但是他仍然认为感情教育可以改造资产者,也可以改造社会。

狄更斯这一时期的艺术风格也更深沉而丰富了，这是和他对社会认识的加深相互联系的。流浪汉小说的形式已基本被抛弃。小说的情节集中描写一个或几个矛盾的发展，描写的社会面仍然广泛，人物虽多，但组织在情节发展之中，层次分明。

狄更斯第三时期的创作包括五六十年代的作品，这是他创作的高峰。狄更斯在后期作品中比较深刻而生动地描绘了英国寄生的资产阶级的精神面貌，以及英国社会风尚日益腐化、经济生活极度不稳定和笼罩在资本主义社会表面繁荣上面的阴影，作品的题材范围达到了前所未有的广度和深度。

《大卫·科波菲尔》(1850)是一部近似自传体的小说。科波菲尔自幼丧父，母亲改嫁以后因受继父的虐待而死去。大卫被送到寄宿学校住读，备受摧残，后又被送到工厂当学徒，因为不堪忍受屈辱的地位，他离开工厂到姨婆家，由姨婆抚养，学习法律，以后成了作家，和他心爱的女友结婚。通过大卫的辛酸苦难的经历，狄更斯再次描写了他所熟悉的题材：英国社会中孤儿的悲惨命运，寄宿学校虐待儿童的制度，童工的境遇，负债人监狱，以及社会上的骗子等等。小说描写了两种人，一种是以摩德斯通为代表的资产阶级制度的捍卫者，一种是以密考伯先生和辟果提一家为代表的乐于助人的下层人民。

这一时期的代表作有《荒凉山庄》(1852～1853)、《小杜丽》(1855～1857)和《我们共同的朋友》(1864～1865)。这三部作品可以说是狄更斯批判性最强的作品。

《荒凉山庄》主要抨击了英国的司法制度和议会政治。小说中的最高法院是整个英国社会的缩影。在最高法院里堆积着数代未决的悬案，而无数案中人却不得不流落在伦敦街头终生潦倒。小说主要描写的是庄迪斯遗产案。这一悬案历经数代，多少人因妄想继承遗产而破产，主人公卡斯东也成了这个悬案的牺牲品。小说描写了靠悬案过日子的律师，专门探听隐私、进行敲诈勒索的家庭法律顾问等。这一时期狄更斯所抨击的已不只是一个资产者，一个法院院长，而是整个司法体系。小说也揭示了议会政治两党制的腐败和议会竞选中普遍流行的行贿风气。小说最后描写一家破烂店的自行烧毁，象征着资本主义的总崩溃即将来临。

《小杜丽》以伦敦的负债人监狱马夏西监狱为背景。女主人公小杜丽的父亲因破产长期被关在狱中，被称为马夏西之父。小杜丽在狱中诞生、成长，被称为马夏西的孩子。小杜丽心地善良，没有受到资产阶级社会金钱势力的腐蚀，保持着纯洁和崇高的心灵。她温顺地侍候父亲，靠缝纫得来的微薄报酬资助她的姐姐和哥哥离开马夏西监狱。在亚瑟·克仑南姆等人的帮助下，杜丽一家被证明是一笔巨额财产的继承者，全家终于脱离了马夏西监狱。亚瑟与人合资开办一个车间，因为投资受骗而破产，也被送进马夏西监狱。小杜丽闻讯后赶到狱中，悉心照顾他，最后两人结婚。

主要人物小杜丽和亚瑟·克仑南姆是狄更斯人道主义理想的化身。小杜丽逆来顺受，为了帮助别人，自己经常挨饿，父亲继承遗产发了迹，她依然保持昔日的品质，不和资产阶级沆瀣一气。亚瑟为人忠厚，投资破产后，他自己担当全部责任，宁愿自己进监狱，也不愿朋友受牵累。这两个正面主人公的品质和资产阶级之间互相勾心斗角、尔虞我诈形成鲜明对比。

《我们共同的朋友》是狄更斯最后一部完整的长篇小说。垃圾承包商老哈蒙病故，留下遗产十万英镑和像一座小土岗一样大小的垃圾山。老哈蒙生前吝啬和固执成性。由于儿子约翰·哈蒙违背他的意志，被他驱逐到国外；遗嘱又规定：约翰必须和一个由他指定的女子蓓拉·韦尔弗结婚，才能成为合法继承人。小说着重描写约翰·哈蒙从国外回来接受遗产，在途中遇到歹徒；回国后，他隐姓埋名，最后在老家人波芬的帮助下，继承了遗产并和韦尔弗小姐结了婚。

小说中的阶级对立是鲜明的。一方面是约翰·哈蒙的穷朋友，一方面是围绕暴发户维尼林活动的腐朽透顶的寄生集团。维尼林的座上客中最有代表性的是薄德斯耐普。他经营航海保险业，活动的范围十分狭隘，但却妄自尊大，俨然以全世界的裁判者自居。薄德斯耐普这个形象生动地表现了19世纪60年代英国资产阶级踌躇满志、趾高气扬的神气。

这部小说自始至终笼罩着有寓意的垃圾山这一形象。老哈蒙留下一座垃圾山,这是工业发展的产物。英国资本主义社会也像一座垃圾山,庞然大物中藏污纳垢,肮脏龌龊。

狄更斯的创作后期还有三部情节比较集中的小说。《艰难时世》(1854)反映了劳资矛盾;《双城记》(1859)是一部以法国大革命为背景的小说;《远大前程》(1861)的主题是金钱的腐蚀作用,金钱使一个天真的青年变成势利者,贫困使他恢复了失去的纯朴天性。

《双城记》以法国革命为背景,真实地反映了革命前夕封建贵族对农民的残酷迫害。小说描写了法国贵族厄弗里蒙地侯爵兄弟恣意蹂躏农家妇女,并且杀害了她的弟弟。梅尼特医生目击这一暴行,写信向朝廷告发。不幸信件落到侯爵手里,梅尼特医生受到诬陷,在巴士底监狱里被关了18年。厄弗里蒙地侯爵弟弟所乘的马车轧死了一个农民的孩子,又杀死了孩子的父亲。狄更斯满怀同情地描写了法国农民的悲惨遭遇,愤怒地谴责了封建贵族的为非作歹、为所欲为。小说揭示了一条真理:压抑在法国农民心头的愤怒,必将像火山一样爆发出来,不可避免地要发生一场革命。狄更斯从人道主义出发,阐明了法国革命的合理性。但在革命爆发后,他又强烈地谴责革命中的暴力行为,把革命描写成失去理智的冲动。梅尼特医生的管家得伐石的妻子对封建贵族的斗争最坚决,但在狄更斯笔下,却被描写成一个嗜血成性的疯狂的复仇者。狄更斯在小说中还塑造了代尔那和卡尔登两个人道主义的理想人物。代尔那是侯爵的儿子,他自动放弃贵族的特权,到英国居住,和梅尼特医生的女儿结了婚。为了营救管家,他冒着生命危险回到法国,被革命者逮捕,判处死刑。卡尔登为了营救朋友,混入监狱,冒名顶替,代替和他长得十分相似的代尔那上了断头台。小说着力宣传代尔那和卡尔登的高尚品质,把他们舍己为人的自我牺牲精神与革命者的"暴乱"和"残杀"相对照,更加衬托出他们的"英雄"行为。狄更斯从资产阶级人道主义立场出发,反对一切形式的压迫。他既反对封建贵族对农民的迫害,也反对革命胜利后革命人民对封建贵族的专政。这部小说集中说明了狄更斯资产阶级人道主义思想的历史进步作用和它的阶级局限性。

总的说来,狄更斯从资产阶级人道主义出发,同情资本主义社会中受迫害、受剥削的广大中下层人民。他对资本主义的揭露是多方面的。从人与人之间赤裸裸的金钱关系,到政治、经济、法律、道德、教育诸方面,他无不予以深刻的揭露和批判。他的作品广泛地反映了维多利亚盛世时期英国社会的画面,从城市到乡村,从法院到监狱,从豪华的官邸到阴暗的贫民窟。他成功地刻画了许多资产者的形象,指出他们贪婪、寄生、腐朽的特性,揭露他们的财富是建立在剥削的基础上的。他的创作生动地反映了19世纪英国资本主义的发展过程,为我们认识资本主义社会提供了丰富的材料。

二、《艰难时世》

《艰难时世》出版于1854年,小说的主要线索是围绕葛雷梗这个资产阶级代表人物展开的。葛雷梗是资本家、议员和教育家。他把只重实利的资产阶级功利主义哲学作为评价一切事物的准绳,也作为他的教育思想的出发点。为了功利,他把女儿露易莎嫁给年龄比她大30岁的资本家庞德贝。在他的教育思想影响下,他的儿子盗窃银行,并且嫁祸于纺织工人斯梯芬,导致斯梯芬的死亡。最后,葛雷梗在马戏团小丑的女儿西丝的温情感化下,幡然悔悟,接受基督教"信心、希望与仁爱"的精神,变成了一个善良的资本家,爱战胜了功利主义。

小说另一条线索围绕纺织工人斯梯芬展开。斯梯芬的个人生活并不幸福,但是更使他痛苦的是由于他不同意组织工会,因而在工人中间很孤立。他因被诬告偷窃而被庞德贝解雇。斯梯芬身心受到极大摧残,不幸失足掉进报废的矿井,伤重死去。

这部小说主要批判19世纪盛行的功利主义哲学和曼彻斯特政治经济学。功利主义哲学家肯定人类行为的根本动力是利己主义,他们认为评价一切是非善恶的标准是功利。曼彻斯特政治经济学的理论基础是功利主义哲学和马尔萨斯人口论,狄更斯从资产阶级人道主义立场对这些反对学说进行了抨击。

庞德贝和葛雷梗两个资产者的形象是功利主义哲学和曼彻斯特政治经济学的具体体现。

庞德贝是银行家、商人、工厂主,是焦煤镇经济命脉的主宰。他对斯梯芬、西丝等劳动者的悲惨遭遇无动于衷。在庞德贝眼里,工厂里冒的黑烟越多,他的利润就越大,工人只是作为一种"人手"而存在的。他反对一切有损于资产阶级功利的事。焦煤镇上的工人组织工会,举行罢工,他指责工人们不安于现状。为了掩盖他的剥削,他竭力鼓吹曼彻斯特政治经济学派所宣传的自由竞争,并且捏造了一段历史,胡说自己从小为母亲遗弃,他是"世界上最苦命的一个小可怜虫",全凭自己的努力发了财。狄更斯认为,在英国,像庞德贝这样丧尽"人性"的资产者绝不是孤立的现象。庞德贝之流是英国"王徽"、"国旗"、"约翰牛"、"人身保护律"、"民权法案"等的总和,他们操纵着整个英国国家统治机器。

庞德贝的亲家葛雷梗既掌握着焦煤镇的经济、政治命脉,又是这个工业城镇的精神统治者。他主办学校,训练俯首帖耳为资产阶级功利服务的仆从。他提倡"事实教育",只允许孩子们承认事实,接受事实,不许他们有任何想象力和幻想。"事实教育"只谈"数字和精确的统计",而统计的主要目的是"用低价买进,用最高价卖出"。葛雷梗的女儿露易莎就是这种"事实教育"的牺牲品。葛雷梗的另外两个孩子,一个起名亚当·斯密,一个起名马尔萨斯,这表现了作者对马尔萨斯人口论和曼彻斯特政治经济学派的蔑视。

在这部小说中,狄更斯直接描写了劳资矛盾。焦煤镇的工人不能忍受非人的待遇,他们在工会活动家斯拉克布瑞其的鼓动下,开始组织起来,为争取工人的权利而斗争。小说中斯梯芬不同意工人们组织工会来对付资本家,但他也谴责资产者为了谋求利润,不顾工人们的死活,使千万个矿工死于矿下,而活着的工人"从摇篮到坟墓",一辈子受剥削。他告诉庞德贝说如果这种情况不改变,总有一天工人们会"大闹起来"。狄更斯一方面不同意工人们"大闹",一方面又认为工人们"大闹"是资本家对工人剥削和压迫的结果。

在狄更斯笔下,庞德贝和葛雷梗是失去"人性"的资产者的形象,与他们相对立的是充满"仁爱"精神的人道主义思想的具体体现者斯梯芬和西丝。

斯梯芬是一个勤劳、善良、心地朴实的劳动者。他长年在庞德贝所开设的纺织厂劳动,生活贫困。在焦煤镇劳资尖锐对立的情况下,他要求人与人之间彼此宽容,互相谅解。他要求庞德贝用"人性"来对待工人阶级,不要把他们"当作许多匹马的马力,像处理加法中的数目字或者是机器一般地来处理他们"。他认为资产阶级要解决他们和无产阶级的矛盾,"用强硬的手段是绝对不行的";同样,他也不希望无产阶级采取强硬手段来对付资产阶级。他在肉体上和精神上受尽资产阶级的摧残,却对资产阶级充满幻想,逆来顺受。他直到临死以前还祷告上帝,希望世界上的人能更好地相互了解。

以"仁爱"精神对抗资产阶级的贪欲和冷酷,求得人与人之间的和谐相处,这是狄更斯人道主义的核心。为了宣传这种思想,狄更斯还塑造了西丝这个形象。她像斯梯芬一样,个人生活也十分不幸。父亲因为年老体衰,再也不能赢得马戏观众的笑声而出走,西丝为葛雷梗所收养。在这位"事实教育"家的家庭里,她保持了纯洁的"人性",成了露易莎的亲密朋友。她以一颗温暖的心感化了葛雷梗,使他放弃一成不变的功利主义的理论,最后,她还掩护盗窃犯汤姆逃出英国。

在小说结构方面,狄更斯以葛雷梗哲学为中心,将主要的情节与人物和次要的情节与人物有机地组织在一起。书中的人物都和葛雷梗哲学有关。他们不是葛雷梗哲学的代表人物或支持者,就是这一哲学的牺牲者。还有少数人是这一哲学的对立面,他们是未来的希望。小说分三部分,用"播种"、"收割"、"入仓"来比喻葛雷梗哲学的结果。在第一部分"播种"里,葛雷梗哲学的代表者庞德贝和葛雷梗踌躇满志,他们向孩子们灌输他们的哲学,用这种哲学对付工人和统治着焦煤镇。第二部分"收割"描写他们的哲学所结的恶果。他们精心培养的汤姆成了盗窃犯,毕周成了可耻的告密者。第三部分"入仓"描写葛雷梗哲学的代表者自食恶果,庞德贝的母亲揭穿庞德贝勤劳起家的谎言,这个功利主义的资产者孤独地死去。葛雷梗在饱尝了自己的"事实教育"在家庭中所结下的恶果后,承认自己哲学的失败。狄更斯用寓意的手法表示违背人性的哲学必然要遭到失败。小说原名《葛雷梗哲学》,正是说明了作者的这种创作意图。

小说在人物刻画方面运用了夸张和漫画式手法。狄更斯习惯用人物外表特征和某种特殊的行为举止来表现人物性格。葛雷梗为人处事的原则是二加二等于四,他的口袋里经常装着尺子、天平和乘法表。他的外貌也像统计数字一样的精确,"四四方方像一堵墙壁般的额头"、"四四方方的腿干"、"四四方方的肩膀"。在他面前,天真的孩子们像一些小罐子,由他把无数"法定加仑"的事实灌进去,直到灌满得要溢出来为止。狄更斯用夸大的笔法,生动地勾画出了葛雷梗冷酷无情的性格。

狄更斯后期创作中所常用的象征手法在这部作品中也比较突出。作者笔下的焦煤镇到处是机器和烟囱,空中是"无穷无尽长蛇似的浓烟",建筑物里"整天只听到嘎啦嘎啦的颤动声响,蒸汽机上的活塞单调地移上移下,像一个患了忧郁症的大象的头",焦煤镇的红砖建筑物给工厂的黑烟熏黑,像是"生番所涂抹的花脸一般"。这里,作者用"长蛇"象征资本主义缠绕在工人们身上的重重束缚,用"大象"象征资本主义对工人们肉体上和精神上的摧残,用"生番"象征资本主义社会是个"吃人"的社会。作者把描绘焦煤镇外貌的这一章叫做"主调音",表示对资本主义制度的抗议。

第七节 海 涅

一、生平和创作

亨利希·海涅(1797~1856)是19世纪德国著名的革命民主主义诗人、文艺批评家和政论家。他的一生除创作了大量才情横溢的诗篇之外,还撰写了一系列关于政治、宗教、哲学、文学、绘画、音乐的评论。他的作品贯彻了民主革命的理想,表现了对德国封建专制制度的憎恶和对资产阶级的揭露与批判。

海涅于1897年12月13日出生在莱茵河畔杜塞尔多夫一个贫寒的犹太人家庭里。贫困的出身,犹太人所受的社会压迫与歧视,使他的一生遭受了许多不幸与磨难。1795年拿破仑的军队占领莱茵河地区,对德国封建专制制度进行了一些民主改革,使备受霍亨索伦王朝践踏的犹太人解除耻辱的枷锁,获得人的尊严。从童年起,海涅就接受法国资产阶级革命思想的影响,决定了他一生思想与创作发展的方向。

1819年至1823年,由叔父所罗门资助,海涅先后在波恩大学和柏林大学学习法律和哲学。他听过德国浪漫派首领诗人奥古斯特·威廉·史雷格尔和德国古典哲学家黑格尔的讲课。他还积极参加柏林犹太文化科学协会的活动,为犹太人所遭受的社会压迫而斗争。1824年进入哥廷哈根大学。1825年获法律博士学位。

早在20岁时,海涅就开始诗歌创作。大学读书时期正是海涅诗歌创作的旺盛时期,主要诗作有《青春的苦恼》、《抒情插曲》、《还乡集》、《北海集》等组诗。这些组诗在1827年汇集出版时题名为"诗歌集"。这些诗篇的内容绝大多数是个人不幸的遭遇和悲哀无望的爱情,反映了诗人在封建专制下个性所受到的压抑以及寻找不到出路的苦闷。诗的体裁大多数是抒情诗,也有一些出色的叙事诗与浪漫曲。采用德国古老民歌的音调,纯朴而真挚。这部作品确立了海涅的诗人地位。

1824年至1828年间,他游历祖国的许多地方和意大利、英国,大大开拓了他的社会视野,加深了他对现实生活的认识与理解。他写了四部散文旅行札记。《哈尔茨山游记》(1826)是他的第一部散文作品。他以诙谐活泼的笔调描绘了20年代德国令人窒息的社会现实,讽刺与嘲弄了德国的反动统治者、教会及庸俗的德国市侩;同时又以浓郁的诗情描绘了哈尔茨山的壮丽风光;以深厚的同情描述了山区矿工艰辛的劳动和被剥削的痛苦。在第二部札记《观念——勒·格朗特文集》(1826)里,海涅极力颂扬拿破仑,把他看作是"平民皇帝",认为他对推翻德国封建制度具有进步作用。充分表现出海涅对法国革命的向往,对德国专制制度的憎恶,与此同时揭露了德国市侩们屈从于封建君主的狭隘的"爱国主义"。文集中也有诗人对自己生活经历隐晦的描述。在第三部《从慕尼黑到热那亚的旅行》、《璐珈浴场》(1830)等游记里,海涅展现出意大利一幅幅迷人的风景画面和社会图景,揭露贵族、天主教的反动性,批判贵族作家脱离现实的倾向,而且道出了明确的革命观点,认为革命与反动间的斗争是欧洲历史发展的动力。第四部《英国片断》(1831),描绘英国贵族与资产阶级同劳动人民生活之间惊人的悬殊,揭露了资产阶级的贪婪,从而体现了海涅对当时发达的工业资本主义的深刻认识。这四部札记的共同倾向是抨击德国的专制制度,渴望德国能爆发一场比较彻底的资产阶级革命。札记的创作表明,海涅不仅是一位极富才情的诗人,而且是一位革命民主主义的思想家;在艺术上,他已从个人抒情转向对现实生活的描写与批判。

1830年8月初,正在黑尔哥兰岛疗养的海涅听到法国七月革命的消息,精神为之振奋,他在8月10日的日记中写道:"……我是革命的儿子,我又重新拿起所向披靡的武器……我要头戴花冠去作殊死的斗争,还有七弦琴,把七弦琴递给我,我要唱一支战歌……话语犹如燃烧的群星,从天空射到地面,焚毁宫殿,照亮茅舍……我心里充满了欢乐和歌唱,我浑身变成了剑和火焰。"他还写了著名的革命《颂歌》,表示要开始新的战斗。

1831年5月,海涅怀着对法国革命的向往,离开故国流亡到巴黎,直到去世。其间只短暂地两次回到过德国。到法国后,海涅开始了他生活创作的一个新阶段。

在巴黎,他结识了法国著名诗人与作家雨果、巴尔扎克、乔治·桑以及流亡到巴黎来的波兰音乐家肖邦等,从而接触到欧洲各种社会思潮。和圣西门弟子的来往,使他受到空想社会主义的思想影响。在此期间,海涅不仅写文章给法国人介绍德国情况,同时也给德国人写文章介绍法国的情况,他在当时对德法两国文化的交流起到了极大的促进作用。

1833年,海涅发表了著名的论著《论浪漫派》。他从浪漫派与政治、宗教的关系中,剖析德国浪漫派文学运动的主要特征。他指出,德国浪漫派来自基督教,它是一朵从基督的鲜血里萌生出来的苦难之花;浪漫派是中世纪精神的复活,因而是反动的,但在艺术上却有许多可取之处。在这部著作中,海涅明确指出艺术与生活是不可分的,就像巨人安泰与大地母亲之间的关系,安泰一旦脚离大地就会失去一切力量。

不久,他又在《论德国宗教和哲学的历史》(1833~1834)中,向人们揭示德国古典哲学体系中所包含的震撼世界的革命思想:康德哲学中的批判精神引起了一场哲学革命;费希特学说中对和"神"相对立的

"人"的自我的强调,就是对上帝存在的否定;黑格尔集其大成,"完成了它的巨大的圆运动","我们先完成我们的哲学,然后完成我们的革命……革命力量是通过这些学说发展起来的"。海涅这种犀利的目光、深邃的历史洞察力,受到恩格斯的高度赞扬:"正像在十八世纪的法国一样,在十九世纪的德国,哲学革命也作了政治变革的前导……但是不论政府或自由派都没有看到的东西,至少有一个人在1833年已经看到了,这个人就是亨利希·海涅。"①

1840年,海涅发表长篇政论《论路德维希·别尔内》,愤怒谴责法国大资产阶级对七月革命果实的篡夺。1842年,海涅发表著名长诗《阿塔·特洛尔》,通过一只愚蠢而爱讲空话的小熊的形象,讽刺批判资产阶级自由主义激进派诗人的狂妄与无知。

19世纪40年代,马克思、恩格斯创建科学社会主义学说,为无产阶级在思想上组织上反对现存制度的斗争准备条件。1843年10月马克思来到巴黎,12月与海涅相识,并结下深厚的友谊。欧洲革命形势的高涨,尤其是无产阶级的斗争和同马克思的交往,使海涅的思想更加接近正在觉醒的无产阶级,他的诗歌创作进入一个新的时期。这一时期他创作了他最成熟的作品《德国——一个冬天的童话》和《时代的诗》的大部分。这些诗表达了强烈的革命思想,有些诗还宣传社会主义,所以恩格斯说:"德国当代最杰出的诗人亨利希·海涅也参加了我们的队伍。"②

1844年6月西里西亚纺织工人起义是德国早期工人运动史上的重大事件。海涅为声援工人斗争创作了《西里西亚纺织工人》(1844)。在诗中,海涅不仅吟咏工人被剥削被压迫的痛苦,而且表现出工人阶级强烈的阶级仇恨和愤怒。诗中的工人形象是自觉进行斗争的战士,是旧制度的掘墓人。他们将三重诅咒织进埋葬德意志的尸布,表现了工

---

① 恩格斯:《路德维希·费尔巴哈和德国古典哲学的终结》,《马克思恩格斯选集》第4卷,人民出版社1972年版,第210~211页。
② 恩格斯:《共产主义在德国的迅速发展》,《马克思恩格斯全集》第2卷,人民出版社1957年版,第591页。

人阶级埋葬旧世界的巨大决心。

> 梭子在飞,织机在响,
> 我们织布,日夜匆忙——
> 老德意志,我们在织你的尸布,
> 我们织进三重诅咒,
> 我们织!我们织!

织工们的三重诅咒,正是针对当时德国统治者提出的"国王与祖国与上帝共存"的反动口号,诗人一重一重地对国王、祖国与上帝加以揭露与挞伐。全诗语言朴实,简洁明快,节奏铿锵有力,洋溢着鼓舞人们埋葬旧世界的巨大思想与艺术力量。恩格斯称赞"这首诗的德文原文是我所知道的最有力的诗歌之一"。

席卷整个欧洲的1848年革命失败了,它说明资产阶级民主派的革命性已经消亡,而社会主义无产阶级的革命性尚未成熟。海涅对革命中自由资产阶级的可耻叛卖感到极大愤慨,对革命失败感到极度失望,加上疾病的折磨,使他整日躺在"褥垫墓穴"里,脱离现实生活的斗争,陷入深深的苦闷。这时期的抒情诗集《罗曼采罗》(1851)就反映他在革命失败后的彷徨与郁闷,并且"回到宗教思想与情感里来了"。海涅尽管陷入病痛的苦海,但他一直坚持创作,直到生命的最后时刻。他彷徨苦闷,但他的革命信念并未被完全摧毁,"我的心摧毁了,武器没有摧毁,我倒下了,并没有失败"(《决死的哨兵》)。在他晚年所写的政治诗中,对德国鄙陋的现实和怯懦的资产阶级依然保持着尖锐的讽刺和极大的愤怒。

海涅在临终前几个月所写的《卢台齐亚》法文版序言中,说出了自己对共产主义的看法。他看到未来的无产阶级的胜利,认识到它的正义性,并感受到共产主义对于他的心灵具有一种不能抵御的魔力,同时又对它的临近感到惶惑不安,担心胜利了的无产阶级会毁灭他的诗歌,会毁灭他所钟爱的艺术品。因为,他把共产主义仅看作是物质上达到平等的社会,认为无产阶级是不懂文化艺术的。不过,即便这样,他还是选择共产主义而不是资本主义。

1856年2月17日,海涅在巴黎病逝。

二、《德国——一个冬天的童话》

1843年10月,海涅回汉堡看望母亲,这是他在法国流亡12年之后第一次返回故国。长诗《德国——一个冬天的童话》写的就是他这次回国的见闻与观感。

海涅回到日夜眷念的祖国,而祖国依然处于昏睡与停滞状态,到处弥漫着中世纪、天主教和封建制度的霉烂气味。但德国的反动政府还企图利用假象、伪善与诡辩来掩盖自己的腐朽,企图将德国的封建制度长期保存下去。

海涅在长诗中,以深刻的敌意,无情地揶揄普鲁士的书报检查制度;在戏谑与调侃中暴露普鲁士军队、宪兵的愚蠢和顽固;普鲁士国徽上的鹰是反动普鲁士的象征,诗人发誓,这鸟一旦落入他的手中,他就揪去它的羽毛,切断它的利爪,并号召受到过法国资产阶级革命思想影响的莱茵人民对准它射击。

海涅深刻认识到宗教和教会是封建专制统治的精神支柱与有力工具,在长诗中一再出现对宗教教会的尖锐批判。第一章中女孩弹唱的古老的宗教歌曲,就是要人们忍受尘世上的苦难与牺牲以企求天国的幸福,与之相对立,诗人唱出一支宣传早期社会主义思想的"新的歌"。"一首新的歌,更好的歌,啊!朋友,我为你制作:我们要在大地上,建筑起那个天国。"这支歌号召人们抛弃幻想,努力实现现实的幸福。第四章中,诗人抨击科隆大教堂是禁锢人民精神的牢狱;回顾教会摧残理性、焚人烧书的罪恶,揭露僧侣的伪善;对宗教与教会表示极度的轻蔑。

红胡子大帝——中世纪封建帝王的幽灵的传说,在当时的德国广为流传。封建统治者利用它来美化封建君主制,并借以表达出他们妄想通过普鲁士王朝巩固君主统治的反动企图。他们把红胡子大帝的觉醒作为祖国复兴的象征,企图以"中古的妄想与现代的骗局"的混合物来欺骗人民。小资产阶级自由主义激进派也梦想德国人民可以通过一个君主来得到统一和解放。在长诗中,海涅以极其尖锐刻薄的讽刺形式,戳破这个浪漫主义梦幻的传说,使它暴露出君主复辟的反动内容。

诗人宣告:"我们根本用不着皇帝","没有你我们也将解放自己"。

汉堡是个自由城,资本主义发达,但资产阶级并没有进行革命的勇气和毅力。长诗通过汉堡守护女神汉莫尼亚的形象,讽刺德国资产阶级的怯懦、平庸以及对封建势力的妥协。汉莫尼亚美化德国的过去,对现状感到满足,这正是德国社会进步的巨大障碍,是社会停滞的根本原因。正如恩格斯所说:"德国的资产者知道,德国只不过是一个粪堆。但他们处在这个粪堆中却很舒服,因为他们本身就是粪,周围的粪使他们感到很温暖。"①按女神的指引,在女神祖传的椅子下,诗人看到德国可怕的将来,嗅到从36个粪坑——德意志的36个邦散发出来的令人窒息的臭气。诗人指出治疗德国的"重病沉疴","不能用玫瑰油和麝香",只能运用革命的手段,才能彻底变革腐朽的现实,才能彻底清除36个粪坑。长诗抒发了诗人盼望德国革命早日到来的迫切心情。

在第六、七两章中,诗人讽刺德国人只满足于在思想领域中要求自由,而不能将思想化为行动。海涅深刻地表达了思想必须见诸行动以及通过暴力推翻反动统治的革命思想。在最后一章,诗人锐敏地指出旧时代正在消逝,新时代已露端倪。但在某些章节中,透过阴沉的色调,也流露出诗人思想中的矛盾与忧伤。

与长诗的题目相呼应,海涅在诗中采用了许多来自民间传说、童话乃至圣经故事中的形象。比如弹着竖琴唱着古老宗教歌曲的女孩子,圣经传说中的三个圣者,黑衣乔装的神秘伴侣,红胡子大帝的幽灵,汉堡守护女神的幻影,老保姆的形象……诗人从德国社会现实生活出发,赋予这些形象以新的色彩与政治意义。这样,诗人通过浪漫主义的幻想与象征的形式,表现出异常深刻的现实主义内容。在长诗中,诗人在描写现实时,突然飞腾到幻想的高空去描绘虚幻的形象;在描绘虚幻的境界时,又迅速降落到世俗的生活中来。在诗人所描绘的虚幻形象中包含着他对现实极端清醒的认识和巨大的批判力,也包含着他深情的内心感受。另外,在抒发柔情时,会突然出现尖酸刻薄的讽刺,在庄严

---

① 恩格斯:《德国现状》,《马克思恩格斯全集》第2卷,人民出版社1957年版,第633页。

的场景中,又插进喜剧性的狂放。从温柔转向讽刺调侃,又从讽刺转入感伤忧郁。不论是场景还是情调,不论是情绪还是色彩,时时都在变幻闪烁,五彩斑斓而又完整精妙,充分显示出海涅丰饶奇突的诗才。

长诗是海涅讽刺诗的顶峰。由于讽刺的对象不同,倾注的内涵不同,表现出来的色彩与情调也不相同。但不论是幽默诙谐也好,戏谑调侃也好,挖苦嘲弄也好,目的都是要把腐朽反动的社会现象揭露出来并加以嘲讽鞭挞。由于他成功地运用不同色调的讽刺,大大增强了作品的批判力量。

第八节 果戈理

一、生平和创作

尼古拉·瓦西里耶维奇·果戈理(1809~1852)是俄国批判现实主义文学的奠基人。他以其创作加强了俄国文学的批判和讽刺倾向,开创了俄国文学的新时期,对俄国文学的发展起了巨大的作用。

果戈理生于乌克兰波尔塔瓦省密尔戈罗德县大索罗庆采村的一个地主家庭,从小喜爱民间文学。1821年入中学读书,受到法国启蒙思想的影响,在校期间曾参加课余戏剧演出。1828年毕业后赴彼得堡,先后在几个政府机关里供职,过着小职员清苦的生活。1831年结识了普希金,在创作思想上受到后者很大的影响。1831年至1832年发表具有浪漫主义色彩的作品《狄康卡近乡夜话》,一举成名。

《狄康卡近乡夜话》分为两集,包括8个短篇和2篇序言。它以狄康卡近郊一个养蜂老人在黄昏时分对围坐在一起的乡亲们讲故事的形式,把各篇连缀起来。书中描述了乌克兰的社会生活和风俗习尚,既表现现实,也讴歌历史,反映了乌克兰人民反抗外侮的勇敢精神和爱国热情,谴责黑暗势力对普通劳动者的压迫。但在某些篇章里也流露出神秘主义和宿命论的观点。

1834年,果戈理到彼得堡大学任教。次年离职,发表中篇小说集

《密尔格拉得》(1835)，内含4篇小说。其中《旧式地主》与《伊凡·伊凡诺维奇和伊凡·尼基隔罗维奇吵架的故事》，揭露了宗法制庄园地主生活的空虚无聊、庸俗腐朽，笔调幽默。作者对地主阶级既讽刺嘲笑，又有所同情。别林斯基把果戈理这种独特的讽刺艺术风格称之为"含泪的笑"。《塔拉斯·布尔巴》取材于17世纪乌克兰人民反抗波兰王国统治阶级的斗争史实，歌颂了哥萨克老队长塔拉斯·布尔巴的爱国精神和英雄性格，作品具有史诗的风格。

1835年至1842年，果戈理发表了5篇根据自己在彼得堡生活的见闻和感受写成的短篇小说，组成《彼得堡故事集》。其中有暴露贵族社会与官僚阶层生活庸俗和丑恶的《涅瓦大街》，有描写上流社会的生活和金钱势力毁灭画家才能的《肖像》，有讽刺官吏好虚荣、想发财而又奴气十足的《鼻子》。其中以描写"小人物"命运的《狂人日记》和《外套》最为著名。前者写一个小官吏被官僚等级制度残酷迫害，直到发狂的故事；后者描写一个小官吏毕生抄写文书，过着贫困屈辱的生活，好不容易才攒够钱买了一件外套，但后来外套保不住，他也悲惨地死去。这些"小人物"题材的作品，不但表现了他们生活在冷酷社会里的贫困凄凉、孤苦无告，而且反映了他们对不公正的社会的不满和抗议，也表达了作者对他们的深切同情。"小人物"的形象是19世纪俄国文学的传统形象之一，从普希金的《驿站长》开始，经过果戈理的《外套》和陀思妥耶夫斯基的《穷人》，这类形象不断受到作家的重视，并在创作中得到不断发展。这种现象是俄国文学具有强烈的人道主义精神的标志。

果戈理也是俄国现实主义戏剧的奠基人之一。1836年创作的讽刺喜剧《钦差大臣》是他在戏剧方面的代表作。

它的讽刺对象是俄国专制制度和官僚阶层，这在果戈理的《作者自白》中就有明白的交代："我决定在《钦差大臣》中将我当时所知道的俄罗斯的全部丑恶集成一堆……痛快地一并加以嘲笑。"

某城以市长为首的一群官吏，个个老奸巨猾，长于官场世故，却把一个微不足道的十二等文官赫列斯达可夫当成钦差大臣，而且都认定没有看错，从而演出一幕幕丑剧，真是妙趣横生，令人捧腹。

市长安东·安东诺维奇平时贪污受贿、敲诈勒索，有不少丑行劣迹，因而做贼心虚。为了掩饰罪迹，便向那个"钦差"讨好。他凭自己的经验设想：没有一个官儿不爱钱的。于是拼命收买，希望对方上钩。他把赫列斯达可夫的推辞、告饶当成是作假，等到后者放开胆子，甚至同市长夫人和女儿调起情来的时候，他倒受宠若惊，以为可以借"钦差"的裙带关系到京都里去做大官了。

同市长形象相映照的是其他的官员。他们的品行和他们的职责正好相反：慈善医院的院长阴险残忍，法官擅于收受贿赂，督学不学无术，邮政局长专爱偷拆别人的信件。这些品行都是本质的反映，所以，可以说《钦差大臣》是俄国官僚阶层的缩影。

赫列斯达可夫是个典型的花花公子。他好享受，爱虚荣，认为"人生在世，就为了寻欢作乐"。他浅薄愚蠢，喜欢吹嘘，或者摆出一副"高尚"、"文明"的架子，或者逞能耍威风。他之所以被当作钦差大臣，除了由于小城官吏们的惊慌失措外，也因为他身上具有彼得堡官僚的习气。

剧本的上演震动了整个官僚阶层和贵族社会。作者特意借剧中人之口说道："你们笑什么？你们在笑你们自己！"这句台词直接点明了喜剧的社会意义。沙皇尼古拉一世到亚历山大剧院看了首场演出后悻悻地说："这个剧本对每个人都够受的，尤其对我。"但是，对于果戈理来说，这却是辉煌的成就，使他无愧于"俄国文学的讽刺大师"的称号。

《钦差大臣》遭到俄国官僚阶层和贵族社会的攻击。果戈理深感痛心，遂于1836年6月出国，先去德国、瑞士和法国，翌年3月迁居罗马，以后一直长期侨居国外。果戈理从国外写给朋友的信中描述了他这时的心境："俄罗斯有着这样一大群丑恶的鬼脸，我简直不愿意看见他们……现在我的面前是异邦……然而我心里只有一个美丽的俄罗斯。"

果戈理在国外写作的《死魂灵》第一部于1842年5月出版。他当时曾回国作短暂的逗留，不久重又出国，着手继续写作小说的第二部。但就在此时，果戈理的思想出现了危机。40年代，俄国的解放运动日益高涨，反对农奴制的革命民主派同维护封建农奴制、主张复古的斯拉夫派的斗争日益激烈。果戈理受斯拉夫派的包围和影响，政治观点日趋保守，转向追求道德上的自我修养，迷信宗教，维护封建宗法制度。在1847年发表的《与友人书简选》中，他否定自己的过去，为以前的创作忏悔,说在《死魂灵》里"满是漏洞、时代错误、对许多事物的显然的无知,有些地方甚至是故意地写了凌辱的、触犯的话"。《书简选》公开为农奴制和专制制度辩护,同时宣扬君主制度、超阶级的博爱和宗教神秘主义的思想。

果戈理的转向有着主客观方面的原因。从主观上说,他的世界观本来就存在着矛盾。早在《死魂灵》第一部发表之前,在《肖像》《罗马》等作品中已经流露出宗教神秘思想和畏惧革命的情绪,想用道德感化来改造社会,而俄国和西欧革命运动的高涨更把他吓倒了。从客观上看,由于他长期离开俄国,脱离国内现实生活和进步的文化界,受到反对派舆论的压力和反动文人的包围,这就促使他思想上的倒退。

《与友人书简选》的出版令反动文人兴高采烈,却使进步人士非常痛心。别林斯基当即写了《给果戈理的一封信》(1847年写成,因检查制度的限制,直到1855年才在国外出版的《北极星》杂志上发表),严肃地批评了果戈理的错误。他开导果戈理说:今天俄国最重要最迫切的民族问题是废除农奴制度,取消体刑,而不是别的。后来,果戈理部分地接受了别林斯基的批评。1848年果戈理回国,定居莫斯科,1852年因病去世。

二、《死魂灵》

《死魂灵》是果戈理的代表作。这部小说的题材是普希金提供的,它构思于1835年,发表于1842年。在写作过程中,果戈理曾经写信告诉普希金,说《死魂灵》的"故事拉得很长,将会是一部卷帙浩繁的长篇小说……我打算在这部长篇小说里把整个俄罗斯反映出来,即使是从一个侧面也好"。小说由于彻底的暴露和强烈的批判倾向而未能获准出版,后来经过别林斯基的奔走活动,几经周折才得以问世。它一出现,立即成为俄国文坛的大事,引起了巨大的反响。赫尔岑形容道:"《死魂灵》震撼了整个俄国。"

小说讲的是这样的故事:六等文官乞乞科夫做投机生意,向地主们"收买"已经死去但在户口册上尚未注销的农奴(法律上仍然承认是活人),每个只要花几个戈比,"趁新的人口调查没有进行之前,买进一千个死魂灵①,再到救济局去抵押,每个魂灵二百卢布,足可以赚二十万!"这种买卖并没有接触实物,只是在户口册上办理过户手续,买空卖空。然而转手之间,乞乞科夫的财产就可以由父亲留给他的"四件破旧的粗呢小衫,两件羊皮里子的旧长裤,以及微不足道的一点钱",猛增到几十万卢布。这种丑事发生在沙皇俄国,绝非偶然。这是农奴制把人(农奴)当作地主的私有财产,而且受法律承认的结果。乞乞科夫恰好是利用这样的制度和法律进行投机活动的。单是这个极富讽刺性的情节,就足以暴露俄国专制农奴制度的反动和腐败以及新兴资产者乞乞科夫之流的投机钻营。

《死魂灵》从揭露地主和官僚社会的主题出发来安排结构。第1章介绍主人公乞乞科夫和某市官僚社会;第2章至第6章反映地主们的情况,每章写一个地主;第7章到第10章回过头来又描写官吏,不过是更细致地写了外省和首都的官吏;最后一章回溯乞乞科夫的过去和揭开他的内心世界。中心人物是乞乞科夫,他在结构上起着串联全书的作用,通过他的游历线索,把俄国城乡一幅幅生活画面依次地展现出来。

小说的突出成就是描绘了5个具有鲜明个性的地主典型。玛尼罗夫外表文雅,内心空虚,"和他一交谈,在最初的一会儿,谁都要喊出来道:一个多么可爱而出色的人啊!……再过一会儿,便心里想:呸!这是什么东西!"他生性懒散,不务实际,无法理解买卖死魂灵的投机活动,"对乞乞科夫的奇怪的请求……却还是猜不出那意思来:他翻来覆去地想,要知道得多一些,然而到底不明白"。他的庄园一片荒芜,死亡的农奴不计其数。这是个有文雅外表的寄生虫。女地主科罗皤契加的个性正相反,她很会料理田产,虽然拥有许多农奴,有鸡、猪、菜园、果树等大量财产,但还是像一个小钱柜一样,"悄悄地慢慢地把现钱一个一个地弄到",藏入里面去。就连卖死魂灵也怕价钱低了吃亏,她是一个悭吝的守财奴。罗士特莱夫粗野无礼,放荡不羁,他把家产都挥霍在养狗、养马和赌场上。他吹牛、造谣、惹是生非,胡闹成性,是个地方恶少

---

① 在俄语里,这个词具有"农奴"和"灵魂"的双层意思。

式的地主。梭巴开维支粗壮得像一头熊,"脚步很莽撞,常要踏着别人的脚",喜欢大吃大喝,总是全猪全鹅地吃,"连骨头也嚼一通,直到一点不剩"。他把自己的庄园、住宅直到家具都营造得很牢固,在钱财上极精明,出卖死魂灵时不但要了高价,而且还在成交的名单中偷偷加进一个本来不值钱的女农奴去。这是个贪婪顽固的地主典型。泼留希金有大片庄园、上千农奴,仓库里有大批快要霉烂的衣料,堆攒的面粉已经硬得像石块,他却舍不得穿和用,自己的生活过得像乞丐。他还一直在捡破烂,一片破布,一块碎铁,都要捡到仓库里去。他的农奴饿死得"像蝇子一样多"。贪婪和破坏财富成了他性格中矛盾统一的特征。

  小说的中心人物乞乞科夫也是一个成功的典型,他出身于小地主家庭,但后来已经从地主阶级向资产阶级转化,成了俄国资本主义初期新兴的资产者典型。乞乞科夫从小受父亲的教诲:"顶要紧的是:有钱、积钱……钱是不会抛弃你的。"他认为只要有了钱就可以达到一切目的,所以从做小学生起一直到在政府部门里供职,他一贯讨好老师、巴结上司,目的是为了向上爬,赚大钱。他在官场中屡受挫折,但从不气馁,每次都从头再来。他终于学得圆滑世故,具有投机钻营的本领。对于多情善感的玛尼罗夫,他能够用甜言蜜语讨其欢心,使之抄出一份清清楚楚的死农奴名单,笑眯眯地奉送过来。对于生性多疑、害怕在价格上吃亏的科罗皤契加,他就连骗带诈,赌咒发誓,谈成了一个便宜的价格。他同行为粗野放纵的罗士特莱夫也能够周旋应付,尽量不闹别扭,免得做不成交易。对精于钱财的梭巴开维支,他则撕开脸皮,讨价还价,毫不含糊。对于既贪婪又吝啬的泼留希金,他是另一副脸孔,摆出极其诚恳的同情姿态,使对方感激得称他为"救命恩人"。同时,乞乞科夫又具有唯利是图的本质,整天为了赚钱而挖空心思,居然想到拿死人去做投机买卖。

  《死魂灵》是批判现实主义的典范作品。它的艺术特点是刻画人物形象注重典型化,注意细节的描写和运用讽刺手段。作品的语言生动、幽默,富有鲜明的比喻。

  《死魂灵》出版后引起了比《钦差大臣》更为激烈的斗争。反动文人著文加以诬蔑,说"它充塞着一些不寻常的和空洞的细节……其中的人物每一个都是前所未有的夸大",因而"是不能称之为艺术的"。在压力下,果戈理开始动摇,思想上的危机日益加剧。他构思和创作了《死魂灵》第二部,企图写出改恶从善的乞乞科夫和道德高尚的地主官僚形象,但这些违背生活真实的形象连作家自己都感到不成功,他一再修改、重写,直至临终前把全部手稿付之一炬。这对于果戈理来说是十分痛苦的,然而,却也维护了小说第一部的好声誉。

《死魂灵》受到进步的文化界的欢迎。别林斯基称赞它是俄国"文坛上划时代的巨著",并写了一系列的文章如《乞乞科夫的游历或死魂灵》(1842)等,驳斥反对派的攻击。

由于有果戈理的创作的影响和别林斯基的理论指导,在19世纪40年代的俄国形成了一个批判现实主义的文学流派——"自然派"。屠格涅夫、涅克拉索夫、冈察洛夫、谢德林、陀思妥耶夫斯基等都是"自然派"的重要成员,他们继承和发扬了果戈理的传统,为发展俄国文学做出了重大的贡献。

第九节　屠格涅夫

一、生平和创作

伊凡·谢尔盖耶维奇·屠格涅夫(1818～1883)是19世纪中叶具有敏锐观察力的俄国优秀现实主义作家。1818年10月28日出生在奥勒尔省城的一个贵族家庭。父亲是退役军人,早逝。母亲性格乖戾,据说她就是中篇小说《木木》里那个残暴而任性的女地主的原型。屠格涅夫家于1827年迁居莫斯科,他于1833年进莫斯科大学,1834年转入彼得堡大学,1836年毕业。大学期间参加过进步的学生小组活动,思想倾向于民主,对文学也感兴趣,曾写过诗。1838年去柏林大学留学,先后到荷兰、法国、奥地利、瑞士、意大利等地旅行。

1843年,屠格涅夫结识了两个对他来说是至关紧要的朋友。一个是别林斯基,他早期的世界观基本上是受别林斯基的影响而形成的。

另一个是法国著名女歌星波丽娜·维亚尔多,这个有高度文化教养、聪明而迷人的女子给他带来了欢乐与痛苦、幸福与绝望,因为她已有了丈夫和孩子,不可能和他结合。他为她长期侨居国外,终生与她一家亲密来往。不过他们两人一直仅仅保持真正和纯洁的友谊关系。他的《贵族之家》、《前夜》、《阿霞》、《初恋》、《春潮》等小说所写的充满诗意的爱情,一方面总是以悲剧结束而令人惋惜、心酸,另一方面那爱情的美和力量又总是使人变得更纯洁、更高尚。这正是作者亲身的经历和心声。

屠格涅夫从1847年起经常在《现代人》和《祖国纪事》杂志上发表作品。他的第一部现实主义作品《猎人笔记》包括25篇特写,作于1847年至1852年,其时俄国正处于农奴制危机时期,最急迫的社会问题是废除农奴制。作者采用一个猎人在俄罗斯中部山村、田野打猎,记录见闻的形式,反映了农奴制俄国村镇的生活现状,写了不同类型的地主、农奴、磨坊主妇、县城医生、牧童和知识分子,也描绘了大自然的景色。各个短篇虽然题材多样,贯穿首尾的主题思想则是一致的——反对农奴制度。

《猎人笔记》的反农奴制思想主要体现在它着力把农民写成聪明能干、感情真挚、心地善良和内心丰富的人,可是他们正受到农奴制度的摧残,不能享受人的生活权利,这是作品深刻的人道主义和民主思想的表现。作品反农奴制思想的另一方面是揭露旧式地主的野蛮粗暴和新式地主的"文明"和伪善。《猎人笔记》显示了屠格涅夫独特的艺术风格:朴实鲜明的现实主义手法和浓郁的抒情情调结合,曾被赫尔岑称为"用诗写成的对农奴制的控诉书"。

屠格涅夫由于发表这部作品而触怒了沙皇政府,终于在1852年果戈理逝世时因违反当局禁令发表了悼念文章,造成口实而遭到逮捕和流放。不过,即使身陷囹圄,他也没有停止过创作反农奴制的作品,如中篇小说《木木》(1852)就是他在彼得堡拘留所里写成的。它可以看作是《猎人笔记》反农奴制主题的续篇,历来被公认为佳作。

屠格涅夫的主要成就在长篇小说。他从50年代至70年代先后写成6部长篇小说:《罗亭》(1856)、《贵族之家》(1859)、《前夜》(1860)、《父与子》(1862)、《烟》(1867)和《处女地》(1877)。

《罗亭》和《贵族之家》反映了40年代贵族知识分子在思想上的探索。罗亭是当时贵族知识分子的一种类型,他受过良好的教育,天资聪慧,博学多才,能言善辩。小说写他热忱地宣传真理和理想,滔滔不绝,口若悬河,启迪着人们的思想,唤起对美好生活的爱。17岁的少女娜达丽亚·拉松斯卡雅就是在他的启蒙下觉醒,情愿为崇高的理想而献身。她同时也爱上了罗亭。不过罗亭也有致命的弱点:脱离实际,意志软弱,缺乏实践的能力。他是个语言的巨人,行动的矮子,理想流于空谈,到头来一事无成。这是个"多余人"的新典型。作者肯定他宣传理想,起了进步作用,但在40年代需要的是行动,而他却不能实践,就显出他的局限性了。作者对主人公命运的悲剧是很惋惜的,所以在1862年小说新版时,特意加进了罗亭在巴黎街垒上高举红旗,英勇战死的场面为结尾,以强调贵族知识分子同解放运动的关系。

《贵族之家》写贵族拉夫列茨基原来有个妻子侨居国外多年,讹传已去世,后来他爱上了远房甥女丽莎·卡里金娜,一个严肃而善良的姑娘。然而不久之后妻子突然归来,他和丽莎接受社会道德伦理观念的约束,决然分手,丽莎遁入修道院。拉夫列茨基也是个"多余人"的典型,尽管他比罗亭前进了一步,力图克服言论与行动之间的脱节,比较重视务实,力求在自己庄园里改善农民的生活,愿意接近人民,但他身上仍有严重的缺点:贵族习气和懒惰无为的作风,结果只能向命运屈服。小说以现实主义的笔触生动地显示了贵族庄园的衰败和贵族知识分子历史作用的消亡,作者对主人公们的悲剧命运无限地惋惜,这使作品充满了挽歌的情调。同时作者把个人悲剧的原因归结为主人公对社会道德规范的屈从,而不去揭示其社会根源,这是他思想上的弱点。

在创作《贵族之家》前后,屠格涅夫还写过一组以爱情为主题的中篇小说,如《浮士德》(1856)、《阿霞》(1858)、《初恋》(1860)等,这些作品都在一定程度上反映了他的人生虚幻、个人幸福渺茫的宿命论思想。这同他当时政治上的自由主义观点是有联系的,所以受到了俄国进步评论家的批评。车尔尼雪夫斯基在《幽会中的俄罗斯人》一文中就指出,《阿霞》中男主人公的精神危机是当时社会环境造成的,是俄国贵族社会破产的征兆。

50年代末60年代初,俄国社会发生了急剧的变化,解放运动进入平民知识分子革命阶段,贵族革命家的领导地位已被革命民主主义者所取代,欧洲各国的解放运动也蓬勃地展开。作为观察力极为敏锐的作家,屠格涅夫感到了时代的要求,立即从写"多余人"转向反映"新人"。于是标志着他的创作道路新阶段的小说《前夜》和《父与子》就相继问世了。

屠格涅夫论及《前夜》的创作时曾经说过:"我的中篇小说的基本思想是要有自觉的英雄性格。"[①]他把这部作品里的男女两个主人公称做"新生活的先驱"[②]。小说写俄国贵族小姐叶琳娜爱上了在莫斯科留学的保加利亚爱国志士英沙罗夫,她不顾家庭的阻挠,毅然随同他回保加利亚参加解放祖国的斗争。途中英沙罗夫不幸病逝,叶琳娜矢志不移,坚持到保加利亚起义军中服务,以继承丈夫未竟的事业。小说写的固然还是爱情故事,但是男女主人公的关系已经不仅仅是感情炽热的恋人,而是志同道合的战友了。

叶琳娜的形象具有重要的典型意义,通过她可以说明俄国当时需要什么样的新人。她追求崇高的理想,勤于思考又勇于行动,而且有坚强的意志。她周围有三个青年倾慕她,唯有英沙罗夫是她理想的英雄,他身上最吸引她的东西就是为解放祖国而牺牲的精神。她听到这位爱国志士的事迹时一下子就入迷了:"解放自己的祖国!啊,多么伟大,说起来是多么叫人战栗的话啊!"英沙罗夫不但有献身祖国的理想,而且有坚实的行动。这些正是贵族知识分子所缺少的,也是叶琳娜身上尚未完全具备的品质,所以叶琳娜毅然决然地选择了他做自己的爱人。她的行动也说明了俄国青年献身革命伟业的思想在觉醒。

但是这两个形象本身也反映了作者思想的局限性。叶琳娜在俄国找不到理想的英雄,只能选择保加利亚人英沙罗夫。作家显然要表明,俄国还处于出现这种英雄的"前夜",目前还只能期待出现本国的"新人"。另外,英沙罗夫要完成的任务是民族解放的斗争,而不是反对国

---

① 《屠格涅夫文集》第11卷,1949年俄文版,第215页。
② 《屠格涅夫文集》第11卷,1949年俄文版,第215页。

内阶级压迫的斗争,这也同俄国现实最紧迫的问题——反对农奴制度和专制制度问题并不相同。这都说明屠格涅夫未能正确理解俄国社会的现状。

与此相反,杜勃罗留波夫对《前夜》作了革命的解释。他在《真正的白天何时到来?》一文中热情地肯定了小说的成就,并指出俄国现实生活中已经看得到这种新人了,而且俄国的英沙罗夫应该是反对专制农奴制的战士。屠格涅夫由于政治观点上的保守,对于杜勃罗留波夫的革命结论感到震惊,竟然要求《现代人》杂志不要刊登这篇评论文章。文章登出来之后他又断然宣布同该杂志决裂,这成了60年代革命民主派同贵族自由派之间矛盾斗争的一件大事。

《父与子》是在作者和《现代人》杂志决裂之后写成的。此后,屠格涅夫逐渐转向贵族自由主义。当1863年沙皇政府镇压波兰起义时,他竟上书向沙皇表忠心,并且捐献两枚金币以示慰问政府军。这种情绪必然给他的创作带来损害。《烟》这部作品充分暴露了他思想中复杂的矛盾:在小说中既批判妄想恢复农奴制的贵族赖米罗夫将军,又对侨居国外的谷柏廖夫等进步分子的形象作了歪曲和讽刺,而作者的理想人物李特维诺夫不过是个贵族自由主义者。李特维诺夫主张逐步的改良,但是由于性格软弱,遇事优柔寡断,不但在改良社会方面毫无成效,而且在个人的爱情生活方面也彻底失败:"好像一切都是烟,他自己的生活,俄罗斯人的生活,人类的一切……都是烟。"在这里语义双关,暗含"浮生若梦,世事如烟"之意,它仿佛也是作者颓唐心理的流露。这部小说具有浓厚的颓废情调,曾受到了革命民主主义者的批评。

随后,屠格涅夫又写出长篇小说《处女地》,反映了70年代民粹派"到民间去"的活动。作者仍然坚持反农奴制的一贯立场,讽刺保守派贵族,同情民粹派,并指出民粹派脱离农村实际、把农民理想化的弱点。但是,作者由于有自由主义观点,并不相信民粹派的革命斗争,不但否定它,而且加以歪曲。书中出现的民粹派人士不是意志软弱就是目光短浅;农民也没有多少优秀品质,多数人愚昧无知,思想麻木,对革命宣传反应冷淡。作品的题词点明了主题:要翻这样的"处女地","必须使用挖得很深的铁犁"。这"铁犁"不是指革命,而是指自上而下的温和的改良。

屠格涅夫的最后一部作品是《散文诗》，其中大部分写于1878年以后，于1882年汇集成书。由于作者思想上苦闷，又远离祖国，身患重病，对民主主义失去信心，也不敢指望自由主义有光明的前景，于是情绪悲观。《散文诗》即是他的感怀之作，多数篇章流露出前途渺茫、浮生若梦的消极情调，但是也有一些诗格调高昂，怀有爱国主义激情，或者歌颂革命理想。《门槛》就是其中优秀的一篇，它通过富有诗意的梦，描写一个光辉的女革命者的形象。这个"俄罗斯女郎"是当时民粹派女革命家们的写照，她为了革命事业，明知有重重的困难、危险，仍然不惜牺牲，以身殉志。其他如《麻雀》、《我们还要继续战斗！》等，都反映出作者到了暮年仍心存斗志。

1883年9月3日，屠格涅夫在巴黎病逝。遵照他的遗愿，遗体运回俄国在彼得堡安葬。

二、《父与子》

《父与子》是屠格涅夫创作的最高成就，它写于1860年至1861年，1862年在《俄罗斯导报》上发表。

小说写平民出身的医科大学生巴札罗夫随同贵族出身的同学阿尔卡狄·基尔沙诺夫于大学毕业后到后者的家中小住，巴札罗夫的民主主义观点和基尔沙诺夫家的父辈格格不入。两个星期后，阿尔卡狄的伯父巴威尔挑起了一场争论，他宣扬贵族制度的原则，指责巴札罗夫否定一切，是虚无主义。巴札罗夫痛斥了对方的贵族自由主义观点，在辩论中得胜，随后即同阿尔卡狄到省城去，得遇优雅动人的富孀奥津左娃。两个青年人应邀到她的庄园做客。阿尔卡狄热恋上她的妹妹，而巴札罗夫对奥津左娃也产生了爱情，但遭到拒绝。不久之后，两位青年人回到基尔沙诺夫的庄园，阿尔卡狄已经转向于安乐地享用父亲的产业，巴札罗夫则埋头于生物研究工作。但巴威尔对巴札罗夫仍然恨之入骨，乃伺机挑起了一场决斗。巴威尔负了轻伤，巴札洛夫于次日回到父母家中，后来在为伤寒病死者解剖尸体时不慎割伤自己的手指，受感染而死。

作者曾经谈到这部小说的主题思想在于表达"民主主义对贵族阶级的胜利"①。他说："我的整部小说都是反对把贵族阶级当作进步阶级的,请看看尼可拉·彼得罗维奇、巴威尔·彼得诺维奇与阿尔卡狄这几个人吧,他们多软弱,多委靡,眼光多狭小。我顺从我的审美感觉挑选出贵族方面好的代表人物来证明我的主题:倘若奶油是坏的,那么牛奶更不用说了。"②

小说中子辈的代表巴札罗夫出身于平民知识分子家庭,是体现了"新人"特点的典型形象。他有坚定的信念,信奉唯物主义,重视实践,推崇实用科学,主张功利主义;他有明确的爱憎,憎恨农奴制度,否定贵族阶级,批判贵族自由主义的观点和原则,愿意为未来的生活而"打扫地面"。他以自己的平民出身而自豪,他也有坚毅的性格和埋头苦干的精神。应该说这些都是当时革命民主主义者特点的体现。相反,父辈的代表人物,即贵族方面那些"好的"人物都相形见绌。至于阿尔卡狄,虽有一时的热情为巴札罗夫辩护,终究因贵族习性难改而去继承父亲的产业,心甘情愿地成为一个庄园主。他被巴札罗夫称为"软软的、爱自由的少爷",他也是属于父辈阵营的。

但是巴札罗夫也有弱点,他以庸俗唯物主义的观点看待科学、艺术和大自然,得出了片面的结论。他只看重实用科学,轻视一般科学,把大自然仅仅看作是人们可以在其中劳作的工厂。他错误地否定艺术,说"一个好的化学家比二十个诗人还有用"。这种片面性当然是当时一部分进步青年的写照,他们由于厌恶唯心论、"纯艺术"论和空谈的作风,往往走向另一个极端,这也是平民知识分子"新人"在成长过程中的缺点,作者加以描写说明他的观察力很敏锐。问题是作者受他的贵族自由主义的立场所局限,并不相信巴札罗夫的理想和事业。作者把巴札罗夫叫做"虚无主义者",让他早早地死去。作者认为革命前途渺茫,巴札罗夫注定是不会成功的,所以结局悲惨。

---

① 转引自彼得罗夫《屠格涅夫》,新文艺出版社 1957 年版,第 71 页。
② 《屠格涅夫谈〈父与子〉》,见巴金译《父与子》附录,人民文学出版社 1957 年版,第 288~289 页。

由于小说描写的是现实中存在的重要社会问题,发表之后立刻引起了激烈的争论。贵族自由主义者不满意作者让巴札罗夫在同贵族较量中占了上风,认为巴札罗夫的行动危及"社会"的安宁。革命民主主义者当中也有人对这个形象不满,指责作者是站在贵族一边对革命青年进行攻击。不过,作者的思想是有矛盾的,一方面肯定巴札罗夫是革命者,另一方面又不相信巴札罗夫的事业能够胜利,因而对这个形象有所歪曲,甚至让他过早地死去,这都是加剧评论界争论的原因。尽管如此,小说的成就还是主要的。它肯定了平民知识分子在社会斗争中的主导作用,揭露了贵族的无能和精神空虚,这都恰好反映了时代的本质。

此外,《父与子》又是一部很能代表屠格涅夫艺术风格的作品。正如他自己说的:"准确而有力地表现真实和生活实况才是作家的最高幸福,即使这真实同他个人的喜爱并不符合。"① 他以艺术形式反映了迫切的社会问题,塑造了典型的人物形象,他忠于现实,有时甚至突破自己世界观的局限。

屠格涅夫的长篇小说都具有抒情风格。著名俄国作家谢德林曾称赞屠格涅夫作品"每一个音响里都洋溢着明亮的诗意",形象也"仿佛是用空气铸成的"一样透明,作品让人读来感到陶醉,使人产生一种追求和向上的力量。

屠格涅夫的长篇小说都异常简练,篇幅往往接近于中篇,情节简单,人物不多,事件发生在不长的时间里。《父与子》的故事就只有两个月左右的时间,但是小说所包含的社会现象却是广阔和全面的。它给人的印象不是两个月的事,而是巴札罗夫整整的一生。

屠格涅夫善于采用准确而有含义的细节,包括言谈举止、待人接物,直至外表和服饰等来写出人物的典型特点,勾勒出鲜明的性格,着墨不多却能使人物具有浮雕感,同时又可以窥见人物的内心。作者不是做琐碎的心理分析,而是比较含蓄,用现象来显露内心的波澜,却又留有余韵,让读者去体味。

---

① 屠格涅夫:《回忆录·关于〈父与子〉》,蒋路译,人民文学出版社1962年版,第90页。

屠格涅夫擅长于写景,能够刻画出瞬息万变的大自然,有文学中的风景画大师之称。他写景不但简洁、鲜明、准确,而且有深刻的含义,往往成为情节的有机部分。《父与子》的开头,那极度贫困的农村的凄凉画面,使书中的人物之一阿尔卡狄这个贵族少爷看了也不禁想到:"不,不能够照这样下去,改革是绝对必要的。"小说中的写景也带有浓郁的抒情笔调。

屠格涅夫又是个语言艺术的大师。他的语言富有表现力,风格简洁、纯朴、清新而富于抒情味。

第十节　陀思妥耶夫斯基

一、生平和创作

费奥多尔·米哈依洛维奇·陀思妥耶夫斯基(1821~1881)是俄国19世纪杰出的作家,也是在思想和创作中都存在着极为复杂矛盾的作家。高尔基曾说过:"托尔斯泰和陀思妥耶夫斯基是两个最伟大的天才,他们以自己的天才的力量震撼了全世界,使整个欧洲惊愕地注视着俄罗斯,他们两人都足以与莎士比亚、但丁、塞万提斯、卢梭和歌德这些伟大的人物并列,但他们对于自己黑暗、不幸的祖国却有过不好的影响。"[①]这个评价对于陀思妥耶夫斯基来说无疑是相当中肯的。

陀思妥耶夫斯基于1821年11月11日生于莫斯科。父亲是一所贫民医院的医生,平民出身,后来获得贵族称号。父母都是虔诚的基督教徒。在这种环境中长大,陀思妥耶夫斯基从小养成了对贫困的下层人民和宗教的深厚感情。他于1834年至1837年在莫斯科一所私立寄宿学校求学,1838年至1843年在彼得堡军事工程学校学习,这期间对文学产生了浓厚的兴趣,大量阅读普希金、果戈理、巴尔扎克、狄更斯等人的作品。1843年毕业,获准尉军衔,即被派往彼得堡工程兵团工程

---

① 《高尔基论文学》续集,人民文学出版社1979年版,第50页。

局绘图处任职。由于志在文学,他只供职一年就退了职,专事文学创作。

陀思妥耶夫斯基的成名作《穷人》发表于1846年。小说以对"小人物"的深切同情和对主人公心理的细腻刻画为特色,引起强烈的反响。《穷人》叙述一个年老的公务员玛卡尔·杰符什金和一个自幼父母双亡、被迫寄人篱下而沦为妓女的年轻姑娘瓦尔瓦拉·陀勃罗谢洛娃互相关照、互相爱怜,但迫于经济条件,杰符什金终于无法把她救出火坑,她只好嫁给地主为妾的悲惨故事。

《穷人》继承了普希金和果戈理写"小人物"的传统,杰符什金这一形象体现了作者深刻的人道主义思想。小说一发表,就成了俄国现实主义文学——"自然派"的代表作品之一。陀思妥耶夫斯基曾诚心诚意地表明他是师承果戈理的,他说:"我们都是从'外套'①里出来的。"但是《穷人》比以往写"小人物"的作品有新的突破,它不但把19世纪40年代俄国社会从封建主义向资本主义开始演变时期深受双重压迫的平民阶层的苦难充分展示出来,而且把主人公的内心世界写得更加丰富,心理更复杂,有对于旧制度瓦解的畏惧心情和模糊的反抗情绪,尤其是有他自己的人格尊严感,这就更能激起人们的同情和爱。

继《穷人》之后,陀思妥耶夫斯基在40年代还写了《两种人格》(1846)、《女房东》(1847)和《白夜》(1848)等小说。在包括《穷人》在内的这些作品中,作者已表现出刻画心理的卓越才能。不过,他描写"小人物"的病态心理有时失之过细,往往使人物带有神经质和悲观绝望情绪,所以调子显得低沉。

陀思妥耶夫斯基在发表《穷人》以后两年,由于文学观点的分歧而疏远了他曾深深敬仰的别林斯基,但这时他仍然关心俄国的社会运动,热衷于空想社会主义的理想。他于1847年加入了进步的彼得拉谢夫斯基小组。1849年4月23日,他和参加小组集会的其他三十几位成员一起被捕,12月被判处死刑,罪名是他在会上宣读过"文人别林斯基

---

① 指果戈理的短篇小说《外套》。

的一封犯罪的信①，信中充满了反对最高当局与正教教会的狂妄言论"。当他和同伴们被押赴刑场，正经受着等待死亡的恐怖时刻，突然宣布撤销死刑判决书，改判为服苦役，这种精神上的折磨给他造成了终身难以平复的心灵创伤。

从1850年到1859年，陀思妥耶夫斯基先后在西伯利亚的鄂木斯克服苦役4年，在赛米巴拉金斯克边防军当兵近5年，直到重新获得军衔和恢复贵族称号之后，才获准回彼得堡居住。近10年的流放生活既摧残了他的肉体，使他本来就患有的癫痫病明显地加剧，又动摇了他的革命信念，使他的思想开始了根本性的转变，逐渐形成一种反动的"土壤派"理论。他认为有文化的上层已经脱离了人民（即"土壤"），人民也不接受贵族革命家的理想，所以俄国不具有接受革命宣传的"土壤"，人民只能忍耐、顺从和笃信宗教。随后，陀思妥耶夫斯基也皈依了宗教。这些思想在他动手于流放期间、完成于流放之后的小说《死屋手记》(1855～1861)里已有所表现。

陀思妥耶夫斯基于60年代初重返文坛。其时俄国正处于农奴制改革前夕，围绕着俄国走什么道路的问题，各派继续在争论，西欧派主张走西欧资本主义道路，斯拉夫派则主张回到古代宗法社会去。陀思妥耶夫斯基积极参与社会的政治斗争，他和哥哥一起先后创办《时间》(1861～1863)和《时代》(1864～1865)两个杂志，以宣扬他们的观点。他曾于1862年至1863年和1867年至1871年两次出国，到西欧治病和访问，密切注意俄国和西欧出现的各种思潮。他的思想经过长时间的变化，形成了充满矛盾的世界观。一方面，他对于资本主义的"文明"有着强烈的憎恨，在言论和创作中无情地揭露资产阶级的暴虐和贪婪，暴露资本主义社会压迫、奴役、凶杀、犯罪和道德沦丧等恶行，撕毁它"自由、平等"的假面具，时时对生活在社会底层的贫民表示深切的同情；另一方面，却公开宣扬"土壤派"理论。他责备革命民主主义者"脱离人民"，不了解人民的要求，特别攻击革命民主主义者的无神论观点和暴力革命的主张，说那样做会导致人类互相残杀以至灭绝。所以他

---

① 指别林斯基的《给果戈理的一封信》。

竭力反对社会主义和革命斗争,主张用基督教的顺从、忍耐、爱别人的精神来感化人,净化人的灵魂,借此使贵族和平民两个对立的阶级和解,使社会得到改造。

陀思妥耶夫斯基在后半生写出了大量的作品,重要的中、长篇小说有《舅舅的梦》(1859)、《斯捷潘契科沃及其居民们》(1859)、《被欺凌与被侮辱的》(1861)、《地下室手记》(1864)、《罪与罚》(1866)、《白痴》(1868)、《群魔》(1871)、《少年》(1875)和《卡拉马佐夫兄弟》(1880),此外还有《作家日记》(1876～1881)和一些短篇小说。

《被欺凌与被侮辱的》是作者继续描写"小人物"的作品。小说写了工厂主史密斯一家和小地主伊赫缅涅夫一家被瓦尔科夫斯基公爵作弄、坑害的悲惨故事。瓦尔科夫斯基公爵虚伪、卑鄙而又残忍,一生作恶多端。年轻时为了夺取那位侨居俄国的英国人——工厂主史密斯的财产,先引诱了他的女儿,达到目的以后又将她抛弃,致使她含恨而死,她遗下的幼女涅莉随着史密斯流落街头,结果毁了史密斯的幸福家庭;中年时诬告小地主伊赫缅涅夫侵吞他的财产,并通过诉讼夺走后者仅有的一座田庄;同时,他为了迫使儿子阿辽沙娶富家女卡佳以增加三百万卢布家产,用阴谋手段破坏阿辽沙和伊赫缅涅夫之女娜塔莎的爱情和婚姻,结果又毁了伊赫缅涅夫一家。

作者满怀同情地写出了一群被凌辱的小人物,指出他们具有正直、善良的品德,却又强调了他们的驯良,只是用一种倔强的忍受和高傲的蔑视来对待这些凌辱,甚至通过娜塔莎和涅莉等形象宣扬基督教的受苦受难精神,娜塔莎就说:"我只得继续受苦才能换取未来的幸福……痛苦能洗净一切……"可是小说里的"小人物"怎么忍受苦难也没有得到幸福,现实生活本身就是对作者反动说教的讽刺。

标志着陀思妥耶夫斯基的创作走向高峰的是《罪与罚》,它为作者赢得了世界声誉。

继《罪与罚》之后发表的《白痴》是农奴制崩溃、资本主义兴起时期贵族资产阶级日益腐化堕落、荒淫无耻的写照。小说的女主人公娜斯泰谢出身小贵族,从小父母双亡,长大后聪慧美丽,被收养她的贵族托兹基占有。后来,托兹基想抛弃她以另娶一个富家小姐,最后他又提出以陪送七万五千卢布的巨款将她嫁给叶潘钦将军的秘书笳纳,以换取和将军之女结婚的条件。叶潘钦表示同意是另有企图的,一方面想找到一个有钱有势的女婿,另一方面他自己对娜斯泰谢的美色早已瞩目,想利用笳纳娶亲成功后去接近她,而笳纳则是贪图她的陪嫁款。这实际上是一桩肮脏的交易。娜斯泰谢看穿了阴谋,她敢于反抗并向贵族资产阶级社会实行报复。她虽然爱着梅思金公爵,却拒绝了他,表示愿意嫁给出钱十万卢布"买"她的商人之子罗果静,然后她趁生日晚会之际,当着这群伪君子的面将十万卢布的纸币投入火炉焚烧,表示对金钱主宰一切的世道的蔑视。她终于没有逆来顺受,也不准备宽恕一切。这是一个优美动人而又敢于反抗的女性形象,给人以深刻的印象。尽管她最终为罗果静所杀,然而其命运的悲惨性和悲剧性烘托出的恰恰是其人格的伟大。

小说的男主人公梅思金公爵是作家基督教世界观的典型产物。作者曾一再强调要在这部小说中塑造出一个理想人物来,这个理想人物就是梅思金公爵:他天性善良,对人充满了信任和同情;他性格单纯,对物质和金钱弃如敝屣;他有着宗教圣徒那样的心智,对人和人性有着深刻的洞察和理解,对人所承受的苦难有着超凡的感受和同情。梅思金公爵是宗教圣徒在现世的翻版。他严格遵循着博爱、忍让和宽恕诸准则。小说中,他一方面爱着娜斯泰谢,一方面又对出于妒忌心与情欲而杀死她的凶手罗果静实行宽恕。可以说,梅思金公爵身上寄寓了作家对人的终极理想。

最后一部长篇小说《卡拉马佐夫兄弟》可以说是他的总结性的作品。原计划写两部,第二部因逝世而未及完成。小说构思于50年代,发表于1879年至1880年。他写了旧俄外省地主卡拉马佐夫一家父子、兄弟间因金钱和情欲引起的冲突,直到发生仇杀的悲剧。

小说描写的卡拉马佐夫这个"偶然组合的家庭"分崩离析的历史,实际上是19世纪下半叶俄国社会在资本主义和金钱势力冲击下发生悲剧的缩影。老卡拉马佐夫年轻时是寄食于富户的丑角,后来靠不正当的手段发家,晚年成了豪富。他贪婪阴险,性情暴戾,极端好色,娶过两次妻,一个逃亡,另一个被他折磨而死。所生的三个儿子都被他弃置不顾，幸亏有一位老仆人加以抚养，孩子们才得以长大。他们回到家里后都憎恨这个父亲，并且为争夺财产和女人而明争暗斗。

长子德米特里当过军官，性情暴烈，生活放荡，曾利用他的上司老中校因挪用公款案情危急，逼中校之女卡杰琳娜就范，接受求婚。但不久他又爱起格鲁申卡，为争夺这个风骚女人以及家产而一再扬言要杀死父亲。小说又写出在他卑劣的灵魂中也有善良的根苗，他后来慷慨帮助卡杰琳娜，真诚地爱格鲁申卡，被误认为杀父的凶手，虽受冤枉却甘愿受刑罚，说要"通过苦难来洗净自己"。次子伊凡上过大学，善于思考，又是个无神论者，不承认世界是上帝创造的。他抗议现存的社会秩序，同情人类的苦难，追求理想的生活。另一方面他为了继承遗产而盼望父亲早死。他也爱上卡杰琳娜，希望哥哥和父亲争斗，让"一个混蛋把另一个恶棍吃掉"，只要父亲死了，哥哥娶了格鲁申卡，他就可独得卡杰琳娜。通过伊凡这个人物，作家批判了绝对理性对人的控制；认为人一旦为纯粹理性所主导而丧失了信仰，失去了对人的价值关怀，最终必然投入"魔鬼"的怀抱，成为无视任何道德准则的极端个人主义者。三子阿辽沙是作家所属意的理想主人公形象。和梅思金公爵一样，阿辽沙天性纯良，谦恭有礼而又深具宗教情怀，愿意"为全人类受苦"。阿辽沙是修道院院长卓西玛长老的得意弟子，他的行为准则同时也反映了作家本人的价值追求。斯麦尔佳科夫是老卡拉马佐夫早年奸污疯女丽莎留下的私生子，他是恶的化身，卑琐、狠毒，为了夺取钱财敢于"为所欲为"，亲手杀了老卡拉马佐夫又嫁祸于人，最后才忏悔罪行，并上吊自杀。

卡拉马佐夫这个道德沦丧、人欲横流的地主之家，有一种共同的精神气质，文学史上称之为"卡拉马佐夫性格"，那就是卑鄙无耻、自私自利、野蛮残暴、放肆淫逸、腐化堕落的集中表现。这一家人的丑恶关系也是农奴制改革以后俄国社会中人们之间畸形关系的反映，小说同时也提出了政治、哲学、伦理道德等种种社会问题，是一部社会哲学小说。

陀思妥耶夫斯基长期遭受沙皇政府的迫害以及贫穷、疾病的折磨，1881年1月28日病逝于彼得堡。

二、《罪与罚》

《罪与罚》发表于1866年,是最能代表陀思妥耶夫斯基艺术风格的一部作品。它以惊险、凶杀等扣人心弦的紧张情节,把赤贫、奴役、酗酒、犯罪等现实生活图景和对于犯罪心理、社会思潮、伦理道德等问题的探讨有机地联系在一起,反映出农奴制改革以后,俄国社会在资本主义冲击下所发生的动荡和变化。

小说的中心人物是穷大学生拉斯柯尼科夫。他住在彼得堡某贫民公寓顶楼的一间小房里,因缴不起学费而退学,又因无力缴付房租而整天躲着房东,由于衣衫褴褛,想当家庭教师也无人聘请,只好靠母亲的养老金和妹妹在外省当家庭教师的薪金来度日。

这位饥肠辘辘的大学生踯躅街头,看到的尽是满目凄凉悲惨的景象:或者是一个被灌醉的姑娘在街上摇摇晃晃地走着,穿着被扯破的连衣裙,后面跟着不怀好意的男人;或者是几个粗野的男人在吵架;要不就是有人跳河自杀!这一切都使这个青年人早已紧张过度的神经更加难受。

拉斯柯尼科夫在下等酒店里碰到马尔美拉陀夫的情景更使他感到揪心的痛苦。那是一个被机关裁员的九等文官,找不到差事,一家五口无以为生。马尔美拉陀夫的长女索尼亚为了一家免于饿死,被迫出去卖淫,以维持一家清苦的生活。做父亲的羞愧难当,借酒消愁,从内心发出凄凉的绝叫:"这样的日子活不下去啊!"这个穷愁潦倒的公务员后来喝醉酒倒在马路上被车轧死,妻子几乎精神失常,她带着三个孩子上街求乞,结果肺病发作死去了。

小说很巧妙地通过主人公的见闻和感受,既描绘出彼得堡暗无天日的贫民窟的阴森可怖,"被欺凌与被侮辱"的人们濒于绝境的严酷现实,又反映出主人公在这贫穷和苦难的世界里惶惶不可终日,拼命挣扎,终于铤而走险的客观原因,也即资本主义社会里犯罪的社会根源。

一个偶然的机会,拉斯柯尼科夫在酒店里听到一个大学生对一个军官说的一席话:准备去杀一个为富不仁的放高利贷的老太婆,拿她的钱来周济穷人。他觉得这个主意不错,不义之财,取之何碍!他果断地实施了杀人计划。

在陀思妥耶夫斯基笔下,拉斯柯尼科夫并不是一个单纯的负面人物形象。他虽然是个杀人犯,然而却有善良的品质,做过不少善行:他冒着生命危险从火灾里救出小孩,把自己不多的钱送给因病死去的同学的父亲,把全部生活费给了马尔美拉陀夫的家属去治丧等。他之所以施行杀人行为,主要是因为他信奉一套特殊理论。这种理论认为,世上的人都分成两类:一类是"平凡的人",占大多数,必须俯首帖耳,屈从暴力;一类是"不平凡的"人,即"超人",占少数,可以为所欲为,把自己的意志强加于大多数人,像拿破仑一样"主宰世界"。他为了证明自己是"超人",是"命运的主宰",就不顾一切,甚至干出伤天害理的事情。这是他杀人的动因,也是他个人主义反抗的写照。

小说第一部展示了主人公内心的斗争,剖析了他一步步走向犯罪的过程,然后以可怕的杀人场景结束。其余的五部则用以详细描写惩罚罪犯的过程,看来小说的重点在于"罚"。作者对"罚"也赋予双重的含义。一是肉体上的罚:警察局的侦缉,法院的判决,监禁和流放西伯利亚服苦役;一是精神上的罚:罪犯在良心上的自我谴责,道义上的鞭挞,以至被良心折磨到精神几乎分裂的地步。作者的侧重点显然在于精神上的惩罚。小说写主人公在杀了人之后,精神崩溃了,他意识到自己和别人一样,并不是"超人";相反,倒有了一种自外于人群,被人群抛弃的感觉。他明白自己的理论破产了。负罪感使他不得安生,加上索尼亚用基督精神的规劝,他终于表示愿意皈依上帝,去投案自首、经受苦难以走向新生。

小说中,作家一方面深刻揭露了"超人"理论的残酷和反人道的本质,指出这种理论即使是抱有行善的目的,其结果也是对社会有害的。另一方面,作家又把自己的理想寄托在主人公拉斯柯尼科夫身上。拉斯柯尼科夫从一开始的以暴力改造社会到最终走向宗教忏悔的过程,反映了作家对暴力革命的排斥和对宗教信望爱思想的推崇。陀思妥耶夫斯基认为,社会改造的根本途径在于对人的改造;而对人进行改造的最终理想就是实现基督教奉行的价值观,要求人尊重生命,宽恕悔悟,弃绝尘世的功利主义追求,学会用爱、同情和团结与人相处等。陀思妥耶夫斯基具有宗教情怀的终极追求,有其超越性的一面;他为我们认识人性的缺陷和超越现实世界的利益纠葛,提供了一个重要的精神维度。同时我们也要看到,作品中超越现实的宗教化思想和对暴力斗争的绝对排斥,一定程度上也脱离了历史和现实政治的维度,而带上了思想高蹈的色彩。

陀思妥耶夫斯基擅长细腻的心理刻画,他对主人公的内心世界写得如此传神,仿佛曾经同主人公一起经过磨难和挣扎似的。小说描写拉斯柯尼科夫犯罪前和犯罪后的心理活动,显示了作者与众不同的刻画心理的方法。他写的不是人物在通常状态下的心理,而是在异常状态中,在无法解脱的矛盾中激烈的内心斗争,是高度紧张的情绪变化,一种近似疯狂的思想奔突。

为了表现主人公极度紧张、极为矛盾的思想情绪和心理状态,作者喜欢用内心独白的手法,尤其注重写梦境的幻觉,直至写出心理的病态、精神错乱、歇斯底里等等。有时则写出主人公失去自我控制时的下意识活动,如拉斯柯尼科夫作为罪犯时所流露出来的杂乱无章的思想轨迹,这也就是所谓意识流手法。陀思妥耶夫斯基由于醉心于描写病态心理,强调直觉主义,而被现代派作家奉为鼻祖。

陀思妥耶夫斯基的长篇小说多数有曲折离奇、发展迅速的情节,而且故事的进展跌宕起伏,往往出人意外。《罪与罚》就是突出的例子。它选择凶杀案这种情节来展现主人公的性格,是基于作者对现实的独特看法。他说过:"我对现实有一个与众不同的看法,而且大多数人认为几乎是荒诞和特别的事物,对于我来说,有时却构成了现实的本质。"他认为这些事看起来奇怪和荒诞,但并不特殊,因为它们每时、每刻、每天都有,在每一期报纸上都可以看到,因而更真实[①]。

关于文艺反映现实的问题,陀思妥耶夫斯基早在19世纪40年代就与别林斯基有过争论。后者主张"毫不掩饰地"描写真实,即"按生活本来的样子";前者则要用夸张、怪诞、幻想等手法来反映生活中离奇的现象,他重在本质的真实,而不重在现实的真实,他认为"虚幻的现实主

---

① 参见《俄国作家谈文学创作》第3卷,1955年俄文版,第145页。

义"更能反映现实的本质。这种创作方法对于反映资本主义社会畸形的生活无疑是很有效的,因而受到各国进步作家的推崇。这也是陀思妥耶夫斯基的独创。

不过事情往往具有两面性。他有时过分追求离奇,如《罪与罚》中对血淋淋的凶杀场景也作如此细致的描绘,就不免产生消极的作用。列宁虽然肯定过陀思妥耶夫斯基的天才,但也因有人想"在绘声绘色地描述骇人听闻的事,既吓唬自己又吓唬读者,把自己和读者都弄到'神经错乱'",而指出要反对"对最拙劣的陀思妥耶夫斯基的最拙劣的模仿"①。

第十一节　密茨凯维奇

亚当·密茨凯维奇(1798~1855)是波兰伟大的民族诗人,也是波兰民族解放运动的英勇战士。他出生于立陶宛的诺伏格罗特克。父亲是个没落的小贵族,在本城当律师,很关心政治和祖国的命运。密茨凯维奇生活在祖国多难时期。立陶宛在18世纪末之前属于波兰,而波兰当时已被俄国、普鲁士、奥地利三国瓜分。他在异族的奴役下度过了童年,从小就目睹祖国的不幸和人民的苦难,并在家庭的熏陶下,培养了爱国主义思想,在幼小的心灵中播下了反抗的种子。

1815年中学毕业后,他作为一名公费生考入维尔诺大学文学艺术学院。当时的维尔诺大学是波兰的文化中心和进步思想的摇篮。在这里,进步的知识分子成立了各种秘密小组,传播爱国主义和民主思想,同沙俄侵略者及其走狗进行着激烈斗争。密茨凯维奇很快与进步青年发生联系,他们组织了秘密团体"爱学社"和"爱德社"。1819年大学毕业后他被派到科甫诺任中学教师,仍然与这些团体保持密切联系。

在大学期间,密茨凯维奇即开始诗歌创作。他早期的诗歌曾受古

---

① 列宁:《给印涅萨·阿尔曼德》,《列宁全集》第35卷,人民出版社1959年版,第127页。

典主义的影响;大学毕业后,逐步摆脱古典主义的束缚而踏上浪漫主义的道路。他1820年写成的《青春颂》是一首著名的浪漫主义抒情诗。这不仅是一曲洋溢着热情、欢乐和朝气的青春颂歌,而且是一篇号召青年们团结战斗,推翻旧世界,迎接新曙光的宣言。这首诗因为检查机关的阻挠当时未能发表,但在进步青年中广为流传,特别是在1830年华沙起义中起了很大的鼓舞作用。当时,在华沙市政府的墙上用赫然醒目的大字写着这首诗的最后两句:

敬礼!"自由"的晨曦!
拯救的太阳正跟着你升起!

1822年,密茨凯维奇的第一部诗集《歌谣和传奇》的第一卷出版。这本诗集的题材取自民间故事、传说、歌谣等,反映了劳动人民的生活情趣、道德观念和古老的风俗习惯。它风格朴实明快,语言通俗简洁,想象丰富奇妙,一扫古典主义的陈规旧习,开一代新诗风,因而引起了古典主义批评家的不满和批评,但却为普通民众喜闻乐见,初版500本,很快被抢购一空。这部诗集的问世,标志着波兰文学的浪漫主义新时期的开始。

1823年出版的《歌谣和传奇》第二卷包括叙事诗《格拉席娜》和诗剧《先人祭》的第二、四两部。《格拉席娜》取材于14世纪立陶宛人反抗日耳曼十字军骑士团的故事。长诗的女主人公格拉席娜是个深明大义、聪明勇敢的女英雄。她劝说丈夫消除不和,停止内讧,大敌当前,一致对外;而当十字军进犯时,为了保卫祖国,使人民免遭涂炭,她毅然女扮男装,率队出征,与侵略者浴血奋战,不幸身负重伤,为国捐躯。诗人为格拉席娜的英雄主义和爱国主义谱写了一曲热情的赞歌。

"先人祭"是民间为祭奠祖先、超度亡灵而举行的仪式。诗剧《先人祭》第二部通过民间的祭祀活动,描写阴间亡魂的遭遇和痛苦,表现贵族地主阶级的残暴和对农民的压迫,以及农民对压迫者的复仇,从而揭示了当时波兰的社会矛盾,并对压迫者提出严正的抗议,体现了作者的民主思想。第四部则集中描写青年古斯塔夫的痛苦与不幸,他因失恋而陷入痛苦之中,但他又安于痛苦,无力反抗。通过他的爱情悲剧,作者虽然谴责了造成这一悲剧的封建等级观念,但其思想仍然没有突破"个性解放"、"个人自由"的局限。《先人祭》第二、四部格调比较低沉,存在着较浓厚的宿命论和因果报应等唯心主义思想,特别是当时波兰社会的主要矛盾——波兰人民与沙俄侵略者的民族矛盾没有展开描写,对沙俄民族压迫的揭露与谴责显得隐晦和软弱。诗人当时还写了《先人祭》第一部,据说由于作者自己不满意,大部分已销毁,只留下手稿的断片残章。

沙皇政府对波兰民族的残酷压迫日甚一日。1823年10月,密茨凯维奇和他的一些朋友因参加秘密团体而被捕入狱。次年,他被流放到俄国内地,开始颠沛流离的流放生活。这对于密茨凯维奇来说虽然是一种惩罚,但却使他有机会接触到俄国的革命斗争。他首先来到革命运动的中心彼得堡,结识了雷列耶夫、别斯图热夫等著名十二月党人作家和诗人。以后他又到奥得萨和克里米亚旅行,旅途中的见闻成了他日后创作的素材。1826年他来到莫斯科,在这里他认识了普希金,从此结为知交。和俄国进步知识界的交往,使他进一步认识到,沙皇统治集团不仅是波兰民族的压迫者,同时也是俄国人民的敌人。共同的进步理想把他们联合在一起,使他更增加了斗争的信心和力量。

1826年12月,密茨凯维奇的《十四行诗集》出版,其中包括"爱情十四行诗"和"克里米亚十四行诗"。前者记述了诗人在奥得萨旅行时的心境和对爱情的感受,因受彼特拉克诗歌的影响,情调有些感伤。后者是对克里米亚优美绮丽的自然风光的吟咏。汹涌的大海,巍峨的山峦,晶莹的泉水,碧绿的草原,五光十色,千姿百态,组成一幅幅绚丽多彩的图画,诗人触景生情,抒发了对故国的怀念与热爱的情思。这一组诗语言优美,感情充沛,情景交融,富有东方色彩的浪漫主义情调,堪称波兰抒情诗中的上品。

1828年,长诗《康拉德·华伦洛德》问世。这部长诗是一篇"立陶宛和普鲁士的历史故事",塑造了一个为民族解放而不惜牺牲的英雄——康拉德·华伦洛德的形象。在日耳曼十字军骑士侵略立陶宛的战争中,康拉德从小即被掳去,在异国的土地上度过了童年和少年,但是,他并没有忘记自己的祖国和人民,他把国恨家仇深深埋藏在心底。

后来,他乘机逃了回来。他机智勇敢,能征惯战,深得公爵的信任,也赢得了公爵女儿的爱情。但他并没有陶醉在爱情之中,他知道,当祖国在异族的压迫下呻吟的时候,就不会有个人的幸福与欢乐。他看到,要战胜强大的敌人,只有采取打入敌人内部、瓦解敌人的办法。为了报仇雪恨,他毅然悄悄告别新婚妻子,隐姓埋名,加入十字军骑士团,经过一番艰难曲折,终于取得了敌人的信任,当上了骑士团的首领。在一次战斗中,他巧施计谋,使十字军遭到惨败,最后事情败露,被骑士团判处死刑。通过这个古老的故事,作者歌颂立陶宛人民的爱国主义精神和英勇斗争,并且以古喻今,揭露沙俄压迫者蹂躏波兰人民的残忍暴行,激励波兰人民为祖国的自由解放而斗争。同时,长诗也以隐晦曲折的方式反映十二月党人的秘密革命活动。这部长诗虽然侥幸通过了审查,但不久沙皇政府当局就发现了自己的疏漏,诗人面临着再次遭受迫害的危险。俄国朋友们对诗人的命运深为忧虑,便设法帮助他及时离开俄国。

密茨凯维奇于1829年5月离开俄国,先后到了捷克、德国、瑞士、意大利,最后定居罗马。1830年11月,波兰爆发反抗沙俄的武装起义,解放华沙,成立临时政府。得知这一消息后,诗人心情异常激动,他立即启程回国,迫不及待地要投身到渴望已久的民族解放斗争中去,但是当他抵达波兹南时,起义已遭到沙俄军队的血腥镇压而失败。诗人怀着苦闷的心情与波兰的其他流亡者一起来到了德国的德累斯顿。沙俄野蛮屠杀波兰人民的暴行激起诗人的无比愤慨,他奋笔疾书,很快写成了控诉沙皇侵略罪行的诗剧《先人祭》第三部。他在写给以前维尔诺大学的老师列维尔的信中说道:"我把这部小作品当作战争的继续,既然刀箭已经放下,我就该用笔将这场战争继续下去。"他又说:"我打算写出我们祖国遭受迫害和磨难的全部历史。"

《先人祭》第三部虽然是前两部的续篇,但在主题思想上却有一个巨大的飞跃。首先,民族矛盾被提到首位。诗中记述1823年沙俄统治者侦讯波兰爱国青年组织"爱德社"社员的真实事件,爱国志士在监狱里所遭受的酷刑折磨和他们所进行的坚贞不屈的斗争;同时也反映了1830年起义失败后沙俄侵略者屠杀波兰人民的滔天罪行。无数爱国青年被投入监狱,反动统治者用各种花样翻新的酷刑,对他们百般摧残,刑讯逼供。正如彼得神甫所指出,一条条漫长的、铺满十字架的路,一直通到监狱的窗口、矿山的洞口;一队队囚车在路上疾驰,一直奔向遥远的国度——波兰的子弟们被流放到俄罗斯。在沙俄暴君的践踏下,波兰"被钉在殉难的宝座上","无辜的民族鲜血淋淋"。在这幅阴暗凄惨的背景下,诗人特别突出罗利逊和他母亲的遭遇。爱国青年罗利逊虽然遭受严刑拷打,但他仍不屈服,最后被折磨致死;白发苍苍、双目失明的老母亲孤苦伶仃,也被逼疯,她彻底认清了敌人的豺狼本性,丢掉幻想,与敌人进行拼死斗争。而造成波兰民族的不幸和千百万人民的苦难的正是沙皇侵略者及其走狗,参政员诺沃西尔佐夫就是他们的突出代表。诗人以犀利的笔锋愤怒揭露他的丑恶灵魂和狰狞面目。诺沃西尔佐夫是个杀人不眨眼的刽子手、嗜血成性的野兽,他认为,"一边喝着咖啡,一边准备观看火刑",这对他说来是"绝妙的时刻",因为这能促进消化,有利于健康。明明是吃人魔王,却要装着一幅慈善模样,他一面对罗利逊的母亲好言相劝,答应要释放她的儿子,一面又命令其手下将罗利逊置于死地,并且还要把这位老母亲投入监狱。这充分暴露了侵略者的伪善与歹毒。通过这一形象,诗人深刻地揭露了沙俄这个"欧洲宪兵"的凶恶、残暴和反人民的本质。在鞭挞外国侵略者的同时,诗人也没有放过本国的民族败类。波兰的豪门贵族为了维护自己的既得利益,为了金钱和地位,竟不惜出卖民族利益,卖国求荣,与沙俄侵略者沆瀣一气,狼狈为奸,共同欺压波兰人民。当波兰民族正处于水深火热之中时,他们却在沙龙里对诺沃西尔佐夫之流谄媚讨好,与侵略者一起轻歌曼舞,纵情享乐,他们是一伙寡廉鲜耻的卖国贼。然而,波兰人民是不会任人欺凌宰割的,他们要战斗,要复仇。诗人写道:"原来开出来的矿是铁矿,正好打把板斧砍沙皇。"并且通过囚犯的口反复高歌:"报仇,报仇,向敌人讨还血债。"这激愤的复仇歌声表达了波兰人民争自由、求解放的坚不可摧的意志,也凝聚着诗人炽烈的爱国激情。

其次,主人公康拉德已不再是前两部中古斯塔夫那样的因失恋陷入痛苦而不能自拔的消极形象。在"序曲"里,康拉德在牢房的墙壁上写道:"古斯塔夫死于1823年11月1日,康拉德生于1823年11月1

日。"在波兰人民反抗沙俄侵略者、争取民族解放的斗争的影响下,康拉德获得新生,一变而为与祖国和人民同呼吸、共命运,愿为民族解放事业献身的勇敢无畏的斗士。正如他说道:

> 虽然我孑然一身,却并不孤单,
> 我同地上的千百万人民心连心。
> ············
> 如今我已把我的灵魂和我的祖国联在一起,
> ············
> 我和祖国是一个整体。
> 我的名字叫千百万——正是为了爱千百万,
> 我才如此痛苦,忍受酷刑。
> 我看着我可怜的祖国,
> 像儿子看着被车裂而死的父亲;
> 我感受着整个民族的苦难,
> 像母亲感受着腹中胎儿活动的阵痛。

诗剧中出现的其他爱国青年多采用真实姓名,他们都是积极欢乐、坚贞不屈的革命者。通过他们的形象,诗人歌颂了波兰爱国者不屈不挠的斗争精神,以此激励波兰人民为驱逐异族侵略者,实现民族解放大业而英勇战斗。

这部诗剧热情讴歌波兰人民的爱国斗争,愤怒声讨沙俄的侵略罪行,深受波兰人民的欢迎。诗剧气势磅礴,场面宏伟,天上、地狱、人间浑然一体,幻想与现实有机结合,天使、魔鬼、幽灵与现实生活中的人物同现舞台;诗剧的语言鲜明、多样、有力,既有庄严的语体,也有朴素而形象的比喻,更不乏幽默而辛辣的讽刺。当然这部作品也并不是完美无缺的,如主人公康拉德的形象还不够丰满、具体,他的斗争也比较软弱无力;另外作品中的宗教神秘主义色彩较浓重,在一定程度上损害了作品的思想性。

1832年密茨凯维奇迁居巴黎,在这里他专心创作,1834年完成另一部重要作品《塔杜施先生》。这是一部叙事诗,又名《在立陶宛的最后一次袭击》,它以1811年至1812年波兰的历史事件为背景,描写波兰贵族的生活和内部矛盾,以及波兰爱国者为了驱逐沙俄、复兴祖国所进行的斗争。故事发生在立陶宛的一个农村,这里的赫列什科和索伯利查两大家族因历史上的纠纷结下世仇宿怨,两个家族的代表伯爵和法官正为田产问题打官司。年轻贵族塔杜施从维尔诺来到法官叔叔的庄园,爱上一位少女佐霞,而佐霞是赫列什科家族的后裔。一次,伯爵与法官因为打猎而矛盾激化,伯爵纠集一批人袭击并抢劫了法官的庄园,沙俄军队前来镇压,但在洛巴克神父的谋划下,伯爵与法官之间消除了成见,并且联合起来,消灭了俄军。为了避免俄国军队的报复,洛巴克神父动员塔杜施和其他青年到华沙参军,投入抗击沙俄侵略者的斗争。1812年拿破仑向俄国宣战,波兰军队开进立陶宛,受到当地人民的热烈欢迎,塔杜施等人也随军回到家乡。在法官举办的盛大宴会上,塔杜施和佐霞以及其他两对情人举行了订婚仪式,塔杜施当众宣布解放农奴,并分给他们土地。随之,人们翩翩起舞,在"让我们相亲相爱"的欢呼声中,度过这美好的日子。

这部叙事诗通过有世仇的两大家族的争执而年轻一代又终成眷属的故事,号召消除世族纠纷,团结一致,共同对敌,为争取民族独立与解放而斗争,着力宣扬爱国主义思想。作品中的雅采克(即洛巴克神父)是波兰爱国者的优秀代表。雅采克曾与大贵族御膳官赫列什科的女儿爱娃相爱,却遭到御膳官的破坏,他决意报复,当俄国军队攻打赫列什科的堡垒时,他乘机用枪打死御膳官,因此被人们误认为卖国贼而声誉扫地。雅采克决心用实际行动补赎自己的过失。他收养爱娃遗留下来的女儿佐霞,并让自己的儿子塔杜施与她结婚,使两个有世仇的家族和解。他参加军队,在枪林弹雨中出生入死,为祖国的解放而战;他做过苦工,遭受过拷打,历尽艰难困苦。后来,他又以洛巴克神父的身份,奔走于波兰与立陶宛之间,传递消息,组织起义。他识大局,反对贵族之间的纷争,当伯爵袭击法官的庄园而被沙俄军队捆绑起来遭受折磨时,他设计救出被俘者,并使两大家族联合起来,大败俄军。在战争中,他负伤牺牲。他的功勋得到了应有的奖赏,他是波兰爱国志士的榜样。尽管长诗在某些地方美化拿破仑在波兰解放中的作用,但长诗洋溢着爱国主义激情,因此受到波兰人民的欢迎。广大读者不顾沙皇当局的查禁,常常是眼含热泪,争相阅读,从中汲取鼓舞力量。

浓郁的抒情风格是这部长诗突出的艺术特点。诗人对祖国秀丽山川和丰富多彩的民间生活、风俗人情作了精彩描绘,字里行间流露出对祖国深沉的爱。这部作品标志着密茨凯维奇创作的最高成就。

1830年11月起义失败后,波兰社会和流亡国外的波兰爱国者中间普遍存在着悲观失望情绪,诗人又长期旅居国外,脱离祖国和人民,加之窘迫的生活境况,致使诗人苦闷、消沉,甚至陷入宗教神秘主义之中。完成了《塔杜施先生》后,他几乎放弃诗歌创作,而把主要精力用于教育工作。1839年他在瑞士洛桑大学教授拉丁文学,1840年至1844年他又应聘担任巴黎大学的斯拉夫文学史教授。1848年席卷欧洲的革命运动唤起他的革命热情,他振奋精神,重新投入斗争。这一年他来到罗马,组织了一支波兰志愿军,与意大利革命军并肩战斗,为反对波兰和意大利的共同敌人——奥地利哈布斯堡王朝,为两国人民的独立解放而战。但不久,这支军队就瓦解了。1849年他在巴黎创办《人民论坛报》,撰写了许多优秀政论文,积极为民主主义和社会主义辩护,热烈鼓吹各国人民的自由、独立和解放,严厉谴责专制制度,大力抨击反动势力的倒行逆施。报纸办得有声有色,但出版不到一年,即被法国政府查封。此后,他一直过着穷困潦倒的生活。1853年俄土战争爆发,密茨凯维奇怀着驱逐沙俄侵略者,为解放祖国献身的热情,于1855年来到君士坦丁堡,打算再次组建波兰军团,但遭到波兰贵族的反对与阻挠,壮志未酬,不幸染上瘟疫,于同年11月26日客死异乡。

密茨凯维奇是一位忠贞勇敢的战士,为波兰民族的解放事业贡献出毕生精力;他是波兰人民争取自由解放的热情歌手,他的诗歌唱出波兰人民的心声,洋溢着火热的爱国主义激情。在诗歌艺术上,他吸取波兰民间文学的精华,继承和发扬欧洲浪漫主义文学的优秀传统,为波兰浪漫主义文学奠定了基础,并为波兰现实主义文学的发展开辟了道路,在波兰文学史上占有极其光辉的一页。

第十二节　惠特曼

瓦尔特·惠特曼(1819～1892)是19世纪美国杰出的诗人,他的创作具有鲜明的民主色彩和乐观精神,反映出美国资本主义上升时期广大人民的情绪和愿望。他的诗歌以其民主的内容和革新的形式对美国以至世界的诗坛产生了深刻的影响。

惠特曼于1819年5月31日出生在纽约附近长岛西山区一个贫苦农家,童年时迁居纽约的布鲁克林区。惠特曼自幼接触民主主义思想。10岁前,他上过几年小学,以后为了糊口,当过信差和排字、印刷工人。17岁时,他去农村当了几年小学教师。

1839年起,惠特曼开始发表诗歌和杂文,并独自出版了一份小报《长岛人》,一身兼任撰稿、编辑、排字、印刷乃至发行工作。同时,他积极参加当地的政治活动。1842年他担任纽约《曙光报》编辑,因为同当地民主党领导意见不合,丢掉了工作。1846年他担任布鲁克林民主党机关报《鹰报》的编辑,又因发表文章反对奴隶制度,两年后再次被解除编辑职务。1848年,代表农民和城市劳动者的自由土壤派成立,惠特曼加入了该党并担任党报《自由人报》的编辑。次年,由于该党领导人妥协变节,在选举中与民主党联合,他愤而离职。从1850年起,他一面当木匠,从事体力劳动,一面进行《草叶集》的写作。

《草叶集》于1855年自费印行。由于它内容的民主思想和形式的自由创新,受到当时美国文学界保守分子的非难和诋毁。这时,随着资本主义的进一步发展,美国北部与南部之间的矛盾越来越尖锐,惠特曼坚决站在反奴隶制立场上,支持共和党总统候选人和废奴主义的独立派报纸。1856年,他发表一篇演说辞《论第十八届总统选举》,提出消灭奴隶制,要求用武器反对"逃亡奴隶法"。1861年内战爆发,他先在纽约医院中自愿担任护士,后又在华盛顿陆军医院中服务。同时,他还以诗歌为武器号召人民参加反对南方奴隶主的战斗。内战结束后,美国开始由自由资本主义向帝国主义过渡。惠特曼仍然坚持自由民主的理想,他在创作中抨击资本主义的罪恶,渴望理想社会的到来。战后他在华盛顿政府部门供职,1865年他先在内务部当办事员,被新部长发现是《草叶集》的作者而被解雇,后又到最高检察署工作(1865~1872)。这一时期,他的作品在美国出版,并受到欧洲大陆读者的欢迎,先后被译成德、法、丹麦等国文字。1873年初,他因中风而半身不遂。翌年,他迁居新泽西州的卡姆登城,1893年3月病逝。

《草叶集》是惠特曼的诗歌总集,1855年自费印行第一版时,只有12首诗,薄薄一本,不到百页。以后每出一版,诗歌的数量都有增加,到1892年临终前出最后一版时,已是近400首的厚厚一大本了。

《草叶集》中的诗,大致分属三个时期,即内战以前、内战期间和内战以后。

惠特曼把他的诗集取名"草叶",是有一定的寓意的。在集中最长的一首诗《自己之歌》(共1336行)第六节中,一个孩子问道:"草是什么呢?"诗人从几个方面作了答复。首先,它代表理想、希望:

我猜想它必是我的意向的旗帜,由代表希望的碧绿色的物质所织成。

其次,它在各族人民中间同样生长:

……在宽广的地方和狭窄的地方都一样发芽,
在黑人和白人中都一样生长。

最后,它还象征着发展,象征着发展中的美国和人类:

一切都向前和向外发展,没有什么东西会消灭。

总之,在惠特曼看来,"草叶"是最普通、最富于生命力的东西,是普通人的象征,是发展中的美国的象征,是他关于民主、自由的理想和希望的象征。《草叶集》的诗的主题可以说是"通过一个普通美国人的生活、情感和思想,去表现他的国家和他的时代的一般人民",这个普通美国人就是《草叶集》中的"我"。

《草叶集》前三版中收入的150多首诗,都是内战以前的作品,包括几组短诗和几首长诗。在这些诗里,惠特曼赞美人,歌颂人的创造性劳动,赞美大自然;他歌颂民主和自由,同情黑人和印第安人,反对奴隶制度;他热情讴歌1848年欧洲大陆上发生的民族民主革命。

惠特曼笔下的人是美国的普通劳动者。在《我歌唱带电的肉体》一诗中,他赞美人的肉体:

> 男人或女人的肉体的美是难以形容的,肉体本身是难以形容的,
>
> 男性的肉体是完美的,女性的肉体也是完美的。

诗中出现了一个美国农民的纯朴形象,诗人把他描写成肉体上和精神上都优美的人:"这个人非常强壮、沉静、漂亮。"在这些劳动者中,有男人,也有女人,有白种人,也有黑人和印第安人。《大路之歌》、《横过布鲁克林渡口》、《斧头之歌》、《各行各业之歌》、《拓荒者啊,拓荒者》等都是赞美劳动和劳动者的名篇。

惠特曼赞美大自然,因为它是人们进行劳动和建设新生活的条件。诗人热情歌颂美国壮丽的河山,在长诗《自己之歌》、《欢乐之歌》、《大路之歌》以及其他许多诗篇中,他描绘出美国的森林、草原、田野、大海以及形形色色的自然景色。

惠特曼对于劳动和劳动人民的赞颂,对于祖国的大自然的赞美,以及他的乐观主义,是同他的民主思想联系在一起的。他生活在美国资本主义向上发展的时期,他真诚地相信在美国的资本主义制度下是可以实现民主自由的理想的。他相信人民,相信人民会改变目前某些不合理的状况。他认为,随着科学的发展,通过人们的劳动,会出现一个自由平等、团结一致的理想社会。显然,这是惠特曼的幻想。他在一首《为你,啊,民主哟!》的短诗的结尾中说:

> 为你,啊,民主哟,我以这些为你服务,啊,女人哟,
>
> 为你,为你,我颤声唱着这些诗歌。

由于惠特曼是一个真诚的民主诗人,他对内战前代表南方奴隶主利益的政党和政府非常不满,深切同情处于被奴役、受迫害地位的黑奴。在《自己之歌》中,叙述他收留并款待一个逃亡的黑奴,让"他在我这里住了一个星期,等到养好了伤才上路去了北方"。他还在墙角放好

一枝火枪,准备随时对付追捕这个黑奴的人。1854年,一个名叫安东尼·彭斯的黑奴从南方逃到北方城市波士顿,却被侈谈自由民主的波士顿地方当局把他逮捕送归原主。这件事引起了广大人民和废奴主义者的抗议,惠特曼立即写了一首《波士顿谣曲》来表达自己的愤怒之情。

惠特曼同样关怀着欧洲大陆的革命斗争。当1848年至1849年的革命在欧洲一系列国家归于失败之后,他于1850年写了一首《起义之歌》,后经修改,改名《欧罗巴》,收进《草叶集》中。在这首诗中,他歌颂被压迫的奴隶起来打倒了帝王们。但是,由于人民"善意的仁慈","受惊的暴君们重新回来了,各自带着随从、刽子手、牧师、收税人、兵士、律师、贵族、狱吏和谄媚者",他们反攻倒算,残酷屠杀革命青年。但诗人并不灰心,并不悲观,他相信:

> 没有一个为自由而被谋害的人的坟墓不会生出滋生自由的种子,
> 而且永远不断又将有新的种子从这里产生,
> 这些种子会被风吹送到远方去,重新播种,雨露风雪自会给它们滋养。

这种相信自由是不可战胜的思想,在他1856年发表的《给一个遭到挫败的欧洲革命者》一诗中也得到了生动的表现。1860年,内战前夕,他又发表了《法兰西》一诗,公开赞扬用革命的手段来对付革命的敌人,同时指出,同样的流血战斗在等待着美国:

> 啊,自由哟!你是我的良友!
> 这里也一样保留着火焰,子母弹和斧头,在必要时可以立刻取出,
> 这里也一样虽长久受尽压迫,但也永远不会被消灭,
> 这里也一样将最后在腾腾杀气和狂欢声中站立起来,
> 这里也一样要求偿还积久未偿的血债。

1861年,内战爆发。这场为期4年的战争是美国历史上一次最重大的事件,对惠特曼的诗歌创作也起过决定性的影响。他在战争期间的经历给他提供了丰富的素材,引起了他的思考,使他进入了诗歌创作

的新时期。当他晚年谈到内战时期的感受时,他说:"如果没有那三四个年头以及那一时期的经历,今天就不可能有《草叶集》这本书。"

惠特曼在战争时期所写的诗,分别编成《桴鼓集》和《林肯总统纪念集》,于1865年至1866年出版(后于1867年作为单独的组诗收进了《草叶集》第四版)。

战争初期,惠特曼号召人们起来参加战斗。在《敲呀!敲呀!鼓啊!》一诗中,他叫鼓声、号声冲进教堂、学校和农庄,他叫鼓声、号声"别让掮客或投机商人再进行他们的活动",也"不要谈判——不要因别人劝告而终止"战斗。这首诗起到了鼓舞士气的作用,同时也愤怒地揭露了那些还在利用战争发财的资产阶级和那些阴谋进行谈判的妥协分子。

《父亲,赶快从田地里上来》是《桴鼓集》中的名篇之一。诗中讲述了北方军队中一个阵亡的农民士兵家中的动人故事。士兵彼德负了重伤,住在医院里,即将牺牲。为了通知他的家庭,也为了安慰他的父母,由旁人用彼德的名义代写了一封信寄回家里。此时正是秋天收获的季节,父亲在田里劳动,母亲在家里。信差到了,门前游戏的年幼的妹妹从田里叫来了父亲,从家里叫来了母亲。丰收时节,果实累累,雨后晴空,美丽无比。年老的母亲带着不祥的预感来到门前,撕开信封一看,虽然签的是儿子的名,又是儿子的口气,但却是旁人的笔迹。信中告诉家里的人,他受伤住了医院,又安慰他们"不久就会好转"。显然,安慰是没有用的。老母亲站立不稳,斜倚门柱,面色惨白,四肢无力。女儿们围在四周,大女儿在一旁安慰。但这是不必要的,因为早在母亲送她的儿子("那个勇敢而单纯的灵魂")远征的时候,她已经准备着他的牺牲了。这首诗通过这个普通、朴素的故事,指出这样一个事实:正是这些勇敢纯朴的农民为战争付出的代价最大,而战争之取得胜利,也正是由于这些勇敢纯朴的农民的母亲和儿子。诗人为我们塑造出一个非常感人的母亲的形象,同时,农民战士虽未出场,却也栩栩如生地浮现在我们眼前。这首诗的艺术技巧也很成熟,它既是一首叙事诗,诉说一段感人的故事,同时又是一首有动作、有对话的诗剧和抒发诗人主观感受的抒情诗。它还利用了对比的手法,用富饶、宁静的俄亥俄秋郊田野景色来衬托这幕悲剧,使之更加感人。

1865年,内战以维护奴隶制的南部的失败而告终。战争刚一结束,林肯总统就被南部奴隶主派遣的间谍刺死。这一事件引起了全国热爱民主与和平的人民的震惊和悲痛。不久,惠特曼写出了著名的悼诗《啊,船长,我的船长哟!》和《当紫丁香最近在庭园中开放的时候》。前一首诗以他少有的严谨的格律诗形式,表达出美国普通人民对他们敬爱的领袖逝世的悲悼情绪。全诗只有短短三节,诗人把林肯比作一艘经历了千难万险到达目的地的船只的船长,当广大群众"挤满了海岸","准备了无数的花束和花环"来欢呼船只的到来时,"就在那甲板上,我的船长躺下了,他已全身冰凉,停止了呼吸"。在后一首诗里,诗人把林肯比作一颗陨落的巨星:

> 当紫丁香最近在庭园中开放的时候,
> 那颗硕大的星星在西方的夜空陨落了,
> 哀悼着,并将随着一年一度的春光永远地哀悼着。
> 一年一度的春光哟,真的,你带给我三件东西,
> 每年开放的紫丁香,那颗在西天陨落了的星星,
> 和我对于我所敬爱的人的怀念。

在惠特曼看来,林肯虽死,他的精神却同每年开放的紫丁香一样,是永垂不朽的。

内战结束以后,美国开始进入垄断资本主义时期,大资产阶级对广大工农的剥削压迫日益加重,人民生活日益贫困,民主权利遭到剥夺。忠于民主自由理想的惠特曼,日益感到资产阶级民主的虚伪。他的理想与美国现实之间的矛盾日益加深,不能不令他感到幻灭和失望。1871年,他发表长篇论文《民主远景》,总结了他的文艺观点和政治观点,对资产阶级的政治腐败和道德堕落进行了揭露和批判。他还写了一些歌颂欧洲革命和巴黎公社的诗篇。1871年,当巴黎公社的战士们正在浴血奋斗,面临着失败的威胁的时候,惠特曼发表了《啊,法兰西的星》,表达出他对于正在与反动势力进行搏斗的法国的热爱。1873年的西班牙革命失败之后,他又写了《西班牙1873~1874》,预言西班牙

终将获得自由。此外,他在《神秘的号手》中,肯定了反对暴政的革命斗争的意义。在诗的结尾,还描绘了一个未来的世界,一个自由取得了胜利,战争、压迫和痛苦不再存在的世界。

新的内容要求新的形式,惠特曼为了表达他那热情奔放、无所不包的思想内容,创造出一种新的诗歌形式,这是一种以短句而不以音步为基础,每行字数不定,也不用脚韵的"自由诗体"。这种诗体大量运用重叠句、平行句和夸张的语言,像波涛滚滚向前,大大加强了诗歌的表现力和说服力。当然,这种手法有时使用过分,重叠句变成无休止地罗列清单,会叫人感到沉闷,而夸张过度,也会令人感到华而不实。

惠特曼是民主主义的伟大歌手,是他的国家和他的时代的精神的体现者。他的《草叶集》以大胆的内容和新颖的形式开创了一代诗风,使他成为美国现代诗歌之父。

思考练习题

1. 简述批判现实主义文学的主要特征。
2. 简述安徒生童话的民主性。
3. 简述于连形象的典型意义。
4. 简述巴尔扎克的思想倾向与《人间喜剧》的艺术成就。
5. 简述《高老头》的思想内容、人物形象与艺术特色。
6. 如何理解《包法利夫人》是一部"新的艺术法典"?
7. 简述《恶之花》的艺术手法及其对欧美文学的影响。
8. 从《双城记》看狄更斯人道主义的进步性与局限性。
9. 简述《死魂灵》的思想倾向、人物形象与艺术特色。
10. 如何理解巴扎罗夫这个艺术形象?
11. 简述陀思妥耶夫斯基的思想倾向与艺术成就。
12. 简述《罪与罚》的思想内容、人物形象与艺术特色。
13. 简述《草叶集》的基本主题、艺术成就及其在美国文学史上的地位。

第八章　19世纪后期文学

学习提示

本章学习的重点:
(1)19世纪欧美文学的总体特点和各个文学流派的基本特征。
(2)左拉、莫泊桑的创作成就。
(3)从《德伯家的苔丝》看哈代创作在思想和艺术上的特色。
(4)从《玩偶之家》看易卜生"社会问题剧"的思想艺术特征。
(5)托尔斯泰的"心灵辩证法",他的《复活》的人物、思想和艺术特点。
(6)契诃夫创作的主题和艺术特点。
(7)马克·吐温小说的思想内容和艺术特点。

19世纪后期,欧美主要国家开始由自由资本主义向垄断资本主义过渡。社会矛盾的激化和复杂化,带来文学上的新情况,那就是流派繁多,并存发展,文艺复兴以来形成的那种一个时期一个主潮的格局不复存在。

在这个时期,批判现实主义文学仍在发展。法国的左拉、都德、莫泊桑、法朗士,英国的哈代、肖伯纳,体现了两国现实主义文学的新成就,德国的冯达纳、霍普特曼为本国的批判现实主义文学开辟了道路。值得注意的是北欧的现实主义文学异军突起,取得了巨大的成就,出现了易卜生、比昂逊、斯特林堡等重要作家;俄国的现实主义文学也在这时发展到自身的最高水平,出现了托尔斯泰、契诃夫这样享有世界声誉的作家。此外,以显克微支、普鲁斯、伊克塞特、卡尔曼、卡拉迦列、伐佐夫等为代表中欧、东南欧的现实主义文学随着反封建斗争和民族解放运动的新高涨而兴起和发展;美国现实主义文学也于80年代形成,出现了马克·吐温、欧·亨利、杰克·伦敦等作家。

现实主义之外,这一时期主要的文学流派有自然主义、唯美主义、象征主义,还有无产阶级文学。学习"概述"一节,要掌握好这些文学流派的基本概念,弄清它们的文学主张、哲学基础和基本特征,有哪些代表作家和作品。

本章在"概述"之外列有七个专节,介绍的都是现实主义作家(左拉、莫泊桑、哈代、易卜生、托尔斯泰、契诃夫、马克·吐温)。他们代表了现实主义文学在这一时期所取得的各个方面的成就。

左拉和莫泊桑是法国作家。左拉是自然主义理论的倡导者,但是他的创作不受自然主义理论的限制而成为现实主义的作品。这是学习"左拉"一节的核心问题。他的系列小说《卢贡—马卡尔家族》,透过一个家族史写出第二帝国的兴亡历史和社会矛盾,其中的《萌芽》成功地反映了劳资矛盾和工人运动。莫泊桑人称"短篇小说巨匠"。学习"莫泊桑"一节,当然要了解他在短篇小说方面的成就,不过也不要忽略他在长篇小说方面的成就,特别是他的《漂亮朋友》。

哈代是英国小说家,他的以"威塞克斯小说"命名的作品以悲剧性而独具一格。代表作《德伯家的苔丝》就是通过农村姑娘苔丝的悲剧来揭露资本主义侵入农村造成的罪恶。学习"哈代"一节要重点探讨作家的这一特点。

易卜生代表了这一时期兴起的北欧文学。他的"社会问题剧"恢复和加强了戏剧领域的现实主义传统,促进了戏剧改革,带来了戏剧的繁荣。学习"易卜生"一节,要掌握好这一点,并通过对其代表作《玩偶之家》人物形象和艺术特点的分析,深入体会易卜生的上述贡献。

托尔斯泰和契诃夫是这一时期俄国文学的两颗耀眼的明星,托尔斯泰更可以说是欧洲批判现实主义文学的顶峰。学习"托尔斯泰"一节有三个要点:一是他的立场和世界观如何从贵族阶级转到宗法制农民一边,二是他在艺术上的主要特点——"心灵辩证法",三是他的三部长篇小说《战争与和平》、《安娜·卡列尼娜》、《复活》的人物、思想和艺术。契诃夫的主要成就在短篇小说和戏剧。学习这一节可以短篇小说为主,分析他的作品的思想艺术特点。

马克·吐温是美国文学的代表。他的作品以揭露美国社会民主自由的假面具,暴露其拜金主义、种族主义、帝国主义的实质而著称于世,又表现了美国文学擅长幽默讽刺的特色。学习"马克·吐温"一节要深刻体会和掌握作家的这个特点。

第一节 概 述

一、历史背景

19世纪的最后30年,资本主义世界发生了四次经济危机(1873、1882、1890、1900),大批中、小企业破产,工人农民更加贫困,资本垄断化进一步加强。欧美各主要资本主义国家,正从自由资本主义向垄断资本主义过渡,进入了帝国主义阶段。各帝国主义国家之间,为争夺销售市场和原料产地展开了激烈的斗争,并酝酿着重新瓜分殖民地的帝国主义战争。资本主义世界笼罩着阴云,处于矛盾重重、危机四伏的气氛中。

与此同时,北欧各国还处在自由资本主义的上升阶段,反对封建残余势力的斗争仍占着重要地位。在中欧和东南欧,各国的民族解放斗争和反封建斗争继续展开,方兴未艾。在俄国,1861年农奴制改革后,资本主义发展迅速,但封建势力仍然非常强大。

1871年的巴黎公社革命震撼了全世界,沉重地打击了资产阶级。此后,各国工人阶级相继成立了自己的政党。马克思主义在工人群众中进一步得到传播,工人运动在工人阶级政党的领导下进入一个新的阶段。但是,由于阶级斗争激化,在工人运动内部出现了形形色色的机会主义思潮和派别。各国工人运动的左派,在反对机会主义斗争中不断壮大。

随着资本主义的衰落和阶级斗争的激化,这时期出现了各种资产阶级的社会哲学思潮。德国尼采(1844~1900)的超人哲学,把人分为强者和弱者、人杰和群氓,认为人类进化的原则在于优先发展最强的人,即他所谓的"超人";他的权力意志论断言,强者应有追求权力的欲望和行动,"权力意志"是世界万物的基础和本原,人生的目的和意义就是夺取权力,弱肉强食是一切生物的本性;他还宣扬"一切从权力产生的都是善,从软弱产生的都是恶"。尼采的超人哲学和权力意志论为垄断资产阶级服务,后来又成为法西斯专政的理论根据。法国柏格森(1859～1941)的直觉主义哲学,强调人的主观精神作用,认为人们只有通过直觉、本能和感情才能认识一切事物的实质。直觉主义明显地转向非理性主义,否认逻辑的、理性的认识,公开与科学决裂而导向神秘主义。奥地利弗洛伊德(1856～1939)的精神分析学,认为"潜意识"特别是人的"性本能",决定着人的意识和一切社会活动;宣扬文艺创作和人类的全部精神活动乃是受潜意识支配的本能欲望的表现。法国泰纳(1828～1893)的决定论,则认为"种族、环境、时代"是决定物质文明和精神文明的三大要素,同样否定社会现象和精神活动的阶级内容。所有这些社会哲学思潮,以及上一时期就已经出现的德国叔本华(1788～1860)的悲观主义哲学和"唯意志论"、英国达尔文(1809～1882)的进化论以及法国克罗德·贝尔纳(1813～1878)的遗传学说,对当时欧美各国的许多作家都产生了很大影响。

这时期的欧美文学出现了前所未有的复杂情况,不但流派繁多,而且相互影响,并存发展。批判现实主义文学进入了新的发展阶段,自然主义文学流行各国,唯美主义和象征主义文学开始泛滥,而无产阶级文学则在革命斗争中发展壮大。

80年代末,西欧某些作家还写了一些为帝国主义服务的反动文学作品。它们宣扬恃强凌弱的思想,颂扬沙文主义和军国主义,为帝国主义侵略和殖民扩张政策作辩护。代表作家有法国的莫里斯·巴莱斯(1862～1923)、彼埃尔·洛蒂(1850～1923),德国的德特列夫·封·李林克隆(1844～1909),英国的约瑟夫·鲁德亚德·吉卜林(1865～1936)等。巴莱斯的《民族精力小说》三部曲(1893～1903)颂扬了沙文主义。洛蒂以欧洲"文明人"的优越姿态去描写远方国家的"原始状态",美化殖民扩张,他的《北京的末日》(1901)虽也暴露了八国联军的暴行,但对义和团的反帝斗争作了大量歪曲的描写。李林克隆的诗歌颂扬强权,美化战争,为军国主义的战争政策服务。吉卜林的作品虽然在客观上也暴露了英国殖民者奴役殖民地人民的一些真实情况,但他的绝大部分作品渗透着帝国主义和殖民主义意识。《营房的短篇故事诗》(一译《兵营谣曲》,1892),赞扬殖民军的进军和战役,把他们写成为祖国争光的英雄。《基姆》(1901)则塑造了一个既忠实执行帝国主义分子的命令又能随机应变排除万难的所谓东方人的理想形象。诗集《教训》(1899~1902)、《新生》(1914~1918)等更煽起沙文主义情绪,号召英国人民为帝国主义侵略作出牺牲。

二、批判现实主义文学

批判现实主义文学仍是这一时期的主要文学流派。

法国批判现实主义作家在巴黎公社革命后,进一步看清资本主义制度的腐朽没落,同时又感到日益壮大的无产阶级的严重威胁,因而在思想上和创作上都呈现出深刻的矛盾。左拉继巴尔扎克的《人间喜剧》之后,创作了包括20部长篇小说的《卢贡—马卡尔家族》,从各个侧面反映了法国第二帝国时期的社会生活,其中有些作品达到了批判现实主义的高度。但是,《卢贡—马卡尔家族》有着自然主义理论的明显印记。阿尔封斯·都德(1840~1897)创作的主导倾向是现实主义的,但他在理论上创作上也受到自然主义的影响。他一生创作13部长篇小说、4部短篇小说集,此外还有剧本和诗作。都德的作品反映法国第二帝国时期的社会生活,揭露资产阶级,讽刺资本主义社会的黑暗现象,深切同情普通人民。半自传性长篇小说《小东西》(1868)是他的代表作,写外省的一个贫困的青年爱洒特,虽然在文学上很有才能,但处处遇到冷遇。社会堵塞了他的创作道路,最后他不得不放弃创作去经商。小说表现了一个孤苦无告的少年在资本主义社会环境中的孤独感,烘托出那个社会里人与人之间的冷漠关系。作者在小说中并未着力对现实进行批判,只有不显露的嘲讽和幽默,表现出都德所特有的轻淡风格。短篇小说《最后一课》、《柏林之围》(收在《月曜故事集》,1873)是以普法战争为背景的脍炙人口的名篇,具有深刻的爱国主义内容和卓越的艺术技巧,在国内外享有声誉。都德是一位文笔精练、具有洞察力的作家,善于运用不显露的嘲讽和轻松的幽默,以简洁的笔触描绘复杂纷纭的社会政治事件。莫泊桑以其题材广泛、含意隽永、技巧圆熟的短篇小说,反映了19世纪70年代至80年代法国社会生活的不同侧面,歌颂了普法战争中人民的爱国精神,揭露资产阶级的堕落以及小资产阶级的贪婪和虚荣心。但他的作品,特别是长篇小说,也流露出悲观主义的情绪。法朗士(1844～1924)是一位以典雅精练的文笔著称的法国散文家。他的短篇和长篇小说以"谑而不虐"的讽刺笔调,揭露第三共和国时期的政治、教会和社会生活中的不合理现象。第一部长篇小说《波纳尔之罪》(1881),描写一位厌恶尔虞我诈而遁世独立的正直无私的学者因助人而获"罪"的故事。小说中洋溢着诗意和幽默感,发表后受到文坛的重视。《当代史话》(1896～1901)共4卷,通过拉丁文教授贝日莱在外省和巴黎的见闻,揭露了第三共和国时期充满市侩气的社会风尚和官场的政治黑幕。著名短篇小说《克兰比尔》(1901),则通过一个沿街叫卖的小菜贩被诬入狱和出狱后的悲惨遭遇,揭露了司法界的黑暗和世态的炎凉,以及劳动人民身上精神奴役的创伤。《企鹅岛》(1908)假托企鹅共和国来影射法兰西第三共和国的社会。岛国上的企鹅发生了战争,毁灭了国家,又建立了新的国家。但因为企鹅的贪婪、自私、凶残的本性不改,这个国家依然是一个充满不义的国家,在重复以往所经历的各个阶段。这反映出作者对资产阶级民主的极度失望。这种思想在小说《诸神渴了》(1912)和《天使的反叛》(1914)中再次表现出来。

英国批判现实主义作家在英国农业危机和工业危机日益加深,阶级矛盾日趋尖锐的情况下,思想矛盾和精神危机日趋明显。这时期的作家在揭露社会的广度方面不及前期,但在心理描写的深度、精确性和多样性方面超过前期。哈代是本时期英国最重要的批判现实主义作家。他的一组"威塞克斯小说",描写资本主义侵入英国农村后社会各方面的变化,真实地反映了贫苦农民破产的过程,但也流露出浓厚的悲观宿命论思想。剧作家肖伯纳在本时期写出了《不愉快的戏剧集》(1892～1894),包括《鳏夫的房产》、《好述者》、《华伦夫人的职业》3个剧本。肖伯纳的剧本尖锐地提出社会问题,发表新颖思想,给观众以高尚的艺术享受,对改革英国现代戏剧作出了贡献。但他的某些作品也宣扬了费边主义改良思想和叔本华、尼采、柏格森等人的理论。苏格兰女作家艾捷尔·丽莲·伏尼契(1864～1960)创作了《牛虻》(1894)和《中断的友谊》(1900,中译本名《流亡中的牛虻》)等作品,歌颂了19世纪意大利爱国者为祖国的统一和独立而进行的英勇斗争,塑造了革命者"牛虻"的感人形象。

德国批判现实主义出现较晚,台奥多尔·冯达纳(1819~1898)早年写过一些叙事谣曲和游记,从1878年发表长篇小说《在风暴前》起,展开对社会的批判,共创作了20多部作品,主要是长篇小说。《沙赫·封·乌特诺夫》(1883)批判了封建贵族,《燕妮·特赖贝尔夫人》(1892)批判了资产阶级。《艾菲·布利斯特》(1895)是他的代表作,小说通过艾菲的婚姻悲剧,批判了普鲁士贵族社会道德习俗的虚伪,揭露这种传统道德已丧失了对人内心的指导作用。盖尔哈特·霍普特曼(1862~1946)写过40多部剧本,也写小说和诗歌。他的作品有自然主义的、象征主义的、新浪漫主义的,但也有不少作品是批判现实主义的。他的自然主义的代表是剧本《日出之前》(1889),象征主义的代表作是童话剧《沉钟》(1896),新浪漫主义的代表作是梦幻剧《汉纳勒的升天》(1894),批判现实主义的代表作是反映工人阶级斗争的剧本《织工》(1892)。《织工》以1844年西里西亚织工起义为背景,展开了织工们与资本家和警察的冲突。剧本赞扬了工人们的英勇斗争,揭露了资产阶级的狰狞面目。由冯达纳所开创的德国批判现实主义道路,90年代后为亨利希·曼和托马斯·曼等作家所继承。

意大利作家拉法埃洛·乔万尼奥里(1838~1915)在本时期写了长篇历史小说《斯巴达克思》(1874),热情歌颂奴隶起义的伟大业绩。

在北欧,资本主义的发展落后于西欧,批判现实主义文学在本时期才出现。挪威的批判现实主义文学异军突起,获得很大发展,取得了巨大的成就。恩格斯在1890年写道:"挪威在最近二十年中所出现的文学繁荣,在这一时期,除了俄国以外没有一个国家能与之媲美。"[①]著名剧作家亨利克·易卜生是北欧批判现实主义的主要代表,他创作了一系列"社会问题剧",在剧中尖锐地提出和"讨论"了关于妇女地位、道德、法律和市政等社会问题,引起社会的巨大反响,对欧洲戏剧的改革

[①] 恩格斯:《致保·恩斯特》,《马克思恩格斯选集》第4卷,人民出版社1972年版,第472页。

和发展作出了贡献,并且赢得了世界性的声誉。但他的某些剧本也受到自然主义和象征主义理论的影响。另一剧作家兼小说家、诗人比昂斯藤·马丁纽斯·比昂逊(1832~1910),在70年代走上批判现实主义的创作道路,大胆暴露了挪威资本主义发展所产生的矛盾,揭露了资产阶级的丑恶行为和虚伪、自私、贪婪的本质。他的著名社会问题剧《破产》(1874)写商人悌尔德一家的经济破产和悔悟。前三幕把商业资本家悌尔德尔虞我诈的贪婪本性揭露得淋漓尽致。悌尔德为了发财致富,用尽欺骗、恫吓、瞒哄、哀求等手段,但终不能免于破产。到了第四幕,却成了一曲小资产阶级的田园牧歌。破产后的悌尔德一家,凭着辛勤劳动居然又重振家业,赢得人们的敬重,家人之间也建立起友爱和谐的关系,悌尔德本人也转变为一个正直的人。这个结局宣扬了社会罪恶可以通过人们的道德自我完善而得到消除的观点。作者在另一个剧本《挑战的手套》(1883)中以极大的同情描写资本主义社会妇女的屈辱地位,揭示出她们实质上是男子的玩物。但是,剧本的结尾同样丧失了前半部的尖锐性。比昂逊的长篇小说充满说教,比较沉闷,中、短篇写得比较生动。此外,他还写诗,讴歌祖国的壮丽河山,抒发爱国热忱,其中《是啊,我们热爱这块土地》成为挪威国歌的歌词。比昂逊的晚年创作有浓厚的颓废主义倾向。

瑞典作家奥古斯特·斯特林堡(1849~1912)一生写了60多部剧本和大量的小说,此外还有诗歌和散文。使他享有世界声誉的是剧作。他的剧作以"对话"的独特成就而著称。斯特林堡的政治观点缺乏彻底性、坚定性和一致性,他在给友人的一封信中说过:"我既不能成为一个忠实可靠的朋友,也不能成为一个历久不变的敌人。"这使他的文学道路非常矛盾。他从批判现实主义转向自然主义,继而发展到象征主义,最后走向悲观主义。他的《梦的戏剧》(1902),又成为欧洲表现主义文学的先声。社会讽刺小说《红房间》(1879)描写文艺界的生活,尖刻地批判了上流社会,笔锋辛辣犀利,戳破了资本主义社会政治、经济、文化各方面的脓疮。另一部讽刺作品《新国家》(1882),则尽情嘲笑了瑞典的宪法。晚年他还写过一部讽刺小说《黑旗》(1904),揭露瑞典文坛的丑恶内幕,引起社会上一帮权贵的鼓噪。自传体小说《一个女仆的儿子》(1887)是他青年时期生活的真实写照,也是瑞典文学史上的一部杰作。通过家庭冲突揭示社会矛盾的《朱丽小姐》(1888),作者自题为"自然主义悲剧",是他的自然主义代表作。剧中描述一位伯爵的女儿委身于其父的男仆,最后导致自杀的结局。作者突出表现了男女间的情感和欲望的冲突,刻画了两个不同社会阶层的尖锐矛盾。剧本《通向大马士革之路》(共三部,1898、1904)写一个渴望得到内心安宁的陌生人,实际上就是作者本人。全部戏由主角一人的独白和幻觉构成,剧中的陌生人、作家、乞丐、狂人都是他各个方面的化身。作者把时间、空间、梦幻和现实等因素奇异地混合在一起,表达了作者的个人感情、思想和怨愤,可以说是他内心生活的一面镜子。剧本已明显地表露出作者大部分晚期作品所共有的象征主义、神秘主义、悲观主义的特征。可是到他晚年,受到工人运动的影响,他又曾一度回到民主主义立场,反对军国主义,和文学中的颓废倾向作斗争。

在中欧和东南欧,随着反封建斗争和民族解放运动的新高涨,批判现实主义文学在本时期开始兴起并得到发展。反侵略,反压迫,暴露异族侵略者的残暴和本国统治阶级的罪恶,反映人民的疾苦,鼓舞人民奋起抗争,成为这些国家的文学的共同主题。波兰作家亨利克·显克微支(1846~1916)的三部曲《火与剑》、《洪流》和《伏沃迪约夫斯基先生》(1882~1888)以及《你往何处去》(1896)、《十字军骑士》(1897~1900)等历史小说,热情讴歌波兰、立陶宛人民抗击外来侵略者的斗争。其中《你往何处去》获得 1905 年诺贝尔文学奖。鲍列斯瓦夫·普鲁斯(1847~1912)在本时期创作了《前哨》(1885)、《傀儡》(1887~1889)、《解放了的女性》(1890~1893)等作品,反映农民反对德国殖民者和本国贵族集团的斗争,描写波兰资本主义发展的过程,揭露资产阶级宣扬"教育救国"的虚伪。《傀儡》被认为是 19 世纪波兰批判现实主义的代表作。小说围绕资产阶级暴发户伏库尔斯基追求庸俗堕落的贵族小姐依沙贝拉遭到失败以及他和华沙各阶层人物的复杂关系,深刻地反映了 1863 年起义后,波兰商业资本主义在勾结沙俄、同封建贵族实行妥协的条件下的发展状况。此外,还通过一个老兵的日记,反映了波兰人民参加 1848 年匈牙利革命和一月起义反抗沙俄占领者的斗争情况。

捷克作家阿洛伊斯·伊拉塞克(1851～1930)在本时期创作了反映农民起义的小说《斯卡拉齐的人们》(1875)、《狗头军》(1884，一译《还我自由》)等作品。匈牙利作家米克沙特·卡尔曼(1847～1910)写了《可敬的老爷们》(1884)、《圣彼得的伞》(1895)、《奇婚记》(1900)，揭露和讽刺贵族地主的腐朽没落和新兴资产阶级的卑鄙无耻。罗马尼亚剧作家伊昂·卢卡·卡拉迦列(1852～1912)写了揭露资产阶级虚伪政治和两党之争的喜剧《一封遗失的信》(1884)。保加利亚作家伊凡·伐佐夫(1850～1921)创作了长篇小说《轭下》(1887～1889)，表现和歌颂保加利亚人民反抗土耳其侵略者斗争的英雄气概。阿尔巴尼亚诗人纳伊姆·弗拉舍里(1846～1900)创作了著名长诗《畜群和大地》(1886)、《斯坎德培史》(1890～1895)。

在俄国，农奴制改革后，社会矛盾更趋尖锐，农民的苦难更加深重。俄国批判现实主义作家对贵族地主和资产阶级提出更为强烈的批判，并且更加注意反映农民和城市平民的苦难。但是，由于作家世界观上的矛盾，批判现实主义作家阵营的思想分野也更趋明显。费奥多尔·米哈伊洛维奇·陀思妥耶夫斯基在本时期创作了《群魔》(1871)和《卡拉马佐夫兄弟》(1880)等作品，鼓吹宗教和"仁爱"哲学，攻击革命者，同时也暴露了俄国社会的黑暗面。谢德林(1826～1889)在本时期写出了他的代表作《戈罗夫略夫一家》(1880)，展示地主阶级必然灭亡的命运。列夫·托尔斯泰在70年代末至80年代初发生了世界观的剧变，转到宗法制农民的观点上来，在本时期创作了《安娜·卡列尼娜》(1873～1877)和《复活》(1889～1899)等名著，"对现代一切国家制度、教会制度、社会制度和经济制度作了激烈的批判"①，达到了批判现实主义文学前所未有的激烈程度和深刻程度。但是，在他的作品中鼓吹"不以暴力抗恶"和"道德上的自我修养"的学说，也达到了前所未有的狂热程度。契诃夫于80年代开始文学创作活动，他的作品反映了19世纪末和1905年资产阶级民主革命前夕俄国的社会生活，也反映了对新生活

---

① 列宁:《列·尼·托尔斯泰和现代工人运动》，《列宁全集》第16卷，人民出版社1959年版，第330页。

的追求和渴望。契诃夫的作品在体裁、题材、艺术手法、风格上都独具一格,在世界上享有声誉。

美国批判现实主义文学在80年代开始出现,产生了马克·吐温、欧·亨利(1862～1910)、杰克·伦敦(1876～1916)等作家。马克·吐温继承斯托夫人、惠特曼的现实主义传统,在更加广阔的社会背景上描写了美国的社会现实。他的作品不但内容深刻,而且具有独特的艺术风格,是美国批判现实主义文学最杰出的代表,是一位享有世界性声誉的美国作家。欧·亨利是著名的短篇小说家,一生写有短篇小说300多篇,唯一的长篇小说《白菜与皇帝》(1904)实际上也是由许多独立的短篇组成。欧·亨利的作品以轻松幽默的笔调描写大都市里小人物的悲欢和"相濡以沫"的友谊,揭露资本主义社会中虚伪无耻、尔虞我诈的社会风气,嘲笑司法界的专横、腐败和昏庸,同时对弱女子和穷人的命运表示深切的同情,《麦琪的礼物》、《最后一片藤叶》、《黄雀在后》、《我们选择的道路》、《警察和赞美诗》、《带家具出租的房间》、《生活的陀螺》、《没有完的故事》等,都是脍炙人口的名篇。他的小说巧于构思,擅长细节描写,具有悲剧性与喜剧性相结合的形式和出人意料而又在情理之中的结尾等特点。但他的小说题材比较狭窄。杰克·伦敦是一位来自下层的作家,他始终是资本主义社会的坚决批判者。他的作品对资本主义黑暗社会作了有力的揭露和批判,对劳动人民的生活作了真切的描写,对人的勇敢、进取、刚毅精神以及爱情、友谊等作了热情赞美。他的作品弥漫着强烈的大自然气息,呈现出鲜明的美国的民族色彩。他最初发表的短篇小说,称为"北方故事",多写淘金者在极其恶劣的条件下的奋斗。其中《热爱生命》(1906)一篇,描写了一个濒临饥饿和死亡威胁的病人,怎样挣扎着通过荒无人烟的雪地,来到了一条大河的码头边,表现出一个人在极其艰难困苦的条件下战胜环境的非凡毅力,因而受到普遍的赞赏。《野性的呼喊》(1903)和《白牙》(1906),是两部描写动物的寓言式的小说。前一部写一条体力出众的狗在狼群的呼喊驱赶下,逃入莽林变成狼的故事;后一部写一只狼被驯服成狗的故事。作品通过动物间的恶斗和命运的变迁,反映资本主义社会尔虞我诈、勾心斗角的冲突,同时表现出作者"生存竞争,适者生存"的思想倾向。政治幻想小说《铁蹄》(1908)假托21世纪60年代发现的一份手稿——一个妇女的回忆录，回顾了20世纪30年代美国资产阶级寡头政治("铁蹄")镇压工人运动的黑幕，以及工人阶级进行顽强战斗并同内部机会主义作斗争的历程。作品还展望了人民的政治斗争必然取得最后胜利的前景。但作品中通过支配一切的"强者"埃弗哈德的形象，表露出超人哲学对作者的思想影响。《马丁·伊登》(1909)是杰克·伦敦的代表作，前半部带有自传性质，但主要故事情节是虚构的。小说通过生动的形象批判了资产阶级社会的腐朽和空虚，同时也真实地描写了在这样的社会里一个忠实于生活的作家的命运。晚年，杰克·伦敦还发表过一些优秀的短篇小说，如《一块牛排》(1911)、《墨西哥人》(1913)、《在甲板的天篷下面》(1913)等。但他晚年的思想危机也日益明显。他不但挥金如土，追求个人享受，而且政治热情消退，创作上放弃积极主题，回避现实斗争，写了《毒日头》(1910)和《月谷》(1913)这样以欣赏田园生活和追求个人幸福为主题的作品。

总的说来，这时期批判现实主义文学中悲观失望情绪加重，创作手法上不再囿于细节的真实描写和典型环境中典型人物的塑造。

三、自然主义文学

自然主义文学是本时期具有广泛影响的另一文学流派。它最先产生于法国。在60年代，法国文艺批评家泰纳综合哲学上的实证主义、生物学上的进化论和文学上的环境论，提出他的"决定论"。决定论中的"种族"，主要是指人的"天性"、"遗传性"；"环境"，主要是指气候和地理位置；"时代"，是指一个国家的思想文化传统。决定论为自然主义提供了最初的理论基础。与此同时，出现于法国诗坛的"巴那斯派"（又称"高蹈派"），宣扬艺术至上，主张诗歌脱离社会，不问政治，标榜"冷静"、"客观"、"无我"，实际上也为自然主义在诗歌领域里作了开拓和示范。"巴那斯派"还是法国象征主义的先驱。80年代，左拉发表了《实验小说论》(1880)、《自然主义小说家》(1881)等论文，进一步使自然主义创作理论系统化。左拉认为，写小说就像在实验室里做试验一样，不应受社会规律的支配，"实验小说家不是别的，只是一种特殊的学者……他的领域是生理学的领域",因而他主张着重写人的生理本能。他强调文学创作的科学性和真实性,主张用纯客观的态度把生活中的一切细枝末节精确而毫无遗漏地摄取下来,"不要夸张,也不要强调,只要事实",因而他反对典型概括。他还主张作家对社会也应持客观而科学的超党派、超政治的态度,反对作家在作品中表露思想感情和对事物作结论。他说:"我不要做政治家、哲学家、道德家,我只要做一个学者就满意了。我将要表现事实……而结论我是没有的。"

左拉本人的创作并不完全遵守自然主义理论的原则。自然主义文学创作上的典型代表是龚古尔兄弟(爱德蒙,1822～1896;于勒,1830～1870)。他们二人合写的小说《日尔米尼·拉塞德》(1865)是一部典型的自然主义作品。它写一个农业工人的女儿日尔米尼·拉塞德,14岁到咖啡店当侍女,被富人诱奸而怀孕,四个月后小产。后来她另找雇主,在一家乡村牛奶店当女仆,又与少年杰皮罗私通,生了一个孩子。姘夫遗弃了她,这时她又有了身孕,就饮白兰地酒堕胎。迫于贫困,她偷取主人的20法郎潜逃。后来又和一个油漆匠发生关系,最后沦为妓女,得肺病死在大道旁。小说作者根本不触及造成拉塞德悲苦一生和悲惨结局的社会原因,而是用医生解剖病人的态度,研究她堕落的每一个阶段,把她的悲剧归因于喝酒和纵欲,歪曲了生活本质的真实。

自然主义对当时欧美文坛产生了广泛的影响。80年代末德国还兴起了"彻底的自然主义"文学运动,把自然主义理论推向极端,提倡什么"每秒体",主张把每秒钟所发生的事,包括咳嗽、打嗝、喉音等都毫无遗漏地记录下来,从而把艺术引入绝境。英国的自然主义没有形成一个文学流派,但出现了所谓"贫民窟文学",赤裸裸地描写伦敦东区工人们生活中最龌龊、最可怕的方面,如阿瑟·莫里逊(1863～1945)的《陋巷的故事》(1894)和《查戈之子》(1896)。自然主义在其他各国也都有不同程度的反映,自然主义也影响到不少批判现实主义作家。

四、唯美主义和象征主义文学

19世纪后半期,一些资产阶级作家对资本主义社会不满而又无力反抗,对无产阶级革命不理解而又无比恐惧,于是对现实感到幻灭,对前途丧失信心,从而产生了苦闷、彷徨、悲观、颓废的思想情绪,即所谓"世纪末"情绪。唯美主义和象征主义文学就是这种情绪的反映。唯美主义和象征主义文学重主观,重幻觉,求神秘,求怪异,表现了对非理性主义、神秘主义和下意识的崇拜。从本质上看,它们都是资本主义发展的产物,资产阶级思想危机的反映。它们共同的美学纲领是"为艺术而艺术",共同的哲学基础是反理性的主观唯心主义。

唯美主义最初由法国60年代的巴那斯派所提倡,后来英国一些作家积极响应,其后影响到德、俄等国。唯美派发挥康德的"自由美"的思想,提出"为艺术而艺术"的口号,反对"附庸美",反对"为人生而艺术"。他们声称艺术本身就是目的,否定文学的倾向性、思想性和功利性,否定理性认识对文艺的作用。唯美主义一味追求艺术技巧和形式美,宣扬"艺术至上",专事文字雕琢。代表作家有法国的诗人泰奥菲勒·戈蒂耶(1811~1872)、沙尔·波德莱尔(1821~1867),巴那斯派诗人勒孔特·德·李勒(1818~1894)、泰奥台尔·德·邦维尔(1823~1891),英国的奥斯卡·王尔德(1856~1900),俄国的阿法纳西·阿法纳西耶维奇·费特(1820~1892)等。戈蒂耶在30年代写的《诗集〈阿尔贝丢斯〉序言》和《小说〈莫班小姐〉序》中,就反对艺术从属于道德和功利的目的。他说:"只有毫无用处的东西才是真正美的;所有有用的东西都是丑的。"他的代表作《珐琅和宝石》(1852)只是写景咏物,对自然美、人体美和艺术美反复赞叹,没有时代的影子。王尔德在理论上和创作上进一步发展了唯美主义。王尔德憎恶英国的市侩哲学和虚伪的道德,他要用艺术的"象牙塔"来和鄙俗的资产阶级世界相对立。他在《撒谎的衰落》(1889)这篇对话和《意图》(1891)、《社会主义制度下的灵魂》(1891)等论文里,系统地提出了"为艺术而艺术"的文学主张。他认为只有"美"才具有永恒的价值,主张艺术高于生活,艺术应当超脱人生,不受道德的约束,艺术个性不应受到压抑。他断言:"一切艺术上的坏处,都是从现实感产生的",而"撒谎,说出美丽动听的假话——这就是艺术的真正目的"。他还颠倒文艺和生活的关系,认为"艺术不是人生的镜子,而人生才是艺术的镜子"。王尔德的代表作是长篇小说《道林·格雷的画像》(1891),它通过怪诞的情节描写主人公格雷的堕落过程。小说中的主人公烦躁不安,精神混乱,道德败坏,是颓废主义者的典型写照。王尔德还写过一些内容新颖、形式精美的童话和妙语联珠的剧本。《快乐王子集》(1888)中的《快乐王子》是一篇诗意浓郁的童话故事,对受欺凌的弱者充满同情,赞美他们纯朴、善良的心灵。王尔德的剧本多为讽刺性社会喜剧,较重要的有:《温德米尔夫人的扇子》(1892,一译《少奶奶的扇子》)、《莎乐美》(1893)、《一个无足轻重的妇人》(1893)、《理想丈夫》(1895)、《做一个正经人的重要性》(1895,一译《认真的重要》)等。英国"前拉斐尔派"诗歌的主要代表但丁·迦百列·罗塞蒂(1828～1882)以及稍后的亚尔杰农·查理·史文朋(1837～1909)的作品,也有明显的唯美主义倾向。

象征主义四五十年代在法国出现,80年代让·莫瑞亚斯(1856～1910)发表《象征主义宣言》而得到正式承认,90年代传到英、美、德、俄、西班牙等国。在法国作为一种文学流派的象征主义,从1891年起已经解体。象征主义反对描写客观世界,把客观世界视为主观世界的"象征",主张诗歌应当表现超现实的"理想世界"。这"理想世界"存在于人们的意识与下意识之间,非人们的理性可以感知,唯有默悟才能达到,通过象征才能予以暗示。因而,象征主义重主观幻觉而轻客观描写,重艺术想象而轻现实再现,重暗示启发而轻明确表达。象征主义采用象征、暗示、启发等手法暗示作品的主题和事物的发展,因而形象半明半暗,扑朔迷离,充满神秘主义色彩。象征主义的先驱是美国的艾德加·爱伦·坡(1809～1849)和法国的沙尔·波德莱尔(1821～1867),代表作家有法国的斯特法纳·马拉梅(1842～1898)、保尔·魏尔兰(1844～1896)、阿尔杜尔·兰波(1854～1891),比利时的莫里斯·梅特林克(1862～1949),俄国的梅烈日柯夫斯基(1865～1911)、巴尔蒙特(1867～1942)等。第一次世界大战后的象征主义,称为后期象征主义,是现代主义文学中的一个重要流派,20世纪20年代至40年代盛极一时。

马拉梅、魏尔兰和兰波发展了波德莱尔的神秘主义、悲观主义和唯美主义,讲究诗歌的暗示性、朦胧性和音乐性。马拉梅认为,只有梦幻能达到不属于人世的美,"美"是神圣的,一切神圣的东西又都是神秘的,因而表现"纯净的美"的诗歌也应该是神秘的,"一首诗是一种神秘"。魏尔兰在《诗的艺术》一诗里也说:"叫读者走进梦幻世界,这才是诗的真义。"兰波则努力使自己成为"幻觉诗人"。比利时的梅特林克认为,外部生活不过是潜在意识深海里泛起的泡沫,艺术的目的是要表现潜在意识里的"真的自我",而不是表现"泡沫"。他的剧本《青鸟》(1908)是象征主义代表作之一,写一个樵夫的两个可爱的孩子,蒂蒂尔和弥蒂尔在圣诞节前夜做了一个梦,他们两人历尽千辛万苦去寻找象征快乐和幸福的青鸟,终于不可得或得而复失的故事。剧本通过梦幻的故事情节,暗示出幸福的无常和追求幸福的徒劳。又通过蒂蒂尔将自己心爱的白鸽送给邻居的病女孩时,白鸽突然变为青鸟的情节,传达出只有把幸福给别人,自己才会接近幸福的意念。梅特林克的早年作品《闯入者》(1890)、《盲人》(1890)、《室内》(1895)等,也都采用象征性的故事情节,宣扬死亡无从避免、命运不可违抗的悲观宿命论观点。

90年代,在俄国产生象征主义文学运动。俄国象征派同样认为实物世界是另一个真实、神秘、不灭的世界的象征,人们摸索着走向神秘的真实,诗是一条路。俄国象征派的主张在某些方面与西欧象征派虽有异趣,但本质上并无不同。

19世纪的唯美主义和象征主义文学,在表现对资本主义现实极度失望和不满的同时,宣扬了个人主义、悲观主义、颓废主义和神秘主义,它的作用是消极的。在艺术上,它扩大了文学表现的范围,扩充了诗国的领域,开拓了一些新的表现方法,增强了诗的表现力。但是,又有神秘主义、形式主义、艺术至上主义的倾向。

五、无产阶级文学

无产阶级文学的崛起和发展壮大是本时期文学史上具有重大意义的文学现象。随着无产阶级革命运动的发展,继上一时期法国的工人诗歌、英国宪章派文学和德国维尔特的创作之后,本时期产生了以欧仁·鲍狄埃为代表的巴黎公社文学和其他国家的无产阶级文学。随着无产阶级文学的发展,马克思主义文学理论也建立起来,出现了法国的保尔·拉法格(1842~1911),德国的弗朗茨·梅林(1846~1919)、蔡特金(1857～1933)、卢森堡(1870～1919)和俄国的格奥尔基·瓦连廷诺维奇·普列汉诺夫(1856～1918)等革命活动家兼马克思主义文艺评论家。

巴黎公社文学是本时期无产阶级文学的突出表现。它是巴黎公社革命的产物,包括公社诞生前后20年间公社战士所写的诗歌、小说和散文。其中以诗歌的数量最多,成就最大。主要作家有欧仁·鲍狄埃(1816～1887)、路易丝·米雪尔(1830～1905)、让-巴蒂斯特·葛莱蒙(1836～1903)、茹尔·瓦莱斯(1832～1885)、列昂·克拉代尔(1835～1892)等。

巴黎公社文学的主要内容包括宣传爱国主义和国际主义思想、揭露反动派镇压革命的罪行、总结巴黎公社的经验、号召人民继续为公社的理想而斗争等方面。在革命酝酿时期,公社诗人揭露普法战争的性质和资产阶级政府的卖国活动,号召法德两国人民携起手来打击共同的敌人,迎接公社的诞生。米雪尔的《和平示威》(1870)描绘劳动人民反对侵略战争的大规模示威运动,揭露两国统治者发动争霸战争的罪行,表现了国际无产阶级共同战斗的国际主义思想。爱弥尔·特勒在政治讽刺诗《巴黎换一块牛排》中,尖锐而辛辣地揭露和讽刺了资产阶级政府的卖国投降活动。鲍狄埃在《一八七〇年十月三十一日》一诗中,发出"巴黎,你快宣布公社成立"的号召。巴黎公社成立后,公社诗人们在紧张战斗的环境中写下了及时反映火热斗争生活的战斗诗章。但由于公社失败,这些作品绝大部分被凡尔赛分子销毁了。尽管如此,从仅存的作品中依然可以看出公社诗歌的高度思想水平和战斗风貌。例如卡尔亚的《凡尔赛分子》,出色地刻画了凡尔赛分子的卑鄙怯懦,公社社员的英勇豪迈、视死如归。公社失败后,流亡国外的公社诗人怀着极大的悲愤心情继续进行创作,这些作品构成了巴黎公社文学的主要部分。他们在作品中强烈控诉反革命分子镇压革命的滔天罪行,缅怀革命先烈和公社的事业,总结公社失败的沉痛教训,号召人民继续战斗。爱弥尔·特盖尔的《拼血的一周》(1893)、葛莱蒙的《"上墙根去"队长》(1885)、特洛埃尔的《牺牲者的刽子手》、于格的《狱中歌》(1873)等,燃烧着对反动派的万丈怒火和深仇大恨,表现出革命者威武不能屈、贫贱不能移的英雄气概。亨利·勃里沙克的《装口袋》(1874)，表达了诗人坚定的革命信念，相信公社的思想将传遍全世界：

> 你飞扬吧，你，触摸不着的、粉末一般的思想！
> 深入到人们的精神！丰富人们的脑筋！
> 投进新天地的光明！
> 你要像火山喷石一样，散布在世界上！

此外，巴黎公社文学还包括长篇小说的创作和为公社事件而感发的艺术散文，有克拉代尔的长篇小说《雅克·拉塔斯》(1931)、瓦莱斯的自传体三部曲《雅克·文特拉》(1878、1879、1885)等。葛莱蒙在《〈诗歌集〉序言》中还提出无产阶级文艺理论方面的一些重要主张，要求革命作家深入工地、矿山和工厂，反映工人的要求。

欧仁·鲍狄埃是巴黎公社文学最杰出的代表。他出生于巴黎一个工人家庭，曾当过徒工和技工。后投身工人运动，参加过1848年巴黎工人的六月起义和1871年震撼世界的巴黎公社革命，并当选为公社委员。巴黎公社失败后，鲍狄埃被迫流亡国外。1880年回到了离别9年的祖国，1887年在巴黎病逝。

鲍狄埃一生在从事无产阶级革命活动的过程中，写作了许多歌颂无产阶级革命斗争、宣传无产阶级革命思想的优秀诗篇。其中重要作品有《该拆掉的老房子》、《巴黎公社走过这条路》、《巴黎公社社员纪念碑》、《起义者》、《美国工人致法国工人》等。鲍狄埃的代表作是著名的《国际歌》(1871)。这首短诗以马克思主义的立场、观点总结了巴黎公社的历史经验，指出了无产阶级的历史任务与斗争目标，表达了无产阶级解放全人类的革命精神和英雄气概，号召全世界无产者为实现共产主义伟大理想英勇奋斗：

> 这是最后的斗争，
> 团结起来，到明天，
> 英特纳雄耐尔
> 就一定要实现。

起来,饥寒交迫的奴隶!
起来,全世界受苦的人!
真理的火山正在轰鸣,
最后的岩浆喷射翻滚。
旧世界打个落花流水,
奴隶们起来,起来!
世界就要根本改变面貌,
一无所有者要做天下的主人!

从来就没有什么救世主,
也没有上帝、凯撒和护民官,
劳动者,起来自己救自己!
我们要创建人类的共同幸福。
为了叫盗贼交还赃物,
为了让思想冲破牢笼,
快把那炉火烧得通红,
趁热打铁才能成功![1]

《国际歌》全诗共8节,首尾两节重复,结构完整,浑然一体。作为一首政治诗,它主题鲜明,思想深刻,激情澎湃,充满号召力与感染力。《国际歌》后来经过工人作曲家狄盖特谱成歌曲,迅速传遍全世界,成为国际无产阶级的不朽战歌。

巴黎公社文学以其革命的激情、理想的光辉和战斗的风格,在文学史上崭露锋芒,写下了光辉的一页,使法国文坛为之耳目一新。巴黎公社文学也为世界无产阶级文学的发展进一步开拓了道路,提供了新的经验。

---

[1] 《鲍狄埃诗选》,张英伦等译,人民文学出版社1981年版,第107~108页。

工人运动的杰出活动家和早期马克思主义文艺评论家拉法格、格林、蔡特金、卢森堡、普列汉诺夫的文艺评论,将马克思主义原理应用于文艺批评,紧密结合当前的革命斗争和文艺斗争,批判了自然主义、颓废派的错误倾向和"为艺术而艺术"的主张,评述了当时有影响的一些文学作品。他们在文艺评论中坚持文艺的思想性和阶级性的基本原理,对当时进步文学的发展以及无产阶级文艺科学的发展,作出了贡献。

第二节 左 拉

一、生平和创作

爱弥勒·左拉(1840～1902)是19世纪后期法国著名作家。他是法国自然主义文学的主要倡导者,但是他的优秀作品往往突破了他的自然主义理论的框框,而具有鲜明的现实主义特色。

左拉于1840年4月2日生于巴黎。父亲是工程师。左拉7岁时,父亲因病去世,母子二人生活陷入困境。中学毕业后,为生计所迫,左拉有时做抄写工作,有时在巴黎郊区流浪。

1862年,左拉在阿晒特出版社找到了工作。先当打包工,后来调到广告部,得以结识许多著名作家,从此走上了文学创作的道路。

在中学时期,左拉就喜爱法国浪漫主义作家的作品。他的处女作中、短篇小说集《给尼侬的故事》(1864),反映了浪漫主义文学对他的影响。但是,左拉并不满足于模仿浪漫主义作家。他明确地意识到,新的时代要求有新的文学,那充满伤感和幻想的浪漫主义已经不符合时代的要求。当时法国文坛上出现了一个后来被称为自然主义的新的文学流派,代表人物是龚古尔兄弟。他们强调把日常生活的现象真实地记录下来,标榜这是科学的方法。他们的小说《日尔米尼·拉塞德》是这种"写实"方法的样板。左拉受到这种思潮的影响。为了革新文学,他开始研究理论。当时哲学上流行的实证主义,文艺哲学家泰纳关于种族、时代、环境的理论,生理学家贝尔纳和吕卡思对遗传学的研究,都对左拉发生了很大的影响。左拉公开承认他是把实验科学的某些新成就直接运用到小说中来。在上述学者的影响下,左拉形成了自然主义的文学理论,并成为这一学派的领袖人物。

不过,左拉写出自己的理论著作要晚些。他的主要的理论文章《实验小说论》(1880)、《戏剧中的自然主义》(1881)、《自然主义小说家》(1881),是在80年代初写成的。左拉认为,过去的文艺观都已陈旧过时,现在人们已经发现了一种严格的科学方法,可以对人的行为进行生理和病理的分析,像化学家在实验室内进行实验一般。作家的任务是研究和阐述人是怎样受生物学和生理学规律的影响而产生某种行动和后果。并且,作家在创作中只应进行观察、研究和记录事实,而不应作社会政治的、道德的与美学的评价。这样,自然主义就忽视了人受社会制约这一基本事实,并且排斥了作家进行社会概括、干预生活、改造社会的责任。

左拉把自己的理论在创作上进行了实验。在《德莱丝·拉甘》(1867)和《玛德兰·费拉》(1868)这两部小说里,都表现出了自然主义重生理分析的特点。《德莱丝·拉甘》描写一个女人和她的情夫在肉欲的驱使下合谋杀死了自己的丈夫,后来又感到悔恨,并发展成彼此仇恨,以致精神失常,最后自杀。左拉说,他作品中的人物"生命中的每一个行动都被他们的肉体所注定了的……人们会看到每一章都是对生理学一种病况的有趣的研究"。在长篇小说《玛德兰·费拉》里,也充满着病态的爱情心理分析。这两部小说是左拉创作中自然主义成分最明显的作品。

左拉决心在创作中实践自己的理论。从1868年起,他着手写一部多卷集的庞大作品。按照他的构思,这部庞大作品将是"第二帝国时代一个家族的自然史和社会史"。写这部巨著的生理学和社会历史方面的目的是:"第一,研究一个家族的血统和环境的问题……以生理学新的发现为线索,用一种科学的方法,到那里面去发掘。""第二,研究整个的第二帝国时代,自'政变'起,到今日为止……通过各种事实和情感,并且在千万种风格和发生的事件的细节中,来描写这个社会时期。"左拉怀着很大的热情开始工作起来。从1869年7月写《卢贡家族的家运》起到1893年完成《巴斯卡尔医生》止，前后经过25年辛勤的劳动，终于完成了包括20部长篇小说的社会史诗《卢贡－马卡尔家族》。这部巨著所反映的生活面相当广阔，涉及政治（《卢贡家族的家运》、《卢贡大人》、《普拉桑的征服》）、军事（《崩溃》）、宗教（《莫雷教士的过失》）、不动产投机（《贪欲》）、商业和金融（《妇女乐园》、《金钱》）、工人生活（《小酒店》、《萌芽》、《人兽》）、农民（《土地》）、科学（《巴斯卡尔医生》）、艺术（《作品》）、交际花（《娜娜》）以及日常生活等，几乎包括了第二帝国社会生活的各个方面，内容极其丰富。更为重要的是，左拉的这些作品没有成为其自然主义理论公式的图解，在他的优秀作品里，病理的研究让位给了社会的研究，生物学的决定论被社会环境的决定论所代替，人们能够透过作家所构思和描写的家族史看到一部形象的社会史。

在卢贡－马卡尔家族的后裔中，许多人由于遗传关系受到损害，有一些是酒精中毒者和病态的人。但实际上，在许多作品中占主要地位的是重要的社会问题。比如，在第一部《卢贡家族的家运》里，左拉原来的意图是想说明遗传对后代所造成的影响。卢贡－马卡尔家族的老"祖宗"阿黛拉伊德·福格是个精神病患者，她嫁给了门丁卢贡，生有一子。卢贡死后，她又同酒精中毒者马卡尔姘居，生一男一女。三个孩子分别受到了她的、她和马卡尔的遗传影响，并且卢贡－马卡尔家族第三代、第四代、第五代都将受到这种影响。但实际上《卢贡家族的家运》这部小说却表现了丰富的社会内容：1851年路易·波拿巴政变时南方小城普拉桑革命与反革命的斗争。卢贡家族的第二代皮埃尔大搞政治投机，变成了波拿巴主义者，替他的主子镇压了当地的革命力量，自己当上了税官。他的两个儿子欧仁和阿里斯提德在作品中第一次出现，后来都是其他作品中的大人物，一个当上了大臣，一个成了金融巨子。皮埃尔的外甥西尔维和他的女友米埃特站在反对波拿巴政变的共和军一边，都为法国自由民主的事业献出了生命。

在下一部小说《贪欲》（1871）中，呈现在读者面前的是第二帝国建立初期的一批暴发户和投机家们。这些人靠疯狂的投机、无耻的欺骗暴富。在这个贪欲的世界里，最厚颜无耻的投机家之一就是卢贡家族第三代的阿里斯提德,他在这部小说里改名为萨卡尔。

长篇小说《妇女乐园》(1883)反映的是第二帝国时期商业资本开始集中以及垄断组织兴起的情况。在著名长篇小说《金钱》(1891)中,左拉描写了法国金融资本的发展,反映出垄断资本间的残酷竞争。过去在房地产投机中遭到失败的萨卡尔在本书中再次出现。这次他开办了一个巨大的"世界银行",派人到中东各地去发展"事业"。他还建立"联合轮船总公司"经营地中海的航运。他利用银行的资金在交易所大搞投机,甚至用窃取政府情报的手段来操纵股票,居然一时得手,使另一个大金融家遭到严重损失。但最后他还是被对手击败,银行破产,本人也被捕入狱。后来他逃往荷兰,又搞起新的冒险。

左拉真实地描写了交易所里瞬息万变的情况以及投机家们狂热的赌徒心理。主人公萨卡尔的形象富有时代色彩。他机灵狡猾,善于投机,极有魄力,生活上放荡无耻,旧时代的道德观念已经荡然无存。他的突出特点是富于冒险精神,有孤注一掷的勇气。这是一个垄断资本主义时代金融资本家的典型。

在《卢贡-马卡尔家族》中,工人阶级的问题占有重要地位。长篇小说《小酒店》(1877)和《萌芽》(1885)是描写这个题材的重要作品。在《小酒店》里,左拉以真实的画面反映了工人阶级的贫困和悲惨的遭遇。但是这部小说更多的是展示了工人生活中的畸形方面,并未揭示出工人阶级贫困的社会根源和他们争取自己权利的斗争。这些问题,在8年后发表的小说《萌芽》中得到了较为充分的反映。由于《萌芽》在反映现代社会两大对立阶级的矛盾上较有深度,由于它的震撼心灵的艺术力量,使它成为了左拉的代表作,并且也是19世纪后期法国文学最卓越的成就之一。

《卢贡-马卡尔家族》实际上是以它的第十九部小说《崩溃》(1892)告结束的。在这部小说里,左拉描写了1870年爆发的普法战争,暴露了法国的政治腐败和军事上的无能,终于导致了灾难性的大败。左拉在《崩溃》的卷末描写了巴黎公社的失败。他怀着恐怖的心情叙述巴黎的大火,对巴黎公社革命的意义他还不能理解。

《卢贡-马卡尔家族》反映了第二帝国整整20年间的兴亡历史,既写出了政治的腐败、宫廷内幕的丑闻和垄断资本发展所带来的种种社会变化，也写出了无产阶级不堪忍受剥削而奋起斗争。《卢贡－马卡尔家族》表现了左拉多方面的艺术才能。各个阶级，各个行业，从巴黎到外省，他都能挥洒自如地加以描写。他在创作之前，往往对自己要写的对象进行细致的调查研究，经常去进行亲身体验，所以他所描写的环境和各阶层人物的生活都是非常精确的。虽然自然主义的理论给他的作品带来了某些损害，但是在他的那些优秀的作品中，现实主义的成分仍然是主要的。

在完成《卢贡－马卡尔家族》的创作以后，左拉又开始写作他的三部曲《三名城》，包括《鲁尔德》(1894)、《罗马》(1896)、《巴黎》(1898)3部小说，基本内容是揭露教会的罪恶。

1894年，法国发生了"德雷福斯案件"。犹太血统的法国军官德雷福斯被诬告为德国间谍，被判犯了叛国罪。左拉研究了案件材料后，确信被告无辜，于是怀着极大的义愤投入了为德雷福斯伸冤的斗争。左拉控诉国防机关、军事法庭以及某些上层军官违法乱纪，通同作弊，违反人道和正义，因而招来当局的迫害，不得不流亡英国。一年后，德雷福斯被宣布无罪，左拉才得以回国。

在《三名城》之后，左拉又创作了《四福音书》，包括《繁殖》(1899)、《劳动》(1901)、《真理》(1903)、《正义》(未完成)4部小说。《四福音书》是作者表现自己社会理想的作品，左拉幻想通过阶级合作达到理想社会，总的倾向是空想社会主义。这几部小说内容比较抽象，艺术成就也不如从前。除长篇小说外，左拉还写有大量的中短篇小说，其中有一些是艺术水平很高的传世之作。

1902年9月29日，左拉因煤气中毒逝世。

二、《萌芽》

《萌芽》是《卢贡－马卡尔家族》的第十三部小说，内容是描写煤矿工人为了反抗资本家的剥削而进行的斗争。

工人阶级的境遇和前途问题，早已引起了左拉的注意。为了创作《萌芽》，左拉做了大量的准备工作，阅读了大量有关工人状况和社会主义的书籍,他亲自下过矿井,体验过工人艰苦的劳动条件。由于资本家的压榨,工人十分贫困,罢工事件不断发生,经过深入的调查研究,左拉认识到这一问题的严重性,坚定了他要描写工人状况的决心。他在小说的草稿本上写道:"我的小说描写工资劳动者的起义,这是对社会的冲击,使它为之震动;一句话,描写资本和劳动斗争。小说的重要性就在这里:我希望它预告未来,它提出的问题将是20世纪最重要的问题。"可见作家对小说题材的重要性有着极清楚的认识。

《萌芽》反映的是服娄矿场工人的罢工斗争,也写到附近的其他矿村。作家真实地描写了煤矿工人所遭受的剥削和压迫,形象地把服娄矿场比作一只贪婪的、时刻准备吞噬人类的巨兽。工人们在极其恶劣的条件下从事非人的劳动。矿工马赫祖上数代,很多人死在矿井下面,有的累死,有的压死。矿工们的居住条件十分恶劣,拥挤不堪。资本家以各种名目克扣工人工资。在小说里,和工人的极度贫困形成尖锐对照的,是资本家的养尊处优的生活。公司经理格雷古瓦一个人所得抵得上50个矿工家庭的血汗收入。左拉形象地写道:"千万饥寒交迫的人们拿血肉供养了一尊肥胖的神。"工人们被逼上了绝路,为了争取自己生存的权利,只好起来斗争了。《萌芽》中所描写的罢工,是有了阶级觉悟的工人的集体行动,带有一定的政治斗争的性质。罢工领导人艾蒂安向工人们讲述了资产阶级剥削工人以及革命必然胜利的道理,提高了工人们的觉悟,坚定了他们斗争的信心。罢工工人的愤怒浪潮席卷了整个矿区,使资产阶级心惊肉跳。作家真实地表现了罢工工人们的团结、信任和为共同事业而献身的精神。

工人们的这次斗争虽然失败了,但是毕竟使资产阶级领教了无产阶级的愤怒力量。小说的结尾不是悲观的,而是充满信心。"人们一天一天壮大,黑色的复仇大军正在田野里慢慢地生长,要使未来的世纪获得丰收。这支队伍的萌芽就要冲破大地活跃于世界之上了。"左拉相信:工人阶级的正义事业将来一定会开花结果。

在《萌芽》中,工人群众是作为一个集体形象加以描写的,但作家对其中的一些工人和工人领袖则进行了突出的刻画。工人马赫一家祖祖辈辈在煤矿劳动,有六人在矿井里丧了命。马赫的父亲给矿上干了50

年,有45年是在井下。如今年老多病,吐的痰是黑的。但因不再下井,而得了一个"善终"的诨名。马赫是一个正直的矿工,在罢工中觉悟逐渐提高,带领工人去请愿,在同军警进行面对面的斗争中献出了自己的生命。马赫嫂的形象是小说中刻画得最丰满的一个。她经历了一个阶级意识觉醒的过程,从一个普通的家庭妇女成长为一个有觉悟的无产阶级战士。年轻时她曾是推煤车的女工,结婚后操持家中生活和抚养众多孩子,繁重的劳动压在她的身上,损害了她的健康。起初,她对资本家的善心抱有幻想,曾领着孩子去乞求施舍。那时她的阶级意识还没有觉醒,对丈夫参加斗争出于担心而反对。后来在严酷的斗争现实的教育下,她的觉悟不断提高,抛弃了对资本家的幻想,并且勇敢地起来参加斗争了。罢工时,她的一点家当全部卖光,但她没有动摇,还鼓励丈夫和其他矿工坚持下去。罢工失败后,当艾蒂安劝工人屈服时,她愤怒地斥责了他。后来,丈夫牺牲了,儿女相继葬身矿井,公公发了疯,幼小的孩子面临饿死的威胁。在这些大难的打击下,马赫嫂表现了坚强的意志。她顶替了丈夫的工作,虽然年纪已经不小,但又重新下井。残酷的阶级斗争使马赫嫂更加清醒了。她相信,事情终有一天会改变的,复仇的日子一定会到来。马赫嫂的形象是一个成功的现实主义典型,在她身上体现了工人阶级的勤劳、纯朴、坚强和富于自我牺牲的精神。

在《萌芽》里,左拉还塑造了几个工人运动领导人的形象。由于作家对无产阶级革命家缺乏了解,这些形象同真正的无产阶级革命家还有一定的距离。

罢工领导人艾蒂安是个从基层成长起来的工人领袖的形象。在同资本家的斗争中,他表现出了英勇无畏、肯于献身的优秀品质。他不同意右倾机会主义者赖赛纳的妥协主义,并同无政府主义者苏瓦林进行了斗争。但他身上也有一些弱点。他对马克思主义的学说理解不深,受到各种非无产阶级思潮的影响,思想意识不够坚定。他既相信马克思主义,又相信空想社会主义,还相信达尔文生存竞争的理论……由于思想比较混乱,所以当罢工进入高潮,群众斗争演变为盲动时,他显然无力领导群众了。他不能制定出正确的行动纲领,而且准备放弃斗争,妥协屈服。此外，他还表现出某些虚荣心和名利思想。

《萌芽》是一部在艺术上有着很高成就的作品。在描写矿工艰苦的井下劳动、恶劣的生活环境以及大规模罢工斗争等方面，左拉的成就是空前的。左拉的独到之处，是他能够把粗犷和细致巧妙地结合在一起，既勾画出雄浑磅礴的气势，又有极其精微细致的描写。

《萌芽》尽管有着很突出的艺术成就，但也没有完全摆脱自然主义理论的束缚。在小说里自然主义的描写仍时有表现。如艾蒂安的形象，作者就企图表现马卡尔家族酗酒遗传的可怕影响。遗传使他患有杀人的疯狂症，只是由于自我控制而没有在行动中完全表现出来。作家有时也沉迷于自然主义的细节，如细致地描写男女工人们混乱的肉体关系。《萌芽》尽管存在这样一些缺点，它仍然是19世纪反映工人运动的最优秀的作品之一。

第三节　莫泊桑

基·德·莫泊桑（1850～1893）是19世纪后期法国杰出的批判现实主义作家。他一生写了350多篇中短篇小说，6部长篇小说和3部游记。莫泊桑在短篇小说方面的艺术成就尤为突出，有"世界短篇小说巨匠"之称。

莫泊桑于1850年8月5日出生于诺曼底一个破落的贵族家庭。母亲出身于名门且富有文学修养，舅父是诗人与小说家，因此，莫泊桑从小就受到文学的熏陶。13岁时他进伊佛修道院附属学校学习，因写诗讽刺束缚身心的教规被开除教籍。后到里昂中学学习，在著名诗人路易·布耶的指导下，开始练习写作。1870年莫泊桑去巴黎学习法律。不久，普法战争爆发，莫泊桑应征入伍。这场战争虽然时间短暂，却给他留下了极为深刻的印象，他后来写的不少小说是以普法战争为题材的。战争结束后莫泊桑定居巴黎。从1872年起，先后在海军部和教育部任小职员，长达数十年。这段经历使他对小职员的生活状况及精神面貌有了深刻的认识，成为他日后小说创作的重要主题。在此期间,他利用业余时间进行文学创作。著名作家福楼拜是莫泊桑舅父及母亲的好友,自1873年始,莫泊桑受教于福楼拜的门下,并因此结识了左拉、都德、龚古尔、屠格涅夫等著名作家。福楼拜的严格要求和精心培养,是莫泊桑成长为优秀艺术家的重要因素。

莫泊桑的中短篇小说描绘了各色各样的生活场景,刻画了各个社会阶层、各种职业的人物形象,从不同的角度和侧面反映了1870年至1890年间法国社会生活的状况。小说的题材范围极为广泛,大致可分为下面几类:描写普法战争的,反映资产阶级世俗生活和揭露资产阶级道德堕落的,描写下层人民生活贫困痛苦和反映劳动人民优秀品质的。

在以普法战争为题材的中短篇小说里,莫泊桑揭露了普鲁士侵略者的残暴与野蛮、法国军队的腐败与无能,歌颂了法国人民不畏强暴,反抗侵略者的爱国主义精神。其中写得最好的是《羊脂球》(1880),比较好的有《菲菲小姐》(1882)、《米龙老爹》(1883)、《两个朋友》(1883)、《蛮子大妈》(1884)、《俘虏》(1884)等等。

《羊脂球》是莫泊桑发表的第一篇小说,也是其短篇小说中的珍品。它写十名居民同乘一辆马车从被敌军占领的里昂城出逃的故事。十名居民中有贵族地主、资本家、暴发户以及他们各自的妻子,还有两位天主教的修女,一名自称"革命党"的假爱国者,一名外号为"羊脂球"的妓女。一辆马车就是一个社会的缩影。

羊脂球因不愿受普鲁士士兵的侮辱而出逃。而三位资产者,一个是为躲避战争的灾难,一个是为了将财产转移到安全地区,另一个则是发了一大笔国难财,要到哈佛尔去取巨款。起初,三位有产者的太太悄声辱骂羊脂球为"卖淫妇"、"社会耻辱",而三位有产者则用一种看不起穷人的口吻谈论着金钱和吃喝。可是等马车颠簸了一天,肚子饿了,路上又买不到食物,只有羊脂球准备了三天的食品,这时,车上的气氛发生了戏剧性的转折:羊脂球的食品被他们分吃了,于是蔑视变成了亲昵,辱骂变成了夸奖。

马车在普军关卡受阻一场是情节发展的关键,也是展现人物性格的重要环节。为了迫使这位女同胞屈从普鲁士军官的无耻要求,车上乘客施展了种种阴谋:暴发户主张把羊脂球捆起来交给敌人;于尔贝伯爵因出身于三代做过大使的贵族之家,且具有外交家的风度,主张用巧妙的手腕使羊脂球就范。最后老修女引用《圣经》里的故事说明,只要用意正当,动机纯洁,任何行动都可得到上帝的原谅。这种宗教的说教打动了羊脂球的善良的心,她为了全车同胞,终于同意献出自己的肉体。

马车又上路了。这时,车上的气氛再次发生了转变。大家都像是看不见她,认不得她,更没有一个惦记她。他们各自享用着自己的佳肴。而为了这一车人的生命牺牲了贞操,在慌忙中没有准备食物的羊脂球,却在挨饿受冻。这与马车上第一个场面形成了鲜明的对照。小说就在羊脂球的哭泣和呜咽声中结束。

作者通过乘客们出逃的不同原因,他们一路上的表现,特别是对羊脂球前后不同的态度的变化,表现了他们不同的社会身份,刻画了他们各自的性格特征。有产者在敌人面前卑躬屈节,贪生怕死,出卖同胞,而"下贱"的妓女却表现了真正的爱国气节和民族尊严。莫泊桑在小说中无情地鞭挞了贵族资产阶级的虚伪堕落,表现了对被凌辱的底层人们的同情和尊敬。这篇小说篇幅虽短,却生动地展示了普法战争中法国社会各阶级的动态。农民对敌人的暗杀报复,城市中小市民的妥协迁就,法国军队的溃败,地主与资本家的卑鄙无耻与唯利是图,在小说中也都有所反映。小说在性格刻画、心理描绘、材料取舍、场面安排和情节结构等方面都表现了作者高超的艺术技巧。

在莫泊桑的中短篇小说里,有相当大的数量是描写资产阶级世俗生活、揭露资产阶级道德堕落的。在这类题材中,最著名的是《项链》(1884)。写得比较好的有揭露资产阶级荒淫糜烂的《戴家楼》(1881),表现资本主义社会世态炎凉的《我的叔叔于勒》(1883),讽刺小职员虚荣心的《勋章到手了》(1883),描写小市民的吝啬、斤斤计较的《雨伞》(1884),揭露小官员利欲熏心、道德沦丧的《遗产》(1884)等等。

《项链》写一个小职员的妻子玛蒂尔德因爱慕虚荣,向朋友借了一串项链去参加一次豪华的晚会,因项链丢失而造成的悲剧。一方面,小说讽刺了人的虚荣心,揭示了人为满足自己的虚荣心所可能付出的代价,同时指出了金钱社会给人造成的负担和压力。另一方面,小说也揭示了人被偶然性所捆绑的悲剧性命运;而在对这种偶然和不可知的命运的承受中,人性的尊严和光辉也得以体现。小说的布局十分出色,情节起伏跌宕,引人入胜。

在表现资产阶级价值世界崩溃的同时,莫泊桑还有不少小说反映了下层人民生活的贫困、痛苦,对他们的不幸遭遇寄予深切的同情。这类作品中著名的有《一个女长工的故事》(1881)、《西蒙的爸爸》(1881)、《一个儿子》(1882)、《乞丐》(1884)等等。

莫泊桑的中短篇小说的内容多是摹写日常生活中的人情世态,但由于作者观察精细,善于开掘,却深刻地反映出生活的真实和社会的本质。篇幅虽短,蕴含极深;平淡小事,意义不凡,具有以小见大的艺术效果。

莫泊桑在描绘人物、事件、自然景物时,从不浓墨重彩,而是采用极为自然素朴的白描手法,勾勒出一幅幅线条简练、色彩恬淡的画面。莫泊桑小说的情节并不曲折复杂,但构思布局非常精妙。在情节的设置与开展上,或者是采用矛盾"层递"法,故事情节步步推进,起伏跌宕;或者是开篇设置悬念,然后情节大起大落,急剧转折,最后水落石出,悬念尽释;或者是采取多种叙事手法,自述与叙述并用,回忆与描写相间……莫泊桑小说中独具匠心的情节安排,大大增加了小说的艺术魅力。莫泊桑笔下的人物性格大都是通过情节开展自然而然地流露出来,很少斧凿的痕迹。小说人物性格鲜明突出,细节描写准确传神,语言简洁明晰。当然,莫泊桑的小说也有不足之处。他的部分小说过于强调悲观的宿命及神秘主义,有的小说则对粗俗的肉欲作了过于自然主义的描写。

莫泊桑一生中创作了6部长篇小说:《一生》(1883)、《漂亮朋友》(1885)、《温泉》(1886)、《皮埃尔和若望》(1887)、《像死一般强》(1889)、《我们的心》(1890)。

《一生》是莫泊桑的第一部长篇小说。小说描绘了贵族少女约娜幻想破灭的凄惨的一生。约娜出身于贵族家庭,她心地纯真,对生活抱有种种美好的憧憬与幻想,但客观现实却使她的幻想一个接一个地破灭了。在少女时期,她幻想纯洁美好的爱情;结婚之后,她渴望一个幸福的家庭。但婚后不久,她发现自己理想中的丈夫于连竟是一个粗鄙、贪婪、吝啬、淫荡的无耻之徒。他一次又一次地欺骗她,不仅与她的使女私通,还有了一个私生子。这使她深受打击,她对丈夫的幻想破灭了。

约娜历来以虔诚与圣洁的爱去对待自己的父母,觉得在他们的一生中,无论行动、思想和愿望素来都是正派的。但当她在母亲的停尸床旁,从母亲旧日的信件中发现了母亲的"风流韵事"时,痛苦撕裂了她的心,也更增添了她的幻灭感,"她最后的一点信任连同她最后的一点信仰,一齐都消失了"。

对丈夫的幻想破灭后,约娜又将自己一生的希望寄托在儿子身上,她一心盼望他成为一个有地位的人。但她儿子已完全蜕变为一个冷酷无情的资产者。在商业的投机与冒险中,在奢侈糜烂的私生活中,大肆挥霍她的钱财,致使她倾家荡产,不得不卖掉她心爱的白杨山庄。对儿子期望的破灭使她完全麻木了,只是在从前使女萝萨丽的帮助下,才得以苟延活命。

在残酷命运的打击面前,约娜曾不止一次地"重新幻想,重新希望,重新期待"过,但"无情的现实生活",却使她的"梦想一再幻灭,希望一再落空"。在约娜与现实生活的矛盾冲突中,作家同情怜悯约娜,谴责资本主义社会的虚伪、欺骗及道德堕落。而约娜那带有浪漫诗情的幻想,实际上不过是在法国早已逝去了的、以封建宗法制为基础的田园生活的理想。莫泊桑在小说中流露出他对昔日的庄园贵族文化道德与生活方式的依恋、惋惜情绪。

《漂亮朋友》(1885,一译《俊友》)是莫泊桑的代表作。在莫泊桑的全部创作中,它的社会画面最广阔,暴露最深刻,批判最有力。主人公乔治·杜洛阿原是一个乡镇贫穷酒店老板的儿子。入伍后,在法国殖民地度过了两年烧杀淫掠、无恶不作的生活。回巴黎后,由《法兰西生活日报》政治栏主编介绍,进入了该报社,于是,杜洛阿就在报纸这个"辽阔的共和国"里纵横驰骋。他凭借自己的"漂亮"外表诱惑女性,利用女人作进身之阶。他狡猾诡诈,在报纸上说谎作假,制造了无数骗局,邀得金融财阀的宠幸。主编死后,他和主编的妻子结了婚。他利用妻子的文笔与交际才能,升任了政治栏的主编。他又施展阴谋骗取了妻子的遗产，从而成为新闻界与政界的重要人物。在小说的结尾，杜洛阿为了给自己开拓新的前程，为了更大的发财与升迁，又将妻子抛弃，同《法兰西生活日报》总经理、金融巨头洼勒兑尔的女儿结婚。因此，他升任了《法兰西生活日报》总编辑，而且打开了通往内阁的道路。

莫泊桑通过冒险家杜洛阿利用种种无耻手段发迹的过程，深刻地反映出法兰西第三共和国时期政治生活的黑暗与腐败，资产阶级的淫荡与堕落，特别是报界的污浊与肮脏。杜洛阿是帝国主义时代资产阶级冒险家的典型。他不学无术，是个地道的流氓，但他诱惑女性绝不只是为了满足自己粗俗的情欲，而是有计划有目的地利用女人作进身之阶，以获得金钱与地位。不管是妻子还是情人，他都视为自己升官发财的工具。杜洛阿进入报界，也不是要把自己造就成一个出色的新闻记者，而是"像小偷利用梯子一样利用报纸"，步入政界，爬到最高统治者层。他有天生的狡猾，每天去预测老板的秘密念头；他善于随机应变，时刻保持灵敏的嗅觉，能够判断可以明说或可以隐瞒的事情。他善于揣摩读者的心理，利用种种言外之意去散布谣言，歪曲事实。杜洛阿身上这些卑劣品性，不仅没有妨碍他，反而成就了他。杜洛阿这个狡诈骗子的成功说明，他的恶德败行正适应了日益堕落的资产阶级的需要。特别是金融垄断集团，为了控制操纵国家政治经济和文化宣传，总是要物色一批精明强干的人来为他们服务。这些人越是凶狠，越是无耻，越是狡猾，就越有价值。这是杜洛阿这个无恶不作、荒淫无耻的流氓得以发迹的真正的社会原因。

杜洛阿这个典型具有浓烈的时代色彩和鲜明的个性特征。在塑造这个典型时，莫泊桑非常注意人物环境的选择与描写。杜洛阿是在驻军的殖民地时形成了他性格的基本特征：搜刮金钱、掠夺财物、淫荡、残忍。而后，莫泊桑将他放到适合他的环境中去，这个环境就是巴黎新闻界。巴黎新闻界，对于杜洛阿这个流氓和冒险家来说，是一块极为适宜的土壤。在这块土壤中，他身上那些"流氓的种子"很快就发芽成长了。莫泊桑还以鲜明的色调描绘了杜洛阿的荒淫与野心，运用了肖像描写、心理刻画、细节描绘等多种艺术手段，来凸现他的这种性格的基本特征。在表现杜洛阿的心理时，作者将他的心理状态掩藏在他的举止行动里。通过对他举止行动的描写,使读者去揣测他的心理状态。这种方法非常适宜于刻画杜洛阿流氓骗子的性格特征,因为他到处进行欺骗,从来不把自己的真实思想袒露在他人面前。

莫泊桑对资本主义社会的揭露与批判在《漂亮朋友》中达到了顶峰。在此后发表的《温泉》中,批判的锋芒有所减弱,但这部小说仍揭露了大型资本主义企业积累财富中的种种卑劣手段。到了 80 年代末期,由于莫泊桑思想上阴郁苦闷与绝望情绪的加强,以及法国文学艺术中颓废倾向对他的影响,不仅作品中的批判力量锐减,而且作家观察研究社会现象的兴趣也日趋淡薄。因此,在 80 年代末期的创作中,社会主题消失不见了,而人的内心世界、人的心理现象乃至病态心理成了作品中的主要内容。《皮埃尔和若望》、《我们的心》及这一时期的短篇小说,都反映了莫泊桑这种创作思想的变化。

莫泊桑从 70 年代开始就为疾病所苦,在同疾病的顽强搏斗中,他坚持写作。1893 年病逝于神经病院中,年仅 43 岁。

第四节 哈 代

一、生平和创作

托马斯·哈代(1840～1928)是 19 世纪末英国杰出的批判现实主义作家。他的作品反映了资本主义侵入英国农村后所引起的社会经济、政治、道德、风俗等方面的变化和破产农民的悲惨命运,揭示了在"维多利亚盛世"帷幕掩盖下英国社会的深刻危机。

哈代于 1840 年 6 月 2 日生于英国西南部的多塞特郡。父亲是石匠,后来当了建筑工程的小包工头。哈代 8 岁开始在村里上学,一年后转入郡城一所学校学习拉丁文和拉丁文学,同时自学希腊文,希望将来能当一名牧师。1856 年离开学校,给一名建筑师当学徒。1862 年前往伦敦学习建筑,同时去大学听课,从事文学、哲学、神学和近代语言的研究。1867 年哈代重返故乡,当了几年建筑师,后致力于文学创作。他一生基本上在家乡度过,因此对英国农村十分熟悉。

哈代以诗歌开始他的文学生涯,后转而从事小说写作,晚年又转而从事诗歌创作。他一生创作了14部长篇小说,4部短篇小说集,此外还有8部诗集和史诗剧《列王》3部。他主要是一位小说家,尽管他本人希望自己是一位诗人。他把自己的小说分为三类:"罗曼史和幻想"、"爱情阴谋故事"及"性格和环境的小说"。他的全部重要小说归在最后一类。

长篇小说《绿荫下》(1872)开始描绘英国西南部农村的生活,揭开了一系列"性格和环境的小说"的序幕①。《绿荫下》分为《冬》、《春》、《夏》、《秋》4部,一条线索写梅里斯托克合唱队的历史和命运,一条线索描写一位青年农民和一位女教师的爱情故事。故事情节在类似世外桃源的环境中展开,英国农村的风光和习俗在小说中得到富于诗意的描绘。这说明作者对宗法制农村的赞赏。

《远离尘嚣》(1874)是哈代第一部得到一致赞扬的长篇小说。在这部小说里,田园诗的气氛已渐消失,远离尘嚣的穷乡僻壤也和人烟稠密的喧闹城市一样,在演出人生的悲剧。女主人公芭斯谢芭是一个农场主,美丽聪慧,但爱慕虚荣。她先后为三个男子所追求,却选择了一个金玉其外、败絮其中的青年军官特洛伊。婚后特洛伊对她粗暴无礼,生活毫无幸福可言。特洛伊是闯入"远离尘嚣"世界的资本主义生活方式和"疯人"利己原则的体现者。他终于被疯狂地爱着芭斯谢芭的博尔伍德所杀,后者也因而神经错乱。最后芭斯谢芭与对她忠心耿耿的最初的求婚者——雇农盖伯瑞尔结婚。小说在圆满的爱情结局中结束,但全书中悲剧气氛多于喜剧气氛,已透露出作者创作中的悲剧性主题。

《还乡》(1878)进一步展开悲剧性主题。它标志着作者从田园诗式的幻想中解脱出来,对宗法制社会的必然灭亡有了更清楚的认识。但由于看不到社会的出路,从而转向悲观主义。小说写一个在巴黎经营珠宝的商人克林·姚伯,因厌倦城市生活而又具有空想社会主义思想,

---

① 哈代又把大部分以英国西南部农村(古称威塞克斯地区)为背景的小说,称为"威塞克斯小说"。

回到家乡想为家乡的教育事业贡献力量,并希望从此宁静度日。他新婚的妻子游苔莎·斐伊则热情好动,骄傲任性,耽于空想。她所以结婚,就是希望丈夫带她离开穷乡僻壤,摆脱荒原上沉闷无聊的生活,但未能遂愿。在发生了一连串误会和不幸事件后,游苔莎失望之余,终于和丈夫的表妹夫苇狄在黑夜私奔,希望到巴黎享受"城市快乐的余沥残滓",但在途中失足双双溺水淹死。姚伯的社会理想也因得不到农民的理解和支持而破灭,他终于做了传教士以求得精神上的寄托。作品的整个艺术构思都表达了作者的消极悲观思想。小说中景物描写占有突出地位。作家对小说背景爱敦荒原的描绘是英国小说中为数不多的散文佳作。作者把自己的哲学思想渗透在这部作品中,爱敦荒原成为一种永恒精神的象征,具有一种凌驾宇宙之上并支配着人类命运的神秘力量。它冷漠地注视着变幻无常的人生,板着千年不变、万古如斯的面孔。人类在它面前是渺小的、软弱无力的,不能掌握自己的命运。

另一部重要小说《卡斯特桥市长》(1886)也强调了命运对人的冷酷无情。打草工人亨察尔酒后在市集上把妻女卖给过路水手纽逊,酒醒后悔恨不已,发誓从此滴酒不沾。此后20年他勤奋努力,终于发财致富,并当选为卡斯特桥市长。这时他的前妻以为纽逊已葬身海底,携女归来。可是在他们一家人团聚之际,命运又一次捉弄他们,灾难又接踵而至。由于亨察尔生性倔强,刚愎自用,他与合伙人伐尔伏雷闹翻,并在竞争中陷于破产。当年出卖妻女的丑闻也终于泄露,以致身败名裂。妻子死后,女儿成了他唯一的安慰,可是纽逊又突然出现,认领生女而去。亨察尔众叛亲离,一身贫困,孤独地死于爱敦荒原的一个草棚中。这部小说中的宿命论色彩比前几部小说更为浓厚。亨察尔尽管为年轻时铸下的大错努力赎罪改过,但是他仍然无法逃脱厄运。作者通过亨察尔的悲剧告诉读者,冥冥中有一种力量支配着人的命运,把人的生活变成一系列的不幸和绝望。

哈代在代表作《德伯家的苔丝》(1891)中,虽然也倾向于把女主人公的不幸解释成为一种神秘力量作弄的结果,但是由于加强了对造成苔丝悲剧的社会因素的现实主义描绘,使这部作品具有鲜明的社会批判色彩。

《无名的裘德》(1896)对社会进一步展开批判,可以说是《德伯家的苔丝》的姊妹篇。裘德是个孤儿,由穷亲戚抚养成人,当了石匠的学徒。他自幼聪明好学,学习成绩出众,却由于社会的等级偏见,失去了受教育的机会。他一心向往基督寺大学(影射牛津大学),希望将来能成为牧师。他在去基督寺途中,由于感情脆弱和无知,与屠夫的女儿艾拉白拉结婚,不久离异。到基督寺后,他四处奔走,却始终被拒于高等学府大门之外。他在群众面前义愤填膺地控诉了资产阶级的教育制度,同时又把自己一生的挫败归因于时运不济和嗜欲太多。为了谋生,他又当了石匠。一次偶然的机会,他与表妹淑·布莱德赫相遇,两人情投意合,终于同居,生有子女。他们由于不结婚而同居,为礼法所不容,为习俗所不许,因而处处遭到歧视,不但工作被辞退,而且连住处也找不到,只得到处流浪。孩子们渐渐长大,觉得自己拖累双亲。在旅馆里,大孩子将弟弟吊死后,自己上吊自尽。淑受此打击,精神上完全崩溃,终于回到原夫身边,心如槁木,她觉得这是神明对她的惩罚。裘德自淑离去后,也回到艾拉白拉身边,绝望潦倒,以慢性自杀殉情。

裘德的悲惨命运具有一定的社会意义。它说明在不合理的社会制度下,即使是像裘德这样有才华有理想而又勤奋好学的青年农民,也是"壮志不遂",无法实现其理想。小说通过裘德与淑的悲剧,更指出了社会道德、婚姻制度等陈规陋习如何扼杀人们的自由意志和合理愿望。哈代把这对青年男女的婚姻悲剧归结为宗教上灵与肉的搏斗,归因于命运对他们的播弄和他们对家族命运的反抗,一定程度上使这一社会悲剧带上了宿命论的色彩。

这部小说发表后遭到资产阶级道德家的猛烈攻击。哈代愤而放弃小说写作,又重新致力于诗歌创作。他以为诗歌可以更自由地表现他的观点而免受责难。哈代一生共写诗918首,辑为8集。早年诗歌有一部分收入他的《威塞克斯诗集》(1898)和《过去与现在诗集》(1901)中,但许多却没有保存下来。此外有《时光的笑柄》(1907)、《即事讽刺诗集》(1914)、《幻象的瞬间》(1917)、《晚期和早期抒情诗集》(1922)、《人生小景》(1925)等。最后一本诗集《冬话》,出版于1928年,那时他已去世。哈代的诗的内容,多是日常经验和回想,探讨悲与趣互糅的人生。随意浏览的报纸或乡间小道上遇见的儿童，或是威塞克斯农民的悲欢，他都能发而为诗，写得轻妙而含意隽永。在哈代的诗歌里，像他的小说里一样，鸣响着终古的疑问：人生究竟是什么？我们为什么而活着？我们最宝贵的、最珍惜的、最向往的为何不得实现？于是他悲叹人生之多艰，描画人类意志之脆弱，慨叹命运之残酷，嘲讽生命之本体，歌咏"时光的笑柄"，揭破虚荣与幻想。他的诗的音律比较简单，但多诗节变化的试验。他以诗里的节奏与声调，状拟诗里所表现的情感与神态，取得显著成功。

史诗剧《列王》(1904～1908)共3部，用史诗和抒情诗的形式描写1805年至1815年间以英国为首的欧洲联军对拿破仑的战争。全剧19幕，133场，场面极为广阔，包括天上和人间两个舞台，具有希腊史诗和戏剧的特点。出场人物众多，除天神、天使以及许许多多政治活动家和统帅外，还有大批的军人和人民。作者在剧中笔锋纵横，更明确、更系统地发挥了他在小说中反复阐明的思想，即人世间的一切活动全凭宇宙主宰的摆布，即使是驱使千军万马驰骋战场的帝王将相乃至拿破仑，都不过是这个宇宙主宰的傀儡。史诗剧对罪恶战争表示抗议，对"列王"的残酷无道进行谴责，对人类的未来寄予希望。作品里交织着戏剧的、史诗的、抒情的、哲理的因素，凝聚着作者对人类社会发展问题多年思索的成果，可视为他全部创作的一个艺术总结。

哈代一生中还写了不少中短篇小说，有《威塞克斯故事集》(1888)、《一群贵妇人》(1891)、《人生的小讽刺》(1894)和《一个改变了的人》(1913)等结集。这些作品或辛辣讽刺上层人物的卑鄙伪善，或沉痛叙述善良忠厚者的命途多蹇，或描写村民纯朴真诚的爱情……题材广泛，风格多样，戏剧性较强。哈代的优秀中篇小说《干枯的手》和《两个野心的戏剧》可以与他晚期的长篇小说相媲美。

哈代于1928年1月11日去世，葬于伦敦，其心脏葬于故乡。

二、《德伯家的苔丝》

《德伯家的苔丝》是哈代的代表作，也是欧洲批判现实主义文学的优秀作品之一。它描写贫穷的农家女子苔丝短促而不幸的一生。苔丝是一位美丽、纯洁、善良而勤劳的姑娘。她到地主庄园做工,遭到了地主少爷亚雷的污辱,怀了身孕,回到家乡。在孩子病死后,她到一家牛奶场当女工,认识了牧师的儿子安矶·克莱,两人产生爱情。在成婚之夜,她出于对克莱的忠诚与热爱,向他坦白了往事,但不为丈夫所原谅。两人实行分居,苔丝实则遭到遗弃。克莱一人去了巴西。苔丝只好重返娘家,在一家农场干着与男人同等的劳动。一次偶然机会,她又遇到亚雷,后者对她仍是百般纠缠,遭到了她的痛斥。她写信哀恳克莱保护她,希望他早日返回,但信件被克莱父母耽误,杳无回音。她觉得自己已被克莱永远抛弃,陷入绝望。后来父亲在贫病交加中去世,母亲患病,弟妹们失学,一家沦落街头。苔丝怀着绝望和自我牺牲的心情,答应与亚雷同居。克莱因在巴西经营事业失败,突然归来。苔丝悔恨交集,近于疯狂,刺死了亚雷。她和克莱逃进森林里过了五天幸福生活,第六天早晨被捕,被法庭判处绞刑。

小说通过苔丝一家的遭遇,具体生动地描写了19世纪末资本主义侵入英国农村后小农经济解体以及个体农民走向贫困和破产的痛苦过程。富农葛露卑的农场是资本主义生产方式的典型代表,采用了新式农业机器,残酷地榨取被雇用的破产农民。苔丝不但受到了农业资本家的残酷剥削,而且受到了亚雷和克莱的压迫。亚雷对她的压迫更多地表现为人身迫害,而克莱的压迫则更多地体现了道德和精神的压迫。亚雷是新兴资产阶级的代表,他代表着资产阶级社会的权力、财富和罪恶。作者在小说中写出苔丝对亚雷的仇恨和势不两立的斗争,客观上揭示了两个阶级之间尖锐而不可调和的矛盾。克莱是自由资产阶级的代表,作者对他的态度不同。一方面,作者出于对资产阶级虚伪道德的痛恨,揭露了克莱,另一方面,作者出于资产阶级人道主义和改良主义思想,又美化了克莱。克莱作为具有"自由思想"的资产阶级知识分子的代表,在当时有一定的历史进步性。他不顾家庭、社会、宗教、舆论的压力,拂逆了父亲的旨意,不愿当牧师,"不愿为上帝服务",自由地选择了自己的前途,要"为人类服务"。他厌恶城市的资产阶级"文明"生活,来到农民中间,和他们一起劳动,接受了劳动人民的一些影响。但是克莱对旧道德、旧传统、旧生活、旧秩序的反抗是极有限、极不彻底的。他形式上脱离本阶级,当了农民,但在思想上仍与本阶级有着千丝万缕的联系。他到农民中间学习农牧技术,真正的目的是为了将来能当大农场主。他去巴西也是为了想成为一个殖民者和大富翁。他爱苔丝这个"自然女儿","为的是我自己的方便,为的是我自己的幸福"。他们的结合,在他来说,并不是建立在真正的爱情基础上,而更多的是建筑在利己主义的计较上。所以当苔丝向他坦白往事时,尽管他自己也有同样的经历,他对苔丝却缺乏起码的同情和谅解,表现出极度的自私、虚伪和冷酷。他唤起了苔丝对新生活的憧憬,而后无情地将她抛弃,使她绝望地、痛苦地再次投入亚雷的怀抱,成为资产阶级罪恶社会的牺牲品。小说通过对一个无辜少女备受迫害的描绘,对资产阶级社会及其法律、道德作了有力的揭露,提出了强烈的控诉。

　　小说的副题是"一个纯洁的女人",鲜明地表达了作者同情女主人公的人道主义立场,同时也是对资产阶级道德的一个大胆挑战。哈代还引用了莎士比亚的一句话作为本书的题词:"可怜你这受了伤的名字!我的胸膛就是一张床,要给你将养。"苔丝是作者处处加以维护并塑造得十分成功的艺术形象。他赋予苔丝以劳动妇女的一切美好品质。坚强、勤劳而富于反抗性,是她性格上的主要特征。自食其力的尊严感和意志使她在困难和磨难面前表现出无比坚强而多次"绝处逢生"。她对资产阶级社会及其虚伪的道德充满憎恶,并不断与它作斗争。她不慕虚荣,不稀罕贵族出身的祖先,坚持要用农民的姓。她爱克莱,主要是因为她认为他思想开明,心地善良,可以倾心相与。她并非觊觎他的财产,她只希望当他的一名得力助手和"爱的奴隶"。她对克莱的爱是真诚的、高洁的。苔丝对宗教的反抗也表现得大胆而坚决。她从生活磨难中体会到了"她一心信仰的上帝"的虚妄,不但毅然斩断了自己和教会的关系,而且从她对摇身一变而为牧师的亚雷的尖酸刻薄的态度上,可以看出她对宗教的极端鄙视。

　　在赋予苔丝众多正面特征的同时,作家也展现了苔丝形象的内在复杂性和时代印记。苔丝生活在一个新旧交替的时代,出生在一个没落小贵族世家的农民家庭里,残存于农民身上的某些旧道德观念和宿命观点,都不能不对她的思想意识产生这样或那样的影响。这在她对克莱的关系上表现得尤为明显。她认为自己的"失身"是无辜的,但同时又觉得她在"命运"面前是有罪的,她应该受到惩罚。她既有反抗命运的一面,又有顺从命运安排的一面。她有时认不清地主资产阶级对她的迫害,把人生的苦难归因于命运作祟,所以她有时也陷入自悲自叹和悲观失望之中。这都反映了作者本人的思想。作者一方面认为苔丝是社会的牺牲品,因而他痛恨那个社会,揭露那个社会,同情女主人公;另一方面,他又认为苔丝是命运的牺牲品,进行反抗也是枉然,因而安排了她那样的结局。作者在小说中时时发出悲天悯人的慨叹,流露出一种对人类永远无法解脱悲剧命运的无可奈何的悲哀。这是他的悲观宿命论在作品中的具体表现。

第五节 易卜生

一、生平和创作

亨利克·易卜生(1828～1906)是欧洲近代现实主义戏剧的杰出代表,被誉为"现代戏剧之父"。他站在小资产阶级民主主义的立场上,对资本主义制度及其道德观念进行了揭露和批判,他把戏剧用做表现社会生活、讨论社会问题的手段,对欧洲戏剧艺术的革新起了巨大的作用。

易卜生1828年3月20日出生于挪威小城希恩一个富裕的木材商的家庭。8岁时家庭破产,生活日趋艰苦。他少年时学过绘画,想当美术家。16岁时,为了谋生,他辍学到造船业中心格里姆斯塔去当药店学徒。他工作之余勤奋学习,并开始诗歌写作。这些诗的约三分之一后结集为《杂诗》于1871年出版。1848年革命的浪潮席卷欧洲,他非常激动,与友人设宴祝贺。他写了一些歌颂民族独立的诗篇,并完成了第一部剧本《卡提利那》。

1850年,易卜生去到挪威首都克里斯蒂安尼亚(今名奥斯陆)报考大学,未被录取。他参加过学生的示威游行和特兰内(一个小资产阶级社会主义者)领导的工人运动,并担任学生刊物的编辑。不久,特兰内被捕,他便离开了政治斗争,改而从事文化戏剧活动。从 1851 年到 1862 年,易卜生先后在卑尔根和克里斯蒂安尼亚的剧院担任编剧和剧场指导。这一时期,他写出了一批取材于历史传说的浪漫主义诗剧。

1864 年普奥联军侵略丹麦。易卜生是斯堪的纳维亚统一论的拥护者,主张瑞典、丹麦、挪威建立联邦,共御外侮。挪威政府的中立政策使他失望,于是愤而离开祖国,侨居意大利和德国共达 27 年之久。出国期间,他耳闻目睹的国际重大事件,如意大利的统一、普法战争、巴黎公社的建立与失败等,促使他更进一步认识到挪威资产阶级的庸俗和虚伪。这一时期,他连续写出了十几部"社会问题剧",标志着他思想上和艺术上的高度成熟,为他赢得了全欧的声誉。

1891 年,他载誉归国,定居首都奥斯陆。1900 年中风,久治不愈,于 1906 年 5 月 23 日去世。挪威为他举行了隆重的国葬。

在他从事创作的五十多年中,易卜生一共写了 25 部剧本,大体上可以分为三个时期。

早期(1850~1868)创作。易卜生在出国之前一共写了 10 个剧本,大都取材于挪威民间传说和民族历史,剧中充满了民族统一思想和爱国主义精神,目的是借古喻今,为挪威当时的民族解放运动服务。《觊觎王位的人》(1863)是其中的一部优秀剧作,剧情发生在 13 世纪的挪威,从封建割据向民族统一过渡的时期。剧本歌颂了团结挪威人民、建立统一民族国家的霍尔恩国王,批判了自私自利的个人野心家斯库雷伯爵。《爱的喜剧》(1862)是易卜生最早的一部家庭伦理剧,描写一对恋人为了保持爱情的理想而放弃结婚的故事,剧中讽刺了资产阶级庸俗的婚姻和家庭生活。

易卜生出国之初,先在意大利居住,写成了两部哲理诗剧:《布兰德》(1866)和《彼尔·英特》(1867)。这是他从浪漫主义诗剧向"社会问题剧"的过渡。《布兰德》描写一个牧师为了理想而牺牲自己的悲剧。布兰德是易卜生笔下一系列个人主义理想家中的最初一个。他的理想是追求心灵的完善和精神的自由。他反对任何形式的妥协,要求理想与实际生活的绝对一致。他立身处世的格言是:"或是得到一切,或是一无所有。"（"全或无"）他对别人同对自己的要求一样严格。由于他母亲不肯毫无保留地把财产捐出来，他坚决不肯在她临终前为她施授圣餐。由于他不肯离开寒冷潮湿的北方，他牺牲了唯一心爱的儿子。他逼迫妻子交出死去的儿子的最后一件纪念品，她虽然勉强依从，但却因此伤心而死。开始群众非常敬重他，后来也离开了他。最后，他被坍塌的冰块砸死。在这部剧里，易卜生第一次表现出挪威"有着自己的性格，有着开创的能力，能够独立地行动"（恩格斯语）的中小资产阶级知识分子同庸俗狭隘的社会现实之间的冲突。这个个人主义理想家，虽然忠实于他的理想，但是由于他的理想不仅脱离实际，而且缺乏明确的内容和方向，因而只能以一场悲剧告终。这部剧中包含的"人的精神的反叛"的主题和孤军同全社会对抗的主人公形象，到了以后的"社会问题剧"中得到了更进一步的发展。

《彼尔·英特》叙述一个市侩的冒险故事。彼尔·英特在一次乡村婚礼上诱拐了朋友的新娘，逃亡在外，后来又抛弃了新娘，冲进了林间怪物——山妖——的王国。后来他又偷偷返回家乡，给他的老母送终。由于他的财产没有上税被全部充公，他只得又离家出走。他漫游各地，当过富翁，做过先知，还幻想当国王。到了晚年，他落泊潦倒，最后回到终身热爱他并等待他归来的索尔薇格身边。通过这样一个民间流传的荒诞离奇的故事，易卜生塑造出一个生动而又复杂的戏剧形象。一方面，彼尔·英特随波逐流，毫无原则，贪图享受，损人利己，是当时挪威乃至全欧庸俗自私的市侩的典型。另一方面，他又不是一个简单的恶棍。他爱他的母亲，特别是他潜逃回乡为老母送终的那场戏，确是非常动人。他虽然生活放荡，追逐酒色，但又念念不忘那位圣洁的少女索尔薇格，是她的爱使他恢复了人的本性。但总的说来，同布兰德相反，彼尔·英特是易卜生批判鞭挞的人物。剧本反映的生活比较广泛复杂，包括当时的一些国际事件在内，形式也丰富多彩。现实主义和浪漫主义的手法结合在一起，使这部剧本具有强烈的戏剧性。

中期（1869～1890）创作。1868年后，易卜生移居德国。到他1891年回国前为止，他用散文写了9部以社会和家庭问题为内容的现实主义戏剧：《青年同盟》（1869）、《社会支柱》（1877）、《玩偶之家》（1879）、

《群鬼》(1881)、《人民公敌》(1882)、《野鸭》(1884)、《罗斯默庄》(1886)、《海上夫人》(1888)、《海达·加布勒》(1890)等。在这些剧本里,易卜生站在挪威"自由农民的儿子"小资产阶级民主主义者的立场,大胆地揭露出资产阶级道德的堕落、婚姻的不合理、家庭生活的虚伪、思想的庸俗褊狭以及资产阶级民主政治的破产。他塑造出一批具有独立完整的人格和个性的正面人物来同资产阶级社会制度、道德和人物相对立。因此,这些剧本的相继出版和演出,极大地震动了当时沉闷保守的西欧剧坛和社会。

从题材看,这9部剧本基本上可分两类,一类处理社会政治问题,一类处理婚姻家庭问题。属于前一类的有《青年同盟》、《社会支柱》和《人民公敌》。

《青年同盟》揭露资本主义民主的虚伪和资产阶级政客的丑恶面目。主人公史丹斯戈律师是个政治骗子,是个只要自己能飞黄腾达、发财致富,便不惜背叛自己信念的人。作者通过他的阴谋活动,揭露出挪威的政治内幕,对资产阶级自由主义政客和顽固保守分子都给予了尖锐的讽刺。

《社会支柱》的主角卡斯腾·博尼克是一个造船厂老板、慈善家和家庭生活的模范。他是具有一切资产阶级"美德"的"社会支柱",但在剧情发展过程中,却被揭露为盗取财物的骗子、恶棍和刑事犯。他为了谋求遗产,抛弃了未婚妻而跟她的姐姐去结婚。他自己犯了奸情,却让妻弟去承担罪名,后来又把妻弟送上他的一艘破船,暗中希望他沉入海底。但由于博尼克是个资本家,又惯施小惠,社会上都恭维他是"城市第一公民"。就在他企图害死他妻弟那天,本城的公民走到他的门口高呼:"博尼克万岁!社会支柱万岁!"在这里,易卜生有力地讽刺和揭露了资产阶级道德和资产阶级民主。

《人民公敌》中的斯多克芒是挪威一个小城的温泉浴场的医生。他发现浴池里含有危险的传染病菌,主张封闭浴场,重新改建。但是,这个建议如果付诸实施,就会影响资本家的收益,因而遭到市长(斯多克芒的哥哥,浴场委员会的主席)、报界、房产主等的激烈反对。斯多克芒不顾他们的威胁利诱,举办宣讲会,想向市民说明真相,宣传自己的主张。市长、房产主却利用这次集会,煽动听众,操纵会场,以所谓"民主方式"表决,宣布斯多克芒为"人民公敌",逼迫他带着妻子、儿女离开了家乡。

在《社会支柱》和《人民公敌》里,易卜生通过形象的对比,深刻地揭露出资产阶级"舆论"和"民主"的虚伪性,被称颂为"社会支柱"的博尼克,实际是个诱奸妇女、造谣撒谎的无耻之徒,他的财富、名誉、地位全部建筑在欺骗上,建筑在牺牲他人幸福、名誉甚至生命上。相反,斯多克芒医生这样一个为真理、为社会福利而斗争的人,却由于触犯了资本家的利益,而被宣布为"人民公敌"。从这里可以看出,易卜生对于资产阶级社会的认识和批判是深刻而尖锐的。但是,在易卜生的笔下,群众被描写成一群无知的、被统治阶级愚弄和利用的工具。斯多克芒在反对资产阶级当权者的同时,却又宣布与社会上的大多数人为敌,说什么"世界上最有力量的人是最孤立的人"。在憎恶资产阶级的虚伪、自私和残酷的同时,又不相信广大群众,这就是易卜生的矛盾,是他后来走向悲观主义的根源。另外,易卜生还企图通过道德方式来解决社会政治问题。在《社会支柱》里,博尼克最后天良发现,承认自己的罪过,当众忏悔,以此来结束全剧,这一结局缺乏现实基础,显得突然而不真实。

这一时期,易卜生还写了几部以恋爱、婚姻和家庭为题材的剧本。《玩偶之家》、《海上夫人》、《群鬼》可以说是一组讨论妇女解放问题的戏。妇女解放是当时资产阶级民主运动的一个重要内容,易卜生一贯关心这个问题。《玩偶之家》是他有关妇女问题的一部杰作,而《海上夫人》从某种程度看是《玩偶之家》的补充和续篇。

《玩偶之家》出版后,遭到了资产阶级评论界的非难,于是易卜生写了《群鬼》作为答复。剧中阿尔文夫人是一个由传统道德培养出来的妇女,按照母亲和两个姑姑的意见,嫁给了有钱的阿尔文。阿尔文是一个沉湎酒色的荒唐鬼。婚后一年,阿尔文夫人受不了丈夫的气,跑到她从前喜欢过的曼德牧师那里去诉苦,想要离婚。牧师却责备她不守妇道,对她说丈夫在外嫖赌,在家同婢女通奸,都是常有的事,不足为奇。阿尔文夫人没有反抗的勇气,回家去当驯服的主妇。她把7岁的儿子送往巴黎读书。丈夫死后,她又用遗产办了一所孤儿院,伪称这是她丈夫办的善举。不料她的儿子早已遗传上他父亲的病毒,学成回国后又爱上了他父亲奸污过的婢女的女儿。最后,儿子的病发作,成为疯人,孤儿院也被火烧毁。易卜生通过这个戏指出,这就是由于传统道德的欺骗,妇女不求解放所造成的悲剧。

晚期(1891～1906)创作。易卜生于1891年回国之后,到1900年病重之前,一共完成了4个剧本:《建筑师》(1892)、《小艾友夫》(1894)、《约翰·盖勃吕尔·博克曼》(1896)和《我们死人醒来的时候》(1899)。从80年代后期起,西欧社会矛盾加剧,知识界弥漫着悲观、颓废的情绪,易卜生受到了这种思潮的影响。在这些剧本里,对社会政治问题的讨论转变为对知识分子心理活动的描写,悲观主义的色彩加重了,现实主义的批判力量有所削弱,而由于当时流行的文艺思潮的影响,象征主义的手法突出了。

《建筑师》和《我们死人醒来的时候》都是追溯过去,带有作者的自传性质。两部剧作的主题都涉及事业成就与美满爱情二者之间不可兼得的矛盾,与作者本人的人生际遇颇有相似处。当然它们的意义不止于此。

《建筑师》写主人公索尔尼斯一生三个阶段的三重痛苦。他少年得志,平步青云,盖了教堂,很快成了有名的建筑师。但他却时常惴惴不安,精神苦闷,生怕年轻一代夺取他的地位。于是他施展种种不正当手段把年轻人永远踩在他脚下。他还有另一层痛苦,就是对妻子艾林的负疚心理。艾林继承了一座巨大的祖传老宅,他希望老宅失火,以便在废墟上盖起舒适、光明的公寓,告别他早年盖教堂带来的种种不快。结果他的潜在愿望果然应验,老宅失火了,使他如愿以偿。妻子和双生子虽然从大火中逃脱,但不久都离开了人世。建筑师的第三层痛苦,是他理想的破灭。他10年前曾经随意答应过一位12岁的少女,将来给她盖个国王城堡。10年后她前来索取城堡,建筑师受到美丽姑娘的感动,焕发了艺术青春,在四面都无遮拦的高地上盖起了一个"空中楼阁",并亲自爬上新楼塔顶,把一个花环挂在高高的风标上。此时空中传来竖琴的声音,他一阵昏眩,从塔楼上摔了下来,当场死了。三重痛苦都说明了事业成就与个人幸福不可兼得的矛盾。剧中建筑师一生所盖的三种建筑物,象征着作家本人的三类剧本和三种时间:教堂象征着作家早期创作所写的中古历史剧和过去,公寓象征着作家中期创作的"社会问题剧"和现在,空中楼阁象征着作家晚期创作所写的心理剧和未来。

《我们死人醒来的时候》写的是一个唯美主义艺术家与模特儿之间的爱情悲剧。当他们分手多年后重逢时,都痛悔"醒来的时候"已是太迟。《小艾友夫》对女主人公的变态嫉妒心理的刻画深刻入微,而《博克曼》对一个利己主义野心家事业失败后精神狂乱的心理描写亦栩栩如生。

4部剧本通过"个人精神问题"批判资产阶级压制个性发展,摧毁人的精神自由,毁灭人的青春和幸福。这些剧本加强了心理分析,可以说是后来欧洲"心理戏剧"的滥觞。

易卜生是近代欧洲的戏剧大师。19世纪中叶以后,西欧戏剧的内容日趋空虚和堕落。充斥在七八十年代西方舞台上的那些"巧凑剧"都是些虚假、空洞、造作,没有内容,缺乏生活的作品。这时,易卜生的"社会问题剧"以其丰富的社会内容和高度的艺术技巧震动了西方舞台,引起了一场戏剧上的革命。此后,在他的影响下,欧美戏剧呈现出繁荣的局面。易卜生还是一个戏剧艺术的革新者。他把戏剧用做表现当代社会生活的工具,把舞台用做讨论当代政治社会问题的讲坛,他把19世纪末的欧洲戏剧,从形式主义的泥坑拉回到现实主义的道路上来。他的戏剧主题突出,人物鲜明,结构严密,情节集中,语言精练,至今影响不衰。

二、《玩偶之家》

《玩偶之家》描写海尔茂夫妇的家庭关系由和睦转为决裂的故事。海尔茂的妻子娜拉是一个活泼热情、天真可爱的少妇,她热爱她的丈夫。海尔茂一次得了重病,无钱疗养;为了治好丈夫的病,娜拉不惜假冒父亲的笔迹,以父亲的名义暗中向人借债。海尔茂病好之后,发现她冒名签字,认为这事有损他的声誉,对她大发脾气,甚至要剥夺她教育儿女的权力。这时,娜拉如梦初醒,认识到海尔茂是一个伪君子,而自己只不过是一个玩偶。她终于勇敢地离开了这个"玩偶之家"。

易卜生通过娜拉逐渐觉醒的过程,深刻揭露出资产阶级社会的法律、宗教、道德、爱情、婚姻等的虚伪和不合理;通过娜拉最后的出走,提出了妇女从男人的奴役下解放出来的问题。易卜生在这部剧里肯定了娜拉的出走,具有进步的社会意义,在当时的妇女解放运动中,起过积极的作用。但是,怎样才能使妇女获得真正的解放,易卜生是并不清楚的,因此他在剧中只是提出了问题,并没有指出解决问题的道路,而当他试图提出解决问题的方案时(如在《海上夫人》中那样),他的方案却是错误而不切实际的。

娜拉是个觉醒中的资产阶级妇女的形象。她出身中产阶级家庭,从小就是她父亲的玩偶,结婚以后又是她丈夫的玩偶。她热爱生活,她说:"活在世上过快活日子多有意思!"但她并不养尊处优,也不是只顾自己,不考虑别人。她热爱她的父亲、丈夫和儿子,为了他们的幸福,她不惜牺牲自己。由于她真诚地爱她的丈夫,因而也真心地相信海尔茂所说的为了爱她会毫不踌躇地牺牲自己的生命的诺言。可是,事实使她终于逐步醒悟过来,她认识到海尔茂原来是一个极端自私和虚伪的人。同时,从她自身的遭遇中,她不只觉悟到在资产阶级家庭中男女之间的不平等,更进而认识到资产阶级社会的法律、道德、宗教等都是虚伪的和不合理的。她愤慨地说:"父亲病得快死了,法律不许女儿给他省烦恼。丈夫病得快死了,法律不许老婆想法子救他的性命!我不信世界上有这种不讲理的法律。"对于宗教,她说:"除了行坚信礼的时候牧师对我说的那套话,我什么都不相信。"当海尔茂用一个妻子和母亲的责任来约束她时,她理直气壮地回答说:"首先我是一个人,跟你一样的一个人——至少我要学做一个人。……什么事情我都要用自己脑子想一想,把事情的道理弄明白。"这表明娜拉是一个有着坚强的性格和独立行动能力的妇女,在当时的社会条件下,她的行动表明她是一个资产阶级社会中的叛逆的女性。

同娜拉相对立,海尔茂是一个自私和虚伪的资产者的形象。从世俗的表面的观点来看,他是一个"正人君子"、"模范丈夫",但他生活的目的就是追求金钱和地位。在家庭中他是一个大男子主义者,在社会上他是资产阶级道德、法律、宗教的维护者。他似乎很爱他的妻子,实际上是把她当作一件装饰品,一件私有财产。他真正珍视的是他的名誉地位。他宣称为了娜拉可以牺牲一切,但当娜拉冒名签字救他的命的行动会影响到他的名誉地位时,他便把假面具撕了下来,说什么"男人不能为他爱的女人牺牲自己的名誉"。这彻底暴露出他的利己主义的面目。

除了娜拉和海尔茂之外,作者还塑造了柯洛克斯泰、林丹太太和阮克医生三个人物。他们的出场既是剧情本身的需要,也是为了要充分地揭露资本主义社会的罪恶。林丹太太原是柯洛克斯泰的情人,由于她需要养活母亲和兄弟,而柯洛克斯泰又很穷,她只得嫁给一个她并不爱的有钱人。柯洛克斯泰失恋之后,和另外的女子结了婚,后来由于妻子生病,无钱就医,他冒名签字去借钱,被人告发,从此声名败坏,因而遭到海尔茂的辞退。这时,林丹太太的丈夫死了,处境很可怜,便来找娜拉帮忙,从而引起了娜拉与海尔茂之间的这场矛盾。同时,通过柯洛克斯泰和林丹太太的爱情悲剧,作者还揭示出资本主义社会中爱情受金钱支配的现实。阮克医生是一个和善可亲的医生,由于患了遗传性的不治之症,成为一个非常可怜的人。他在剧中的出现,不仅增加了戏剧的悲剧色彩,也是对产生这种社会病的资本主义制度的谴责。

《玩偶之家》不仅主题思想突出,人物形象鲜明,而且结构严密,艺术上有很高的成就。易卜生善于把复杂的生活矛盾集中为精练的情节。他常把剧情安排在矛盾发展的高潮时节,然后用回溯手法把前情逐步交代出来,使得矛盾的发展既合情合理,又有条不紊。本剧的主要矛盾是围绕"冒名签字"所引起的娜拉和海尔茂之间的矛盾,与之并列的还有娜拉和柯洛克斯泰之间的矛盾,林丹太太和柯洛克斯泰之间的矛盾,海尔茂和柯洛克斯泰之间的矛盾等次要矛盾。作者把剧情安排在圣诞节前后三天之内,借以突出渲染节日的欢乐气氛和家庭悲剧之间的对比。他以柯洛克斯泰因被海尔茂辞退,利用借据来要挟娜拉为他保住职位这件事为主线,引出上述诸种矛盾的交错展开,同时让女主人公在这短短三天之中,经历了一场激烈而复杂的内心斗争,从平静到混乱,从幻想到破裂,最后完成娜拉自我觉醒的过程,取得了极为强烈的戏剧效果。剧本出场人物不多,除保姆、佣人和孩子外,只有五个人物,但每一个人都起着推动情节发展、突出主题的作用。剧中的对话也非常出色,既符合人物性格和剧情发展的要求,又富于说理性,有助于揭示主题,促使读者(观众)对作者提出的社会问题产生强烈的印象。

第六节 托尔斯泰

一、生平和创作

列夫·尼古拉耶维奇·托尔斯泰(1828～1910)是俄国伟大的批判现实主义作家。从19世纪中叶到20世纪初,他在俄国文坛活动了近60年,创作了大量的文学作品,"在自己的作品里能以提出这么多重大的问题,能以达到这样大的艺术力量,使他的作品在世界文学中占了一个第一流的位子"[①]。

托尔斯泰于1828年9月9日(俄历8月28日)出生在图拉省克拉皮文县雅斯纳雅·波良纳的一个伯爵家庭里,后来承袭了爵位。他两岁丧母,九岁丧父,由姑母监护长大。1844年他进喀山大学东方系学习,后转法律系,接触到卢梭、孟德斯鸠的著作,开始对学校教育不满,3年后退学,回到故乡经营田庄。他一生的大半时间都是在自己的庄园雅斯纳雅·波良纳度过的。1851年,他到高加索加入军队服役。后来参加了克里米亚战争中的塞瓦斯托波尔战役,任炮兵连长。1856年退役回家。

托尔斯泰在高加索时开始文学创作。50年代初期,陆续发表了《童年》(1852)、《少年》(1854)和《青年》(1857),组成自传性三部曲,体现了他早期的思想和对创作的探索。小说的主人公尼古林卡出生在贵族家庭,从小就喜欢观察别人和分析自己,对家庭和社会有着独特的观察与思考。他既欣赏自己生活的环境,又发现家庭与社会中人们之间

[①] 列宁:《列·尼·托尔斯泰》,《列宁全集》第16卷,人民出版社1959年版,第321页。

关系的虚伪性。对于自己在这个环境影响下所沾染的恶习,也感到不满,于是不断进行内心反省,力图追求道德的完善。三部曲描写尼古林卡从童年到青年的成长过程及其种种内心感受,显示了托尔斯泰的心理分析才能,同时也说明他在早年已具有民主思想。

托尔斯泰在他的早期创作中已经显示了自己的特点。车尔尼雪夫斯基在评论托尔斯泰的早期创作时指出,作者才华的两个特点是心理分析和道德感情的纯洁。而且特别指出:托尔斯泰"最感兴趣的是心理过程本身,它的形式,它的规律,用特定的术语来说,就是心灵的辩证法"。

1856年发表的中篇小说《一个地主的早晨》是根据作者在自己的庄园里试行"农事改革"的亲身体验而写成的,带有自传的性质,同时也体现他心灵探索和思想的进一步发展。小说主人公青年地主聂赫留朵夫,退学后回到自己庄园。他见到农奴的赤贫和困苦极表同情,便着手改善他们的处境,但农民们对此并不理解,他们一直猜疑老爷的"善言"背后掩盖着自私的目的和阴险的打算,因而没有接受聂赫留朵夫的恩惠。这位青年地主对于农民在千百年来受压迫生活中形成的对地主阶级的敌意,也感到无可奈何。小说真实地反映了农民贫困悲惨的生活状况,正确地表现了地主和农民之间不可调和的矛盾。小说也体现了作者思想的矛盾性。他一方面同情农民,另一方面又为贵族在精神上找不到出路而苦恼。

反映俄土战争的特写集《塞瓦斯托波尔故事集》为《战争与和平》做了准备,也开创了俄国写战争文学的现实主义传统。

1857年初,托尔斯泰到法国、瑞士、意大利和德国旅行。他很赞赏法国的"自由"制度,但在巴黎广场上遇见断头台上的一次行刑,却使他极为反感。他在瑞士卢塞恩时,目睹一场"文明人"欺侮"下等人"的情景,也大为不满。根据这次游历的见闻,他写成了优秀的短篇名作《卢塞恩》(1857,一译《琉森》)。

50年代末60年代初,俄国的历史发展面临转折,社会上围绕着农奴制问题展开激烈的斗争。托尔斯泰对这个问题的看法和态度也充满着矛盾。他一方面否定农奴制,同情农民,赞成解放农奴;另一方面又为地主的土地所有权担忧。对解放农奴的途径问题,他一方面反对以革命的方法消灭农奴制,从而与革命民主派发生严重的分歧,乃至在1859年同屠格涅夫等人一起和进步杂志《现代人》决裂;另一方面他也反对贵族自由主义者和农奴主顽固派保护农奴制的主张。对于沙皇政府自上而下实行农奴制"改革"的虚伪性质,托尔斯泰也有所认识,他指出农奴制改革"除了许诺之外别无他物"。他思想苦闷,没有找到出路。在艺术观点上,他同车尔尼雪夫斯基等人有分歧,倾向于"纯艺术"派的观点。这也是他和《现代人》决裂的一个原因。

托尔斯泰虽然无法解决思想上的矛盾,但他仍未放弃"改良"社会的工作。1859年,他创办学校,招收农民子弟入学;1860年至1861年,他再次出国到德、法、英、意和比利时作教育考察,回国后创办《雅斯纳雅·波良纳》教育杂志。农奴制改革后他还担任了农村和平调解人。在调停农民和地主之间的纠纷时常常同情农民,因而招致地主们的仇恨。这些表现,都引起了沙皇政府的注意。1862年,宪兵搜查了他的家庭,此事使托尔斯泰的思想发生了剧烈的震动,促进他更加坚决地否定专制制度。

1863年,他发表了写作将近10年的中篇小说《哥萨克》,第一次涉及了贵族的平民化问题。小说描写贵族青年奥列宁深感上流社会生活的空虚,便离开首都,到高加索去寻找自由和幸福。他看到了这里雄伟的群山、美丽的大自然和"大自然的儿女"——纯朴的哥萨克,开始否定自己以往的生活。不久,他爱上了山村中的一位美人玛莉安娜,"第一次感到了真正的爱情"。但是城市生活在他身上造成的性格和思想观念始终是个障碍,终于在恋爱过程中暴露出他自私的本性。奥列宁最终失去了希望,痛苦地离开了哥萨克村。奥列宁这个形象,同作者以往的自传性主人公一样,体现了他对俄国社会问题和贵族出路问题的痛苦的探索,既说明作者对贵族阶级不满,希望贵族青年脱离上流社会,又表明他看不到出路,只好诉诸一种脱离现实的理想境界——返璞归真,即把返回自然、接近大自然当作是接近真理。不过,奥列宁的失望也证明这种理想是难以实现的。

从托尔斯泰的早期作品中可以看出,他从创作活动一开始就进行着艰苦的思想探索,他敏锐地注意到俄国社会中上层与下层、地主与农民、贫与富之间存在着尖锐的对立,他不满俄国贵族社会,也厌恶资本主义,但又找不到出路。

1862年,托尔斯泰同一位医生的女儿索菲亚·安德列耶夫娜·别尔斯结婚。从1863年起,他停止办学和发行杂志,而埋头于文学创作。在60年代和70年代,接连写出两部长篇巨著《战争与和平》和《安娜·卡列尼娜》。这是托尔斯泰从历史与现实两个方面来探索俄国社会出路的成果。

《战争与和平》(1863～1869)是一部历史题材的长篇小说。它以1812年俄国的卫国战争为中心,反映了1805年至1820年的重大历史事件,包括俄奥联军同法国在奥斯特里齐的会战、法军入侵俄国、波罗金诺会战、莫斯科大火、法军溃退等。其中着重写了1805年至1807年在俄国国外进行的申格拉本战役和奥斯特里齐战役以及1812年在俄国国内进行的卫国战争。小说以包尔康斯基、别竺豪夫、罗斯托夫和库拉金四家大贵族作主线,在战争年代与和平时期的交替描写中,展现了广阔的社会生活画面。小说描绘了559个人物,上自皇帝、大臣、将帅、贵族,下至商人、士兵、农民,反映出各阶级和各阶层的思想情绪,提出了许多社会、哲学和道德问题。小说发表后,在国内外引起强烈反响,为托尔斯泰赢得了世界文豪的声誉。

《战争与和平》很注重表现人民群众。它描写了俄国人民反抗侵略的战斗情景,赞扬人民的爱国精神和英雄气概。作者说他是在"努力写人民的历史"。作者把前线与后方、军与民的战斗行动结合起来,反映了人民战争的宏伟规模,体现了反侵略战争必胜的规律,从而使小说成为一部波澜壮阔的人民战争的史诗。小说还塑造了服从人民意愿的俄军统帅库图佐夫的正面形象,批判了把人民视为实现自己野心工具而发动侵略战争的拿破仑。

小说中的主要人物形象是贵族。它把贵族分成两类:宫廷贵族和庄园贵族,并以他们对卫国战争的态度如何、同人民是否亲近作为准绳而进行褒贬。书中用了大量篇幅揭露宫廷贵族和上层官僚的腐败。在国家危难时期,他们照样寻欢作乐:"舞会仍旧在进行,还是同样演出法国戏。宫廷的兴致一如往昔,还是同样的争名夺利和勾心斗角。"华西里·库拉金公爵一家劣迹昭彰,在小说中受到作者应有的鞭挞。此外,库拉金一家混迹其间的首都社交界,从宫廷女官舍雷尔,富家小姐朱丽叶·加拉金娜,参谋部副官包力斯·德鲁别兹考伊、柏喜到宫廷权贵们的假爱国面目,也都遭到作者的揭露。然而,另一类贵族,即温情脉脉的庄园贵族罗斯托夫一家,忠贞为国的古老贵族包尔康斯基一家,特别是作者的两个理想人物——贵族青年安德烈·包尔康斯基和彼尔·别竺豪夫,都受到作者的颂扬。在小说中,安德烈和彼尔经历了曲折的生活道路与艰苦的思想探索,并且在卫国战争中接近人民,理解到人生的真谛。他们是19世纪初叶俄国先进贵族的典型。

《战争与和平》有很高的艺术成就。它的突出特点是宏大的结构和严整的布局,有众多性格迥异又血肉丰满的人物形象,而且具有鲜明的民族风格。

托尔斯泰写这部小说,目的是要通过历史来寻求俄国社会的出路和贵族阶级的前途,其中也必然表现了他的思想矛盾。他在描写历史上贵族先进人物的时候,竟错误地把俄国前途寄托在一部分优秀贵族身上。他一方面肯定了战争胜负取决于人民情绪,而不取决于帝王将相的思想,另一方面又说人民的行动只是顺从了天意。在小说里,作者的宿命论思想特别明显地表现在宗法制农民形象卡拉塔耶夫身上。这个农民只会逆来顺受,一切听天由命,却受到作者的偏爱和美化。

《安娜·卡列尼娜》(1873～1877)是一部以现实生活为题材的长篇小说。作者从1870年开始构思,1873年动笔。起初,他打算写一部单纯的家庭小说,叙述一个已婚妇女的不贞行为和由此产生的悲剧。但在写作过程中,他改变了原来的构思,把重心移到描写农奴制改革后俄国资本主义发展所产生的灾难性后果上来:贵族阶级家庭关系瓦解,道德败坏,贵族地主日趋没落,资产阶级则日渐得势,农村中阶级矛盾激化。用书中人物列文的话来说,就是在这里,"一切都翻了一个身,一切都刚刚开始安排"。列宁认为:"对于1861至1905年这个时期,很难想象得出比这更恰当的说明了。"①列宁并且解释道,那"翻了一个身"的东西,就是农奴制及其相应的整个"旧秩序";那"刚刚开始安排"的东西,就是资本主义制度。

小说是由两条平行而又互相联系的线索构成的。一条线索写贵族妇女安娜不爱她的丈夫卡列宁,对贵族青年军官渥伦斯基产生爱情而离开了家庭,为此她遭到上流社会的鄙弃,后来又受到渥伦斯基的冷遇,终于绝望而卧轨自杀。这里表现了城市贵族和资产阶级生活的状况。另一条线索写外省地主列文和贵族小姐吉提的恋爱,经过波折结成了幸福家庭。这里反映了农奴制改革后俄国农村的动向,也体现了作者的社会理想。

安娜是一个追求资产阶级个性解放的女性。当她还是少女的时候,由姑母做主嫁给比自己大20岁的大官卡列宁。她不但外貌美,而且内心感情丰富。卡列宁则冷漠无情,思想僵化。两人之间毫无感情可言,完全靠封建礼教维系了8年的家庭生活。随着社会风气剧变,安娜发出了"我要爱情,我要生活"的呼声,并为争取自由、幸福勇敢行动起来。安娜行动的社会意义,一方面是反对旧的封建礼教,反映了资产阶级个性解放的要求,另一方面也是向贵族社会的虚伪道德挑战。

小说写了围绕着安娜的那个"浑然一体"的彼得堡社会,存在着三个社交集团:一个是卡列宁的政治官僚集团,是一群勾心斗角、结党营私之徒;另一个是莉姬娅·伊凡诺夫娜伯爵夫人的集团,是些假仁假义的伪君子;第三个是培脱西·特维尔斯卡娅公爵夫人集团,是一些腐化放荡和撒谎成性的男男女女。三个集团都浸透着伪善的习性,在他们当中,丈夫欺骗妻子,妻子背叛丈夫,贵族仕女们几乎人人都有"外遇",所有"合法的"家庭外面几乎都有"非法的"婚姻补充形式。人们寡廉鲜耻,道德沦丧。安娜不愿随波逐流,而要求解除旧的婚姻关系,明白正当地缔结新的家庭。于是触犯了这个表面讲"道德",实际上腐败透顶的贵族社会,以致受到它的制裁。残酷的现实表明,贵族上流社会的伪

---

① 列宁:《列·尼·托尔斯泰和他的时代》,《列宁全集》第17卷,人民出版社1959年版,第32页。

善之网不是她一个人能够冲破的。她在自杀时喊出:"这全是谎言,全是虚伪,全是欺骗,全是罪恶!"这是对罪恶社会发出的愤怒控诉。

当然,安娜爱上渥伦斯基也说明她的局限性。她只发现渥伦斯基风度非凡,没有看到他那典型的"彼得堡花花公子"的另一面。实际上,渥伦斯基只是迷恋于安娜的美色,并不理解她的感情。他不能摆脱上流社会的偏见。因此当安娜受到上流社会的制裁时,他便担心自己会失去在官场上升迁的希望,终于抛弃了安娜,给了她最后的而且是直接的打击。

卡列宁是个伪君子。他需要安娜,但不是出于爱,而是把安娜当作一种美丽的点缀品。他在生活中对她冷漠无情,连对她说的话也是公文气十足。安娜说他"想得到功名,想升官,这就是他灵魂里所有的东西"。卡列宁的确卑劣伪善,为了怕丢丑影响前程,他不敢到法庭去公开离婚;他要保全面子又不敢和渥伦斯基决斗;为了表面的虚荣竟不顾尊严,要求安娜表面上维持家庭的体面而允许她背地里偷情。他看准安娜有不忍心舍弃儿子的感情,既不同意离婚,也不许她带走儿子,让她长期处于不合法的地位。而这正是对安娜最痛苦的精神折磨。他用她的一生,连同她的生命作代价,来维护他的"体面",实际上也是维护封建的传统。他就是旧制度的化身。

总的看来,托尔斯泰对安娜是同情的,小说的重点在于揭露造成安娜不幸的上流社会。但是作者的态度也有矛盾。他认为安娜为追求自己的爱情而破坏了家庭,也就影响了社会的和谐,应该受谴责。小说援引《新约全书·罗马书》的一句话:"伸冤在我,我必报应。"正是说明了这个意思。当然,在托尔斯泰看来,上流社会比安娜更坏,没有权力谴责她,只有上帝才能惩罚她。

小说另一条线索的主人公列文是作家笔下的自传性人物,代表了托尔斯泰这个时期的思想。列文对俄国的现状感到焦虑,又把宗法制当作是理想的社会生活制度,赞扬自给自足的经济。他反对都市文明,但对于农村的分化、贵族地主的衰落又感到忧虑。他认识到自己的富足和农民的贫困是不公平的,因此力图找到普遍富裕的道路。他主张贵族地主应该与人民接近,调和矛盾,合作经营,"以人人富裕和满足来代替贫穷,以利害的互相调和和一致来代替互相敌视。一句话,是不流血的革命……先从一县开始,然后及于一省,然后及于俄国,以至遍及全世界"。但是他的这种避开资本主义道路,保留宗法制农村的主张,终究是一种空想。幻想一旦破灭,就悲观失望,怀疑人生的意义,甚至要以自杀来求得解脱。最后,他接受了皈依上帝、"爱人如己"的思想,并与吉提结合,得到幸福的家庭生活。这也是作者设想的一种超脱的办法,实际上是把希望寄托在宗教和上帝的"博爱"上。

从60年代至70年代的创作来看,托尔斯泰的思想探索继续深入。他对贵族资产阶级的批判逐步加强,艺术上已达到成熟的地步。但是他仍然没有找到社会的出路,而宿命论和基督教的不抗恶的"博爱"思想在作品中日益明显,作者思想上的矛盾也在继续发展。

70年代末80年代初,托尔斯泰完成了世界观的转变。正如他自己所说:"我弃绝了我那个阶级的生活","从内心改变我的整个人生观"。他在《忏悔录》(1879~1880)、《我的信仰是什么?》(1882~1884)、《那么我们应该怎么办?》(1886)等论文中阐明了自己的转变以及转变后的观点。列宁指出这个转变的特点:"就出身和所受的教育来说,托尔斯泰是属于俄国上层地主贵族的,但是他抛弃了这个阶层的一切传统观点"[①],转到宗法制农民的观点上来了。列宁又说明,托尔斯泰转变后的观点存在着显著的矛盾,一方面对贵族资产阶级社会的虚伪、资本主义的剥削、政府机关的暴虐和官办教会的伪善都进行揭露和抨击,另一方面又宣传"道德上的自我修养"、"不以暴力抗恶"、基督教的宽恕和博爱等一套托尔斯泰主义的说教。这些矛盾正反映了俄国宗法制农民的反抗情绪和软弱性。因此,可以说:"作为一个发明救世新术的先知,托尔斯泰是可笑的……作为俄国千百万农民在俄国资产阶级革命快到来的时候的思想和情绪的表现者,托尔斯泰是伟大的。"[②]

---

① 列宁:《列·尼·托尔斯泰和现代工人运动》,《列宁全集》第16卷,人民出版社1959年版,第330页。

② 列宁:《列甫·托尔斯泰是俄国革命的镜子》,《列宁选集》第2卷,人民出版社1972年版,第371页。

托尔斯泰在世界观转变以后,创作了大量作品。著名的如剧本《黑暗的势力》(1886)、《教育的果实》(1891)、《活尸》(1911),中、短篇小说《伊凡·伊里奇之死》(1886)、《克莱采奏鸣曲》(1891)、《哈泽—穆拉特》(1904)、《魔鬼》(1911)、《谢尔盖神父》(1912)和《舞会以后》(1911)等。不少作品是用宗法制农民的观点来考察社会生活并对它作了猛烈的批判。如《黑暗的势力》写一个雇工由于贪财而杀死了情妇的丈夫和婴儿,但受到笃信基督的父亲的开导,终于忏悔认罪。作品意在说明资本主义的金钱是腐蚀农民心灵的"黑暗势力",唯有纯朴的农民道德才能克服它。

他晚年写的长篇小说《复活》对俄国旧社会的揭露和批判空前激烈,而对托尔斯泰主义的宣传也异常集中,可以说是托尔斯泰世界观和创作的总结。

托尔斯泰到晚年一直致力于"平民化":持斋吃素、从事体力劳动、耕地、挑水浇菜,制鞋;并希望放弃私有财产和贵族特权,因而和他的夫人意见冲突,家庭关系变得紧张起来。后来他终于秘密离家出走,途中感冒,于1910年11月20日(俄历11月7日)病逝在阿斯塔波沃火车站。

托尔斯泰是个复杂的作家。为了对他有正确的理解,列宁曾写过《列甫·托尔斯泰是俄国革命的镜子》等7篇文章作了专门的论述。列宁指出:"托尔斯泰富于独创性,因为他的全部观点,总的说来,恰恰表现了我国革命是农民资产阶级革命的特点。从这个角度来看,托尔斯泰观点中的矛盾,的确是一面反映农民在我国革命中的历史活动所处的各种矛盾状况的镜子。"[①]又说托尔斯泰这面镜子"反映了一直到最深的底层都在汹涌激荡的伟大的人民的海洋,既反映了它的一切弱点,也反映了它的一切有力的方面"[②]。

---

① 列宁:《列甫·托尔斯泰是俄国革命的镜子》,《列宁选集》第2卷,人民出版社1972年版,第371页。

② 列宁:《托尔斯泰和无产阶级斗争》,《列宁全集》第16卷,人民出版社1959年版,第352页。

二、《复活》

《复活》写于1889年至1899年。小说以一件真人真事为基础写成。起初,作者想写一部以忏悔为主题的道德教诲小说,但在10年的创作过程中,他六易其稿,不断地修改、扩大和深化主题思想,逐渐转向揭露社会问题;小说的篇幅也逐渐扩大,由中篇而长篇,最后写成一部具有广阔而深刻的社会内容和鲜明的批判倾向的作品。正如作者说的,它的主题思想就是"要讲经济的、政治的、宗教的欺骗","也要讲专制制度的可怕"。

小说写贵族聂赫留朵夫出席法庭陪审时,发现被诬告杀人并被错判罪名的妓女,正是他10年前诱骗过的农奴少女玛丝洛娃,于是他良心觉醒,开始悔罪,极力要为她伸冤。上诉失败后,他又陪她去西伯利亚,终于感动了她。最后两人都在精神和道德上"复活"了。

小说全面暴露了沙皇专制制度的黑暗。首先是司法的不公正。那些貌似正经的庭长、法官、副检察官,个个都昏庸无耻,拿犯人的命运当儿戏,平白无故地判了玛丝洛娃服苦役。接着小说揭露了上级法院的腐败。"枢密院……不问是非曲直"就驳回了她的上诉。后来将呈子送到"皇帝陛下"那里,也只是"恩准"将"苦役刑改为流刑"。可见执法机关从上到下都是昏天黑地,毫无公理和正义。不仅如此,沙皇政府的各级官吏都是与人民为敌的。退休国务大臣贪婪成性,人称"吸血鬼"。枢密官是蹂躏、残害成百个波兰爱国者的刽子手。在彼得堡总管犯人的是一个屠杀过高加索山民的将军。副省长则经常以鞭打犯人取乐。在这些人的"管理"下,成千成百的下层人民都受折磨,遭迫害,冤狱遍于国中,各处监狱都人满为患。小说尖锐地揭露了沙皇专制机构的反人民本质:"人吃人的行径……是在政府各部门、各委员会、各司局里开始的。"

沙皇专制制度还利用宗教来麻醉人民的思想,教会已经成了官办的机构,神甫也已是身披袈裟的官吏。小说揭示:无论是在金碧辉煌的教堂里,还是在暗无天日的监狱中,祈祷仪式都充满了虚伪。那是为了让大多数犯人相信,这样的祈祷"含有神秘的力量,人借助于这种力量就可以在现世的生活和死后的生活里得到很大的便利",因而也就不再反抗现存制度的暴虐。

小说还暴露了贵族地主阶级的腐败、寄生和资本主义的祸害。聂赫留朵夫及其亲戚、柯尔察金一家、玛丽叶特等贵族过着浮华奢侈的生活,而农民们则极端贫困,农村是一片凄凉破败的景象。随着农村经济的破产,失去了土地的农民进城当马车夫、工匠、洗衣女工,受到城里资产者的剥削和压迫。小说不仅描写了农民的贫困,而且指出了土地私有制是造成农民贫困的原因。作者敏锐地指出:"人民贫困的主要原因就在于人民仅有的能够用来养家糊口的土地,都被地主们夺去了。"因此他大声疾呼,土地不能够成为私产,土地不能够作为买卖的对象,正如水、空气、阳光一样,应为人人所享用。

这样,《复活》确实对沙皇时代的俄国社会作了空前深刻的揭露和空前激烈的批判。它反映了俄国千百万农民推翻专制政府和官办教会的统治、消灭地主阶级和资本主义的强烈愿望。托尔斯泰通过小说的描写,实际提出了俄国革命所要解决的重大的社会问题,所以列宁很赞赏他,说:"他在自己的晚期作品里,对现代一切国家制度、教会制度、社会制度和经济制度作了激烈的批判"[1],"撕下了一切假面具",达到了"最清醒的现实主义"[2]。

除了强烈的社会批判维度外,《复活》还充分体现了托尔斯泰世界观的深刻性和复杂性。小说中,作家将主人公最后的精神归宿寄托在了基督教思想中。小说反映了作家"不以暴力抗恶"、"道德上的自我修养"、"宽恕"和"爱"等一整套托尔斯泰主义的思想。《福音书》中"爱仇敌,帮助敌人,为仇敌效劳"等基督教教义,也受到托尔斯泰的推崇。托尔斯泰深受宗教人道主义思想的影响,同时又对现实世界保持了强烈的关注,而当两者相遇时,其思想的复杂性就显示出来了。如在面对现

---

[1] 列宁:《列·尼·托尔斯泰和现代工人运动》,《列宁全集》第16卷,人民出版社1959年版,第330页。

[2] 列宁:《列甫·托尔斯泰是俄国革命的镜子》,《列宁选集》第2卷,人民出版社1972年版,第370页。

实政治体制时,托尔斯泰既反对政府和统治阶级对人民的暴虐,同时又相信应该"禁止任何的暴力",否定用革命手段推翻专制制度,并通过书中人物之口宣扬:"革命,不应当毁掉整个大厦,只应当把这个……古老的大厦的内部住房换个方式分配一下罢了。"在宗教问题上,他既反对体制化教会的伪善,同时又对教义本身异常推崇,倡导将人类灵魂的归宿置于"心中的上帝",认为虽"不应该在寺院里祈祷,却应该在精神里祈祷"。在社会政治层面,他否定贵族阶级、土地私有制和资本主义,同情农民群众,但又把人民描写成温顺忍让、怒而不争的一群,顶多只能发出沉痛的怨诉和无力的咒骂。他同情"政治犯"的悲惨遭遇,却把革命者写成改良主义者、个人野心家,最好的如西蒙松,也只是个托尔斯泰主义者;而那些女革命家则常常是"基督之爱"的宣传者。

在《复活》中,托尔斯泰的思想主要是通过男女两个主人公形象来体现的。男主人公聂赫留朵夫公爵是一个"忏悔贵族"的典型,带有作者本人思想发展历程的烙印。他本来是一个善良、有理想、追求真挚爱情的青年,但是贵族家庭养成了他的种种恶习,贵族社会和沙俄军界放浪、腐败的生活风气又使他堕落,促使他去诱奸天真纯洁的农奴少女玛丝洛娃,随后加以遗弃,从此把她推入不幸的深渊。这既是他个人的恶行,也是贵族社会影响的结果。因此,他是贵族地主阶级罪恶的体现者。

10年后他开始忏悔,那固然有客观的原因:他在法庭上被玛丝洛娃的悲惨遭遇所震惊;但也有主观因素的作用:由于他青年时代受过民主主义和人道主义思想的影响,个人身上的善良品性也还没有完全泯灭,加上有寻根究底的好思索的性格,使他和别的纨绔子弟多少有些不同。

聂赫留朵夫的转变是逐步完成的。起初他只看到自己"犯了罪",决定替被冤枉判刑的玛丝洛娃上诉,借以挽救她,也为自身赎罪。他以为凭自己的贵族地位和权力就可以说动官府为玛丝洛娃平冤。当他奔走于各级衙门、活动于权贵府邸之时,才看清到处是黑暗腐败,开始意识到这不是个别人的过错,而是整个贵族阶级的罪孽。于是他惊醒、激愤,进而大声疾呼:这种可怕的状况"万万不可再继续下去了"。他猛烈地抨击本阶级和一切社会痼疾，变成了贵族地主阶级的揭露者和批判者。

这种揭露和批判是来自旧营垒中的反戈一击，所以就特别有力。不但如此，他还同情人民，决定把土地交给农民，自己到西伯利亚去，有了投向人民一边的表示。在19世纪末，当地主和农民的矛盾激化的时候，确有一部分贵族背离本阶级，走向人民一边，力图找到新的出路。聂赫留朵夫这个形象是很有典型意义的。

除了现实层面外，在托尔斯泰笔下，聂赫留朵夫忏悔和思想转变的根本原因还是其内在人性的觉醒。托尔斯泰认为：人人身上皆有"精神的人"和"兽性的人"的矛盾，即"人性"和"兽性"这两重性的对抗。发掘自身的"人性"而抛弃"兽性"，乃是个体走向自我拯救的必然途径。小说中，聂赫留朵夫的自我拯救本质上是一个精神性和思想性的历程。只有从精神和思想上恢复了人性的本源，懂得了忏悔和爱的意义，他才可能实现真正的复活。

女主人公玛丝洛娃是一个被凌辱的下层人民的典型。她是农奴的私生女，3岁成了孤儿，受地主太太的收养，有了半婢女半养女的身份，但是在严酷的社会里仍然逃脱不了下层人民的悲惨命运。先是受到贵族少爷聂赫留朵夫的诱骗和抛弃；继而被主人驱赶，无家可归，孤苦无告。半养女的生活环境已经使她不能适应工厂、作坊的艰苦劳动；去有钱人家里当女佣，又时常遭到主人的逼迫奸污。她走投无路，终于沦落为妓女，在痛苦的深渊里挣扎了8年。她无论怎样厌恶这种屈辱的生活，也无法得到解脱。相反，这种卖淫生活却"是成千成万妇女不但得到政府许可，而且得到政府奖励"的！一个平民妇女，本来也有善良的天性和纯洁的情感，却不能获得正常、公平的生活权利。封建和资本主义的社会一步步地逼她走到堕落的境地，使她完全成了这个社会的牺牲品。因此，她对这个社会怀着刻骨的仇恨，以至当聂赫留朵夫去向她表示忏悔、再度提出求婚时，她仍然把他看作是造成她不幸的罪魁而加以怒斥："你在尘世的生活里拿我取乐还不够，你还打算在死后的世界里用我来拯救你自己！""我讨厌你……讨厌你那张肮脏的肥脸！"这表达了一个受尽侮辱的妇女对贵族资产阶级社会的强烈控诉。

玛丝洛娃态度转变的过程是真实可信的。转变的契机是聂赫留朵夫的忏悔。他有两个方面感动了她,一是他不仅仅自己悔罪,而且真诚地关怀她的命运、前途,并劝她向善,二是他接受她的委托,真心为监狱中那些被无辜判罪的犯人奔走求援,真诚地关心下层人民的疾苦。玛丝洛娃看到他有这些表现,改变了看法,开始信任他,接受他的规劝。她终于逐步转变,由戒绝烟酒、不卖弄风情到悔恨自己的堕落。当她去了西伯利亚,受到革命者的感染后,她从思想、感情到性格都起了明显的变化。她能够理解为人民的利益而牺牲的崇高精神,她也高兴自己能和这些人在一起,成为"老百姓的一分子"了。如果说聂赫留朵夫感动了她,使她"弃旧",那么革命者的感染更使她"图新"。这正是她完成转变、达到精神和道德"复活"的过程。最后,她没有和聂赫留朵夫结合,而是跟着革命者西蒙松走了,说明她已接受革命者的思想感情,获得了新生。她从人民中来,又回到了人民当中,这个归宿也是符合实际的。

和聂赫留朵夫一样,玛丝洛娃的"复活"同时也是一个内在的精神性和思想性历程。在后来与聂赫留朵夫的接触过程中,玛丝洛娃逐渐放弃了仇恨,心灵的坚冰开始慢慢融化,爱和宽恕的力量在她身上得以恢复,这些都是其心灵和精神"复活"的必然过程。在谈到最后的人生选择时,玛丝洛娃说她和聂赫留朵夫的关系是"她爱他,如果和他结合,就会毁掉他的生活。她认为她跟西蒙松一走,就可以使聂赫留朵夫自由了,她觉得高兴"。从中我们可以看到,玛丝洛娃内在心灵的"复活",使她再次获得了完满的人格和爱的能力。

《复活》在艺术上很有特色。它以单线的情节线索而描绘了广阔的社会生活,通过聂赫留朵夫为玛丝洛娃上诉、奔走求情,最终去西伯利亚,从城市到乡村,从首都到外省,从政府的衙门到省长的官邸,从贵族的厅堂到农民的茅舍,从剧院的包厢到三等客车的车厢,从警察局到停尸房等,广泛而深入地描写了俄国社会,描写了俄国的制度和习俗风尚,展现了一幅幅生动的社会生活画面。这是一部成功的社会全景小说。

小说对人物的心理刻画细致入微。它深入各种人物的内心,抓住瞬息间的思想感情的变化，或揭露官吏、贵族地主、太太小姐们的肮脏可耻的灵魂，或展示下层人民饱受折磨的心灵和反抗的心声。对于主人公的心理活动，则更加熟练地表现了他们的"心灵辩证法"，主要是表现他们内心思想感情的矛盾和斗争，展现其辩证的发展过程。

小说很重视细节的描写，包括对人物的外貌和生活环境的描绘。这些描写虽然着墨不多，却使形象显得异常鲜明。统治阶级的人物大多是"肥胖的"、"丰满的"、"大腹便便的"、"牛一样壮的身躯"、"纤细的双脚"。聂赫留朵夫"养得好好的"身子，贵重的化妆用具、钢丝床、鸭绒被，这一切显然都在揭露他的寄生生活。作品往往还利用细节描写适时地对统治阶级及其人物进行讽刺，在描写这些人物的外貌、内心、言行时，经常带着讽刺的笔调。

《复活》充满了批判的激情和深刻的思想。小说用鲜明的哲理和道德说教来提出重大的社会问题，描述主人公精神蜕变的内在历程，表明作者的观点。托尔斯泰采用大声疾呼直接诉诸读者的形式，其作品具有宣言式的风格。

第七节　契诃夫

安东·巴甫洛维奇·契诃夫(1860～1904)是俄国19世纪批判现实主义最后一位杰出的作家。他以擅长写短篇小说著称，也写过剧本。契诃夫出生在亚速海沿岸塔干罗格城的一个小商人家庭。童年生活困苦，中学时代不得不一面求学，一面当家庭教师以维持生计。1880年进入莫斯科大学医学系，同年以安托沙·契洪特的笔名在幽默杂志《蜻蜓》上发表了最早的两篇作品，从此开始他的文学创作活动。1884年大学毕业后，他一面行医，一面继续在各种幽默杂志上发表小说。在80年代曾先后汇集出版过3本短篇小说集，即《梅尔波美娜的故事》(1884)、《杂色的故事》(1886)和《在昏暗中》(1887)。

当时，为了赚钱养家和供自己上大学，他的创作不得不求速成。在1888年以前，他创作的数量之大，确实惊人。在1883年至1885年，他每年都要写小说100篇以上,1885年最高达到129篇。他一生创作了470多篇小说,其中约400篇写于这个时期,而且多是短篇。

80年代正是沙皇政府镇压民粹派,为防范革命活动而公开实行高压政策的时候。进步杂志被迫停刊,能合法出版的都是"为笑而笑"的庸俗刊物。契诃夫为了迎合刊物的胃口,逗人发笑,某些作品不免流于粗俗。后来他在出版文集时,毫不可惜地舍弃了这些作品。在他早期的作品中有相当一部分内容具有深刻的社会意义,这些作品可分为两类:一类是表面上写俄国社会日常生活中的笑话,实际上却无情地嘲笑和揭露专制警察制度和小市民的奴性心理,如《小公务员之死》(1883)、《变色龙》(1884)、《普里希别叶夫中士》(1885)等;另一类是反映劳动人民的贫困和痛苦生活的,如《哀伤》(1885)、《苦恼》(1886)、《万卡》(1886)等。

《小公务员之死》写的是一个小公务员在看戏时打了个喷嚏,把唾沫星溅在前座的一位将军的秃头上,他虽三番五次向将军道歉,但唯恐将军大人不肯原谅而对他施加惩罚,从此心惊胆战,惶惶不可终日,不久就一命呜呼。这个故事说明在黑暗的社会里,大官们的暴虐和飞扬跋扈造成了卑微的小人物的畏惧和奴性心理。使读者感到那种社会制度是多么不合理,多么不可容忍!

《苦恼》写一个孤苦伶仃的老马车夫,在儿子死后整整一个星期,几次想找人倾吐一下他内心的痛苦,但是谁也不理睬他,他只好向他的老马去倾诉。作者通过这个故事控诉了社会的冷漠无情,描述了劳动人民孤苦无告的悲惨遭遇。

中篇小说《草原》(1888)的出版,是契诃夫80年代创作中的一件大事。它和其他短篇小说不同,不是通过描写个别人物的遭遇来反映社会,而是通过主人公——9岁的叶果鲁希卡从乡村到城市的一次旅行,广泛地描写了大自然的景色和人们的生活。作品充满了对俄国命运的关心和对幸福前途的憧憬。它告诉读者,草原是美好的,人民也很有智慧,但是在草原上奔驰的没有人民的英雄,只有贵族、商人和神甫等同广阔的草原不相称的人物。作者通过叶果鲁希卡的幻想,表示期望未来的俄罗斯大地应当由人民来主宰。

1890年，契诃夫千里迢迢带病前往库页岛考察流刑犯和当地居民的生活。他在库页岛呆了三个月，访问了近一万名犯人和移民，了解到大量丰富的现实材料。然后乘船绕道印度、新加坡、锡兰（斯里兰卡）、塞得港、君士坦丁堡、敖德萨回国。库页岛之行使他亲眼看到俄国政治犯的悲惨生活和斗争精神，也使他对黑暗现实有了进一步的认识。他回来后克服了不问政治的倾向，果断地和反动报刊断绝联系。契诃夫思想有了明显的变化，创作也有了相应的发展。作品的题材更为广泛，思想内容更加深刻，艺术技巧也更为成熟。由于表现的内容更为深广，他写出了不少中篇。

90年代是契诃夫创作的繁荣和成熟时期，他的许多优秀名篇都产生于这个时期。其中暴露社会黑暗和抨击托尔斯泰主义等思想的作品占相当大的比例，如《第六病室》（1892）、《挂在脖子上的安娜》（1895）、《带阁楼的房子》（1896）、《醋栗》（1898）、《套中人》（1898）等。

《第六病室》是契诃夫库页岛之行的产物。它描写一个发生在外省小城医院里的故事。这所医院里的第六病室是专住"精神病患者"的。病室阴暗潮湿、臭气熏天、拥挤混乱不堪，看门人像狱吏一样肆意殴打病人、克扣病人的食品。"患者"到了这里不是得到治疗，而是遭到非人的虐待。医生拉京曾经对这种状况不满，但他信奉的是托尔斯泰"不以暴力抗恶"的理论，一点也不进行斗争，只是采取不闻不问的态度。一次，他值班巡视病室，结识了因反抗专制压迫而被关进来的"病人"格罗莫夫，两人谈得很投机。此后不久，拉京也被诬告为"精神病人"关进了第六病室，照例遭到看门人的毒打。这时拉京才醒悟过来，认识到"不抗恶"是错误的，但是为时已晚。他被打后，第二天就死了。小说描写的那间专横野蛮、阴森恐怖的第六病室，活像一座牢狱，是专制俄国的缩影，揭露了沙皇俄国的黑暗反动。小说主人公格罗莫夫不是一个寻常的"精神病人"，人们认为他疯，只因为他老是说有人要逮捕他，而这种心理状态却是反动当局日夜滥捕人所造成的。实际上他是一个清醒的人，不但感到社会像是"野兽一般的生活"，而且能在同拉京的争论中痛斥"不以暴力抗恶"的谬误。作品写这样一个很有思想的人竟遭到如此残酷的迫害，更显出了统治阶级的罪恶。医生拉京是个软弱的知识分子。他能看清社会的黑暗和不公正,但没有勇气起来斗争,只能逃避现实,苟且偷安,甚至还宣传说:"痛苦是一种生动的观念,运用意志力量改变这个观念,丢开它,不诉苦,痛苦就会消灭。"可是反动势力的迫害无情地落到了他的头上。他的死宣告了托尔斯泰主义的破产。

《带阁楼的房子——艺术家的故事》的主题是批判错误的社会思潮"小事论"的。贵族小姐莉达年轻有为,精力充沛,有为社会办事的一腔热忱,但是只热衷于"小事"的改革,整天只是搞什么图书馆、医疗所,或者募捐救济、办教育等,对严重的社会问题却不感兴趣。这种"小事论"在80年代至90年代的俄国曾风行一时,它在革命形势日益临近的年代显然非常有害。契诃夫清楚地看到了这一点,所以他通过小说中的一位画家之口,驳斥了"小事论"者莉达:"依我看来,什么医疗所啦、学校啦、图书馆啦、药房啦,在现有条件下,是仅仅为奴役服务的。人民给一条大链子缚住;您呢,不砍掉那条链子,反倒替它添上新的环节。"在作者看来,要紧的是根本解决"好几百年"以来不断"重演的那套旧故事",即"千千万万人生活得比动物还糟——只为了有一口饭吃就得经常担惊受怕"的问题。然而,由于思想的局限,作者在小说中还不能指出解决问题的正确道路。

《套中人》是一篇脍炙人口的小说。它鲜明地塑造了一个旧制度的卫道者、新事物的反对者的典型形象。别里科夫是个普通中学教员,"他所以出名,是因为他即使在顶晴朗的天气也穿上雨鞋,带着雨伞,而且一定穿着暖和的棉大衣。他的雨伞总是用套子包好,表也总是用一个灰色的鹿皮套子包好……连削铅笔的小折刀也是装在一个套子里的。他的脸也好像蒙着一个套子,因为他老是把脸藏在竖起的衣领里。他戴黑眼镜,穿羊毛衫,用棉花堵上耳朵;他一坐上马车,就要叫马车夫支起车篷来"。描写近乎夸张,但是透过"套子"的外表特征,揭示出人物的内心思想。这是一个顽固的保守势力的代表,他把"思想也极力藏在一个套子里。只有政府的告示和报纸上的文章,其中写着禁止什么事情,他才觉得一清二楚"。别里科夫像害怕瘟疫一样害怕一切新事物,害怕一切超出平凡庸俗的生活常轨以外的东西。为了扼杀一切新事物,他甚至用盯梢、告密等卑鄙手段,搞得全城都怕他。人们"不敢大声说话,不敢写信,不敢交朋友,不敢看书,不敢周济穷人,不敢教人念书写字……"小城的生活因而变得死气沉沉。在专制制度腐朽没落的年代,作者拿出别里科夫这个典型来加以鞭挞,正是要激发人们起来改变这种窒息创造精神的社会。他借小说中的猎人之口说道:"不成,不能再照这样生活下去啦!"

这时期,契诃夫在揭露黑暗社会和错误思潮的同时,也对知识分子的空虚无为和小市民的庸俗丑恶进行了有力的抨击。这表现在《跳来跳去的女人》(1892)、《文学教师》(1894)、《姚尼奇》(1898)等作品中。

在90年代契诃夫的创作中,另一个重要的主题是农民问题。他对农民问题很关心,特别是1892年他迁居离莫斯科不远的田庄梅里霍沃之后,由于行医、办学以及担任地方自治委员等活动,同农民有了更多的接触,对他们有了更深的了解,从而创作了一组描写俄国农村和农民的作品。在《农民》(1897)中,作者反映了农奴制改革后俄国农民的贫困生活。在《峡谷里》(1900)中,则描写了90年代资本主义在俄国农村发展的情景。作者用生动的生活现实说明,资本主义已经在农村发展,农民在沙皇专制制度和资本主义的双重压榨下已经濒临破产,从而驳斥了民粹派认为俄国可以避免资本主义的错误理论。他深切同情农民贫困不堪的处境,期望农民有光明的生活前景,但是他笔下的农民大都很软弱,缺乏反抗精神。

契诃夫小说描写的多是阴暗或灰色的生活,并且流露出明显的抑郁哀伤的调子,但这并不表明作者是悲观主义者。相反,他对祖国和人民的前途是抱有信心的,他对普通劳动者的优良品质是歌颂的;而他对丑恶生活的暴露,对人们身上消极面的揭露,则是为了向人们说明除旧布新的必要。1898年认识了高尔基以后,在高尔基的影响下,他非常关心政治。在19世纪末20世纪初革命形势的感染下,契诃夫的思想更朝着积极方向转变。他晚年的作品有着显著的乐观主义情调。在他1903年写的最后一部小说《新娘》中,已经充满着对新生活即将来临的预感。作者热情歌颂摆脱了庸俗停滞生活的新人。当然,由于世界观的局限,契诃夫并不理解无产阶级的历史作用,他始终没有看到未来的真正的革命力量,因而也未能塑造出革命者的形象来。尽管有这方面的不足,契诃夫短篇小说的创作经验仍有很多地方值得借鉴。在选材方面,他善于从日常生活中习见的人和事取材,甚至通过一些平凡小事也能说明大道理;在结构方面,简括精练,作品中人物不多,情节简单;另外,叙述简洁,用语明确,没有冗长的描写,不作啰嗦的对话,往往是通过人物的言行表现人物的内心世界或作品的主题思想,不用作者发议论。

契诃夫还写过不少剧本。在80年代,他写过一些独幕剧,其中较著名的有《蠢货》(1888)、《求婚》(1889)等。这些剧本带有闹剧的特点,都很幽默,但反映的生活面不广,主要是通过日常生活中喜剧性的情节嘲笑小市民的庸俗和地主的卑劣。

他后期开始写多幕剧,一共写了5部。剧中的主角大多是外省的知识分子。《伊凡诺夫》(1887)写一个从热情奋发转变成苦闷颓唐的知识分子。《海鸥》(1896)描写两个想创造一番事业的演员和作家的不同结局。《万尼亚舅舅》(1897)写一个对"名教授"偶像的盲目崇拜者的绝望和一个想造福后代的乡村医生幻想的破灭。《三姊妹》(1901)描写憧憬美好生活的三个姐妹,都只有美丽的幻想而没有实际的行动。剧本写的这些人物大多是不关心政治的小资产阶级知识分子,反映了他们在革命前黑暗年代里的苦闷、彷徨、挣扎和追求,表现了他们正直、敏感和富于幻想的特点。作者同情他们的抱负不能实现的命运,但没有指出他们脱离实际、脱离人民的弱点,因而也不能给他们指明出路。

契诃夫最有名的一个剧本是《樱桃园》(1903),描写19世纪末20世纪初俄国资本主义迅速发展,贵族庄园彻底崩溃的情景。郎涅夫斯卡娅和夏耶夫这些旧式的贵族,尚空谈而不务实际,好幻想而无实践能力,他们整天悠闲自在地消磨时光,可是灭亡的命运已在等待着他们。他们对新形势毫无适应能力,结果这些寄生虫坐吃山空,耗光了家产,卖掉了樱桃园。"贵族之家"终于经济破产,道德堕落,彻底崩溃。代之而起的樱桃园新主人是商人和企业主陆伯兴。他精明强干,头脑清醒,拥有资本。他不顾什么"美"感,废弃古老庄园,兴建新别墅,完全从经济利益出发来考虑问题。所以,他刚买下樱桃园,旧主人未走,就已经动手砍伐樱桃树了。他是"一个看见什么就吞什么的吃肉猛兽"。的确,正是这个新起的资产阶级"猛兽","吞吃"了贵族的庄园。

但是,以陆伯兴为代表的资产阶级并不是未来社会的主人,作者已经看到了这一点。所以他在剧中塑造了平民知识分子特罗菲莫夫和安尼雅这些新一代的正面形象,虽然不够丰满,但特罗菲莫夫喊出了"新生活万岁!"却是激动人心的,使剧本显示出乐观的调子。这也是作者对未来充满信心,把希望寄托于人民的体现。

契诃夫是具有资产阶级民主主义思想的作家。他痛恨沙皇专制制度,反对黑暗反动势力。他曾在1900年当选为科学院名誉院士,可是到1902年,当沙皇政府下令取消高尔基的名誉院士资格的时候,他立即和俄国著名作家科罗连柯一同发表声明,放弃院士称号,以示抗议。契诃夫对中国人民怀有美好的感情,关心中国义和团的反帝斗争。他曾约高尔基一同访问中国,但因长期患病医治无效而未遂愿。他于1904年7月15日因肺病恶化而去世。

第八节 马克·吐温

马克·吐温(1835~1910)是19世纪后期美国的杰出作家。他的作品揭示了美国资本主义社会民主自由的黑暗面,暴露出其内在的拜金主义、种族主义和帝国主义的实质。在文学史上,马克·吐温主要是作为一个幽默讽刺作家而闻名。

马克·吐温是作家的笔名,他的真名叫塞缪尔·朗荷恩·克莱门斯。他出生在密苏里州的弗罗里达村,父亲是个不得意的乡村律师和店主。马克·吐温12岁时,父亲去世。他开始了独立的劳动生活,先后当过印刷所学徒、送报人、排字工、船上的领港员,后来还到西部去探过矿。他的笔名是他从当领港员的工作中得来的。"马克·吐温"在英语里是水手的术语,意思是水深12英尺,表示船可以安全通过。这是一个颇有幽默意味的笔名。

1861年南北战争爆发,密西西比河上的航运变得萧条。马克·吐温不得不结束他当领港员的生涯。他来到西部内华达州找矿,度过一段艰苦的生活，结果毫无所获。1862年底1863年初，他来到弗吉尼亚市，被聘为州《企业报》的记者，开始写通讯报道和幽默小品。1864年他又到旧金山，在《晨报》当记者，继续写作，以后走上创作道路。

马克·吐温来到西部的时候，当时那里幽默文学非常流行，报纸上几乎每天都刊有幽默小品。这是一种植根于民间口头创作的文学，对马克·吐温产生了很大的影响。除了向这种民间文学学习外，他还从幽默作家阿·沃德和小说家布·哈特那里得到一些指导和帮助。1865年，他发表了一个根据流传很久的传说改写的幽默故事《卡拉维拉斯县驰名的跳蛙》，极为生动诙谐，具有西部幽默文学所特有的风格，很受欢迎。1867年这篇小说同别的小说一起收在短篇小说集里出版。1869年，又发表了散文集《傻子国外旅行记》，讽刺欧洲的封建残余势力和宗教愚昧，也嘲笑了那些游历欧洲的美国人在文化上的愚昧无知。马克·吐温的早期创作，尽管对社会的恶习进行了嘲笑，但作品的基调是轻松欢快的，说明作家对资本主义制度仍抱有希望。即使是某些对社会问题挖掘较深的作品，如《竞选州长》(1870)，也仍然是这样。《竞选州长》揭露了美国的所谓"民主"的选举制度，根本无民主可言。一个声望较好的独立党的候选人，竟被共和党和民主党通过他们把持的报纸接二连三地宣布为"伪证犯"、"小偷"、"盗尸犯"、"酒鬼"、"舞弊分子"和"讹诈犯"。这位州长候选人被两大党的对手们弄得焦头烂额，无法申辩，只好声明放弃竞选，承认失败。小说运用夸张和正反颠倒的手法，产生了强烈的喜剧性效果。臭名昭著的政治流氓成了控告者，正派人反而成了被揭发的对象。控告者越是装得一本正经，越是"满腔义愤"，就越显得滑稽可笑，越使人产生怀疑。

《竞选州长》是一篇优秀的讽刺作品。但马克·吐温主要是讽刺那些"坏人"，揭露他们不正派，并不是否定美国制度本身。这篇小说还表明，以写幽默故事开始的马克·吐温，决不是一个为了幽默而幽默，取悦于读者的庸俗作家，他很快就成熟为一个对社会弊病痛下针砭的社会批评家了。

南北战争以后，美国资本主义发展较快。与此同时，社会上出现了不择手段地追求发财的投机冒险风气。70年代，报纸上曾多次揭露政府机关贪污盗窃和收受贿赂的腐败现象。马克·吐温与查·沃纳合写的长篇小说《镀金时代》(1873)就是根据这些事实创作出来的。小说的情节围绕着兴建城市、铺设铁路和开辟航道等事业中出现的投机、诈骗和盗窃国家财产等事件而展开。书中人物赛拉斯上校本是个穷汉,但头脑里充满着发横财的幻想。在他眼里,处处都是发财的机会,他觉得"整个空气里都是钱"。"赛拉斯精神"突出地反映了投机思想对人们的影响。书中另一人物参议员狄尔沃绥更是集中地反映了美国社会的腐败。他满嘴仁义道德,大谈"公众利益",但实际上贪污受贿,营私舞弊,无恶不作,是一个腐败政客兼投机商人的典型。

美国资产阶级标榜南北战争后美国的迅速发展是什么"黄金时代",但马克·吐温却通过他的小说证明,那不过是一个"镀金时代"而已。这部小说所触及的是美国社会的一些本质方面,反映出马克·吐温对美国社会的认识更加深化。但由于是二人合作写成,小说结构比较松散。

《汤姆·索亚历险记》(1876)是马克·吐温在70年代创作的另一部重要作品。在这部小说里,马克·吐温通过少年儿童汤姆和哈克的故事,揭露了美国内地生活的庸俗停滞,教会和学校教育的陈腐呆板及对人的自然感情的束缚。小说的中心内容是写汤姆·索亚因不能忍受周围枯燥乏味的生活,同自己的朋友哈克出去"冒险"的故事。小说主人公富于幻想、追求新奇、聪明活泼、有正义感……所有这些都是同资本主义的生活环境相抵触的,并为资产阶级的世俗道德和宗教戒律所不容。小说的积极内容在于它使人们看到了美国生活的庸俗、停滞和没有生气的方面,但由于主人公是未成年的儿童,他们的认识受到自身的限制,以致小说的社会批判的主题未能充分展开。8年以后,马克·吐温发表了这部小说的姊妹篇《哈克贝利·费恩历险记》(1884),美国社会的一些重要问题得到了较为深刻的揭示。

《哈克贝利·费恩历险记》的中心人物是哈克贝利·费恩,即哈克。他被寡妇道格拉斯所收养,但他对资产阶级家庭那种"体面"、"规矩"的生活极不习惯,对学校的死板教育也感到厌恶,一心向往自由自在的生活。他的酒鬼父亲突然自外归来,强行把他带进森林,过起以渔猎为生的生活。父亲常发酒疯,毒打哈克,哈克设计逃走,在一个小岛上遇见逃亡黑奴吉姆。二人结伴同行,乘木筏由密西西比河顺流而下,准备逃到不买卖黑奴的自由州去。一路上他们经常上岸,遇见过各式各样的人。吉姆曾一度遇到危险,被骗子卖掉。故事的结局是:吉姆的主人华森小姐临终前给了吉姆自由,他再也不需要逃亡了。

小说的中心主题是反对种族压迫。蓄奴制在南北战争以后从形式上是废除了,但实际上种族压迫的情况仍然是严重的。马克·吐温在小说里再现了蓄奴制盛行的年代,使人们回顾那些残忍的岁月,对于仍然存在种族压迫的现实是有很大意义的。在《哈克贝利·费恩历险记》里,作者从人道主义出发,以饱蘸同情之笔,写出了处于奴隶地位的黑人们的悲惨遭遇,严厉地谴责了种族压迫的可耻行径。

在马克·吐温的笔下,黑人吉姆是一个品质优秀的人。他纯朴善良,对亲人有真挚的爱,对朋友重友谊,并且具有争取自由的斗争性。他不愿忍受当奴隶的命运,渴望成为一个自由的人,主宰自己的命运。为了不被主人卖到南方去,他从华森小姐家逃跑了。他幻想逃到废奴州去,将来赚了钱赎出老婆孩子,过自由幸福的生活。吉姆具有一颗真诚无私的心,肯于为朋友而牺牲自己。他跟哈克结下了最真挚的友谊,一路上百般照顾哈克。尤其是当汤姆受了伤,吉姆冒着被人抓住、失去自由的危险而坚决留下来照看他,表现了对友谊的真诚和富有同情心。小说里通过具体的描写证明,黑人同白人一样,同样具有细腻的思想感情。吉姆的形象在美国文学史上有着重要的意义,比起斯陀夫人的汤姆叔叔的形象,吉姆的形象是大大地前进了一步,他身上已经没有了汤姆叔叔身上那种逆来顺受的奴性。

哈克的形象在《汤姆·索亚历险记》中并不重要,而在这部小说中却占了中心的地位。哈克是一个追求自由、心地善良、正直无私的孩子。在同吉姆的关系上,表现了许多优秀的品质。一个白人少年能够同一个黑奴建立起真诚的、完全平等的友谊,这在当时是很可贵的。哈克是甘愿冒着违犯法律和社会传统道德来帮助吉姆争取自由的。马克·吐温在描写哈克形象时,也是遵循着现实主义的原则,写了这个白人少年克服偏见的过程。从儿童懂事时起,社会就教育他:奴隶是不能反抗主人的,而帮助奴隶逃跑是卑贱下流的犯罪行为。所以,哈克一面帮助吉姆逃跑,一面又受着良心的谴责。但是最后,正确的思想取得了胜利。他把自己的命运同吉姆联在一起。在小说的结尾,写到汤姆·索亚的姑母想收哈克为义子,把他教育成人,但哈克习惯于过无拘无束的生活,拒绝了这种"教养"。哈克的形象是完整的。

小说在叙述哈克和吉姆逃亡的过程中,也对密西西比河两岸的乡镇进行了多方面的描写。这里是美国真正的内地,但到处呈现出一片停滞和衰败的景象。乡镇是鄙陋的,居民贫困而愚昧,社会上拜金主义盛行,人们贪得无厌,杀人越货的强盗恣意横行,江湖骗子到处流窜。居民们精神空虚,二流子们穷极无聊。小说里"公爵"和"国王"的形象有着很深的意义,这两个厚颜无耻的江湖骗子干了大量的欺骗勾当,在他们身上,集中地反映了资产阶级的贪婪无耻、唯利是图和巧取豪夺的本性。

《哈克贝利·费恩历险记》是一部独具特色的作品。它的主要特点是现实主义的具体性和浪漫主义的抒情性的交融。在描写密西西比河沿岸的风土人情以及人物的心理状态时,它是真实而具体的;而在描写大自然的景色以及主人公对自由的渴望与追求时,则充满浓厚的抒情气息。哈克和吉姆逃离开虚伪和死板的社会生活,在大自然的天地里尽情漫游,感受到了自由生活的美好,更加衬托出资本主义现实的丑恶。

小说运用第一人称来叙述,通过一个儿童来讲故事,给人一种真实感和亲切感。书中杂取好几种方言,大量使用通俗的民间口语、俚语,既富有人民气息,又显得简练明快,轻松流畅。

80年代,马克·吐温还写了两部历史题材的作品——《王子与贫儿》(1881)和《在亚瑟王朝廷里的康涅狄克州美国人》(1889)。两部小说写的都是英国封建时代的专制暴政,但反映的时代不同。《王子与贫儿》写的是16世纪的英国,而《在亚瑟王朝廷里的康涅狄克州美国人》写的是6世纪。在《王子与贫儿》里,通过王子和贫儿互换地位的离奇情节,暴露了封建专制制度和教会的罪恶。在小说里,作者对专横暴虐的封建统治者和他们制定的严刑酷法进行了有力的揭露,真实地反映出受这种残酷法律迫害的主要是贫苦人民。16世纪英国人民的贫困破产以及根据残酷法律被大量判刑和杀害的描写，完全符合历史实际。这些篇章无疑也是对遭受剥削压迫和迫害的美国劳动人民命运的写照。

长篇小说《在亚瑟王朝廷里的康涅狄克州美国人》是一部外表具有童话形式而实则有着丰富社会内容的讽刺作品。作者使一个19世纪的会做各种机械的美国工匠，"转世"到6世纪英国的亚瑟王的朝代。小说通过这样一个离奇而荒诞的故事，对腐朽暴虐的封建君主政权和贪婪狡诈的教会进行了有力的揭露和讽刺。小说还不时从古代转向现代，这时它的讽刺矛头便对准了美国的现实。主人公美国人汉克·摩根单枪匹马地反对封建制度和教会势力，幻想建立一个人人平等自由的共和国，终于没有成功。不过，书中主人公靠着19世纪的科学文明同全国的封建骑士和教会势力斗争的场面，多少也反映出了70年代至80年代美国奋起斗争的工人们的愤怒情绪。

在这部小说之后，马克·吐温于1894年还发表了揭露种族歧视的小说《傻瓜威尔逊》。一个身上只有十六分之一黑人血统的女"黑奴"罗克森娜，怕自己的儿子长大后被主人卖掉，便把他同白人主人的儿子在摇篮里调换了。结果，罗克森娜的儿子过惯了少爷的生活，长大以后染上恶习，成了罪犯，而那个主人的孩子则养成了驯顺的奴隶性格。小说有力地批判了"白人优越"的反动理论。

1894年，马克·吐温因他经营的出版公司和排字机试制工程失败而破产。为了偿还债务，他决定出国，作旅行讲演。他到了澳大利亚、新西兰、锡兰、印度、南非等地，目睹了帝国主义对殖民地人民的压迫，加深了对帝国主义的认识。从这时起，直到逝世，他写了不少杂文、政论，还写了一些游记。这些作品都表现了明确的反帝立场。而在他1899年写成的中篇小说《败坏了哈德莱堡的人》，对资本主义社会的批判也达到了空前猛烈的程度。在这篇小说里，作者通过一袋金币的故事，无情地撕下了资产阶级诚实和道德的外衣，暴露了他们拜金主义和伪善的本质。哈德莱堡实际上是整个美国社会的缩影，而那19位"上等公民"也就是全体资产阶级的代表。这些被公认是诚实、清高、廉洁和不可败坏的模范人物,为了占有一袋根本不属于自己的金币,进行了一场丑恶的表演。最后假面目被揭穿,弄得原形毕露,丑态百出。小说把资产阶级的卑鄙贪婪暴露得淋漓尽致,实际上是对资产阶级的道德文明作了一个卓越的总结。

《败坏了哈德莱堡的人》在艺术上也是出色的。小说的情节构思十分巧妙,如外乡人留下一袋金币,分别写信给19位"上等公民",开大会念答案,这些设计着实高超、精妙。此外,作者对一些"首要公民"的贪婪心理,也进行了细致刻画,从而使这些人物显得更加丰满和真实。

19世纪末,美国资本主义进入帝国主义阶段。1898年美西(班牙)战争以后,美帝国主义不断对外侵略,掠夺和奴役殖民地人民。各帝国主义国家之间的争夺也越来越激烈。马克·吐温强烈地反对帝国主义国家的侵略政策,积极支持殖民地人民的反帝斗争。1897年发表的《赤道环游记》,对英帝国主义的殖民政策进行了严厉的抨击。1900年,当他刚刚由国外回到美国的第一天,他就对记者说:"我是个反帝国主义者,我反对兀鹰把爪子伸到任何国家。"他对我国义和团反帝斗争非常同情,愤怒揭露帝国主义对我国的侵略和掠夺。

20世纪初,马克·吐温在积极参加反帝活动的同时,还写了很多揭露帝国主义的杂文,其中最有名的如《给在黑暗中的人》(1901)、《为芬斯顿将军辩护》(1902)、《沙皇的自白》(1905)、《莱欧波德国王的自白》(1905)以及讽刺短篇《战争祈祷》(1904~1905)等。

虽然晚年的马克·吐温作品的揭露力量更为强烈,但由于他看不到人民的力量和人类光明的前途,在对资本主义现实极度失望的情况下,出现了悲观主义情绪。在杂文《什么是人?》(1906)和他死后发表的中篇小说《神秘的陌生人》中,都流露出严重的悲观情绪,陷入了不可知论的神秘主义。

1907年以后,马克·吐温撰写自传。1910年4月21日,因病逝世。

思考练习题

1. 巴黎公社文学包括哪些方面的主要内容?

2. 唯美主义文学和象征主义文学的主要理论观点与创作特征是什么？
3. 自然主义的理论主张与文学特征是什么？
4. 简述左拉的文学思想与文学成就。
5. 简述《萌芽》的思想内容、人物形象与艺术特色。
6. 为什么说莫泊桑是"世界短篇小说巨匠"？
7. 简述"威塞克斯小说"的揭露批判精神与悲观宿命论思想。
8. 简述《德伯家的苔丝》的思想倾向与人物形象。
9. 从《玩偶之家》看易卜生"社会问题剧"的主要特点。
10. 简述《玩偶之家》的艺术特色。
11. 何谓"心灵辩证法"？
12. 简要分析安娜·卡列尼娜形象。
13. 简述《复活》的思想内容、人物形象与艺术特色。
14. 简述契诃夫短篇小说的思想倾向与艺术特色。
15. 简述马克·吐温小说的幽默讽刺特色。

第九章 20世纪前期文学

学习提示

本章的学习重点:
(1) 20世纪前期现实主义文学、社会主义现实主义文学发展概况。
(2) 20世纪前期现代主义文学的历史文化背景、哲学基础及其发展概况。
(3) 高尔基《母亲》的思想意义与艺术价值。
(4) 肖洛霍夫《静静的顿河》的思想内容、人物形象与艺术特色。
(5) 罗曼·罗兰《约翰·克利斯朵夫》的思想内容、人物形象与艺术特色。
(6) 普鲁斯特《追忆似水年华》的表现手法和艺术特色。
(7) 乔伊斯《尤利西斯》的思想内容、艺术成就及其对欧美现代文学的影响。
(8) 劳伦斯《虹》的思想倾向与艺术特色。
(9) 艾略特《荒原》的思想内容、艺术成就及其在文学史上的地位。
(10) 卡夫卡小说的思想倾向与艺术特色。
(11) 托马斯·曼《布登勃洛克一家》的思想内容、人物形象与艺术特色。

本章第一节结合基本的社会思想状况,介绍了20世纪前期西方现实主义文学、社会主义现实主义文学和现代主义文学的发展概况。20世纪前期的现实主义文学,继承了19世纪批判现实主义的创作原则,并与现代主义相互影响、相互借鉴,在思想上、艺术上不断发展变化。社会主义现实主义是在苏联诞生的一种新型文学,它除了坚持现实主义创作原则外，还特别强调文学的党性与社会主义精神。20世纪前期，现代主义文学勃兴，现代主义文学在思想上具有强烈的反传统倾向、艺术形式上追求实验创新，其前期主要包括后期象征主义、表现主义、意识流、超现实主义等重要文学流派。

本章第二、三、四、五节分别介绍了四位俄苏作家，他们代表了俄苏文学中的不同类型。高尔基是著名的无产阶级作家，他的文学理论和文学创作为社会主义现实主义的确立和发展奠定了基础。马雅可夫斯基是从未来主义转向社会主义现实主义的诗人，他的诗歌从思想内容到艺术形式都具有鲜明的时代烙印。肖洛霍夫是十月革命后成长起来的新一代作家，他的长篇巨著《静静的顿河》代表了社会主义现实主义文学的最高成就。帕斯捷尔纳克是非主流派作家，他的艺术探索与艺术成就曾经在苏联受到不公正的待遇。学习这四节，要注意这四位作家不同的创作道路与创作特点，着重领会社会主义现实主义文学的巨大成就与经验教训。

本章第六、八、十三、十四节分别介绍了罗曼·罗兰、肖伯纳、托马斯·曼、德莱塞四位传统的现实主义作家，他们从不同的角度对资本主义社会进行揭露和批判，并在思想上、艺术上达到了新的高度。罗曼·罗兰对自由、民主、正义、和平的强烈追求，肖伯纳幻想通过改良主义手段来实现社会主义的良好愿望，托马斯·曼和德莱塞对帝国主义、法西斯主义反动本质的清醒认识，对人类光明前景的热切期盼，都是学习这四节应当注意和着重领会的问题。

本章第十节介绍的劳伦斯基本上也是现实主义作家，但他的创作已具有明显的现代主义色彩。他在揭露、批判资本主义社会的时候，着重揭示现代人悲剧性的生存状况与精神困惑，在艺术上则借鉴了现代主义的某些表现手法。在学习这节时，要注意他的艺术探索与创新精神。

本章第七、九、十一、十二节分别介绍了四位现代主义作家。普鲁斯特和乔伊斯是意识流作家。意识流是现代文学中具有广泛影响的国际性的文学流派，两位作家的创作既体现了意识流文学的共同特征，也分别代表了不同时代、不同国家的意识流文学的各自特点，这是学习这两节时应当注意和着重领会的问题。艾略特是象征主义诗人,象征主义是现代主义文学中最早出现的一个流派,艾略特在文学史上的地位十分重要。学习这一节,要着重领会艾略特的文学思想与创作活动如何为欧美现代诗歌的发展开辟了新的道路。卡夫卡是具有表现主义色彩的作家,学习这一节,要着重领会卡夫卡小说中关于西方现代社会的荒诞、非理性与现代人的异化问题,领会小说蕴含的深刻社会内容。

第一节 概 述

一、历史背景

在人类历史上,20世纪上半叶是一个充满着血与火,交织着死亡与新生的时代。战争与革命、压迫与反抗、反思与探索,这些人类历史上的重大主题,从未这样如此集中、如此尖锐地在短时间内出现。19世纪末20世纪初,欧美主要的资本主义国家先后进入了帝国主义阶段。帝国主义的经济垄断和殖民扩张政策,导致了欧洲各国国内和国际矛盾的急速尖锐化,并最终在1914年引发了第一次世界大战。一战夺去了千百万人的生命,物质财富遭受惨重损失,广大人民被推进了苦难的深渊。但是,战争不仅没有消除资本主义固有的矛盾,反而在欧洲各国间埋下了仇恨的种子,造成了更深刻的政治危机与经济危机。从20年代至30年代,欧美各国的经济危机接连不断,法西斯势力借机先后在意大利、德意志、西班牙等国上台执政,最终将整个世界拖入了更具毁灭性的第二次世界大战。

帝国主义间的战争在给欧洲人民造成巨大损失的同时,也破坏了既存的统治秩序,为社会主义力量的发展创造了条件。1917年,列宁发动十月革命,在古老的俄国土地上建立了人类历史上第一个社会主义国家。此后,社会主义力量如燎原之火,迅速由一国扩展至多国。一个彻底改变20世纪世界政治、经济和文化格局的强大力量就此形成。在世界社会主义力量壮大的背景下,国际工人运动、民族解放运动与自由民主运动蓬勃高涨。

战争、革命、深刻的社会危机和人道主义灾难,使批判现实主义文学在进入20世纪后仍然保持了强劲的生命力,并涌现出一批可以载入史册的优秀作家作品。随着时代风气的变化,20世纪的批判现实主义文学无论在思想内容还是艺术形式上,都已不同于19世纪。在十月革命后的苏联,则诞生了一种被命名为社会主义现实主义的新文学。它不仅是苏联唯一的正统文学,而且也成为其他社会主义国家的主流文学,并对欧美左翼作家产生过不同程度的影响。

在资本主义世界内部,两次世界大战也冲击了欧洲传统的价值观念,对欧美各国知识分子的思想产生了巨大的震动。战争造成的惨祸迫使欧洲知识分子不得不思考,何以在向来倡导理性与文明,自由与人道,平等与博爱的欧洲,会发生这样的人间惨剧;此时此地,欧洲文明的发展何以呈现出一种与人对立的状态,人与自然、人与社会、人与人之间的和谐关系何以不复存在。在这样一种普遍反思的氛围中,早在19世纪末就受到怀疑的以决定论和理性主义为基础的西方传统价值观念,到20世纪初进一步动摇衰落;与此同时,一直涌动在西方思想内部的非理性主义潮流开始浮出历史的地表。形形色色的非理性主义哲学思潮与社会文化思潮异常活跃,除了上一世纪流传下来的叔本华的唯意志论、尼采的权力意志论与超人哲学之外,影响较大的还有意识流心理学、柏格森的生命哲学与直觉主义、弗洛伊德的精神分析学等等。另一方面,20世纪上半叶欧洲高度发达的工业文明和传统生活方式的解体,使得对物的高度崇拜、虚无主义和在破坏中寻求意义等极端社会思潮纷纷涌现,并都获得了大批追随者。这些哲学和社会思潮,共同为20世纪上半叶现代主义文学的勃兴和繁荣创造了条件。

二、现实主义文学

20世纪的批判现实主义文学,在思想上、艺术上不断有新的发展。一些在19世纪末期就享有文名的作家,面对帝国主义时代资本主义社会的黑暗腐败和动荡不安的世界局势,他们一方面继续坚持民主主义和人道主义立场,对资本主义进行不懈的揭露、批判,另一方面怀着对人类前途的深切忧虑和对美好理想的执著追求,进行艰苦的思想探索和艺术探索。他们在十月革命和马克思主义的影响下,积极投身进步人类的正义事业,在自己的创作中不同程度地反映了无产阶级和劳动人民争取自由解放的革命斗争,展示了时代发展的历史进程,并达到了以往的批判现实主义文学未能达到的思想高度。在艺术上,他们仍然遵循按照生活的本来面目再现生活的创作原则,重视作品结构的完整性与故事情节的逻辑性,重视塑造典型环境中的典型形象,重视描写的真实性与细节的精确性,具有较为浓厚的传统色彩。

英国著名戏剧家肖伯纳以辛辣讽刺的笔锋无情地揭露了垄断资产阶级巧取豪夺的丑恶本性,并幻想通过改良手段实现"百万富翁的社会主义"。法国作家罗曼·罗兰是批判现实主义文学的大师,他在揭露批判资本主义的政治腐败和文化堕落的过程中,表现了对自由、民主、光明、正义的强烈追求和献身精神。美国小说家德莱塞以怵目惊心的艺术形象揭露了在物质文明掩盖下的美国社会悲剧,无情地撕破了资本主义的虚假面目。德国著名作家托马斯·曼以史诗的形式展示了德国由自由资本主义向垄断资本主义转变的过程,反映了资本主义走向衰败没落的历史趋势。类似的作家还有英国的约翰·高尔斯华绥(1867～1933)和爱·摩·福斯特(1879～1970)、德国的亨利希·曼(1871～1950)、法国的马丁·杜伽尔(1881～1958)、美国的尤普顿·辛克莱(1878～1968)等。这些作家的创作继承了19世纪现实主义文学的基本特点,他们的创作思想和艺术观念基本相同,而且大都热衷于写作多卷本的长篇小说,力图通过一个家庭的历史变迁或一个人物的一生遭遇,对社会历史风貌作史诗性的反映。罗曼·罗兰称这类作品为"长河小说"。

约翰·高尔斯华绥是传统色彩较浓的一位著名作家。他一生写作了大量的小说与戏剧,而以描写福赛特家族几代人生活为主要内容的系列长篇小说比重最大,成就最高。它们包括《福赛特世家》三部曲:《有产业的人》(1906)、《骑虎》(1920)、《出租》(1921);《现代喜剧》三部曲:《白猿》(1924)、《银匙》(1926)、《天鹅之歌》(1928);《尾声》三部曲:《女侍》(1931)、《开花的荒野》(1932)、《河那边》(1933)。这些小说以19世纪末20世纪初的英国社会为背景,通过福赛特家族几个主要人物的家庭生活和爱情纠葛,反映了英国资产阶级的盛衰史。其中索米斯和芙蕾父女两人的形象塑造得尤为出色,他们自私、冷酷、任性而又颓唐、绝望的性格,被称为"福赛特性格",集中体现了资产阶级疯狂的占有欲和贪婪、掠夺的本性,以及与此相联系的精神崩溃与道德堕落,具有鲜明的时代特征与阶级特征。

亨利希·曼是托马斯·曼的哥哥。他们两人的思想、创作及文学成就颇为相似。亨利希·曼一生勤奋多产,总共创作了近20部长篇小说、50多篇中短篇小说和大量的剧本、散文、政论等。他的小说以揭露批判德国垄断资本主义和法西斯主义而享有盛誉,他为此受到希特勒政权的迫害,长期流亡国外。他的长篇小说《臣仆》(1918)、《穷人》(1917)、《首脑》(1925)合称《帝国三部曲》,全面描写了帝国主义时代德国社会尖锐复杂的矛盾冲突,揭示了垄断资产阶级的得势和帝国主义战争爆发的社会根源。其中《臣仆》被认为是作家的代表作。小说主人公赫斯林是德意志帝国忠顺臣仆的典型,他自幼欺软怕硬,既凶恶又怯懦,长大后继承父业成了工厂主,趋炎附势、投机成性,对强者是奴才,对弱者则是暴君。他积极支持政府镇压失业工人,又在婚姻交易中捞到一笔财产,最后在政治斗争中玩弄权术,收买社会民主党的工贼,击败自由党的劲敌,投入保皇党的怀抱,当上了国会议员。赫斯林的卑劣行径充分反映了德国资产阶级投靠反动势力、助纣为虐的阶级本性。

第一次世界大战前后,涌现出一批新的作家。他们的创作或是完全遵循传统现实主义的原则,或是在现实主义的基本框架内采用某些现代主义文学的技巧。这些作家的世界观不同,政治倾向也各异,作品风格多姿多彩,但他们都亲身经历了西方社会严重的经济危机,体验了战争的血雨腥风,因而他们大都能从切身感受出发,揭露和批判社会现实的不公正,谴责帝国主义战争的残酷和荒谬,同情人民的疾苦,探索人类的前途和命运。

法国的巴比塞(1873~1935)以其长篇小说《火线》(1916)、《光明》(1919)轰动一时。这两部作品采用写实手法描写下层士兵在第一次世界大战中的苦难、牺牲以及他们的革命觉醒。在作品中,那些天真、善良的士兵们受了反动当局的蒙骗,在枪林弹雨的火线上与敌人厮杀,陈尸荒野,肢残体缺;而有钱有势的富人却在歌舞升平的后方寻欢作乐,高谈阔论。流血牺牲的惨痛代价终于使士兵们认识到战争的荒谬与欺骗,认识到自身被迫充当炮灰的奴隶地位,认识到穷人与富人之间的阶级对立比民族之间的分歧更深刻、更巨大,认识到世界人民只有采取革命行动来制止战争,人类才有光明的前景。巴比塞对战争的认识是清醒的、深刻的,他的反战立场是正确的、革命的。

德国的雷马克(1898～1970)对帝国主义和法西斯主义的祸害有着惨痛的切身感受,他的作品大都描写德国人民在两次战争中所经历的厄运。他的早期小说《西线无战事》(1929)与巴比塞的《火线》齐名,是有世界影响的优秀反战小说。这部作品取材于第一次世界大战,描写一个班的8个普通士兵的战壕生活。作家以赤裸裸的白描手法,逼真地描绘出一幅炮火纷飞、毒气弥漫、尸横遍野的战场惨象,着意表现战争的残酷与恐怖,控诉战争给人们造成精神上与肉体上的巨大痛苦,反战情绪十分强烈。他的其他几部重要作品取材于第二次世界大战。《生死存亡的年代》(1956)通过德国士兵格列贝尔的痛苦经历与死亡,反映了法西斯战争不仅为害他国人民,同时也给德国人民带来深重的灾难。《凯旋门》(1946)与《里斯本之夜》(1962)则描写德国知识分子遭受纳粹政权的残酷迫害以及他们流亡国外的反抗斗争。这些作品具有鲜明的反法西斯倾向,无论在思想上、艺术上都更为成熟。

美国的斯坦培克(1902～1968)是在革命思潮和左翼运动风头正健的"红色的30年代"崛起的左翼作家,他的作品主要描写生活在资本主义重压下的工农大众的悲惨境遇和他们的反抗斗争,小说《胜负未决的战争》(又译《相持》,1936)、《人鼠之间》(1937)、《珍珠》(1945)等是这方面题材的优秀作品。斯坦培克的代表作是《愤怒的葡萄》(1939)。这部长篇小说以写实手法描写美国中部农业工人约特一家,在资本主义经济危机的冲击下,失去土地,失去工作,不得不离乡背井,举家西迁。他们梦想在"黄金的西部"找到一处安居乐业之所。然而,一路颠簸劳顿,家破人亡,到达目的地后,等待他们的依然是失业、饥饿、贫困,再加上资本家的残酷压榨和军警的野蛮镇压,这使他们认识到,只有团结起来,开展斗争,才能改善自身的生存条件。斯坦培克在小说中满怀同情与义愤,真实地描写了广大农业工人的血泪与怒火,反映了他们的觉醒与抗争,塑造了约特、凯西等先进工人的形象,这在批判现实主义文学中是很可贵的。

20世纪欧美各国科学技术与工农业生产突飞猛进,不仅没有消除资本主义的痼疾,反而加剧了人类的生存危机,使人类面临前所未有的困境。这引起了新一代现实主义作家对西方传统文明与价值观念,对人性本质与人类命运的沉重忧虑。他们通过自己的创作,从不同的角度反映了在资本主义物质文明的重压下冷酷荒诞的人际关系与极不和谐的生存环境,揭示了人性的扭曲、人的精神崇溃与道德堕落、人的自身价值的丧失,在对丑恶现实的揭露批判过程中,交织着对未来的憧憬与迷惘。这些具有鲜明现代色彩的内容,为20世纪的现实主义文学增添了新的思想特色。从艺术上说,他们在现实主义的基础上,广泛吸收、借鉴现代主义的艺术手法。在人物塑造方面,注重心理描写,努力揭示人物隐蔽的内心活动与潜意识活动;在作品结构方面,糅进了寓言、神话故事等内容,呈现出多层次、多角度的立体交叉结构与灵活多变的叙述方式;在情节安排方面,采用怪诞、梦幻、象征、隐喻等形式,真假虚实熔于一炉。这些作家的创作与19世纪的现实主义文学有明显的区别,他们在新的历史条件下大胆探索、勇于创新,把现实主义文学推向一个新阶段。

英国作家劳伦斯的创作,在现实主义的基础上,大量融入了象征主义的技巧。他的作品大都从两性关系入手,描写资本主义工业文明对人性的压抑和摧残,深刻揭示了现代人悲剧性的生存状况,表达了对充满自然精神的理想社会的向往。

毛姆(1874~1965)是英国著名小说家、戏剧家,他的戏剧曾在英国舞台上长演不衰,但他的主要成就还是在小说方面。毛姆早年的长篇小说《人生的枷锁》(1915)通过青年医生菲利普的生活与爱情经历,指斥虚伪的宗教与世俗观念乃是人生的枷锁,表明了对资本主义的批判态度。但作家又认为,生活本身是没有意义的,一个人只有摆脱欲望的驱使,放弃理想的追求,才能获得自由。这一思想在他的代表作《月亮和六便士》(1919)中得到进一步的发挥。这部小说的主人公思特里克兰德原是伦敦的一个平庸的证券经纪人,后到巴黎从事绘画艺术,仍然碌碌无为,不被人赏识。最后他来到太平洋上的塔希提岛与土著人民生活在一起,获得了丰富的艺术灵感,从而创作出大批绚丽多彩的画幅。小说揭露了西方现代文明扼杀艺术天才与创作个性,并对自然、纯朴的生存环境寄予浪漫主义的幻想。在后期重要作品《刀锋》(1944)

里，毛姆描写一位美国青年为了探求人生意义，在西方世界彷徨无着，后来到了印度，从东方文化中领悟到人生的真谛。这些作品贯穿着作家艰苦的思想探索历程，在西方知识分子中很有代表性。

莫里亚克(1885～1970)是法国著名作家，他的小说大都以爱情、婚姻和家庭生活为题材，在西方世界享有盛誉。1922年出版的《给麻风病人的吻》是作家的成名作，小说描写一位健康、活泼、善良的农村少女，嫁给一个体弱多病、智力低下的地主儿子为妻，在没有爱情的家庭生活中受尽精神折磨。1925年出版的《爱的荒漠》，描写库雷热医生和他的儿子雷蒙与寡妇玛丽娅之间的爱情纠葛。在小说中，倾心相爱的人不能结合，而夫妻之间却又没有真正的爱情，由婚姻和血缘关系组合起来的家庭只不过是"爱的荒漠"。1929年出版的《苔蕾丝·德斯盖鲁》奠定了作家在法国文学史上的重要地位。小说的女主人公苔蕾丝生活在一个"爱的荒漠"的家庭里，她不堪忍受精神上的折磨，企图毒死自己的丈夫，事情败露后虽免予起诉，却被囚禁在家里，从此失去了人身自由，变成了形如枯槁的活死人。1932年出版的《蝮蛇结》是他的代表作，小说把资产阶级家庭中人与人的关系比喻为"盘结在一起的毒蛇"，夫妻之间、父亲与儿女之间充满着猜疑与仇恨，这是对资产阶级家庭实质的典型性概括，其揭露、批判意义是非常深刻的。莫里亚克的小说基本上是现实主义的。但其故事情节淡化，客观描写减少，而象征主义和意识流手法大量使用，这表明作家有意识地借鉴了现代主义的艺术技巧。

奥地利作家茨威格(1881～1942)以其独特的人物传记和中短篇小说在欧美各国享有很高的声誉。他的小说长于心理描写，精于灵魂开掘，人物性格极为鲜明生动。《马来狂人》、《一个陌生女人的来信》、《一个女人一生中的二十四小时》、《看不见的珍藏》、《象棋的故事》等，都是流传很广的名篇。其中《一个陌生女人的来信》(1922)通过书信的形式，倾诉一位多情女子对一名薄情男子如醉如痴的爱情。女主人公对爱情的强烈追求、坚贞不渝、慷慨奉献以及内心的极端痛苦、绝望，表现得淋漓尽致，令人叹绝。《象棋的故事》(1944)是作家晚年的重要作品，情节简单，构思精巧，通过业余棋手B博士与世界象棋冠军琴多维奇在轮船上对弈的故事,采用倒叙的方法,描写出两人独特的经历与独特的个性。琴多维奇是个孤儿,生性愚钝,头脑简单,贪婪自私,但却精通棋术,是个"智力片面发展的古怪样品"、"没有人性的象棋机器人"。B博士出身奥地利名门望族,曾受到法西斯政权残酷的精神迫害,他在被软禁期间,潜心钻研棋艺,但同时也患上了精神分裂症——"象棋中毒"。两人第一次对弈,B博士轻而易举地战胜了世界冠军;第二次对弈,B博士终因精神病发作,败下阵来。小说对畸形人格与精神分裂描写得十分细致、深刻,并对资本主义,特别是法西斯主义扭曲人格、摧残人性的罪恶提出沉痛的控诉,是茨威格思想性最高的一部作品。茨威格的小说深受弗洛伊德精神分析学的影响,而弗洛伊德也在自己的著作中多次引用茨威格的作品,以阐述其学术观点。

三、社会主义现实主义文学

社会主义现实主义文学是在继承传统现实主义的基础上发展起来的新型文学。社会主义现实主义文学除了坚持现实主义的基本原则,还特别强调文学的党性与社会主义精神。从阶级属性来说,社会主义现实主义文学属于无产阶级文学,它继承和发展了19世纪欧洲无产阶级革命文学的传统,在思想内容上同以往的文学有着本质的区别。

俄国无产阶级作家高尔基(1868~1936)是社会主义现实主义文学的奠基人。他的著名长篇小说《母亲》(1906)真实地描写了工人阶级反对资产阶级专制统治的革命斗争,塑造了具有社会主义觉悟的无产阶级革命战士的形象,是第一部社会主义现实主义的典范性作品。高尔基的文学理论与文学创作为社会主义现实主义的确立和发展作出了重要贡献。

十月革命后的苏联,新的社会制度、新的思想意识、新的斗争生活、新的精神风貌,为社会主义现实主义文学的繁荣发展创造了良好的环境。一大批来自工农兵和革命知识分子的作家登上文坛,创作出许多令人耳目一新的优秀作品。洋溢着顿河草原浓郁气息的哥萨克作家肖洛霍夫(1905~1984)以其独特的艺术创作深刻地反映了革命年代尖锐复杂的阶级矛盾与阶级斗争,他的长篇巨著《静静的顿河》是世界文学中的不朽杰作。法捷耶夫(1901～1956)、奥斯特洛夫斯基(1904～1936)、伊萨科夫斯基(1900～1973)、特瓦尔多夫斯基(1910～1971)、列昂诺夫(1899～1994)、巴乌斯托夫斯基(1892～1968)等等,都是十月革命后成长起来的新一代作家,他们构成了社会主义现实主义文学的中坚力量。

法捷耶夫17岁加入布尔什维克党,18岁参加远东游击队,曾在战斗中负伤,复员后到大学深造。从1927年开始从事专门文学活动,长期担任俄罗斯无产阶级作家协会、苏联作家协会的主要领导工作。1956年自杀身亡。法捷耶夫的成名作《毁灭》出版于1927年。这部长篇小说描写国内战争时期一支只有一百五十人的红军游击队,在敌人重重包围封锁的危急情况下,经过艰苦的浴血奋战,最后剩下十九名战士突出重围,迎接新的战斗。小说不仅歌颂了红军战士不屈不挠的革命精神,同时对人物性格和内心活动都作了较为细致的刻画。在当时以革命战争为题材的众多文学作品中,《毁灭》的艺术成就引人注目。1945年出版的《青年近卫军》是法捷耶夫的代表作。这部长篇小说取材于卫国战争时期,乌克兰顿巴斯矿区克拉斯诺顿的爱国青年组成"青年近卫军"反抗德国法西斯侵略者的英勇斗争事迹。但作品不囿于真人真事,而是在艺术加工的基础上歌颂了一代青年可歌可泣的爱国主义精神和革命英雄气概。小说进一步显示了法捷耶夫创作的艺术特色,即致力于刻画人物鲜明生动的个性与丰富的内心活动,从而避免了某些公式化、概念化的倾向。从20年代末期开始,法捷耶夫还着手写作一部六卷本的长篇小说《最后一个乌兀格人》,全面描写他所熟悉的远东地区少数民族的生活和革命斗争。生前只完成了四卷。

19世纪末20世纪初的俄国文坛,也类似欧美各国一样流派纷呈,除了批判现实主义、自然主义和浪漫主义以外,还有象征主义、未来主义、唯美主义等等。其中相当一部分作家在十月革命的感召下,经过艰苦的思想探索与艺术探索,逐渐转向为新政权服务、为社会主义服务。青年诗人马雅可夫斯基(1893～1930)毅然摆脱未来主义的影响,满怀激情地为无产阶级革命和社会主义事业"放开喉咙歌唱"。另一位重要作家阿·托尔斯泰(1883～1945)所走过的道路则比较曲折。阿·托尔斯泰出身于贵族家庭,大学期间开始写诗,1907年出版诗集《抒情诗》,具有鲜明的象征主义色彩。此后转向小说创作,长篇小说《怪人》(1911)、《跛老爷》(1912)为他赢得了作家的声誉。这两部作品以辛辣讽刺的笔墨揭露批判了俄国贵族地主的腐朽与衰败,基本上属于批判现实主义范畴。1917年十月革命爆发,阿·托尔斯泰既为沙皇专制统治的覆亡而兴奋,又对无产阶级专政心存疑惧,遂于1918年携带家眷逃亡国外。经历了异国他乡流亡生活之苦,阿·托尔斯泰于1923年带着尚未完成的长篇小说《苦难的历程》回到了祖国。这部小说包括《两姐妹》(1921)、《一九一八年》(1927～1928)、《阴暗的早晨》(1941)三部曲。它通过卡嘉、达莎、罗欣、捷列金四个非劳动家庭出身的知识分子,在十月革命前后曲折的生活经历,描写了知识分子走向革命、走向人民的"苦难的历程"。小说在波澜壮阔的历史背景上,表现了革命斗争的复杂性与严酷性,同时表达了对无产阶级政权和社会主义事业的坚定信念,因而被认为是社会主义现实主义的典范性作品之一。阿·托尔斯泰一生创作非常丰富,重要作品还有长篇小说《加林工程师的双曲线体》(1927)、《彼得大帝》(1945)和戏剧《伊凡雷帝》(1943)等。

十月革命后流亡国外的重要作家还有蒲宁(1870～1953)、库普林(1870～1938)、梅列日科夫斯基(1866～1941)、巴尔蒙特(1867～1942)等。而相当一部分作家继续留在国内从事文学活动,如阿赫玛托娃(1889～1966)、帕斯捷尔纳克(1890～1960)、布尔加科夫(1891～1940)、左琴科(1895～1958)等,他们在政治上并不反对苏维埃政权,但由于他们的文学创作不符合社会主义现实主义的规范,从而受到不公正的待遇,一直被排斥在主流文学之外。

随着无产阶级政权的巩固与社会主义的发展,布尔什维克党和苏联政府加强了对文学艺术的领导和管理。1925年公布了《关于党在文学方面的政策》,1932年公布了《关于改组文学艺术团体》的决议。1934年召开了苏联作家第一次代表大会,制定了《苏联作家协会章程》。在《章程》中明确提出:"社会主义现实主义作为苏联文学与文学批评的基本方法,要求艺术家从现实的革命发展中真实地、历史地和具体地描写现实。同时,艺术描写的真实性和历史具体性必须与用社会主义精神从思想上改造和教育劳动人民的任务结合起来。"这一系列措施,一方面是为了对当时形形色色的文艺思潮和文学社团统一规范,另一方面是为了对正在蓬勃发展的无产阶级新文学进行理论概括和思想指导。社会主义现实主义创作方法的确立,对苏联乃至其他国家文学都产生了深远的影响。

20世纪30年代,正当欧美各国陷入了严重的经济危机,苏联却掀起了轰轰烈烈的社会主义工业化和农业集体化运动。1939年第二次世界大战全面爆发,德国法西斯在欧洲大陆疯狂肆虐,苏联军民奋勇抗击,赢得了卫国战争的伟大胜利,为结束世界大战作出了重要贡献。与此同时,苏联文学取得了巨大成就,一大批作家深入工厂、农村,奔赴前线,创作出了具有强烈时代色彩的优秀作品。

列昂诺夫在20年代出版了《獾》(1924)和《贼》(1927)两部长篇小说,描写革命战争年代普通工农大众复杂的生活经历与内心活动,但未引起文艺界的重视。1930年发表的第三部长篇小说《索溪》被认为是最早描写工业化题材的优秀作品之一,它通过在北方原始森林索溪河畔建设造纸厂的故事,歌颂了工人阶级高昂的劳动热情与忘我精神,洋溢着理想主义、浪漫主义气息。1942年发表的著名戏剧《侵略》描写一个刑满释放犯同德国占领者的英勇斗争,选材角度独特,戏剧冲突与人物内心活动表现得比较充分,这在当时的同类作品中并不多见。

除了苏联以外,社会主义现实主义文学在欧美各国也取得了一定的成就。30年代,西方一些共产党员作家曾发动一场左翼文学运动,大力提倡社会主义现实主义,并创作了一批优秀作品。其中影响较大的有德国的布莱希特(1898~1956)、丹麦的尼克索(1869~1954)、英国的奥凯西(1884~1964)、法国的瓦扬-古久里(1892~1937)、美国的马尔兹(1908~)和赖特(1908~1960)等。然而,由于政治环境与文化背景的不同,他们作品的思想倾向和艺术特色与苏联的社会主义现实主义文学并非完全一致,而是保留了较为浓厚的批判现实主义的印迹。第二次世界大战以后,社会主义现实主义文学在东欧社会主义国家中取得了长足的发展,并一度成为这些国家的文学主流。南斯拉夫的安德里奇(1892~1975)、德国的安娜·西格斯(1900~1983)、罗马尼亚的萨多维亚努(1880～1961)、保加利亚的瓦普察洛夫(1909～1942)、波兰的克鲁奇科夫斯基(1900～1962)、匈牙利的伊列什(1895～1974)、捷克的奥勃拉赫特(1882～1952)等,都为社会主义现实主义文学作过重要的贡献。

四、现代主义文学

欧美现代主义文学是对思想上具有强烈反传统倾向、艺术形式上追求实验创新的20世纪西方众多文学流派的总称,主要包括后期象征主义、表现主义、意识流、超现实主义、存在主义和魔幻现实主义等重要文学流派。它是西方现代社会生活的产物,也是欧美文学发展、演变的必然结果。

从哲学思想上看,流行于20世纪的西方各种非理性主义哲学思潮以及现代心理学,如叔本华的唯意志论、尼采的权力意志论和超人哲学、柏格森的生命哲学和直觉主义、弗洛伊德的精神分析学等,对现代主义文学的形成和发展有着直接的影响,为其提供了从世界观到创作方法的理论根据。

柏格森(1859～1941)是法国著名的哲学家。他认为世界的本质是超越于物质和精神之外的"生命冲动",它是宇宙的动力和主宰,世间万物都是它的表现形式。生命的基本特征是"绵延",生命冲动是一个永不停息的流程,但它不能靠理性来认识,只能通过直觉来把握。这种"直觉"与经验无关,超出感性与理性之外,是一种神秘而不可知的能力。柏格森还认为人的意识也处于不断变化之中,这种变化不是物理时间的简单替代过程,而是"过去"绵延进"现在","现在"又延宕进"未来"。

弗洛伊德(1856～1939)是奥地利心理学家,精神分析学的创始人。他的杰出贡献在于提出了独特的心理结构和人格构成的理论。弗洛伊德最初把人的心理结构分为潜意识、前意识和意识三个部分。潜意识是存在于人们内心底层的隐蔽的非理性世界,是人们自己也难以觉察的黑暗王国。意识是人们清醒状态下的心理活动,它是明晰的,与潜意识处于对抗状态。在这两者之间是担任警戒任务的前意识,它对潜意识系统中想要进入意识的各种"精神兴奋"加以鉴别,凡不符合要求者则加以压抑。后来弗洛伊德在此基础上对自己的学说加以修正和补充,提出人的心理结构分为本我、自我和超我三个层次的理论。本我是各种本能和欲望的居所,它遵循唯乐原则,毫无理性,也没有价值观念。本我中存在着性欲的内驱力,即"里比多",它是人的一切行为动机的源泉。自我是调节机制,它遵循唯实原则,按照现实的要求,把不见容于社会伦理道德规范的冲动改造为适应外部世界的心理动机。超我体现着文明社会的道德原则和舆论、法律观念,制约着本能的活动。弗洛伊德认为文明的发展是有缺陷的,因为它"总的说来是建立在压抑本能的基础之上"。文明社会长期以来形成对自然本能的偏见,被压抑的本能只好以象征性的曲折方式得以满足,否则人就会产生精神疾病。

综上所述,20世纪的西方社会,为欧美现代主义文学的产生和发展准备了充足的条件。从思想内容看,现代主义文学表现的是"现代人的困惑",即揭示周围世界的荒诞、冷漠、不可理解,以及人置身于其中的孤独、陌生、焦虑、痛苦的情绪。就文学发展的历史而言,现代主义文学是一种锐意创新的文学,它反对文学是客观现实的反映的传统美学观,强调表现人对世界的主观感受,热衷于揭示人的内心世界和潜意识活动。在艺术手法上,现代主义文学反对传统的表现技巧,用荒诞的情节来取代故事的逻辑性,用虚化的、富有象征性的空间、场景和人物来取代典型环境中的典型性格,用时序跳跃、交错的心理时间来取代时序递进的物理时间,用隐晦、暗示性的语言取代语言的鲜明性。这是就一般特点而言,就个别的作品而言,当然尚需作具体的分析。必须指出的是,现代主义文学尽管高擎反传统的旗帜,但它的形成也曾受到许多先辈作家和古典作品的启发和深刻影响。

象征主义是欧美现代主义文学中最早出现的一个流派。它产生于19世纪中叶的法国,然后波及欧洲其他国家,称为前期象征主义。到20世纪20年代,象征主义文学有了进一步的发展,成为很有影响的国际性文学流派,称为后期象征主义,代表人物有爱尔兰诗人叶芝(1865～1939)、法国诗人瓦雷里(1871～1945)、德国诗人里尔克(1875～1926)、美国诗人庞德(1885～1972)、英国诗人T.S.艾略特

(1888～1965)以及主要作为剧作家的比利时的梅特林克(1862～1949)。后期象征主义继承并发展了前期象征主义的艺术特点,反对肤浅的抒情和直露的说教,主张情与理的统一,通过象征暗示、意象隐喻、自由联想和语言的音乐性去表现理念世界的美和无限性,曲折地表达作者的思想和复杂微妙的情绪、感受。艾略特的《荒原》(1922)是它的代表作。瓦雷里的《海滨墓园》(1926)是一首脍炙人口的象征主义名诗。诗人思索人生的意义,礼赞永不停息的宇宙运动,抒发超越死亡意识后的欢欣。哲理的沉思与新奇、富有象征性的意象水乳交融,音韵和谐、优美,意境深远。梅特林克是象征主义戏剧的代表作家,《青鸟》(1908)是他最著名的作品,剧中描写的是圣诞节前夕,蒂蒂尔和弥蒂尔两个孩子在梦中受仙女白丽伦之托,为她病重的女儿去寻找青鸟的故事。青鸟象征着幸福,作品的主题是歌颂人们对幸福和光明的追求。

表现主义是第一次世界大战前后流行于欧美各国的文学流派。它起源于德国,继而波及奥地利、瑞典和捷克,最后横渡大西洋传入美国。表现主义在诗歌方面的代表人物有奥地利的格奥尔格·特拉克尔(1887～1914)、弗朗茨·韦尔弗(1890～1945),德国的格奥尔格·海姆(1887～1912)、高特弗里德·贝恩(1886～1956)等。戏剧方面的代表人物是瑞典的斯特林堡(1849～1912),德国的格奥尔格·凯撒(1878～1945)、恩斯特·托勒(1893～1939)和美国的奥尼尔(1888～1953)。小说领域的代表则是奥地利的卡夫卡(1883～1924)。表现主义文学的理论纲领是"艺术是表现不是再现",主张文学不应再现客观现实,而应表现人的主观精神和内在激情,表现作家透过表象所把握到的事物的本质,因而对事物外在形态的精确描绘毫无意义。表现主义诗歌情绪炽烈、雄辩,追求力度,抒情方式夸张,常采用浓缩的诗句。戏剧和小说通常则采用抽象的象征性手法表现深刻的哲理和主题。韦尔弗的诗集《世界之友》(1911)、《彼此》(1915),斯特林堡的戏剧《通往大马士革之路》(共三部:第一、二部,1898;第三部,1904),奥尼尔的戏剧《琼斯皇》(1920)、《毛猿》(1921),卡夫卡的小说《城堡》(1922)、《变形记》(1915),都是公认的表现主义代表作。奥尼尔的《毛猿》通过满身黑毛、力大无比、信心十足的工人扬克离奇怪诞的经历,表现人的地位和归宿问题。

扬克在资本家眼里，是一只失去了人格的毛猿，但在工人组织里面，他又被当作奸细驱逐。他在现实社会里找不到存在的位置，只好跑到动物园里去与猿猴为伍，结果还是被大猩猩掐死了。他临死前绝望地喊道："我到哪里去？哪里是我安身的地方？"这是作家向人们提出的一个值得深思的问题，即人与社会的关系问题，人在社会中的地位和归宿问题。随着资本主义文明的畸形发展，人们赖以生存的社会逐渐异化为排斥人的世界，人丧失了在社会里安身的地方，只有死亡才是他的归宿。在奥尼尔看来，"毛猿是人类的象征，他失去了昔日与自然的和谐，现在又没能在精神上获得新的协调，这样他就上不着天，下不着地，而是悬在空中了"。作品的主题接触到了资本主义社会的异化本质，在艺术上则通过象征手法来表现作家对人类命运的探讨和思考，表现某种抽象的意念。

意识流原来是一个心理学和哲学术语，美国心理学家詹姆斯(1842～1916)曾把意识比喻为流动的"河流"或"流水"，法国哲学家柏格森也说过"真实"存在于"意识的不可分割的波动之中"。20 世纪 20 年代，欧美一些作家把这种理论直接借用到文学创作上来，认为文学应表现人的意识流动，尤其是表现潜意识的活动，人的意识流动遵循的是"心理时间"，而非物理时间，这就形成了意识流文学。其代表人物有法国的普鲁斯特(1871～1922)、爱尔兰的乔伊斯(1882～1941)、英国的弗吉尼娅·沃尔夫(1882～1941)和美国的福克纳(1897～1962)等。他们的作品采用不受时间和空间限制的自由联想和内心独白的表现手法，对其他文学流派很有影响。

沃尔夫的创作极其丰富，主要作品包括长篇小说九部：《远航》(1915)、《夜与日》(1917)、《雅各之室》(1922)、《达洛卫夫人》(1925)、《到灯塔去》(1927)、《奥兰多》(1928)、《海浪》(1931)、《岁月》(1937)和《幕间》(1941)。此外还写有许多短篇小说和一部戏剧、两部传记作品以及文学评论、随笔、日记等。沃尔夫不仅是现代西方使用意识流手法进行创作的重要作家之一，也是现代西方女权主义文学的开拓者之一。我们并不能将她的整个创作都归为意识流文学，但她的某些重要作品却无疑是意识流小说的经典文本，例如《达洛卫夫人》、《到灯塔去》、《海浪》等。《海浪》共分9章,大部分章节都由书中的6个人物的内心独白组成,这三男三女从童年到老年的人生各个阶段都在各自的回忆性独白中展开,每个人的人生轨迹都代表了一种生活的态度。作家本人曾经说过,小说家应该按照顺序,记录纷坠心田的"万千微尘",描出一事一景给人的意识印上的痕迹。《海浪》中的人物内心独白,就正是以每个人在各个具体的时空环境中的印象、感觉、情绪、思考以及引发的各种联想所构成,作家赋予了各个人物绝对自由的心理空间,自己似乎完全退出了小说。但是这并不意味着小说散漫而无中心,人物一生中的意识"微尘"因为人生不同阶段上的心理特征而被聚集到一个个焦点上,心理时间中共时性的、貌似散乱的意识活动因为从童年到老年的历时性物理时间的参照,逐渐清晰,成为一个有机的整体,凸显出现代西方社会中人们对自我存在的困惑和对人生价值与意义的迷茫。

　　超现实主义是20年代产生于法国的一个文学流派,代表人物有布勒东(1896～1966)、艾吕雅(1895～1952)、阿拉贡(1897～1982)和苏波(1897～1990)等。他们大都是一些激进的小资产阶级知识分子,不满资本主义现实,主张改革现存社会制度,同时又有浓厚的虚无主义和无政府主义思想。由于政治立场和世界观的分歧,超现实主义阵营在30年代末期逐步走向分裂。他们当中的许多人曾加入法国共产党,支持社会主义的苏联,参加过西班牙内战和反对希特勒法西斯的斗争。超现实主义认为,文学不是再现现实,而是要表现"超现实",所谓"超现实"是由梦幻与现实转化生成的"绝对现实",是现实与非现实两种要素的统一物。他们主张写人的潜意识、梦境,写事物的巧合,并提出"自动写作法"来作为表现上述内容的创作方法。布勒东的小说《娜佳》充分体现了超现实主义的这些特点。小说中出现的时空环境都十分真实可信,街道、广场、剧院、咖啡馆的名字都是真实的名字,布勒东的朋友如阿拉贡、艾吕雅、恩斯特、毕加索等人甚至都在小说中出场,但其中人物的特征和感觉却是超现实的。娜佳是"我"也即布勒东本人在巴黎街头相遇的一个少女,她具有神秘的能力,可以预言没有发生的事情,可以画出匪夷所思、具有象征意义的画作,可以看出风是蓝色的,还可以透视出旅馆下面的古老地道。作为一个从外省来到巴黎的下层女孩,娜佳日常的生活是真实的,但她的精神世界又无法用现实的逻辑加以解释。布勒东显然认为,娜佳本人就是现实与非现实的综合体,是超现实主义所理解的超现实的存在。阿拉贡的早年创作具有鲜明的超现实主义风格,其中散文集《巴黎的乡下人》(1926)是这一流派的重要作品。从30年代起,阿拉贡的思想和艺术倾向发生了很大转变,他脱离了超现实主义,创作了不少优秀的现实主义作品,其中长篇小说《共产党人》(1946～1953)描写共产党人在反法西斯斗争中可歌可泣的动人事迹,被认为是社会主义现实主义的巨著。到了60年代后期,阿拉贡又回到早年的超现实主义立场,他晚年的小说《处死》(1965)和《白朗茹与遗忘》(1967)扑朔迷离,晦涩难懂。阿拉贡曾经表示:"如果有人说我始终未离开超现实主义,这是对我作品质量的最高评价。"

第二节 高尔基

一、生平和创作

马克西姆·高尔基(1868～1936)是俄国无产阶级作家。他以丰富的艺术创作开创了无产阶级文学的新纪元,列宁称他为"无产阶级艺术的最杰出的代表"[1]。

高尔基原名阿历克塞·马克西姆维奇·彼什科夫,1868年3月28日出生于俄国伏尔加河畔的尼日尼·诺夫戈罗德。父亲是木匠,母亲是染坊老板的女儿。高尔基幼年父母早丧,曾一度寄居在充满小市民习气的外祖父家里。后来,外祖父破产,年仅10岁的高尔基便流落"人间"。他捡过破烂,当过学徒和杂工,受尽欺凌与虐待,饱尝生活的苦难辛酸。高尔基只上过两年小学,他酷爱读书,勤奋自学。1884年,他怀着上大学的打算来到喀山,未能如愿,底层社会却成了他的真正"大学"。他先后当过码头搬运工、面包师傅、杂货店伙计、园丁和守夜人

---

[1] 列宁:《政论家的短评》,《列宁全集》第16卷,人民出版社1959年版,第202页。

等。同时结识了民粹派知识分子和早期马克思主义者,参加他们的秘密集会,阅读革命民主主义和马克思主义的著作。这使高尔基进一步认识到现实的丑恶和人民的疾苦,逐渐树立起改革社会的决心。

1888年至1889年和1891年至1892年,高尔基为了了解祖国和人民,两次漫游俄罗斯。他长途跋涉,到处流浪。旅途见闻和艰苦经历使高尔基开阔了眼界,磨炼了意志,积累了丰富的知识和生活素材,激发了他从事文学创作的强烈欲望。这期间,高尔基因为与革命者来往密切,并在工人、农民中间进行过革命宣传活动,受到沙皇政府的逮捕和监视。

1892年9月,高尔基在第比利斯的《高加索日报》上发表第一篇短篇小说《马卡尔·楚德拉》,从此走上文学创作道路。1895年,高尔基经著名作家柯罗连科介绍,到《萨马拉报》工作,开始专业创作生涯。1898年,高尔基的《特写与短篇小说集》第一、二卷出版,轰动了俄国文坛,很快被翻译成许多国家的文字,高尔基遂成为闻名全欧的作家。

19世纪90年代,俄国工人、农民在资本主义制度和沙皇专制统治的沉重压迫下日益贫困、破产,不满情绪越来越高涨,民粹派的改良主义宣告失败,马克思主义革命理论广泛传播。高尔基的早期创作揭露了社会现实的丑恶,抨击了资产阶级的腐朽堕落和小市民的自私保守,反映了劳动人民的深重苦难以及他们反抗压迫剥削、争取自由解放的革命要求。

高尔基在90年代总共创作了中、短篇小说和特写、故事、散文、随笔、诗歌等700多篇,它们大体包括浪漫主义作品和现实主义作品两部分。处女作《马卡尔·楚德拉》具有鲜明的浪漫主义色彩,它描写一对青年男女左巴尔和拉达热情相爱,但为了生活自由和人格独立,最后不惜抛弃了宝贵的爱情与生命,表达了自由高于一切的思想。1895年发表的《伊则吉尔老婆子》和《鹰之歌》是早期浪漫主义代表作。《伊则吉尔老婆子》由三个故事传说组成,它谴责腊拉的狂妄、孤独、残暴和极端自私自利,批判伊则吉尔虚度年华、无所作为,热烈歌颂丹柯正直无私、为人民英勇献身的崇高品德。丹柯是传说中的勇士,他在自己的同胞遭到危亡的严重时刻挺身而出,毅然从胸膛里掏出燃烧的心,为人们照亮通向光明的道路,然后骄傲地微笑着死去。在《鹰之歌》里,鹰和蛇是两个象征性的形象。鹰在和敌人战斗中身受重伤,但它没有悲观丧气,它感到自豪、幸福,渴望新的斗争,它最后拼尽力气展开翅膀,在搏击长空中壮烈牺牲。而蛇却习惯于在散布着腐朽气味的阴暗峡谷里爬行,根本无法理解鹰的英勇壮举。它对鹰的咒骂、嘲笑,恰好暴露了自己庸俗卑琐的嘴脸。丹柯和鹰是高尔基创作中最早出现的英雄形象,他们突出概括了当时俄国革命者奋不顾身的革命精神和英雄气概,熔铸着作家崇高的社会理想与道德理想。他们犹如俄罗斯大地的火花,"在人生的黑暗中燃烧起来,在许多勇敢的心里燃烧起对自由、对光明的狂热的渴望!"

在高尔基早期创作中,现实主义作品占有很大比重,作家从丰富的生活体验出发,真实地表现了处在资本主义重压之下的工人、农民、流浪汉、乞丐、小偷、妓女等底层人物的生活遭遇和思想情绪。高尔基曾经生活在流浪汉中间,他熟悉他们,了解他们,他以流浪汉为题材的小说最引人注目。《叶美良·皮里雅依》(1893)、《切尔卡什》(1895)、《玛莉娃》(1897)等是其中的名篇。《叶美良·皮里雅依》的主人公叶美良是个四十多岁的流浪汉,过着比狗不如的生活。一天晚上,他潜伏在桥头准备抢劫一个商人,却意外地遇到一位因失恋而想投河自杀的少女,于是,他放弃了原来的打算,满怀同情去劝慰她,帮助她恢复生活的勇气。在《切尔卡什》中,作家塑造了流浪汉切尔卡什和农民加弗里拉两个对立的形象。切尔卡什机智勇敢,讲义气,重人格,加弗里拉则迷信、自私、胆小。他们两人合伙偷盗,加弗里拉畏缩不前,在瓜分赃款时却贪得无厌,企图杀害同伙,独占所得。切尔卡什虽然遭暗算受伤,还是饶恕了他,并把全部金钱轻蔑地扔给了他。切尔卡什认为,尽管自己"是一个贼,一个和一切亲属断了关系的流浪汉,却永远不会这样贪婪、这样下贱、这样忘乎所以"。《玛莉娃》中的女主人公玛莉娃在性格上和切尔卡什很相似。她热爱大海,向往着像海鸥一样自由自在地生活,竭力保持妇女的尊严和人格独立。她鄙视农民的自私,乐于与流浪汉为伍,放荡不羁,玩世不恭。流浪汉是俄国资本主义的畸形产物,他们受尽残酷压榨,从肉体到精神都留下了深刻的创伤,他们憎恨不合理制度,蔑视现存秩序,渴望改变生活困境,但又不了解受苦受难的社会根源,缺乏明确的生活理想,消极悲观,自暴自弃,他们对现实的反抗是自发的、盲目的。他们生活在污浊的环境里,尽管还保持着正直、善良的个性,也不可避免地受到传统观念和庸俗习气的感染,在他们身上,粗野、下流、放荡等污垢尤为明显。高尔基通过自己的创作真实反映了流浪汉的非人生活,对吃人的资本主义制度发出愤怒控诉和抗议。他一方面同情流浪汉的不幸,肯定他们对于改变现实的合理要求,赞赏他们在精神上高于堕落腐化的资产阶级和自私保守的小市民;另一方面批评他们严重的个人主义和无政府主义思想。高尔基清醒地认识到,流浪汉不是改造社会的革命力量,他们充其量是反抗现实的"临时的英雄"。

高尔基早期的现实主义创作也接触到了幼年时代的俄国工人阶级。《好闹事的人》(1897)中的排字工人一生坎坷,常常以恶作剧的方式来表达对现实的不满,他在排印报纸的时候,擅自加上了一句话,斥责资产阶级报纸的夸夸其谈纯属"愚蠢的、毫无意义的胡诌",气得报纸编辑和出版商暴跳如雷。然而,这位"好闹事的捣蛋鬼"还不是一个"社会主义分子",他没有找到正确的生活道路和斗争方式,等待他的是失业和苦恼。在《二十六个和一个》(1899)中,作家描写了在一个监狱似的地窖里,二十六个面包工人像囚犯一样整天从事着沉重、乏味的劳动,身心备受压抑,只有一位年轻活泼的女工每天能给他们带来片刻的欢快,她是他们心目中的太阳。可是,一个大兵出身的流氓却勾引了她,糟蹋了他们视为神圣美好的东西,二十六个工人只能用咒骂和嘲笑来发泄心中的愤恨。这些作品反映了工农大众的悲惨命运和他们渴望摆脱奴隶地位的强烈愿望,同时也指出了自发性反抗并不能使被压迫人民获得自由解放。

高尔基早期现实主义创作的又一个重要内容是谴责小市民的贪婪自私和庸俗保守,揭露资产阶级的野蛮残暴和虚伪堕落。在《因为烦闷无聊》(1897)这个著名短篇中,高尔基以朴实的艺术手法,叙说了一个令人怵目惊心的故事:一个小火车站的站长和他属下的职员,因为烦闷无聊,寻求开心,便以恶作剧来嘲弄厨娘阿琳娜的爱情,逼得这位软弱可怜的女人屈辱难忍,自杀身死。这个来自日常生活的故事,深刻地暴露了当时笼罩着整个俄国的沉重的市侩习气。

1899年,高尔基的第一部长篇小说《福马·高尔杰耶夫》问世,这标志着他的现实主义创作进入了成熟阶段。小说的主人公福马是一个富有的资产阶级青年,他的父亲和教父一再教育他要不择手段去经营事业,以确立俄国资产阶级在经济上、政治上的统治地位。然而,耳闻目睹的事实却使福马越来越感到资产阶级的肮脏事业是与人类一切高尚感情不相容的。福马苦恼、失望,沉溺于放荡生活之中,并以个人反抗来表示对本阶级的叛逆,最后被送进了疯人院。小说通过福马性格的形成及其与本阶级的冲突,揭露了资产阶级的丑恶本质,指出资产阶级已经从内部分化瓦解,它必将违背自身的愿望,走向灭亡。

20世纪初,俄国工人运动、农民运动和学生运动蓬勃发展,新的革命高潮正在到来。1901年3月,高尔基参加彼得堡学生的游行示威活动,目睹沙皇军警镇压革命的血腥暴行,心情异常激愤,当即创作了短篇小说《春天的旋律》。由于沙皇书报检查机关的阻挠,只有小说的结尾部分《海燕之歌》得以发表。《海燕之歌》采用象征性手法,描绘了革命风暴到来前夕革命人民与反动势力英勇搏斗的壮丽图景:在苍茫的大海上,狂风卷集着乌云,雷声隆隆,愤怒的大海掀起巨浪冲向高空,同它们进行激烈搏斗;飞翔着的海燕以胜利的预言家的姿态大声呼喊"让暴风雨来得更猛烈些吧!"在作品中,海燕是无产阶级革命战士的化身,他在革命高潮行将到来之际,满怀豪情地投入战斗,坚定、乐观地迎接革命的暴风雨的洗礼。《海燕之歌》是洋溢着革命激情的浪漫主义作品,高尔基通过海燕的形象宣传了无产阶级革命思想,在俄国人民反对沙皇专制统治的斗争中,发挥了巨大的鼓舞作用。

1901年和1902年,高尔基接连创作了《小市民》和《底层》两个著名剧本,当它们冲破沙皇政府的阻挠在享有盛名的莫斯科艺术剧院演出时,观众情绪激昂,取得了巨大的成功。《小市民》的戏剧冲突是通过小市民别斯谢苗诺夫一家父子两代的矛盾展开的。别斯谢苗诺夫是老一代小市民典型,专横、自私、愚昧、保守,他坚持现行的生活秩序,竭力维护腐朽的社会制度和道德观念。儿子彼得是个对社会和家庭有所不满的自由派知识分子,曾因参加学潮而被学校开除,但他只不过是一个"做过半小时公民的小市民",早就对自己的鲁莽行为后悔不迭。他追求无聊庸俗的安逸生活,最终和旧制度、旧思想妥协。火车司机尼尔是别斯谢苗诺夫的养子,他热情、乐观、朝气蓬勃。尼尔认为现存的社会制度和生活秩序必须改变,"不变的行车时刻表是没有的"。尼尔还意识到"权利不是给的,权利是争来的"。他决心要"闯进生活最深处","把生活捏成这样,捏成那样"。尼尔既反对老一代小市民的专横保守,也厌恶年青一代小市民的庸俗自私,他是高尔基创作的第一个革命无产者的形象。

《底层》是高尔基对流浪汉生活将近20年观察的艺术总结。它通过怵目惊心的舞台形象真实描写了流浪汉的悲惨遭遇:在一间洞穴似的地下室里,住着一群沦落到社会底层的流浪汉,他们在苦难的深渊挣扎着,渴望能够恢复做人的权利。无情的现实却给予他们接连不断的毁灭性打击,最终粉碎了他们美好的幻想。锁匠克列士奇勤劳诚实,整天埋头干活,不甘心当流浪汉。他的妻子安娜身患重病,无钱医治。妻子死后,克列士奇被迫卖掉了赖以谋生的劳动工具,连重返正常生活的道路也被切断了。小偷贝贝尔希望能够做个体面的人,他为了救护心爱的姑娘娜达莎,失手打死了夜店老板,于是被送去西伯利亚服苦役。妓女娜思佳受尽欺凌与蹂躏,一心向往着纯真的爱情,然而,她的浪漫幻想只能使自己陷入无尽的哀愁与忧伤之中。失意潦倒的戏子盼望有个免费医院能够医好他的酒精中毒,以便重返舞台演出,但这种医院是不存在的,失望之后他便上吊自杀了。剧本通过这些活生生的艺术形象,愤怒地控诉了资本主义制度的吃人本质,无情地揭露了沙皇专制统治的罪恶。

作为一个革命作家,高尔基不满足于对黑暗社会作一般性的揭露和批判,而是从哲学的高度去探讨受苦受难的劳动者的出路问题。剧中的游方僧鲁卡奉行安慰主义哲学。他同情人们的苦难,但不相信人的力量能够改变黑暗的现实。他以甜蜜的谎言来安慰人,散布不切合实际的幻想来麻痹人的神经,以便使人暂时忘却苦难,最终走向毁灭。剧中的流浪汉沙金尖锐地揭穿了鲁卡的安慰主义哲学的虚伪本质:"谁居心不良……或是靠榨取别人的血汗过活,谁就需要撒谎……有的人靠撒谎支持自己,还有人靠撒谎掩饰自己……谎话是奴才和主子的宗教……真实才是自由人的上帝!"沙金是和鲁卡相对立的艺术形象。他尊重人,赞美人,维护人的尊严,相信人的力量。沙金大声疾呼:"一切在乎人,一切为了人!只有人,此外的一切——都是他的手和头脑创造出来的!人!这个字多么灿烂光辉啊!这个字听起来多么令人自豪啊!人!一定得尊重人!不要怜悯他……不要拿怜悯去污辱他……一定得尊重他!"沙金并不是一个革命者,但在特定的戏剧环境里,高尔基只能通过他的嘴来表达自己的思想,以期唤醒那些生活在社会底层的人们,激发他们变革现实的信心和力量,鼓舞他们追求真理,反对鄙俗,向着崇高的人生目标奋进。

《底层》充分体现了高尔基戏剧的艺术风格。它没有离奇曲折的故事情节,不追求刺激强烈的舞台效果,而是采用朴实、凝练的手法,表现具有高度典型意义的日常生活,展示人物的心理活动。它还通过符合性格特征的对话和饱含哲理的台词来表达深刻的思想,具有鲜明的政论性、哲理性。

1905年革命高潮时期,高尔基参加了布尔什维克党的《新生活报》和《战斗报》的出版工作,并加入了党的组织。在十二月莫斯科起义的日子里,高尔基为起义者提供资金和武器,他的住宅成了起义者的重要据点。起义失败后,高尔基受党的委托,到欧美各国去宣传俄国革命,筹措经费。1906年,高尔基在美国创作了剧本《敌人》和著名长篇小说《母亲》,成功地描写了工人阶级反对资产阶级的革命斗争,塑造了具有社会主义觉悟的无产阶级革命者的形象,揭开了无产阶级革命文学的新篇章。

《敌人》是高尔基第一部正面描写工人阶级革命斗争的戏剧。它所反映的已不再是个别工人反抗资本家的自发斗争,而是工人群众自觉的,有组织、有领导的,有着共同目标的革命斗争。工人阶级和资产阶级不可调和的矛盾构成了整个戏剧冲突的情节基础。剧本赞扬了工人阶级大无畏的牺牲精神和英雄气概,预言他们的斗争必然取得最后胜利。这标志着高尔基的思想和创作走向新的高度。

1905年革命失败以后,俄国进入斯托雷平反动统治时期,无数革命者惨遭杀戮,全国布满绞架。在白色恐怖面前,大批资产阶级知识分子投降变节,咒骂革命,攻击马克思主义,鼓吹基督教精神,散布消沉、颓废情绪。当时,高尔基一方面在《论犬儒主义》、《个人的毁灭》、《论"卡拉玛佐夫气质"》和《再论"卡拉玛佐夫气质"》等论文中,对社会生活和文艺领域的悲观颓废情绪、色情淫乱思想,以及攻击革命、污蔑人民的反动言论进行猛烈抨击,受到列宁的赞扬。另一方面,高尔基自从1906年旅居意大利喀普里岛后,也受到了社会上和党内的其他思潮的影响。他在1908年发表的中篇小说《忏悔》,描写一个从小在屈辱和苦难中长大的弃儿马特维,为了寻找上帝和真理而饱尝人间的苦辣辛酸,最后终于领悟到:上帝是寻找不到的,必须创造出一个公正、博爱的上帝来,而人民群众就是上帝的创造者。于是,马特维决心投身到人民群众正在秘密地、真诚地进行着的造神运动中去。这部小说尖锐揭露了传统宗教的虚伪性和欺骗性,并肯定了人民群众的巨大创造力。小说鼓吹一种披着社会主义外衣的新宗教,把人民群众的革命斗争解释为具有宗教色彩的狂热的造神运动,遭到了列宁的批评。列宁认为,宗教是麻醉人民的精神鸦片,任何维护神、美化神的观念都是错误的,这实际上是帮助反动统治阶级从精神上奴役人民,对无产阶级革命事业极为有害。

在意大利期间,高尔基也创作了不少优秀作品。中篇小说《夏天》(1909)在反映农村革命斗争方面具有重要意义。它描写1905年革命后,职业革命家叶戈尔从城市来到农村开展革命宣传活动。在他的影响下,农民中的先进分子组织革命小组,进行反对沙皇和地主富农的斗争。《夏天》是高尔基计划创作的长篇小说《儿子》的一部分,是《母亲》的续篇。另一部中篇小说《奥库罗夫镇》(1909)和长篇小说《马特维·克日米亚金的一生》(1911)批判了顽固、落后、保守、自私的小市民习气,揭露了小市民反对革命、阻碍社会进步的本质。以童话形式反映现实生活的短篇故事集《意大利童话》(1911～1913),通过浪漫主义的艺术手法,描写意大利工人阶级和劳动人民的生活和斗争,赞扬了无产阶级团结战斗的社会主义觉悟和国际主义精神。

1913年底，高尔基回到了俄国。他以忘我的热情投入工作，写作了《俄罗斯童话》(1912～1917)和《俄罗斯浪游散记》(1912～1917)，出版了自传体三部曲中的前两部《童年》(1913)、《在人间》(1915)。第三部《我的大学》完成于1922年。在三部曲中，高尔基根据自己早年的经历，描写了阿辽沙从童年到青年的成长过程，真实地反映了19世纪70年代至80年代俄国社会的面貌，展示了充满残酷、野蛮、愚昧、污秽的令人窒息的生活，表现了一代新人反抗黑暗、奴役，追求自由、光明的崇高理想。这部作品以其令人震惊的客观真实性，深刻地揭露了沙皇专制制度的腐败、丑恶，因而具有独特的艺术价值。

1917年至1918年间，高尔基在迅猛发展的革命形势面前，表现出矛盾、困惑的心态。他在这个时期发表了总题为"不合时宜的思想"的系列专栏文章，他一方面赞同用革命手段推翻沙皇专制统治，另一方面又反对布尔什维克在二月革命后发动武装起义推翻资产阶级临时政府；他一方面准确批评了无产阶级革命过程中的狂热、粗暴行为，另一方面又片面指责无产阶级专政的残酷无情。高尔基的观点再次受到列宁的批评。1924年列宁逝世后，高尔基写了回忆录《列宁》，缅怀列宁"像真理一样朴素"的人格，歌颂列宁的革命精神和思想。

在苏维埃时代，高尔基担任文化出版部门的领导工作。他创办大型报刊，主持出版一系列丛书，组织和领导文学社团活动，团结国内外进步文艺队伍，培养和扶持青年作家，为社会主义文艺事业作出了巨大贡献。高尔基晚年仍然勤奋地从事文学创作活动，他写了大量的小说、戏剧、散文、特写、回忆录以及政治论文和文学论文。

长篇小说《阿尔达莫诺夫家的事业》(1925)是一部俄国资本主义的兴亡史。它通过阿尔达莫诺夫一家三代的盛衰变化，概括了俄国资产阶级从农奴制改革到十月革命这50年间的历史命运。阿尔达莫诺夫家族的第一代老伊里亚出身农奴，他利用农奴制改革时得到的一笔酬金，买土地，开工厂，发财致富，成为纺织界的暴发户。老伊里亚精力充沛，野心勃勃，残暴贪婪，他挤垮了封建贵族，残酷压榨工人，充分体现了新兴资产阶级的特点。老伊里亚死后，长子彼得继承父业，但他思想保守，贪图安逸，缺乏父亲的气魄和能力。对他来说，阿尔达莫诺夫家的事业是个沉重负担,压得他喘不过气来。他精神苦闷,道德堕落,沉溺于放荡生活之中,无所作为。老伊里亚的次子尼基达身患残疾,心理变态,他对彼得的妻子怀有异常的感情,失恋后自杀未遂,从此失去生活的勇气,逃进了修道院。到了阿尔达莫诺夫家族的第三代更是每况愈下。彼得的次子雅可夫贪吃懒睡,满身肥肉,百无聊赖,一事无成。他在十月革命爆发后仓皇出逃,半路上被人像废物一样从前进的火车上扔了出去,成了一堆历史垃圾。

阿尔达莫诺夫家族一代不如一代的演变过程,标志着俄国资产阶级精神品质的日益蜕化,标志着俄国资本主义经历了短暂的兴盛时期后,迅速走向衰落,终于彻底灭亡。

在小说中,老伊里亚的养子阿历克赛及阿历克赛的儿子米隆是资产阶级自由派的代表,他们热衷于政治,勾结沙皇反动势力,希望走西方资本主义道路,以维持阿尔达莫诺夫家的事业,然而在汹涌澎湃的革命浪潮面前,其行为纯属徒劳。只有彼得的长子伊里亚背叛家庭,投身革命,才获得了光明前途。

《克里姆·萨姆金的一生》(1925~1936)是高尔基花了十多年心血创作的一部未完成的长篇巨著。作家以雄健的笔力描绘了十月革命以前40年间俄国社会生活的一幅全景图,包罗了形形色色的重大历史事件,展现了马克思主义和各种社会思潮的斗争。小说的主人公萨姆金是资产阶级知识分子的典型。他在政治上是个怀疑主义者,标榜超党派立场。他对革命运动起初持旁观态度,继而为革命潮流所裹挟,最后脱掉伪装,暴露出反对革命的真面目。萨姆金的核心思想是极端个人主义,这是他投机革命、害怕革命、仇恨革命的思想根源。萨姆金在1917年革命高潮中被示威游行的群众活活踩死,像一袋骨头那样被抛弃在路旁,这宣告了资产阶级个人主义的彻底破产。小说的另一个主人公库图佐夫是无产阶级革命家,他真诚坦率,大公无私,具有勇敢的献身精神。库图佐夫与萨姆金这两个根本对立的艺术形象,体现了两种世界观的斗争。

1934年,高尔基主持苏联第一次作家代表大会,作了题为"苏联的文学"的报告,当选为苏联作家协会主席。1936年6月18日,高尔基与世长辞。

二、《母亲》

《母亲》是高尔基最重要的作品。这部长篇小说第一次描写了工人阶级反对地主、资产阶级专制统治的革命斗争,歌颂了无产阶级不屈不挠的革命精神和英雄气概,塑造了具有社会主义觉悟的无产阶级革命战士的形象,奠定了社会主义现实主义创作方法,在世界无产阶级文学史上具有划时代的意义。列宁称赞《母亲》"是一本非常及时的书",指出它在提高工人群众的革命觉悟方面,有"很大的益处"。

小说的前两章以十分简练的笔法描写了俄国工人在资本家残酷压榨下的悲惨命运:工厂像一头怪兽一样在吞噬工人的血汗,老钳工符拉索夫被榨干了最后一滴血,满腔怨恨地倒毙了。从第三章开始,小说的重心转向描写工人阶级的革命觉醒和英勇斗争。随着马克思主义的广泛传播,老符拉索夫的儿子巴维尔和少数青年工人在革命知识分子的帮助下,接受了革命思想的影响,离开父辈走过的生活道路,向着新的目标奋进。他们秘密组织革命小组,阅读禁书,学习革命理论,向工人群众传播真理的火花。

"沼地戈比事件"是工人阶级和资产阶级第一次针锋相对的斗争。工人群众反对工厂主克扣工资,举行抗议集会,这是一场自发性的经济斗争。巴维尔挺身而出,一方面积极支持和领导工人同工厂主进行面对面的说理辩论;另一方面,他向工人群众宣传马克思主义革命思想,号召他们团结起来,自己解放自己,并明确提出罢工的主张,力图把自发的经济斗争引向自觉的政治斗争。但由于广大工人尚未觉醒,巴维尔也缺乏斗争经验,这场斗争以失败结束,巴维尔被逮捕入狱。

"五一"游行是一场有组织有领导的自觉的政治斗争。经过"沼地戈比事件"和狱中斗争锻炼,巴维尔逐渐成熟,工人群众日益觉醒。"五一"前夕,工人小组对游行示威活动进行了严密的组织发动工作,巴维尔不顾女友沙馨卡的劝阻,毅然担负起领导和指挥游行示威的重任,表现了无产阶级大公无私的献身精神。在游行示威的过程中,巴维尔高举红旗,走在队伍的最前面。工人群众像铁屑被磁石吸住一样,紧紧地聚集在他的周围。他们高呼口号,高唱战歌,同前来镇压的反动军警英勇搏斗,表现了大无畏的斗争精神和英雄气概。

"五一"游行遭到沙皇政府野蛮镇压,巴维尔再次被捕。巴维尔把敌人的法庭变成斗争阵地,他大义凛然,发表激昂慷慨的演说,痛斥沙皇专制统治的暴行,宣布共产党人推翻资本主义、实现社会主义的战斗纲领:"专制制度不是束缚我们国家的唯一锁链,它只是我们必须从人民身上最先打碎的第一条锁链。""现在我们要求获得足够的自由,使我们将来能夺取全部政权。我们的口号很简单——打倒私有制,一切生产资料归人民,全部政权归人民,劳动是每个人的义务。"巴维尔终于从一个普通工人成长为无产阶级革命战士。他的经历展示了俄国工人运动从马克思主义理论的传播到无产阶级政党的建立,从自发斗争到自觉斗争,从经济斗争到政治斗争的整个历史发展过程。

母亲尼洛夫娜是小说的中心人物。她是一个身受政权、夫权和神权三重压迫的劳动妇女。政治上受奴役,经济上受剥削,思想上受宗教迷信的束缚,在家庭生活中受丈夫的虐待,这使她养成了胆小怕事、逆来顺受的性格。然而,马克思主义革命思想和蓬勃发展的工人运动毕竟闯进了她狭小的生活天地,促使她的思想感情发生深刻的变化。当她第一次发现儿子巴维尔参加秘密活动的时候,内心异常恐惧。但是,巴维尔和工人小组成员的革命言论和优秀品质又使她深受教育。"沼地戈比事件"斗争失败后,她目睹警察搜捕革命者的野蛮暴行,既害怕又憎恨。但她终于迈出了走向革命的第一步:代替儿子去工厂散发传单。当然,她的行动主要是出于母爱,是为了营救自己的儿子。

"五一"游行时,尼洛夫娜和革命工人一起走上街头,同敌人英勇搏斗。儿子被捕后,她主动向周围的群众宣传革命道理,这表明她的革命意识已经觉醒。此后,尼洛夫娜作为一个自觉的革命战士,积极参加党所领导的革命斗争。她经常冒着生命危险,不顾艰苦劳累,到工厂、农村去散发书报和传单,向农民宣讲革命道理,执行秘密联络任务,营救被捕的革命同志,全心全意地献身于无产阶级革命事业。她的觉悟提高了,眼光开阔了,思想解放了,斗争经验丰富了,她不再害怕敌人,也不再笃信上帝了。

"车站被捕"是小说的结尾,也是尼洛夫娜形象的最后完成。当她发现自己被敌人严密盯梢的时候,沉着镇定,置安危于度外。她从容不迫地将随身携带的传单向群众散发,然后进行宣传鼓动,直到军警残暴地抓住她的衣领,她仍然不顾一切地大声呼喊:"大家要齐心协力,团结一致啊!""复活的灵魂——是杀不死的!""真理是用血的海洋也扑灭不了的……"这个时候的尼洛夫娜已不再是落后无知、温顺柔弱的家庭妇女,而是一名勇敢、坚定的无产阶级革命战士。

尼洛夫娜思想发展变化的过程,贯穿于整部小说的始终。通过尼洛夫娜对革命斗争和周围生活的观察、感受来展示她复杂微妙的内心活动,是这部小说一个突出的艺术特点,而尼洛夫娜的觉醒则标志着广大劳动人民的普遍觉醒,反映了马克思主义思想和无产阶级革命事业不断深入人心,变成不可抗拒的历史潮流。

农民雷宾的形象也具有重要意义。他出身贫苦,对统治阶级怀有本能的仇恨,但又囿于狭隘的农民意识,他不相信革命知识分子,不相信革命书刊,只相信农民"自己的智慧",相信基督教的《圣经》。他凭着个人的自发性斗争去反抗统治势力,结果屡遭失败。后来,他在巴维尔等先进工人的教育、帮助下,接受了马克思主义革命思想,并在斗争实践中成长为农民革命的领导人,得到广大农民的支持、拥护。雷宾被捕时遭受警察残酷毒打,但他坚贞不屈,视死如归,表现了坚定、彻底的革命精神。雷宾的转变代表着农民群众的觉醒,表明革命运动由城市扩展到了农村。

小说还塑造了尼古拉·伊凡诺维奇、叶戈尔、沙馨卡和娜达莎等革命知识分子的形象。他们大都出身于剥削阶级家庭,但背叛了自己的阶级,献身革命事业。他们在传播马克思主义方面发挥了重要作用,并在斗争实践中与工农群众相结合。小说肯定了革命知识分子的历史功绩,同时也指明了他们的正确道路。

以往的批判现实主义作家是批判地主、资产阶级的能手,但不是无产阶级的革命歌手。他们的作品真实描写了贵族地主和资产阶级上流社会的腐败、丑恶,揭露和批判了专制制度的黑暗、暴虐,并提出改革社会弊病的种种救世药方。然而,由于世界观和艺术观的限制,他们不可能正确描写无产阶级的革命斗争,不可能充分表现无产阶级不屈不挠的革命精神和英雄气概。在他们笔下,无产阶级和劳动人民只是一些被侮辱与被损害的小人物,而不是叱咤风云的革命战士。高尔基的《母亲》和批判现实主义文学不同,在《母亲》中,无产阶级的革命斗争构成了作品的主要情节,无产阶级革命战士成了作品的主人公。从这个意义上说,《母亲》不愧为无产阶级的艺术丰碑。

《母亲》取材于1902年索尔莫沃地区的工人"五一"游行事件,但它不局限于真人真事。高尔基站在马克思主义的立场上,总结了1905年革命的经验教训,经过典型化的艺术概括,创作了这部文学名著。《母亲》生动描绘了俄国无产阶级革命斗争的壮丽图景,展示了俄国工人运动发生、发展的历史过程及其必然规律,具有深刻的典型意义和普遍意义。小说中的巴维尔、尼洛夫娜等人的形象,既集中了20世纪初期俄国工人阶级的革命精神和优秀品质,又熔铸着作家的浪漫主义理想,具有现实主义与浪漫主义相结合的特点。

第三节 马雅可夫斯基

符拉基米尔·符拉基米罗维奇·马雅可夫斯基(1893~1930)是苏联优秀的无产阶级诗人,热情的革命歌手,布尔什维克的宣传鼓动家。他出生在格鲁吉亚库塔伊斯省的巴格达吉村,父亲是个林务官。1906年父亲逝世后,全家移居莫斯科。马雅可夫斯基1908年参加俄国社会民主工党,成为党的宣传员。他积极从事地下活动,曾三次被捕,在狱中阅读了大量的文学作品,同时尝试写诗。1911年马雅可夫斯基进入绘画雕刻建筑学校学习,结识了一批未来派的诗人、画家。1912年底,他与大卫·布尔柳克等人共同发表《未来主义宣言》,出版俄国未来派的第一本诗集《给社会趣味一记耳光》。收在这本诗集里的马雅可夫斯基两首短诗《夜》、《早晨》以及后来陆续发表的一些诗作如《码头》(1912)、《城市大地狱》(1913)等,都有着鲜明的未来主义烙印。这些作品在艺术上抛弃了传统的现实主义手法,追求标新立异,强调诗歌意境的音响、色彩和运动的效果,其思想倾向则是虚无主义和无政府主义。

1914年第一次世界大战爆发后,马雅可夫斯基在革命形势和布尔什维克党的影响下,写作了不少揭露、批判资本主义制度和帝国主义战争的作品。在第一部"纲领性的作品"——长诗《穿裤子的云》(1915)里,诗人向资产阶级喊出"打倒你们的爱情,打倒你们的艺术,打倒你们的制度,打倒你们的宗教"的响亮口号,反映了马雅可夫斯基对资本主义的全面否定和不妥协的抗争精神。在长诗《战争与世界》(1916)里,诗人控诉了帝国主义战争给人民群众带来的痛苦和灾难,发出了反对战争的悲愤呼声。这些作品虽然未能摆脱未来主义的影响,语言晦涩,形象怪诞,但诗人反对帝国主义战争、拥护人民革命的思想倾向,则是鲜明的。

1917年革命期间,马雅可夫斯基从艺术之宫走上战斗的街垒,同革命人民一道参加埋葬旧世界的斗争。他那脍炙人口的诗句:"你吃吃凤梨,嚼嚼松鸡,你的末日到了,资产阶级!"以轻蔑的口吻宣判资产阶级政权的死刑,这首短诗成了革命水兵攻打冬宫时的战歌。十月革命胜利后,马雅可夫斯基明确宣布站在苏维埃政权一边,为新政权工作,他到广场去,到工厂去,在群众集会上发表演说,朗诵诗歌,进行革命宣传鼓动工作。面对资产阶级对无产阶级革命的恶毒诅咒,马雅可夫斯基愤然挥笔,写下了震撼人心的《革命颂》(1918)。诗人"驾临在投射过来的诅咒之上,兴高采烈地欢呼":"啊,愿你四倍地被人赞美,崇高神圣的革命啊!"面对着国内反动派疯狂的颠覆活动和外国帝国主义的武装干涉,马雅可夫斯基为革命战士谱写了激昂慷慨的《向左进行曲》(1918),号召人们为保卫苏维埃政权英勇斗争:

> 翻越过苦难的大山,
> 是一片阳光照耀的幸福天地!
> 越过饥饿
> 越过瘟疫的大海,
> 千百万人大踏步前进!
> 就让他们用那被雇佣来的匪徒,
> 用那烧红了的钢带将我们围困——

俄罗斯决不向协约国屈服。
向左!
向左!
向左!
难道鹰的眼睛会不发光亮?
难道还怀恋着过去?
无产阶级的手指
掐紧
世界的喉咙!
挺起英勇的胸脯前进!
看无数的旗帜满天飞舞!
谁在那里向右转?
向左!
向左!
向左!

1919年至1922年间,马雅可夫斯基参加俄罗斯电讯社(简称"罗斯塔")工作,他和一些诗人、画家合作出版了一种配有短诗的宣传招贴画"罗斯塔之窗",用人民群众喜闻乐见的形式,及时地反映社会生活和革命斗争中的重大问题。既有新闻消息的报道,又有政策法令的宣传;它赞扬人民群众的新思想、新作风,也批评他们当中的落后意识;它歌颂革命和建设所取得的丰硕成果,揭露和嘲笑反动势力的失败灭亡。其内容非常广泛,现实性很强,的确是"用色彩的斑点和响亮的标语传达出来的最艰苦的三年革命斗争的实录"。当时正值国内战争时期,物质条件非常艰苦,但马雅可夫斯基的工作热情十分高涨,在短短三四年间,他创作的"罗斯塔之窗"宣传诗画共达数千幅之多。

在十月革命以后的几年时间里,马雅可夫斯基的诗歌创作数量众多,题材广泛,形式多样,这是诗人的艺术才华蓬勃发展的时期。诗剧《宗教滑稽剧》(1918)通过《圣经》中洪水淹没大地的神话传说,反映十月革命的内容,它在庆祝十月革命一周年的时候上演,受到工农兵群众热烈欢迎。长诗《一亿五千万》(1920)用夸张和抽象的手法,表现新旧世界的斗争，歌颂一亿五千万苏联人民的伟大胜利。著名短诗《开会迷》(1922)以辛辣尖锐的语言，讽刺嘲笑苏维埃政府中那些整天泡浸在会议里的官僚主义者。这些官老爷每天从早到晚，唯一的工作就是开会，他们的会议名目繁多，时间冗长，为着诸如"戏剧部和养马局合并"的问题，"省合作社要买一小瓶墨水"的问题，争论不休，议而不决。这首短诗批评了官僚主义的开会迷夸夸其谈，废话连篇，脱离群众，不办实事，对革命事业有害无益。这首诗曾得到列宁的好评。

十月革命不仅促进马雅可夫斯基政治思想的转变，同时也促进他艺术思想的转变。从1919年起，马雅可夫斯基执意对未来主义进行革命改造，他组织"共产主义者—未来主义者"协会（简称"康夫"），创办《列夫》（即《左翼艺术阵线》）杂志，并担任主编。马雅可夫斯基明确提出，要"利用未来主义的一切手段来掌握伟大的社会主题"，"把已经获得的技能用到为革命所需要的文艺宣传工作中去"。在这个时期创作的一系列关于文艺问题的诗篇中，如《给艺术大军的命令》(1918)、《给艺术大军的第二号命令》(1921)、《魏尔伦和塞尚》(1925)等，马雅可夫斯基对"陷在韵律的蜘蛛网中的未来主义者们、想象主义者们、阿克梅主义者们"提出严厉的批评，大声疾呼文学艺术要为无产阶级革命事业服务，为现实斗争服务，为未来的共产主义服务。从创作实践来看，马雅可夫斯基这个时期的某些诗歌虽然或多或少地残留着未来主义的痕迹，但其主流是革命化和大众化。它不仅思想内容是革命的，而且形象鲜明，语言通俗，节奏明快，为广大群众所喜爱。

1925年发表的著名长诗《列宁》，标志着诗人的创作进入了成熟时期。这首长诗以强烈的感情，描写列宁战斗的一生，歌颂列宁高尚的人格、不朽的事业和光辉的思想，塑造了无产阶级革命领袖的艺术形象。

长诗包括序诗和三章正诗。序诗阐明长诗的创作动机和指导思想，三章正诗分别从"列宁与时代"、"列宁与革命"、"列宁与人民"三个方面去描写列宁，阐明"他做过什么事？他是什么样的人？他来自什么地方？"主题鲜明，结构谨严。

在序诗中，马雅可夫斯基明确指出，列宁是一个伟大的革命领袖，同时又是一个平凡的人。因此，绝不能把列宁当作神仙皇帝来颂扬，不能"用甜腻腻的圣油浸坏了列宁的纯朴"。诗人在序诗中通过一段诗的议论，表明自己对列宁的理解，提出在长诗中塑造列宁形象的指导思想：

> 这是在人世上
> 生活过的
> 一切人们中
> 最现实的人。
> 他是最现实的，
> 但决不是
> 眼睛只盯着
> 自己食槽的
> 那种人，
> 他一眼
> 望尽了
> 整个的世界，
> 看透了
> 时间掩盖着的
> 一切。
> 他，正同
> 你们和我，
> 完全是一样的人，
> 不过，
> 思想
> 在他的眼窝附近
> 也许掘下了
> 比我们
> 更多的皱纹。
> 而他的嘴唇
> 比我们
> 更富于讽刺，更果决坚强。

但这不是
驾着凯旋的马车,
紧抖着缰绳
把你压在地下的
横暴的专制。
他,
对同志
满怀着人性的温暖,
和悦可亲。
他
站在
敌人面前
比钢铁还坚强。

列宁不是神,是人,是"大写的人",他兼有伟大而平凡、崇高而朴素的特质。在塑造列宁形象的时候,既不能把他神圣化,也不能把他庸俗化。

长诗第1章描写列宁诞生的时代背景,叙述二百多年来欧洲资本主义发展史和国际工人运动史。马雅可夫斯基指出,作为领袖,列宁是时代的产儿,而不是"上帝的恩赐",列宁主义在工人阶级的革命斗争中诞生,是社会发展的必然结果,是时代历史的要求。

长诗第2章描写列宁领导俄国革命的斗争历史,从无产阶级政党的建立,1905年革命,第一次世界大战,十月革命,国内战争,直到列宁逝世。诗人通过对列宁毕生的革命实践的具体描写,热情歌颂列宁的丰功伟业。在长诗第2章里,马雅可夫斯基坚持历史唯物主义观点,正确阐明阶级、政党、领袖、群众的相互关系。诗人指出,列宁与党融为一体,同人民群众息息相通:

蒙昧的阶级
碰到了

列宁，
由于列宁的启示
走向光明，
得到了
群众的力量
和思想，
列宁
也跟阶级
一同成长。
…………
阶级的头脑，
阶级的事业，
阶级的力量，
阶级的光荣——
这就是党。
列宁和党——
一对双生的弟兄，
在母亲——历史——看来
谁个更为可贵？
我们说——列宁，
我们是在指——
党，
我们说——党，
我们是在指——
列宁。

长诗第3章描写列宁逝世后的悼念活动，表现广大人民群众的巨大悲痛以及他们继承列宁遗志的坚强决心。诗人最后以列宁的名义，号召无产阶级和革命人民化悲痛为力量，振奋精神，把列宁开创的事业进行到底。

长诗《列宁》具有鲜明的艺术特色。它是一首以叙事为基础的史诗,同时又注入了大量抒情和议论成分,包含着强烈感情色彩和政论性质。诗人在叙述俄国革命历史和列宁光辉一生的过程中,常常抑制不住要抒发自己内心炽热的感情,发表自己对一系列重大社会政治问题的见解。例如,序诗中关于列宁的议论,第2章中关于党的议论,第3章中诗人在悼念列宁时的内心感受等等,都是一些出色的抒情议论片断。长诗把叙事、抒情、议论熔于一炉,达到了叙事清晰、思想深刻、感情强烈的艺术效果。

长诗描写的是"列宁的故事"。诗人在创作过程中,深入阅读和研究了大量的历史文献,长诗所描写的列宁主要生平活动和重大历史事件,都是以真实的历史材料作基础的。但是,作为一部文学作品,长诗又不是列宁传记,不是历史档案,而是艺术创作,它在忠实于历史真实的基础上,大胆地采用夸张、虚构、想象等艺术手法,具有历史真实和艺术创造相结合的特点。长诗对革命群众欢迎列宁从芬兰回国的动人场面的描写,对列宁在斯莫尔尼宫走廊里侧着身子走路、眯着眼睛打量革命士兵的细节描写,都达到了绘声绘色、栩栩如生的程度。

1927年,马雅可夫斯基为了纪念十月革命十周年,创作了一部气势磅礴的著名长诗《好》。诗人以史诗的形式,描写苏联人民在布尔什维克党领导下,进行社会主义革命和社会主义建设的光辉战斗历程,展望社会主义苏维埃祖国美好灿烂的前景。全诗共19章。第1章可称为序诗,说明史诗的创作原则;第2章至第8章,描写苏维埃祖国在烽火中诞生;第9章至第16章,描写共和国的巩固和成长;最后三章歌颂社会主义建设成就,展望共产主义未来。长诗的主题思想可以概括为:无产阶级革命——好!社会主义祖国——好!

长诗《好》的艺术特点是平静的叙述和强烈的抒情相结合,历史事件和自传因素相结合。诗人一方面真实概括革命斗争的历史进程,另一方面通过自己切身感受阐明其伟大意义。抒情主人公"我",以革命和建设的主人翁身份,抒发出对社会主义祖国的强烈热爱:

我
同那些
在接连不断的工作日的狂热里

出去清除
和建设的
人们在一起。
我赞美
祖国的
现在，
但三倍地赞美——
祖国的将来。

正是由于对社会主义祖国的强烈热爱，马雅可夫斯基不能对现实生活中的阴暗面视而不见，不能容忍社会主义社会内部存在着溃疡。他不是一个盲目唱赞歌的诗人，他经常扬起"文字的皮鞭"，狠狠鞭挞社会生活中的歪风邪气。无论是官僚主义还是吹牛拍马，无论是走后门还是向上爬，无论是压制民主还是奴颜媚骨，无论是粗野愚昧还是消极怠工，通通都在诗人揭露批判之列。像《受贿分子》(1926)、《走后门》(1926)、《懦夫》(1928)、《官老爷》(1928)、《舔功》(1928)、《伪君子》(1928)这样一些火辣辣的诗篇，今天对我们仍然有着深刻的教益。

马雅可夫斯基从一个未来派诗人转变为无产阶级歌手，一方面招来了未来派的攻击，另一方面也受到"拉普"（俄罗斯无产阶级作家协会）的排斥。这使他在精神上受到很大打击，再加上爱情的失意，内心十分痛苦。1930年4月14日，马雅可夫斯基悲愤地自杀了，终年只有36岁。

诗人逝世前夕，曾举办一个"马雅可夫斯基创作二十周年"展览会。在展览会上，马雅可夫斯基朗诵了一首未完成的长诗《放开喉咙歌唱》，诗人十分激动而又自豪地唱道：

我是一个清洁夫
和运水夫
为革命
给动员和号召来的，
我从贵族花园的

诗艺中——
走上了前线……
直到
诗集的最后一页,
我都献给你,
全世界的无产阶级
…………
我要唾弃
那千斤重的铜像,
我要唾弃
那润滑的大理石像。
我们要共享光荣,——
因为我们都是自己人——
让在战斗中
建设起来的
社会主义
作我们
共同的纪念碑吧。

这是诗人最后的声音,这是他的艺术宣言,同时又是他一生创作的总结。

第四节 帕斯捷尔纳克

一、生平和创作

鲍里斯·列昂尼多维奇·帕斯捷尔纳克(1890~1960)是一位思想艺术独标一格的俄罗斯作家。他为诗为文,作品高雅深奥,语言技艺高超;他性格倔强,卓尔不群,特立独行,其创作常迸发出不合时俗的声音,以独特的方式表达对时代和社会现实的观察和思考。这既给他带来了问鼎诺贝尔文学奖的荣誉,同时也招致不白之冤,由此决定了他坎坷不平的文学生涯和悲剧命运。

帕斯捷尔纳克出生在莫斯科一个很有教养的艺术家的家庭里,父亲是著名的画家、美术学院教授,与托尔斯泰交往甚密,曾为《战争与和平》、《复活》等作品作插图。伟大的人道主义作家托尔斯泰成了少年帕斯捷尔纳克的精神导师,对他的思想成长产生了深刻影响,这种影响在他的宗教哲学、道德观念等方面有着明显表现。帕斯捷尔纳克晚年在他的自传《人与事》中写道,托尔斯泰的形象"伴随我一生……我们全家上下都渗透了他的精神"①。帕斯捷尔纳克的母亲是俄国著名音乐家安东·鲁宾斯坦的学生,是一位颇有才华的钢琴家。在这个艺术之家中,经常出入来往的多是作家、诗人、画家、音乐家等,帕斯捷尔纳克自幼受到艺术熏陶,培养了多方面的艺术爱好。中学时代,他曾师从作曲家斯克里亚宾学习音乐,梦想当音乐家。1908年入莫斯科大学法律系读书,次年转入历史语言系攻读哲学。1912年春他前往德国马尔堡大学深造。1913年夏又放弃哲学研究回到莫斯科,沉浸在诗歌创作之中。高深的文化修养,多方面的艺术爱好,为他的创作打下了坚实深厚的功底。

此时,未来主义作为文学流派方兴未艾,帕斯捷尔纳克开始与未来派艺术家交往,1914年他加入了谢尔盖·勃布洛夫领导的未来派社团"离心机",并结识了马雅可夫斯基。同年,他的第一部抒情诗集《云雾中的双子星座》(1914)问世,之后又出版了诗集《超越障碍》(1917)。这两部作品表现了诗人独特的心灵世界,抒发了他对大自然、生与死、爱情的感受,语言艰涩,联想离奇,寓意深奥,既流露出对哲理抒情诗的美学追求,也明显地受到了象征派和未来派的影响。

十月革命后,面对新的社会现实,帕斯捷尔纳克的思想有了变化,诗歌创作进入新阶段。相继出版的诗集《生活,我的姊妹》(1922)和《主题和变奏》(1923)为他赢得了广泛的声誉,他被公认为当代最杰出的诗人之一。他在《生活,我的姊妹》一诗中写道:

---

① 帕斯捷尔纳克:《人与事》,三联书店1991年版,第182页。

> 生活，我的姊妹，今天汹涌磅礴，
> 化作春雨向每一个人身上洒落，
> 但是佩戴装饰品的人们高声抱怨，
> 温和地咬人，像燕麦田里的蛇。

诗人一方面怀着喜悦的心情欢迎如春雨般降临的新生活，一方面对那些有着蛇蝎心肠的、对生活发出抱怨和诅咒的"贵人"们表示谴责，表明了他对急剧变化的社会现实的鲜明态度。随着思想的变化，帕斯捷尔纳克的诗歌创作视野更宽广，由抒发个人的内心感受转向描写社会题材。1926年，他完成了长诗《1905年》和《施密特中尉》，前者描写了俄国历史上的重大事件1905年革命，后者歌颂了在这次革命中率部起义并壮烈牺牲的英雄施密特中尉。两首长诗均博得评论界的好评。30年代初，他还发表了描写在与沙皇政权斗争中一代人的命运的长诗《斯佩克托尔斯基》(1931)和抒情诗集《再生》(1932)。

帕斯捷尔纳克的诗歌"可以被看作为集古典的传统、象征派的音乐感、未来派的口语倾向和超现实主义的意象之大成"[①]。他的诗歌语汇丰富，选词奇妙，比喻独特，联想出人意外，形象与现实相映成趣。就其才华而论，堪称为20世纪俄国的杰出诗人之一。但由于他那孤高、傲岸、不愿随俗沉浮的诗人气质，使他显得与时代不合拍。他不主张诗歌为政治斗争服务，拒绝创作应时的和实用的作品，而是寂寞独处，幽闭在个人的世界里，孤芳自赏，执著地追求心目中至高无上的艺术。所以，他在得到赞扬的同时也常常受到批评。有人引用他20年代写的《关于这些诗》中的诗句"我围着围巾，用手掌护住脸，/透过气窗对着孩子们呼喊:/亲爱的小朋友，咱们这里/现在是第几个千年?"以此为据，指责他是"颓废的形式主义者"，脱离人民，脱离现实，与时代格格不入。

除诗歌外，帕斯捷尔纳克还致力于散文创作。1925年出版的《故事集》包括了他从1915年至1924年创作的《图拉来信》、《柳威尔斯的童年》、《航空线》等小说，其中《柳威尔斯的童年》曾受到高尔基的赞扬，

[①] 马克·斯洛宁:《苏维埃俄罗斯文学》，上海译文出版社1983年版，第233页。

并为其英译本写了序言。1931年帕斯捷尔纳克发表了自传性随笔《安全保护证》,书中记述了他1930年以前的生活历程和体验:少年时代的印象,大学生活的感受,德国留学生涯,意大利的旅行,诗坛崭露头角,与马雅可夫斯基的结识与友谊等等。通过这些回忆,作者展示了自己的哲学和艺术观点以及对20年代俄国文坛的看法。

30年代后半期,苏联开始大规模的"肃反"运动,文艺界的很多人受到迫害。在严峻的社会政治形势下,帕斯捷尔纳克只好远离政治,保持沉默,以翻译为生。直到卫国战争爆发后,他才满怀爱国热情,走上前线采访,写了许多通讯报道,鼓舞全国军民反抗法西斯的斗争。沉默8年之后,1943年发表了诗集《在早班列车上》,两年后又出版了诗集《大地的延伸》(1945)。贯穿两部诗集的突出主题是歌颂诗人深情挚爱的祖国和英勇不屈的人民,诗的风格也趋于自然质朴,简洁明朗。

1946年至1948年联共中央对文艺界进行整顿,由于政策的失误,一些著名作家如左琴科、阿赫玛托娃等受到粗暴批判,帕斯捷尔纳克也未能幸免。为了明哲保身,他被迫再次沉默,潜心于文学翻译。他翻译的莎士比亚的悲剧、歌德的《浮士德》、拜伦等人的诗歌,堪称译作中的精品;他还翻译了格鲁吉亚诗人的作品,得到了斯大林的赞赏。因此,有的研究者认为,他在大清洗年代幸免于难,或许与他译介格鲁吉亚诗歌有关。据说斯大林在要求惩治帕斯捷尔纳克的文件上批示道:"不要碰这只闲云野鹤。"

1948年,他开始悄悄地埋头创作长篇小说《日瓦戈医生》,直到1955年10月小说竣稿。

50年代中期,苏联社会政治生活发生巨变,"解冻"时期来临,社会思潮活跃,文学界冲破禁区,暴露社会矛盾的作品纷纷涌现。在这种形势的推动下,帕斯捷尔纳克满怀希望,将他花费8年心血写成的《日瓦戈医生》拿了出来,于1956年分别寄给《新世界》和《旗》两杂志。苏联国家文学出版社也准备出版这部小说。几个月之后,他收到了《新世界》编辑部一封措辞严厉的退稿信:"您的小说精神是仇视社会主义的……小说中表明作者的一系列反动观点,即对我国的看法,首先是对十月革命后头十年的看法,说明十月革命是个错误,支持十月革命的那部分知识分子参加革命是场无可挽回的灾难,而以后发生的一切都是罪恶。"①小说在国内出版无望,于是帕斯捷尔纳克通过意大利驻莫斯科记者将手稿转交意大利出版商。1956年底,小说的意大利文译本首先在米兰问世,很快,小说被译成十多种文字,成为轰动西方世界的畅销书。评论界纷纷发表文章,称赞这部作品概括了俄国最重要的一个历史时期,是继托尔斯泰的《战争与和平》之后的"一部不朽的史诗"。

1958年10月23日,瑞典科学院宣布将该年度的诺贝尔文学奖授予帕斯捷尔纳克,以表彰他"在现代抒情诗和俄罗斯伟大叙事诗传统方面所取得的重大成果"。帕斯捷尔纳克遂致电表示谢忱:"非常感谢。激动、自豪、不安、惭愧。"西方各界人士纷纷向作者表示祝贺。当时正处于"冷战"时期,西方媒体乘机炒作,煽风点火,在政治上大做文章,称《日瓦戈医生》"传达了对俄罗斯历史上悲惨的40年的控诉",它的问世标志着"自由俄罗斯之声在重新回荡"。苏联被西方舆论激怒,立即进行猛烈反击。帕斯捷尔纳克也招致无情攻击和批判。一批作家联名发表公开信,谴责作者把小说交给外国出版商的行为"玷污了苏联作家和公民的起码荣誉和良心"。苏联各报刊也兴师问罪,指责他是"社会主义的污蔑者"、"苏联人民的诽谤者"、"犹大"、"叛徒"等等。10月27日,苏联作家协会宣布开除帕斯捷尔纳克的会籍,苏联政府甚至扬言让他离开祖国。在强大的政治压力下,帕斯捷尔纳克只得宣布拒绝接受诺贝尔文学奖,并致信苏共中央第一书记赫鲁晓夫,恳求不要对他采取驱逐出境的极端措施:"我生在俄罗斯,长在俄罗斯,工作在俄罗斯。我和她是不可分割的……让我离开我的祖国,对于我来说就意味着死亡……"②帕斯捷尔纳克的遭遇引起了国际社会的关注和不满,许多著名的有良知的社会活动家、学者、作家及文化团体纷纷向苏联政府提出抗议。

这就是轰动一时的"帕斯捷尔纳克事件"。他满怀希望自己呕心沥

---

① 转引自蓝英年、张秉衡译《日瓦戈医生·译后记》,外国文学出版社1987年版,第757~758页。
② 帕斯捷尔纳克:《人与事》附录,三联书店1991年版,第318页。

血写成的小说能够问世,却万万没有料到会演变成如此严重的政治事件,造成如此不堪设想的后果。

此后,帕斯捷尔纳克幽居在莫斯科郊外的一个小村庄,闭门谢客,不问世事,在痛苦和孤寂中度过了他坎坷一生中的最后两年。其间,他整理出版了诗集《雨霁》,其中包括了作者1956年至1959年创作的抒情诗;完成了自传性随笔《人与事》,它是对二十多年前写的《安全保护证》的补充;他还致力于历史剧三部曲《盲美人》的创作,但未完成。1960年5月30日逝世。

1986年苏联作家协会为帕斯捷尔纳克平反,并恢复他的会籍。曾受到口诛笔伐的《日瓦戈医生》也于1988年与苏联读者见面。1989年作家的儿子代表父亲在瑞典接受了迟到30年的诺贝尔文学奖。

二、《日瓦戈医生》

1960年1月,帕斯捷尔纳克在接受美国女记者奥丽嘉·卡里斯莱的采访时谈道,"当我写作《日瓦戈医生》时,我时刻感受到自己在同时代人面前负有一笔巨债。写这部小说是偿还债务的试图,当我慢慢写作时,还债的感觉一直充满我的心房……我认为有责任用小说讲述我们的时代——那是遥远的过去,但它仍然浮现在我们眼前。时间不等人,我想把过去写进《日瓦戈医生》之中,并对俄国当年美好而又敏感的一面给予公正的评价"[①]。这就是说,这部小说是作者对自己时代的记录、评述和思考。这个时代包括了十月革命前后几十年的重大历史事件:1905年革命,第一次世界大战,二月革命,十月革命,国内战争,新经济政策的实施等,小说的"尾声"部分一直写到第二次世界大战之后。而作者所指的俄国"美好而又敏感的一面",就是以主人公日瓦戈为代表的一代俄国知识分子。小说有意避开对重大历史事件的直接描述,而将重心放在对俄国知识分子命运的展示上。它通过几个主要人物——日瓦戈、拉里莎(拉拉)、帕沙·安季波夫等在历史大变革中的感受、遭际和命运,反映了那个错综复杂的时代的风貌和革命的艰难曲

[①] 帕斯捷尔纳克:《人与事》附录,三联书店1991年版,第365页。

折,揭示了战乱所造成的深重灾难和巨大牺牲,展现了知识分子接受革命和新生活的苦难历程,同时也暴露了革命中的某些偏颇和失误。作者不是时代的先锋人物,而且,作为一个艺术家和历史的见证人,他对时代和历史的评述和反思完全是从个人立场、个人角度和个人感受出发的,肯定具有其局限性和片面性,小说之所以引起争论,其原因就在这里。

构成小说主要情节线索的是作品主人公日瓦戈的生活遭际。日瓦戈出生在西伯利亚一个富翁的家庭里,后来父亲破产自杀,家道中落;10岁时,母亲去世,成为孤儿的日瓦戈由舅父抚养,并在彼得堡完成大学学业,毕业后与教授的女儿东尼娅结婚,成为一名外科医生。第一次世界大战爆发后,他应征入伍。1917年二月革命发生后,他又回到莫斯科原来的医院工作。十月革命后,首都生活艰难,为了寻求温饱和安宁,他携全家穿越战火燃烧的城市、村庄,千里迢迢来到西伯利亚老家瓦雷金诺。在这里,他遇到过去的女友拉里莎。不久,他被红军游击队劫持去当医生。因他下落不明,妻子只得带孩子重返莫斯科,后被驱逐出境。日瓦戈逃离游击队后,与女友拉里莎隐居瓦雷金诺,但短暂的平静生活很快被打破,女友逃往远东,他只身回到莫斯科。此时他已妻离子散,独自在贫困、寂苦、潦倒、多病中挣扎,最后心脏病发作,猝死街头。

日瓦戈作为一个艺术典型,是十月革命前后一代旧知识分子的代表。当时的俄国知识分子在政治态度上不外乎三种类型:坚决反对革命的,积极追随革命的,以及处于二者之间的中间阶层。这后一类知识分子一般对革命并不持敌对态度,但是往往不能正确地、全面地理解革命,在社会大变革时期,他们力图保持个人精神上的独立,固守自己的信仰、理想和价值观,因此常常与时代发生矛盾,在现实面前碰壁,最后导致个人悲剧,成为时代的牺牲品。日瓦戈就属于这类知识分子。

同时,日瓦戈在某些方面又是作者的自我写照。虽然作者与主人公的人生经历不同,不能将二者完全等同起来,但在日瓦戈的形象中,我们确实看到了作者的影子,看到了他精神上的某些特征,如与时代的疏离,在革命变革和残酷现实面前的无所适从,真诚的基督教博爱思想和人道主义道德理想,强烈的、不合时俗的个性,相似的悲剧命运等等。所以说,日瓦戈是作者精神上的"自我",是作者思想的载体和内心世界的表达者。

日瓦戈的形象表现了俄国相当一部分知识分子在大革命年代的复杂心态:他们的希冀、追求、迷惘、痛苦和失望;同时也表达了作者对现实生活的态度,对革命变革、人生哲学、道德原则的思考。

在作者的笔下,日瓦戈是一个正直、善良、富有人道主义精神的俄国知识分子。他禀赋甚高,博学多才,既是优秀的外科医生,又是颇有才华的诗人。他敏感多思,内心世界丰富,对大自然有强烈的感受力。他痛恨不合理的旧世界,渴望变革,向往新生活。第一次世界大战期间,在战地医院,他和女友拉里莎谈论起战争和革命,说道:"革命违反着意志奔腾而出,仿佛是一股被阻滞得过长的空气。每个人和每件事物都苏醒了,获得了再生,一切都发生了转化、转变。"他就是这样理解革命运动的,他在革命中看到的是人和事物的转变和新生。所以,当他从报纸上得知彼得堡十月革命胜利的消息后,心情十分激动,由衷地赞叹道:"多么出色的手术啊!拿过来就巧妙地一下子把发臭的多年的溃疡切掉了!既简单又开门见山,对习惯于让人们顶礼膜拜的几百年来的非正义作了判决……这是空前的历史奇迹,是不顾熙熙攘攘的平庸生活的进程而突然降临的新启示。"他满怀喜悦心情迎接新时代的到来。当时他所在的医院有很多与革命政权格格不入的人纷纷辞职,而他却坚守岗位,努力工作,与普通公民一样,在革命初期的困难岁月里忍饥受冻,以实际行动表示对革命的拥护。可见,日瓦戈不是反动分子,他没有从政治上攻击和否定十月革命,或者说,作者并不是从政治角度评价十月革命的。美籍俄罗斯人马克·斯洛宁教授在其论著《苏维埃俄罗斯文学》中称该小说是"一部非政治性的作品"[①]。

那么,日瓦戈是站在什么立场上审视和评价十月革命前后那段历史的呢?

日瓦戈从小在思想上受到舅父尼古拉·尼古拉耶维奇很大影响。

[①] 马克·斯洛宁:《苏维埃俄罗斯文学》,上海译文出版社1983年版,第241页。

这位还俗的神甫、哲学家认为,人类历史是基督开创的,基督福音是人类历史的基本信念,对人的爱"是生命力的最高表现形式",只有爱的哲学才是推动历史前进的动力,而不能依靠暴力和奴役,"如果指望用监狱或者来世报应恐吓就能制服人们心中沉睡的兽性,那么马戏团里舞弄鞭子的驯兽师岂不就是人类的崇高形象,而不是那位牺牲自己的传道者"。尼古拉·尼古拉耶维奇还说,"个性自由和视生命为牺牲的观点"是"作为一个现代人必不可少的两个组成部分"。日瓦戈接受的就是这些思想,概括起来,就是人道主义。人道主义既是他观察世界的世界观,又是他判断善恶是非的道德观。在他看来,只有唤起和弘扬人们的爱心,人与人真诚相爱,尊重个人的自由、价值和尊严,才能去恶扬善,人类社会才能不断向理想境界攀登。日瓦戈崇尚和追求的正是这种人道主义理想。

人道主义是日瓦戈审视和评价事物的准则。出于人道主义,他否定了旧俄国那种人民大众受奴役的不合理的制度,他渴望俄罗斯祖国的新生。出于人道主义,他满怀热情欢迎十月革命,因为十月革命摧毁了几个世纪以来的不公正的制度,他肯定和赞赏革命的正义性,并希望人道主义理想能在革命中和革命后逐步实现。但是,革命后的现实令他大失所望。他在俄罗斯大地上看到的是战乱不断,饥荒连年,疾病肆虐,人们从"平静的生活跳入流血和哭号中,跳入每日每时的杀戮中"。尤其使他不能容忍的是暴力之残酷:"白军和红军互相比赛残忍,轮番地在暴虐程度上压过对手,仿佛把残忍翻了几番","人类文明的法则已经不起作用,起作用的是兽性法则"。他反对的不仅是革命暴力,也反对反革命暴力,他否定一切形式的暴力。他可以接受十月革命,但无法接受革命后的现实,严峻的现实与他的道德理想发生了矛盾,使他陷入痛苦、迷惘之中,并渐渐疏远了革命。

日瓦戈实质上站在非政治的另一个层面上提出了这样的问题:革命应该遵循什么样的哲学和道德原则?或者说,人类社会生活应该遵循什么样的哲学和道德原则?在日瓦戈看来(实际上也代表作者的观点),革命变革也好,人类社会生活也好,都必须以博爱精神或人道主义为圭臬,而不能与这一准则背道而驰。正如法国作家雨果在小说《九三年》中所说:"在绝对正确的革命之上还有一个绝对正确的人道主义。"主人公和作者与雨果的观点是一脉相承的。

尽管日瓦戈生活在大革命时代,尽管他被卷入革命洪流之中,但他不善于以社会的、阶级的眼光观察事物,而是以超阶级的人道主义去审视人类历史上空前的大变革以及两个阶级的生死搏斗。他说:"我是非常赞成革命的,可是我现在觉得,用暴力是什么也得不到的,应该以善为善。"他既看不到人类社会发展的历史长河中阶级斗争必然伴随着暴力较量的事实,也不懂得区分暴力的性质,更不理解马克思那句至理名言"批判的武器代替不了武器的批判"的深刻含义,而执迷于他的超阶级的人道主义思想,从而使他无法正确认识时代,无法对十月革命特别是革命后的现实作出清醒而公正的评价。日瓦戈的人生悲剧之根本原因是其道德理想与时代精神的矛盾。

导致日瓦戈人生悲剧的另一个原因是他的个性与时代潮流的冲突。

在帕斯捷尔纳克笔下,日瓦戈是一个正直的、敢于坚持自己的信念的知识分子,是作家心目中的理想人物。他接受了舅父尼古拉·尼古拉耶维奇的人生哲学,将个性的自由和独立看作是至高无上的。当十月革命这场史无前例的大变革降临俄罗斯大地时,千百万无产者和劳苦大众为了翻身解放,积极投身到轰轰烈烈的革命洪流之中。而日瓦戈却死抱着个性自由独立的人生哲学不放,不愿随波逐流,把自己视为革命的局外人、旁观者。诚然,革命初期日瓦戈曾一度接受革命,那是因为他痛恨腐败的旧制度,希望革命后人民能够安居乐业,过上自由平等的生活。但革命后的战争和苦难彻底打乱了正常的生活秩序,也破坏了他个人安宁的生活,对这样的现实他感到失望、厌恶、恐惧,因此,他总想逃避现实,远离革命风暴,在两大敌对阵营的生死搏斗中走一条中间道路,在动乱之中寻找一小块安定的绿洲,以保持个人精神上的自由独立。他与家人从莫斯科迁往西伯利亚,他逃离游击队,他与女友拉里莎隐居瓦雷金诺等等,无不是为了这一目的。

然而,在激烈的阶级搏斗中,中间道路是走不通的,幻想走中间道路只能说明政治上的天真幼稚。处于历史大变革时期,每个人都必须经受时代大潮的淘汰,每个人都必须作出自己的人生选择,这种淘汰和选择是严峻的,它决定着一个人的历史命运。日瓦戈千方百计地想脱离广大人民群众的革命斗争,追求个人安定的生活和维护个人自由的信仰,显然,这种人生选择是与时代潮流格格不入的。结果,时代的革命洪流冲击和破坏了他的理想生活,侵犯了他的个性自由和独立,使他从疏远革命、厌恶革命到终于背离革命,成了一个革命时代的"多余人",最后,在穷困潦倒中结束了一生。这是一个在历史大变革时代没有选择正确的人生道路,没有同广大人民群众并肩前进、共同创造历史的旧知识分子的悲剧。

为了进一步表现知识分子的命运这一主题,小说还描写了另外几个知识分子的形象。

与日瓦戈不同,帕沙·安季波夫走的完全是一条革命道路。他出身于工人家庭,父亲因参加1905年革命而被流放。第一次世界大战时,他曾任俄军准尉,在战斗中被俘,而传说他阵亡。十月革命爆发后,他逃回俄国参加红军,改姓斯特列尼科夫,成为一名出色的指挥员,屡建战功,赫赫有名。在作者看来,仿佛是残酷的革命和战争使他丧失了人性,成了思想、意志和原则的化身。他表现出一种狂热的革命激情,对敌人毫不留情,格杀勿论,绰号叫"枪毙专家"。为了革命事业,即使知道妻子女儿就在身边,也从不去看望和照料她们。他对苏维埃政权可谓忠心耿耿,对革命事业可谓舍身忘我。但即使这样,就仅仅因为他曾是沙皇军队的旧军官而不被信任,成了怀疑和清洗对象,最后被迫含冤自杀。帕沙的悲剧是革命中政策的偏颇和失误造成的,在小说中,两个对革命采取不同态度的人物帕沙和日瓦戈相互对照,通过帕沙的悲剧,作者从另一个角度表明了对那场暴力革命的看法,即暴力革命违背了人道主义原则。

女主人公拉里莎的命运更悲惨。她是一位美丽、聪颖、坚强而温柔的女性,可惜在少女时代就被狡猾无耻的律师科马罗夫斯基糟蹋了,这一不幸成为她的人生悲剧的主要根源。她忍受着心灵的创伤,经过努力奋斗,完成了大学学业,与热恋着她的青年帕沙·安季波夫结婚。婚后不久,丈夫从军上了前线,从此杳无音信。为寻找丈夫,她作为护士辗转于前线,饱尝战火和颠沛流离之苦。十月革命后的战乱年代,她带着女儿艰苦度日,不仅没有得到身为红军指挥员的丈夫的照顾和保护,反而受到牵连。为了保全自己和女儿的生命,她听信科马罗夫斯基的蛊惑,跟随他逃往远东,并做了这个远东共和国司法部长的夫人。内战结束后,她一回到莫斯科就被投入集中营,不知所终。拉里莎的悲剧是反动政客科马罗夫斯基一手造成的,同时她也是激烈的阶级斗争的牺牲品。

另外两个知识分子戈尔东和杜多罗夫虽然着墨不多,但他们的命运值得关注。这两人都是教授,是日瓦戈的同时代人和朋友,与日瓦戈不同的是,他们没有疏远和背离革命,愿意接受革命的改造和教育,始终与新生的苏维埃政权风雨同舟,即便如此,他们也是命途多舛,历尽劫波。他们曾被无辜投入监狱、劳改营,受尽折磨,直到卫国战争爆发,戴罪立功,才重获自由。

通过这些人的遭遇,作者满怀同情和惋惜为"俄国美好而敏感的一面"——一代知识分子吟唱了一曲哀歌。

在描写知识分子的命运遭际时,作家站在人道主义立场上,确实写了不少因暴力革命的失误所造成的不良后果,让他笔下的人物说了不少与革命格格不入的言论,这就是小说被禁止出版和遭到批判的直接原因。但这样描写是出于艺术上的需要,因为这一方面真实地传达了主人公对现实的看法和内心感受,另一方面也深刻地表现了当时错综复杂、充满矛盾的时代特征。帕斯捷尔纳克创作这部小说,其目的不仅是为了反思过去,同时也是为了警示现在和展望未来,他希望苏联社会避免重蹈过去的失误,给知识分子和全体公民更多的信任,呼唤建立充满自由民主空气的社会生活。由此可见作者的良苦用心。

《日瓦戈医生》通过各种人物的命运反映了俄国历史上,也是人类历史上最重要、最富有戏剧性、斗争最激烈的一段时期的时代风貌,是一部具有史诗性特点的小说。对现实的赤裸裸的写实与浪漫激情的抒发相结合,屠格涅夫式的对大自然的诗意描绘与托尔斯泰式的对人类历史的哲理思考交相辉映,散文与诗歌的有机融合与相互印证,都赋予小说以新颖而独特的风格。

隐喻和象征是小说最常用的艺术手法。美丽、善良、坚强的拉里莎是俄罗斯母亲的化身,帕沙、日瓦戈、科马罗夫斯基对拉里莎的感情纠葛,寓指革命、中间、反动三种历史力量对俄罗斯的争夺。第17章《尤里·日瓦戈的诗作》是小说的有机组成部分,这是主人公的心灵之歌,是对大自然、爱情、命运、人类苦难的沉思和感悟。首篇《哈姆雷特》是一个时代的思考者的象征性形象;结尾一首《客西马尼的林园》,借用《新约·马太福音》第26章耶稣对持剑保护他的门徒彼得说:"收起你的剑,刀枪解决不了争端。"这句话就是日瓦戈——同哈姆雷特一样,一个时代的思考者——对自己时代的暴力斗争的否定。为了为人类的苦难赎罪,耶稣甘愿走向十字架。在作者的笔下,日瓦戈也是一个自愿接受苦难命运的殉难者的形象[①]。《冬之夜》中燃烧着的蜡烛即是日瓦戈的牺牲和奉献精神的象征。此外,瓦雷金诺月夜的狼群,拉里莎和日瓦戈的梦等等,都有象征和隐喻意味。象征和隐喻手法的运用大大增强了小说主题和人物形象的艺术张力。

第五节　肖洛霍夫

一、生平和创作

米哈依尔·亚历山大罗维奇·肖洛霍夫(1905～1984)是苏联著名作家,出生在顿河地区维申斯卡亚镇附近的一个哥萨克农庄。父亲是从俄罗斯内地迁居来的"外乡人",曾当过雇工,经营过磨坊、商店,后在苏维埃政府的基层粮食部门工作。十月革命前,肖洛霍夫在小学和中学读书;国内战争时期,在农村从事扫盲和文化宣传活动,1920年参加苏维埃政权的粮食征购队,担任粮食征集员,同富农、白匪进行过艰苦的斗争,这为他后来的文学创作积累了丰富的素材。1922年,肖洛霍

[①] 参见符·维·阿格诺索夫主编《20世纪俄罗斯文学》,中国人民大学出版社2001年版,第465页。

夫来到莫斯科，先后当过装卸工人、建筑工人和房产管理部门工作人员，业余时间从事文学创作。

肖洛霍夫1923年开始在地方报刊上发表作品。1924年加入俄罗斯无产阶级作家协会（"拉普"）。1926年出版中短篇小说集《顿河故事》和《浅蓝的原野》，受到文艺界的重视。他的早期创作形象鲜明，语言生动，结构简练，生活气息浓烈，真实反映十月革命和国内战争时期顿河哥萨克地区尖锐复杂的阶级矛盾和阶级斗争，歌颂无产阶级和贫苦农民的革命精神和优秀品质，揭露地主、富农、反革命匪帮野蛮残暴的本性。短篇小说《死敌》（1926）描写十月革命激化了哥萨克的阶级对立，"仿佛有谁在村子里犁了一道鸿沟，把人分成敌对的双方"，一方是村苏维埃副主席叶菲姆和村子里的贫农，另一方是伊格纳特等四五个商人、富农和一部分中农。伊格纳特是个凶恶、狡猾的反革命分子，他仇恨苏维埃政权，操纵村子里的选举，让其女婿窃取了村苏维埃主席的职务。他偷税漏税，雇工剥削，欺压群众，在村子里横行霸道。叶菲姆立场坚定，爱憎分明，敢于同伊格纳特进行针锋相对的斗争，他不怕打击，不受利诱，虽然后来被伊格纳特一伙杀害了，但他坚信自己一个人倒下去，将会有20个勇士站起来，革命事业必将取得最后胜利。在短篇小说《看瓜田的人》（1925）里，作家进一步描写出革命与反革命的搏斗深入到哥萨克家庭内部，一个四口之家分裂成互相敌对的两个阵营。父亲当了白匪的警卫队长，是个杀人不眨眼的刽子手。母亲因同情红军，被他活活打死。两个儿子菲多尔和米嘉拥护革命，在家里挨打受骂，一个逃出家门，参加红军，一个被逐出家门，成了"看瓜田的人"。后来，菲多尔不幸被俘，父亲执意要杀害儿子，兄弟两人只好砍死这个罪大恶极的反革命分子，双双投奔苏维埃政权。作品揭示出，革命与反革命的斗争是你死我活的斗争，即使在夫妻、父子之间也不可调和。中篇小说《道路》（1925）的主人公彼得是个毡靴工人，父亲因倾向革命，被白匪杀害，他怀着满腔仇恨放火烧掉敌人的仓库，几经曲折，投奔红军。村子里建立苏维埃政权以后，彼得当了团支部书记，在一次白匪进攻中，他受伤被俘，被迫当匪兵，但他对革命矢忠不贰，在白匪进攻苏维埃农场的时候，彼得乘机杀掉白匪头目，鼓动匪兵哗变，倒向苏维埃政权。

小说通过彼得走过的艰苦曲折的道路，表现哥萨克地区的贫苦人民争取自由解放的强烈愿望。

1925年底，肖洛霍夫回到故乡定居，着手写作《静静的顿河》。这部规模宏大的长篇小说共4部8卷，分别出版于1928年、1929年、1933年和1940年，获斯大林文艺奖金。20年代末30年代初，苏联在全国范围内开展农业集体化运动。肖洛霍夫根据自己在哥萨克农村的生活感受，创作了另一部著名长篇小说《被开垦的处女地》。1932年小说第一部出版，受到文艺界的普遍赞扬。1941年卫国战争爆发，肖洛霍夫以记者身份奔赴前线。在卫国战争期间，肖洛霍夫发表了不少充满爱国主义精神的短篇小说、通讯特写和政论，并创作一部以苏联红军抗击德国法西斯侵略为题材的长篇小说《他们为祖国而战》，但全书未完成。

1956年和1957年之交，肖洛霍夫发表了短篇小说《一个人的命运》，在国内外引起强烈的反响。这篇小说以卫国战争作背景，通过一个普通苏维埃人的悲惨遭遇，强烈控诉德国法西斯侵略战争给苏联人民带来的深重灾难，表现苏联人民崇高的爱国主义精神和不屈不挠的意志。小说的主人公索科洛夫原是个工人，夫妻恩爱，衣暖食足，过着美满幸福的小家庭生活。卫国战争爆发，索科洛夫应征入伍，强忍悲痛告别妻子儿女上前线。在战争中，他受过伤，当过俘虏，在敌人的集中营里受尽残酷折磨，好不容易才死里逃生。然而，他的妻子和两个女儿却早已被敌机炸死，他的儿子也在攻克柏林的战斗中壮烈牺牲。法西斯侵略战争夺去了索科洛夫的一切，给他的精神和肉体留下巨大的创伤。这个艺术形象在现实生活中有着深刻的典型意义。索科洛夫的悲惨遭遇，体现千百万苏联人民在战争中所经历的共同遭遇，概括整整一代人的命运。

小说中的索科洛夫是一个普通平凡的苏维埃人的形象。他身世凄凉，倍感新社会的温暖，一旦祖国面临危难，他便挺身而出。在战场上，他感到生活艰苦难挨，却没有喊怨叫苦，而是积极、勇敢地去执行战斗任务。在受伤被俘时，他有过惊慌和胆怯，但没有向敌人低头求饶。在集中营里，他虽然没有同敌人做过英勇的斗争，却满怀仇恨杀死叛徒，两次冒险越狱逃跑,甚至还把一名德国军官活捉过来。战争毁灭了他的家庭和幸福,使他悲痛欲绝,然而,他却没有失掉生活的勇气,他以深沉的感情收养孤儿万尼亚,踏上坎坷的生活旅途,迎接命运的严峻考验。索科洛夫平凡、朴实的性格,具有真实、感人的艺术力量。

《一个人的命运》是作家关于战争和人的命运的深刻思考,小说所探索的战争和人的关系,以及描写普通人形象的问题,对苏联当代文学尤其是战争文学的创作,产生深远的影响。

1959年,前后创作时间达26年之久的《被开垦的处女地》第二部出版,它和第一部一起获列宁奖金。《被开垦的处女地》是一部反映农业集体化运动的作品。描写1930年初工人、共产党员达维多夫受党的派遣,来到顿河哥萨克地区的格内米雅其村,他和当地干部一起,领导农民开展集体化运动。他们粉碎了地主富农和反革命分子的疯狂反抗,教育、帮助个体农民摆脱私有观念和习惯势力的束缚,纠正实际工作中出现的"左"的和右的偏差,从而在广大农民支持下,建立起集体农庄。而达维多夫和村党支部书记拉古尔洛夫则在同阶级敌人的搏斗中悲壮地死去。小说客观、真实地描写了苏联30年代农业集体化运动的全过程,反映了集体化运动中尖锐复杂的矛盾斗争,揭露了斯大林时代农业集体化政策的失误和农村工作的偏差,具有深刻的历史意义和艺术价值。

肖洛霍夫1930年加入苏联共产党,1934年当选为苏联作家协会理事,多年来一直担任苏联作家协会理事会书记处书记。他从1937年起当选为苏联历届最高苏维埃代表,1961年以后当选为苏共历届中央委员。他获得过列宁勋章和社会主义劳动英雄称号,1965年获诺贝尔文学奖。

二、《静静的顿河》

《静静的顿河》是肖洛霍夫的代表作,也是20世纪世界文学中一部很有影响的重要作品。它生动地描写了从第一次世界大战到国内战争结束这个动荡的历史年代顿河哥萨克人的生活和斗争,表现苏维埃政权在哥萨克地区建立和巩固的艰苦过程,揭示一切反动落后势力必然失败灭亡的命运。

哥萨克是俄国历史上形成的一个特殊社会阶层。他们原先是从封建压迫下的俄罗斯内地逃亡到边远地区定居的农奴和市民,这些人在顿河草原上独立谋生,逐步建立起具有自治性质的哥萨克组织。哥萨克人素以酷爱自由和粗犷勇武著称,曾参加过历史上著名的斯捷潘·拉辛和普加乔夫领导的农民起义。后来沙皇政府对哥萨克采取威逼利诱政策,允许哥萨克从国库中领取薪饷,终身占有土地,免缴课税,同时规定其成年男子必须服兵役、效忠沙皇。因此,哥萨克人长期生活在落后闭塞的环境里,远离革命民主运动,充当沙皇的鹰犬。在十月革命和国内战争年代,哥萨克内部产生激烈的阶级分化,上层哥萨克公开参加反革命叛乱,大部分哥萨克中农和落后群众也为他们裹挟,顿河地区一时成为反革命的根据地,只有贫苦哥萨克和"外乡人"才是拥护革命的。这就决定了哥萨克苏维埃政权的建立和巩固,必然要经受"非常长期的艰苦斗争和痛苦的考验"。

《静静的顿河》中的鞑靼村,是哥萨克社会的缩影。这里居住着珂尔叔诺夫和莫霍夫等富农、商人,居住着像中农麦列霍夫那样的殷实人家,还住着像珂晒沃依那样一贫如洗的贫雇农,以及伊凡·阿列克赛耶维奇等备受歧视的"外乡人"。离鞑靼村不远处,还有一户拥有四千亩土地和豪华庄园的大地主李斯特尼茨基。他们都按照古老的哥萨克传统方式生活着,而尖锐的阶级对立已经到了一触即发的程度。

1914年第一次世界大战爆发,青年哥萨克怀着"忠于上帝,忠于沙皇,忠于祖国"的誓言,应征上前线,许多人死葬异乡,留下一批可怜的孤儿寡妇。战争的灾难,军旅生活的痛苦,布尔什维克的宣传鼓动,使哥萨克军队中普遍蔓延着厌战情绪,士兵们拒绝执行作战命令,枪杀军官,成群结伙开小差。与此同时,布尔什维克党人施托克曼来到了鞑靼村,在贫苦的哥萨克中间点燃革命的火种。

十月革命推翻了沙皇专制统治,贫苦哥萨克建立起革命政权,然而,反动势力的各种亡命之徒纷纷麇集顿河流域,"妄图从这块根据地上展开和指导对苏维埃俄罗斯的进攻"。哥萨克作为"一个特殊的阶层","本质上是保守的"。他们虽然拥护苏维埃的和平和土地政策,但对苏维埃政权心存疑惧，不愿意放弃传统特权，害怕遭受到"俄罗斯庄稼佬"的压迫。反革命分子正是利用哥萨克群众这种狭隘偏见和心理，抓住"苏维埃政权的个别代表人物对哥萨克态度的不公正"，进行挑拨离间，在顿河地区煽动大规模叛乱。参加叛乱的哥萨克一方面和红军部队野蛮厮杀，另一方面并不愿意死心塌地支持白匪政权，而是幻想建立一个既反对共产党又保留苏维埃形式的"哥萨克自己的政权"，恢复古老的传统生活方式。经过多次反复较量，红军终于打败了由帝国主义支持的白匪军，平息了哥萨克叛乱，苏维埃政权日益巩固和壮大。严酷的斗争使越来越多的哥萨克群众站到苏维埃政权方面来。《静静的顿河》重要的思想价值就在于它以生动的艺术形象，深刻地揭示这个为哥萨克人用"痛苦和鲜血换来"的生活真理，真实地表现他们走向革命的艰苦曲折道路。

小说主人公葛利高里·麦列霍夫是一个十分复杂而又很有个性的人物，他在动荡的历史年代走着一条独特、坎坷的人生道路。葛利高里原是个热情、英俊、勇敢、勤劳的哥萨克青年，第一次世界大战爆发后应征入伍，在沙皇军队里，他看不惯军官的飞扬跋扈，看不惯兵痞的奸淫掳掠。他在作战中第一次砍死奥地利士兵的时候，内心十分痛苦，他对人们在战争中互相残杀，感到愤恨。革命士兵贾兰沙向他尖锐揭露帝国主义战争的荒谬和专制政体的腐败，更使他"对沙皇、祖国和他的哥萨克军人天职的全部概念"一下子"化为飞灰"。然而，从前线回到家乡养伤以后，葛利高里作为鞑靼村"第一个得到十字勋章的人"，处处受到人们的谄媚和尊敬，这些落后的哥萨克意识"渐渐地把贾兰沙在他心里种下的真理的种子给毁灭掉了"。于是，他又以"一个出色的哥萨克的身份重新回到前线"。这以后，"葛利高里牢牢地保持着哥萨克的光荣，一得到机会就表现出忘我的精神，疯狂的冒险"。他连连立功受奖，由一个普通士兵晋升为少尉排长。

十月革命的时候，政治上幼稚的葛利高里没有积极站在苏维埃政权一边，而是接受资产阶级自治派的影响，拥护哥萨克脱离俄国而独立，成了一个"在草原上的大风雪里迷了路"的人。不久，"葛利高里结识了顿河地区革命军事委员会主席波得捷尔珂夫，经过短短的动摇之后,从前的真理又在他心里占了上风"。葛利高里参加红军,担任连长,英勇地同白匪作战。不过,葛利高里不是一个坚定的无产阶级革命战士,只是苏维埃政权短暂的同路人。他对残酷的阶级斗争很不理解,在看到波得捷尔珂夫枪杀白军俘虏之后,他那曾经向往过布尔什维克的心冷掉了。他"在顿河建立苏维埃政权斗争的最高潮里离开了自己的队伍",幻想"逃避开这整个的、沸腾着仇恨的和难以理解的世界"。

1918年春天,反革命叛乱席卷顿河流域,葛利高里在父亲和哥哥的影响下,加入叛军队伍,从此踏上反革命道路。在同红军作战过程中,葛利高里双手沾满革命者的鲜血,他"渐渐地也憎恨起布尔什维克来了",他把布尔什维克看成"他的生活上的敌人"。但葛利高里在感情上仍然和白匪军格格不入,在察里津战役失败以后,他又"自动地离开了团队",回到家乡。

红军占领鞑靼村的时候,葛利高里公开咒骂苏维埃政权"除了使哥萨克破产以外,什么都得不到。这是庄稼佬的政权,庄稼佬才需要它"。苏维埃政权要把他当作"危险的敌人"逮捕法办,葛利高里不得不仓皇潜逃。这时顿河流域又爆发第二次叛乱,葛利高里"感觉到一种非常强烈的愉快,感觉到无比强大的力量和决心……从现在起,他的道路很清楚了,就像月亮照耀着的一条大道"。他克服以往的徘徊动摇,自觉投身到反革命狂潮中去。特别是他的哥哥彼得罗被红军杀死以后,葛利高里怀着疯狂仇恨和野蛮报复心理,残酷杀害大批红军战士。他由一个叛军连长逐步晋升为师长,在反革命泥坑中越陷越深,以致无力自拔。他酗酒、放荡,内心极端苦闷,几乎到了神经错乱的地步,他的整个精神状态面临着崩溃。

葛利高里虽然是反革命的重要骨干,但在白军军官眼里,他不过是"一只白老鸹","一个粗野的哥萨克",处处受到歧视和排挤,这使他心里很委屈。当白军乘船向克里米亚溃逃的时候,葛利高里像丧家犬一样被抛弃。于是他怀着"把过去的罪过都赎过来"的心情,参加红军骑兵队。他在同白军作战中同样表现得很英勇,因而立功受奖,晋升为副团长。由于严重的"历史问题",葛利高里在红军队伍中也得不到信任,到了国内战争后期就被"彻底复员"了。

葛利高里回到家乡，他的妹夫、鞑靼村革命军事委员会主席珂晒沃依明确宣布要追究他的反革命罪行，强令他到革命法庭和肃反委员会登记自首。为了逃避革命政权的惩罚，葛利高里加入了佛明匪帮。然而，国内战争已接近尾声，佛明匪帮的覆灭已为时不远，葛利高里看清形势，和佛明匪帮不辞而别，带着情人阿克西妮亚远走他乡。半路上遇到苏维埃征粮队的袭击，阿克西妮亚被打死，葛利高里像幽灵一样在森林村野游荡，最后，怀着痛苦绝望的心情回到家乡。

葛利高里既不是死硬的反革命分子，也不是坚定的革命派，而是动摇于革命与反革命之间的复杂人物。他在回顾自己所走过的道路时无限感慨地说："我从1917年起走的就是一条弯路，我像醉汉一样摇摇晃晃……从白军里逃了出来，但是也没有靠拢红军，我就像冰窟里的粪球一样漂来漂去……我怀着很大的热情为苏维埃政权服务，可是后来这一切都变了样子……在白军的司令部里，我是一个陌生的人，他们始终对我怀疑……可是后来在红军里也是这种样子。"在短短四五年间，葛利高里两次参加红军，三次投身反革命叛乱，其徘徊动摇是非常明显的。然而，革命与反革命两军对垒，泾渭分明，中间道路是不存在的。葛利高里徘徊动摇的结果，最后还是陷入反革命深渊而毁灭。小说通过葛利高里的悲剧，从反面指出了哥萨克应当走什么样的道路，不应当走什么样的道路。

葛利高里的徘徊动摇有着深刻的社会历史根源和个人的主观原因。葛利高里出身于中农家庭，就其经济状况和社会地位来说，既是劳动者，又是私有者，其政治特点是左右摇摆。葛利高里作为一个哥萨克军官，他的左右摇摆则以更加特殊的形式表现出来。中农的私有观念和哥萨克军官的特权思想，在他和无产阶级革命事业之间横着一条深沟，使他把苏维埃政权看成异己的政权；而劳动者的朴素感情和平等意识又使他同白匪军格格不入。他本能地从自己的阶级利益出发，企图寻找一条超越革命与反革命的中间道路；落后愚昧的哥萨克传统生活习惯和中农的小生产方式造成他目光短浅，政治幼稚，使他在激烈的阶级搏斗中分不清是非善恶，他怀着哥萨克军人的雇佣思想时而为苏维埃政权服务，时而为反动势力效劳。他以资产阶级庸人观点看待你死我活的阶级搏斗,把十月革命和国内战争看成毫无意义的仇杀,既无法理解革命政权对反动势力的无情镇压,也厌恶反动势力对革命战士的野蛮摧残,他天真地认为革命和反革命可以"和平共处";哥萨克军官的狂妄自信、粗野任性和冒险精神使他在动荡的年代不甘寂寞,顽固拒绝接受生活的真理,直到碰得头破血流才肯罢休。葛利高里的艺术形象真实地概括了哥萨克中农的本质特征,同时又具有独特的个性,它在特定的历史年代和社会环境中有着深刻的典型意义。

作家对他的主人公的偏爱也是明显的。在小说中,作家虽然否定葛利高里的道路,却赞赏他英勇豪放的性格、非凡的军事才能和正直善良的人性,对他坎坷一生的悲剧结局寄予深切的同情。小说虽然真实地描写了红军队伍和苏维埃政权基层干部对待哥萨克人的一些偏激情绪和过火行为,但又把葛利高里参加反革命叛乱的主要原因归咎于红军和苏维埃政权对他的不公正态度,从而在一定程度上为葛利高里的立场开脱。

《静静的顿河》篇幅宏大,场面广阔,内容丰富。无论从反映生活的广度或深度来说,都称得上一部史诗性作品。小说通过葛利高里悲剧性的人生道路,一方面描写了苏维埃政权在顿河地区从建立到巩固的历史进程,另一方面描写了麦列霍夫一家由盛而衰的历史命运。这两条线索交织在一起,全面展示了从第一次世界大战到国内战争结束的整个时代的风云变幻,构成了一幅波澜壮阔、多彩多姿的历史画卷。其中既有重大的政治历史事件,也有硝烟弥漫的战场厮杀,还有洋溢着浓厚乡土气息的哥萨克人的劳动、爱情和日常生活。小说结构庞大复杂而又严谨有序,显示出作家驾驭鸿篇巨制的非凡才能。

《静静的顿河》人物众多,上至政府首脑、将军统帅,下至普通士兵、一般群众,几乎囊括了各个阶级、各个阶层、各种类型的人物。其中几个主要人物极富个性。沉着干练的施托克曼,对革命忠心耿耿的彭楚克,勇敢乐观而又鲁莽偏激的珂晒沃依,令人掩卷难忘。彼得罗顽固粗野,米琪喀下流残暴,李斯特尼茨基阴险狡猾,也都跃然纸上。妲丽亚肮脏无耻,阿克西妮亚热情放荡,娜塔莉亚善良端庄,杜妮亚希珈天真活泼,这几个哥萨克妇女则各具特色。当然,小说杰出的艺术成就是成功塑造了葛利高里这个不朽的典型形象。葛利高里的性格十分复杂,既有哥萨克人的共性,又有独特的个性,既不是单纯的正面人物,也不能简单地归类为反面人物,而是一个血肉丰满的艺术典型,他在苏联文学乃至世界文学的人物画廊中卓尔不群,熠熠生辉。

此外,小说对顿河草原的壮丽景色的描绘,对哥萨克人独特的风土人情的描述,对哥萨人风趣幽默的方言口语的运用,都非常出色,大大增强了小说的地域色彩与艺术魅力。

第六节 罗曼·罗兰

一、生平和创作

法国进步作家和世界闻名的反战主义者罗曼·罗兰(1866～1944),出生于克拉美西城的一个中产者的家庭。父亲是公证人,母亲是旧教教徒,爱好音乐。罗兰五六岁时,就从家庭方面受到音乐的陶养,认识到贝多芬的伟大,这对于他日后思想的形成与才能的发展,有很大的影响。1880年全家移居巴黎,是年罗兰考入大路易中学,毕业后于1886年考入巴黎高等师范学校,先学哲学,后攻历史。罗兰青年时代曾受到18世纪启蒙思想的影响,向往法国资产阶级革命。他还接受了法国民主主义文化的优秀传统,对法国资本主义社会的丑恶现实深恶痛绝。22岁时,罗兰在彷徨和动摇的苦痛中给列夫·托尔斯泰写了一封长信,诉说自己内心的矛盾。后来得到了一封长达几十页的回信,对他提出的问题予以诚恳剀切的解答。托尔斯泰鼓励他为人类崇高的理想而奋斗,指出"一切使人们团结的,是善与美;一切使人们分裂的,是恶与丑"。托尔斯泰在信中还申述了民众艺术的概念,指出"艺术不应为某一特殊阶级之所有物……艺术而不转向民众,则绝无生存之理"。这对罗兰艺术观的形成有一定的影响。1889年11月,罗兰在高等师范学校毕业后,被派往罗马考察。在罗马,他结识了72岁的德国理想主义思想家玛尔维达·冯·梅森柏女士,他们长期通信,探讨问题,对罗兰的思想有极大的影响和启发。1895年罗兰完成他的学位论文《近代歌剧之起源》,获得博士学位,并受到法兰西学士院的褒奖。1903年至1910年,罗兰在巴黎大学讲授艺术史。

19世纪末,资本主义向帝国主义阶段过渡,颓废文学在西欧泛滥,这使罗兰感到极大不安。一种对社会的责任感,促使罗兰踏上了创作的道路。轰动整个法国的德雷福斯事件[①],促使他拿起笔来。1898年,他用"圣正义"的笔名发表了为德雷福斯辩护的剧本《群狼》。1900年,与友人贝吉合办《双周杂志》,旨在"吹起冲锋的号角,向政治的谎言和文明的罪恶进攻"。

罗兰开始文学创作,即以改革法国戏剧自命。他认为戏剧是直接影响群众的最好手段,既可以针砭时弊,又可以鼓励行动。他曾与当时法国文化界的进步人士一起,酝酿创立"人民戏剧"。根据他的意见,这种戏剧必须面向人民,反映人民的生活,"打破几个世纪以来人民在舞台上被丑化被侮辱的地位"。他还认为真正的艺术不能没有英雄和伟大的事物。罗兰在戏剧理论方面的论文,后来汇成了《人民戏剧》一书。

罗兰计划创作一套以法国大革命为题材的十二部曲,结果写出了《群狼》(1898)、《丹东》(1900)、《七月十四日》(1902)三种(称"革命戏剧"),《圣路易》(1896)、《艾尔特》(1898)、《理智的胜利》(1899)三种(称"信仰悲剧")和其他一些剧本。《群狼》写大革命时期共和军军官的内讧和杜亚龙蒙冤而死,这一情节与当时的德雷福斯一案不无类似之点,因而引起了舆论的注意。剧本表现出作者维护正义事业的进步立场。《丹东》写雅各宾党人执政带来的"恐怖",作者的唯心史观使他不能正确理解革命专政的必要性和革命斗争激化时阶级分化的必然性。作者从抽象的善恶观念出发,把背叛革命事业的丹东写成理性和人道的化身,把坚持革命原则的罗伯斯庇尔写成一个失去理性、不人道的人物。《七月十四日》描写法国人民在攻克巴士底狱的斗争中所表现出来的高

[①] 德雷福斯(1859~1935),法国炮兵中一名犹太籍大尉。1894年被诬叛国,判处终身监禁,引起全法国的注意,许多文化界知名人士如左拉等都起而为他辩护。1906年被宣判无罪。

度革命激情和英雄主义，把人民作为法国大革命的最重要的原动力来加以表现；但在作者看来，人民群众是自发行动、漫无组织的，是一个不可思议的谜。在《圣路易》、《艾尔特》等"信仰悲剧"里，作者又描写了"英雄"人物在拯救国家、扭转时局方面的决定性作用，颂扬了个人英雄主义。罗兰以法国大革命为题材的剧本，许多地方都违反了历史的真实性，艺术上也不够成熟，哲学演辞和大段议论过多。这些剧作受到了资产阶级苛刻的批评，也没有得到人民大众的承认，因而在当时未能获得成功。这使罗兰大失所望，他终于放弃了创立"人民戏剧"的计划而转入小说创作。

20世纪初，罗兰感于世风日趋颓靡，把变革现实的希望寄托于"英雄"人物，他先后写了《贝多芬传》（1903）、《米开朗基罗传》（1906）、《托尔斯泰传》（1911）、《甘地传》（1926）等名人传记。在这些传记里，作者极力颂扬他们渴望自由、主持正义的精神，赞美他们以造福人类为己任、为坚持真理和信仰而受苦受难的钢铁般的意志。

与创作剧本和撰写名人传记的同时，罗兰埋头于长篇小说《约翰·克利斯朵夫》（1904～1912）的创作。从1890年开始酝酿、构思，到1912年完成最后一卷，共花费二十多年时间。根据罗兰在《青年时代的回忆录》中的记述，他写这部小说是为了报"充满虚荣心的市场的仇"，完成他由于放弃"人民戏剧"计划而未完成的醒世的愿望。这部10卷巨著，叙写了音乐家克利斯朵夫一生的奋斗，描绘了广阔的社会图景，提出了社会生活中许多重大的问题，是20世纪初世界文学创作中最伟大的收获之一。这部小说使罗曼·罗兰荣获1913年度法兰西学士院文学奖和1915年度诺贝尔文学奖。

继《约翰·克利斯朵夫》之后，罗兰为了与20世纪初"垂死的文明"相对照，与克利斯朵夫最终的悲观绝望情绪相对立，写了中篇小说《哥拉·布勒尼翁》（1913）。这部用拉伯雷式诙谐而轻松的笔调写成的小说，描写了法国文艺复兴末期一个木刻工匠一年中的生活故事，表现了高卢民族健康、乐观、愉快的性格。布勒尼翁健康爽朗，热爱劳动，不怕困难。他手艺精巧，善于创造，雕刻的大自然景物和人物形象栩栩如生。作者意在说明，由于那个历史时期的创作同劳动和人民生活紧密相连，因而艺术家对生活持乐观主义态度，有着充沛的创造热情，能创作出富有生命力的、令人精神焕发的艺术作品。作家用赞美文艺复兴时代法兰西文化的方式，再次向资产阶级颓废堕落的文化艺术提出批评和挑战。小说还描写了布勒尼翁敢于讥笑上帝、嘲弄贵族的可贵精神。他不满贵族的压迫和对人民的欺骗，希望儿孙后代能过美好的生活，人类能互爱互助，自给自足，并幻想"背篮子的穷人和戴皇冠的国王之间的亲谊"，表现出作家的阶级调和的幻想。

第一次世界大战爆发后，罗兰痛感人类自相残杀之荒谬与各国当局欺骗人民之可耻，站在反战的立场发表了一系列文章，抨击交战双方，揭露"保卫祖国"的沙文主义口号之虚伪，成为世界闻名的反战主义者。他这时期写的论文，后来收入《在混战之上》(1915) 和《先驱者》(1919) 两部论文集里。由于反战，罗兰被诬为助敌的无耻之徒而不得不侨居瑞士 15 年。

对于十月革命，罗兰在《向俄国革命致敬》和《致自由和解放者的俄罗斯》(1917) 等文章中，表示他的敬意，但他又担心"革命产生仇恨、加深仇恨"，害怕社会主义制度妨碍个人的"精神独立"。他希望无产阶级革命避免"过火行动"，不要采取暴力手段。这种思想妨碍他和无产阶级进一步接近，甚至拒绝了列宁向他发出访问苏联的邀请。1919 年，他发表了《精神独立宣言》，签名者有各国知识界领袖和学者百余人。1920 年，罗兰重返巴黎，发表了小说《皮埃尔和吕丝》及《格莱昂波》，后者可以说是《精神独立宣言》的形象化说明。正直的学者格莱昂波就是坚持"精神独立"的一位"精神思想的传道者和殉难者"。1922 年至 1930 年，罗兰经历了一场痛苦的精神危机，为了寻找出路，曾一度转向甘地的不抵抗主义，但现实粉碎了他的幻想。法西斯主义势力急速抬头，新的帝国主义战争迫在眉睫，而这时苏联的社会主义建设却不断取得辉煌的成就。事实教育了罗曼·罗兰，使他认识到人类要免除法西斯主义的战争威胁，必须依靠社会主义苏联和世界人民的力量；同时也使他认识到"精神独立"之不可能，知识分子不倾向革命，必然倒向反革命阵营，没有第三条道路。就在这战争和革命的岁月里，他的思想大大提高了一步。1931 年，他发表了自称为"忏悔录"的著名文章《向过去告别》，毅然同过去的思想决裂。用他自己所作的比喻，把"精神独立"这株大树的根须"移植到劳动人民这块'黑土'里"。从此，他团结在法国共产党的周围，积极勇敢地参加反对法西斯和保卫和平的政治活动，成为反法西斯运动的杰出活动家。1933年，他发表了《我为谁写作》一文，宣称自己为革命的无产阶级写作。1935年，罗兰访问苏联，会见了高尔基，亲切地称高尔基是"知识分子的严格的导师"、"无产阶级意识的知识领袖"，认为高尔基在思想上给了他很大的帮助。在反法西斯的战线上，罗曼·罗兰和高尔基并肩战斗，他的呼声同高尔基的呼声一起响彻全世界。在整个战前那些紧张的年代里，罗兰始终站在正义的人民一边。在西班牙内战中，他呼吁世界人民起来捍卫西班牙共和国，并要求法兰西共和国援助为自由而战的西班牙人民；在日本帝国主义侵略中国时，他和爱因斯坦等人联合发表宣言同情中国；在德国吞并捷克的时候，又发表了声援捷克的文章。

《莫斯科日记》记录了他访苏的所见所闻和所感，在这部"50年内不得发表"的日记中，罗兰既肯定了社会主义苏联取得的辉煌胜利，也指出了这个新政权的诸多弊病，如浮夸风、个人崇拜、权力缺乏有效监督、肃反扩大化、缺乏言论自由和通信自由等，表现了一个正直的作家的真知灼见。

在两次世界大战之间，他完成了第二部长篇小说《欣悦的灵魂》（1922～1933），发表了论文集《十五年斗争》和《以革命手段取得和平》(1935)，并以历史剧《罗伯斯庇尔》(1939)作为他一生从事文学创作的总结。

《欣悦的灵魂》共4卷：《安乃德和西尔薇》(1922)、《夏天》(1924)、《母与子》(1927)、《女预言者》(1933)。长篇小说的情节以女主人公安乃德的一生经历为主线。在前三卷中，安乃德是一个正直的法国知识分子，渴求人格上的独立和精神上的自由。她原来希望在恋爱和婚姻生活中实现自己的理想，结果失败了。她坚强地承受生活的各种打击，全力抚养儿子玛克。玛克长大后，具有和母亲同样的理想和精神。第一次世界大战爆发了，母子二人成为激烈的反战者。同时，他们也不赞成俄国革命。在重重矛盾中，他们感到痛苦与无力。这与约翰·克利斯朵夫进行过的个人反抗社会的斗争有某些类似之处。第4卷《女预言者》是作者思想转变后写成的，它的思想倾向完全改变了。作者描绘了当代生活的广阔画面，并在这个背景上描写女主人公十月革命后的生活与斗争。安乃德开始接近劳动群众，逐渐克服理论脱离实际的资产阶级知识分子的弱点。同时小说还着力描写她的儿子玛克的思想发展过程。起初玛克虽然也痛恨资本主义世界，但他却坚持所谓"精神独立"，不愿参加政治斗争。后来，受到他的俄国妻子阿西娅的影响，他决心和正在准备发动侵略战争的战争贩子们作斗争。他写了一本小册子，揭露德、法两国垄断资本家相互勾结发动战争的阴谋。斗争实践使玛克认识到个人反抗是毫无力量的，"如果缺乏有组织的劳动阶级的力量，什么都不能实现"。他终于积极投入了反对法西斯和保卫苏联的群众斗争。在实际斗争中，玛克得到了锻炼，他的许多思想矛盾也逐步地得到解决。不久，他在意大利被法西斯匪徒杀害。安乃德勇敢而坚强地承受这一打击，并以极大的热情投入反法西斯运动。她向群众作公开演说，以儿子牺牲的事实去教育、唤醒青年一代。作者塑造了一个坚强的妇女形象，并描绘了他们母子两人的精神解放和革命意识产生的全部心理过程。小说通过有血有肉的人物形象，表现了西方进步知识分子在帝国主义战争和社会主义革命波涛汹涌的历史时期，在黑暗中探索光明的真实历程。

  罗曼·罗兰的一生和他的创作道路是艰苦而复杂的。他一生为争取人类的自由、民主与光明前途进行了不屈不挠的斗争，为发扬人类进步文化付出了巨大的劳动。他从一个资产阶级民主主义知识分子，经过艰苦的探索，转向无产阶级，转向社会主义。他在《十五年斗争》的序文里，表示自己最后的决心和态度："跟随马克思，雄壮地将真实的人从抽象的生命中解放出来。"罗兰的道路体现了西方正直的知识分子宝贵的探索精神。罗兰的丰富创作，尤其是他的两部鸿篇巨制，视野开阔，思想深刻，形象鲜明，激情的诗意、哲理的探求和对现实的反映交织在一起，构成多彩的历史画卷，成为20世纪上半叶世界文学史上的重要篇章。

二、《约翰·克利斯朵夫》

罗曼·罗兰的重要作品《约翰·克利斯朵夫》,以音乐家克利斯朵夫一生的奋斗为经,以第一次世界大战前二三十年间的欧洲生活为纬,反映了世纪之交一代知识分子的精神探索,表现出作家反对现存秩序的进步立场和坚持人类进步文化的艺术观点。

作品主人公约翰·克利斯朵夫是德国人,出生在莱茵河畔一个小城市的穷音乐师家庭里。祖父和父亲都是公爵的御用乐师,母亲是一个厨娘,舅父是一个走街串乡的小贩。祖父有强烈的个人英雄主义思想,不断向孙子灌输英雄创造世界的观念。克利斯朵夫在父亲的严厉管教下学习音乐,从小表现出相当的音乐才能。他6岁时就决定要当作曲家,幻想有朝一日名满天下。舅父给他的教育则相反,教他安贫乐道,真诚谦虚。祖父和舅父两种对立的思想影响,同时渗透在克利斯朵夫的意识里,既矛盾又统一于克利斯朵夫身上。在祖父的张罗下,11岁的克利斯朵夫到宫廷演奏,崭露头角,受到统治者的赏识;但他对封建贵族虚伪、浅薄而又专横的态度,极为反感和不满。日趋破产的小资产阶级的社会经济地位,使克利斯朵夫从小就萌发了反抗意识。他和卑躬屈节的祖父不同,鄙视豪门,反抗贵族,攻击市侩,因而受到统治集团的排斥,终至生计也成了问题。他被革职,他的作品不能出版,已出版的作品没有销路。他对德国专制社会给他施加的压力和迫害极为愤慨。在这种思想情绪支配下,有一次为搭救被大兵欺侮的农民,挥拳相助,造成了命案,被迫逃亡法国。他原以为经历大革命风暴的法国是一个自由、幸福的乐园;但到了巴黎以后,见到法国社会和德国一样腐败,金钱可以左右一切,使他的幻想很快成了泡影。他横冲直撞地进行反抗,抨击法国资产阶级腐朽的文化艺术,因而受到法国上流社会的敌视。他到处碰壁,得不到任何人的理解和支持,始终是个孤独的反抗者。他的好友奥里维在精神上同样是孤独的。他虽与克利斯朵夫朝夕相处,亲如手足,但他并不能给克利斯朵夫以真正的支持和力量。在精神探索中,克利斯朵夫的视线转向中、下层人民,对他们受压迫的社会地位深表同情,并对他们的困难给予尽可能的帮助。但顽强的个人英雄主义意识和对艺术的偏执的信仰,使他过分相信个人的精神力量和艺术的力量,而不相信人民群众的力量。克利斯朵夫从面包工人罗赛一家的惨死,看到了"社会的灾难",认为工人阶级中间存在一种"原动力"。但另一方面,又认为工人阶级是一群无所作为、受人操纵的"群氓"。他不赞成政治斗争,认为"打呀、打呀"的呼喊无济于事。在他看来,变革不公正不合理的社会现象的主要手段是"爱"和充满人类之爱的艺术。他认为艺术最崇高,是改造社会和促进民族和谐的最有力的手段。这就和工人阶级的主张有着根本的分歧,导致克利斯朵夫和工人阶级貌合神离。在一次"五一"节示威游行中,他和奥里维被卷进工人的游行队伍,结果在混战中奥里维死于军警的乱刀之下,克利斯朵夫出于自卫与警察搏斗,打死警察,最终不得不逃亡瑞士。奥里维的死,给克利斯朵夫精神上带来了十分沉重的打击,他从此万念俱休,躲避斗争,向现实妥协。当他从瑞士重新回到法国时,早期那种狂飙似的反抗精神已经完全消失,他不仅和原来的敌人和解了,而且反过来讥笑像他青年时代一样进行反抗的新的一代。晚年,他避居意大利,专心致志于宗教音乐的创作,不问世事,完全变成了一个世故老人,进入了所谓"清明高远的境界"。

　　克利斯朵夫的性格是矛盾而复杂的,然而又是典型的。小资产阶级的阶级地位使他对现实不满并进行反抗,同时又对统治阶级抱有一定幻想;日趋破产的社会经济地位使他接近和同情人民,而个人英雄主义意识又使他不相信人民群众的力量并远离人民;进步的艺术观使他主张艺术接近生活、接近人民、造福人类,而对艺术的偏执的信仰又使他过分夸大艺术的力量;受排斥的阶级地位使他性格坚强,而个人主义偏见和因袭的思想又束缚着他,使他软弱无力;小资产阶级的正义感使他与社会对立,而小资产阶级的动摇性又使他与现实妥协。总之,小资产阶级的阶级性决定了克利斯朵夫性格的矛盾性和复杂性。克利斯朵夫的形象反映了十月革命以前整整一代具有民主思想的知识分子的思想面貌和精神面貌,具有很高的典型意义。

　　克利斯朵夫的形象包含着巨大的时代内容和社会内容。作品通过克利斯朵夫的经历和遭遇,揭示了德、法两国资本主义进入帝国主义阶段的社会矛盾,揭露和批判腐朽的资产阶级文化艺术和腐败的政治,在客观上提出了改造社会的问题。这种历史进步意义是应该肯定的。

当然,克利斯朵夫的个人反抗具有局限性。这种反抗的直接目的,或只求得个人处境的改善,或只求得狭小的艺术目标的实现,而不具有根本改造社会的力量和意义,克里斯朵夫个人反抗的悲剧,说明了在资产阶级和小资产阶级队伍里已不可能产生挽狂澜于既倒的英雄人物。

克利斯朵夫个人反抗的悲剧有其历史的必然性。他生活在帝国主义和无产阶级革命的时代,幻想用资产阶级上升时期的思想武器来对抗资本主义社会,这是注定要失败的。作品提供的艺术图画有力地说明,即使是作者寄予最高希望的像克利斯朵夫那样的优秀知识分子,想用"自由、平等、博爱"、个人主义、人道主义、理想主义等作为战斗武器来克服资本主义文明的危机,已完全不可能。克利斯朵夫个人反抗的悲剧宣告整整一个时代的终结。

在作家心目中,克里斯朵夫无疑具有一颗"伟大的心"。这表现在他对鄙俗的社会现实的挑战和反抗,对困难和磨难不屈不挠的奋斗精神,对真理热烈而执著的追求,对各国人民友好相处的向往,对坚贞爱情和诚挚友谊的珍惜,对劳苦大众的深切同情,等等。正是这颗"伟大的心"赋予克利斯朵夫这一艺术形象永恒的魅力,也是这部作品最能引起人们共鸣的地方。

《约翰·克利斯朵夫》具有独特的艺术风格。作者细致地描绘了人物的心理和思想感情,他们对大自然景物的深切感受,使作品具有浓厚的抒情色彩。作者又以大自然的美来与黑暗的现实相对照,使作品生动地表现出资本主义社会令人窒息的气氛,从而加强了作品的揭露和批判力量。同时,作品的心理描写和自然景物描写,处处与作者的议论和思想发挥相映衬,抒情因素和哲理、政论因素互相交织,构成作品"长篇叙事诗"的独特格调。作者笔锋纵横地描绘了第一次世界大战前二三十年欧洲广阔的社会图景,提出了社会生活中众多的重大问题,使作品成为反映当时欧洲生活和思想文化的一部具有史诗规模的长篇小说。

第七节 普鲁斯特

一、生平和创作

马赛尔·普鲁斯特(1871～1922)是法国现代著名作家,他的小说创作既代表了20世纪初年欧洲文学的辉煌成就,也开启了现代小说变革之门。他以全新的创作方法享誉文坛,被誉为西方意识流小说的先驱。

1871年7月10日,普鲁斯特出生于巴黎一个上层资产阶级家庭。其父是医学院教授、主任医师,曾任法兰西第三共和国的卫生总监;其母是富裕的犹太证券经纪人的女儿,有良好教养,喜爱文学艺术。普鲁斯特是家中的长子,他聪颖、俊美、敏感,但体质羸弱,从小就患失眠症,9岁时更是患上了严重的过敏性哮喘病。由于疾病,他得到了母亲无微不至的呵护,而对母亲特殊的依恋亦使他的情感世界更为细腻丰富。童年时代的每个夏季和冬季,普鲁斯特都要随家人去父亲的家乡伊里耶度假,伊里耶后来成为《追忆似水年华》中贡布雷的原型,对那里乡村生活和趣闻逸事的回忆也构成了这部小说的主要内容之一[①]。

1882年至1889年,普鲁斯特在孔多塞中学读书,虽然由于体弱多病缺课较多,但学习成绩优良,在作文、修辞、哲学等方面尤为突出。受母亲和外祖母的影响,他广泛阅读文学作品,并开始尝试写作。在中学同窗的引荐下,他开始出入巴黎上流社会的沙龙,混迹于名媛贵妇之间,并结识了一批文艺界名流,其中包括大作家阿纳托尔·法朗士。在这些场所中的见闻和感受,后来成为其小说创作的主要素材。

中学毕业后,普鲁斯特志愿应征,在奥尔良服兵役一年。随后按照父母的意愿在法学院、政治学院注册读书,不过他的兴趣始终在文学和哲学方面。这期间,他曾到巴黎大学旁听哲学课程,深受柏格森思想的

[①] 由于《追忆似水年华》的巨大影响,1971年小镇伊里耶更名为伊里耶—贡布雷。

影响。又与昔日的中学同学一道，创办文学杂志《会宴》，还经常为一些报刊写稿。1895年取得文学学士学位后，他参加了马扎林纳图书馆的专员考试，被录用为馆员，随即请长假在家中养病，始终没有正式赴任[①]。富裕的家境为他提供了衣食无虞的生活，也免去了他为生存而奔波的烦恼，从而使他能有更多的闲暇时间去从事文学创作和批评研究。

1896年，普鲁斯特自费出版了文集《欢乐与时日》（又译《悠游卒岁录》），收录了青年时代所发表的随笔、散文、故事和诗歌。这部文集版本华丽、售价昂贵，由法朗士作序，玛德莱娜·勒梅尔设计封面，还有著名作曲家为诗歌谱曲。风格细腻优雅，一如"人工培植的兰草"，充斥着"颓废的世纪末的气味"[②]。同年，普鲁斯特开始撰写3卷本小说《让·桑德伊》。这部未完成的作品有多达一千页的手稿，是一连串分散的片段，直到1952年方由编辑加工后出版。作品描写了主人公让·桑德伊童年和少年时代的生活，描写了他极度敏感的天性、对母亲的依恋、对一个小女孩的朦胧情感、与哲学教师的交往、在德雷福斯案件中的论争、对双亲的悲悼之情……虽然这不是一部成熟的作品，但是已经体现出鲜明的自传性，并且与《追忆似水年华》有颇多相似之处。普鲁斯特之所以中途放弃这部作品，大概是因为第三人称的手法与作品的内容之间有不可克服的矛盾[③]。

1899年至1906年，普鲁斯特潜心研究英国美学家、文艺批评家约翰·罗斯金，他撰写了一系列论文，亲自到威尼斯等地考察罗斯金笔下的大教堂，并先后翻译出版了罗斯金的《亚眠圣经》(1904)和《芝麻与百合》(1906)。普鲁斯特与罗斯金有许多共同点：二人都出身于有高度文化修养的富裕家庭，都在父母的卵翼下度过童年，都对流云飞鸟、景物变迁有浓厚的兴趣，都过着富有子弟的闲适生活。罗斯金的美学观点

---

① 参见《马赛尔·普鲁斯特年表》，见《驳圣伯夫》，王道乾译，百花洲文艺出版社1992年版。
② 参见法朗士为《欢乐与时日》所作的序言。
③ 参见让－伊夫·塔迪埃《普鲁斯特和小说》，桂裕芳等译，上海译文出版社1992年版，第3～4页。

深深地影响了普鲁斯特,那就是显微镜般的细腻描写与分析,混杂大量思想与形象的长句,在回忆中重现现实的独特方式,以及优美绚丽的散文风格。与此同时,普鲁斯特还发表了一系列论文、书评和杂记,迟至1919年结为文集《仿作与杂记》。

1903年和1905年,普鲁斯特的父母相继去世,对他的生活和思想产生重大影响。母亲曾给予他无微不至的关爱,培养了他对文学的兴趣和热爱,鼓励和支持他从事文学的探索,因此,失去这位精神知己给他带来了巨大的痛苦。但由于他长期以来一直对母亲隐瞒着自己的同性恋倾向,几乎身心交瘁,母亲的去世又使他在情感追求上获得了自由。这种精神上的解脱,使他能够在以后的创作中以足够的勇气去面对真实的自我。

从35岁开始,普鲁斯特的过敏性哮喘病更加严重,任何声响、特殊气味和光亮都可能诱发窒息性的哮喘。他的感官也敏感到极度病态的程度,以至于"躺在第五层楼的床上,能感觉到一楼门打开时的气流"。于是他终日蜷缩在四壁钉有软木、窗户用厚毯挡严的卧室内,在与墓穴相仿的绝对寂静与黑暗中,过起一种闭门不出的隐居生活。就是在这样的境遇中,从1907年起,普鲁斯特开始酝酿《追忆似水年华》的创作。

这部长篇小说的萌生具有传奇色彩。刚开始时,他仅在记事本上拟出一个提纲,计划写作一部批评19世纪法国文学批评家圣伯夫的作品,并从中阐述自己的文学观点。普鲁斯特认为,圣伯夫主要是依据一些与作家生平有关的背景资料,通过实证与推理来评述作家创作的。这种文学研究与文学批评方法脱离了文学艺术的本质,因而使他对同时代许多作家的评论都失之偏颇。普鲁斯特提出:"一部作品不是我们在自己的习惯、社会和自己的缺点中所表现出来的自我的产物,而是另一个自我的产物。"而这"另一个自我,如果我们试图理解它,就要在我们自己的内心深处重新创造这个自我的过程中才能做到"。在普鲁斯特看来,文学创作与社会生活和作家的个人生活并无多大联系,而是取决于作家内心深处的意识活动,"只有摆脱智力,作家才能抓住某些我们过去的印象,也就是说他才能触及他本身的某些东西,才能抓住艺术的唯一的原材料"①。这些观点无疑成了他后来的文学创作的指导思想。值得注意的是，普鲁斯特没有采用一般的论文形式，而是采用了第一人称的记事手法，在论及圣伯夫、奈瓦尔、波德莱尔、巴尔扎克的同时，大量穿插了作者关于睡眠、房间、白昼、家族姓氏、假期生活等等话题的回忆、思考与感悟。实际上《追忆似水年华》的雏形已在《驳圣伯夫》这部作品中略见一斑。尽管《驳圣伯夫》作为一部作品直到1954年才正式出版，但应该说撰写此书使普鲁斯特完成了从一个批评家到小说家的角色转换，重新唤起了他写作小说的激情。

1909年末，普鲁斯特开始专心构思《追忆似水年华》。出于对身体的担忧和对生命有限性的感触，除了短暂地出门收集素材和参加必要的社交活动外，他全力以赴地投入创作。遗憾的是，小说的第一部《在斯万家那边》被多家出版社拒绝，一个出版商抱怨说："真不明白，一个人叙述自己入睡前在床上辗转反侧，怎么竟然写了30页长。"②1913年，普鲁斯特自费出版该书，作品逐渐获得文艺界赏识，著名作家、"法兰西新评论"出版社负责人安德烈·纪德在给普鲁斯特的信中表示："拒绝出版该书是'法兰西新评论'最严重的错误，也是我的终身憾事。"于是，各大出版社竞相与普鲁斯特签订出版合同，以求取得出版其余几部作品的权利。1914年，第一次世界大战爆发，出版事宜暂被搁置，但这却使普鲁斯特有时间重新构思全书，将篇幅扩充了3倍。1918年，小说的第二部《在少女们身旁》发表，并获得1919年度龚古尔文学奖，普鲁斯特名声大振。1920年至1922年，他又先后出版了《盖尔芒特家那边》和《索多姆和戈摩尔》。从1921年开始，普鲁斯特的健康状况每况愈下，他自感来日无多，于是半卧在床榻上呕心沥血、夜以继日地写作。1922年11月18日凌晨，他将女佣召到床前口授新增加的内容，当天下午便溘然长逝，终年51岁。《追忆似水年华》的后三部《女囚》、《女逃亡者》和《重现的时光》在他生前已经完稿，后来分别出版于1923

---

① 马赛尔·普鲁斯特：《驳圣伯夫》，王道乾译，百花洲文艺出版社1992年版，第65页。
② 马尔科姆·布雷德伯里：《马赛尔·普鲁斯特》，刘凯芳译，《外国文艺》1999年第1期，第202页。

年、1925年和1927年。

二、《追忆似水年华》

《追忆似水年华》(1907～1922)是普鲁斯特的代表作。这部长篇巨著从创作到完成历时15年,包括7部15卷,约250多万字,是作者倾尽心力之作。由于它代表着西方小说创作理念的根本转变,一直被誉为意识流小说的里程碑。

在《追忆似水年华》中,除第一部第二卷用第三人称描写斯万的爱情故事之外,其余部分均采用叙述者的第一人称叙述。小说的叙事是从叙述者在病榻上的不眠之夜开始的。叙述者"我"名叫马赛尔,是巴黎一位家境富裕而又体弱多病的青年。由于病痛折磨,他常彻夜难眠,因此常将不眠之夜中的大部分时间用来追忆往昔的岁月,包括在贡布雷度过的童年,在巴尔贝克、巴黎、威尼斯以及其他地方度过的日子。追忆中,那些他所到过的地方,所认识的人,以及所见所闻的许多往事都像潺潺流水,连绵不绝地涌现。

《在斯万家那边》写马赛尔的童年时代在外省小城贡布雷的外祖父家度过的幸福美好时光。每当他难以入睡时,母亲的亲吻就会抚慰他忧伤的心灵。在贡布雷,马赛尔一家有两条散步路线,一条是"斯万家那边",斯万家族是新兴的资产阶级犹太富商,斯万仪表堂堂,举止优雅,在巴黎的资产阶级上流社会中享有很高的声望;另一条是"盖尔芒特家那边",盖尔芒特家族属于法国最显赫的贵族世家,公爵、亲王和王妃主宰着巴黎日耳曼区最奢华的沙龙。这两条道路所代表的两个社会——资产阶级的和贵族阶级的——成为马赛尔童年时代渴望接近的地方。某一天散步时,马赛尔邂逅斯万的女儿希尔贝特,留下了深刻印象。数年后,他在巴黎香榭丽舍公园再度巧遇希尔贝特,二人的友谊逐渐发展起来。

《在少女们身旁》写马赛尔和希尔贝特确定了恋爱关系,从此,他得以进入"斯万家那边"所代表的巴黎上流社会的文学沙龙。在这里,他结识了附庸风雅的维尔迪兰夫人、花花公子福什维尔男爵,还有数位作家、音乐家和画家。马赛尔逐渐了解到了斯万家庭的秘密,即斯万与巴黎交际花奥黛特的失败婚姻。由于误会与负气,马赛尔与希尔贝特的恋爱宣告终结。受到沙龙中艺术家的影响,马赛尔渴望尝试文学创作,但他自叹缺乏才能,因此一直未付诸实践。又过了数年,在海滨胜地巴尔贝克度假期间,马赛尔结识了终身挚友、属于盖尔芒特家族的青年贵族圣卢;此外还在一群花枝招展的少女中间爱上了相貌酷似希尔贝特的少女——阿尔贝蒂娜。阿尔贝蒂娜出身低微,且行踪诡秘,但马赛尔恰是为她的神秘而着迷。

《盖尔芒特家那边》写马赛尔成为盖尔芒特公爵夫人的房客,并为公爵夫人的风姿所吸引,魂牵梦绕,不能自拔。在圣卢等人的引荐下,他终于得到公爵夫人的晚宴邀请,最高级的贵族沙龙向他敞开了大门。不过,马赛尔很快了解到贵族沙龙中的庸俗与无聊,笼罩在"盖尔芒特家那边"的光环在他心目中渐渐褪色了。

《索多姆和戈摩尔》写马赛尔无意间发现了上流社会绅士淑女们的真实面目:原来许多人都是索多姆和戈摩尔[①]的居民——性倒错者,比如夏吕斯男爵就是个地道的同性恋、恋童癖和受虐狂。马赛尔还发现:公爵夫妇貌合神离,老盖尔芒特是个纵情声色的无耻之徒。然而,贵族们遵循着严格的等级观念,将斯万夫人和希尔贝特拒之门外,身为犹太人的斯万在贵族面前处境尴尬。此时,对阿尔贝蒂娜的爱情成为马赛尔生活的核心,当他发现对方是个同性恋者后,时时处于妒忌、猜疑、愤怒之中,却又不能自拔。

《女囚》写马赛尔为了改变阿尔贝蒂娜的生活态度,将其囚禁在自己家中,二人开始了隐秘的同居生活。但是这种生活并不协调,二人时常口角。不久阿尔贝蒂娜就逃亡了。

《女逃亡者》写马赛尔失魂落魄,悲痛万分,当他给阿尔贝蒂娜拍发一封电报,请求她回来时,造化弄人,传来了阿尔贝蒂娜坠马而死的消息。马赛尔雇用侦探查询阿尔贝蒂娜昔日生活的轨迹。有一天,他在

[①] 索多姆和戈摩尔,旧译所多玛和娥摩拉,见《圣经·旧约·创世纪》,是著名的罪恶之城,由于居民道德沦丧、罪孽深重而受到惩罚,被硫磺火焚毁。法国作家维尼曾说:"女人拥有戈摩尔城,男人拥有索多姆城。"

路上看见一个风度与阿尔贝蒂娜极为相似的女性,原来是希尔贝特。斯万去世后,希尔贝特成为法国最有钱的女继承人,她靠继父的爵位,得以步入贵族世界,在嫁给圣卢成为圣卢侯爵夫人后,又继承封号成为新的盖尔芒特公爵夫人,资产者与贵族之间的鸿沟终于填平了。马赛尔恢复了与希尔贝特的来往,因为他们之间的障碍已经消除,那就是他对她的爱情。

《重现的时光》写第一次世界大战爆发后,贡布雷成为战场,圣卢英勇牺牲。马赛尔一直居住在与世隔绝的疗养院里,离群索居了许多年。苦闷中他靠阅读龚古尔的日记消磨时光,从中感受到文学的魅力,但很快又发现文学的虚无缥缈,因为它不能揭示真理,于是放弃了当小说家的梦想。多年以后的一个下午,他去参加盖尔芒特亲王府的聚会。如今,维尔迪兰夫人经过了三次婚姻,已成了盖尔芒特亲王夫人,她的沙龙也搬到了盖尔芒特亲王府。希尔贝特变得粗俗丑陋,颇失身份地与同性恋情人形影不离。原斯万夫人变成了福什维尔男爵夫人,并且还是老朽的盖尔芒特公爵的情妇。从她们身上,马赛尔恍然大悟:随着年华流逝,一切物质的东西都要被时间销蚀,最终灰飞烟灭,只有感觉到了的、经历过的东西才是真正的存在。虽然那种由人的心灵感受到了的东西,可能沉睡在意识的底层,或者被现在的其他感受所覆盖,但它们不会在历史长河中消失,有朝一日,在某种外界感受的激发下,会从心灵深处浮现,上升到意识的表层,此刻,昔日复活,时光重现。而艺术创作正是使这一复活固定并为人了解的唯一途径。在即将结束聚会的时候,马赛尔决意着手创作一部前所未有的书,这是一部恢复生活真实面目的、关于时间的大书。他确信,时光流淌而记忆隽永,生命有限而艺术永恒。

《追忆似水年华》是一部蕴涵深厚思想内涵、有着多重交叉主题的艺术作品。这里有对社会生活、人情世态的真实描写,展示了19世纪末至20世纪初法国上流社会的生活图景与历史变迁,对黄金时代的法国贵族、资产阶级进行了温和的讽刺,其非凡气度可与巴尔扎克的《人间喜剧》相媲美。这里也有对人的内心奥妙的探索、对复杂多变的精神世界的展示,是一份自我的心灵成长史诗,是"我"认识自我、认识世界、认识人生的内心经历的记录,其细腻程度当得起一句法国俗语"把一根头发劈成四根"。正如拉蒙·费尔南代在《法国20世纪文学》中所指出的:"它不仅是一个时代的历史,同时也是一种意识的历史。这种双重意义以及二者结合在一起,恰恰就是这部作品所具有的深刻的独创性。"

值得注意的是,《追忆似水年华》的主题又不局限于此,它写了昔日荣华的贵族阶级如何衰败、如何没落,它写了一个神经过敏的孩子如何步入社会、如何成为作家。但它更深层的中心主题则是"时间"。这不是一般意义的物质时间,而是心理时间。普鲁斯特在小说的结尾处通过叙述者之口表示,人在空间中所占有的位置是狭小的,而在时间中的位置却是无限的延续。这一时空观念来自柏格森的哲学思想。柏格森把空间看作是外界物体赖以存在的场所,属于物质世界,它是间断的、可分割的。而时间属于心理意识,呈现出一种川流不息的绵延状态,也就是体现世界本质的"生命之流",具有不可分割的无限性。在《追忆似水年华》中,随着年华流逝,一切物质的东西都要在空间消失。然而,那些曾经经历过的如烟往事,那些曾经令人怦然心动的直觉感受,却不会随着年华流逝而消亡,而是以新旧叠加的方式,积淀在时间长河之中,保存在人的意识深处。有朝一日在某种外界感受的激发下,它会从意识深处浮现出来,从时间长河里召唤回来。一小块"玛德莱娜点心"、一支似曾相识的乐曲、一条高低不平的石板路,都能够重现昔日的时光,让人重新体验曾经经历过的生活。而"艺术作品是找回似水年华的唯一手段","真正的生活、最终被发现和理解的生活,因而也是真正经历过的唯一的生活,这就是文学"。小说的书名可以直译为"追寻失去的时间",既点明了作品的中心题旨,也表达了作家的创作思想。而《追忆似水年华》之所以不朽,就在于探索到了这条通向被遗忘的"真实"世界的艺术之路。

自巴尔扎克以来,传统小说侧重于描写外在的客观世界,小说家们力求通过对客观环境的真实描绘,通过典型形象的塑造去反映生活的真实。在传统的现实主义作家那里,小说实际上起到了历史文献和调查报告的作用,它真实地记录了特定的历史阶段的社会存在,客观地描绘了人们外在的生存状况，因此，客观的真实性成了小说家追求的最高目标。然而，从《追忆似水年华》开始，普鲁斯特不再侧重于对外部客观世界的写实性描绘，而是转向了对人的内部世界的探究。《追忆似水年华》七大部，主要内容是叙述者"我"的回忆，展示的是叙述者隐秘复杂的内心世界。这是对传统小说表现内容的拓展，也是对人性的纵深开掘，它体现了文学观念的转变。正如作家在第七部《重现的时光》中借叙述者之口所谈及的那样："由纯粹的智慧造就的那些概念只具有某种逻辑的真实……唯有印象，尽管构成它的材料显得那么单薄，它的踪迹又是那么不可捕捉，它才是真实性选择的结果，因此，也只有它配受心灵的感知。""我现在明白了，需要表现的现实并不存在于主体的外表，而在于与这个外表关系不大的内在的深度，就如那汤匙碰击碟子的声音、餐巾僵硬的触感所象征的。""满足于'描写事物'、满足于只是可怜巴巴地给一些事物的线条和外表作记录的文学，虽自称为现实主义，却离现实最远……因为它突兀切断现时的我与过去、未来的一切联系。"在普鲁斯特看来，客观的真实不一定就是真实，唯有从我们自身不为人知的深层意识中、从我们内心的感觉印象中，提取出来的对生活的主观感受才是最高的真实。他主张作家要摈弃智力，反对对生活刻意地雕琢加工，而坚持通过直觉感受与回忆联想把生活流动的本质表现出来。《追忆似水年华》给20世纪西方小说带来了一场变革，它不仅将人的精神世界、心理意识确定为小说的表现内容，更提供了表现这些心理意识的艺术手段。

作为一部风格独具的长篇小说，《追忆似水年华》无论在情节构思上，还是在表现方法上，都与传统的小说判然有别，其多姿多彩的意识流手法更是历来为人所称道。

普鲁斯特将《追忆似水年华》的结构当作一座大教堂来加以设计，"斯万家那边"和"盖尔芒特家那边"是对称的两翼，两个部分通过人物的活动逐渐联系起来，特别是希尔贝特与圣卢的联姻成为中间的拱顶石。虽然许多篇章貌似独立，但其实都是整体的有机组成部分。人物身份的互换和对位，以及伏笔的跳跃性展开，既为情节增添了戏剧性，也使整个结构日益清晰。比如：小马赛尔在叔祖家曾经见过的神秘女郎就是奥黛特,后来的斯万夫人;维尔迪兰夫人摇身一变成了盖尔芒特亲王夫人;阿尔贝蒂娜的同性恋情人安德烈,后来成了希尔贝特的情人;马赛尔起初是因为爱希尔贝特而移情阿尔贝蒂娜,后来却又因为失去阿尔贝蒂娜而对希尔贝特有好感,到最后得知希尔贝特其实从少女时代就爱着自己,却已经无法破镜重圆。小说中,人物关系、人物地位时时处于变化当中,遥相应和地将作品连缀成一个整体,尽管是精心设计,却又浑然天成,极好地体现出世事难料、沧海桑田的时间主题。

与结构相适应,普鲁斯特在刻画人物时往往采用反复观照的方法,让人物在不同的时间和地点出现,从而像一幅反复着色的油画一样,逐渐形成完整的形象。比如盖尔芒特公爵夫人,在剧院出场那一幕风华绝代、和蔼可亲,当马赛尔苦苦期待一见时却又冷若冰霜,在晚宴中则显得庸俗刻薄,到冷淡斯万的那一幕更是显得势利冷漠。这种刻画人物的方式不仅能塑造立体多维的人物形象,尤其能反映人性的深度与神秘莫测。从深层来说,它所折射的是人在实践中不断认识现实、修正偏见、解除误解的过程。

小说中的叙述视角也相当独特。作者不再像传统作家那样,采取全知全能的叙事角度,扮演居高临下、无所不知、无所不晓的"上帝"角色,而是尽量退出作品之外。小说中的叙述者采用的是个人叙事,从两种或多种叙事焦点与叙事角度,自由、随意地叙述"故事"。从某种意义上说,作品中存在着三个主体,即叙述者、主人公和作者,他们都叫"马赛尔",象征了三者之间一种微妙的关系。叙述者"我"追忆往事的视角,被追忆的主人公"我"正在经历事件时的视角,以及偶然出现的"我"的替身——窥视者,即作者的视角,这些交替的视角洞察着"我"个人在不同时期对事件的不同看法和感悟,从而更随意、更自然、更直接地接触和展示人物细致复杂的内心世界。

《追忆似水年华》的内容跨越了巨大的时空。从物质时间上看,包括"我"的大半生,从童年一直到老年。从物质空间上看,包括了贡布雷、巴黎、巴尔贝克、威尼斯,以至整个欧洲。但作者打破了时空延续的方法,没有贯穿始终的环环相扣的中心情节,而是通过一些特定的叙述点——人物、地点、名字、感觉等,以通感、联想为方式,呈辐射状拓展,描述与这个叙述点相关的时空、事件和人物。在这里,回忆与梦想交叠,现在、过去和未来任意组合。一个晚会可以洋洋洒洒写上100页,而30年时间也可以是完全的叙事空白;贡布雷的一切可以浮现于一个小小的茶杯,而一首七重奏似乎能穿越无尽的岁月。作家采用了诸多高超的叙事技巧,诸如倒叙、插叙、夹叙夹议、预示、悬念、场景描绘、故事套故事、仿作和对比等,收放自如地重组了笔下的时空。

普鲁斯特对人的意识与无意识的描摹细腻深刻,就像在显微镜下解剖人类的内心世界一样,无论是意识中最微小的感触,思想上最细微的波动,还是回忆的纵横穿插、爱情的复杂况味,皆得以细致展现。比如马赛尔对阿尔贝蒂娜的苦恋就写得真实动人,从理智的层面,他知道与阿尔贝蒂娜在一起简直是一种疯狂,最好的解决办法就是一刀两断。但是从情感的层面,他又无法割舍这种迷恋。于是,在前一个晚上还对母亲信誓旦旦要了断关系的他,会在第二天痛哭流涕:"我现在终于明白了,因为我再也不会改变主意了,因为我不这样就活不下去了,我一定一定要娶阿尔贝蒂娜。"普鲁斯特注意到了人类意识的复杂性与丰富性,并且善于捕捉泄露心理秘密的一刹那,从而为文学走进人类的心灵世界作出了极大贡献。

普鲁斯特是语言大师,文体风格精致优雅。他惯于使用长句,有些句子长达十几行乃至数十行。这些长句繁复重叠,相互缠绕,往往包含数个从句和大量的分号。由于容量巨大,能够在很大程度上表现纷然杂陈乃至自相矛盾的心理状态。庞德曾经指出,对这部书的最完美的批评文章应该只写一段,这一段必须有7页长,而且只能用分号。

《追忆似水年华》对后世影响深远。近50年来国外学术界对它进行了多方面的研究,成果显著。如比利时批评家乔治·布莱曾从精神分析学角度对《追忆似水年华》进行解读,他把小说叙述者"我"对过去的追寻解释为一种逃避现实苦闷的手段,从而得出结论:《追忆似水年华》是一部透过存在现象去探寻存在本质的作品。法国学者玛丽·米格-奥拉涅在其专著《马赛尔·普鲁斯特的神话》中,运用神话原型批评理论对作品深层的神话结构进行分析,她把作品中的人物分成贬黜者和拯救者两大类,然后探索这两类形象所隐含的象征意义。法国学者让-伊夫·塔迪埃在《普鲁斯特和小说》中详细探讨了《追忆似水年华》的形式和技巧。法国叙事学家吉拉尔·热奈特致力于研究《追忆似水年华》的叙事艺术，从而建立了他一整套著名的叙事学理论。法国哲学家吉尔·德勒兹则从哲学角度把《追忆似水年华》视为一部寓意深刻的作品，认为小说描述了一个文人成长的故事，它的主旨是对真理的探寻。德勒兹还指出：作品中所描述的对象是可以被破译的符号整体，应该对之进行哲学意义上的分析与解读。应该说这些研究既立足于作品的丰富主题，又体现了现代意识，是极富有启发意义的。

第八节　肖伯纳

乔治·伯纳·肖（肖伯纳）(1856~1950)诞生于爱尔兰首都都柏林。父亲是个破落贵族，母亲是个很有才能的音乐家。肖伯纳14岁失学在都柏林一家地产公司当小职员。他于1876年到伦敦，最初发表的是音乐评论。同年发表第一部小说，1892年开始发表剧本，以后专门从事戏剧创作，到1950年去世，他一共写了51个剧本。

肖伯纳的政治观点是十分复杂的。他辛辣地讽刺伪善的英国资产阶级，特别对垄断资产阶级和帝国主义政府的侵略本质进行了无情的鞭笞。肖伯纳同情国际无产阶级革命运动，支持社会主义的苏联，但他在政治上始终是个改良主义者。他是英国改良主义组织费边社的重要成员。费边社反对暴力革命，主张用点滴改良的"渐进"办法实现"社会主义"。肖伯纳的改良主义思想在他的作品中表现得相当突出。

19世纪80年代，英国舞台上上演的大多是模仿法国的戏剧，这些戏剧内容庸俗，题材狭窄。肖伯纳受到易卜生的影响，坚决主张艺术应当反映迫切的社会问题，反对"为艺术而艺术"。他认为戏剧是"思想工厂"，舞台是"宣传讲台"。肖伯纳提出艺术家必须是哲学家，作家的责任不是用虚构的故事去迎合观众的趣味，而是要探索现实，批评现实，必要时作家要申述自己的主张，以改变现实。他认为人类有一种"生命力"，它促使一些"超人"忘我地为提高人们的生活而努力奋斗，担负起改造社会的重任。

《鳏夫的房屋》(1892)是肖伯纳写的第一部剧本。鳏夫萨托里阿斯是一个靠出租贫民窟房屋而发财致富的房产主。他的独生女儿被培养为高等人,但是她不知道父亲收入的来源。她的未婚夫屈兰奇医生从收租人那里知道萨托里阿斯的钱财来源,扬言要和他的女儿解除婚约。但是萨托里阿斯告诉医生:他的房屋的土地是屈兰奇家的产业,医生本人的收入也是同一来源,并不比他清白。最后,在现实面前,医生屈兰奇屈服了,他不但娶了萨托里阿斯的女儿,还同意和岳父一同经营房产。《华伦夫人的职业》(1894)是肖伯纳同一时期写的另一部著名戏剧,它的主题思想很近似《鳏夫的房屋》。华伦夫人在欧洲的一些城市开妓院,获得厚利。女儿薇薇不知道这件事,自命清高。她有才能,又有学问,在剑桥大学获得过数学优等奖;但是她终于发现了母亲钱财的来源,最后,她脱离家庭,企图以自己的劳动挣工资过日子。这两部戏剧无情地揭露了"体面的"资产者不体面的财富来源。青年医生屈兰奇和女大学生薇薇自命清高,但是他们的清高恰巧是靠肮脏钱维持的。肖伯纳用这种艺术手法剥下了资产阶级的伪装。

肖伯纳19世纪90年代后期创作的戏剧,批判倾向减弱了。这时期的戏剧大多描写小资产阶级知识分子放弃斗争,同他所反对的社会进行妥协。在《侃第达》(1895)和《不可预料》(1897)中,侃第达的丈夫最后放弃了改造社会的理想,克兰敦夫人的女儿也放弃了为妇女争取平等权利的斗争。在《勃拉旁德队长的转变》(1900)一剧中,上尉放弃了向欺凌他母亲的豪富的叔叔复仇的企图。在《魔鬼的门徒》(1901)一剧中,一个公开驳斥基督教的魔鬼的门徒最后变成一个皈依宗教的牧师。要求发展人类"生命力"这一思想特别反映在《人与超人》(1903)一剧中。这部戏剧对资本主义社会的批判大大削弱了,肖伯纳攻击的矛头主要是指向压抑人类"生命力"的资本主义社会的虚伪道德。

在第一次世界大战前10年的作品里,肖伯纳的投降妥协思想又有了更复杂的表现。一方面是对垄断资本主义的无情揭露,一方面又是无原则地妥协。戏剧里充满着令人啼笑皆非的矛盾和讽刺。在肖伯纳笔下,资本主义社会里的尖锐矛盾变成一场滑稽可笑而又不得不全盘接受的丑剧。这一时期的代表剧本有《约翰牛的另一个岛屿》(1904)和《巴巴拉少校》(1905)。

爱尔兰原来是一个独立的国家,自从英吉利人入侵以后,几百年来爱尔兰人一直持续不断地进行着争取独立的斗争。肖伯纳在《约翰牛的另一个岛屿》里尖锐地揭露了英帝国主义在爱尔兰的侵略行为。剧本写一个没有志气的爱尔兰知识分子莱瑞和他的英国朋友博饶本到爱尔兰去,企图用英国资本开发爱尔兰的资源,进行殖民掠夺,但却吹嘘是为了爱尔兰的繁荣。莱瑞和博饶本来到莱瑞的家乡,他们恰巧碰上当地议会选举,博饶本抓住机会,决定参加选举。他用汽车给农民运猪,吹嘘自己是爱尔兰人民的朋友,当地人民以为博饶本用自己的汽车运猪荒唐可笑,却不理解博饶本扮演这一出丑剧的政治目的是为了捞取选票。只有一个机警而博识的爱尔兰神父基根识破博饶本的诡计。基根神父痛恨帝国主义者卑鄙无耻的行为,他为人民受愚弄而没有觉悟感到绝望。他说:"这简直是地狱,简直是地狱。这种事发生在世界上无论哪一个角落,也决不会引起这样的笑声。"这位比众人高出一筹的神父既仇视帝国主义者,又蔑视人民大众。在剧本的最后,博饶本在选举中获得大胜,"愚蠢"的人民终于敌不过狡猾的帝国主义者。

《巴巴拉少校》集中表现了肖伯纳的思想矛盾。剧本描写一个大资本家、大军火商安德谢夫的女儿巴巴拉参加了宗教慈善事业,在救世军里担任了少校的职位。她为了拯救人类的肉体,在大街上向穷人施舍,不使他们挨饿受冻。她更要拯救人们的灵魂,决心拯救他的父亲安德谢夫。她要他放弃军火制造,参加救世军,弃邪归正。她满以为救世军的事业无比高尚,甚至不愿接受父亲给救世军的捐款。后来,她发现救世军原来是她父亲一类的资本家出钱兴办的,她的幻想破灭了。巴巴拉的未婚夫是一个希腊文教授,原来他也反对安德谢夫,后来他和巴巴拉一样向安德谢夫投降,并且继承了他的事业。

剧本成功地塑造了安德谢夫这个形象。安德谢夫一家世世代代经营军火,靠战争发了财。安德谢夫毫不掩饰他的生财之道,恬不知耻地公开声称自己没有道德标准,只要谁出钱公道,军火就卖给谁,他的武器杀人越多,就越对他有利。他把自己的军火事业说成是百万富翁的宗教,扬言社会离不开他,宗教、议会、法律都是为他服务的。巴巴拉称呼他是"混世魔王",指出从穷人吃的面包到社会上的一切,无一不是在安德谢夫一类资本家的控制之下,人们无法摆脱他们的势力而生活。肖伯纳赤裸裸地撕掉英国民主制度的假面具,把英国内阁说成是由一群为安德谢夫等人所豢养的有杀人勇气的混蛋所组成。在艺术手法上,肖伯纳通过安德谢夫的自我标榜揭示了垄断资本家的本质。安德谢夫把自己的力量吹嘘得越强大,肖伯纳对资本主义社会的揭露和批判也就越深刻。

肖伯纳对资本主义社会的批判是犀利的、辛辣的,但是,由于他在政治上是个改良主义者,他在剧本中提出了"百万富翁的社会主义"这个反动口号。他认为"社会主义"会给百万富翁带来最大的利益,也只有依靠百万富翁才能建设社会主义。巴巴拉和她的未婚夫开始想拯救安德谢夫的灵魂,结果向安德谢夫妥协了。在剧本中,工人阶级是作为社会中的消极力量出现的,只要谁给他们好处,他们就受谁支配。安德谢夫军火工厂里的工人待遇优裕,他们满足于现状,根本不想改变社会制度。在肖伯纳看来,安德谢夫是体现了生命力的"超人",他和理想主义者巴巴拉形成鲜明对照,解决社会问题的办法是靠像安德谢夫这样的百万富翁和像巴巴拉跟她的未婚夫这样的知识分子的合作。由百万富翁出钱,知识分子进行管理。这反映了肖伯纳的改良主义思想。

肖伯纳的思想矛盾也表现在《伤心之家》一剧中。这部剧本开始写于1913年,完成于1916年。剧本是按照俄国剧作家契诃夫的风格写成的,副标题是"一部用俄国风格写成的英国主题的狂想曲"。剧本描写老船长肖特非家里来了一群有闲的知识分子,他们对英国社会不满,但是又没有勇气面对现实。他们攻击社会,诅咒自己。他们玩世不恭,丈夫欺骗妻子,妻子欺骗丈夫。他们对一切失去信念,希望生活快快结束,想在毁灭中找寻出路。老船长肖特非把他的家安排得像一条船的模样,但是这条船已经失去当年乘风破浪的雄姿。老船长说这条船的"船长喝醉了,船触礁了,船上腐烂的木板被折得粉碎,生锈的钢板也撞裂了,船员们也淹死了,样子就像被捕鼠机夹住的耗子一样"。这正是大英帝国没落的写照。一个女青年艾黎来到老船长家里,她原来天真无邪,为了替父亲报恩,准备牺牲自己,嫁给一个年龄比她大一倍多的资本家。但是在肖特非家里,她发现这个资本家原来是一个造成她父亲破产的卑鄙无耻的市侩。她看到肖特非家里的一群人都是在互相欺骗,自欺欺人,她悲愤地喊出这是"伤心之家"。在这种普遍的失望情绪下,这个伤心之家的成员在敌机前来轰炸时,打开了所有的电灯,给敌机指示目标。但是最后被炸死的,却是那个卑鄙无耻的市侩和一个到伤心之家来行窃的小偷,这两个很想活下去的人反倒被炸死了。这个剧本反映了资本主义总危机的形势,也反映了作者深刻的精神危机。

1929年资本主义世界爆发了严重的经济危机,资本主义社会的弊病更加暴露无遗。肖伯纳写了《苹果车》,进一步揭露了资产阶级的假民主和工党向垄断资产阶级的无耻投降,并且指出英国最终将依附美国垄断资本集团的历史趋势。

肖伯纳受易卜生戏剧的影响很深。两人有许多共同点,例如对资本主义社会问题的揭发和批判,对知识分子和孤独的反抗者的推崇,对人民群众的不信任和蔑视,人物形象的概念化和说教倾向等等。但易卜生的剧本有较深刻的严肃的悲剧气氛,而肖伯纳的剧本则往往是接近于闹剧。易卜生的剧本局限于提出社会问题,没有像肖伯纳那样对垄断资产阶级的本质进行无情的揭露。

在运用讽刺手法上,肖伯纳明显地受到狄更斯的影响。例如在《巴巴拉少校》中,肖伯纳让安德谢夫用夸张的语言宣扬自己的威力。安德谢夫声称自己的座右铭是"血和火",赤裸裸地说出"战争毁灭性越大,我们越喜欢"。肖伯纳还通过安德谢夫的自我吹嘘,戳穿英国的假民主。安德谢夫在吹嘘自己的威力时说:"我就是你们的政府。……什么对我们有好处,你们就做什么。战争对我们有利,你们就宣布战争;战争对我们不利,你们就维持和平。"通过这些夸张的语言,肖伯纳一针见血地指出了垄断资产阶级的侵略本性。又如在《约翰牛的另一个岛屿》里,博饶本在爱尔兰大吹大擂地说:"一个英国人的首要责任就是为爱尔兰效劳。"又说:"我们的领导是十分重要的。有许多国家不幸缺乏管理自己的才能。我们英国人必须毫不吝啬地发挥我们这方面的天赋,为这些国家效劳。"这些出自反面人物之口的语言,表面看来是夸大之辞,却隐含着揭示英国殖民主义者丑恶面目的深刻意蕴。肖伯纳的这种夸张手法使他成为现代英国资产阶级社会最辛辣的讽刺者。他的语言机智、灵活,被公认为英国口语和对白的大师。

第九节 乔伊斯

一、生平和创作

詹姆斯·乔伊斯(1882～1941)是爱尔兰现代著名小说家。他的主要作品有小说集《都柏林人》(1914)、《青年艺术家的肖像》(1916)、《尤利西斯》(1922)和《为芬尼根守灵》(1939)。此外,还有一本诗集《室内乐》(1907)和一个剧本《流亡者》(1918)。乔伊斯的小说全部以爱尔兰生活为素材,以都柏林社会为背景,他一生致力于表现爱尔兰人复杂的内心世界与精神风貌。乔伊斯在创作上勇于探索,独树一帜,他成功地采用象征性主题和意识流手法,突破旧现实主义的束缚,把小说艺术推向新的发展,被誉为20世纪现代主义文学的杰出代表。

乔伊斯出生在都柏林一个中产阶级家庭。父亲是税务员,曾参加过反对英国殖民统治的爱尔兰民族独立运动。母亲是虔诚的天主教徒。乔伊斯自幼接受教会学校的教育,16岁进入都柏林的天主教大学学习,4年后取得学士学位毕业。在大学里,乔伊斯对神学和哲学兴致索然,他依自己的爱好专心学习语言,练习写作。他博览群书,对天主教会禁止阅读的书籍尤感兴趣。他钦佩挪威剧作家易卜生,并深受其个性叛逆与艺术革新精神的影响。同时,乔伊斯对处在英国殖民统治下的爱尔兰社会现实非常不满。他认为,爱尔兰的经济、文化状况阻碍了个性发展,长期的殖民奴役削弱了民族灵魂,教会的思想控制使个人的主动性处于瘫痪状态,专制统治使人身失去了自由。"凡有自尊心的人,绝不愿留在爱尔兰,都逃离那个为天神所惩罚的国家。"

1902年,乔伊斯离开都柏林赴巴黎,从此开始了他"自愿流亡"的创作生涯。他决心摆脱爱尔兰的政治、宗教、文化的束缚和压力,以便自由地从事创作,客观真实地描写爱尔兰。1903年,乔伊斯的母亲病故,他赶回爱尔兰度过了18个月。这次逗留的时间虽然不长,但对他日后的创作却很有价值。他在都柏林附近的一所私立学校教过书,到过许多地方参观短住,其中包括马蒂洛塔楼。他与一位旅馆女侍者诺拉·巴娜科尔一见钟情,相识相爱。这些亲身经历与所见所闻,后来都写进了《尤利西斯》一书。为了纪念他们的爱情,乔伊斯将1904年6月16日他与诺拉第二次会面并开始相爱的日子,定名为布罗姆日,即《尤利西斯》所描写的一天。在此期间,乔伊斯着手创作一部描写他本人生活经历的长篇小说《斯蒂芬英雄》,并以斯蒂芬·代达罗斯的笔名发表了3篇短篇小说,这些小说后来收入了短篇小说集《都柏林人》中。1904年10月,乔伊斯偕同诺拉离开爱尔兰,先到意大利的波拉,后到奥地利的特里埃斯特居住。乔伊斯以教授英语谋生,业余时间继续写作《斯蒂芬英雄》和几篇短篇小说。1907年,他的诗集《室内乐》出版。同年,他为出版《都柏林人》四处奔走,但出版商们以书中使用了真实人名、地名和某些语言"不雅"为由,拒绝出版,致使该小说集到1914年才得以问世。

乔伊斯在欧洲期间,对欧洲文学进行了广泛深入的研究,并对现实主义和象征主义产生了浓厚的兴趣。同时,他感到《斯蒂芬英雄》缺乏艺术形象,于是决定重写,并更名为《青年艺术家的肖像》。此书于1916年出版后,为乔伊斯赢得了巨大的声誉。而留下的《斯蒂芬英雄》手稿千余页,在作家生前未能出版,后于1944年面世。

第一次世界大战爆发后,乔伊斯移居瑞士的苏黎世,并开始写作长篇小说《尤利西斯》。此时,乔伊斯经济拮据,依靠皇家文学基金会和朋友们的资助艰难度日。更不幸的是,他患了严重的眼疾,从1917年到1930年,十多年中先后动过25次手术,但始终未能治愈,有时甚至发展到双目失明。然而,乔伊斯忍受着巨大的痛苦,在困窘的岁月中坚持不懈地工作,终于创作出了他一生中最灿烂的篇章。

第一次世界大战后,乔伊斯应诗人庞德的邀请迁回巴黎。他的小说《尤利西斯》在遭到许多出版商的拒绝之后,终于在1922年出版了。这部小说一问世,立即引起强烈的反响,受到文学界的重视,也遭到攻击和查禁。乔伊斯在生命的最后十多年里,集中全力创作长篇小说《为芬尼根守灵》,他呕心沥血,反复修改,对每个字、每个句子都再三斟酌,有的章节易稿多达十余次。尽管乔伊斯费尽心血,但小说在1939年出版时却反应冷淡,读者寥寥。其主要原因是该书十分难懂,远远超出一般人的理解能力。半个多世纪以来,不少研究者探幽索隐,但至今仍无人能完全破解这部深奥的"天书"。

第二次世界大战爆发后,巴黎陷落,乔伊斯再次迁移。1941年1月13日,乔伊斯病逝于苏黎世。

乔伊斯的第一部小说《都柏林人》由15篇描写都柏林市民生活的短篇小说组成。作家宣称:"我的意图是为我的国家谱写一章道德史。我选择都柏林作为背景,是因为在我看来,这个城市是瘫痪的中心。对于冷漠的公众,我试图从四个方面来描述这种瘫痪:童年、青年、壮年和社会生活。这些故事正是按照这个次序编排的。"15篇小说有各自的人物和情节,但又按照一定的顺序排列,围绕着共同的主题展开,即都柏林是瘫痪的中心,从而形成一个有机的整体。

《都柏林人》的开篇《姐妹们》以一个小男孩第一人称的叙述角度,描写一位神父因打碎圣餐杯,独自郁郁不乐,瘫痪床榻,悄然死去。首次点明了全书所揭示的"瘫痪"主题,其中圣餐杯象征宗教信仰。第二篇《巧遇》和第三篇《阿拉比》的主人公都是少年学生,均采用第一人称叙述手法,故事情节则按照"幻想——幻想破灭——顿悟"的格局展开,成为后面几篇故事的基本模式。

从第四篇《伊芙琳》起,改用第三人称叙述角度,主人公也换成了青年。伊芙琳是一位19岁的少女,家境贫寒,工作乏味,父亲性情暴虐。她爱上了一位远洋水手,水手劝她离家私奔。但在关键时刻伊芙琳未能摆脱传统偏见的压力,改变了出逃的主意,她对未来的幻想破灭了。另一篇《一小片云》的思想倾向与它颇为相似。小查德勒与盖拉赫是少年时代的朋友,论出身和教养,小查德勒都比盖拉赫好。盖拉赫当年贫困潦倒,因犯事逃离爱尔兰,后来成了伦敦报界的红人。他8年后衣锦还乡,派头十足。而留在都柏林的小查德勒却只是一位生活窘迫、碌碌无为的小办事员。小说通过小查德勒之口道出了作家的心声:"如果你想成功,就必须出走。在都柏林是一事无成的。"这一组的其他几篇小说,大都描写了都柏林青年苦闷、迷惘、追求、沉沦与无奈的复杂心态。

《悲痛的往事》中的达菲先生是一位年纪不轻的办事员。他与有夫之妇辛尼科太太发生了恋情,但他那孤独、自私、清高的个性,终使他们断绝了来往。4年后,辛尼科太太因酗酒被火车轧死,他闻之深感内疚,同时也感悟到自己"是个被人生的盛宴排斥在外的人"。

最后四篇小说《会议室里的常春藤日》、《一位母亲》、《恩惠》、《死者》,分别从政治、艺术、宗教、社交等方面描写都柏林的社会生活。其中尤以末篇《死者》最为精彩。主人公盖布锐是大学讲师和文学杂志的撰稿人,他年轻、自负,妻子格瑞塔是来自西部农村的姑娘。他们在一个下雪天到姨妈家去参加一年一度的圣诞晚会。在宴会上,盖布锐代表来宾向殷勤好客的女主人致谢词,他为自己成功的演说沾沾自喜。回到旅馆,他心里产生了强烈的冲动,等待妻子投入怀抱。然而,妻子由于在晚会上听到了一首旧歌,从而沉湎于对昔日恋人深深的怀念之中。盖布锐燃烧的情欲顿时被一盆冷水浇灭,得意的心情颓然消散,他感到了耻辱、愤怒与嫉妒。注视着妻子熟睡的面孔,他想到那个为热恋他妻子而死去的少年迈可·富瑞,心中不由涌起一股怜悯之情,并意识到自己所缺乏的正是富瑞那样纯朴的热情。此时,银白的雪花正纷纷扬扬飘落在爱尔兰大地上,仿佛在弹奏一首无声的安魂曲:"雪落到山头上埋葬迈可·富瑞的那个墓园的每个角落,它稠密地飘积在弯曲的十字架和墓碑上,飘积在小园门栅栏的尖顶上,飘积在光秃的荆棘上。他聆听着雪花寂然无声地穿过广宇,就像它们的最后归宿一样,静静地落向一切生者和死者。"这茫茫白雪象征着生与死、过去与现在、爱与欲之间相互矛盾、相互依存的关系,完美地体现了这篇小说的"幻想——幻想破灭——顿悟"的艺术构思。

《都柏林人》的创作方法基本上是现实主义的,同时也采用了象征主义的手法。小说通过具体、生动的人物与事件,简洁流畅的故事情节,真实地描绘了都柏林丰富多彩的生活画卷,表现了爱尔兰人复杂微妙的内心世界与精神风貌,深入揭示了爱尔兰从社会生活到精神生活的"瘫痪"状态。在小说结构方面,乔伊斯成功地建构了"幻想——幻想破灭——顿悟"的模式,他常常在平淡无奇的叙述中,让主人公经历一番幻想与挫折之后,对社会人生获得"一种猝然的心领神会",从而领悟了"全部生活的意义"。乔伊斯还善于在客观描写中,通过某一事物、某一典故、某一意象、某一隐喻的象征性寓意,来点明题旨,展现小说深刻的思想内涵。

乔伊斯的第二部小说《青年艺术家的肖像》带有明显的自传色彩。它描述19世纪末期一个生长在爱尔兰天主教家庭的男孩,从童年到青年的成长历程。主人公斯蒂芬·代达罗斯高傲、孤独、敏感、富于幻想,对他周围的环境日益不满,不断反抗,最后决心离开令人窒息的环境,挣脱精神上的枷锁,做一个自由表达自己思想的艺术家。全书共分5章,每章记录了主人公成长过程中的一个发展阶段,这些阶段以波浪式运动向前推进,直到高潮。小说开始时,斯蒂芬是个顺从的孩子,但他逐渐发现长辈们的教导与实际生活并不相符。在家中,大人们常常为宗教与政治问题争论不休,争论的双方不可能都是正确的;在教会学校,他遭受同学的欺侮和神父教师不公正的处罚。第二章主要表现斯蒂芬朦胧的性意识的觉醒以及他内心激烈的矛盾冲突。斯蒂芬一方面怀有浪漫的幻想,另一方面经受不住肉欲的诱惑,最后在一个妓女的拥抱中获得了快乐和满足。第三章包括神父的长篇布道和斯蒂芬的内心独白。斯蒂芬为自己的堕落行为产生沉重的负罪感,神父关于罪恶与惩罚、忏悔与自新的说教更加重了他的心理负担,他怀着对地狱的恐惧向神父忏悔,以求得在宗教庇护下的宁静与安全。第四章描写斯蒂芬在人生道路上面临新的抉择。他的忏悔得到教会学校的赏识,学校提议他担任耶稣会神父的职务。斯蒂芬来到海边徘徊,他幻想自己能够成为希腊神话中建筑师和雕刻家代达罗斯式的人物。正当他想入非非之时,看到一位少女站在水中,独自安详地注视着大海。少女优美的身姿使斯蒂芬突然发现了一种世间凡人的美。这一顿悟使他欣喜若狂,面向大海放声呼喊,他要拥抱生活,哪怕生活并不尽善尽美。于是斯蒂芬拒绝了神的召唤,投身到艺术创造的广阔天地中去。在最后一章里,斯蒂芬与大学里的同学探讨美学理论,他把文学形式归为三类:抒情、叙事、戏剧。他认为抒情是文学的最简单形式,作品直接反映作者本人的感情；叙事则向前迈进了一步，作者与作品保持一定的距离，站在作品与读者之间；戏剧是文学的最高形式，作者达到完全超脱的境界，戏剧文学中美的形象是净化的生活，是人类幻想的再现。斯蒂芬宣称："我不愿为我不再信仰的东西服务，无论那个东西称自己为我的家庭、我的祖国或者我的教会。"最后，斯蒂芬决心冲破这三张网，离开爱尔兰，去自由自在地追求自己的艺术理想。小说主人公成长的过程，反映了作者对现代艺术家与社会生活之间关系的看法，即献身艺术不免要走向流亡。

中篇小说《青年艺术家的肖像》的创作方法较《都柏林人》有所发展。它在现实主义的描绘中插进人物的回忆、凝思和幻想，事件的描述之间缺少衔接和过渡。作者采用电影艺术中的"蒙太奇"手法，将主人公幼年、少年、青年生活中的一些片断跳跃式地、松散地连接起来，而在人物的回忆与遐想中使用"意识流"的手法，通过人物内心独白，用主人公内心世界的活动反映他所经历的客观世界。小说的语言具有不同的风格，开始时使用近似幼儿说话的简单语言，随着主人公的成长逐渐发展为较复杂的语言，最后主人公在探讨文艺理论时，使用的是措辞严谨的语言。语言风格的变化适应主人公不同的成长阶段的思想感情。《青年艺术家的肖像》的创作方法主要是现实主义的，但加入了更多的象征主义成分，小说中的许多事物，如水、花、路、牛等都有其象征性含义。特别是鸟的形象反复出现，提醒读者远走高飞是本书的主题。

乔伊斯的最后一部小说《为芬尼根守灵》用梦呓般的语言描述了一场梦幻。小说的故事从夜晚开始，黎明结束。主要人物是住在都柏林郊区凤凰公园附近的一个普通人家：父亲伊尔威格，母亲安娜，女儿伊丽莎白以及孪生兄弟桑恩和杰里。伊尔威格是丹麦裔的爱尔兰清教徒，经营一间酒店。他曾在凤凰公园对两位少女做了些不体面的事，因而受到审讯。在一个星期六的晚上，酒店里发生酒徒打斗闹事。伊尔威格本人也喝多了酒，头脑昏昏沉沉，夜里睡得很不踏实，做了许多乱七八糟的梦。梦中还有桑恩兄弟为夺得姑娘的欢心而争斗的事。小说最后以伊尔威格的夫妻生活作结束。在乔伊斯看来，伊尔威格的堕落体现了原罪的普遍性和复杂性，桑恩兄弟之间的争斗和伊尔威格的夫妻生活体现了人类自相残杀的战争和繁衍种族的情欲。作者暗示伊尔威格是全人类的代表,而伊尔威格的家庭关系——兄弟之间的争斗,儿子联合起来取代父亲,女儿造成兄弟之间、父子之间的矛盾冲突,母亲调停矛盾等等——则是人类历史的缩影。

《为芬尼根守灵》在结构方面深受18世纪意大利哲学家、历史学家维柯的历史循环论的影响。维柯认为,人类历史是个盘旋上升的循环体,由三个时代组成——神的时代、英雄的时代和人的时代。具体地说,人类历史从最初的混乱走向有秩序的神的统治,宗教主宰社会;然后进入英雄时代,由贵族统治社会;贵族统治由民主政治所代替,把历史推进到人的时代。三个时代周而复始,不断循环,不断提高,新的循环中的各个阶段较之前一周期中的相应阶段有所进步。乔伊斯早在大学读书时便接受了维柯的历史观。同时他认为,随着个人主义的不断发展,人类历史还逐渐出现了一个无政府主义的混乱时代,现代的西方社会正处在第四个时代之中,新的周期循环即将开始。在《为芬尼根守灵》中,乔伊斯对各部分的构思安排大体与上述的历史循环理论相对应。本书的书名取自一首爱尔兰民歌。歌曲中的芬尼根是个泥瓦工,他在干活时摔伤,人们以为他死了,安葬前为他彻夜守灵,不料芬尼根竟又复活了。小说的主人公伊尔威格是现代的"芬尼根",伊尔威格的睡梦与苏醒,芬尼根的死亡与复活,都体现了历史循环的理论。小说中父亲的堕落,儿子之间的争斗与联合,儿子最后取代父亲,也都符合历史循环的观点。此外,小说的时间布局是夜晚开始,黎明结束,夜与昼相连相接,循环不断。全书结尾的最后一个字,正是开篇的第一个字,表明了头即尾、尾即头的循环反复,可见作者的良苦用心。

除了维柯的历史循环论之外,《为芬尼根守灵》还深受弗洛伊德精神分析学和荣格心理学的影响,全书建立在一场梦呓之上,着力挖掘人的混乱、隐蔽的潜意识活动。作家完全抛弃了传统的创作方法,把意识流手法推向了极限。与此相联系,乔伊斯对传统语言进行颠覆性的实验,他力图创造出有别于日常生活用语的"呓语",以适应作品的思想内容。在小说中,许多语言是违反常规的。作家不仅引入了十多种语言文字,还生造了大量令人费解的新词,使用了不少语义含混的隐语和双关语,堆砌了令人望而生畏的文史典故、故事传说以及人名地名等等。乔伊斯有意使作品难于理解,因为他把小说当作生活的翻版。他认为既然生活本身是不可能被人完全理解的,那么他的《为芬尼根守灵》不能被读者完全读懂,也就是很自然的了。

如果把乔伊斯的四部小说放在一起,人们可以从中看到一种连续性:四部作品都以描写都柏林生活为中心,写作方法不断创新,它们各有特色,但相互又有关联。《都柏林人》基本上是现实主义的,但加进了象征主义手法。《青年艺术家的肖像》以现实主义为主,但象征主义占了很大的比重,同时开始使用意识流手法。这一手法在《尤利西斯》中得到充分的运用,女主人公莫莉的长篇内心独白成了现代小说"意识流"的典范之一。同时,在《尤利西斯》中仍有生动的现实主义描写。《为芬尼根守灵》的意识流手法又和《尤利西斯》的有所不同,它描写人在梦幻中的潜意识活动。美国诗人托·史·艾略特在1949年巴黎举办乔伊斯展览前言中说道:"乔伊斯的作品形成一个整体……正如读莎士比亚的作品一样,乔伊斯的后期作品要通过他的早期作品才能理解,他的第一部作品要通过最后一部作品才能理解。他的整个创作过程,而不是其中某个阶段,确定了他的伟大作家行列中的地位。"[1]

二、《尤利西斯》

《尤利西斯》是乔伊斯的代表作,在20世纪现代小说中最享盛名,同时也极被人误解。有些人批评它晦涩难懂,有些人指责它是描写男女性爱的淫书。其实,《尤利西斯》是一部描写西方社会现代人的严肃作品,提出了人的生活质量和价值标准等重要问题。

这部长篇小说分为三大部,共18章,描述三个都柏林人在1904年6月16日那一天的日常生活和内心活动。他们是青年艺术家斯蒂芬·代达罗斯,广告经纪人利奥波尔德·布罗姆以及他的妻子、歌唱演员莫莉。第一部是小说的序幕,又可以说是《尤利西斯》与前一部作品《青年艺术家的肖像》之间的桥梁。《尤利西斯》开始时,《青年艺术家的

---

[1] 转引自伯纳德·吉尔布拉编《詹姆斯·乔伊斯》,巴黎,1949年。

肖像》的主人公斯蒂芬外出流亡一年后返回爱尔兰,住在都柏林郊区的马蒂洛塔楼。第一部的叙述就从他早上8点钟起床开始。他离开住所,前往一所私立学校教授历史课,并与校长交谈。之后,他沿着海滨漫步思索,考虑历史、哲学等问题。第二部是小说的主体部分,以布罗姆一天的活动为主线展开。他早上8点起床,吃过早饭,到市场去买他喜欢吃的腰子和土豆。回到家里,收到一张明信片和两封信,一封信是在外地工作的女儿寄来的,另一封是妻子的经纪人兼情人寄给她的。然后,他到街上闲逛,到邮局去领取他的情妇的来信。还去过一间澡堂洗澡。上午11时,布罗姆去参加一位朋友的葬礼,并联想起自己的父亲因破产自杀身亡,还想起只活了11天就夭折的儿子。中午时分,布罗姆来到报馆联系刊登一则广告,并遇见斯蒂芬。斯蒂芬刚领了薪水,正呼朋唤友请众人吃饭。布罗姆则独自走进一家餐馆,准备吃午饭,但顾客吃饭时令人作呕的样子引起布罗姆的反感,他忍饥走出了饭馆。下午,他到过一家酒店和公立图书馆。奔波忙碌一天的布罗姆于日落时分来到海滨呼吸新鲜空气,遇到一位不曾相识的少女葛蒂·麦克多威尔。他们虽然不曾交谈,但少女却引起布罗姆的情欲。使他想起了当年与莫莉的相爱与亲热,想起了莫莉此时正在家中与别人偷情。晚上10点多,他来到妇产科医院探视临产的朋友,在医院里他和斯蒂芬相遇。他跟随斯蒂芬来到酒店和妓院。斯蒂芬喝得酩酊大醉,借着酒劲胡闹。布罗姆产生幻觉,把斯蒂芬误作自己夭折的儿子。第三部描写布罗姆把斯蒂芬带回家中,此时已过了午夜。两个人在厨房交谈了一阵,斯蒂芬告辞离去。布罗姆走进卧室,幻想起妻子白天同别人幽会的情景,然后以无所谓的心情上床睡觉,结束了他一天的生活。小说最后一章是布罗姆的妻子莫莉入睡前的种种内心活动,包括她对自己和布罗姆以及其他男人的关系的回忆。全书以长达40页的莫莉内心独白作为结束。

《尤利西斯》记录了都柏林三个平凡人物一天的琐碎活动,它通过人物的身心感受,逼真、细腻地描写了都柏林从早到晚万花筒般的生活情景。但小说既无曲折动人的故事情节,亦无戏剧性的矛盾冲突,而是以一种冷淡超然的态度,自由随意地反映都柏林生活的各个侧面。小说保持了现实主义特色，又富有强烈的象征性。全书按照荷马史诗《奥德修纪》的结构巧妙周详地组织起来，自始至终都是象征。小说取名《尤利西斯》，表明本书和《奥德修纪》一样，也是一部史诗，是记录现代人的史诗。作者将一个极其平凡的人物布罗姆在都柏林一日内的游荡与古希腊英雄尤利西斯（即奥德修斯）十多年的漂泊相比，并把斯蒂芬比做尤利西斯的儿子忒勒马科斯，把莫莉比做英雄的妻子佩涅洛佩。《尤利西斯》的18个章节在《奥德修纪》中都可以找到相对应的部分。《奥德修纪》的主人公奥德修斯在外漂泊多年，归家途中遇到正在寻父的儿子，父子二人返回家中，与佩涅洛佩团聚。《尤利西斯》的第一部暗示斯蒂芬离开马蒂洛塔楼后开始寻找他的"精神上的父亲"。第二部布罗姆在都柏林各处的活动，象征他在寻觅他的"精神上的儿子"和"家"。第三部布罗姆将斯蒂芬带至家中，暗示他们各自找到了所寻求的东西，回到了"家"。这样的古今对比强调了现代西方社会的庸俗、腐朽和堕落，在这样的环境中，古希腊人那种高尚的英雄气概在平庸的现代人身上早已不复存在。乔伊斯笔下的斯蒂芬是个富于幻想的艺术家，一个不成熟的青年知识分子。他要找寻的不是生身之父，而是"精神上的父亲"，换句话说，他要寻找的是成熟，是人性，是人类自身。布罗姆是个庸俗平凡的市民，因为是犹太人，在都柏林市民中他又是个局外人。他在事业上不走运，在生活中也不顺心。他失去了儿子，女儿也不在身边，还患了性无能，而妻子又爱寻欢作乐，有过几个情夫，现在正与音乐会的经纪人有瓜葛。布罗姆孤独、苦闷、彷徨，但是饱经风霜，老于世故，能够适应周围复杂的环境，以容忍的态度在腐朽的西方文明中生存了下来。在乔伊斯的笔下，他是个成熟的中年人。他要寻找"精神上的儿子"和"家"，也就是精神上的完善和归宿。这些正体现在通晓神学、历史学和文学的艺术家斯蒂芬身上。莫莉是在男女关系上不严肃的女人，拿她比做忠于爱情、忠于丈夫、忠于家庭的佩涅洛佩显得滑稽可笑。小说结尾，莫莉在大段内心独白里将布罗姆与其他男人作比较，最后认为还是布罗姆最可靠。从这点来看，她对布罗姆还有几分感情和忠心。另外，她是个精力旺盛，热爱生活、热爱大自然的女性。乔伊斯将她与佩涅洛佩相比拟，暗示她代表整个女性，象征繁殖力和生命。作者着意将斯蒂芬和莫莉描写成人类两个方面的代表,前者是人的智力,后者是人的肉体,而布罗姆这个中心人物将这两个不同方面结合起来,构成一个完整的人的形象。

在《尤利西斯》中,乔伊斯对意识流手法的娴熟运用达到了极致。小说不仅描写了主人公在都柏林一天之内无所作为的游荡,更主要的是描写了西方现代人无所适从的精神漂泊,这是贯穿全书的主要线索。作家通过回忆、幻觉、自由联想、内心独白等艺术手段,展示人物内心深处如行云流水般的意识活动,特别是人类最隐蔽、最黑暗、最神秘的潜意识活动。因此,小说在揭示人的内心世界方面,在揭示人性与人的本质方面,达到了前所未有的广度和深度,这是一般传统作家无法比拟和难以企及的,这也是《尤利西斯》最杰出的艺术成就。除了令人叹为观止的莫莉的长篇内心独白之外,小说中的许多章节都是意识流的经典之作。如第3章斯蒂芬在海滨漫步,联想与沉思交替出现,构成了变幻莫测的意识流。第6章布罗姆在墓地徘徊,现实与回忆、反思交织在一起,葬礼的情景映衬着人物的意识流动。第10章由19个各自独立又相互联系的片断组成,分别描写了形形色色的都柏林人在同一时间、不同地点的意识流。第15章布罗姆、斯蒂芬在红灯区酗酒胡闹,现实与幻象让人眼花缭乱,通过人物的意识流揭露了现代西方社会的离奇荒诞。这些出色的章节都是乔伊斯呕心沥血之作,其中第15章八易其稿,才得以最后完成。

《尤利西斯》在语言技巧上有许多引人注目的大胆创新。乔伊斯运用不同色调的语言和表现手法描写不同的人物与情景。例如,在斯蒂芬漫步海滨的一章里,为体现人物丰富的想象力和渊博的知识,作者使用了讨论哲学、历史时常用的大字、难字、抽象字。而在记叙布罗姆琐碎的日常生活时,作者则多用具体的、简单的、口语化的生活词汇。在描写莫莉时,作者又选用了鲜艳的色彩和象征大自然蓬勃生机的花草等物体,以衬托人物的性格。全书各章节的写作手法也不尽相同。例如,写报馆的一章,各段落前面都有报纸上使用的大标题,看上去就像一张普通的报纸。写学校的一章,采用课堂上惯用的问答方式。作者的目的是将内容与形式统一起来,用特定的形式更完美地表达思想内容。特别值得一提的是乔伊斯为了表现莫莉的心理活动,用了很长的篇幅写她的内心独白,不分段落,没有任何标点符号,象征人物的浮想联翩,充分体现了人物的意识在自然流动,中间没有转折和停顿,没有逻辑制约,没有外部干预。此外,乔伊斯还大量引用文学、神话、历史的典故,巧妙地使用双关语和外来语,并自创了一些新词。作者立意将《尤利西斯》写成一部现代西方生活的百科全书。《尤利西斯》以其深邃的思想内涵和大胆的艺术革新成为20世纪最伟大的小说之一,并奠定了乔伊斯在世界文学史上的重要地位。

詹姆斯·乔伊斯是现代西方杰出的小说家和语言大师,他的作品既有不满资本主义社会现实的一面,但又存在只求艺术上自我表现而不顾读者是否能够接受的倾向。在创作方法上,他作了大胆的创新和实验。他的艺术观以及他对现代小说艺术所作出的贡献,对后来的小说家产生了深远的影响。

第十节 劳伦斯

一、生平和创作

戴维·赫伯特·劳伦斯(1885~1930)是20世纪初叶英国著名的小说家和诗人。他一生写有10部长篇小说、40余篇中短篇小说、近千首诗和4部剧本。劳伦斯主要是作为一个小说家被载入史册的。他的小说从对两性关系的考察出发,揭示资本主义工业文明与人的对立和冲突,深刻展现了现代人悲剧性的生存状况,表达了对充满自然精神的理想社会的追求。在继承19世纪英国维多利亚后期现实主义小说传统的同时,劳伦斯的创作又具有鲜明的现代主义艺术风格,其独特的表现角度和重大的主题,对20世纪西方文学的发展有着深远的影响。

劳伦斯的生活和创作可分为四个时期。

1885年9月11日,劳伦斯出生于英国中部诺丁翰郡的煤区斯特伍德,父亲是矿工,母亲出身于破落的中产阶级家庭,当过小学教师。

由于夫妻感情一直不和,劳伦斯的母亲把所有的爱都给了孩子,特别是小劳伦斯,被母亲视作掌上明珠。但这种爱是畸形的,超出了正常的母子亲情,造成了儿子人格发展的失衡。

劳伦斯中学期间,与当地哈格斯农庄的少女杰茜·钱伯斯建立了友谊。她成为作家的第一个恋人,并对劳伦斯的早期生活和创作产生了相当大的影响。《儿子与情人》中的密里安,就是以她为原型塑造的。1901年作家中学毕业后,曾当过三年多的小学教师,这段经历后来通过厄秀拉出任小学教师的情节,被写入小说《虹》中。

1906年,劳伦斯入诺丁翰大学师范系学习,并开始创作他的第十部长篇小说《白孔雀》。两年结业后,劳伦斯来到伦敦郊区的一所中学执教,与海伦·柯克小姐相识。劳伦斯以她所提供的素材为基础,融入自己的经历,创作了第二部小说《逾矩的罪人》。1910年12月母亲去世,他遭受了重大打击。同年,他开始创作《儿子与情人》。

1912年4月初,作家的生活发生重大转折。在他到诺丁翰大学法语教授威克利家中拜访时,与年长自己八岁、已是三个孩子母亲的教授夫人弗丽达一见钟情,两人不能自持,遂于5月初出奔欧陆,开始了新的生活。

《白孔雀》在英国中部农村的背景上展开了两对青年男女的婚姻悲剧。天真、漂亮的农家女儿莱娣出于虚荣心,抛弃了热恋着自己的乔治,嫁给一个精神空虚的富家子弟,结果饱受了没有爱情的家庭生活的折磨。乔治娶了他并不爱的女人,终日以酒浇愁。莱娣为追求"高雅"的生活情趣,拒绝强壮有力但缺乏教育的乔治,已显示了文明与自然相对立的倾向,但这一主题在小说中还未得到集中的表现。猎场工人安纳贝尔的形象在作品中具有重要意义,他对文明的激烈抨击和愤世嫉俗的生活态度,是劳伦斯创作成熟时期思想的先声,这一形象被看作作家最后一部长篇小说《恰特里夫人的情人》中梅勒斯形象的雏形。

《逾矩的罪人》写一位音乐教师的悲剧。小提琴手西格蒙,人到中年,深感枯燥乏味的家庭生活窒息自己的心灵。于是他抛下妻小,与女学生海伦娜到了海边,一起度过两周美好时光。返家后的西格蒙不堪忍受妻儿女的冷落与鄙视,投缳自尽。小说表现了现代家庭中两性关系的紧张与不和谐。尽管在总体构思、布局和叙述技巧上都有缺陷，但它显示了作家写景状物的出色才能。

《儿子与情人》是劳伦斯这一时期最重要的作品，为作家赢得了广泛的声誉。小说以煤矿工人瓦尔特·莫莱尔一家的生活为中心，描述了主人公保罗从出生到成年的整个过程，其中交织着夫妻、父子、母子和情人间的复杂感情。小说具有很强的自传性，是作家早年生活的再现。瓦尔特与妻子葛楚德感情破裂，妻子在绝望之余，将爱转向儿子们。长子威廉首先成为这种畸形爱的受害者，他死后，次子保罗又取代了兄长的位置，人格发展失去平衡，导致了他与密里安初恋的失败。极度痛苦的保罗投入一个女工、有夫之妇克拉拉的怀抱，但他却为罪恶感所困扰，依然无法摆脱母亲的精神影响。小说结尾时葛楚德辞世，保罗神思恍惚，精神几至崩溃。小说有着双重的主题：一是与弗洛伊德学说相契合的心理探索主题，二是从属于弗氏学说的社会批判主题。

从第一个主题来看，保罗身上明显地存在"俄狄浦斯情结"。在极为特殊的家庭环境中，他与母亲产生了病态心理，母子关系是不正常的畸形关系。保罗仇视父亲，他每晚都在祷告："上帝，让我的父亲死去吧。"在小说的一系列情节描写中，如保罗陪母亲逛集市的场景，这母子俩的言谈、举止都极似一对情人。特别是在保罗与密里安的恋爱过程中，母子之间的病态关系尤为突出。劳伦斯创作《儿子与情人》时，并未真正接触到系统的弗洛伊德理论，事实上后来当他了解了弗氏学说时，又抱着激烈的否定态度。小说中的心理学观念，是他基于个人的生活体验自发产生的。尽管由于作品暗合弗氏理论，成为"俄狄浦斯情结"的形象说明，但它的意义并不仅限于此。从小说的第二个主题看，它是作家创作思想发展的一个重要环节。如果对保罗的形象作心理学的进一步考察，我们会发现他的人格是分裂的，这集中表现在他对母爱控制一定程度的反叛上。尽管小说的整体描绘对瓦尔特充满了敌意，但在某些情节和场面中，保罗对父亲的钦敬还是不自觉地表现出来。特别是保罗与密里安分手后，并未按照母亲的意愿真正回到她的身边，而是转向了克拉拉。这一行动的意义在于他通过与异性肉体的接触，来确证自己的男性气质。劳伦斯后来曾赞扬父亲一代的矿工身上有一种野性难驯的阳刚之气,而子辈们则在崇尚"文明"的母亲们的教养下被异化为"半男人",小说中的保罗就带有这一特点。因此,保罗与克拉拉的关系,实际上反映出了保罗对父亲所代表的自然力量某种程度上的肯定,这在客观上也就批判了资本主义现代文明。《儿子与情人》是作家早期的优秀作品,此时劳伦斯的创作思想仍处于探索阶段,并未成型。这突出表现在作家在自然价值观与文明价值观之间的彷徨态度上。保罗对父母和情人的矛盾心态正源于此。葛楚德与瓦尔特的冲突,密里安与克拉拉的对立,本质上都是文明价值观与自然价值观的冲突。在《儿子与情人》之后,作家才明确站在自然价值观的立场上,对文明价值观予以彻底否定。这部成名作提出了工业文明对人的异化,现代家庭中两性关系的危机等重要问题的雏形,它们在以后的作品中进一步发展,演变为劳伦斯以自然价值观为核心的创作思想的重要组成部分。因此,以《儿子与情人》为代表的前期创作,只是劳伦斯哲学的一个前奏曲。

劳伦斯与弗丽达离开英国后,先到了弗丽达的出生地德国,后又转赴意大利。1914年6月回到伦敦,7月劳伦斯同已办完离婚手续的弗丽达举行了简朴的婚礼。8月第一次世界大战爆发,劳伦斯夫妇困居英伦,陷入一生中最悲惨的时期。他们在伦敦生计艰难,便转赴康沃尔郡,在荒凉的海边租房住下。劳伦斯深居简出,埋头创作。不料,由于弗丽达的德国血统,他们被警方疑为德军间谍,1916年10月,竟被驱逐出布有军事设施的康沃尔。这使本来就激烈反对战争的劳伦斯对英国当局更为痛恨。

在第二个时期里,劳伦斯创作了他最杰出的作品《虹》(1915),但小说出版后不久,即以"有伤风化"的罪名遭到查禁。直到1949年,未加删节的全本才在英国公开发行。实际上,《虹》是英国20世纪初最重要的小说之一。战争期间,劳伦斯曾想与朋友们一道在美国佛罗里达州建立一个遗世独立的乌托邦乐园"拉那宁",终因过于异想天开而未果,但作家却将自己实现理想的满腔激情,都倾注到了这部作品中。

完成于1916年11月,发表于1920年的《恋爱中的女人》是劳伦斯这一时期的又一部力作。它是《虹》的姊妹篇,主题是《虹》的进一步发展和深化,但两书的基调却完全不同。《恋爱中的女人》仿佛一纸现代人类罪恶的判决书,作家认为,西方文明的堕落导致了人类自身的腐败,人类新生的曙光只能如凤凰涅槃一样,在旧我的死亡中出现。小说的情节在厄秀拉、古德伦姐妹与各自的情人伯金和杰拉尔德的关系中展开。矿主杰拉尔德是作家笔下第一个正面出现的工业巨子形象。他用大机器生产代替了旧有的生产方式,把"机械原则"渗透到矿山的每个角落,人的因素则被彻底清除。然而,当整个煤矿按照他的意志成为一架飞速运转的机器后,杰拉尔德却落入极度的空虚和失落感中,最后冻死在阿尔卑斯山的皑皑冰雪中,象征了"机械原则"的破产。古德伦是小说中另一位与死亡主题相联系的人物,她与杰拉尔德之间是一种带有破坏性的关系,两人都企图通过征服或毁灭对方来寻求自我意志的实现和自我的拯救。从根本上说,古德伦并非不憎恨窒息人性的工业化社会,但她却无力摆脱在死亡之河中沉浮的命运。她最终抛弃了杰拉尔德,转向德国雕塑家卢厄克,这表明她试图通过对艺术世界的追求,超越精神死亡的现实社会;但由于他们的艺术观是一种割断与自然联系的病态理论,古德伦所希冀的精神超越是不可能实现的。伯金与厄秀拉的形象,体现了作家关于人类"新生"的思想。劳伦斯在此特别强调了"自我"在两性关系中的意义。伯金"信奉婚姻必须要有性爱,但此外,他还要求更深一步的结合。在这种结合基础上,男子有自己的个性,女子也有自己的个性;两个完整的个性各自构成对方的自由,相互保持平衡,犹如一种力的两极,犹如两个天使或是两个恶魔"。伯金在小说中是劳伦斯的代言人,作家显然认为,这种既保持灵与肉的和谐,又要求双方自我意识独立、完整的"双星平衡"式两性关系,是人类新生必不可少的基础。

  战争结束后,重获自由的劳伦斯夫妇于1919年11月终于再次离开英国,开始了长达11年的漂泊生涯,行踪遍及锡兰、澳大利亚、新西兰等地。这段时间他接连发表了《迷途的少女》(1920)、《亚伦之杖》(1922)、《袋鼠》(1923)和《羽蛇》(1926)4部长篇小说。其中前两部作品延续了前一时期的创作主题;后两部小说则转向对领袖力量及原始宗教的探讨,企图在未被工业文明玷污的古代文明中寻找摆脱现实困境的出路。总的来看,这些作品在艺术上都不很成功,远远逊色于第二时期的创作。

1926年后,作家进入生命和创作的最后时期。这年仲秋,劳伦斯夫妇来到阳光明媚的意大利,度过了一生中最美好和最稳定的一段时光。1930年2月6日,劳伦斯肺病恶化,住进法国南部的芬斯疗养院,3月2日与世长辞。这一时期作家尽管被疾病折磨得痛苦不堪,仍以顽强的毅力写了大量的小说、散文和诗歌,其中最重要的作品是长篇小说《恰特里夫人的情人》(1928)。

《恰特里夫人的情人》是20世纪上半叶西方世界最有争议的作品之一。由于它对性爱作了大量直露的描绘,从问世之日起即被列为禁书,美、英两国分别在1959年和1960年才对它开禁。其实,小说的主题是严肃的。劳伦斯在作品中再次猛烈抨击工业文明的罪恶,大声疾呼人的自然本性的复归,从一定意义上说,它是劳伦斯整个创作思想的总结。通过两性关系的畸形或和谐,来揭示现代西方工业文明与人类生活的悲剧性冲突,进而阐明作家对人际关系和社会关系的理想,是小说的中心思想。在作家笔下,煤矿老板克利弗男爵是工业文明罪恶的化身,他那在战争中致残、丧失了性机能的躯体,正是这种文明丧失活力、腐朽堕落的象征。与他对立的,则是洋溢着自然精神的猎场工人梅勒斯。他不仅有强壮的体魄,而且是资本主义社会的激烈否定者,是作家理想中的"自然之子"。女主人公康妮背叛丈夫克利弗,与梅勒斯结合,则体现了作家通过激发人的自然本能,达到从文明的人到自然的人,实现人类新生的愿望。

劳伦斯是个理想主义者,他一直不懈地探索摆脱资本主义工业文明的出路,但由于他唯心地割断了人与社会发展的联系,这种努力当然就不会有什么结果,"拉那宁"设想的破产就是明证。社会的发展是不以人的意志为转移的,"人"本身也并非一个自在自足的实体存在。人从自然界中走出的事实,决定了人无法脱离其自然属性的一面;但作为在社会契约形式下的现实存在,人则是"一切社会关系的总和"。我们充分肯定劳伦斯对资本主义工业文明摧残、异化人性的批判,但同时应该看到,他用抽象的、人的自然属性去抗拒资本主义社会,去实现人类新生的愿望终究只是幻想。

二、《虹》

长篇小说《虹》是劳伦斯的代表作,它与《恋爱中的女人》一道,体现了作者创作的最高成就。

小说描述了布兰文一家三代精神发展的历史,他们的探索从整体上反映了现代人的困惑、苦闷、挣扎和憧憬,表达了人们打碎枷锁、实现新生的强烈愿望。每一代人都试图突破周围狭隘的生活,以求将自身的存在投入更广阔、更自由的生存环境中;他们的努力,在不同意义上都将这种探索向前推进了一个阶段。这其中有成功的喜悦,也有失败的苦涩。

小说开篇,描绘了一幅颇有深意的布兰文家族早年生活的图景。那时,他们与大自然保持着和谐的关系,年复一年,伴随着春华秋实、夏雨冬雪,他们像人类的始祖亚当和夏娃一样,深深陶醉于马施农场那简朴但却生机盎然的生活中。但工业文明悄悄逼近了,插进田园的一个个矿井架,划开大地胸膛的运河,打破乡间宁静的火车刺耳的尖叫……这一切都暗示着另一个世界的出现。布兰文家族的新一代渐渐变了,他们仍然虔诚地在土地上劳作着,但当他们凝神远眺时,眼睛里却闪烁着无限期待的光芒。《虹》的最初几页,隐含着一个"失乐园"的神话原型,它为整部小说情节的发展定下了基调:当人由于自我意识的觉醒,不满足于有限的生存环境时,也就预示了他与自然的和谐状态将被打破。

汤姆·布兰文就生在这个转变时期,他所继承的世界并存着两种价值观念,但他心中的天平却总是倾向于血肉的信仰。汤姆与丽迪娅的婚恋,突出体现了新旧价值观的冲突及在自然精神的基础上达到和谐的过程,也反映了作家婚姻观的某些重要思想。在汤姆找到合适的配偶之前,他的人格发展是不完全的,而丽迪娅的出现,则仿佛是命运的安排。她是波兰大农场主的女儿,前夫死后,从巴黎辗转来到英国,汤姆觉得她身上有种神秘而浪漫的气质。他对丽迪娅的渴望,并非只是出于异性的吸引,还因为她来自文明世界,完全不同于周围任何一个乡村女性。汤姆与丽迪娅的婚恋,经历了吸引——结合——对抗——和谐四个发展阶段。在汤姆决定向丽迪娅求婚时,心中似乎有种强大的,超乎于意志之上的冲动,坚决地将他推向丽迪娅;而丽迪娅尽管起初对汤姆的逼近本能地感到恐惧,企图抗拒,最终却还是身不由己地投入他的怀抱。劳伦斯意在表明,他们的结合,并非建立于外在的经济、地位等社会因素的基础上,而是灵魂深处自然力量的必然要求。婚后第一年内,夫妻二人的精神状态都很紧张。直到第二年,在激烈反复的冲突之后,两人才终于达到和谐的境界,"最后,他们携起了手,房子建成了,上帝与他们同在"。

劳伦斯认为,婚姻是人类特有的一种自然的、本质力量的结合,它的前提是双方必须拥有并保持独立的、充满生机的自我存在。一个激烈的精神冲突过程对于建立完美和谐的两性关系是必不可少的。作家特别强调这一阶段中彼此"发现"的重要意义,它不仅在于两人的相互适应,更在于夫妻双方通过对方去认识人类构成的另一半神秘世界,这是男女两性得以充分发展、完善的需要。汤姆与丽迪娅的关系就是如此。小说中写道:"她是他的门槛;他也是她的门槛。他们终于互相为对方撞开了门,站在门槛上相互凝视着对方,这时他们的脸上都像涨潮似的泛出光彩。这是脱胎换骨,是凯旋,是认可。"

尽管作家赞赏汤姆与丽迪娅的婚姻,他却不能不看到,随着工业文明影响的深入,这种符合自己理想的两性关系已是明日黄花了。事实上,汤姆时代马施农场的生活,完全是一幅理想化的英国19世纪维多利亚时期的乡村风景画,因此,小说中汤姆之死的情节就带有特殊的象征意义。在一个狂风暴雨的夜晚,已做了祖父的老汤姆被滚滚而来的洪水吞没了。这情景令人想起了"诺亚方舟"的神话——洪水过后,人类将开始一个新的纪元,老汤姆之死代表着一个田园牧歌式的旧时代的终结。

布兰文家族第二代的代表安娜与威尔的婚姻,则是现代畸形家庭中两性关系的写照。他们婚后的生活一直不协调,两人之间的激烈冲突,性质与结果都与父辈完全不同。这是一个互相企图征服对方的过程,最后带来的则是机械、麻木的家庭生活。两颗心灵从未真正相互理解,当然也就谈不上共同的新生了。

安娜是第二代人中最富悲剧色彩的人物。她是丽迪娅与前夫的女儿,自幼就对陌生的环境充满了憎恨,孤傲、自信,旺盛的精力,强烈的征服欲,构成了她少女时代的性格特征,同时也预示着她未来不寻常的经历。然而与威尔的结合限制了她精神的进一步发展,她曾有那么多的幻想和希望,但这一切在婚后很快就消失了。特别是在孩子们相继出世后,她沉浸在极大的满足之中:"她心满意足地放弃了向未知世界的探险,因为她生养着自己的孩子们。"安娜抛弃了象征希望的彩虹,也就意味着她向有限的现实环境妥协。

安娜婚后表现出的强烈统治欲固然是酿成家庭悲剧的一个重要因素,但性格软弱的威尔对此也负有不可推卸的责任。威尔与安娜的关系从根本上说是不平等的,在妻子强悍的精神力量面前,他丧失了独立、完整的自我意识,成为无法真正履行一个男子汉对家庭应尽义务的"半男人"。这一方面表现为他在认识、判断现实生活时的狭隘性,另一方面则表现在他身上具有的寄生性上。威尔既想主宰安娜,又不得不依赖安娜,只有如此,他虚弱的内心世界才能够平衡。

在《托马斯·哈代研究》中,劳伦斯曾指出:"女人的重要性并不在于她能生养后代,而在于她自己的生命。这正是女人崇高而充满危险的命运。"同样,"男人的生存价值也不在于他是新生命的创造者,而在于他健康的、富于创造性的生命力的付出;真正完美的两性关系,则是男人与女人在上述情况下的结合"。威尔与安娜之间显然不具有这种"完美的"关系。威尔软弱、寄生的性格是促使安娜"平庸"的重要原因,两人都无法超越原有的精神世界,夫妻之间的"理解"最终只剩下肉欲的内容,寻求性的满足成了他们共同的目标。"胜利者"安娜成了家庭的主宰,威尔则以沉默的服从,宣告自己的妥协。安娜与威尔的婚姻关系至少揭示出作家所思考和忧虑的三个问题:文明发展过程中,人的强悍有力的自然精神的退化,衰弱的个性给两性关系带来的灾难性后果,畸形的婚姻对人的创造力的戕害。

第三代的代表厄秀拉是布兰文家族中最重要的人物。她与斯克里本斯基的关系,构成了整部小说中最富启示性的部分。厄秀拉是个完全独立，不能容忍任何压抑和束缚的女性，不屈不挠地寻求个性的自由发展，渴望"新生"的实现，是她生命存在的基本形式。她这样思索着："自我与无限是一体的，因此，闪耀着无限荣耀的自我是至高无上的。"在精神境界上，厄秀拉可以说远远超过了祖辈和父辈。同样，斯克里本斯基也不同于软弱、平庸的威尔，贵族的血统，青年军官的身份，潇洒而富于魅力的谈吐举止，无一不表明他是这个社会的"精英"。但这对情人却注定了要分道扬镳。厄秀拉的生命与自然精神共存，并在此基础上形成了自己的价值标准。而斯克里本斯基却是那个腐败、堕落的社会的一部分，尽管表面富丽堂皇，内在的生命力却早已丧失。最令厄秀拉深恶痛绝的是，他心甘情愿放弃独立的自我意识，服从所谓"国家利益"，去为大英帝国侵略政策效力。两人的真正了解是通过血肉的拼搏完成的。在海边相爱的场景中，厄秀拉宛若自然的女儿，性爱的过程伴随着她对宇宙生命全身心的体悟；斯克里本斯基却惊恐不安、被动、虚弱。在这次失败的性爱中，他们都深切地理解了对方的异己本质。

厄秀拉带有劳伦斯理想化的色彩，她的探索历程是以对既成社会规范的否定为前提的。为了抗议机械、冷酷的教学方法，她与英国教育制度发生激烈的冲突；为了维护自我的独立和尊严，她蔑视传统的婚姻观念；为了寻求自由、理想的生存环境，她又与整个工业化的社会生活为敌。在小说结尾，大病初愈的厄秀拉以无比欣喜的心情迎接象征希望和新生的彩虹，"她在这道彩虹中看到了大地上的新建筑，看见旧的、腐朽不堪的房子和工厂被一扫而光，看见世界将建筑在生气勃勃的真理结构之上，与笼罩大地的苍穹相应"。这是厄秀拉的憧憬，但又何尝不是劳伦斯的愿望呢？

劳伦斯是将对两性关系的考察与对理想生存环境的探索结合在一起的，但这种努力却并未取得任何实际的结果。他升上天空的彩虹尽管美丽，却又那么遥不可及。和他的其他小说一样，《虹》的结局是开放性的，它表明厄秀拉的精神旅程还将继续下去。

《虹》在艺术上体现了劳伦斯的典型风格，是他10部长篇小说中艺术性最高的作品。劳伦斯是位承前启后的大家，《虹》的结构、布局、叙述方式都带有明显的19世纪现实主义小说的特点；但与传统的"家世小说"相比,它又并不注重对家族几代人荣辱浮沉的全景描绘,而是重在表现布兰文一家三代精神发展的轨迹。作家对物质环境和具体人物的肖像、行动也未显出太大的兴趣,而是着意揭示人物内在的复杂心理。这一切都显示了 20 世纪初西方小说艺术的表现重心由"外"向"内"转化的总体趋势。

现实主义与象征主义相结合,是《虹》最突出的艺术特点。布兰文家族的三代人,从总体上看,就是不断求索、发展的人类的象征;他们不同的归宿,也是不同历史阶段、不同社会环境下人类生存状况的写照。小说中还有大量直接运用象征手法的例子,如描写厄秀拉与斯克里本斯基关系的第十一章"初恋",用月光象征女性的胜利;小说结尾时奔马冲撞、践踏厄秀拉的场面,野性难驯的马象征男性的威胁;彩虹则象征理想和希望等等。劳伦斯善于在现实主义的框架内,容纳超越现实主义的各种丰富的象征含义,以表达难以直接言传的深刻精神体验和复杂的心理情绪、意念,从而保证了小说具有心理学意义上的深度。

劳伦斯写景状物的才能历来为人所称道,在他的笔下,寻常的自然景观变得栩栩如生,具有灵性,与人的心灵感受息息相通。如厄秀拉与斯克里本斯基在海边沙丘上相爱的情景,对自然界的光与影、声与形的诗意描绘,与人物深切的内心体验浑然一体,充分揭示了两人不同的精神世界。

第十一节　艾略特

一、生平和创作

托马斯·史登斯·艾略特(1888～1965),英国著名诗人、剧作家、批评家,后期象征主义诗歌最杰出的代表。他的创作深刻改变了英美诗歌的旧有风格,为西方现代诗歌的发展作出了卓越的贡献。

1888 年 9 月 26 日,艾略特生于美国密苏里州圣路易斯的一个清教徒家庭。其祖父是华盛顿大学的创建人,父亲是成功的商人,母亲则是新英格兰的名门之后,诗人的童年是在富有文化气息的家庭环境中度过的。中学时代,艾略特就开始了诗歌创作,这些练笔之作在20世纪60年代末才得以问世,带有明显的浪漫主义特征。1906年,艾略特入哈佛大学学习哲学,并选修法文、德文、拉丁文、希腊文等多种语言课程,对文学、历史、神学等科目也表现出浓厚的兴趣;同时,他继续进行诗歌创作。1908年,艾略特接触到法国象征主义诗人儒尔·拉福格的作品,受到极大震动,从此与维多利亚时代的英美诗歌传统决裂,转向对现代诗歌艺术的探索。1910年至1911年间,他在法国巴黎大学攻读哲学和文学,听过柏格森的讲座。1914年,为了撰写博士论文,艾略特再度从美国来到欧洲,以客座研究员的身份先到了德国,不久又转赴英国牛津大学。在伦敦,他与当时已成名的美国诗人庞德相识。

1915年对艾略特是具有特殊意义的一年。先是他与英国少女维芬·海渥特结婚,此后便定居在英国;接着,他的诗歌《阿尔弗莱德·普鲁弗洛克的情歌》经庞德的力荐,在芝加哥的《诗刊》上发表。该诗是艾略特早期诗歌创作中最重要的作品,表现"我"——普鲁弗洛克去与情人相会途中的心理活动。普鲁弗洛克是个耽于幻想、空虚、怯懦的现代人,他并非完全麻木不仁,偶尔也能解剖自己,嘲讽一下毫无生机、庸俗、无聊的社会生活,甚至不乏对美好事物的幻想,但他却无法摆脱在死水一潭的社会中沉浮的命运,更没有勇气真正正视现实,因为他自己本身就是这种生活的一部分。他想对女友表达爱情,却又疑虑重重,深恐遭到拒绝,只能在欲海中挣扎,虚伪地苟且偷生。此诗虽名为"情歌",而普鲁弗洛克与女友间恰恰是只有欲而没有情,诗人以此来表现现代西方社会的精神危机。

婚后的艾略特一度在中学执教,生活拮据。1917年,他转入劳埃德银行做职员,同年加入先锋派杂志《自我中心者》编辑部,任助理编辑。1920年,他的第一部文学评论集《圣林》出版,其中收有其著名论文《传统与个人才能》。1921年,因妻子神经病加剧而几致精神崩溃的艾略特住进瑞士一家疗养院,在那里,他写出了代表作长诗《荒原》的大部分章节。1922年,他创办了具有国际影响的文学评论季刊《标准》,并任主编达17年之久。同年,经庞德删节定型的《荒原》在《标准》上发表,产生巨大反响,奠定了诗人在西方现代诗坛的地位。1924年,第二部文学评论集《向约翰·德莱登致敬——关于十七世纪诗歌的三个随笔》问世。1925年,艾略特发表诗作《空心人》。诗的标题来自每年11月15日英国人的焰火仪式中儿童以空心稻草人为道具的游戏。诗人把失去灵魂、精神空虚的现代人比做死亡国度里的空心人、稻草人,全诗笼罩着极度的悲观、绝望情绪。1927年,艾略特加入英国国教,并入英国籍,这标志着他的思想探索已超越了"荒原"时期,进入新的阶段。在1928年推出的评论《兰斯劳特安特罗斯》的序言中,艾略特声称:"政治上,我是个保皇党;宗教上,我是英国国教徒;文学上,我是个古典主义者。"

1930年问世的长诗《灰星期三》就是诗人思想转变后的产物,艾略特的诗歌创作自此进入后期。此诗具有浓厚的宗教色彩,宣传隐忍、谦卑,追寻上帝之"道"的观点,体现出诗人在对现实失望后,企图依靠宗教信仰摆脱精神困境的愿望。1932年,艾略特与已疯了的妻子维芬分居。1933年,他发表了重要评论《诗的用途和批评的用途》。

1934年开始创作,1943年出版的《四个四重奏》是艾略特后期诗歌中最重要的作品,也是他继《荒原》之后的又一部力作。它由《焚毁的诺顿》(1936)、《东科克》(1940)、《干燥的萨尔维其斯》(1941)和《小吉丁》(1942)四首诗组成,表现诗人皈依宗教后追寻永恒真理的精神历程,也集中体现了他对整个世界、人类命运以及社会变迁、发展的哲学思考。全诗围绕着时间的主旋律在三个层次上展开探索:其一,诗人认为,万物存在于时间中,但时光流逝,不断被分解为过去、现在和未来,在时间中发生、存在的一切都在运动、转化、消亡、新生。人类历史依附于时间,任何人的认识能力和经验积淀都必将受到时间的局限,因此在时间中产生的经验必须与具体的地点相联系才能理解。人们应该具有一种历史意识,才能把握事物的意义,只有时间本身才能征服时间的局限性。其二,如同自然界中万物皆变,混乱与和谐并存一样,人类社会的兴衰枯荣也是并存的,痛苦中孕育着欢乐,希望里深埋着绝望,因此循环往复是人类历史和文明存在、发展的规律。社会的衰微或昌盛的原因,只能到社会文明本身中去寻找。其三,对一般人而言,从哲学高度探索时间性质的可能性并不是无限的,只能在对宗教的皈依中获得自身的满足和归宿。《四个四重奏》是艾略特长期思想探索后的登峰造极之作。

艾略特从30年代初开始创作诗剧(1926年曾写《斗士斯威尼》,但未完成),1934年发表的《磐石》是为教会募捐而作的宗教舞台剧,歌颂教会的功德和胜利。《大教堂谋杀案》(1935)是艾略特最著名的剧作,宣传宗教献身精神。《阖家重聚》(1939)、《鸡尾酒会》(1950)和《机要秘书》(1954)也都从不同角度强调宗教信仰的重要性,表现人的赎罪心理。1954年,诗人发表又一著名论文《诗的三种声音》。1957年,艾略特与自己的秘书法莱丽结婚,找到了梦寐以求的幸福,于是他最后的诗剧《政界元老》(1959)唱出了对爱情的颂歌。1965年1月4日,艾略特在伦敦去世。

艾略特是1948年诺贝尔文学奖的获得者,得奖原因是他"对当代诗歌作出的卓越贡献和所起的先锋作用"。

艾略特是颇有影响的批评家。与许多摒弃传统的现代主义作家不同,他强调作为个体的作家必然从属于某一个文学传统,一个人的作品只有置于传统中才能显示出完整的意义;作家的个人才能在于以自己的创作去影响、丰富和改变传统。艾略特主张诗人在创作中应使思想感性化。他认为18世纪后的英国诗坛趋向于思想与情感、理念与形象相脱离,他将此称为"感受的分化"。因此他反对在诗歌中只重义理或一味抒情,要求诗人去寻找"客观对应物",即通过诗歌中的各种意象、情景、事件、典故的有机组合构成一幅图景,以造成特定的感性经验,达到情与理的统一,并引发读者的同样情绪。艾略特还认为文学作品具有双重标准,一部作品是否具有诗意取决于文学标准,而它是否伟大则取决于高于文学标准的宗教和哲学标准。艾略特的文学理论独树一帜,影响深远,特别是他关于作家与文学传统的关系和"客观对应物"的观点,成为英美"新批评派"的重要理论来源之一。

二、《荒原》

《荒原》是艾略特的成名作,在20世纪西方诗坛上具有划时代的意义。它不仅是象征主义诗歌的高峰,而且为欧美现代主义诗歌的发展开辟了新的道路。诗中涉及6种语言,引用了大量的神话故事、历史典故和多部文学作品中的名句,通过严谨的结构,借助象征、暗示和联想,构成一部完整、博大、文情和谐的诗篇。

艾略特在诗的注解中说,《荒原》的创作曾受到英国文化人类学家弗雷泽的《金枝》和韦斯顿小姐的《从仪式到传奇》两书的启发。从诗的内容看,诗人主要是从它们中汲取了"死而再生"和"寻找圣杯"两个神话原型,这二者是构成诗歌各章意象群的象征意义和作品主题的基础。弗雷泽在比较研究了世界不同地区"死而再生"的神话后得出结论:尽管这些神话存在着表面上或细节上的差异,但基本原型却是相同的。即初民由对植物生长衰亡与季节的关系的认识出发,进而将植物人格化,把土地与一地的神的化身——王的命运联系起来。如果王的行为违反神秘的原始宗教仪式,他将受天谴而死,土地则荒芜。其后一个青年武士历经磨难,会获得拯救土地及万民的水,他将取代老王,成为再生的新王。"寻找圣杯"的传说起于《圣经·新约》,圣杯指耶稣被罗马总督彼拉多钉死在十字架时承接滴血之杯。此杯后来杳无去向,故信奉基督教的骑士们千方百计要追寻其下落。韦斯顿小姐研究后认为,这一传说源于古代地中海地区繁殖神崇拜、祈求丰收的仪式,因为一个得势的神话往往是一个失势的神话的重构和翻版。按她在书中的描述,统治一国的"渔王"因受伤而损害了性机能,于是国土干旱龟裂,寸草不生。此时须有一个青年武士,去寻找代表生命源泉的圣杯并发问有关圣杯的意义,在经过一系列考验之后,他完成使命,才能使"渔王"身体康复,解救土地和生灵。在《荒原》中,武士的追寻经历被赋予了探索人类出路的意义,因为在诗人看来,神话的内容具有普遍的意义。

全诗由5章构成。第1章《死者葬仪》,标题出自英国国教会的出葬仪式,暗指生活于现代社会的人们与死人无异。这一章可分为三部分。第一部分中玛丽跳跃式的回忆与她对现实的感受相交织,将昔日的美好与今天的丑恶相对比。第二部分写梭斯脱里斯夫人的困惑。梭斯脱里斯夫人是个能用纸牌演算人的命运的预言家,是"著名的千里眼",但她为人卜算的未来却是死亡,因为她找不到"那被吊死的人"。

"被吊死的人"指耶稣,耶稣基督是救世主,找不到他就意味着人无法摆脱死亡的命运而获得救赎。第三部分进一步加强死亡的意象。在"死气沉沉的"钟声里,人们涌过伦敦大桥。说话人在询问史丹逊去年埋在花园里的尸体是否发芽,今年能否开花?它暗喻神是否能够再生,但也许"突来的霜冻扰乱了苗床",因此再生的含义并未得到肯定。

第2章《对弈》,标题出自英国剧作家托马斯·密德尔顿的同名剧作,但从该章内容上看当指其另一剧作《女人谨防女人》。此剧叙述意大利佛罗伦萨公爵垂涎一少妇的美貌,遂让其邻妇假意去请她的婆婆下棋,自己则乘机以财富为诱饵勾引少妇而终于得逞。这本是一个淫乱故事,诗人取其意喻指现代人的道德堕落。此章分两个场景。第一个场景细致地描写了一位贵妇的卧房,其中菲绿眉拉的雕刻点明了题旨。按古罗马诗人奥维德《变形记》第6卷所载,菲绿眉拉是特吕王王后泊勒克奈之妹。王后思念妹妹,让丈夫去接来相会。特吕王见菲绿眉拉美丽,顿起歹意,在归途中将她强奸,并割其舌,将她藏匿于山洞。菲绿眉拉将自己的遭遇织在锦上带给姐姐,泊勒克奈怒极,杀死亲子烹熟让特吕王吃下。特吕王发觉后将姐妹二人杀掉,姐姐变成燕子,妹妹化为夜莺,日夜啼鸣不已,诉说不幸。此典故用在诗中,当是对这位幽怨贵妇所谓的"爱情"生活的写照。另一场景写一个下等酒馆。一个名叫丽儿的女人边和女伴酗酒,边商量着打胎隐瞒奸情,以欺骗即将退伍归来的丈夫。对两位不同地位女性的描写,揭示了现代西方社会中普遍存在的堕落风气。

第3章《火戒》,标题出自佛教教义。它有两重含义:一是指人应过圣洁的生活,不能引情欲之火烧身;二是指火之焚烧亦能使不洁者净化,在死亡中再生。诗人再次从奥维德《变形记》中撷取了一个神话典故:两性人铁瑞西斯虽盲,却由朱庇特赐予预言的本领,能洞穿男女的内心世界。全章的场景都是从他的"视角"来写的,先是用泰晤士河昔日的旖旎风光来反衬其现今的肮脏、丑陋,又写一个商人尤金尼特邀请"我"到凯能街酒店吃午餐。凯能街酒店是商人的聚集地,又是同性恋者的出没场所,这暗示了尤金尼特之流的精神腐败。接着铁瑞西斯"看见了"一个女打字员,她木然机械地承受着"满脸疙瘩的"情人寻欢。本章与上一章，都是从两性关系的角度揭示现代西方人精神的不可救药，但侧重表现两性关系上的腐败现象，而第3章则强调了现代西方文明与人性堕落的联系。男女之间的爱情本应是灵与肉、情与欲的统一，但两章中涉及的人物却都只与有欲无情的性关系有关。珠光宝气的贵妇空虚、无聊而又怨愤，不过是男人手中的玩物；丽儿把爱情当作性的游戏；装着票据的商人尤金尼特追求性倒错；而像"血肉铸成的机器"一样的女打字员竟将性关系视作一件要办完的事情。性与生殖相联，在诗人看来，健康的两性关系是人类精神再生的重要基础，而现代人却只知道耽溺于欲火，不能自拔，因此这两章里探索再生的努力以失败告终。

第4章《水淹之死》，本章的水指泛滥的情欲之水。第1章里，梭斯脱里斯夫人曾预言了腓尼基人弗莱巴斯之死，在此章中，她的话应验了。淹死的弗莱巴斯是在淫乱与金钱漩涡中丧生的现代人的象征。

第5章《雷霆的话》，充分展开了探索的主题。诗人再次集中而凝练地描绘了一幅荒原的景象：大地龟裂，布满岩石，而无一滴水。水在这里被赋予再生的含义，但荒原之上找不到水的踪迹。在这个背景下，诗人扮演了追寻圣杯的武士形象。他经历了以"空无一人的教堂"为象征的艰巨考验而一无所获。本章中两次出现基督的形象，一是借用《路加福音》中的典故：耶稣复活后行走在通往以马忤斯的路上，而门徒们却看不见他的身影，意喻现代人得救之无望。二是在最后一节里出现的渔王，他是基督的化身，但渔王发出"我是否将我的田地收拾好"的疑问，因此，再生主题仍然未得到真正的肯定。面对这一片凋敝的荒原，诗人借雷霆的声音反复强调要"舍予"、"同情"、"克制"，这是诗人为荒原居民指出的一条求生之路。

《荒原》是表现现代西方人精神崩溃的史诗，它高度概括了一战之后的西方社会生活，浸透了诗人的忧虑和绝望，蕴涵着深刻的悲剧性。"荒原"的意象既是西方文明没落的象征，也是现代西方人精神衰败的象征。诗中那座"缥缈的城市"伦敦，正是西方现代社会的缩影。在这里，人们没有信仰，没有希望，醉生梦死，放纵情欲，犹如失去灵魂的行尸走肉。诗人在此触及20世纪西方世界的一个根本问题：在一个丧失了价值标准的社会里，人的生存意义必然受到怀疑，人的出路也必然成为一个难以索解的困惑谜题。

《荒原》开一代诗风,取得了多方面的艺术成就。

首先,此诗在其现代题材的表面结构下,隐含着一个对应的神话结构。艾略特曾明确表示,利用神话,可以"在现代性与古代性之间掌握一种持续的平行状态",它是"处理现代历史广大的混乱和徒然感,并赋以其形义的一种方法"。诗人在处理现代的人物和事件时,不断在其中插入相应的神话内容,使二者在意义的比附中相互阐释,其目的不但在于使纷繁的意象纳入一个章法井然的框架,而且引导读者在现代与古代题材的联系中感受到作品深厚的历史感。诗作揭示现代生活的腐败、探索人类出路的主题始终与"寻找圣杯"和"死而再生"的神话传说紧密结合,引出一组组意象,构成一幅幅图景,形成一个个"客观对应物",为人们理解诗人的意图提供了一条曲折的线索。

其次,《荒原》中大量用典,成为一大特色。诗人引用了许多不同时代、民族的作家作品和文化典籍中的句子,它们在诗中各有其独特的艺术效果,如第3章开头一段:

> 河边的帐篷破了:树叶最后的手指
> 抓着濡湿的岸边然后沉下去。风
> 吹过褐色的土地无人听见。那些女神一一去了。
> 美妙的泰晤士,轻轻流吧,直至我唱完我的歌。

这一段前三句是写伦敦城泰晤士河的现实景象,最后一句则摘自文艺复兴时期英国诗人斯宾塞的名诗《结婚曲》。斯宾塞笔下的田园诗情与前三句中的各个意象显然极不相符,造成了强烈的艺术反差。接下去几行之后,诗人又写道:"在利曼湖边,我坐下来饮泣。"此句套自《圣经·旧约》诗篇第137首,原句为"在巴比伦河畔我们坐下。是的,我们哭泣,当我们想起锡安时",表现的是希伯来人被放逐后思念故土的情景,用在此处,则是指诗人失去精神家园的巨大痛苦和失落感。结合前后的诗句内容看,这一引文有点明题旨的作用。这样的例子,在《荒原》中俯拾皆是。

再次,《荒原》体现了诗人"非个人化"的创作主张,即诗人不直接在作品中直露自己的思想感情。如第3章中的几句诗：

> 暮色黯蓝，当眼睛和脊背一起
> 从写字桌上抬起，当人肉发动机等待着，
> 就像一辆出租汽车微微颤动地等待着时。……

诗人并没有对现代文明对人的异化作直截了当的批判，但读者自会得出上述结论。全诗始终保持这种客观、冷静的风格，诗人的态度一直隐匿在"客观对应物"之后。

此外，《荒原》在一些章节中采用内心独白的技巧，表现人物微妙的心理活动乃至一闪念的潜意识，增加了作品象征意义的丰富性。它用自由体写成，绝少用韵，语言灵活多变，却又自有一种严谨、整齐的节奏感。

第十二节　卡夫卡

弗兰茨·卡夫卡(1883～1924)是奥地利现代著名小说家，被公认为西方现代主义文学的奠基人之一，1883年7月3日出生在奥匈帝国统治下的布拉格，犹太血统，父亲是一个百货批发商。卡夫卡从小受德语教育。1901年中学毕业后，入布拉格大学，初学文学，后来迫于父命，改学法律，获法学博士学位。1906年大学毕业后，先后在法律事务所和法院见习；次年10月进入一家私人保险公司工作；1908年又受聘于半官方的工伤事故保险公司，直到1922年7月因病离职。卡夫卡患有肺结核病，几度疗养不见痊愈，1924年6月3日在维也纳附近的基尔林疗养院逝世。

卡夫卡从小爱好文学，中学时开始读斯宾诺莎、达尔文、尼采的著作和易卜生的戏剧。大学时期开始创作，与马克斯·布罗德[①]结交。

[①] 马克斯·布罗德(1884～1968)，布拉格犹太作家，卡夫卡的遗著由他负责整理出版。1939年，布罗德流亡到特拉维夫，以后就侨居在那里，著有《卡夫卡传》(1937)及小说、戏剧、评论等作品。

他们两人经常参加布拉格的一些文学活动。从1909年到1912年他们几度结伴去巴黎、苏黎世、卢加诺、米兰、魏玛等地参观游历。这时，德国作家赫贝尔和法国作家福楼拜的作品对卡夫卡很有吸引力。以后，他对丹麦哲学家基尔克郭尔德的存在主义著作发生兴趣，也开始研究中国的老庄哲学。这一切对卡夫卡的人生观和创作思想都有相当大的影响。

卡夫卡同情社会主义和工人运动，但又保持一定的距离。第一次世界大战期间，他反对德国和奥匈帝国的沙文主义，对战争持消极态度。卡夫卡的个人生活十分不幸，性格上充满矛盾，有很多弱点，这就使他难以从压抑着他、麻痹着他的处境中解脱出来。他看到资本主义社会的内在危机，但看不到解决危机的方法，这种无法解决的矛盾突出地反映在他的小说和日记中。从卡夫卡在1910年到1923年间的日记中，可以看到他孤独、苦恼、自怨自艾及种种矛盾心情，他把自己的创作视为"我梦幻般的内心生活的描述"。作品中的主人公基本上都是在权力和环境压迫下挣扎的"弱者"（或小人物），而其表现方式则具有多层次交叉的多元结构。

卡夫卡创作勤奋，他的作品几乎完全是在业余时间完成的，数量不多。除生前出版过的《判决》、《变形记》、《在流放地》、《乡村医生》、《饥饿艺术家》等短篇小说外，他的3部长篇小说《诉讼》（又译《审判》）、《美国》和《城堡》都没有完稿，还有一些短篇小说也没有完稿。卡夫卡逝世时，马克斯·布罗德在他的遗物中找到了一封信，内容是这样的：

> 最亲爱的马克斯，我最后的请求是：我遗物里（也就是书箱里、衣柜里、写字台里、家里和办公室里，或者可能放东西的以及你想得起来的任何地方），凡属日记本、手稿、来往信件、各种草稿，等等，请勿阅读，并一点不剩地全部予以焚毁，同样，凡在你或别人手里的所有我写的东西和我的草稿，要求你，也请你以我的名义要求他们焚毁，至于别人不愿交给你的那些信件，他们至少应该自行负

责焚毁。①

还有一封更详细的信,也表达了同样的愿望。但是,布罗德违背了卡夫卡的遗愿,不仅没有焚毁他的手稿,而且把能够搜集得起来的卡夫卡的所有作品,包括草稿和片断、日记和书信,统统整理出版。1925年、1926年、1927年分别出版了《诉讼》、《城堡》、《美国》3部长篇小说,1935至1937年出版了卡夫卡的6卷集,1950年至1958年又出了9卷全集(卡夫卡生前发表过的作品只占其中1卷篇幅)。这些作品发表后,在世界文坛上引起了巨大的反响和高度的评价,同时也在研究者中引起了热烈的争议。

西方世界所以对卡夫卡发生浓厚的兴趣,这与西方社会20年代末30年代初的世界经济危机,法西斯上台,第二次世界大战,战后的动荡局势和错综复杂的社会矛盾有着密切的关系。人们从卡夫卡的小说中找到了自己需要的东西——所谓"现代人的困惑",人们也从卡夫卡作品的多解释性中,去认识自己和人类社会。因此,在西方社会中掀起了一阵又一阵的"卡夫卡热"。

奥匈帝国是欧洲有名的君主专制国家,哈布斯堡王朝长期以来对外侵略、称霸,对内实行家长式的暴虐统治和民族压迫。到了19世纪末20世纪初,这个帝国实际上已经处于风雨飘摇之中,国内各种矛盾异常尖锐,错综复杂。卡夫卡生活在帝国行将崩溃的时代,目睹各种社会现象,特别是他曾长期在工伤事故保险公司工作,接触到部分社会实际,对那些被压迫、受摧残的工人充满同情,对资本主义社会有一定认识,认为"富人的奢侈是以穷人的贫困为代价的"。卡夫卡具有敏锐的观察力,作为一个严肃的作家,面对复杂而残酷的现实,他不能无动于衷。他在创作上不愿落入窠臼,走别人已经走过的道路,他要摆脱传统的束缚,努力探索新的创作方法来反映观察到的社会现实。卡夫卡对创作要求很高,对自己的绝大多数作品总不满意,经常修改,不轻易发表,并且由于他的思想充满着矛盾,许多作品都没有完稿,除去世前要

---

① 《诉讼》第一版布罗德写的后记,见《卡夫卡小说选》,孙坤荣译,人民文学出版社1994年版,第501页。

求焚毁遗稿外,他自己也确实已经销毁掉了一部分手稿。

卡夫卡创作的小说主要有三部分:(1)生前发表过的短篇小说:《判决》(1913)、《司炉》(1913)、《变形记》(1915)、《在流放地》(1919);以及短篇集《观察》(又译《沉思》,包括日常生活速记、散文、小说18篇,1913①、《乡村医生》(包括14篇短篇小说,1919)、《饥饿艺术家》(包括4篇短篇小说,1924);另有《骑桶者》(1921)等4篇短篇小说散见于报刊,但未收在集子中。这部分加在一起约44篇。(2)生前没有发表过的短篇小说:计有《一场斗争的描述》、《乡村教师》、《地洞》等约34篇,其中有一部分没有完稿。(3)生前没有发表过的3部长篇小说,即《美国》、《诉讼》、《城堡》。

卡夫卡的短篇小说具有深刻的思想和哲学内涵,揭示了现代人所面临的普遍的存在困境;其表现和探索的主题在现代派小说中具有代表性。

首先,卡夫卡的短篇小说揭示了社会现实的荒诞、非理性,探索了人类存在的痛苦感和原罪感,这方面《判决》和《乡村医生》具有典型性。《判决》是卡夫卡早期公开发表的代表作,也是卡夫卡自己最喜爱的作品之一。小说一开始,主人公格奥尔格·本德曼正在房间里给一位多年前迁居俄国的朋友写信,告诉他自己订婚的消息。格奥尔格是个商人,自从几年前母亲去世后就和父亲一起生活,现在生意日益兴隆。他写完信来到父亲的房间,父亲对他态度非常不好,怀疑他根本就没有什么迁居到俄国的朋友,还指责他背着自己做生意,盼着自己早死。突然父亲又转了话题,嘲笑格奥尔格在欺骗他的朋友,而父亲自己倒是一直跟那位朋友通信,并早已把格奥尔格订婚的消息告诉他了。格奥尔格忍不住,顶撞了父亲一句,父亲便判儿子去投河自杀。于是,格奥尔格冲下楼梯,真的去投河了。临死前,他低声喊道:"亲爱的父母亲,我可一直是爱着你们的。"这篇小说也可以看作是卡夫卡的一篇传记。卡夫

---

① 卡夫卡作品的年代比较混乱,有的文章或资料中标的是发表年代,有的是写作年代,这里标的是发表年代。有的短篇如《乡村医生》,1918年单独发表过,后来作为短篇集的篇名则是1919年,很容易混淆。

卡的父亲是一个白手起家的商人，精力充沛，性情无常；由于事业的成功，为人傲慢，对儿子管教颇严，尤其是对卡夫卡不切实际的幻想和志趣经常加以嘲笑。因此，卡夫卡从小对父亲既敬仰又畏惧。当他拿起笔来创作时，就写了这篇以父子冲突为主题的短篇。小说不仅表现了对"原父"的恐惧感，也表现了对家长制的奥匈帝国的不满；与此同时，卡夫卡通过这个奇怪的故事，还揭示了人类生活的荒诞、非理性。《乡村医生》也是一篇非理性小说，以第一人称手法写一个乡村医生在风雪之夜外出看急诊的故事。医生最后在严寒中流浪，永远回不到家，他十分感慨地想到："受骗了！受骗了！只要有一次听信深夜急诊的骗人的铃声——这就永远无法挽回。"卡夫卡在这篇小说中，把现实的与非现实的、合理的与荒诞的结合起来描写，造成一个非理性的气氛，象征着人类在现实社会中所处的地位：人的自我存在的痛苦和原罪感。

其次，卡夫卡的短篇小说表现了资本主义社会中人在重重压迫下掌握不了自己的命运以致"异化"的现象。《变形记》是反映这个主题的重要代表作。小说的主人公格里高尔·萨姆沙是一家公司的旅行推销员，长年累月到处奔波，挣钱养活家人。一天早晨，他从不安的睡梦中醒来，发现自己变成了一只大甲虫。他感到十分恐慌，担心失去工作，也无法见人。他的父母和妹妹见到这个情景，大为震惊。父亲不理他，母亲很悲伤，妹妹开始时怜悯他，给他送食物和打扫卫生，但后来她也感到厌倦了，格里高尔的饮食就没有保证，房间也越来越肮脏。由于少了格里高尔的工资收入，家里人只得另找门路谋生，他们出租房屋，以增加收益。一天，格里高尔被妹妹的小提琴声吸引出来，暴露在房客面前，全家大乱，房客吵着要退租，妹妹表示无法忍受，要把他弄走。格里高尔就在当晚悄然死去，全家人仿佛卸掉了一个沉重的负担，从此开始新的生活。异化现象是资本主义社会中普遍而且典型的现象。卡夫卡描写的格里高尔在生活重担的压迫下从"人"变成一只大甲虫，表面上看，似乎是荒诞无稽的。但是，通过变形这个象征的手法，却揭示了一个普遍的真理：在资本主义社会中，人所创造的物，例如金钱、机器、生产方式等，作为异己的、统治人的力量同人相对立，它们操纵着人，把人变成了奴隶，并最终把人变成了"非人"。卡夫卡通过受压抑的小职员变成一只甲虫后的思想和活动,深刻地揭露了资本主义社会里人与人之间赤裸裸的利害关系。这种别具一格的描写使《变形记》成为一篇独特的文学作品。《骑桶者》、《饥饿艺术家》等也都是描写异化现象的杰作。

第三,卡夫卡的短篇小说深刻反映了资本主义社会中小人物找不到出路的孤独、苦闷情绪和无能为力的恐惧感。《老光棍布鲁姆费尔德》(1935)、《为某科学院写的报告》(1917)和《地洞》(1931)等都是反映这一主题的代表作。老光棍布鲁姆费尔德没有妻室,无儿无女,孤独一人,生活十分乏味;他想养条狗作伴,又怕狗脏,还怕会带来一系列别的问题。他心烦意乱,异常苦闷,希望能有一个不需要太多操心的伴侣。突然在房间里出现两个赛璐珞小球,跳着、蹦着跟随着他,成了他的生活伴侣,但也吵得他无法休息,这又给他带来了新的烦恼。后来他不得不把小球送给邻居的小孩去玩。这种找不到出路,担惊受怕的恐惧感,在《地洞》里描述得更是淋漓尽致。小说写一只不知名的动物,营造了一个地洞,既为了保护自己,也为了保存食物。但是它成天心惊胆战,生怕外界敌人前来袭击,"即使从墙上掉下的一粒沙子,不弄清它的去向我也不能放心","世界是千变万化的,那种突如其来的意外遭遇从来就没有少过","只要遇到一点特殊现象,就会叫我惊慌失措"。作者通过对小动物心理状态的描述,惟妙惟肖地写出了现代社会中小人物终日战战兢兢、难以自保的恐惧处境。

第四,卡夫卡的短篇小说还深入探讨了现代社会的运转机制及其内在的暴力性和官僚色彩。《在流放地》以隐喻的方式探讨了现代社会机制中无所不在的暴力和惩戒现象。小说讲述了流放地军官和他的杀人机器的故事。在流放地,军官有一台精致的杀人机器,它能对不服从命令的人进行严厉的肉体惩戒,而对犯人审判的"指导原则是:对犯罪毋需加以怀疑"。一个勤务兵因为冒犯了上尉的尊严,就被处以死刑,而这勤务兵本人甚至还根本不知道对自己的判决。军官对杀人机器的热爱达到了疯狂的程度,以至于在得知杀人机器要被废弃之时,竟然自己躺进了机器中,成为了机器最后的殉道者。小说深刻反映了现代社会暴力机器和惩戒机制的非人性化和对人的异化,批判了现代社会无所不在的暴力行为和暴力意识。《中国长城建造时》(1931)是一篇寓意深刻、哲理性很强的作品。作者通过对建造万里长城的描绘,以近乎荒诞的笔触揭露了帝国内部运转机制的复杂性和官僚化。

第五,卡夫卡的部分短篇小说还表现了其对现实的民族国家问题的关注。《往事一页》(1917)假借一个游牧民族占领某国京城后的情况,反映卡夫卡的爱国主义思想。特别是描写该游牧民族的饮食起居、生活习惯同当地居民迥然不同所引起的反响,从另一个角度揭示了祖国被外族侵占后造成的悲剧。《女歌手约瑟芬或耗子民族》(1924)是卡夫卡创作的最后一个短篇小说,这是一篇以耗子拟人的寓言小说,写一个所谓的女歌手——某只耗子,很有魅力,但实际上并不是在唱歌,而只是在吱吱叫;人们照顾她,捧着她,对她百般让步,但最后她却失踪了,因而也被人们所遗忘。作家通过这个故事指出:"我们的民族不仅有孩子气,它在某种程度上还未老先衰。童年与老年的概念在我们这儿与在其他民族那儿不一样。我们没有青年时期,我们一下子就跨进了中年,而在中年时期我们又停留太久,因此感到有些厌倦和失望。"这一段话是卡夫卡对奥匈帝国的控诉,也是对第一次世界大战后奥地利的处境,特别是对犹太民族的处境所表达的一种失望情绪。

卡夫卡的3部长篇小说,更突出地贯穿着社会批判的主题。《美国》成书于1912年至1914年间,原名《失踪的人》,后来布罗德把它公开发表时改成现在的标题。小说写一个名叫卡尔·罗斯曼的青年,因受一个中年女仆的引诱而被父母所迫离开家乡,远涉重洋来到美国。他在船上为一个受欺侮的司炉打抱不平。在纽约港突然遇见舅父——一个身为参议员的百万富翁——因而过了几个月豪华的生活。后来又因违犯家规被撵了出来,流浪街头。他当过电梯工人,又沦为一对流氓男女的仆人……小说没有写完。卡夫卡从未到过美国,这部作品所写的实际上是他所虚构的普遍化了的资本主义世界,诸如资本主义社会的贫富悬殊、劳资对立、工人结社、罢工游行、党派斗争等情景都跃然纸上,基本上是采用现实主义的手法。作者自己也在日记中说过,这是"对狄更斯的直接模仿"。这部小说的第一章曾作为短篇小说于1913年单独发表,题名"司炉"。

《诉讼》开始创作于1914年,1919年基本完成,它是"卡夫卡式"①小说形成的标志,被公认为卡夫卡最优秀的作品,最能代表卡夫卡的创作思想和艺术手法。小说的主人公约瑟夫·K是银行的一名高级职员,他在30岁生日的早晨,突然被法院逮捕。奇怪的是K的被捕仅仅限于法院看守给他一声通知,后来法院曾传讯过他一回,但从来没有公布过他的罪行和罪名。K自己依然行动自由,同过去一样,照常上下班,过自己的生活。K起先对被捕非常愤慨,第一次开庭时,他在法庭上大声谴责司法制度的腐败,揭露官吏的贪赃枉法,并决定不去理睬这桩案子。但事实上他总忘不掉这件事,内心压力越来越重,有一种不可名状的负罪感。他自动上法庭去探听,参观设在顶楼上的法院。K对自己的案子越来越关心,几乎到了病态的地步。他对银行里的职务感到厌恶,为自己的案件到处奔忙。但聘请的律师除了用空话敷衍他以外,几个月都写不出一份申辩书。K又向一位为法官画像的画家求教,也没有得到什么帮助。最后K又在教堂碰见一位神父,这神父讲了一个《在法的门前》的寓言后,他告诉K说,要找到"法"是不可能的,人只能低头服从。在K31岁生日的前夕,他被两个穿着黑色礼服的人架到郊外采石场,用屠刀戳死。K最后说的话是:"像一条狗似的!"好像他人虽然死了,而失败的耻辱却依然存在。

长篇小说《诉讼》内涵深刻而富有哲理色彩,在貌似荒诞不经的故事背后体现了卡夫卡对现代世界的深刻认识和理解,反映了卡夫卡个人复杂的内心和精神世界。首先,小说通过一个公民因莫须有罪名被逮捕,最后被处死的故事,揭露了现代社会官僚机制和司法制度的冷酷性和非人性。小说中,主人公无辜被捕,在诉讼过程中,处处碰壁,一筹莫展,精神上受到压力,心灵上受到摧残,却无人问津,无人关心。任何公民一旦被这个官僚制度和司法机器网罗进去,就终身无法摆脱。正如K所说的:"法院一经对某人提出控诉,它就坚信这个被告有罪,如果要消除这种信念,那真是困难万分。"在卡夫卡看来,这种非人性的官

---

① "卡夫卡式",德文是Kafkaesk,这是一个德文新词,表示一种任人摆布、无法自主、错综复杂、似真似幻的处境。

僚制度和审判机制是对现代人的巨大威胁。其次,小说深刻反映了现代社会制度本身的非理性色彩以及由此导致的现代人的不安全感。在卡夫卡看来,高速发展的现代社会已经脱离了人本身的控制,社会机器犹如一匹失去控制的野马,肆意奔跑。人只能被动跟随社会的非理性运转,且随时可能被社会机器的荒诞模式粉碎。最后,从小说中我们也可以看到卡夫卡内心深处深刻的焦虑和恐惧。卡夫卡本人一直生活在对现实权威和精神权威的巨大恐惧中,他的大量小说都描写了权威的力量和主人公面对权威时的无能为力。小说中K的无辜受审,似乎正反映了作家精神世界中对无所不在的权威的深刻焦虑和恐惧。《诉讼》艺术手法高超,卡夫卡没有正面描写现代社会的种种弊端,而是运用象征的、夸张的艺术手法,通过主人公内在情绪的发展变化和小说情节的非理性发展,别具匠心地达到揭示现代社会内在症结的目的,可谓意味深长。

《城堡》成书于1922年。小说主人公K自称是土地测量员,经过长途跋涉,从家乡赶来城堡,准备履行自己的职责。K先在附近村子里住下来,城堡就在眼前,但却可望而不可即,永远进不去。领导K工作的是一个名叫克拉姆的部长,他通过信使先后给了K两封内容充满矛盾的信。这些信件没有具体的日子,似乎都已失去了时效,不知道是从哪个故纸堆里捡出来、然后由那个办事人员心血来潮要信使传送给K的。K千方百计要见到克拉姆,但始终达不到目的,最后甚至与城堡联系的一切可能性都断绝了。小说没有写完。据布罗德在《城堡》第一版附注中说,卡夫卡计划的结局是,K将"奋斗至精疲力竭而死",在弥留之际,城堡传谕,准许K在村中居住和工作,但不许进城堡。

卡夫卡在《城堡》中揭露和批判了现代社会中一些带普遍性的问题,诸如极权制度的压迫、社会等级的森严、官僚腐化荒淫、机构庞杂无度、人间世态炎凉、普通人孤苦无依,等等。其中特别是城堡,作为一种权力的象征,是整个国家统治机器的缩影,它阴森地窥视着广大黎民百姓,监控着人民的一举一动,对人民构成致命的威胁。所有这一切,小说都是以一种"卡夫卡式"的形象塑造和多层含义的隐喻来加以表现的,笼罩着一种神秘的、梦魇般的气氛。

卡夫卡的小说，不论是短篇还是长篇，大多思想内容怪诞离奇，艺术形式新颖别致。卡夫卡摆脱了传统小说创作的束缚，在艺术风格上独树一帜，为后来的现代派文学开创了先河。他的小说的艺术特点，可以概括为象征性、荒诞性、佯谬性、冷漠性和意识流。但是，卡夫卡小说又与纯粹的荒诞作品不同，它在荒诞的框架中包容着细节的真实，作家通过富有实感的形象，来反映现实生活，探讨人生哲理，揭示社会矛盾，收到与众不同的艺术效果。

卡夫卡的作品是在历史时间与地理空间之外展开的。他的小说所描述的故事，没有具体的时间，也没有确定的地点，更没有鲜明的背景，因此折射出相当宽广的历史范畴，既具有寓言的色彩，又带有"先知式"预言的内容。正因为这样，现代派中的许多流派，如表现主义、超现实主义、意识流、存在主义、荒诞派、新小说派、黑色幽默派等，都可以视卡夫卡为自己行列中的一员，卡夫卡作为西方现代派文学的代表作家是当之无愧的。

卡夫卡一生中还写了不少书信，有写给家人的，也有写给好友布罗德的，也有写给女友费丽丝和密伦娜的，特别是1919年写的《致父亲的信》尤为著名。卡夫卡的信件和日记是了解和研究作者思想、生活和创作不可缺少的重要文献。

研究和诠释卡夫卡的作品，往往有各种各样的视角和方法，有社会学、民族学、宗教学、心理学、存在主义哲学、弗洛伊德精神分析学、语义象征等，研究卡夫卡的学问是一个见仁见智的"万花筒"。卡夫卡小说中的人物、事件在象征和寓意方面的多解释性，历来是卡夫卡研究者们争论不休的问题。

第十三节　托马斯·曼

一、生平和创作

托马斯·曼（1875～1955）是20世纪前期德国杰出的现实主义小

说家。1875年6月6日出生在德国北部卢卑克的一个大商人的家庭，父亲是该城的参议员，有较高的社会地位，但在1891年去世后，商号倒闭，家境中落。1893年托马斯·曼中学毕业后去慕尼黑一家保险公司当见习生，次年参加讽刺性杂志《西木卜利齐西木斯》的编辑工作。托马斯·曼的第一部中篇小说《堕落》(1894)在当时的自然主义杂志《社会》上发表后获得好评，从此，他决定专攻文学，开始在大学旁听历史、经济和文学艺术课程，喜读席勒、尼采、托尔斯泰等人的作品。1895年至1897年，托马斯·曼与其兄亨利希·曼（德国另一位现实主义代表作家）旅居意大利，开始了他的职业创作生涯，出版了第一部小说集《矮个先生弗里德曼》(1898)。回国后，继续从事杂志的编辑工作和创作长篇小说。1901年，长篇巨著《布登勃洛克一家》问世，给托马斯·曼带来很大声誉，确立了他在文坛上的地位。

托马斯·曼早期创作了不少重要作品。中篇小说《特里斯坦》(1903)、《托尼奥·克勒格尔》(1903)、《在威尼斯之死》(1912)等，描写了资本主义颓废派艺术的穷途末路和艺术家对待生活的态度问题。作者在这几部作品中，一方面揭露资本主义社会把艺术当作商品，从而扼杀了艺术；另一方面也批判了脱离生活、逃避现实的艺术家。这几部作品的主要人物，都具有复杂矛盾的性格和异乎寻常的感情。如《特里斯坦》中的作家德特雷夫·施平奈尔，《托尼奥·克勒格尔》中的作家托尼奥·克勒格尔，《在威尼斯之死》中的作家阿申巴赫等，他们孤独、彷徨、苦闷的情绪和某种病态心理，在一定程度上反映了19世纪末20世纪初资产阶级艺术家的时代特征。

第一次世界大战期间，托马斯·曼受民族主义意识的影响，对帝国主义战争缺乏清醒的认识，为此和其兄发生论争，思想十分矛盾，没有什么创作成果。战后，他继续写作因战争而中断的长篇小说《魔山》。1924年《魔山》出版，又一次受到文坛的重视。这部作品描写发生在瑞士阿尔卑斯山达沃斯村一所肺结核病疗养院里的故事，这所疗养院也就是人们所说的"魔山"。主人公汉斯·卡斯托普刚刚大学毕业，从汉堡到疗养院来探望他的表兄约阿希姆·齐姆森。他打算只在山上逗留三星期，但医生诊断他有肺结核病，于是就在山上住了下来，从1907年到1914年，一住就是7年。小说通过汉斯的所见所闻，揭露了住在疗养院的国际资产阶级分子空虚腐朽的寄生生活。他们没有工作，没有职业，没有婚姻，没有孩子，没有任何政治、经济活动，只靠股息和年金度日，百无聊赖，无所事事。托马斯·曼用细腻的笔触，描绘了疗养院的病态环境，以及住在这里的形形色色的资产阶级人物醉生梦死的病态心理，谁要是落进这个世界，就会被病魔所袭，很难摆脱。这是一部德国传统的教育小说。主人公汉斯后来领悟到"人为了善和爱，决不能让死亡主宰自己"，终于抛弃了等待死亡的思想，离开了疗养院。但这时第一次世界大战的炮声已经轰响，汉斯和其他青年一起，被驱赶上硝烟弥漫的战场。这部作品还着力描写了对哲学问题、人生观问题、时局问题等范围广泛的辩论和内心思索，反映了托马斯·曼对第一次世界大战前后时代的分析和思考，因此它也是一部"时代小说"。

1929年，欧美爆发了世界性经济危机，墨索里尼和希特勒法西斯党徒开始嚣张起来。就在这一年，托马斯·曼完成了中篇小说《马里奥和魔术师》(1930年发表)，描写意大利某海滨浴场来了个名叫奇波拉的魔术师，他利用催眠术来愚弄和取悦观众。奇波拉只要一施展魔术，就能使观众随着他鞭子的呼啸跳起舞来，或与他接吻，或跟他出走，不少人成了他任意摆弄的工具。但最后还是被一个受其侮辱的青年马里奥开枪打死。托马斯·曼通过这个故事，隐喻人民可能暂时被法西斯势力迷惑、欺骗，但一旦觉醒，就要致敌人于死命，法西斯的精神统治终究是要崩溃的。

1933年希特勒篡夺政权后，托马斯·曼在慕尼黑大学发表了题为"理查德·瓦格纳的苦难和伟大"的演说，公开抨击法西斯分子的暴行。不久，他就被迫流亡国外，他的著作也遭到焚毁。他先到瑞士参加反法西斯阵线，1938年又流亡到美国，受聘为普林斯顿大学客座教授。在流亡期间，托马斯·曼发表了一系列反法西斯主义的文章和演说，后收在《小心，欧洲！》(1938)、《民主即将胜利》(1938)、《德国听众们！》(1940年至1942年电台广播讲话)等文集里。

1933年至1943年间，托马斯·曼发表了卷帙浩繁的长篇小说《约瑟和他的兄弟们》四部曲：第一部《雅各的故事》(1933)，第二部《约瑟的青年时代》(1934),第三部《约瑟在埃及》(1936),第四部《赡养者约瑟》(1943)。这一组著作取材于《圣经·旧约》中关于约瑟的传说,讲的是犹太人遭受苦难的故事。作者描写了犹太人善良的性格和高尚的品德,借以驳斥希特勒种族主义者妄图灭绝犹太人的种种谬论,全书充满人道主义思想。托马斯·曼在法西斯分子迫害犹太人的高潮中,写出这样一组作品,以历史小说的形式来反映现实生活的一个重要方面,具有很大的积极意义。托马斯·曼曾说:"正因为这部小说是不合时宜的,所以它是合时宜的。"这句具有哲理性的话,概括了作者的创作意图和作品的现实意义。

1939年,托马斯·曼发表了长篇历史小说《洛蒂在魏玛》,写老年歌德于1816年和他青年时代热恋过的情人洛蒂在魏玛会面的故事。在这部作品中,托马斯·曼用现实主义手法塑造了歌德的伟大形象,同时也写出了他渺小的一面。作者在描写歌德的心理状态时,通过大段的内心独白,再现了歌德矛盾的性格和卓越的思想。这部作品以及作者在此之前发表的一系列文章,如《歌德和托尔斯泰》(1923)、《歌德——资产阶级时代的代表》(1932)、《叔本华》(1938)等,可以说是托马斯·曼对他青年时代把叔本华、尼采、瓦格纳奉为引路的"三颗明星"的错误思想的清算。后来,托马斯·曼发表的政论《反对布尔什维克主义是我们时代的大蠢事》(1946),则进一步表明他的世界观的根本转变。作家明确表示反对帝国主义战争狂人,同情社会主义事业,对人类未来充满乐观信念。

托马斯·曼后期的重要作品是长篇小说《浮士德博士》(1947),这部作品有一个很长的副标题:"由一位友人讲述的德国作曲家阿德里安·莱弗金的一生"。它通过哲学博士塞雷努斯·蔡特布洛姆撰写的回忆录,描述了作曲家阿德里安·莱弗金1885年至1940年的一生经历。阿德里安有音乐天赋,中学毕业后先在哈勒大学读了两年神学,后来转到莱比锡音乐学院学习作曲。在学生时代,他就创作了有独特风格的作品,同时也染上了缠绵终生的疾病。旅行意大利归国后,阿德里安定居在慕尼黑乡间,埋头创作,过着与世隔绝的生活,写出了一部又一部音乐作品。最后一部大型清唱剧《浮士德博士的悲歌》完成后,阿德里安邀集三十多个相识与不相识的人到他居住的乡间，准备介绍这部音乐的片断。在演奏前，他作了一个非常奇特的自白。他诉说自己旅行意大利时，在幻觉中与魔鬼订了24年的契约，只是在魔鬼的帮助下，他才写出许多作品来。最后当阿德里安坐在钢琴前准备演奏时，忽然晕倒在地，从此一直没有恢复清醒的理智，变成了痴呆。这时人们才了解到，原来是阿德里安因不满于当代音乐的墨守成规，试图创新，才与魔鬼订约，以弃绝人类之爱为条件，换取魔鬼不断供给他创作灵感，到第25年他的灵魂就归魔鬼所有。现在他虽然觉悟到，艺术不能单纯追求形式，应该有益于人类，但为时已晚。在作品中，作曲家阿德里安的悲剧和德意志民族悲剧两条线索交织在一起，托马斯·曼不仅批判了资本主义社会和资产阶级艺术家，而且描绘了20世纪德国人民的前进和失误，同时也清算了资产阶级文化和哲学思想对作家自己的影响，象征性地反映了帝国主义时代德意志民族的命运和灾难。所以作者称这部小说为"痛苦之书"，它不单是"一部音乐小说"，首先是"一部文化和时代小说"。至于作品主人公的形象，托马斯·曼曾经说过，阿德里安·莱弗金的思想、气质、经历以及他变成痴呆等情节均取材于尼采的真人实事。1949年，托马斯·曼写了《〈浮士德博士〉的产生，一部小说的小说》，详细地讲述了上书的创作背景、利用的材料以及创作目的和意图。

长篇小说《被挑选者》(1951)的主题是宣扬赦罪。这部作品取材于中世纪，叙述一个青年误同生身母亲结婚，后来逃到荒岛去赎罪，受了17年的苦难，最后得到人们的谅解，当选为罗马教皇。托马斯·曼创作这部小说是为了要宣传对战败的德国应该采取宽大的政策。1954年，他发表了最后一部长篇小说《骗子菲利克斯·克鲁尔的自白》第一部。这部作品在1911年时就写下了一些片断。1923年和1937年作为中篇小说发表了一部分。小说的主人公菲利克斯是一个香槟酒厂老板的儿子，他在巴黎的一家旅馆当侍者，经过短期的"学徒生涯"后，便冒充一个贵族的名字，周游世界。小说以轻松幽默的笔调，把恶作剧、旅游、冒险和社会经历结合在一起，尖锐地讽刺了资产阶级尔虞我诈、自私自利的丑恶现象。这部作品还涉及资本主义社会中艺术和艺术家的问题。菲利克斯认为艺术家都是骗子，艺术的本质不过是美妙的幻想加上糊弄而已。这也可以看作是托马斯·曼的自我嘲讽。这部作品原计划分为若干部，但由于作者的逝世而未能完成。

托马斯·曼的小说，结构严谨，独具匠心。他的创作方法以传统的现实主义手法为主，同时又吸收了现代派的艺术手法，这在20年代以后的作品中表现得更明显。从艺术风格上看，托马斯·曼在继承德国文学优秀传统的基础上，深受俄国作家列夫·托尔斯泰和陀思妥耶夫斯基的影响。

托马斯·曼是一个爱国主义者，1949年在德国的领土上出现了两个德意志国家后，他迫切而热烈地希望德意志民族得到统一。在没有统一前，托马斯·曼于1952年选择瑞士作为定居地。1949年，纪念歌德诞生200周年时，他在西德的法兰克福和东德的魏玛各发表一次演说；1955年纪念席勒逝世150周年时，他又在西德的斯图加特和东德的魏玛各发表一次演说。这两项活动在两个德国引起很大震动和强烈反响。1955年8月12日托马斯·曼在苏黎世逝世。

托马斯·曼是一位在生前、身后都引起争议的人。他有很强的名利心，为了保持自己已经获得的荣誉，他花费时间和精力，写了不少自传性材料和对自己作品的介绍与评论，重要自传有早期的《照镜子》(1907)、中期的《简历》(1930)和后期的《我的时代》(1950)等。他还把他在1918年至1921年、1933年至1951年间仔细书写的日记亲自封存，立下遗嘱，在本人去世20年后才能拆封。因此当文艺界对托马斯·曼争论不休时，1975年后他的日记被拆封陆续公之于世。贬斥、攻击他的人就无法继续下去了。因为他在日记中对自己的披露比批评者想要说的更透彻、更厉害。托马斯·曼揭示了许多人们所不知道的有关他的生平和创作的材料，甚至忠实地记录了他最隐秘的感情——同性恋的心理结构。同性恋问题不仅在青年时期，而且在中年和老年时期都折磨着他。这些日记的公布更增加了人们对他生平和著作的兴趣。

二、《布登勃洛克一家》

《布登勃洛克一家》的副标题是"一个家庭的没落",发表于1901年,在托马斯·曼1929年获得诺贝尔文学奖的受奖证书上特别提到"这部作品日益被公认为当代文学中经典作品之一"。作者在这部小说中,生动、形象地描绘了德国从自由资本主义走向垄断资本主义的历史发展过程,通过一个旧式资产阶级家庭在精神道德和经济上的没落,刻画了资本主义社会中人与人之间赤裸裸的金钱关系,揭示了弱肉强食的资本主义法则。这部长篇小说,具有深刻的思想内容和卓越的艺术技巧,是20世纪德国批判现实主义文学的重要代表作。

小说的故事发生在德国的商业城市卢卑克,着重反映的是1835年至1876年间的历史,这正是德国历史发生急剧变化的时期。小说开始,靠拿破仑战争起家的大粮食商约翰·布登勃洛克刚买进一座大宅,亲友们都来庆贺。这个家庭,有经济实力,有社会地位。到第二代小约翰继承家业后,他有了一个竞争者:暴发户哈根施特罗姆。由于商业上的关系,布登勃洛克家认识了汉堡"富商"格仑利希。随后,小约翰怂恿和胁迫女儿安冬妮放弃与医科大学生莫尔顿的爱情,嫁给格仑利希。格仑利希实际上是一个买空卖空的投机家,安冬妮在丈夫身败名裂后同他离婚,回到娘家。这时,小约翰因为商业上竞争激烈,生意清淡,再加上时局动荡,在女儿婚事上又失算,处境非常困难。然而,他并没有想到如何去适应新的环境,而是继续恪守布登勃洛克家的传家箴言:"白日精心于事务,然勿做有愧于良心之事,俾夜间能坦然就寝。"到第三代托马斯经营家业时,布登勃洛克家和哈根施特罗姆家在社会地位和经济实力方面的竞争已经到了白热化程度。由于战争、投机失败等天灾人祸,托马斯连遭打击,布登勃洛克家败落下来,老约翰买下的那座大宅邸也落到哈根施特罗姆手里。托马斯死后,他的儿子汉诺体弱多病,胆小怕事,更无法适应这个弱肉强食的社会。后来,甚至把托马斯盖起来的新房子也卖掉了。小说最后以汉诺早夭,他母亲盖尔达带着仅有的财产回娘家而告终。

《布登勃洛克一家》所描绘的19世纪30年代至70年代,正是资本主义在德国迅速发展的时期。约翰·布登勃洛克公司已经有上百年的历史,它有自己的粮栈、货船、农庄和地产;主人又是尼德兰的参议员,经济实力和社会地位非常显赫。这个家庭在"忠厚诚实"的幌子下,通过大量剥削,发财致富,过着骄奢淫逸的生活。随着德国资本主义逐步发展到垄断阶段,他们仍按旧的方式经商,这就不能适应新的形势,不得不在接连不断的失败中走向灭亡。新的垄断资本家哈根施特罗姆不受传统的约束,野心勃勃,他使用掠夺和吞并的手段,终于击败了布登勃洛克家族。托马斯最后不得不承认:"如果说他在做买卖上远远地跑在我前面,在社会活动方面有时候也把我排挤开,这也没有什么,这只不过说明他是一个比我更能干的商人,更有手腕的政治家而已……"布登勃洛克家族的没落和哈根施特罗姆家族的兴起,真实地反映了德国19世纪下半叶帝国主义垄断经济开始取代旧式资本主义商业经济的历史发展过程。

小说中布登勃洛克一家四代:老约翰、小约翰、托马斯、汉诺,代表了德国自由资产阶级从兴盛到衰亡的整个历史。他们有着不同的思想感情和个性,各自反映出他们所生活的那个时代的特点。

老约翰见过世面,在拿破仑战争年代他就坐着马车跑遍了整个德国,供应普鲁士军队粮食。他是一个开明的人,"然而撇开生意上的交往不谈,在社交酬酢方面,他却比他的那位参议员儿子更喜欢划一条严格的界限,对于'外乡人'总是表示冷漠"。他的思想带有明显的普鲁士精神的色彩。为了适应这个纷沓杂陈的世界,他总是鼓励儿子:"要有勇气!"

小约翰比父亲更严峻,也更精明。他一方面要求家庭和睦团结,另一方面又劝父亲坚决拒绝付给异母兄弟房产补偿金。老约翰死后,他又亲自拒绝异母兄弟的要求。在女儿婚姻问题上,他坚持家族利益,强调"个人的狭隘的幸福"——即一个个环节,要服从整条锁链。他遇事坚决、果断,无论是对付包围市议会的示威群众,还是处理安冬妮和格仑利希的离婚事件,他都有那股所谓的"勇气"。

托马斯还在幼小的时候,就被认为是"商人"的材料。他才16岁就开始商业生涯,小约翰死后,便挑起全副担子。这时,正是布登勃洛克一家由盛而衰之际。但是由于托马斯的进取精神，讨人喜欢的殷勤态度和圆滑的手腕，使他们公司多年来的声誉得以保持和发扬。他在个人婚姻上大胆地娶了一个门户相当的"外乡人"作妻子。他对社会事业和市政建设也表现出很高的热情，因而成了市长的"左右手"。他在竞选议员时还击败了劲敌哈根施特罗姆。但是，时代不同了，托马斯按照老传统经营他的公司已经不灵了，他只得违背祖传的"商业道德"，搞投机买卖，不料遇到了一场天灾，惨遭失败。托马斯在商业上受到打击，在家庭生活中受到刺激，对弟弟失去信心，对儿子感到失望……总之，一切都幻灭了。

汉诺是布登勃洛克家的末代子孙，从小就体弱多病，胆小怕事，成天哭哭啼啼，多愁善感，神经脆弱，根本无法跻身于那种明争暗斗的商业生活。托马斯本来希望他的儿子成为一个真正的布登勃洛克，一个性格坚强有强烈进取心的人，但一切都成了泡影。汉诺除了沉湎于音乐，陶醉于艺术之外，对经营商业毫无兴趣，甚至对商业知识都感到厌烦。在学校时，他就常常受到哈根施特罗姆家子弟的欺侮。为此他不愿去学校读书，只想待在家里同音乐打交道。这样的精神状态，当然无法应付那个尔虞我诈的社会。

在小说中，托马斯·曼还通过婚姻和遗产问题揭露了资产阶级社会中人与人之间赤裸裸的金钱关系：父子、兄弟、夫妻、朋友的感情都是由金钱来决定的。安冬妮的几次结婚、离婚和布登勃洛克家子女争夺遗产的纠纷，都有力地证明了这一点。此外，作者还通过一些人物的言行和心理描写，揭露、批判了封建贵族、基督教会和德意志帝国的教育制度。

托马斯·曼出身于大商人家庭，他以自己的家族亲友作原型塑造了小说中的人物形象，他在描写布登勃洛克一家的衰亡过程时，往往流露出无可奈何的惋惜之情，同时，书中有些地方受到叔本华悲观主义哲学的影响，对人生抱有消极悲观和宿命论思想。特别是在第10部第5章里，作者用了不少篇幅去着力描写主人公托马斯在阅读叔本华《世界的意志和表象》一书时的内心感受，宣扬"死亡是一种幸福。是非常深邃的幸福"。

《布登勃洛克一家》在艺术上有很高的成就,它的人物形象非常丰满,栩栩如生。全书结构严谨,11个部分,几十个章节都作了精心的处理,疏密相间,详略得当。有的情节和内容虽然重复出现,但并不使人感到单调和枯燥,反而加深读者对人物性格的理解。小说没有着重反映重要的政治历史事件,也没有直接描写商界的明争暗斗,而是通过婚丧嫁娶、圣诞节庆等活动反映出社会历史的变迁,使读者看到了19世纪中叶德国社会的风土人情。带有金边的家庭记事簿贯穿全书,它是布登勃洛克家族兴衰的见证;为他们家庭服务了40年的永格曼小姐,则是一个活的证人。这些事件和人物前后呼应,浑然一体,可以看出作者的匠心。小说的前半部平稳含蓄,设下了许多伏线,有"山雨欲来风满楼"之势;后半部则情调哀婉凄凉,危机四起,大有"无可奈何花落去"之情。

托马斯·曼是一个谙熟德国语言的大师,小说的语言精练,对话生动,幽默和嘲讽是他语言上的最大特点。

第十四节 德莱塞

一、生平和创作

西奥多·德莱塞(1871～1945)是20世纪美国杰出的现实主义作家。作品真实地描绘了20世纪初美国的生活和小资产阶级的迷惘,揭示了资产阶级道德的本质和资产阶级民主制度的内在缺陷。

德莱塞生于印第安纳州特雷霍特镇的一个破产的小业主家庭。母亲是摩拉维亚的农家女。父亲原是德国的纺织工人,为逃避兵役于1846年移居美国,开过纺织工场,后因工场失火而破产。德莱塞12岁起就当过店员和报童,17岁去芝加哥独立谋生,在小饭馆里洗过碟子,也当过司机和收房租的雇员,曾因失业而流浪街头。他的姐妹中也有嘉莉、珍妮式的遭遇,因贫困而很早私奔出外,被迫为娼。1888年,德莱塞受到一位教师的资助,进入印第安纳大学学习,一年后辍学。在大学里，他有机会接触到达尔文、赫胥黎、斯宾塞的著作，因而他早年思想上受到生物社会学观点的影响。他认为人只能不断进化，无能力改变自己的地位；宇宙是一架没有感觉的机器，人们没有办法改变它的活动情况；而人的本能永远是理性的敌人，人的意志战胜不了诱惑；本能的定律与社会法则正好相反，永远敌视社会伦理，等等。质言之，他把社会的人视为生物学意义上的人，与禽兽相去不远。正因为持有这种观点，他前期的世界观存在一系列矛盾：他痛恨资本主义社会贫富之间的鸿沟，又认为"贫富之间的鸿沟对于世界进步是最有利的"；他同情劳动人民的不幸遭遇，又认为他们不能自己解放自己；他痛恨资产者，有时又羡慕资产者；他希望自己成为一个"好人、伟人、圣人和诗人"，有时又幻想做一个金融巨头。这些观点和思想上的矛盾，都不同程度地反映在他的作品中。在创作方法上，他声言自己是巴尔扎克的信徒。

1892年，德莱塞发表第一篇论文《天才的再现》，旋被聘为报社的正式记者。23岁起从业报界，足迹遍及全国各大工业城市，因而具有广泛的社会知识和阅历，对他日后的文学创作大有助益。他的《关于我自己的书》(1922，后改名为《报刊生涯》)和《黎明》(1931)，叙述了他的记者生涯和青少年时代的艰难生活。其他自传性作品还有《一个四十岁的旅行者》(1913)、《墓志铭》(1930)等。

德莱塞的第一部长篇小说《嘉莉妹妹》于1900年问世，叙述一个美貌天真的农村姑娘到芝加哥谋生后的不幸遭遇。嘉莉先在一个贫穷的姐姐家住了一阵。沉重的劳动、贫困、失业和孤独，使她感到身心交瘁，意气颓丧。为生活所迫，她充当一位青年推销员的情妇。后来又与酒店经理赫斯渥同居，并与他私奔到了纽约。赫斯渥到处碰壁，终于穷愁潦倒，死在乞丐收容所里。嘉莉离开赫斯渥后，一个偶然的机会使她成为演员并出了名。她有了金钱和地位，但她仍然惆怅满怀，感到生活十分空虚。

嘉莉是一个追求个性解放的小资产阶级女性，性格坚强，敢冒风险，但生活现实使她沦为资产阶级的玩偶，终于使她感到失望。小说写出了她感情深处的潜流，描绘了由于热望破灭后所产生的空虚和苦痛。小说通过女主人公对幸福生活的追求和幻灭，说明资本主义上升时期已经结束,个性解放已成为不可能,如今在资本主义社会里靠诚实的劳动找不到出路,在以金钱为中心的社会里也不可能有真正幸福的生活。小说发表后被指责为"有伤风化"、"有破坏性",招来"强烈憎恶"和"激愤抗议",因而长期遭到查禁,至1907年才得以在美国再版。

德莱塞创作《嘉莉妹妹》后被迫辍笔10年。至1911年,他才发表第二部长篇小说《珍妮·葛哈德》(又译《珍妮姑娘》)。这部小说可以说是《嘉莉妹妹》的姊妹篇,它同样以一个穷人的女儿作为小说的主人公,通过她的不幸遭遇,广泛而真实地描绘了美国下层人民的生活状况,暴露了资产者的无耻放荡。作者在小说里塑造了珍妮这一天性善良的被侮辱、被损害者的形象。

1911年以后,德莱塞以惊人的速度进行写作,连续发表了5部长篇小说、4部短篇小说集、3部政论文集、3部游记、2部戏剧集、2部传记、1部诗集。自1900年到1931年,他所写的作品共有20多部。

长篇小说《欲望三部曲》由《金融家》(1912)、《巨人》(1914)、《斯多噶》(1947)组成。最后一部由他的妻子续完最后一节,在他身后发表。三部曲描写19世纪末到20世纪初美国垄断资产阶级攫取财富和权力的过程,揭示资本主义从产生、发展到灭亡的不可抗拒的历史规律。德莱塞成功地塑造了一个好色而又贪婪的金融资本家柯帕乌的典型形象。小说以柯帕乌从发迹到死亡的一生为主线,以费城、芝加哥、纽约、伦敦等大城市为主要舞台,用大量生动的事实和逼真的画面,广泛地揭露美国垄断资产阶级在政治、经济、法律、道德等各个领域里的黑暗内幕。这是一幅以泼辣的笔力和重彩浓墨所描绘的美国资本主义发展的历史画卷,是较早描写垄断资本家的豺狼本性和丑恶灵魂的作品之一。

《欲望三部曲》的第一部写柯帕乌的发迹,写他因盗窃公库而入狱,被判4年徒刑。第二部写他出狱后野心不死,精力未减,重整旗鼓而一度成功,生活上也更加腐化,后来在竞争中遭到挫败,被迫离开芝加哥。第三部写他在芝加哥失败后,与英国金融资本家发生联系,把自己的资本投入伦敦地下铁道的建设工程,直写到他死亡。柯帕乌从一个掮客发迹而成为小商人、资本家、百万富翁以至金融巨头,一生道路上充满了血污和邪恶。他像一头野兽,一切行为全受贪婪残暴的本能所支配;

也像野兽一样,虽困犹斗。他不知道有什么法律、伦理、道德。作者的生物社会学观点在这一形象上得到充分体现。他把资本家的追逐利润看作是资本家主观的、本能的、心理的特性,而不是导源于资本主义大生产的机制。受这种观点的影响,他对于柯帕乌的欲望冲动、精力、才干,有时也不免流露出欣赏的心情。

三部曲还通过资本家之间的一场场恶斗,生动地描绘了资本兼并过程的残酷和不择手段。竞争双方不仅使用了经济手段,而且常常求助于政治手段以至刑事犯罪手段。小说接触到了资本与政治的关系,雄辩地揭露了金钱在资本主义社会中的作用以及美国两党政治的虚伪性。金钱可以左右美国的政治,金钱可以买动一切,从流氓打手到两党要员,甚至资本家的老婆和女儿。

《"天才"》(1915)描写画家尤金·威特拉的堕落和毁灭,展示了资本主义社会金钱关系对于艺术的腐蚀和摧残作用。尤金原是一个有才能的现实主义画家,他的初期作品具有鲜明的批判现实的进步倾向,受到广大群众的赞许。但是资产阶级诽谤他、打击他,他的作品变得没有出路。在"为金钱而艺术"等资产阶级思想腐蚀下,他屈从于物质需要和社会压力,放弃了对艺术的追求,为迎合资产阶级趣味而作商品广告画和抽象派的画。他果然有了钱,于是逐渐成为各种邪恶欲念的俘虏,一天天堕落下去,终至身败名裂,家破人亡。小说通过尤金的毁灭,揭示了金钱腐蚀灵魂的作用,而灵魂腐朽了,人格破产了,艺术和天才也随之毁灭。作者无疑要告诉读者,在以金钱为中心的社会里,不可能有真正的艺术,也不可能产生真正的天才,相反它只能扼杀天才。所以"天才"二字加上引号,显然含有讽刺的意味。这部小说发表后也遭到查禁。

1917年俄国十月革命的胜利给德莱塞以很大鼓舞。他热烈欢迎十月革命和苏维埃社会主义共和国的诞生,愤怒谴责帝国主义的武装干涉。这时期他迁居纽约的格林威治村,结识了威廉·海伍德、约翰·里德等人,积极参与各种政治活动,先后出版短篇小说集《自由及其他故事》(1918)、《十二个人》(1919)、《一个大城市的色调》(1923)、《锁链》(1927),以及散文集《敲吧,鼓儿》(1920)等。

长篇小说《美国的悲剧》(1925)的发表,给作者带来世界性的声誉,标志着他的创作的新阶段。《美国的悲剧》是他的代表作,但统治者歪曲它,攻击它,曾禁止它出版。

1927年,德莱塞应邀访问苏联,归来后发表了《德莱塞访苏印象记》(1928),对于新生事物给以充分的肯定,从中可以看出他晚年思想的转变。1929年,短篇小说集《妇女群像》出版,其中《艾尼达》一篇塑造了一个共产党员的形象,表现了德莱塞对新生活的探求。

30年代,德莱塞的思想发生深刻变化。帝国主义世界大战的战祸,苏联建设的成就,资本主义世界的经济恐慌,震撼着他的心灵,使他认识到人类要摆脱灾祸,社会要取得进步,必须起来斗争。1930年夏,他公开声明支持美国共产党。1931年,他毅然放下文学创作,深入厂矿进行调查,并积极参加了矿工的罢工斗争。调查报告《哈尔兰矿工的话》(1932)就是他和同伴们在哈尔兰进行社会调查的实录,是一部关于30年代美国工人阶级状况的文献。在《悲剧的美国》(1932)、《向艺术家呼吁》(1933)和《美国是值得拯救的》(1941)等政论作品里,他援引大量材料来揭露和批判美国统治阶级在政治、经济、司法、文化、外交等领域犯下的罪行,得出资本主义必然灭亡的结论。同时,他肯定人民的历史作用,指出"只有人民群众才能把美国从灾难中拯救出来"。他明确宣布"拥护共产主义原则",号召艺术家参加战士的行列,"写作、行动、斗争"。他身体力行,积极参加国内外的反法西斯斗争,赢得世界进步人民的尊敬。1941年,他当选为"美国作家同盟"主席。1945年,他加入美国共产党,同年12月逝世于好莱坞寓所。在生命的最后几年,他完成了长篇小说《堡垒》(1946)和《斯多噶》的创作。

二、《美国的悲剧》

长篇小说《美国的悲剧》共3卷,以1906年纽约州赫基默县发生的一件情杀案为情节基础,叙述一个美国普通青年堕落为杀人犯的悲剧。小说主人公克莱德·格里菲斯出生在一个穷教士家庭,从小跟父母沿街布道卖唱。他通过耳濡目染,对世俗生活和资本主义花花世界早已充满幻想和向往。当过一阵旅馆的茶房后,他受到伯父的提携,当上了工厂的工头,与女工洛蓓塔有了私情。后又得到大工厂主的女儿桑特拉的青睐。他为了能与桑特拉结婚,实现飞黄腾达的美梦,便设下圈套,使得已有身孕的洛蓓塔堕入湖中淹死。事发后,他被判死刑,这时他才22岁。

小说细致地描写了克莱德短促的一生,通过他利己主义世界观的形成和发展,他的苦闷、挣扎、堕落和毁灭,对资本主义社会提出了强烈而沉痛的控诉。小说令人信服地揭示出资本主义的社会制度及其生活方式是造成克莱德悲剧的根源。他是这种制度的产物,又是这种制度的牺牲品。

对于克莱德的短促的一生来说,在豪华的戴维逊旅馆当茶房和在工厂里当工头,是两个重要的生活阶段。戴维逊旅馆可以说是资本主义社会的一个缩影。在这里栖息的有过往的富商,也有依附于他们而生存的形形色色的人物,可谓三教九流,无所不包;而金钱,则是这里的绝对权威,是维系他们之间关系的唯一纽带。以吃喝玩乐为中心内容的资产阶级生活方式,以损人利己为准则的资产阶级处世哲学,以尔虞我诈为手段的生财之道,在这里都表现得淋漓尽致,给了克莱德极深的印象和影响。他在同伴们的怂恿和引诱下,开始上戏院、下酒馆、逛妓院、交女友。为了满足个人享受,他开始对父母说谎,隐瞒自己的收入,出于同样的原因,他见到遭遗弃处于极度困难中的姐姐而不顾。资产阶级利己主义思想已侵入他的灵魂深处,剥尽他童年时代一切纯真美好的感情。姐姐艾斯塔被遗弃而无处申诉的反面教育,汽车肇事后逃出堪萨斯城混世糊口三年中所体会到的世态炎凉,都使他深刻懂得在资本主义社会里尔虞我诈、损人利己本是人们行动的信条,而他要想发迹也得不择手段。当上工头后,随着地位和生活条件的改善,他的利己主义思想变本加厉地发展,终于到了灭绝人性的地步。小说描写了克莱德在形成利己主义世界观过程中的思想矛盾。在自私、邪恶的思想占领每一个阵地之前,几乎都遇到了基督教原始教义的抵抗,良心的抵抗。小说同时又写出,一切纯朴的教义和人类善良的天性,都敌不过资产阶级社会生活本身的逻辑,抵抗不了金钱的腐蚀作用。克莱德为了桑特拉而牺牲洛蓓塔,归根结蒂是因为桑特拉代表着财产、地位和享受,她在他心目中不过是一个物化了的人。

小说通过克莱德的悲剧不仅揭露金钱的罪恶,而且进而揭露美国政治制度和司法制度的丑恶和虚伪。负责克莱德案件的检察官梅逊,是一个典型的官僚政客,饱食终日而无所用心。尽管从谋杀到盗车的案件层出不穷,但他多年来置若罔闻。直到选举年到来,想起自己毫无政绩可以向选民交代,难免要丢官失位,他才焦躁不安。于是他一反常态,抓住克莱德案件不放,大做文章,企图把自己打扮成"伸张正义"、"为民伸冤"的"人民公仆"和"大青天",以捞取政治资本。两党围绕克莱德案件所进行的明争暗斗,其实是一场争名夺利的闹剧。共和党人梅逊出于私心,开始审理案件时,就已打定主意要判克莱德死刑。为此目的,他不惜制造伪证和扩大事态,大肆渲染案情的离奇、曲折和残忍,并利用新闻界将案情公布全国,使举国上下群情激愤,形成"国人皆曰可杀"的局面。这就使陪审团不可能客观地听取被告的申诉和作出正确的判断。而且,组成陪审团的成员,也要由梅逊来挑选、认定。这就不难看出,所谓"侦查"、"审讯"、"辩护"等等,都不过是骗人的把戏。在这种司法制度下,无所谓公正、民主的审讯与判决。民主党人虽极力为被告辩护,并且为被告编造情节、掩盖事实、开脱罪责、撰写伪供,但其目的也同样不是为了维护法律的尊严,而是为了讨好被告的伯父、大工厂主缪塞尔·格里菲斯和击败政敌梅逊。而本案的关键人物桑特拉,就因为有钱有势,双方对她都讳莫如深,甚至连她的姓名都没有提及。这一切,充分暴露了美国司法制度的虚伪内幕。使人们看到了在公开的法律程序背后,隐藏了数不尽的交易、阴谋、花招和把戏。德莱塞在他的政论集《悲剧的美国》里哀叹"宪法是一张废纸!"在这部小说里,作家则通过具体的故事情节和人物形象,生动地印证了这一论点。

德莱塞在小说里写出了克莱德悲剧的双重性。克莱德的堕落和毁灭是个人悲剧,更是社会悲剧。他是有罪的,因为他杀害了一个无辜的少女;而他本人又是一个受害者,是那个罪恶的社会毁坏了他。作者明确指出:"这本书整个讲来是对(美国)社会的一个控诉……小说之所以得到成功,并非因为'它是悲剧',而是因为'它是美国的悲剧'。"克莱德的悲剧揭示的是一个严重的社会问题,深刻地暴露出资本主义社会制度的腐朽和精神道德上的危机。资本主义所造成的阶级鸿沟，堵塞了大多数像克莱德一样的青年健康发展的道路；利己庸俗的资本主义生活方式，毁坏了纯朴的道德观念，腐蚀了青年人的心灵；社会上广为宣传的人人可以发大财的神话，培育了青年人的冒险精神和犯罪心理；海淫海盗的宣传刺激着青年人铤而走险；而生存竞争的简单逻辑，又时刻威逼他们做出一些颠颠倒倒的事情，使他们成为"尔虞我诈的混乱赌博"中的牺牲品。所以，是那个社会的制度和生活方式毁坏了克莱德，从根本上说，对他的犯罪应负责的是那个社会，而克莱德只不过是一只替罪的羔羊。作者借梅逊之口，意味深长地说："在我们这个世界，这类事情已经发生了千千万万次，在将来，也会发生千千万万次。这不是什么新鲜的，也永远不会是古老的。"作者又在《忆往事》的尾声中再次出现小说开头的街头布道的场面，暗示出通过一代又一代的人，悲剧在重复，从而说明了克莱德悲剧的严重性和深刻性。

《美国的悲剧》在美国文学史上的意义在于它突破了"胆小与高雅的传统"，揭穿了盛行于20年代美国文坛的粉饰现实的谎言，取得现实主义的胜利。德莱塞的现实主义的特色，表现为对所描写的事实具有新闻报道式的忠实，同时注重典型环境与典型性格的描绘，人物具有个性化的语言，故事情节简单而意境纯一。

思考练习题

1. 简述20世纪前期现实主义文学发展概况。
2. 简述现代主义文学的历史文化背景与哲学基础。
3. 超现实主义的艺术主张与创作特色是什么？
4. 为什么说高尔基是社会主义现实主义文学的奠基人？
5. 简述《母亲》的主题思想、人物形象与艺术价值。
6. 简述马雅可夫斯基的思想倾向与艺术成就。
7. 如何评价《日瓦戈医生》这部小说？
8. 简述《静静的顿河》的思想内容、人物形象与艺术成就。
9. 简述罗曼·罗兰的思想倾向与艺术成就。
10. 简述《约翰·克利斯朵夫》的思想内容、人物形象与艺术特色。

11. 简述《追忆似水年华》对传统小说观念与小说艺术的革新。
12. 简述肖伯纳戏剧的揭露批判精神与思想局限。
13. 乔伊斯的小说创作体现了意识流文学的哪些特征?
14. 简述《虹》的思想倾向与艺术特色。
15. 简述艾略特的文学思想与创作活动对欧美现代文学的影响。
16. 简述《荒原》的思想内容与艺术成就。
17. 简述卡夫卡小说的思想倾向与艺术特色。
18. 简述《布登勃洛克一家》的思想内容、人物形象与艺术特色。
19. 简述《美国的悲剧》的思想内容、人物形象与艺术特色。

第十章　20世纪后期文学

学习提示

本章的学习重点：
(1) 20 世纪后期社会主义现实主义文学概况及经验教训。
(2) 20 世纪后期现代主义各流派的文学思想与创作特色。
(3) 后现代主义文学的历史文化背景、哲学基础及其发展概况。
(4) 福克纳的文学成就与艺术特色。
(5) 海明威的文学成就与艺术风格。
(6) 纳博科夫的后现代主义表现手法。
(7) 萨特的哲学思想和文学表现手法。
(8) 贝克特的戏剧创作对西方戏剧发展的影响。
(9) 马尔克斯《百年孤独》独特的艺术成就与艺术特色。

本章第一节概述了社会主义现实主义文学和现代主义文学在 20 世纪后期的发展状况；重点介绍了后现代主义文学兴起的社会思想背景、主要流派；这一节还介绍了几位游离于特定文学流派之外的重要作家，意在说明文学创作是非常丰富多彩、错综复杂的精神活动，每一位作家、每一部作品都有其独特的个性，不能作简单化处理，而应当从实际出发作实事求是的分析。

本章第三节介绍了现实主义文学在 20 世纪后期的代表作家海明威。学习这节要着重领会海明威简练的小说创作风格及其对现代主义文学表现手法的借鉴与吸收，领会海明威对帝国主义战争给人类社会所造成的创伤的深刻批判与揭露。

本章第二、六、八节分别介绍了 20 世纪后期三位重要的现代主义作家。福克纳是美国二战后最重要的作家之一,也是意识流小说在美国的代表作家。学习这节,要重点领会福克纳独特的艺术手法与美国文化相结合所产生的深刻思想意蕴与艺术成就。萨特是著名的存在主义哲学家和作家。学习本节,要注意存在主义文学与存在主义哲学的紧密联系,着重领会萨特是如何通过文学创作来阐发他的哲学思想的。马尔克斯是一位拉美作家。拉美文学在20世纪异军突起,产生了具有世界性影响的魔幻现实主义文学。学习这一节,要注意拉丁美洲独特的社会历史背景与民族文化背景对文学发展的影响,着重领会魔幻现实主义独特的创作方法与艺术成就。

  本章第四、五、七节分别介绍了三位后现代主义作家。纳博科夫是公认的后现代主义文学经典作家。学习这一节要着重领会他极具创新意义的文学观念与创作特色。海勒是美国黑色幽默的代表作家。黑色幽默是20世纪后期出现的一个重要文学流派,因其深刻表现了西方发达社会中现代人的生存困惑与精神危机而备受推崇。学习这一节,可以加深我们对现代西方社会与西方人的了解。贝克特是荒诞派戏剧的代表性作家。学习这节时,要着重领会以贝克特为代表的荒诞派戏剧与存在主义的思想联系,领会其在戏剧艺术的探索与革新方面对西方戏剧发展的影响。

第一节 概 述

一、社会主义现实主义文学

社会主义现实主义创作方法对苏联文学的繁荣发展,曾经产生过积极的作用。然而,随着斯大林个人迷信的逐渐形成,教条主义和庸俗社会学日益泛滥,社会主义现实主义实际上被当作苏联文学唯一的创作方法,并对它作了狭隘的、僵化的解释,这就导致了40年代以后"无冲突论"观点的流行和粉饰生活、回避矛盾的公式化概念化的作品大量产生。同时,对国内相当数量的非主流派文学采取粗暴的排斥、压制政策,对西方现代主义文学采取全盘否定的敌视态度,在1946年至1948年苏共中央关于文艺问题的一系列决议中,对阿赫玛托娃、左琴科等人进行了严厉批判,对《列宁格勒》和《星》两家大型文学刊物进行整顿改组,这些粗暴的行政措施与政策失误给苏联文学造成了严重的消极影响。50年代以后,苏联的政治形势发生了变化,苏联文艺界曾就社会主义现实主义问题展开过多次争论,但众说纷纭,莫衷一是。从总体上说,社会主义现实主义文学已逐渐失去了在苏联文学中的主导地位,文学思潮、文学创作日益趋向多元化与多样化,既有正统的社会主义文学,也有一般的现实主义文学,还有形形色色近乎西方现代主义的新潮文学。

特瓦尔多夫斯基出生于俄国北方的偏僻农村,曾担任过地方报纸的通讯员,写过一些反映农村生活的诗歌。1936年发表长诗《春草国》,从此享誉诗坛。这首诗描写了一位勤劳朴实的农民外出漫游寻找"春草国"的故事,表现了农村小生产者克服私有观念、走集体化道路的艰苦过程。卫国战争期间,特瓦尔多夫斯基陆续创作并发表了脍炙人口的著名长诗《华西里·焦尔金》(1941～1945),塑造了一位勇敢顽强、纯朴诚实、乐观豁达、幽默风趣的红军战士的感人形象。焦尔金并非叱咤风云、高大完美的英雄人物,而是平凡的普通士兵。正是他这样的战士以血肉之躯抗击侵略,保卫家园,才赢得战争的伟大胜利。1946年完成的长诗《路旁人家》真实描写了侵略战争给广大人民所造成的深重灾难,作品的主人公安德烈也是一名普通的红军战士,受伤后复员回到家乡,但已妻离子散、家破人亡,路旁人家成了一片废墟。特瓦尔多夫斯基一贯坚持"写真实"、"非英雄化",他的作品大多描写凡人小事,其风格平易近人,幽默风趣,通俗易懂,具有浓郁的民间文学色彩,深受群众欢迎。从50年代开始,特瓦尔多夫斯基的创作倾向发生了变化。1950年至1960年间,他陆续创作发表了长诗《山外青山天外天》,对苏联几十年来所取得的巨大成就以及所经历的失败挫折,其中包括斯大林的个人迷信与政策失误,进行了严肃的反思。1963年出版的《焦尔金游地府》通过虚构的荒诞故事,把斯大林时代比做阴森恐怖的阴曹地府,揭露批判了个人迷信与官僚体制所造成的社会弊端。长诗发表后引起强烈反响与激烈争论。

爱伦堡(1891~1967)是一位久负盛名的老作家,发表过小说、诗歌、通讯、政论等大量作品。他在1954年、1956年分两部发表的长篇小说《解冻》中,大胆冲破禁区,揭露了苏联政治经济体制的僵化,提出应当对个人生存权益给予关怀、重视等尖锐的社会问题。小说发表后引起强烈反响,被视为苏联文学"解冻"的先声。以军事作家著称的西蒙诺夫(1915~1979)在卫国战争时期发表的诗歌《等着我吧》(1941)广为流传,剧本《俄罗斯人》(1942)和小说《日日夜夜》(1943)也受到好评。1959年至1971年发表的《生者与死者》三部曲:《生者与死者》、《军人不是天生的》、《最后一个夏天》,是作家耗时16年的呕心沥血之作。小说不仅对苏联卫国战争作了史诗式的多角度、多层次的全景描写,而且批评了斯大林在战争前的"肃反"扩大化和在战争中的指挥失当,涉及了当时敏感的政治问题,作品发表后争论激烈。

索尔仁尼津(1918~2008)是著名的"持不同政见者",曾在40年代被捕入狱,判处8年徒刑。1962年发表短篇小说《伊凡·杰尼索维奇的一天》,名噪一时。此后又相继在西方出版了《第一圈》(1968)、《癌病房》(1968)、《古拉格群岛》(1974~1976)等多部小说。1970年被授予诺贝尔文学奖。索尔仁尼津的作品以劳改营的生活为题材,采用自然主义式的写实手法,揭露骇人听闻的冤假错案,批判了专政机关对人的基本权益的肆意践踏。为此1974年被驱逐出境,苏联解体后于1994年返回俄罗斯,成为"回归文学"的代表人物。

艾特玛托夫(1928～2008)是一位吉尔吉斯族作家,50年代开始发表作品,70年代至80年代进入创作高潮,重要作品有《白轮船》(1970)、《一日长于百年》(1980)、《断头台》(1986)等,他的小说大都在写实基础上融入神话传说、寓言故事,虚实相间,集过去、现在、未来于一体,人与动物、人与鬼神同时显现,并通过象征、隐喻等艺术手法揭示深刻的人生哲理与严肃的社会问题,在苏联和欧美国家享有很高的声誉。沃兹涅先斯基(1933～)被认为是具有现代主义色彩的先锋派诗人,他的诗常常采用象征、比喻、联想等艺术手法表达深奥的思想内涵,语言奇诡,形象怪诞。诗集《长诗〈三角梨〉中的三十首离题抒情诗》(1962)、《玻璃镂花匠》(1976)是他的代表作。

1989年,苏联作家协会公布了新《章程》草案,彻底删除了社会主义现实主义这一流行了半个多世纪的创作方法。1991年苏联解体,苏联文学宣告结束。

二、现代主义文学

欧美现代主义文学是西方社会生活和精神生活的曲折反映,也是西方文学发展到20世纪这一新的历史阶段的产物。它深刻揭示了资本主义工业文明下的人类生存状况,对人的本质进行深层的拷问,并力图从个体的角度探索人类的前途和命运。一般而言,它具有明显的个人主义、悲观主义和虚无主义倾向,这一方面表现了现代西方人的精神危机,另一方面也体现了它对西方传统文化的批判精神。在艺术技巧上,现代派文学做过许多有益的探求和革新,大大拓展了旧有的表现手法,为文学艺术的发展做出了重要的贡献。20世纪后期,现代主义文学仍然保持了自己的活力,并涌现出众多优秀的作家和作品,其中最具代表性的就是存在主义文学和拉美魔幻现实主义文学。

存在主义文学是30年代末期在存在主义哲学基础上产生的一个文学流派,它是以文学的形式来宣传存在主义哲学思想的。在存在主义作家笔下,世界是荒谬的,人生是痛苦的。他们一方面描写资本主义世界的荒诞性,另一方面又表现人的不幸和毁灭,以及孤独、失望、恐惧的思想情绪。存在主义文学最早产生于法国,随后在欧美各国广泛流行,代表作家有法国的萨特(1905～1980)、加缪(1913～1960)和波伏娃(1908～1986)等。

　　萨特是法国著名的存在主义哲学家。他在继承和发展海德格尔、雅斯贝斯等人的哲学思想的基础上,形成了自己无神论的人道主义的存在主义哲学体系。萨特理论的核心是试图解释人在世界的存在状况,自称是一种以人为中心、尊重人的个性和自由的哲学。他认为,只有人才有"存在",人的存在先于人的本质。世界上没有一个上帝来规定人的本质,也没有所谓先天的抽象人性,人的本质是通过其行动来确定的。世界是荒诞的,人对自己的处境难以理解,因此,存在就是虚无,就是孤独、不安、痛苦。然而人是自由的,"人即自由",人必须行动,行动即是选择,人要对自己的选择负责。

　　加缪的成名作中篇小说《局外人》(1942)和长篇小说《鼠疫》(1947)是存在主义文学的重要作品。《局外人》的主人公莫尔索是他生活于其中的世界的一名"局外人",他对周围世界十分冷漠,母亲的辞世,女人的爱情,以及杀人犯罪、被判处死刑,他都能超然处之,表现出无所谓的态度。正如作家自己所解释的那样,"《局外人》写的是人在荒谬世界中孤立无援,身不由己"。小说对人和社会、人与人之间的疏离感作了深刻的揭示。《鼠疫》是一部寓意性极强的作品。40年代阿尔及利亚的奥兰市突然发生了鼠疫,许多人死去。为了防止鼠疫的蔓延,当局封闭了这座城市。面对灾祸,有人绝望颓唐,坐以待毙;有人醉生梦死,及时行乐;有人想贿赂守城卫兵逃生;还有人做投机生意,发不义之财。而小说的中心人物里厄医生却不顾个人安危,全身心投入对鼠疫的斗争,抢救人们的生命。然而凶残的鼠疫仿佛一头毫无理性、无法制服的怪兽,里厄医生眼看着包括自己的朋友在内的周围的人一个个被夺去生命。鼠疫神秘地慢慢退去,人们涌到广场,载歌载舞地欢呼庆祝,但里厄医生却清醒地认识到,灾难并没有永远消失,鼠疫杆菌仍留在这座城市里,吞噬人们生命的鼠疫不知何时又会再度来临。小说中的"鼠疫"

是恶的象征,它对人的威胁是永远存在的,但是在厄运面前,人们不应该消极、悲观,而应像里厄医生那样,作出一个英雄的"自由选择",去实现人的尊严与价值,这就是作家要告诉读者的。从艺术手法来说,存在主义文学既有对传统的继承,也有革新;既有对客观现实的真实描写,也有抽象的哲理寓意。

魔幻现实主义是拉丁美洲小说界涌现出的一个流派,它发端于20世纪三四十年代,至60年代后成为拉美小说创作的主潮,代表人物有危地马拉的阿斯图里亚斯(1899～1974)、古巴的卡彭铁尔(1904～1980)、墨西哥的鲁尔弗(1918～1986)和哥伦比亚的马尔克斯(1928～)等。魔幻现实主义小说在艺术手法上对欧美现代主义文学有所借鉴,又深深根植于深厚的民族文化传统中,古老的印第安神话传说,丰富的民间文学创作,原始奇特的宗教观念与习俗,神秘、壮丽的自然景观,以及动荡多变的社会生活给作家们提供了丰富的素材。魔幻现实主义小说家大多具有强烈的使命感,他们在创作中表现拉美人民苦难的历史与现实,揭露社会的黑暗,抨击本国的独裁政治和外国侵略势力,探索民族的未来与出路。艺术上则在现实描绘中引入大量超自然因素,奇迹、幻觉、梦境甚至鬼魂形象经常出现于小说情节中,时序关系常被打乱,叙述富于跳跃性,有时场面带有象征色彩,显示出鲜明的地域和民族特点。鲁尔弗的《佩德罗·帕拉莫》(1955)是魔幻现实主义小说的重要作品,它以主人公佩德罗·帕拉莫劣迹昭彰的一生为线索,揭露了地主庄园制的罪恶和黑暗。小说完全不顾正常的时空观念,时序随意颠倒,场景切割、转换频繁,突破生与死的界限,活人与鬼魂同时出现,现实与梦幻互相渗透,意识同潜意识彼此交织,情节、场面带有象征、暗示性,大量运用内心独白的手法。作家以丰富的想象力,构筑起一个虚实相间、真假难辨、光怪陆离的艺术世界。

拉美魔幻现实主义文学虽然在表现手法上和后现代主义文学存在一定的相似性,甚至直接启发了后现代主义文学,但是与后现代主义文学所依托的那种去中心化的、消解意义的和反宏大叙事的哲学思想不同,拉美魔幻现实主义文学从本质上讲是一种扎根现实的文学,是一种具有解放色彩和反抗内涵的文学。它所关注的问题,来自于广阔的拉美大陆；它所表现的内容，连接着拉美苦难的历史和现实。从这种意义上讲，拉美魔幻现实主义文学仍然是极具现实批判色彩的现代主义文学的一部分。

三、后现代主义文学

五六十年代之后，西方社会进入了一个新的阶段。随着西方现代工业化进程的加快，西方各主要国家由工业化社会向后工业化社会过渡，资本主义文明对人的异化作用也日趋明显。人们审视自己的生存环境，也重新认识包括20世纪前半叶现代主义在内的整个西方文化传统；人们探索人类的归宿，也全方位、多角度地思索自我存在的价值和意义。"后现代主义"作为后工业化社会中一种对西方社会现实生活和思想文化的特征的描述和概括，尽管学术界对它的定义、内涵、性质等方面至今存在着较多的争论，但这个词汇无疑早已进入了当代西方社会生活和思想文化的话语之中，成为我们考察研究包括文学在内的当代西方文化现象的重要切入点。

对后现代主义的探讨，应该从整个西方思想文化精神发展的角度来进行。西方学者往往将整个历史思想文化传统划分为前现代主义、现代主义和后现代主义。所谓前现代主义精神，指古代希腊、罗马的理性精神和中世纪的基督教精神。前者与后者尽管在内容和形式上有着巨大的区别，但在最基本的哲学理念方面，仍可被视作同一的精神范式。以古代希腊、罗马为代表的西方古典精神集中体现为万宗归一的宇宙论，它在众多的特性中寻求共性，在众多的现象中寻求统一的本质或形式，并以之作为解释一切现象的"第一原理"。中世纪基督教精神也是如此，它以"一神论"作为自己的世界观，以独一神的意志作为宇宙与人类世界各种现象的统一本质，并视其为解释一切的第一动因。现代主义精神则肇始并形成于对前现代主义精神激烈批判和改造的社会与思想文化运动之中。它从文艺复兴时期开始，到19世纪末期成熟。其锋芒所向，主要是古典精神的整体宇宙论和神本世界观，那种整体宇宙无所不包的理论和所谓的普遍真理遭到质疑，被作为虚假的教条予以否定。在现代主义精神的发展演化过程中，主要形成了两种势均力敌的思潮,一为在科学技术革命和启蒙运动中产生和发展的理性主义和科学主义,一为与此相对的浪漫主义。前者重人的理智和实验科学的力量,主张利用科学技术改造世界和人的生活,认为人既是"我思故我在"的实体,也是怀疑、认知外在世界的主动的主体,而人之外的客观物质实体世界,则为自然的机械律所控制,它是被动的,是与思维实体完全不同的。牛顿的机械力学宇宙论和笛卡尔的二元论哲学,就是现代西方理性主义的典型框架。这种二元分立的认识论构成了现代主义精神的基本特征。作为后者的浪漫主义同样强调人的个体性的自由和创造性,但它理解的人的自由和创造性不是理性主义的理性力量,而是作为非理性的自我表现和自我创造。不是理性的启蒙而是人的激情和想象才是人的创造力的源泉,它来自于现实生活的冲动而非抽象思辨的预见。这种激进的或非理性的浪漫主义在20世纪初最典型的代表就是尼采哲学或尼采主义,20世纪的许多带有非理性主义特征的哲学或思想文化思潮,如实用主义、存在主义、精神分析主义、结构主义、解构主义等,都可以看出与尼采主义的联系,而这一切又成为后现代主义文化精神产生的土壤和条件。

后现代主义表现为两种不同的发展趋向,一为"自我解构主义"的后现代主义,一为"参与的后现代主义"。前者的理论基础主要是解构主义的消解学说、语言分析学派的语义不确定性学说和精神分析学派的无意识学说。解构主义认为,一切现象都处在解构的过程和状态之中,没有固定的结构,是散乱无序的,稳定的状态和实体并不存在,因此事物只有不确定性而无确定性。语义不确定理论则认为,所谓语言,无非是生活于特定地域的人们偶然产生的符号系统,传统语言所说的语言与实在、能指与所指、语言与真理之间的必然关系实际上是不存在的。因为决定语言符号意义的语境处在变化不定之中,语言本身的意义也必然就是不确定的。语言当然有其规则,但却没有外在的、不变的客观基础,因此,并没有什么必然的理由将人类的文化传统视为绝对可靠、绝对权威的"元叙述"或"元话语"。这种语言哲学无疑对后现代思潮中的怀疑主义倾向起到了推波助澜的作用。以弗洛伊德和荣格为代表的现代精神分析学强调人的无意识决定人的活动,更是一种激进的非理性主义学说。"自我解构主义"以"分离"、"差别"、"破碎"、"解构"、"中断"、"混置"、"流散"、"消失"、"勾销"、"空白"、"无密度"、"湮灭"、"空虚"等一系列消解性的词汇来表述所经验到的现象,从而走向了一种虚无主义。解构一切,最终必然走向解构自我。从尼采提出"上帝死了",到1969年法国哲学家德里达提出"人的终结","自我解构主义"解构了一切的确定性,也解构了人本身的确定性。"参与的后现代主义"则反对前者那种怀疑和颠覆一切的虚无主义态度,将之视为一种"毫无意义的唯我主义"。它认为,思想文化的变化和发展不是彻底虚无主义的零点演变,而是各种思想文化因素相互渗透、调和、改造、丰富、更新、综合的一个复杂过程,因此,其基本出发点是"关系"理念。在这一派看来,在西方传统思想文化史上,无论是强调以"物"为本的物本主义,还是强调以"人"为本的人本主义,都是片面的"实体"论。真正的"实在"不是这种片面的实体,而是"关系",是"相互性"、"介入"和"参与",因此,一切现象应该被视作是有机统一的、综合的和相互渗透的。但是,"参与的后现代主义"对"统一"、"综合"等概念具有全新的解释,它们既不是某种实体、本质、共性和一元,也不是同一的规范或统一的模式,而是杂多性、多样性、复杂性、破碎性的并存和混合;各种事物和现象之间的界限是模糊的、交叉的,彼此渗透,互为中介,呈开放性的统合状态。总之,它既反对绝对否定一切的虚无主义,也反对模式单一的绝对的一元论。从根本上说,后现代主义思潮中的这两种思想趋向,整体上是对当代资本主义社会生活和精神双重存在困境的反映。美国学者理查德·特纳斯在《西方精神的激情》一书中指出:"在当代的思想境况中,可以看到两种不同的冲力,一是对知识、信仰和世界观进行激进的解构和揭除,一是对它们进行激进的整合和协调。从明面上看,这两种冲力的作用是相反的,而从细微处看,它们可被视为两极化的而又相互补充的倾向在共同发挥着作用。"

20世纪后半叶西方社会生活和思想文化思潮的演变,对这一时期的文学创作产生了深刻影响,后现代文化语境中的文学与现代主义文学相比,具有了明显不同的特征。现代主义文学诸流派在否定19世纪之前的西方文学传统的同时,努力试图从自我立场出发,对世界做出有深度的意义解释;在艺术形式上则在颠覆传统美学原则的同时,努力形成自己鲜明、一致的艺术风格。后现代主义文学则"消解"文本的深度思想意义,在不同观念的混置和渗透中否定文本的确定主题或主旨,形式上则完全模糊了各种文体之间、乃至艺术与非艺术之间的界限,文本的"结构"呈开放性的、不确定性的状态,不仅被归在同一流派之下的创作不再具有统一的风格,即使是同一作家的不同作品也常常显示出极为不一致的特点。但是,正如人类社会发展的历史不可能被简单割断一样,20世纪前半叶的现代主义文学和现实主义文学实践在这一时期也并没有简单地被取代。后现代主义思潮主导下的文学呈现出十分复杂的状况。大体来说,20世纪后半叶的西方文学主要存在着三种既有明显区别,又有相互联系的倾向。第一,具有明显后现代主义特征的文学,如在戏剧领域有50年代产生于法国的荒诞派戏剧以及60年代后盛行的新前卫戏剧运动;在小说领域有50年代形成于法国的新小说派和60年代兴起于美国的黑色幽默小说,美国小说家纳博科夫(1899～1977),意大利作家卡尔维诺(1923～1985)、埃柯(1932～)、英国小说家戴维·洛奇(1935～)等人的创作,更是常常被研究界视作典型的后现代主义小说。第二,继承、借鉴现代主义文学的艺术资源,进一步做出新的艺术探索,探讨和表现深刻的社会意义的文学,如我们曾讨论过的发端于20世纪初,至60年代前后蔚为大观的拉美魔幻现实主义文学。第三,创作上仍具有现实主义倾向,但在不同程度上接受现代主义和后现代主义艺术实践的许多兼收并蓄的作家,而且其中某些人取得了突出的成就。

荒诞派戏剧出现于20世纪50年代初的法国。20年代流行的超现实主义文学和30年代兴起的存在主义文学都对它产生了重要的影响。荒诞派戏剧在内容上表现世界的不可理喻,人生的荒诞不经;在艺术手法上则打破传统的戏剧结构,用不合逻辑的情节、性格破碎的人物、机械重复的戏剧动作和前言不搭后语的枯燥语言来从总体上凸现世界荒诞的根本主题。由于形式晦涩怪异,荒诞派戏剧起初并未得到人们的承认,但随着时间的推移却引起越来越多观众的共鸣。50年代后期,它流传到英、美等许多国家,逐渐发展为二战之后西方最有影响的戏剧流派，代表人物有法国的尤奈斯库（1912～1994）、贝克特（1906～1989）、阿达莫夫（1908～1970）、热奈（1910～1986），英国的品特（1930～2008）和美国的阿尔比（1928～）。尤奈斯库是荒诞派戏剧最重要的作家之一，他的《秃头歌女》（1949）、《椅子》（1959）、《犀牛》（1958）等剧作都是这一流派的代表性作品。《秃头歌女》写一对老夫妻史密斯夫妇乏味的日常生活，内容散漫、荒唐。开场时史密斯夫妇在起居室闲聊，说的话莫名其妙。接着女仆玛丽登场，说马丁夫妇来了。两对夫妇谈话过程中门铃响起，史密斯先生说"听见门铃响准是有人"，而史密斯夫人却认为"门铃只要一响准没有人"，于是两人争吵起来，争吵声越来越大，最后变成谁也听不明白对方的喊叫，舞台灯光熄灭，随后说话声突然停止，灯光转亮，马丁夫妇、史密斯夫妇出现，又开始了戏剧开头的一幕。最不可思议的是，马丁夫妇到了史密斯家突然变得互不相识。两人在谈话中一点一点地回忆起他们都出生在同一座城市曼彻斯特，离开那里都已有五个星期，他们坐同一次车来到伦敦，在车上坐同一节车厢，两人的座位挨在一起，在伦敦他们居住在同一条街、同一所房子、同一层楼上的同一个房间，而且用的是同一张床，他们都有一个一只眼珠白、一只眼珠红的两岁的女儿，此时他们二人终于明白，原来他们是夫妻！作家通过各种荒诞手法（包括舞台的灯光、音响、道具、布景等），表现人与人之间的难以沟通和人生的非理性。该剧的主旨与艺术技巧颇有代表性。

比荒诞派戏剧略晚兴起的新前卫戏剧运动，更为突出地体现了后现代主义戏剧的特征。新前卫戏剧运动酝酿于二战结束之后，60年代达到高潮，至70年代后声势开始减弱，但仍在持续发展。新前卫戏剧运动的旗下聚集了诸多人物和名称不同的戏剧，主要有安托南·阿尔托的"残酷戏剧"，格洛托夫斯基的"质朴戏剧"或"贫穷戏剧"，理查·谢纳的"环境戏剧"，朱利安·贝克的"生活戏剧"，约瑟夫·查金的"开放戏剧"，彼得·舒曼的"面包傀儡戏剧"等。新前卫戏剧的理论先导是法国阿尔托（1896～1948）的"残酷戏剧"理论和格洛托夫斯基（1933～）的"质朴戏剧"理论。前者主要提出了"空间诗意"、"非语言戏剧"和"与杰作决裂"的观点。阿尔托反对西方戏剧将"一切为戏剧所特有的东西,换言之,一切不服从于话语和字词表达、或者说一切未被对白所包含的东西贬抑到次要地位",认为戏剧中"语言的词义会被空间的诗意所代替"。空间诗意产生于舞台所使用的一切表达手段之中,如音乐、舞蹈、造型、哑剧、模拟、动作、声调、建筑、灯光、布景等等,它们不仅自有自己的诗意,在组合中还会产生更为奇妙的诗意效果。阿尔托认为,戏剧如果将语言和剧本置于至高无上的地位,就会束缚戏剧本身的发展,因此他的"非语言戏剧"主张戏剧要独立于剧本之外,音乐、肢体、运动、空间、灯光、舞蹈等等的"物质语言"是比剧本语言更强有力的表达手段。按照他的观点,导演是最重要的,而剧作家及其剧本则不是必要的。他反对艺术远离普通群众,要求"与杰作的概念决裂",认为杰作只属于精英,不属于大众。格洛托夫斯基的"质朴戏剧"理论的核心在于极端强调演员的表演,他认为:"演员的个人表演技术是戏剧艺术的核心","没有化妆,没有别出心裁的服装和布景,没有隔离的表演区(舞台),没有灯光和音响效果,戏剧是能够存在的"。正是由此出发,格洛托夫斯基将需要各种物质条件、作为综合艺术的传统戏剧称之为"富裕戏剧",而把自己主张的戏剧叫做"贫穷戏剧"。在他看来,"富裕戏剧"用大量非戏剧的因素掩盖了戏剧的本质,呼吁要"承认戏剧的质朴,剥去戏剧非本质的一切东西,不但给我们揭示出艺术手段的主要力量,也揭示出掩埋在艺术形式特性中的深邃的宝藏"。此外,他也同样轻视剧本在戏剧中的中心地位。新前卫戏剧运动在西方,特别是在美国一度极为繁荣,产生了一批颇有影响的作品,如阿尔托生前创作、死后才被搬上舞台的《喷血》,彼得·魏斯的《马拉萨德》(1965),阿伦·卡普罗的《分成六部分的十八个境遇剧》(1959),杰克·盖尔伯的《贩毒》(1959),"谢西纳剧团"集体创作的《69年的狄奥尼索斯》,彼得·舒曼"面包与傀儡剧团"上演的《火》、《国王的故事》、《跟母亲告别的士兵》,"辣妈妈剧团"首演于1974年的《特洛伊女人》,约瑟夫·查金的《蛇》等都是曾一度轰动的作品。我们试将《蛇》剧大致描述如下,以了解后现代主义戏剧的特点。此剧主要是一出以肢体语言演出的戏剧,没有道具和布景,演员分别扮演多个不同的角色。开幕时演员做着各种热身运动,随后列队游行。他们做着各种哑剧的动作,让人联想起肯尼迪总统和黑人民权运动领袖马丁·路德·金的遇刺事件。接着,场上出现了《圣经》中伊甸园的景象,用五个男演员的肢体纠缠构成蛇的意象。蛇诱惑夏娃和亚当成功后,所有演员在亢奋中纠结在一起,都成为蛇的一部分。演员分开,每人将苹果分给观众,随后转入《圣经》中该隐和亚伯的故事,然后又转为"瞎眼男人的地狱",演员们摸索着在"地狱"中行走。接着开始朗诵亚当子孙的故事,同时演员做出一系列相逢、交媾、分娩、哺育生命的动作。最终,亚当的子孙们老迈,在台前站立的演员一个个倒地死去。我们可以看出,后现代主义戏剧与后现代文化思潮之间在精神上的密切联系。它打破了戏剧与其他艺术之间的分野,呈现出各种艺术元素杂糅、交织、混置的特征;艺术与生活之间不再相隔,即兴的、随机的、偶发的因素充斥在剧场之中;剧本和剧本语言退居次要地位甚至被完全取消,动作、肢体语言成为演员表演的主导;观众的参与性大大增强,观剧者甚至成为了演员的一部分,剧场也延伸到了观众席中。总之,不确定性和模糊性成为其最基本的特征。

新小说派形成于20世纪50年代的法国,60年代影响跨出国界。其理论及作品在欧美诸国和日本风行一时,成为第二次世界大战后法国和西方最重要的小说流派之一,代表人物有罗伯-格里耶(1922~2008)、萨洛特(1902~1999)、布托(1926~)、西蒙(1913~2005)、杜拉斯(1914~1996)等。新小说派在思想上受到弗洛伊德精神分析学、柏格森的生命哲学和胡塞尔的现象学影响,艺术上则对意识流小说和超现实主义文学有所继承。他们反对以巴尔扎克为代表的传统现实主义小说的艺术模式,认为它已僵化、过时,无法表现现代世界的真实面貌。新小说派作家的具体理论观点并不完全一致,罗伯-格里耶认为小说应主要描写物质世界,应把人与物区分开来,作家应彻底退出小说,不在作品中表达道德判断和思想感情。萨洛特主张小说的主要目的是透过平凡琐碎的日常生活,揭示人的潜意识活动,表现"潜在真实"。但该派作家都认为,小说不应以塑造人物性格为中心,不应按因果律和时间顺序去写一个从头到尾的完整故事。因此在新小说中,人物被看作与周围物质世界同等的描写对象,是表现心理因素的符号和"道具",形象虚幻,面目不清。情节具有"不确定性",以表现生活现象的无逻辑混乱状态,过去、现在、未来相交织,想象、记忆、幻觉、梦境和现实相糅合,不同的场景相互渗透、叠加,没有贯穿始终的清晰线索。语言上则采用不带感情色彩和修饰性的词汇,以求"像摄像机一样"准确客观地描写事物的真实面貌。罗伯-格里耶的《橡皮》(1953)是新小说的代表作之一,写一件政治谋杀案。一个恐怖主义组织把一个对法国政治经济颇有影响的集团的成员作为暗杀目标,他们已杀了九人,政治经济学教授杜邦是名单上的第十个人。凶手格里纳达去执行任务,杜邦受伤住进医院。次日杜邦死在医院的消息见诸报端,其实他安然无恙,躲起来了。内政部长派侦探瓦拉斯去调查杜邦秘密文件的下落,恐怖分子知道杜邦未死,千方百计要找到他的踪迹。最后,杜邦潜回自己住所去取文件,被实际上是他私生子的瓦拉斯误杀。小说借用了侦探小说的写法,透出一种神秘气息,但又完全没有侦探小说那种逻辑严密的结构和完整的故事。严格说来,《橡皮》谈不上有什么贯穿始终的情节,有的只是一个个场景,这些场景有的是现实的,有的则是想象、幻景或回忆,彼此交织,扑朔迷离;人物模糊,难以辨认;对客观事物的描写则细致入微,不厌其烦。

黑色幽默是兴起于20世纪60年代的美国小说流派,在思想上受存在主义哲学的影响。代表作家有海勒(1923~1999)、冯内古特(1922~2007)、品钦(1937~)、巴思(1930~)、巴塞尔姆(1931~1989)等,此外,法国作家维昂(1920~1959)也被认为是黑色幽默小说家。1965年,美国作家弗里德曼编辑一本短篇小说集,收入12位作家的作品,取名"黑色幽默",该派名称即由此而来。"黑色"的内涵是绝望、恐怖、残酷和痛苦,面对这一切,人们发出玩世不恭的笑声,用幽默的人生态度拉开与现实的距离,以维护饱受摧残的人的尊严,这就是所谓的"黑色幽默"。表现世界的荒谬、社会对人的异化、理性原则破灭后的惶惑、自我挣扎的徒劳,是黑色幽默小说的中心内容,这决定了它在价值观上的相对主义态度及悲观主义色彩。在艺术上它抛弃了传统小说的严谨结构和叙事原则,作品多由许多散文化的场景组成;将不同时间、地点发生的事件剪接在一起,情节富于跳跃性,现实与想象相结合;生活素材被夸张、变形;人物精神世界常常趋于分裂,成为带有悲喜剧双重色彩的"反英雄";笔法则富有反讽意味,语言经常打破一般语法规则和固有的词语搭配习惯。冯内古特的《猫的摇篮》(1963)是该派小说的代表作之一,其背景是一个子虚乌有的岛国"山洛伦佐"。此国的统治者是宗教领袖博克侬和政治领袖、暴君麦克凯布。这两人的关系十分荒诞,他们表面上势不两立,拼命要置对方于死地,但实际上他们互相迫害、谋杀的过程又是彼此利用的过程,根本目的是要把全社会推入巨大的恐怖之中。科学发明在这里显示出双重意义,它能让人获得财富,但其最终成果"九号冰"却又是毁灭人类的祸首。小说用典型的黑色幽默手法,揭示了世界荒诞的主题。

伊塔洛·卡尔维诺(1923~1985)是当代意大利具有国际影响的小说家。1947年,他的成名作《通向蜘蛛巢的小路》出版,以一位加入游击队的少年皮恩的所见所思,展现了抵抗运动中游击队员的复杂人性,作者并未将他们处理成理想主义的人物,而是作为有缺陷的"非英雄人物"予以描绘。进入50年代后,卡尔维诺出版了《我们的祖先》三部曲,分别为《分成两半的子爵》(1952)、《树上的男爵》(1957)和《不存在的骑士》(1959)。三部曲从总体上体现了卡尔维诺对现代人人格分裂、本质被异化的思考。1965年,作家发表了《宇宙奇趣》,其中将科学因素融入了小说之中。其后卡尔维诺又接连发表了《命运交叉的城堡》(1968)、《隐形城市》(1972)、《寒冬夜行人》(1979)和《帕洛马尔》(1983)。在这些后期小说中,作家进一步将现实与幻想相结合,表达了对宇宙与人生、科学与文明、现实与未来多层次的思考。作为当代西方最具影响力的作家之一,卡尔维诺对小说艺术作了深入的探索,在西方有"最有魅力的后现代大师"、"世界上最好的寓言作家之一"的美誉。他的前期创作主要属于现代主义文学的范畴,后期创作则显示出鲜明的后现代主义文学风格。他在小说叙述过程中常常打断叙述结构的连续性,加入直接的对叙述本身的评论性文字,使叙述话语与批评性话语两种声音交织在一起,呈现出"元小说"的特点;他通过"复制"和"增殖"的手法,使文本故事呈现无限增殖的特点;他使用互文性的手法,进行改写、模仿、反讽等戏拟的综合,从而带来了新颖的小说时空观念,他的小说既具有童话与寓言的色彩,又对读者的阅读经验提出了挑战。

翁贝托·埃柯(1932～)是享誉世界的当代意大利著名学者和作家,在哲学、历史学、符号学、美学、文学评论和文学创作领域均有重要建树。他的小说《玫瑰之名》(1980)、《傅科摆》(1988)、《昨日之岛》(1994)和《波多里诺》(2001)等出版后部部都引起巨大的反响。这些作品广泛反映了埃柯对后现代社会人类生存状况的思考,涉及文明与历史、神圣与世俗、知识话语与权力叙事、个体行为与公共空间等诸多问题。埃柯笔下时空中的人物和事件构成了一个符号化色彩浓郁的世界,传统意义上的整体历史观让位于破碎的"历史"片段,虚构与真实辩证地显现为一种带有悖论特征的叙述方式,通过多重互文和"元叙述"等手法模糊文本的焦点,解构所谓"真相"或"真理"。

戴维·洛奇(1935～)是当代英国著名的小说家和文学批评家。从20世纪60年代发表最早的两部小说《影迷们》(1960)和《金杰尔·你真傻》(1962)开始,迄今已出版了包括《大英博物馆在倒塌》(1965)、《避难所之外》(1970)、《换位》(1975)、《你能走多远?》(1980)、《小世界》(1984)、《美好的工作》(1988)、《天堂消息》(1991)、《治疗》(1995)、《想……》(2001)、《聋刑》(2008)等在内的14部小说,在文学批评领域则有《小说的语言》(1966)、《十字路口的小说家》(1971)、《现代写作方式》(1977)、《运用结构主义》(1981)、《巴赫金之后:小说与批评论文集》(1990)和《小说的艺术》(1992)等13部著述。洛奇自称自己的创作属于"后现代主义现实主义",是一位有着自觉理论探索意识并以此指导自己创作的作家。在其早期的文学批评中,可以看出他广泛吸收从传统的现实主义到新批评、结构主义、接受美学、解构主义等现当代西方文学批评理论的营养,在20世纪80年代后,他则十分推崇苏联文学理论家和批评家巴赫金的"复调"小说理论,并在此基础上发展出自己更强调不同文化传统、不同价值观念、现代与后现代生活方式之间"对话"的"对话小说"理论。洛奇的创作以其"校园小说"、"天主教小说"在英国文坛独具特色。他的重要作品几乎都明确表现出一种对话式的主旨和结构,如《换位》中的英、美文化冲突,《小世界》中代表不同价值"声音"的众声喧哗,《美好的工作》中学院与市镇的对立,《治疗》中宗教信仰与爱欲的对话,《想……》中人文精神与科学精神的对话等等。与此相应,洛奇常使用对称的双重结构或多条叙事线索,使用戏拟、反讽、互文等艺术修辞手法,解构单一话语的权威性,尊重不同话语与价值的多元性。

四、其他重要作家

第二次世界大战以后,欧美主要的资本主义国家先后进入了后工业化时代,在席卷西方世界的后现代主义思潮的冲击下,现实主义与现代主义、后现代主义文学相互借鉴、相互融合的趋势日益明显,有相当一部分作家的创作在一定程度上保持了现实主义的特点,但现代主义、后现代主义的特征也相当鲜明,如英国的格林、戈尔丁,法国的亨利·米肖,德国的伯尔、格拉斯,瑞士的弗里施、迪伦马特,意大利的莫拉维亚、蒙塔莱,美国的厄普代克、辛格、贝娄等等。他们的创作把多种文学因素熔于一炉,但又不完全属于上述任何一类文学,而是体现了现代西方文学异质同构、多元共生的多样性与复杂性。

英国小说家格雷厄姆·格林(1904~1991)早在20世纪30年代就开始了创作生涯。二战后,他写出了《沉静的美国人》(1955)、《病毒发尽的病例》(1961)、《荣誉领事》(1973)、《人的因素》(1978)等重要作品。进入80年代后,格林又推出了《日内瓦的菲舍尔医生》(1980)、《吉诃德主教》(1982)和《第十个人》(1985)等多部小说。格林的小说兼具严肃和消遣的双重特征,因此拥有广大的读者。他常常表现善与恶、正义与非正义等深刻的主题,同时他善于制造悬念,精于刻画人物,并吸收电影蒙太奇等艺术手法,小说情节引人入胜。另一位小说家威廉·戈尔丁(1911~1993)于1983年获得诺贝尔文学奖,是具有国际影响的作家。他的长篇小说《蝇王》(1955),通过一群流落孤岛、脱离了文明世界束缚的孩子的经历,象征性地提出了"人心黑暗"的主题,从性恶论的角度反映了西方传统价值观念的崩溃,表现出西方社会历经两次世界大战后的精神危机。他的作品大都从这一角度展开对人与社会的解剖。《继承人》(1955)表现恶与人类历史的不可分割,《品彻·马丁》(1956)指出人的存在与贪婪的欲望紧密相连,《塔尖》(1964)则反映了人的道德精神的颓败。70年代末以后,戈尔丁又接连发表了《隐约可见的黑暗》(1979)、《进年仪式》(1980)、《近在咫尺》(1987)、《下面的火》(1989)等重要作品。戈尔丁的小说具有现实主义的风格,但又象征寓意性极强,有"性恶神话"之称。

亨利·米肖(1899～1984)是二战之后法国最重要的诗人之一。米肖的诗歌创作持续了半个多世纪之久。50年代之前,他即发表了多部诗集,主要有《我曾经是谁》(1927)、《埃居阿道尔》(1929)、《我的财产》(1930)、《骚动的夜晚》(1935)、《大加拉巴涅国之行》(1936)、《内中的远方》(1938)、《在神奇的国度里》(1941)、《禳解》(1945)、《此处,波德马》(1946)、《折缝里的生命》(1948)和《梅多逊》等。50年代之后,米肖又创作出了《面对牢门》(1954)、《凄惨的神迹》(1956)、《骚动无限》(1957)、《破裂中的安宁》(1959)、《得自深渊的知识》(1961)、《精神的重大考验》(1966)、《睡的方式、醒的方式》(1969)、《转角柱》(1971)、《时刻》(1973)、《中国的表意文字》(1975)、《拘留》(1975)、《正视回避者》(1976)、《寻路,迷路,超越》(1982)、《腾挪,超脱》(1985)等大量作品集。米肖的作品在体裁上并非都是传统意义上的严谨诗歌,而是各种文体并置、杂糅,诗歌、评论、格言、游记,乃至日记、杂文都有机地结合在一起,这成为其创作的一个重要特点。在他的艺术世界里,外在的环境与人的内心世界常常呈现出紧张的冲突关系,相对于诗人本身而言,身外的世界仿佛一个具有巨大威胁力的、满怀敌意的存在,而诗人则用自己的创作,用美的力量去消解残酷的现实,驱除邪恶的黑暗,获得精神的解脱和胜利。米肖的作品想象奇特丰富,富于幻想和怪诞的色彩,风格颇似超现实主义,但其雄浑、宏阔的特点又不是某些超现实主义诗人所能比拟的。对法国的超现实主义和存在主义文学,米肖都有重要的影响。

德国作家亨利希·伯尔(1917～1985)于1972年获得诺贝尔文学奖,是二战之后西方声名卓著的小说家之一。他的短篇小说集《流浪人,你若来斯巴》(1950)、长篇小说《亚当,你到过哪里》(1951)取材于其二战时的经历,反映德国人民在纳粹政权下的不幸生活。长篇小说《一声未吭》(1953)描写战后德国普通劳动者的悲惨状况。《九点半钟的台球》(1959)提醒人们警惕军国主义的复活。《小丑之见》(1963)通过小丑汉斯·施尼尔爱情和事业的悲剧，描写了天主教会对普通小人物的精神奴役，抨击了原西德政治、宗教上的保守主义。《以一个妇女为中心的群像》(1971)控诉战后原西德社会的种种黑暗现象。《丧失了名誉的卡塔林娜·勃罗姆》(1974)和《监护》(1979)则揭露原西德新闻界和警察当局的不义。《面对大河秀色的女士们》(1985)是伯尔辞世一个月后出版的长篇小说。小说完全用各个人物的内心独白或人物之间的对话写成，而无完整的故事情节、细节描写以及形象刻画，表现西方社会政客们之间的争名夺利、尔虞我诈，对所谓西方式的政治生活的腐败和险恶以及政客们的阴暗心理有入木三分的揭露。1992年，伯尔创作于1949年至1951年的处女作——长篇小说《天使沉默无语》首次出版，其鲜明的反纳粹主义立场和对历史经验教训的沉思，使面对新形势下德国和欧洲极右势力抬头的人们，再一次感受到伯尔这位富于正义感和社会责任感的作家在半个多世纪前的忧虑和警告并未过时。伯尔的小说创作在20世纪70年代前基本上遵循现实主义的原则，但70年代之后，则可以明显地看出现实主义与现代主义相融的特点。君特·格拉斯(1927～)是当代德国又一位著名小说家，也是重要的诗人和剧作家。他初以诗歌和戏剧进入文坛，发表有诗集《风信鸡的优点》(1956)、《三角轨道》(1960)和剧本《洪水》(1957)、《叔叔，叔叔》(1958)、《恶厨师》(1961)等。这些早期作品在现实主义创作方法的基础上，借鉴和吸收了表现主义、超现实主义和荒诞派戏剧的艺术营养，多是揭露时弊之作。1959年，格拉斯发表了为他带来广泛声誉的长篇小说《铁皮鼓》，1961年和1963年，他又分别发表了中篇小说《猫与鼠》和长篇小说《非人的岁月》。这三部作品均以但泽为背景，合称《但泽三部曲》，其中力作《铁皮鼓》堪称作家的代表作。这部小说以第一人称的倒叙的方式，透过一个只有96厘米高的侏儒奥斯卡·马策拉特的眼睛和经历，广泛描写了20世纪初到20世纪中叶德国社会的状况，深刻揭露和嘲讽了法西斯主义的丑恶行径和社会的腐败风气。小说画面广阔，形象生动，寓意深刻，并具有浓郁的地域色彩。《铁皮鼓》后来被改编成电影，获得了多个奖项，在许多国家都产生了影响。

在使用德语创作的作家中，瑞士小说家和剧作家马克斯·弗里施

(1911～1991)与弗里德里希·迪伦马特(1921～1990)也取得了重要的成就,他们二人堪称瑞士文坛上的双子星座。弗里施在20世纪40年代初即登上文坛,在其长达60年的创作生涯中,留下了大量的日记体散文、报道及中长篇小说和戏剧作品。第一类的重要作品如《从军散记》(1940)、《1946～1949年日记》、《1966～1971年日记》等,这些日记体散文从作家个人的角度反映了第二次世界大战以及战后的种种社会现象和观感、见闻,显示了弗里施对许多事件的看法和敏锐的观察能力,浸透着他对历史、社会、人生、艺术等许多问题的思考。因此,弗里施被认为是当代德语文学中日记体散文的大家。弗里施的第二类作品主要有长篇小说《施蒂勒》(1954,中译本名为《逃离》)、《能干的法贝尔》(1957)、《我的名字叫甘藤拜因》(1964)、《蒙陶克》(1975)以及中篇小说《人类出现在新生世》(1979)和《蓝胡子》(1979)等。《施蒂勒》通过一个瑞士雕塑家的身份困惑,揭示了知识分子在社会异化环境下的无奈命运,此书构思奇巧,冷峻中不失幽默,为作家奠定了世界性的声誉。《能干的法贝尔》是他的又一部重要作品,曾被译成二十多种文字,有着广泛的影响。主人公法贝尔是联合国教科文组织中的瑞士工程师和技术官员,精明强干,最终却发现科学技术并不能从根本上解决人的问题,精神的失衡和扭曲导致了他本人与所爱的人的悲剧。小说既有对个人经历和社会历史的描绘,又有对西方文明与人关系的哲学思考,人物的内心独白与对现实世界的描述相结合,表现出卓越的技巧。弗里施的第三类作品是戏剧,《毕德曼和纵火犯》(1958)、《安道拉》(1961)是其十余部剧本中的两部最著名的作品。《毕德曼和纵火犯》写一个工厂老板毕德曼因畏惧邪恶势力,一味姑息养奸,甚至成为纵火犯的帮凶,结果使纵火犯烧掉了自己的房子和整座城市,害人害己。作家意在提醒人们,不辨善恶、毫无原则、明哲保身的人生哲学是非常危险、毫无公义的哲学。在戏剧观念上,弗里施受到布莱希特的影响,主张戏剧情节的"陌生化"和戏剧的寓意性,作品具有较强的哲理性,常常有发人深省的效果。迪伦马特在小说和戏剧两个领域都取得了出色的成就。他著名的小说包括短篇小说集《城市》(1952),中篇小说《法官和他的刽子手》(1952)、《嫌疑》(1953)、《希腊男人找希腊女人》(1955)、《抛锚》(1956)、长篇小说《诺言》(1958)、《司法》(1985)等。他的小说多以上层人物的犯罪活动为素材,叙述正直的探长或法官如何破除种种障碍,不畏权势的压力,将犯罪分子绳之以法的故事,尽管有时为此付出了惨重的代价。迪伦马特的小说情节曲折,结局往往出人意料,寄寓着他对罪恶与正义、人性与道德的思考。在戏剧领域,迪伦马特取得了更高的成就和声誉,他一生出版戏剧作品三十余部,多表现严肃的社会问题,主题明确、深刻,人物性格鲜明,结构紧凑,戏剧冲突紧张,语言犀利、幽默。迪伦马特从古希腊喜剧诗人阿里斯托芬和当代西方戏剧——如奥地利大众戏剧和表现主义戏剧中汲取了营养,形成了自己独特的戏剧风格,由于他的戏剧常常以喜剧的形式来表现悲剧的内涵,故而有悲喜剧之称。《罗慕洛大帝》(1949)、《密西西比先生的婚姻》(1952)、《天使来到巴比伦》(1953)、《老妇还乡》(1956)、《法兰克五世》(1960)、《物理学家》(1962)、《流星》(1966)、《期限》(1977)、《莎洛特·克尔》(1985)等都是他的著名作品,其中《老妇还乡》是他最著名的作品,在世界各地舞台上盛演不衰。该剧讲述了一个近似荒诞不经的故事:小城居伦陷入了经济危机,全城人都翘首期待一个老妇克莱尔还乡,因为克莱尔是美国石油大亨的富孀。克莱尔回来后果真答应拿出大笔金钱,但条件却是要处死年轻时抛弃了自己的情人伊尔。在金钱的诱惑下,市长和全城居民竟然一致同意了克莱尔的要求。老妇克莱尔将一张巨额美金支票留下,带走了装着伊尔尸体的棺材。这出戏剧尖锐抨击了西方社会中金钱万能的现象,深刻表现了金钱异化人的心灵的主题。

意大利小说家卡尔贝托·莫拉维亚(1907~1990)的创作在二战后进入了高潮期。1947年,他发表了长篇小说《罗马女人》,通过一个心灵饱受摧残的妓女自述的经历,对资本主义社会的不公和不义予以批判。短篇小说集《罗马故事》(1954)和《罗马故事新编》(1959)真实地表现了二战后罗马下层人民的痛苦生活。60年代后,莫拉维亚接连创作出六部短篇小说集,包括《不由自主》(1963)、《东西就是东西》(1967)、《天堂》(1970)、《另一种生活》(1973)、《嘿》(1976)、《东西》(1984)。这些作品重在揭示中小资产阶级的精神生活,反映物质文明之下人的内心世界空虚、失落、无所适从的扭曲状态。1978年推出的长篇小说《内心生活》,则对青年一代的社会反叛精神和生活作了深入的揭示和细致的描绘。该书以60年代末意大利乃至欧洲的学生反叛浪潮为背景,通过出身资产阶级家庭的女青年德茜黛丽亚的人生历程和思想发展过程,展示了一代叛逆西方正统社会的青年们共同的生活风貌和精神追求。莫拉维亚的最后一部作品是发表于1986年的《窥视者》,探讨冷战时期西方人的生存状态和精神特征。他刻画人物心理细腻、丰富,联想、梦幻等手法运用纯熟,现实主义与现代主义的技巧熔为一炉,风格独树一帜。意大利诗人蒙塔莱(1896~1981)是现代西方最优秀的抒情诗人之一。继第一次世界大战后写出著名诗集《乌贼骨》(1925)后,在二战之后他又接连发表了《暴风雨及其他》(1956)、《萨图拉》(1971)和《诗钞:1971~1972》(1973)等诗集。他的诗被誉为"纯诗",常借助隐喻和象征的手法细腻抒写微妙复杂的内心体验,吟咏美丽的自然。蒙塔莱1972年获诺贝尔文学奖。

二战之后,美国文坛一片繁荣景象,涌现出众多杰出的作家。约翰·厄普代克(1932~2009)是一位集小说家、诗人、剧作家和评论家于一身的著名作家。他的长篇小说和短篇小说都得到了很高的评价。"兔子系列"小说被公认为厄普代克的代表作。第一部《兔子,跑吧》(1960)写一个绰号叫"兔子"的青年哈利·安格·斯特罗姆大学时代曾是一个优秀的篮球运动员,离校结婚后却陷入了平庸的生活中痛苦不堪。他周旋于妻子和情人之间,企图逃离令人窒息的生活状态,却又无法摆脱现实的网罗。小说所表现的是当时一代美国青年不安于现状,寻求自我价值而不可得的主题。第二部《兔子回家》(1971)的故事已是十年之后,背景是20世纪60年代末动荡不定的美国社会。此时的"兔子"哈利做了推销员,已变得本分起来,但社会上的各种思潮和现象却在他的家中得到了集中的反映:妻子离家出走与人同居;一个富家女出身的年轻的嬉皮士吉尔和他在家中姘居;吉尔又引来一个黑人斯基特,这是一个所谓的新左派人士,实际上是个虚无主义者。吉尔最后放火烧毁了哈利的家,也烧死了自己,没了窝的"兔子"只好和儿子寄身于亲戚家中。小说对60年代末的美国社会有深入、细致的表现,越南战争、登月计划、嬉皮士现象、黑人民权运动以及由此带来的人们精神和心理上的变化在作家笔下都写得十分生动。第三部《兔子富了》(1981)的背景时间跨度又是一个十年。此时的美国社会随着经济的高速发展趋于稳定,金钱观念的强化使得对理想的追求进一步衰落。"兔子"哈利成了日本丰田汽车的代理商,进入了不折不扣的美国富裕中产阶级行列。心宽体胖的"兔子"早已失去了往日的激情和雄心壮志,他对一切感到心满意足,整个思想观念和生活情趣都融入了平庸的现实之中。1990年,第四部小说《兔子安息》出版,展示时代发展画卷的"兔子系列"小说终于落下了帷幕。艾萨克·巴什维斯·辛格(1904～1991)和索尔·贝娄(1915～2005)则是两位著名的美国犹太裔小说家,分别荣获1978年度和1976年度的诺贝尔文学奖。辛格是一位用意第绪文写作的作家,一生创作了包括长篇小说、短篇小说、剧本以及回忆录、儿童故事在内的三十余部作品,其中大部分都已译成了英文。他的某些长篇小说继承了传统的现实主义方法,如通过一个家族三代人的命运,表现波兰犹太人社会如何在现代文明和反犹主义重压下解体的《末斯卡特家族》(1950),展现波兰犹太文化衰落的《庄园》(1967)和《地产》(1969)。而另一些长篇小说则带有传奇和寓言的特点,如《戈莱的撒旦》(1955)、《卢布林的魔术师》(1960)、《仇敌们,一个爱情故事》(1972)、《萧莎》(1978)等,这些作品篇幅一般不长,多涉及犹太信仰和犹太人的生活,其中《卢布林的魔术师》被视作辛格的代表作,写一个生性好色的犹太浪子如何改邪归正成为圣人的故事。辛格的短篇小说同样写得极为出色,出版的短篇小说集主要有《傻瓜吉姆佩尔和其他故事》(1957)、《市场街的斯宾诺莎》(1961)、《短暂的星期五》(1964)、《老年人的爱情》(1979)等,《施莱麦尔去华沙及其他故事集》(1968)则是他最著名的儿童故事集。辛格的作品带有明显的犹太民族特色,种族记忆、历史创痛、传统信仰与现代文明的冲突以及犹太人的历史与现实命运是其笔下经常探讨的主题。索尔·贝娄也是一位多产作家,迄今已有多部长篇小说、2部中短篇小说集、4部戏剧集以及大量的其他文章问世,但主要成就还是长篇小说。他的长篇小说主要包括《晃来晃去的人》(1944)、《受害者》(1947)、《奥古玛琪历险记》(1953)、《雨王汉德逊》(1959)、《赫索格》(1964)、《塞姆勒先生的行星》(1970)、《洪堡的礼物》

(1976)、《院长的十二月》(1981)等。这些小说从内容和主题上看主要有两类：一类是揭示人在社会中的空虚无助,难以寻找到生活的意义、确证自己的身份;另一类则是反映美国知识界的精神危机,后一类作品无论就描写的广度还是在深刻性上在当代美国小说中都是首屈一指的,也最受人们欢迎和重视。贝娄的作品基本上仍然采用现实主义的创作方法,但同时也吸收了现代主义小说表现人物精神和意识的技巧,因此,他的创作无论在写景状物、刻画人物性格,还是在叙述方式上,都显示出高超的艺术性和独具的风格。

第二节 福克纳

一、生平和创作

威廉·福克纳(1897～1962)是20世纪美国著名作家。他一生笔耕不辍,成果斐然,共出版长篇小说19部,短篇小说75篇,诗集2部,戏剧1部。作为美国"南方文学"的主要代表,他以其卷帙浩繁的"约克纳帕塔法世系"系列小说,深刻地表现了美国南方150年来的社会变迁及不同家族各色人物的历史命运与心路历程。他对于人类心灵状态的洞烛幽微,对于时间关系的深刻领悟,对于意识流手法的娴熟运用,以及在文体和语言方面的独树一帜,使他享有现代经典作家的盛誉。

1897年9月25日,福克纳出生于美国南方密西西比州新奥尔巴尼。1902年随家庭搬迁到附近的牛津镇,此后他一直将牛津镇视为故乡。他的家族是典型的南方世家,历史悠久,在当地颇有声望,特别是其曾祖父极富传奇色彩,先是在南北战争中带兵与北方联军作战,屡建奇功,擢升为上校;战后回到家乡营造铁路、经营银行,还写过一本流行小说《孟菲斯的白玫瑰》;最后当选为州议员,当选当天被暗杀。曾祖父是福克纳崇拜的偶像,对他的成长起到了重要作用。到福克纳的父辈,家境已经衰落,父亲在密西西比州立大学牛津分校担任财务经理,沉默寡言,好酒贪杯,喜爱犬马。福克纳的母亲具有较高的文学修养,在她的影响下，小福克纳接触了莎士比亚、菲尔丁、伏尔泰、狄更斯、雨果、巴尔扎克和康拉德等人的作品。此外，福克纳与三个弟弟一道，由一位黑人女仆带大，这位被福克纳称为卡莉大妈的女仆经常给他们讲述民间故事，是为福克纳文学启蒙的另一渊源。

福克纳素喜读书，却不喜欢循规蹈矩的校园生活，中学没有毕业便告辍学，1916年进入祖父开办的银行工作了半年。在好友菲尔·斯通的影响下，福克纳广泛涉猎了叶芝、庞德、艾略特和法国象征派的作品，并开始尝试诗歌创作与绘画。1917年4月，美国参与第一次世界大战，由于英雄主义的激励以及失恋造成的逃避心理，福克纳踊跃报名参军。但因身高和体重都不够标准，多次被拒。1918年7月，他终于被加拿大皇家空军接受，成为一名预备飞行员，然而，未等他完成基地训练，战争即告结束。

战后，福克纳作为复员军人以特殊学生身份到密西西比州立大学读了一年书，并游历了南方，发表了一些诗作，还在纽约当过几个月的书店职员。1921年底，福克纳回到家乡牛津，做了大学邮政所的所长，一任三年。1924年，诗集《大理石的牧神》出版，虽然反响平平，但是福克纳因此谋得了新奥尔良一家报社的记者工作。时值爵士时代，新奥尔良正是风暴的中心，福克纳与一批生机勃勃的艺术家成为朋友，接触到了弗洛伊德的精神分析学说、弗雷泽的人类学和乔伊斯的意识流小说。1925年，福克纳游历了意大利、瑞士、法国、英国等地，开阔了眼界。在此时期，福克纳还有幸结识了知名作家舍伍德·安德森，受其启发，从诗歌创作转向小说创作。在安德森的帮助下，福克纳于1926年出版了第一部小说《士兵的报酬》。翌年，发表了第二部小说《群蚊》。

1924年至1929年是福克纳创作生涯的第一阶段，即"习作阶段"。作品包括诗歌和小说。诗集《大理石的牧神》赞扬田园生活的甜美，批评现代文明的浮华，但是流于矫揉造作的形式主义，显然是对欧洲象征主义作品的模仿。《士兵的报酬》与海明威的《太阳照样升起》同是发表于1926年，同是表现战争给人留下的身心重创，流露出"迷惘的一代"的思想情绪。主人公唐纳德·马洪是一位退伍飞行员，在战争中头部受伤，几乎完全丧失了视力、记忆与性功能。退役回乡后，未婚妻另有所爱,周围的人们也渐渐疏远,木讷颓唐的唐纳德郁郁而终。肉体与精神的巨大创伤,这就是士兵们得到的"报酬"。《群蚊》是一部描写新奥尔良文人的"时代病"的讽刺小说,艺术家们的高谈阔论频频受到现实的无情嘲弄,往日被誉为立法人和预言家的艺术家们变成了卑微无能的"群蚊",作品中不乏福克纳本人的情感生活与文学生活的投影。若干年后,福克纳自我评判说这两部小说都是"为写作而写作",缺乏"独立精神"。

1929年是福克纳毕生的转折点。是年1月,小说《萨托里斯》发表,标志着他找到了属于自己的特定背景和题材,那就是"南方的历史、南方的神话和南方的现实"①。6月,他与刚刚离婚的昔日女友艾斯德尔结婚,有情人终成眷属。10月,小说《喧哗与骚动》出版,受到评论界的高度评价。自此,深受鼓舞的福克纳进入创作的鼎盛时期,从1929年到1942年,他接连发表了《我弥留之际》(1930)、《圣堂》(1931)、《八月之光》(1932)、《押沙龙!押沙龙!》(1936)等长篇小说杰作,同时还发表了不少优秀的短篇小说,结为《不可征服的人》(1938)和《去吧,摩西》(1942)等小说集。然而,由于经济大萧条的影响,福克纳的经济状况不佳,他为好莱坞各大制片公司写作电影剧本,30年代至40年代共创作了40部之多,却依然不能摆脱经济压力。不仅如此,虽然福克纳在欧洲声名远播,被视为最为重要美国作家,但是他在美国本土却频遭冷遇,到1944年出版商们几乎要拒印他的作品。使福克纳的生活境遇有了实质性改观的,是美国著名评论家马尔科姆·考利编选并作序的《袖珍本福克纳选集》。考利在序言中第一次提出了"约克纳帕塔法世系"的名称,将福克纳已经出版的17本书作为一个完整的体系来加以评析,并高度评价福克纳"完成了我们时代还没有别的先例的精神劳动"②。1946年,此书一出,洛阳纸贵,读者和评论界对福克纳的兴趣与日俱增,随着作品的再版,福克纳的经济情况也大有起色。

---

① 欧文·豪:《威廉·福克纳》,纽约兰德姆出版社1960年版,第21页。
② 马尔科姆·考利:《福克纳:约克纳帕塔法的故事》,见《福克纳评论集》,李文俊编选,中国社会科学出版社1980年版,第22页。

1948年，福克纳入选美国艺术文学学院。1949年，福克纳获得诺贝尔文学奖，授奖辞盛赞他"对当代美国小说作出了强有力的、艺术上无与伦比的贡献"。从此后，荣誉联袂而至，活动接踵而来。受美国政府委派，他多次以文化使者的身份从事宣传、交流活动，足迹遍及欧洲、非洲、日本、南美等地。在国内，他在多所高等院校发表演说，参加会议，主持学术项目，并长期担任弗吉尼亚大学的驻校作家，成为令人瞩目的公众人物。在创作晚期，福克纳进一步充实和丰富了"约克纳帕塔法世系"小说，完成了"斯诺普斯"三部曲，即《村子》(1940)、《小镇》(1957)和《大宅》(1959)，记叙了斯诺普斯家族由默默无闻到飞黄腾达的发迹史，为整部"约克纳帕塔法世系"小说画上句号。同时，福克纳又力图超越世系小说的局限，阐述关于人类文明的普遍真理，写出了剧本《修女安魂曲》(1951)、长篇小说《寓言》(1954)等关于"永恒的真实"、人类责任与信心的作品。《寓言》以第一次世界大战中法国战场上的一次兵变为题材，与耶稣基督遇难的故事形成对应关系，是一部具有象征主义色彩的、传达了和平主题和反战观点的作品。1962年6月，福克纳发表了最后一部作品——长篇小说《劫掠者》，回忆世纪初期的童年生活。7月6日，因为心脏病突发，福克纳在牛津镇去世，终年65岁。

在福克纳的全部小说创作中，除了《寓言》的背景是欧洲外，其他18部长篇小说以及大部分短篇小说的背景均为美国南方，其中以约克纳帕塔法县为背景的长篇小说更是有15部之多。可以说，"约克纳帕塔法世系"是福克纳小说创作的主体。从第三部小说《萨托里斯》开始，他以家乡为原型，虚构了一个栩栩如生的地理环境。据说，在牛津镇附近有一条叫做"约克纳帕塔法"的小河，名字源于印第安语，意为"河水静静地流过平原"，福克纳借用这个名字，显示出对故乡的热爱和眷恋。在《押沙龙！押沙龙！》一书的前言里，福克纳精心设计了一幅"密西西比州约克纳帕塔法县杰斐逊镇"地图，注明约克纳帕塔法的面积有2400平方英里，人口中白人6298人，黑人9313人，同时也不无幽默地标明：威廉·福克纳是该地区唯一的业主和占有者。所谓的"约克纳帕塔法世系"，从空间上说，包括杰斐逊镇、郊区、周边的种植园和森林；从时间上说，始自1800年，终于第二次世界大战结束，跨度约150年；从人物上说，有名有姓的人物就有600多个，主要描写的是县里的五个精英家族，即萨托里斯、康普生、塞德潘、麦卡斯林和斯诺普斯家族；从结构上说，众多的人物在各部小说里交替出现，相互有所关联，使每部小说既是"约克纳帕塔法世系"的一部分，又保持了相对独立性；从主题上说，集中反映了美国南方社会150年的兴衰变迁，揭示了美国南方精神与文化的没落。1956年，在接受《巴黎评论》杂志记者采访时，福克纳指出："我发现，不仅每一本书得有个构思布局，一位艺术家的全部作品也得有个整体规划……我发现我家乡的那块邮票般小小的地方倒也值得一写，只怕我一辈子也写它不完。我只要化实为虚，就可以放手充分发挥我那点小小的才华。这块地虽然打开的是别人的财源，我自己至少可以创造一个自己的天地吧，我可以像上帝一样，把这些人调来遣去，不受空间的限制，也不受时间的限制……我总感到，我所创造的那个天地在整个宇宙中等于是一块拱顶石，拱顶石虽小，万一抽掉，整个宇宙就要垮下。"①的确，福克纳的"约克纳帕塔法世系"小说独标一格、卓然成家，无论是从人物数量、时间跨度的角度，还是从作品主题、艺术技巧的角度，都堪称史诗性作品。其对地理环境的虚构，可以和哈代的"威塞克斯小说"媲美。其描写之精细、视野之广阔，又足以与巴尔扎克的"人间喜剧"和左拉的"卢贡－马卡尔家族"比肩。

在"约克纳帕塔法世系"小说中，作为核心的是5部长篇小说，即《喧哗与骚动》、《我弥留之际》、《圣堂》、《八月之光》、《押沙龙！押沙龙！》。

《我弥留之际》是继《喧哗与骚动》之后又一部意识流小说杰作。母亲艾迪原本是杰斐逊镇的教师，嫁给农民安斯·本德仑后郁郁寡欢，后与巡回牧师有染，生下私生子朱厄尔，从此与周遭环境更是格格不入。艾迪弥留之际，要求丈夫和孩子们把她的遗体送回小镇安葬，对于艾迪而言，这是表示对于丈夫和环境的最后轻蔑；而对于安斯和孩子们来说，完成她的遗愿既是对死者的敬重，也不无驱鬼的迷信，中间还夹杂

---

① 《福克纳谈创作》，见《福克纳评论集》，李文俊编选，中国社会科学出版社1980年版，第274页。

着一些稀奇古怪的个人利益。扶柩回乡的一路上，天灾人祸、磨难重重：大儿子被车轧断了腿，成了终身残废；私生子在一次火灾中被严重烧伤；另一个智力不全的儿子因纵火烧棺而被送进疯人院；女儿为了搞到堕胎药而被药房伙计诱奸；拉车的牲畜也被洪水冲走。40英里的道路居然颠簸了6天，已经发臭的尸体终于到达目的地后，这个家庭顿时星散，只有心思单纯的一家之长安斯如愿以偿地借钱买了一副假牙，并带着新欢踏上回家之路。《我弥留之际》是一出黑色的、残酷的喜剧，尸体是小说的中心意象，而死亡是小说的中心主题。它不仅反映了本德仑一家的无能和不幸，也曲折地传达出一种普遍的没落情绪，所以小说不仅是描写农妇艾迪的弥留之际，也描写了整个南方的弥留之际。这部作品结构新颖，全书59节，每节是一个人物的意识流。叙述者共有15位，除了本德仑家的7名成员外，还有他们的邻居、偶遇的旅客和相关人士。他们在不同的场合、从不同的角度讲述故事、发表感想和追溯往事，各节之间相互呼应，而艾迪弥留之际的意识流是作品的核心部分，起到解释和连缀的作用。语言采用南方农民的鲜活口语，却又人人不同、富于个性。其技巧之精湛，令人叹为观止。

《圣堂》是福克纳第一部获得大量读者的小说。波普艾尔出身低微，身材瘦小且性无能，代偿心理使他变得极为凶残，长大后成为匪徒首领，绰号"金鱼眼"。他对法官之女、天真的大学生谭波尔施暴，并把她送入一家妓院。霍拉斯律师为了将谭波尔救出火坑，做了许多取证工作。但是在法庭上，谭波尔内心失衡，竟作了伪证，使得波普艾尔逃脱法网。后来，因为涉嫌谋杀警察，波普艾尔再度被捕，虽然他在此案中是无辜的，但因没有不在场的证据，最后被判处绞刑。波普艾尔始终以倨傲的态度对待法庭，几乎没有为自己辩护。《圣堂》揭示了南方法律界"圣堂"的腐败、社会的暴力与罪恶以及人性的失衡。"金鱼眼"作恶多端，却能逃脱法律的惩罚，最后因为没有犯下的罪行而被处死，体现出法律的荒诞。全书描写了9次谋杀、1次私刑、1次枪决，折射的是暴力充斥、罪恶横行的社会现实。谭波尔深陷泥沼，同流合污，为仇人作伪证，丧失了基本的正义感，展现的是人性的沦落。尽管小说运用了通俗侦探小说的模式，亦不乏自然主义的描写，但是从主题和表现力度来看，仍不失为一部佳作。

《八月之光》是一部具有多重主题的作品，包括两条情节线索。第一条线索是关于乔·克里斯默斯的悲剧性故事。这个姓名与耶稣基督近似的孤儿，是一个中产阶级白人小姐与墨西哥流浪艺人的私生子，母亲分娩时去世，父亲被深具种族主义偏见的外祖父枪杀。乔出生后不久便被外祖父遗弃在一所白人孤儿院。5岁时，因窥见保育员的隐私，被保育员诬告有黑人血统，从此被赶出孤儿院。虽然乔的外表与白人无异，但他背负着血统的十字架，因此他的行动"既不像一个白人也不像一个黑人"，与社会相疏离。33岁时，乔流浪到杰斐逊镇当短工，结识了白人女性乔安娜，二人由相爱而同居。但是，当乔告诉乔安娜自己有黑人血统时，乔安娜提出结束关系。愤怒中乔杀了乔安娜，数天后，乔投案自首，主动接受白人对他的私刑处决。通过乔的命运，作品揭露了黑人在美国南方所受到的不公正待遇，批判了种族主义，并体现出对文化偏见和身份认同问题的深刻思索。小说的另一条线索是关于莱娜·格鲁夫的喜剧性故事。农村姑娘莱娜天真纯洁、信仰虔诚，从阿拉巴马州来杰斐逊镇找寻情人。已经有孕在身的莱娜坚信情人会负责地与自己结婚，没想到事与愿违。幸亏遇到好心的工头拜伦·本奇，在他的帮助下，莱娜生下孩子，最后二人幸福地结合。通过莱娜的故事，反映了作者返璞归真的思想追求。

《押沙龙！押沙龙！》是福克纳自己非常满意的作品，他特别为小说配了大事记、家谱和约克纳帕塔法县地图。书名取自《圣经》，本是大卫王对阴谋篡位被杀身死的爱子押沙龙发出的哀叹，福克纳借此表达父子反目、兄弟阋墙、命运不可违的悲剧主题。主人公托马斯·塞德潘出生于一个贫穷的白人家庭，少时立志要跻身贵族阶层。他依靠钢铁般的意志，终于成为西印度群岛的庄园主。就在功成名就之际，却发现妻子有黑人血统。于是他遗弃了妻儿，带着一群黑人奴隶前往密西西比，以图东山再起。很快他在约克纳帕塔法发迹，建成庄园"塞德潘百里地"，同时娶富商之女为妻，生下儿子亨利和女儿朱迪丝。南北战争期间，前妻之子查尔斯·邦爱上了同父异母的妹妹朱迪丝，亨利为了避免丑事发生，杀死了异母兄长。从战争中归来的托马斯·塞德潘试图重振家业,但终告失败,于是开始酗酒,并与穷白人琼斯的外孙女发生关系。愤怒的琼斯杀死了塞德潘。一度辉煌的大庄园迅速衰败。多年以后,流浪在外的亨利悄然回来,不久,一场大火将"塞德潘百里地"化为灰烬。作品通过托马斯·塞德潘一家的盛衰史,展现19世纪美国南方数代人的遭际与悲欢,揭示南方种植园社会必然灭亡的历史命运。这部小说结构奇特,并非按照编年史顺序讲述事件的前因后果,而是打乱时序,通过几位叙述人的有限视角,使读者逐步拼接故事、辨别真伪。这种多层次的叙述,使故事保留了一定的空白点,同时具有一种扑朔迷离的效果。

作为一名生于斯、长于斯的南方作家,福克纳对于南方怀有一种微妙的感情。一方面,他认识到奴隶制和种族主义是南方衰落的道德根源,森严的等级制度和僵死的思维方式使它失去活力;另一方面,他又认为老南方的骑士精神、农耕文化、家庭伦理,自有着不可替代的价值。面对现代化过程中北方机械文明与资本势力的长驱直入,他既认识到这是历史发展的必然趋势,又不免为传统的失落而痛心疾首。正是这种既批判又同情、既自豪也自卑的无奈心态,使他笔下的南方世界有着复杂的况味。

二、《喧哗与骚动》

长篇小说《喧哗与骚动》是福克纳本人最钟爱的作品[①],也是首次全面体现作家的思想倾向和纯熟技巧的作品。作为"约克纳帕塔法世系"小说的扛鼎之作,是备受推崇的南方文学杰作;作为一部复线结构的纯意识流小说,是广受好评的现代文学经典。

书名出典于莎士比亚悲剧《麦克白》第五幕第五场、主人公麦克白的著名独白:"明天,明天,再一个明天,一天接着一天蹑步前进,直到最后一秒钟的时间;我们所有的昨天,不过替傻子们照亮了到死亡的土壤中去的路。熄灭了吧,熄灭了吧,短促的烛光!人生不过是一个行走的影子,一个在舞台上指手画脚的拙劣的伶人,登场片刻,就在无声无

[①] 在日本长野大学演讲时,他说:"我最钟情于这本书。"

息中悄然退下；它是一个愚人所讲的故事，充满着喧哗与骚动，却找不到一点意义。"①的确，小说从内容到形式都体现了这种痴人说梦式的喧嚣和混乱，体现了美国南方没落世家中人生的无意义和深刻的精神危机。

　　故事发生在20世纪初年约克纳帕塔法县杰斐逊镇一个姓康普生的南方世家。这个家族曾经显赫一时，祖上出过州长和将军，广有田地，黑奴成群。但是南北战争之后，家族渐趋没落，只余下一幢破败的家宅以及一户黑人佣人，连长子上大学、女儿办婚宴也要卖了最后的田地才能应付。一家之长康普生先生只知道缅怀过去，发表空论，成天借酒浇愁，致使开办的律师事务所一败涂地，最后酒精中毒而死。康普生太太念念不忘自己的南方闺秀身份，她精神抑郁、无病呻吟、自私乖僻，极度地以自我为中心。长子昆丁生性懦弱、多愁善感，怀着对妹妹的病态之爱，19岁时在哈佛大学投河自尽。女儿凯蒂富于生命力，性格开放，由于未婚先孕，便与一位银行家结婚以掩人耳目，被丈夫发觉后撵回娘家，却又不为思想保守的家庭所容，只好将私生女小昆丁寄养在父母家里，漂泊异乡以出卖色相为生。次子杰生没有享受到分毫遗产，中学毕业后便做了办事员，进银行工作的美梦也因姐姐的离婚丑闻而归于破灭，他自私自利，冷酷无情，爱钱如命，用种种手段敲诈凯蒂，虐待小昆丁，侵吞凯蒂寄给小昆丁的生活费。小儿子班吉纯洁善良，可惜是个白痴，33岁却只有一个3岁孩子的智力水平，因为试图强奸邻居女孩，被做了阉割手术。小昆丁在冷漠无望的环境中长大，17岁时偷了舅舅杰生的不义之财，跟一个劣迹斑斑的流浪艺人私奔②。家庭中唯一的亮色来自黑人女佣迪尔西，她是康普生太太出嫁时带过来的家奴，多年来一直忠心耿耿，不仅担负起家务重任，还一直保护着班吉、凯蒂、小昆丁等人免受杰生的伤害。

---

　　① 莎士比亚：《麦克白》，《莎士比亚全集》第8卷，朱生豪译，人民文学出版社1991年版，第386～387页。
　　② 1946年福克纳为《喧哗与骚动》增加了一个附录，凯蒂最后成了一位德国将军的情妇，杰生卖掉了家族的房产，把班吉送进精神病院，自己开始经商致富。

整部小说由四部分组成，各部分叙述者不同，所以又被称为："班吉部分"、"昆丁部分"、"杰生部分"和"迪尔西部分"。

第一部分是"班吉部分"，正式标题为"1928年4月7日"。这一天是班吉的33岁生日，迪尔西的小外孙带他到外面去玩。这一天的见闻与回忆，构成此部分的主要内容。由于班吉没有时间观念，过去与现在了无界限，所以他的意识流狂杂混乱，成为一个典型的"愚人所讲的故事"。在他回忆的15个场景和几十个断片中，能够依稀拼凑出童年的圣诞节、凯蒂的婚礼、祖母的去世、父亲的去世、昆丁的自杀等家族重要事件。在班吉的世界里，姐姐凯蒂处于不可替代的中心位置，因为凯蒂真正地关心他、呵护他，所以他依赖凯蒂、崇拜凯蒂，为凯蒂的失身而痛哭，为凯蒂的出走而难过。

第二部分是"昆丁部分"，标题为"1910年6月2日"。这是昆丁自杀的那一天。清早，在哈佛的寝室里，他被手表的滴答声弄醒。在砸碎手表、打好行李、写好遗书之后，他乘电车横穿波士顿。这一天他遭遇很多事——购买自沉用的熨斗、被误认为诱拐犯而遭逮捕、被朋友保释、与朋友打架，不过主宰他思想的，是对妹妹凯蒂的耿耿于怀。他回忆起与凯蒂丈夫和情人的两次不愉快的会面，心绪复杂。昆丁对凯蒂充满一种不正常的爱怜，既为凯蒂的有辱门风而愤怒，又因自己的无能为力而沮丧。到晚上，昆丁投水自尽。因为昆丁处于高度亢奋状态，所以他的内心独白时而紧张，时而涣散。作为大学生所具有的抽象思维能力和哲理性体悟，与精神恍惚状态的梦呓和种种潜意识活动一道，构成一股复杂的意识流。

第三部分是"杰生部分"，标题为"1928年4月6日"。这是杰生暴跳如雷的一天，种种不如意接踵而至，包括小昆丁逃学并且与流浪艺人交往，凯蒂来信问及寄给小昆丁的钱，收到情妇来信，还有错过了在股票上赚钱的机会。杰生痛楚地回忆着家人是如何对不起自己，他对凯蒂母女充满着怨毒心理。在饭桌上，他冷酷地暗示母亲，应该把班吉送进疯人院、把小昆丁送进妓院。杰生虽然工于心计、富于逻辑，但同时他又是偏执狂和虐待狂，经常发作头痛病，这使他的叙述也有混乱的一面，特别是其自我表白和辩解，反而使他的扭曲心态暴露无遗。

第四部分是"迪尔西部分",标题为"1928年4月8日",改用第三人称叙述。这天是复活节,早晨,杰生发现小昆丁偷了他的7000元存款逃跑了,于是气急败坏地报警。但因为这些钱的大部分是他克扣凯蒂寄给小昆丁的生活费,无法向警察解释钱款来源,因此只能自己四处找寻,怎奈毫无结果。女佣迪尔西忙完家务,带着家人和班吉去黑人礼拜堂做了复活节礼拜。这一部分采用传统的叙事角度,补充了前三部分没有交代清楚的情节。迪尔西以历史见证人的身份,目睹了康普生家族的兴衰。同时,她的忠诚、仁爱与忍耐,与前三个叙述者的病态性格形成鲜明对照。

《喧哗与骚动》通过康普生一家的没落,为南方传统和贵族精神谱写了一曲挽歌。"南方骑士"昆丁对老南方传统恋恋不舍,不过,他虽然保留了贵族式的骄傲,却缺乏适应社会变化的能力,最终以自杀的方式逃避现实。杰生顺应潮流,完全抛弃了贵族价值体系,却同时丧失了人性,那种资产者的实利主义和市侩精神,残忍、自私得令人发指。班吉的思想纯真得像一面镜子,但是没有思考的能力,只不过是一个无法自理的善良的白痴。凯蒂曾经天真活泼,充满活力,然而后来失足堕落,彻底摧毁了南方淑女形象。一家人的手足相残,更是破坏了南方重视家庭与亲情的传统。在福克纳笔下,老南方已经彻底解体,新南方却又异化充斥,在绝望之中,唯有正直、善良、乐观的劳动者迪尔西,体现出人性复活的人道主义理想,那也正是南方的希望所在。

《喧哗与骚动》颠覆了平铺直叙的传统叙事模式,其艺术风格的创新一直为人所称道。

小说构思巧妙,结构奇特。福克纳曾说,"这是一个美丽而悲惨的姑娘的故事",凯蒂实为小说的中心人物。作者打破了传统小说的处理方式,通过其他人物对主人公的看法与回忆,塑造出更为饱满和立体的人物形象。福克纳相信:"间接叙述能更加饱含激情;最高明的办法,莫若表现树枝的姿态与阴影,而让心灵去创造那棵树。"作品从四个不同的侧面,展现出凯蒂的"姿态与阴影",并给了读者充分的想象空间来"创造"出自己心目中的主人公形象。这种从不同人物视角讲述同一个故事的手法,叫做"对位式结构"。

在小说中，福克纳纯熟地运用了意识流手法。作品除了第四部分运用第三人称全知视角外，其他三部分皆采用第一人称"我"的叙事方法。三兄弟的意识流活动各有特色，不仅能够体现白痴、精神崩溃者、偏执狂与虐待狂不同的心理状态和语言特色，更能揭示人物的内心世界，探索他们的意识与潜意识动机，借此塑造人物性格。福克纳对意识流手法的运用，堪与爱尔兰意识流大师乔伊斯媲美。

从叙事角度看，小说时空倒置，寓意深刻。全书四部分的叙述时间分别为1928年4月7日、1910年6月2日、1928年4月6日、1928年4月8日。不仅如此，人物在内心独白中不断陷入回忆，而且回忆中还有回忆，班吉部分中由现在返回过去的时空切换大约有100次，昆丁部分大约200次。在此，时序的颠倒有着深刻的含义。书中的人物觉得时间是一种与人为敌的力量，他们始终在与时间搏斗，这种搏斗体现了康普生家族无力抗拒历史进程的悲剧。萨特曾经指出《喧哗与骚动》是一本关于时间的书[①]，福克纳对时间的处理方式体现了南方文化的"回忆"特质，即对现实的失望以及从昔日旧梦中觅得安慰的期望。此外，作品吸引读者去寻找叙述线索、重建时间顺序，客观上也提高了读者的参与程度，加强了小说的效果。

福克纳经常使作品的故事、人物、结构与人们熟知的某一典故大体平行，使作品在神话原型这一参照系前得以突破具体内容的限制，从而获得一种超越时空的意义。在《喧哗与骚动》中，故事和结构以基督受难周为原型。1928年的三个日期，恰是那一年的基督受难日、复活节前夕和复活节；1910年昆丁自杀的那个日期，又恰是圣体节的第八天。作品与原型既有对应关系，也有反讽关系。比如，复活节前夕是基督下界拯救人类的日子，可怜的班吉正需要拯救；复活节那天小昆丁的出走，与基督临死留下的箴言"你们要彼此相爱"形成鲜明对立；圣体节是供奉耶稣圣体的节日，昆丁在潜意识中把自己当作耶稣，设法对妹妹的堕落进行救赎，但是他所能奉献的，不过是自己凡人的生命；小说结尾

---

① 参见萨特《福克纳小说中的时间：〈喧哗与骚动〉》，见《福克纳评论集》，李文俊编选，中国社会科学出版社1980年版，第159页。

黑人教堂里复活节礼拜的场景,也与主题相呼应,颇为耐人寻味。

最后,小说的语言别具一格。福克纳的文体风格根植于南方文学传统——演说体散文,并善于运用南方方言,尽管这种口语风格有时不符合书面语的严谨规则,但却生动形象。福克纳小说中的句子也不同凡响,似乎作者要把一切都塞进一个句子中去,所以叠床架屋、宛若迷宫,无法进行传统的语法分析。

第三节　海明威

欧纳斯特·海明威(1899～1961)是现代美国著名作家。他一方面继承了马克·吐温等人的现实主义传统,另一方面又在创作思想和创作方法上进行革新,形成了独特的风格。他对现当代美国和世界文学产生过重要的影响。

1899年7月21日,海明威出生在伊利诺伊州芝加哥郊外一个叫做橡树园的小村里。他的父亲是当地一位有名的医生,医术高明,喜欢打猎、钓鱼、射击、采集标本等活动。他的母亲是一个具有一定艺术修养和宗教观念的妇女,喜爱音乐和绘画,从小就让海明威学大提琴。在这样一个家庭环境的熏染下,海明威从童年时代起就培养了对文学、艺术以及体育运动的热爱。他在中学读书时,不仅功课好,而且积极参加各种各样的课外活动:踢球、游泳、射击与拳击训练,同时还参加学校乐队的演奏,暑假则经常随家人到密执安北部的湖区消夏,在那儿打猎和垂钓。这种与众不同的生活为他日后的文学创作活动奠定了良好基础。

海明威的一生经历丰富多彩,甚至带有某种传奇性。他在北非的丛林里围过猎,也在古巴的海上捕过鱼;他既是斗牛迷,还是拳击迷。体育运动赋予他健壮的体魄和开朗的性格,支持了他紧张繁忙的文学活动。海明威经历了两次世界大战的严酷考验。中学毕业前夕,正好赶上美国参加第一次世界大战,他积极报名入伍,由于眼疾未被接纳,不久便参加了红十字会车队,在意大利前线驾驶救护车。1937年,他以记者身份奔赴西班牙内战前线。二战期间作为《柯里厄》杂志的记者随军行动,参加了解放巴黎的战斗,并先于法国将军莱克勒的部队进入凯旋门;他还驾驶自己的渔船"皮拉尔号"侦察德国潜艇的行动。他在战场上,在去非洲的旅途中,曾十几次受伤,充分体验过出生入死的滋味。1918年,在意大利前线执行任务时受伤,昏死过去,仅从左腿下就取出237块弹片;二战时,在前线的一次汽车事故中头部受伤,共缝57针;去非洲围猎,两次飞机失事,以致头部、肝区、腰部和下脊椎均受损伤。这样,战争和体育就成为他创作题材的主要来源。

海明威创作风格的形成和他一生的记者生涯是密不可分的。1917年之后,他曾在堪萨斯城的《星报》担任见习记者。《星报》是当时美国有名的报纸之一,对记者的要求极为严格。他努力遵循报社提出的摈弃繁词丽句,用明快、生动、富有活力的语汇去写"短句"和"简短的第一段"等原则,为最终锻炼出自己独特的文体风格创立了良好开端。1921年,他作为《多伦多星报》驻外记者赴巴黎,结识了侨居异国的美国女作家斯泰因和诗人庞德,以及爱尔兰作家乔伊斯、英国作家福德等人。这些作家对他的风格的形成都有不同程度的启发和帮助。特别是斯泰因和庞德,不仅热情地鼓励和支持他创作,并且亲自帮他审阅手稿,提出具体的修改意见。在20年代,海明威先后出版了短篇小说集《在我们的时代里》(1925)、《没有女人的男人》(1927)和长篇小说《太阳照样升起》(1926)、《永别了,武器》(1929)等重要作品。从而确立了他在文学史上的地位。

《在我们的时代里》包括14个短篇和一些插在每个故事之前的散文小段。这个短篇集里的故事尽管有不同的内容,但不少篇都是围绕着一个名叫涅克·阿丹姆斯的中心人物展开的。海明威着意强调外在世界的暴力、伤残、死亡对这个孩子思想、个性、心理所产生的影响。其中《印第安帐篷》写涅克在朦胧的意识中第一次观察到了生与死的搏斗,看到了死亡的痛苦;在《斗士》中他被火车司闸员打得鼻青脸肿,继而又挨了前职业拳击家艾德的拳头,领教了暴力的滋味;而在《大二心河》中已经长大成人的涅克则在身心两方面都受了严重的创伤。集子中那些加在每篇故事前面的散文小段多数看起来与故事无关,但实际上却与它们紧密配合。这些小段基本上按作者经历的顺序排列,内容不外是对战争、暴力、痛苦和死亡的描述。海明威通过这个短篇集要说明的主题是"在我们的时代里"并没有真正的和平与幸福,只有暴力和死亡,在这样的现实面前,人们从幼年时代起就处在一种恐惧、迷惘、被伤害的状态中。涅克是海明威一系列重要作品中主人公的雏形,他的身上无疑闪现着作者本人的影子。

《太阳照样升起》通过侨居巴黎的一群美国青年的生活透视了一代人精神世界的深刻变化,揭示了战争给人们生理上、心理上造成的巨大创伤,在一定程度上具有反战色彩。小说的主人公杰克·巴尼斯是一个美国记者,战争中的一次事故毁掉了他的性能力,他与一个战时结识的英国女护士布莱特·艾什利关系密切,他爱布莱特,布莱特也倾心于他,但是他们的爱情由于丧失了性爱的基础而变得残缺不全。杰克、布莱特和他们的朋友成了战后一群被生活激流冲击出来的年轻人,他们流落异乡,浪迹欧洲大陆,整日聚饮、钓鱼、看斗牛,或者在三角关系中争吵、殴斗。在战后的一片精神荒原上,他们的生活完全失去了目的和意义,他们感觉到巨大的空虚和迷惘。他们"没有一个人是清醒的","人人都行为恶劣"。斯泰因为这本书扉页的题词"你们是迷惘的一代",恰如其分地道出了这部小说的实质,使它和它的作者一起成了"迷惘的一代"的代表。

《永别了,武器》是海明威的代表作,充分体现了海明威在创作思想和艺术上的特色。小说通过一个美国青年参加第一次世界大战前后的思想变化,以主人公和一个英国女护士的恋爱悲剧为主线,鲜明生动地描绘了一幅在纷飞的战火下到处是阴暗、冷落、破败、毁灭和死亡的生活画面,真实地反映了帝国主义战争的残酷和罪恶,揭示了战争对人类物质和精神文明的摧残,以及给整整一代人造成的无法愈合的心理创伤,从而对战争给予了强烈的谴责。

小说的主人公弗利德里克·亨利中尉志愿参战,充任救护车司机,来到意大利前线。他一次休假归来,在部队驻扎的小镇上结识了志愿参战的英国女护士凯瑟琳·柏克莱。凯瑟琳是一个漂亮的金发姑娘,他们互相吸引,往来频繁。有一回亨利将要出外执行任务的时候,敌人的炮弹在他们掩蔽的战壕边爆炸,一个司机被炸死,他自己的腿部、头部都受了重伤。在野战医院呆了很短的时间之后,他被转送到米兰的一家美国医院做手术,恰好凯瑟琳也被调入这所医院,他们的关系得到进一步的发展,双方都陷入深沉的恋爱之中。亨利伤口愈合后告别情人重返前线,这时意军遭到溃败,在卡波莱托的撤退中,亨利被误认为德国间谍,正要被枪决的当口儿,他跳入塔利亚门托河中,抓着一根漂浮的木头顺流而下才死里逃生。亨利匆忙赶回米兰,但凯瑟琳两天前已经走了。亨利在施特雷沙找到了凯瑟琳,然后一起逃亡瑞士,在那里度过了三个月田园诗般宁静的生活之后,凯瑟琳由于难产死在洛桑的医院里,新生的女儿也死去了,把亨利一个人孤零零地抛在人间。

亨利和凯瑟琳这一代人都是天真烂漫的青年,他们相信了帝国主义战争机器那套"光荣、神圣、爱国"之类的宣传,"志愿"参战。他们热烈盼望战争的胜利,以为这样可以保护自己的亲人免遭蹂躏,能够捍卫自己美好幸福的生活。但是参战的实际经历却深刻地改变了他们对战争和人生的看法。他们逐渐地认识到战争不过是一场骗局,是毫无意义的,是"愚蠢的"。那些在战前灌输进他们头脑中的诸如尊严、荣誉、牺牲之类的抽象的价值观念在血与火的洗礼中一扫而光,他们"看不到任何神圣的东西"。战争把世界变成了一片荒芜的废墟,战场就像是"芝加哥的屠宰场",只不过它的屠宰物不是拿去出售,而是埋在地里罢了。战争杀害人,伤残人,更严重的是损伤了一代人的心灵。人们反战的情绪既是强烈的,又是普遍的。亨利、凯瑟琳和他们的朋友既是战争的受害者,又是战争的反对者,从士兵到长官,从伤员到医护人员,几乎人人都厌恶战争,痛恨战争,诅咒战争。这种从一代人角度发出的大声疾呼在客观上表现了对帝国主义战争的强烈谴责。

小说中亨利与凯瑟琳的恋爱作为一条主线始终与亨利的战争经历交织在一起。海明威是把战争的残忍与个人的幸福对照起来描写的。他以冷静、客观、简练的笔触,描写亨利与凯瑟琳如何从开始相遇时的玩世不恭逐渐发展为一种心心相印的纯洁、真诚的关系,以及这种美好的爱情又如何一步一步被战争毁灭。海明威从事件、人物甚至气氛上为这一悲剧的进程作了层层铺垫与渲染,如伴随着主人公的那种阴冷、凄凉的氛围,淅沥不断的雨,亨利阴郁的心情,凯瑟琳不祥的预兆等等,使读者一方面为他们真挚的爱情所激动,另一方面又为他们的命运而担忧。海明威愈是强调个人幸福的美好和值得追求,那么从这种个人幸福的被毁灭,就愈见战争的可怕与罪恶。这里个人的幸福正象征着整个美好、和谐的人生,无数个人幸福的集合便是人生的目标。这样,海明威就把战争作为整个人类悲剧的制造者来加以谴责,从而获得了更深的意义。

当然,海明威还没有能够区分战争的正义性和非正义性,也没有找出制造战争的罪魁祸首。他把战争作为一个笼统、抽象的概念加以反对,体现出强烈的人道主义色彩,也势必走向盲目和悲观。在他看来,人类正像处在一根燃烧着的木头上四处奔逃、最终难免葬身火海的蚂蚁。

《永别了,武器》把季节气候的交换和战事的胜败、主人公的心情的变化有机地结合起来;在叙述的技巧上采用短小、干净的句子,以凝练的文笔勾勒人物,传达思想,体现了独特的海明威风格,有着较高的艺术性。

30年代后期,国际政治斗争日趋尖锐,进步的文学思潮进一步发展,反战的呼声高涨,在这样的形势下,海明威也受到了影响。他开始从狭窄的斗牛场与围猎区走出来,投身到现实生活的洪流中,写出不少富有时代感的作品。1937年海明威发表中篇小说《有的和没有的》,第二年在西班牙内战前线写出剧本《第五纵队》(1938),以后又发表了长篇小说《丧钟为谁而鸣》(1940)。

《有的和没有的》的主人公哈利·摩据是佛罗里达的一个渔民,在经济大萧条的年代里靠海上捕鱼根本无法维持生活,于是不得已铤而走险进行海上走私。他偷运酒类、军火甚至奴隶,结果被打坏一只臂膀。最后在偷渡四个抢劫了银行的古巴人时,在船上和他们展开了搏斗,歹徒们打死了自己的同谋者和哈利的助手,哈利虽然打死了歹徒,自己却受了致命伤。作为一个贫穷的无产者,哈利在临死前终于从自己痛苦、多难的一生中悟出了一个真理,那就是"孤孤单单一个人"的奋斗是"不成的"。这里海明威明确地接触到劳苦群众团结战斗的社会主题。

《第五纵队》的主人公菲利普是西班牙共和政府的忠诚战士，从事间谍工作。他虽然也对战争的残酷怀有恐怖与梦魇般的情绪，但却对自己从事的事业有明确的信念。正是为了使广大受苦难的人从贫穷、疾病与死亡中解脱出来，他放弃了与富有的情妇多萝西一起过舒适生活的个人幸福，毅然投身到正义的斗争中。海明威的爱憎是分明的，他歌颂为西班牙人民事业而斗争的战士，对共和政府表示同情与支持。

《丧钟为谁而鸣》在西班牙内战的背景上，通过后方一支游击队的一次军事行动，展现了西班牙人民反法西斯斗争的广阔画面。罗伯特·乔登是一个美国人，他自愿参加到西班牙人民反法西斯斗争的行列中。按照俄国将军戈尔兹的指示，他的任务是配合当地游击队在共和国部队发动进攻之前炸毁一座有战略意义的桥梁，以阻止法西斯军队过河拦截。乔登与游击队员们一起呆在山上的一个岩洞里，他发现游击队员士气低落，特别是他们的首领帕勃罗是一个狡猾的人，缺乏勇气，对自己的事业没有信念。乔登争取到帕勃罗的妻子皮拉尔的支持，游击队的其他成员也站到了乔登一边。但是内部尖锐的对立情绪以及一场严重的暴风雪增加了乔登的困难。附近山上另一支游击队的领袖艾尔·索多答应派人支持他，然而他们的行踪被敌人巡逻兵发现，他们虽然打死了敌人，却招来了法西斯飞机的猛烈轰炸。这时消息传来，戈尔兹将军的进攻计划可能已经泄露，法西斯军队已经做好了反击准备。在这种形势下，乔登派人去向戈尔兹将军建议撤销原来的进攻方案，但是时间已经来不及了。当共和国军队进攻的信号打响时，乔登和帕勃罗的游击队炸掉了桥梁，乔登不幸受重伤，在他生命的最后时刻，仍然对反法西斯正义事业充满必胜信心："我们已经为自己信仰的事业奋战了一年，如果我们在这里取得胜利，我们就将在每一个地方取得胜利……"怀着这样崇高而坚定的想法，他掩护了自己的同志，献出了宝贵的生命。乔登也像《太阳照样升起》中的杰克、《永别了，武器》中的亨利一样厌恶和诅咒战争，在暴力和死亡的笼罩下为恐惧、噩梦所困扰。尽管如此，他却在相当程度上摆脱了他们两人身上那种迷惘与悲观的情绪，认识到自己为什么而战，因而保持了较高的斗志。这样，海明威最终明确区分了战争的正义性和非正义性,旗帜鲜明地表示了自己支持人民的立场。

小说中与乔登的军事行动这条线索交织进行的还有另一条线索,那就是乔登与玛丽娅的恋爱情节。玛丽娅的父亲是共和政府的一个市长,后来与玛丽娅的母亲一起遭到了法西斯匪徒的杀害。她自己也遭到长枪党党员的奸污。在游击队的山洞里皮拉尔精心照顾她,使她身心迅速康复,并极力促成她与乔登的恋爱。尽管这种爱情显得有些过分浪漫、过分理想化,但正如亨利与凯瑟琳一样,男女主人公那种真诚相爱的精神毕竟是美好的、感人的。

第二次世界大战后,海明威主要写了一部长篇小说和一部中篇小说。《过河入林》(1950)表现的仍然是孤独、死亡这一主题,康特威尔的形象过多地带上了作者本人的色彩;《老人与海》(1952)是这一时期的代表作,由于这部作品,他在1952年获普利策奖,两年后获诺贝尔文学奖。

《老人与海》的情节十分简单,它写一个老渔夫桑地亚哥孤单一人出海远航捕鱼的故事。老人在海上漂流了84天,仍然一无所获。此后经过两天两夜的生死搏斗,终于捕获了一条特大的马林鱼,但是在归航途中一大群鲨鱼围了上来,尽管老人奋力拼搏,终于抵挡不住凶猛鲨鱼的进攻,等他回到海岸时,马林鱼只剩下一副巨大的骨架了。

这部小说之所以重要,在于它塑造了一个典型的海明威式的英雄形象。海明威在30年代以后发表的一些短篇小说中,描写一些拳击师、斗牛士、猎人,他在这些来自下层的人物身上塑造了一种百折不挠、坚强不屈、敢于面对暴力和死亡的"硬汉子"性格,无论在怎样危难困苦的逆境中,他们都保持了人的尊严和勇气。桑地亚哥就是这种"硬汉"性格的发展与升华。小说中的大海和鲨鱼象征着神秘的命运与不可知的世界,而老人在与之进行的惊心动魄的殊死搏斗中表现了无与伦比的力量和勇气,完美地体现了人"可以被消灭,但不能被打败"这样一种崇高、伟大的精神。

海明威在这部作品中倾注了他对于下层人民、对于劳动者的热爱与深刻理解,同时也表现了他对于真正人性的执著追求。

此后海明威再没有写出什么作品。他一直住在爱达荷的一所别墅中。由于健康状况迅速恶化，各种疾病的折磨使他身心交瘁，精神异常抑郁，终于在1961年7月2日自杀身亡，葬于爱达荷州的太阳谷。

海明威死后，他的妻子发表了他的遗作《流动的宴会》(1964)和《海流中的岛屿》(1970)。前者是海明威与第一个妻子哈德莱20年代巴黎生活的回忆录；后者写一个画家与他的三个儿子的故事，写他在海岛上消遣，在海边捕鱼，以及追踪潜艇沉没后在海上漂流的一群纳粹分子的冒险活动。此后，还出版了《涅克·阿丹姆斯集》(1972)，此书补入了海明威生前未出版的有关涅克的故事。1982年，由著名的海明威传记作者编选了《海明威书信集》。1985年，出版了《危险的夏天》与《〈多伦多星报〉电讯稿全集》，前者写两位斗牛士之间的故事，后者收集了海明威1920年至1924年间从欧洲发回《多伦多星报》的电讯专稿。1986年，出版了《伊甸园》与《海明威短篇小说全集》，《伊甸园》精心选编了海明威手稿中关于两个女人与一个男人之间的爱情故事，此书问世后产生了较大的反响。

海明威在创作思想上的变革表现在他以完全不同的态度对待战争。战前的美国小说家大都把战争看作是拯救人类文明与理想的神圣事业，在他们看来为和平与幸福而战斗是光荣的、有意义的、值得的，但他们几乎没有接触过战争，对战争的认识是肤浅的，仅仅停留在抽象的概念上。海明威与他们恰恰相反，他以参加两次世界大战的亲身体验为素材来写战争，因而他的描述就不是停留在浅薄的表面，而是深入到战争的内部与核心，具有更大的真实性。他笔下战争的每一个细节，他笔下人物的所有言行，读来都更令人信服。他笔下的人物都是战争的参加者和目击者，他们那强烈的反战情绪建立在个人经历的基础上，是战争毁灭了他们的理想和幸福，是战争使他们感到空虚、茫然，使他们完全变成了另外一个人。这样，海明威就以现实主义的方法真实地揭露了帝国主义战争的丑恶残忍，具有较大的感染力。

另一方面，海明威笔下被战争毁掉的一代人又不仅仅是迷惘的、麻木的、悲观的，他们仍有一定的精神追求，只不过这种追求是一种在深沉的迷惘中、在巨大的悲哀中的追求，是一种面对着失败甚至死亡的追求,这种追求是顽强的、执著的。从杰克、布莱特、亨利、凯瑟琳、乔登、玛丽娅到桑地亚哥,包括那些斗牛的、打拳的、围猎的普通人物都有对某种美好人性的强烈追求。杰克在爱情无法圆满实现的情况下表现了高度的自制与忍耐;布莱特不愿毁掉那个年轻的斗牛士,表现了改恶从善的良好愿望;乔登为了一个美好的世界,表现了献身的精神;桑地亚哥在重重危难中所表现的坚韧毅力和大无畏的拼搏精神,无不闪现着耀眼的火花。

海明威的影响还表现在他的艺术创新上。他的艺术风格的形成固然得力于多年做新闻记者的功底,但更主要的是他那种勇于探索和追求的精神。他对立意、构思、锻句、炼字是十分讲究的。他自己说过,《永别了,武器》的最后一页曾经39次重写,在写作《老人与海》的过程中曾经不断翻阅全稿200次之多。由此可见,这种对待创作一丝不苟、严谨认真的态度和不肯因循守旧的精神是造就海明威独特艺术风格的主要因素。

海明威在自己的作品中,形成一种非常简洁、清新、干净的散文文体。他避免使用描写的手法,避免使用形容词,特别是华丽的词藻,尽量采用直截了当的叙述和生动鲜明的对话,因此句子简短,语汇准确易懂。通过这样一种叙述的文体,他把事件、景物、人物的行动、语言活生生地摆到读者眼前,使人们仿佛有置身银幕前之感。他尽力追求一种含蓄、凝练的意境。他曾经以冰山来比喻创作,说创作要像海上漂浮的冰山,有八分之七应该隐藏在水下。因此,他要获得的是一种言外之意、句外之旨。为了达到这一效果,他有时还恰到好处地运用了象征的手法。如《乞力马扎罗山的雪》中的雪山与山上的豹,《白象似的山峦》中的白象,《密考伯先生幸福短暂生活》中的狮子,《老人与海》中的大海等都具有较为复杂的象征意味。

第四节　纳博科夫

一、生平和创作

弗拉迪米尔·纳博科夫（1899～1977）是当代著名俄裔美国作家、学者和翻译家。他突破了传统小说的窠臼，代之以创新的文体形式、精湛的叙事技巧、独特的语言风格，从而被视为后现代主义文学的经典作家、"美国实验小说的最有影响的先驱"[①]。

1899年4月22日，纳博科夫出生于俄国圣彼得堡一个贵族家庭。他的祖父曾任沙皇时代的司法部长；外曾祖是西伯利亚的金矿主和百万富豪；父亲是著名法学家、立宪民主党领导人，同时又是文化上的亲英派。生长在这样一个家庭中，纳博科夫从小就受到了良好的教育，3岁时他的英文比俄文还要好，5岁时又开始学习法文，7岁时继承了父亲收集蝴蝶标本的爱好，终身不弃。到15岁时，他已经用俄文阅读了托尔斯泰的全部作品，用英文阅读了莎士比亚的全部作品，用法文阅读了福楼拜的全部作品，另外还涉猎了数百本其他书籍[②]。此外，他喜欢运动，在网球和象棋方面皆有不俗的表现。1915年，16岁的纳博科夫开始了一场甜蜜而又艰辛的恋爱，翌年出版了自己的第一本诗集，那是献给心上人塔玛拉的情诗总汇。

1917年，纳博科夫以优异的成绩从中学毕业，可以享受去世的舅父遗赠给他的2000英亩的庄园产业。但就在这年冬天，他平静优裕的生活被革命打破了。父亲先是在资产阶级临时政府里任职，十月革命爆发后率全家逃往克里米亚，1918年4月全家离开祖国，从此，19岁的纳博科夫开始了流亡者的生活。

1918年10月，依靠一笔政治性奖学金，纳博科夫进入英国剑桥大

[①]　伊哈布·哈桑：《当代美国文学》，《世界文学》1987年第5期，第84页。
[②]　纳博科夫：《固执己见》，潘小松译，时代文艺出版社1998年版，第51页。

学学习,先是专攻俄罗斯语言文学,后又转攻法国文学。在剑桥的3年,他自称从未光顾大学图书馆,而是将时间用于踢英式足球、写诗和谈恋爱。1920年,他发表了第一篇学术论文《论克里米亚蝴蝶》。大学毕业后,纳博科夫于1922年来到德国柏林,当时的柏林集中了大批俄罗斯侨民作家和知识分子,纳博科夫的父亲还在这里创办了侨民报纸《舵》。就在这一年,父亲为保护同仁而被两名右翼君主主义分子暗杀,这对纳博科夫是沉重打击,他不仅失去了精神导师,也失去了经济来源。迫于生活压力,他开始为报刊翻译文章、编制象棋棋谱、教授5门互不相干的课程——英文、法文、拳击、网球和诗体学。工作之余,他坚持文学创作,于1923年发表了纪念父亲的两部诗集《山路》和《钉子》。1925年,他与薇拉·叶芙塞耶芙娜结婚。1926年,他发表了第一部长篇小说《玛申卡》,自此开始了职业作家生涯。

从1922年到1937年,纳博科夫在柏林生活了15个春秋,是他创作的第一阶段。这一时期,他用俄文以弗·西林①为笔名写了大量作品。继《玛申卡》之后,他的长篇小说有:《王、后、杰克》(1928)、《眼睛》(1930)、《防守》(1930)、《光荣》(1932)、《黑暗中的笑声》(1932)、《绝望》(1936)、《礼物》(1937)等。此外,他还写下了41篇短篇小说、6部诗剧、3部散文剧和数百首诗歌。在这一阶段的后期,他在柏林、布拉格、巴黎、布鲁塞尔、伦敦等地举行公开朗诵会,同俄国作家蒲宁一起,在三百多万俄国流亡者圈子里享有盛名。

纳博科夫的处女作《玛申卡》(英文名字为《玛丽》),讲述的是一个流寓异乡者的故事。一个叫加宁的俄国青年军官,辗转来到柏林,居住在挤满流亡者的膳食公寓中。他偶然在邻居阿尔费洛夫处见到一张照片,惊讶地发现原来阿尔费洛夫等待重逢的妻子玛申卡,竟然是自己中学时代的初恋情人。随后的4天里,加宁沉浸在回忆中,追想着与玛申

---

① 纳博科夫自己解释选择这一笔名的原因:"西林"在俄罗斯是猫头鹰的俗称,又是俄罗斯神话传说中的多色神鸟。在语音上,西林又和古希腊神话中的女妖"赛壬"接近。最重要的是,白银时代的象征派诗人,如勃洛克、别雷等,曾以西林书屋为阵地,出版了一系列象征主义诗歌(参见纳博科夫《固执己见》,潘小松译,时代文艺出版社1998年版,第160页)。由此也约略可见纳博科夫与俄罗斯传统、欧洲文学以及白银时代文学的亲缘关系。

卡相识、相恋的情景。与此相伴的是对故国的怀念,俄罗斯广袤无垠的原野、挺拔高傲的白桦、波光粼粼的小河、秋之阳、冬之雪,无不让人沉醉。加宁下定决心,将阿尔费洛夫的闹钟拨慢,自己代他去车站迎接玛申卡,希望能就此与玛申卡双双离去,继续昨日的爱情。然而,就在等待火车进站的一个小时里,加宁突然觉悟到:作为"别人的妻子"的玛申卡再也不会是"昔日的恋人"了,自己一切美好又凄楚的回忆仅仅是过去岁月留下的影子,而过去的已经过去,过去只能存活在记忆之中。于是,加宁毅然踏上了开往法国的火车,独自开始新的生活。纳博科夫在小说前言里明确指出,这是一部有关乡愁的小说,那没有出场的玛申卡是失去的祖国的象征。而加宁的觉悟又使作品成了一则告别过去的故事,超越了一般流亡文学在思想上的局限。

《绝望》是纳博科夫的第一部重要作品,标志着作家找到了自己的独特风格。小说写商人赫尔曼偶遇流浪汉费利克斯,认为对方和自己相貌酷似,于是异想天开,策划让费利克斯顶着自己的名字去死,以便骗取巨额人寿保险。杀死费利克斯之后,他躲到小村庄里,开始写一部为自己的犯罪天才辩护的"杰作"。但事实上,费利克斯与赫尔曼在相貌上毫无相似之处,赫尔曼自以为天衣无缝的计划漏洞百出。归根结底,一切不过是赫尔曼自己的妄想而已。当警察步步进逼时,他为自己的手稿找到了唯一适合的名字——"绝望",手稿上的最后一个日期是4月1日愚人节。等到警察来逮捕他的时候,他已经彻底精神错乱。小说的构思非常富于机智,实际上讲了两个故事:谋杀的故事以及这个谋杀故事的故事。在貌似通俗小说的外表下,作家对叙事角度的调遣、对反讽效果的运用,已经显示出一定的先锋性和实验性。而在谋杀故事之后,也能发现作品的主题其实是关于"错觉"与"真实"的关系问题。

《礼物》是纳博科夫自己最满意的俄文小说,也是小说形式的一次大胆革新。全书由五个松散的章节组成,回忆录、诗歌、评论、散文等文体杂糅,难以概述其情节。在作品中,主人公是一位极富天资的俄国流亡诗人,他写给心上人吉娜的情诗,他对生物学家父亲的怀念,他对故国往昔的回忆与他对普希金、果戈理、车尔尼雪夫斯基等文豪的研究结合在一起。在小说结尾,他梦想着将来有一天能够写出一本伟大的作品,名字就叫"礼物"。研究者指出,全书的真正主人公是俄罗斯文学传统,这部作品有作者本人的传记影子,并凝聚着他的文学观点。

由于妻子是犹太人,为了免遭纳粹迫害,1938年纳博科夫将家庭迁至巴黎。同年,他发表了"卡夫卡式"的长篇小说《斩首的邀请》(1938),这是一部有感于法西斯专制统治的超现实主义作品。此后,他开始改用英文写作。1940年5月,在纳粹德国入侵法国的前夕,他移居美国,并于1945年成为美国公民。

从1940年到1959年,纳博科夫在美国生活了近20年,是他创作的第二个阶段。在此期间,他先后在斯坦福大学(1940)、韦尔斯利学院(1941~1946)、康奈尔大学(1948~1959)、哈佛大学(1951~1952)教授俄文、俄国文学和欧洲文学。虽然他不善言辞,授课完全依赖讲稿,但是他对"新批评"理论的运用、对文学的个性化理解以及对文体风格的情有独钟,使他成为一位深受学生爱戴的老师。多年以后,他的讲义结集为《文学讲稿》(1980)和《俄国文学讲稿》(1981)出版。除了讲授文学课程,他对蝴蝶的一贯痴迷和悉心研究,使他在1942年至1948年间获得了哈佛大学比较动物学博物馆兼职研究员的职位,有几种蝴蝶和一种蛾子是以他的名字命名的。

在繁忙的教学科研之余,他继续勤奋写作,先后出版了用英文写作的长篇小说《塞·奈特的真实生活》(1941)、《左侧的勋带》(1947)、《洛丽塔》(1955)和《普宁》(1957)。

纳博科夫的第一部英文小说《塞·奈特的真实生活》继续探讨身份认同问题和"诗与真"的关系问题。叙述者"我"是流亡作家塞巴斯蒂安·奈特同父异母的弟弟,为了纠正作家的秘书出于商业目的对作家生平所进行的歪曲,"我"试图通过寻访来还原"塞·奈特的真实生活"。但是,在"我"的回忆、访问和阅读过程中,虽然对作家的生平、作品、思想和爱情有所了解,但对作家本身的"真实生活"依然无法认清。小说结尾,补叙"我"接到作家的病危电报,匆匆赶到医院去见哥哥最后一面。当"我"站在病床前思绪纷飞时,护士却告诉"我",那个叫塞巴斯蒂安的俄国人已于前一天去世,现在躺在床上的是一个不相干的病人。

正是在这一瞬间,"我"恍然大悟:"任何灵魂都可能是你的,只要你发现它并跟它一道呼吸",于是,"我就是塞巴斯蒂安·奈特"。也就是说,所谓的客观真实是永远无法企及的,对个人而言,只有感受过的东西方才具有真实性。

纳博科夫第一部引起美国读者关注和好评的小说是《普宁》,它将作家一贯的流亡主题与巧妙的文体构思融为一体。作品主人公普宁是一位流亡美国的俄国老教授,他为人敦厚但性情古怪,流亡身份使他既不能回到熟悉的过去又无法融入现实,所以在美国学府里频遭冷遇,成为所在学院的笑柄。在个人生活方面,普宁也颇为苦恼,初恋情人米拉在集中营的惨死给了他痛苦的记忆,而前妻丽莎又不断欺骗戏弄他的感情。无可奈何中,普宁终日埋首于故纸堆里,只期望保住教职,完成一部俄罗斯文化史。但是最后,他的职位还是被人顶替,只好离开校园。耐人寻味的是,普宁的故事是由一位不知名的教授以同情的声调讲述的,直到小说结尾,读者方恍然大悟:这位叙述者就是普宁的情敌,而且还是普宁职位的后继者。那么这位"不可靠的叙述者"所讲述的普宁的故事难道是可信的吗?读者不得不发现所谓的真实又被置于虚幻之中。

真正使纳博科夫名声远扬的是他那部引起争议的小说《洛丽塔》。此书由于描写一位中年男子与12岁少女的畸恋而遭到4家美国出版商的拒绝,最后只好由巴黎一家专营色情书刊的公司出版。1956年,英国作家格雷厄姆·格林率先打破坚冰,指出《洛丽塔》是年度最佳小说。1957年,美国出版界有了回应;到1958年,《洛丽塔》终于在美国出版,并迅即掀起了一股"洛丽塔旋风"。作品在4天内加印3次,3周内售出10万册,近一年内稳居《纽约时报》畅销书榜首。与此同时,各方面的批评也纷至沓来,《洛丽塔》被法国、比利时、新西兰等多个国家列为禁书,纳博科夫更是被误解为色情作家。

借助《洛丽塔》的丰厚稿酬,纳博科夫于1959年从康奈尔大学退休,移居瑞士蒙特鲁斯,从此开始创作的第三个阶段。从1959年直至辞世,纳博科夫保持了旺盛的创作热情,发表了《微暗的火》(1962)、《阿达,或热情:一部家族史》(1969)、《透明物》(1972)、《瞧这些小丑》

第十章　20世纪后期文学

(1974)等长篇小说；1964年翻译出版了附加1700页注解的普希金的诗体小说《叶甫盖尼·奥涅金》；1966年修订出版的回忆录《说吧，记忆》被视为20世纪最杰出的自传性作品之一。

《微暗的火》是纳博科夫小说中最有实验性和最神秘莫测的一部，其技巧炉火纯青，其结构别出心裁，被视为后现代主义文学的经典之作。全书由"前言"、"诗篇"、"评注"和"索引"四部分组成，貌似一部学术专著。这其中，"诗篇"是诗人约翰·谢德所写的、长达999行的自传体长诗，反映了诗人对外表与本质、爱情与死亡、追求与婚姻、艺术与现实等问题的深邃思考，全诗意境优美、思辨气息浓郁，这一长诗的名字就是"微暗的火"。至于全书的其他三部分，则是诗人的邻居、教授查里斯·金波特对该诗所作的"学术研究"，充满了冗长烦琐、穿凿附会的曲解和误读。原来，金波特是位流亡学者，在美国某学府任教，因为性格孤僻，一直落落寡合。在幻想中，他自认为是欧洲某小国赞巴拉的国王，被废黜后逃到这里隐姓埋名。作为一个同性恋者，他对邻居、著名诗人谢德有某种不正常的欲望，并时时窥视诗人的生活。在与谢德的交往中，金波特向对方讲述了自己的"故事"，并希望诗人能把这一切写进正在创作的长诗中。一天，二人散步归来，一名精神病人误将谢德当成判他入狱的法官，开枪杀死了谢德。金波特却以为这名枪手是赞巴拉国派来的刺客，本要行刺的是他自己。于是金波特携带谢德未完成的诗稿潜逃，认为此稿就是谢德所写的关于赞巴拉的史诗。由于长诗中并没有赞巴拉的影子，金波特便东拉西扯地妄加注释，定要附会出他本人的"传奇历史"。"微暗的火"出典于莎士比亚的戏剧《雅典的泰门》第4幕第3场："太阳是一个贼，运用他巨大的魅力/掠夺着浩瀚的大海；月亮是一个流浪的贼/从太阳那里偷来自己微暗的火。"在某种意义上，艺术如同太阳一般，从社会与生活中汲取养分；而文学批评则如月亮一般，从原创性作品里窃取光芒。如果说诗人谢德是个太阳般的人物，那么疯狂的金波特便是个月亮般的人物。值得说明的是，《微暗的火》是一部开放性的作品，想要弄清作品的确切含义实属缘木求鱼，倒不妨让读者在见仁见智的阅读取向中寻找后现代文本的游戏性愉悦。

晚年的纳博科夫恃才傲物、睥睨群雄，对蜂拥而至的记者们坦陈自己的见解,大肆贬斥弗洛伊德的精神分析学说,对泰戈尔、高尔基、罗曼·罗兰、帕斯捷尔纳克、福克纳、布莱希特、劳伦斯、加缪、庞德等人也颇有微词,这些访谈结集为《固执己见》(1973)。此书是研究纳博科夫文学思想的又一门径。1977年,纳博科夫在瑞士病逝,终年78岁。

纳博科夫一生著述极多,作品体裁多样,计有长篇小说17部、短篇小说52篇、剧作9种、诗歌400余首、自传1部、文学专论3部。以长篇小说成就最高,获得过美国文学艺术院奖金、美国文学院荣誉奖章和联邦文学奖章。此外,他又是一个翻译家,曾将罗曼·罗兰、莎士比亚、歌德、缪塞、刘易斯·卡罗尔等人的作品译成俄文,又将《伊戈尔远征记》和莱蒙托夫、普希金等人的作品译成英文,为促进文学交流作出了突出贡献。

无论是从思想角度还是从艺术角度来衡量,纳博科夫都是一位复杂的作家,其人其言其文充满离经叛道的个性,难以简单地加以定位。

纳博科夫自诩为美国作家,但又坦然承认自己是俄国人。一方面,出于对言论自由、思想自由和艺术自由的热爱,他认同美国的价值观念,用英文写作,加入美国国籍。另一方面,失去家园所带来的痛楚、不能使用母语所带来的惆怅伴其终身①,他不无感触地说:"我的脑子说英语,我的心说俄语。"②在他笔下,主人公的身份往往为"流亡者",不仅《玛申卡》、《光荣》、《礼物》、《普宁》等有乡愁意蕴的作品如此,《防守》、《塞·奈特的真实生活》、《洛丽塔》、《阿达,或热情:一部家族史》、《瞧这些小丑》等作品亦是如此。所谓流亡文学,有外在的规定性,也就是作者本人的流亡身份;同时也有内在的规定性,即不合于当局的政治倾向、不同流俗的道德观念、不安定的情绪、不安于现状的态度等等。

---

① 虽然他在美国生活了20年,却总是暂住在小旅馆、小木屋、出租公寓里,从未真正在那里安家,他说:"没有童年生活的那种环境,任何地方都不令我满意。"至于为什么选择蒙特鲁斯作为晚年的居住地,他则回答说:"对一名俄罗斯作家来说,居住在这一地区很合适……托尔斯泰青年时代来过这里,陀思妥耶夫斯基和契诃夫访问过这里,果戈理在这附近开始写作他的《死魂灵》。"见《固执己见》。

② 纳博科夫:《固执己见》,潘小松译,时代文艺出版社1998年版,第54页。

以此为标准,纳博科夫的确是位"流亡作家"。不过,他又不仅仅是流亡作家,在他这里,流亡与其说是漂泊无依的被动感,毋宁说是自我放逐的自主性。纳博科夫所关注的是从形而上的层面考虑个人自由问题,也就是个人如何面对"时间之狱"、如何逃离"意识的囚笼"、如何从虚构与现实的关系中体会"审美的狂喜"。虽然他的作品的主题难以从传统的角度加以概括,但简单说来,他经常通过作品探讨的问题有:记忆与时间的关系、意识与现实的关系、虚构与真实的关系。他笔下的人物往往有着"流亡者"、"边缘人"与"艺术家"的多重身份,他们拒绝现在,期望用自己艺术化了的方式去颠覆这个寻常的世界,哪怕这种方式不过是黑色幽默。与此同构,纳博科夫崇尚艺术,在身份认同问题上坚持认为:"一个有价值的作家的国籍是次要的。作家的艺术是他真正的护照。"[①]在这个意义上,纳博科夫是美国作家,是俄国作家,更是国际性作家。

纳博科夫既是文学家,也是鳞翅目昆虫专家和象棋爱好者。在他看来,"一件艺术品中存在着两种东西的融合:诗的激情和纯科学的精确"。[②]对蝴蝶的终身热爱,培养了他的观察能力;对象棋的迷恋,锻炼了他的逻辑性和严谨性。更重要的是,他注意到:当一只蝴蝶不得不扮成一片叶子时,不仅一片叶子的所有细目都得到了美妙的表现,就连被虫子咬破了边儿的洞的斑纹也被模仿得淋漓尽致。蝴蝶的"伪装"本能,使得他对"模仿"与"真实"的关系有了更为深邃的领悟。由此他推断出:现实只是骗术的一种形式和外衣,文学是一种骗术,作家好比魔法师,越是伟大的作品越有高超的欺骗性。于是在他的笔下,蝴蝶频频出现作为作家的"个人商标";细节铺陈精细,如蝴蝶栩栩如生;语言瑰丽优美,一如蝶翼上的色彩;在作品的结尾,就像蝴蝶翩然远遁一样,往往通过自行解构使读者领悟到文本的诡计以及文学的虚构本性。纳博科夫还认为,有价值的创作宛若棋局,是作家与读者的对弈。由此,他对读者要求甚高,认为"一个优秀读者应该有想象力、有记性、有字典、

[①] 纳博科夫:《固执己见》,潘小松译,时代文艺出版社1998年版,第68页。
[②] 纳博科夫:《固执己见》,潘小松译,时代文艺出版社1998年版,第12页。

还要有一些艺术感","读书人的最佳气质在于极富艺术味又重科学性"①。出于这样的考虑,他自己在创作中乐于制谜,运用大量的典故、隐喻、双关、含混、影像、时空交错、循环往复等手段,把作品编织得如同迷宫,并希望读者参与其中,通过反复阅读来识破伪装、寻找答案。就这样,阅读成了一场作者与读者的智力竞赛,文学的游戏性得到了空前强调。

纳博科夫是文学教授,又是学者型作家。作为文学教授,他的文学观念与"新批评"不谋而合且走得更远。他宣称"没有比政治小说或有社会意图的文学更令我感到乏味的了"②。他相信:"风格和结构是一部书的精华,伟大的思想不过是无聊的废话。"③正是出于这样的理念,他在课堂上攻击《堂吉诃德》等名著④,却对《尤利西斯》中的都柏林地图、《变形记》里的甲虫种属津津乐道。也是出于这样的理念,当他自己执笔时,不以图解思想为旨归,不以人文关怀为己任,少有道德判断,多有游戏笔墨。作为文学教授,纳博科夫熟悉欧洲文学传统,对经典作品如数家珍,对文体风格揣摩尤深。但是作为作家,一方面他也喜欢引经据典、卖弄学识,然而又能拉开距离、不落窠臼,开创了揶揄反讽的独特风格。他的《王、后、杰克》是对《包法利夫人》的"亲昵模仿",《绝望》是对《罪与罚》的戏仿,《礼物》模拟文学传记,《微暗的火》嘲笑文学批评,《阿达,或热情:一部家族史》宛若百科全书,《洛丽塔》直指色情文学。纳博科夫认为,揶揄模仿的深处有真正的诗意,正是在这种似是而非、似非而是、貌似一本正经实则幽默讽刺的模拟之间,完成了解构的过程,从而将后现代主义文学的虚构性与游戏性表露无疑。一般说来,他的作品包含三个层面:主人公、叙述者和作者自身。读者必须区分不同

---

① 纳博科夫:《文学讲稿》,申慧辉等译,三联书店1991年版,第22、24页。
② 纳博科夫:《固执己见》,潘小松译,时代文艺出版社1998年版,第4页。
③ 约翰·厄普代克:《文学讲稿·前言》,见纳博科夫《文学讲稿》,申慧辉等译,三联书店1991年版,第12页。
④ 最著名的一个事例,是1952年在哈佛大学纪念堂里,面对600位学生,纳博科夫撕毁了《堂吉诃德》"这本残酷、粗俗的书",使"一些比较保守的同事感到吃惊和窘迫"。参见赫·戈尔德《纳博科夫访问记》,张平译,《世界文学》1987年第5期。

的视角和不同的声音。因此,作品常常是关于文本的文本,是关于小说的小说,具有后现代主义"元小说"的特征。

在《瞧这些小丑》这部告别文坛之作中,"我"是位俄裔流亡作家,晚年时回顾一生的创作,非常满意自己达到了叔祖母的要求,当年叔祖母指出:"瞧这些小丑!……到处都是,你的周围。树木是小丑,词汇是小丑,境遇和数据也是,把这些玩意儿聚拢在一起——加上玩笑和影像——你就得到一个三重的小丑。来吧,玩你的游戏吧!虚构这个人间!虚构现实!"现实、玩笑、影像,小丑的戏拟性、娱乐性、讽刺性,游戏的眼花缭乱与本质的虚幻空无——纳博科夫就是这样总结了自己一生的创作。

二、《洛丽塔》

《洛丽塔》是纳博科夫流传最广、争议最多的作品,也是研究者最为青睐的作品。它既是作家个人艺术风格的集中体现,也是后现代主义文学闻名遐迩的经典。

小说包含"序言"和"正文"两部分。

"正文"部分以第一人称叙述。"我"自称为"亨伯特·亨伯特",1910年出生于巴黎,虽然母亲早逝,但是家境优裕且不乏父爱,得以度过幸福的童年。13岁时,亨伯特狂热地爱上了12岁的小姑娘阿娜贝尔,然而命运无常,未等他们偷尝禁果,阿娜贝尔便死于伤寒。阿娜贝尔的死在亨伯特整个沉闷的青春岁月里构成了一道无法清除的障碍,使得他在成年后养成了一种畸形病态的爱好——喜欢9岁至14岁之间的某一类小女孩。25岁时他结了婚,也是因为妻子瓦莱里亚喜欢模仿小女孩的举止。但这场婚姻仅仅维持了4年,瓦莱里亚宣布另有所爱。时逢亨伯特在美国的叔叔去世,要求他去继承财产,于是他从旧大陆来到新大陆,一面经营叔叔留下的公司,一面为美国大学生编写法国文学手册。亨伯特的健康状况一直不佳,除了心脏病,还因精神病而数度入院疗养。

37岁时,亨伯特邂逅12岁的少女洛丽塔。仿佛看见死去的阿娜贝尔在眼前复活,亨伯特欣喜若狂。为了接近洛丽塔,他成了洛丽塔家的房客，甚至娶了洛丽塔的寡母夏洛特·黑兹。每天，在日记本上，亨伯特热烈地倾吐着对洛丽塔的绮思。一天，夏洛特发现了日记，但随即死于意外车祸。没有人发现亨伯特的秘密，他成了众人同情的鳏夫。以继父的身份，亨伯特去夏令营接出了洛丽塔。当晚在"受惑的猎人"旅馆，二人发生了关系。在亨伯特看来，是洛丽塔勾引了他，他甚至不是洛丽塔的第一个情人。从那以后，亨伯特带着洛丽塔驾车周游全美，简陋的汽车旅馆成了他们的习惯性住所。一年后，亨伯特收入告罄，便在东部安顿下来，他在大学法语系开设讲座，把洛丽塔送进了当地的女子学校。翌年，洛丽塔参加短剧《受惑的猎人》的排演，疑神疑鬼的亨伯特深感不安，于是带着洛丽塔开始了又一轮旅行。不久之后，洛丽塔突然失踪，气急败坏的亨伯特多方寻找未果，终于旧病复发，重新回到疗养院。

随后的两年里，亨伯特一面担任客座教授，一面和成年女性丽塔一起，按照曾和洛丽塔走过的路线巡游。善良而简单的丽塔给了他以安慰，但是却永远无法替代洛丽塔。1952年，亨伯特意外地收到了洛丽塔的来信，声称她已经结婚、怀孕，并且需要钱。在肮脏的贫民窟里，他找到了憔悴邋遢的洛丽塔，弄清当初拐走她的是剧作家克莱尔·奎尔蒂。奎尔蒂昔日是夏洛特家的座上客，也是一个性变态者，早在亨伯特之前就与洛丽塔发生了关系，因为导演《受惑的猎人》而再度与洛丽塔相遇。拐走洛丽塔后，奎尔蒂强迫她拍春宫电影，后来又将她抛弃。流离失所、未老先衰的洛丽塔，最后嫁给一个贫穷耳聋的退伍兵。亨伯特心如刀绞，认识到"没有任何东西能使我的洛丽塔忘却我使她承受的邪恶色欲"。他找到奎尔蒂，以洛丽塔父亲的名义开枪打死了他。亨伯特被捕了，在狱中的56天里写下了《洛丽塔，或一个纯洁的鳏夫的自白》。他坚信，自己的这部作品能使洛丽塔永远活在后世人们的心中，这是他们二人能够共享的唯一的不朽。

"序言"部分的叙述者为小约翰·雷博士，他叙述了这本书的由来和自己的感想。从序言中读者得知，这位博士曾经写过一本获奖图书《感觉是否可靠？》，在书中讨论了某些病态和性反常行为。大概是由于这一经历，"亨伯特·亨伯特"的律师委托他来编辑这份手稿。他还透露,"亨伯特"已经在审判前几天因心脏病突发死于狱中,一个月后"洛丽塔"死于难产。

1956年,纳博科夫在《谈谈一部叫做〈洛丽塔〉的书》的文章中指出:"我既不是说教小说的读者,也不是说教小说的作者。……《洛丽塔》毫无道德寓意。在我看来,一部虚构的作品得以存在仅仅在于它向我们提供了我直截了当地称之为审美快感的东西。"他反对那些故作深刻的主题解读,像"古老的欧洲诱奸年轻的美国"或"年轻的美国诱奸古老的欧洲";更反对那些流于表面的批评,包括对此作"色情"或是"反美"的指责。

如果一定要以传统方式追寻《洛丽塔》的主题,那么,纳博科夫一直喜欢探讨的问题同样也是这部作品的主题,即:记忆与时间的关系、意识与现实的关系、虚构与真实的关系。亨伯特·亨伯特是典型的"纳博科夫式主人公",既是现实中的流亡者,也是精神上的流亡者,他的故事是在失去与寻找之间展开的。由于13岁时那场铭心刻骨的爱情,寻找失去的阿娜贝尔成了亨伯特的强烈愿望。他渴望在周遭的现实世界中找到阿娜贝尔的替代者,从而冲破时间的囚笼,将昔日那段难忘的时间延续下去。然而,造化弄人,当意识投射到现实中时,难免发生移位,亨伯特以为自己娶的是"贫民区里苍白的小姑娘",但婚后不久却发现妻子瓦莱里亚其实是"一个大身架、肥胖、短腿、大奶脯、简直没有头脑的罗姆酒水果蛋糕"。直到他邂逅了洛丽塔,方才找到了联系过去与未来的中介。然而,洛丽塔也不过是"时间的虚幻岛屿",一方面,亨伯特体会到时间的因果之链:"可能从来也没有什么洛丽塔,要不是我在一个夏天曾爱上了一个女童";一方面,亨伯特也担心时间的不可逆转:"她不会永远是洛丽塔";最重要的是,洛丽塔只能是洛丽塔,不会真的是阿娜贝尔,更不会是宁芙式的小仙女。在过去与现在之间、在意愿与现实之间,永远存在着差距。真实世界的洛丽塔无非是个浅薄的物质女孩,"平庸得让人讨厌的小丫头",但是被爱情所蒙蔽的亨伯特只愿看到她的美。在某种意义上,亨伯特的洛丽塔是亨伯特的"心理创作",如他自己意识到的:"我永远爱上了洛丽塔。'永远'这个词只关涉到我自己的激情,只关涉到我心底里的洛丽塔。"洛丽塔失踪之后,亨伯特旧地重游,"为的是以回忆抢救还可以被抢救的东西",在回忆中完成对洛丽塔的寻找。他甚至专门写作了一篇论文《智慧之泉守护神与记忆》来论证"知觉时间"。后来,亨伯特在狱中写下《洛丽塔》,也是为了让文字战胜时间,让心目中洛丽塔的形象永存于后世。直到小说结尾,亨伯特依然在进行精神的旅行,小说这样结束:"我正想着欧洲野牛与天使,永恒色彩的秘密,先知般的十四行诗,以及艺术的慰藉。这是你我能共享的唯一的不朽,我的洛丽塔。"亨伯特对洛丽塔的爱情,有着狂人式的执著、艺术家式的唯美,虽然非道德非理性,但是一样悲怆。

从作家意图来说,创作《洛丽塔》就像"编写一个美丽的谜",与其说这里有着关于人类的永恒真理,毋宁说这是一场充满审美狂喜的文本游戏。小说的结构、文体和叙事都极为复杂。从结构上看,安排一个序言是大有深意的。正文是主人公的声音,是亨伯特的一面之词,洛丽塔虽然是女主人公,但却是"无言的"女主人公,是亨伯特任意解释的对象。即便轻描淡写,读者还是可以了解:亨伯特是一位频繁出入精神病院、经常处于崩溃边缘的精神病人。但是他真的是疯子吗?结尾部分指出他先是被送进精神病院接受观察,然后又被送进监狱,似乎是在暗示他的精神状况并没有问题。那么关于洛丽塔的故事到底是一个疯子的呓语,还是一个伪疯子为逃避惩罚而进行的处心积虑的设计?这"不可靠的叙事者"为读者设下了一个圈套。而从"序言"部分看,更是疑云重重。编辑者小约翰·雷博士宣布"亨伯特"和"洛丽塔"皆非真名,而且二人均已去世,等于宣布故事"死无对证"。博士本人似乎是研究病态和性反常行为的专家,他的专著《感觉是否可靠?》与正文部分的主题遥相呼应,博士呼吁不要将此书当成是色情文学,而要当成精神病学领域里的经典病例。那么这位博士是"可靠的叙述者"吗?他的感觉是否可靠?他是否忠实于手稿?他代表的是作家纳博科夫的声音吗?在"序言"部分的结尾,博士道貌岸然地指出,"对于我们来说,比科学意义和文学价值更为重要的是这本书应当对严肃的读者产生伦理学上的影响",而众所周知,纳博科夫本人恰恰是反对"道德解读"的。这就表明:这位J.J博士与H.H(亨伯特·亨伯特的缩写)一样,都是虚构的人物,而作者始终深藏不露。就这样,整个文本的"真实性"受到质疑,"虚构性"暴露无遗。

《洛丽塔》是关于文本的文本，纳博科夫在作品中指涉了六十余位著名作家，暗含着作家本人的文学见解，形成一道独特的文学批评图景。这里包含数个层次。首先是从主人公的角度对作家作品的简单引用和提及，比如：但丁爱上9岁的贝阿特丽采、彼特拉克爱上12岁的劳拉、爱伦·坡爱上14岁的弗吉尼亚，还有美女海伦12岁当上王后以及维吉尔笔下的小仙女等等，它们一方面是作为文学教师的亨伯特的职业性反应，一方面也是他自我辩护的论据。这些引用和提及是细节性的，并没有产生总体影响。其次是作家有意的"亲昵模仿"，通过某些特定母题向自己心仪的作家致敬，比如"美人消逝"的母题是对爱伦·坡的模仿，"内心倾诉"的母题是对乔伊斯的模仿，"时间"的母题则是对普鲁斯特的模仿。这些母题构成多重奏，将"互文性"发扬光大。再就是作家有意的"揶揄模仿"，通过人物、结构、文体等层面的滑稽模仿，来讽刺自己反对的作家作品和文体形式，比如亨伯特和奎尔蒂的关系有陀思妥耶夫斯基"双重人格"式人物的影子，亨伯特的恋少女癖反讽了弗洛伊德的精神分析学说，特别是整部作品的文体揶揄模仿了忏悔录、色情文学、公路文学、侦探小说等。这类戏仿是纳博科夫为读者设下的又一重陷阱，使文本具有模棱两可的不确定性，同时也具有极大的颠覆性。

《洛丽塔》是文字游戏。比如作品中有一个反复出现的小角色——剧作家维维安·达克布鲁姆，这个名字其实是弗拉迪米尔·纳博科夫的字母颠倒组合。作品中的维维安·达克布鲁姆是奎尔蒂的合作者，一起写了《小仙女》《父爱》等作品，换言之，是弗拉迪米尔·纳博科夫与奎尔蒂合作，一起创造了这个关于诱惑和爱的故事。又比如，亨伯特与洛丽塔第一次发生关系的地点在"受惑的猎人"旅馆，当晚奎尔蒂也曾出现在那里，奎尔蒂的一出剧也叫《受惑的猎人》，而且后来洛丽塔还在此剧中扮演小仙女。再比如，亨伯特第一次遇到洛丽塔的地方是在街区的第324号；他与洛丽塔第一次过夜，是在旅馆的324号房间；他们的长途旅行一共住过324家旅馆。还有，纳博科夫发现的一类蝴蝶命名为"多洛雷斯"，而洛丽塔的名字也是多洛雷斯；在大百科全书中蝴蝶的序号为22,洛丽塔的学号也为22。这一类的"巧合"遍布书里书外,诱惑读者参与解谜,向研究者布下罗网,加强了小说的迷惑性和游戏性。

秘鲁作家略萨指出:"一部伟大的文学作品总是容许各种互相对立的读者层的;一部伟大的文学作品又是一个每位读者可以从中发现不同含义、不同特色,甚至不同故事的潘多拉的盒子。《洛丽塔》的情况就是如此。"[1]的确,自小说问世近半个世纪以来,评论界对它一直是众说纷纭,莫衷一是。而这种意义的不确定性、文本的开放性、阅读的游戏性,恰恰是后现代主义文学的特征。

第五节 海 勒

一、生平和创作

约瑟夫·海勒(1923～1999),美国当代著名作家,"黑色幽默"小说的重要代表人物。他的作品尽管不多,却在欧美各国有广泛的影响,对西方现代主义小说艺术的发展作出了重要贡献。

1923年5月1日,海勒生于纽约。他的父亲是移民美国的俄国犹太人。1928年,父亲去世,家庭陷入困境,海勒在贫寒的生活中长大。由于经济拮据,中学没毕业就当了邮差,靠微薄的薪金养活自己,贴补家用。第二次世界大战爆发后,19岁的海勒应征入伍,服役于美军第十二飞行大队,当投弹手。整个战争期间,他执行过约60次轰炸任务。这段经历不仅为他日后的创作积累了丰富的素材,而且影响了他对人与社会的一般看法,成为他认识世界荒谬的一个契机。二战结束后,海勒先后入纽约大学、哥伦比亚大学和牛津大学学习或从事研究工作,还一度担任过宾夕法尼亚州立大学的英文写作课教师。1952年后,海勒涉足报刊界,分别于1952年至1956年和1956年至1958年间,为《时

---

[1] 略萨:《评〈洛丽塔〉——洛丽塔已过30岁》,《外国文艺》1994年第2期。

代》和《展望》杂志社做广告撰写员,业余从事文学创作。

1961年,他的处女作《第二十二条军规》问世,在文坛产生轰动效应,从而奠定了作家在西方当代文坛的重要地位。

1974年海勒发表了第二部力作——长篇小说《出了毛病》,再次为人们所瞩目。小说透过主人公某公司高级职员鲍勃·斯洛克姆的视角,反映了美国社会,特别是中产阶级的精神危机。作品突出表现了弥漫于整个社会的恐惧、紧张和茫然的心理氛围,"出了毛病"是对这种精神危机的高度概括。斯洛克姆患有典型的神经过敏症,哪怕一扇关着的门都会使他心惊肉跳,因为每扇门后都可能隐藏着一个秘密,这秘密也许就对他构成威胁。公司里的其他人也都惶惶不可终日。小说中写道:"在我工作的办公室里,有五个人我很害怕。这五个人又各自害怕另外四个人(重复不计),加起来达二十个人。这二十个人又各自害怕六个人,加起来总共一百二十个人。这一百二十人中的每一个人至少有一个人害怕他。这一百二十个人又各自害怕另外的一百一十九个人,所有的一百四十五个人又全都害怕十二名最高上司……"真是人人自危,毫无安全感。斯洛克姆与家人的关系也十分紧张。夫妻之间犹如隔着一堵墙,父母和子女也无法沟通。女儿与他相互敌视,儿子畏他如虎,对他敬而远之。总之,全家人人都"不愉快"。斯洛克姆明白这世界肯定"出了毛病",却不知道为什么"出毛病","这"毛病"到底出在哪里?他的这种痛苦而无奈的感受揭示了现代西方社会的荒谬本质。

1979年出版的第三部长篇小说《像高尔德一样好》,文笔更为犀利,它通过对一位美国大学中犹太裔教授畸形精神世界的展示,淋漓尽致地揭露了美国官僚政治的黑暗和腐败,是用"黑色幽默"风格写成的二战后美国最优秀的政治讽刺小说之一。

进入80年代后,海勒又发表了《天知道》(1984)和《描述这个》(1988)等作品,但随着"黑色幽默"小说的整体衰落,海勒在90年代后鲜有新作问世了。

二、《第二十二条军规》

《第二十二条军规》是海勒的代表作,也是"黑色幽默"小说最重要的作品之一。它写的是二战期间奉命驻扎于地中海"皮亚诺扎岛"(此岛为作家所虚构)上的一个美军空军大队的生活。小说没有统一完整的情节,形形色色的人物,光怪陆离的场景,构成了全书的内容。它分为42章,每章以一个人物为中心讲述一个主要故事,再由贯穿全书的人物尤索林的经历把这些大大小小的故事串联起来,从而形成一部结构貌似松散,实则各章之间有内在联系的长篇小说。

作家笔下的人物都是些荒谬绝伦的形象,性情古怪,情感冷漠,行为疯狂,不可理喻是他们共同的特征。从高级军官到普通士兵,全都无法按正常人的标准去衡量。

指挥这支飞行大队的司令官卡思卡特上校,是个患有精神分裂症的冷酷无情的家伙。他为人圆滑,八面玲珑,36岁就当了上校指挥官,为此他洋洋得意,自命不凡。一想到许多年纪比他大的人连个少校都还没混上,他便心花怒放,觉得自己已是个实权在握的大人物。与此同时他又常常痛苦不堪,因为有些比他还年轻的人已当上了将军。每念及此,他便嫉妒得发疯,恨得咬牙切齿。因此他时而踌躇满志,时而忧伤自怜,时而气概非凡,进而沮丧懊恼,时而胆识过人,时而怯懦畏缩。狂妄与自卑奇妙地统一在他的身上。为了向上级邀功,早日实现爬得更高的野心,他打着为国尽忠的旗号,不断增加部下的飞行次数,用飞行员的鲜血去为自己铺路架桥,弄得怨声载道。

专管部队队列操练的谢司科普夫少尉同样是个不择手段博取功名的野心家。他表现欲极强,"大战爆发他颇为高兴,因为战争使他有机会可以每天穿上军官制服,用清脆、威严的嗓音冲着一群群小伙子喊一声:'弟兄们!'"为能够让自己训练的中队在阅兵式中得到第一,他绞尽脑汁,甚至想过把每列12人"钉在一根长长的二英寸厚、四英寸宽的栎木桁上,好使他们在行进时步调一致"。为此还需"在每个人后腰上插入镍合金做的旋转轴承,否则他们就不能作九十度的转弯"。只是因为他拿不准军需主任是否供应那么多的轴承、外科医生是否肯与他合作,才万分惋惜而罢了手。最后谢司科普夫终于设计出不挥动双手行进的队列姿势,在阅兵式上一举成名,被誉为"军事天才",从此青云直上,官至将军。

下级军官迈洛的所作所为更让人瞠目结舌。这个年仅27岁的伙食管理员大发战争横财,手段之"高明"到了令人匪夷所思的地步。起先,他用美军的作战飞机做国际贸易,利用不同国家、前方和后方的商品差价赚钱。后来,生意越做越大,他竟成立了庞大的跨国公司,各国军政要员纷纷入股,甚至连敌对国德国的政府也是股东之一。于是不同国家的运输机、轰炸机、歼击机都成了迈洛任意指挥的工具,每天"络绎不绝地来往于挪威、丹麦、法国、德国、奥地利、意大利、南斯拉夫、罗马尼亚、保加利亚、瑞典、芬兰、波兰以及欧洲各地之间",机身上拖着五颜六色的广告牌,飘摇翻飞,构成空中一大景观。迈洛最后竟神通广大到承包"战斗工程",和美军签订合同去轰炸德国桥梁;同时又与德军订立契约,让高射炮去打美国的飞机,两头捞好处。干这一切时迈洛理直气壮,认为这纯属商业活动,他恪守的是商业道德。这表明迈洛之流的心中根本就没有什么祖国的概念,凌驾一切之上的只是利益原则。对这场战争而言,这不啻是一个莫大的讽刺。

飞行大队中有位随军牧师,负责士兵的信仰,却成为人们嘲笑的对象。其表现无论从哪方面看都与身份极不相符。他不断被一些"苦恼的、重大而复杂的本体论问题"折磨着:"有没有一种真正的信仰,或者死后有没有灵魂?有多少天使能够在一根针尖上跳舞?在创世纪前的那无数年代里,上帝自己究竟在忙着干些什么?"牧师无时无刻不想回家,老是在幻觉中看到妻子、孩子、岳母惨遭不幸,看到自己家的房子着了火。其实他本人也谈不上有什么信仰,他的信仰是"祖先们"传下来的。他不得不相信主的存在,因为正是对这个"永久的、全能的、无所不知的、相信人道的、全人类的、拟人的、能操英语的、盎格鲁—撒克逊人种的、亲美的"上帝的信赖,才支撑他度日如年地活下去。

小说的中心人物是尤索林。他最初怀着满腔爱国热情入伍,到头来却发现这场战争不过是场骗局。上司们只顾升官发财,迈洛这种无耻之徒在大战中如鱼得水,越是卑鄙的家伙就越能名利双收。士兵们的牺牲毫无价值,更没有丝毫崇高感。于是他成了不可救药的厌战者和怕死鬼,千方百计地想脱离战争。第二十二条军规规定,凡是精神病患者就可以被遣送回国,尤索林认为有机可乘。但该军规又规定,凡想回国者必须由本人提出申请,说明自己不能再飞行;而既能提出申请,就说明申请者不是精神病人,因此还得飞行。尤索林又寄希望于飞满规定的次数后停止飞行,第二十二条军规明确规定,飞满32次的飞行员即可不再执行飞行任务。可尤索林完成规定次数后却仍不能停飞,因为军规还有一个附加条件:飞行员终止飞行前必须执行长官的命令,而卡思卡特上校的命令是他必须继续飞行。尤索林一直飞到50次仍不能如愿,最后他终于彻悟到第二十二条军规不过是一个精心策划的圈套,自己根本就无法摆脱它的控制。

《第二十二条军规》的表层意义十分明显,暴露美国军事官僚机器的黑暗和不人道,揭穿了美国政治与军事政策的伪善本质,但这并非小说的根本主题。它真正要告诉人们的,是现代西方社会的荒谬性。事实上,战争只是一个喻体,"第二十二条军规"是对一个毫无理性可言的世界的高度象征。它无处不在,俨然一种凌驾一切之上的神秘力量,操纵着芸芸众生。它肆意嘲弄人类建筑在理性基础上的宗教、道德和社会结构,使人生的意义变得荒诞不经。它看似无形,实则是一张天罗地网,人类的任何挣扎都无济于事,只能是越陷越深。因此,小说是对二战之后西方人生存状况的深刻揭示。

《第二十二条军规》具有典型的"黑色幽默"风格。这首先表现在作家以反讽为基础的艺术构思上。作家认为,世界不可理喻是不可更改的现实,生活本身就是荒诞的。既然这是一个倒错的社会,那么正常的人类生活准则就成了不正常的,不正常的东西反而成了正常的。在这种构思上的反讽中,幽默的效果就产生了。于是我们便看到了为部队帐篷的门朝哪个方向开而大打官司的佩克姆将军和德里德尔将军,看到了因设计出让士兵双臂不动的行进模式而一鸣惊人的谢司科普夫少尉,看到了同时承包炸桥和保桥的迈洛,看到了坚持一丝不挂、游来荡去的尤索林……作家不动声色、一本正经地把这一切当作正常的东西呈现给读者,而读者在领悟了其潜台词完全对立的含义后,禁不住便露出一个苦涩的微笑。

在创作主体与作品所表现的客体之间制造"审美距离",是小说又一鲜明的艺术特点。作家以一种异乎寻常的克制态度,有意不对笔下的人物和事件进行道德或价值评判,相反,越是严肃、庄重的事情,越是举重若轻、玩世不恭地冷嘲热讽。如小说中有一段关于尤索林心理活动的描写。他看到一个穷孩子"缺鞋少袜,头上的黑发也很需要修剪。他满面病容,显得苍白而忧伤",尤索林"对他的穷困深表同情",以至于"恨不得一拳把他那苍白忧伤、带有病容的面孔揍个稀巴烂,把他打死,免得他使人联想起就在这天晚上,意大利还有无数苍白、忧伤、面带病容的孩子……"这种表达"同情"的方式实在有悖常理,而实际上,它却基于作家这样一种美学观点:既然苦难是一种普遍存在的现象,人又无力改变它,就只好用残酷来拉开与它的距离,用审美的观点来"玩味"痛苦,不去发那些感伤而徒劳的道德感慨。作家总是能"恰到好处"地后退一步,在可怜、可怕、崇高、卑下,总之是在一切需要投入人的道德情感的地方"天才地"发掘出幽默和滑稽,在笑声中嘲弄社会,同时也嘲弄自己。这笑声其实并不轻松,而是充满了辛酸与无奈。

  小说的"幽默"还产生于作家采用的逻辑悖论的手法上。"第二十二条军规"本身就是一个逻辑悖论的典型,这是十分明显的。然而更令人叹服的是,作家居然用这种手法来编织情节。如小说中牧师受审一节:两个"政府派来的"军官不由分说把随军牧师带走了。路上,少校劈头就说:

  "这就是你犯下的一项大罪,神父。"
  "什么罪?"
  "目前我们还不知道",上校说,"但是我们会调查清楚的。我们肯定你的罪行是非常严重的。"

牧师随后被带进地下审讯室,按照要求在一张纸上写下自己的名字。少校看过后,"露出大失所望,满心厌恶的神情",一口咬定那不是牧师的笔迹:

  牧师大为诧异,很快眨着眼睛:
  "这当然是我的笔迹。"
  "不,不是,牧师。你又在撒谎啦!"上校说。
  "这是我刚才写的!"牧师恼怒地喊起来。"你们看着我写的。"

"问题就在这里",少校痛苦地回答说。

原来两位军官事先已认定另一种笔迹是牧师的,由此便推论出牧师本人写下的笔迹是别人的。尽管这推理过程本身无误,但由于前提是假的,得出的结论当然就只能是荒谬的。作家如此煞有介事地推演一番,并非是在玩弄语言游戏,荒唐无稽的情节隐隐透出一种残忍,人被置于被动无望的怪圈里,这实际上是人的现实困境的写照。

小说的语言极有特点,作家常常将相互矛盾或褒贬义相对的词汇与句子故意搭配使用。如佩克姆将军的口头禅是"我唯一的缺点就是我没有缺点";另一位上校在部队服务二十几个月后,"发觉自己仍然这么无能,而感到十分自豪"。作家还不时将一个孤立的句子,置于与其表述的意义完全相反的语境中,如:

> 谢司科普夫少尉确信自己有能力一鸣惊人了。
>
> (他)最初曾想请一位在金属片商店工作的朋友把镍合金做的钉子敲进每个学生的股骨,用几根削好的三英寸长的铜丝把钉子和手腕连接起来,但是时间不允许他这样做……他还想到学生们这样束手束脚,在行进前举行的难忘的、令人昏厥的仪式上就不能以恰当的姿势倒下去,而不能恰当地昏厥,可能会影响军队的名次。

作家站在旁观者的位置上,不带任何夸张或讥讽的色彩,写出少尉的心理活动,但其荒谬性与"有能力一鸣惊人"之间的反差如此之大,以致叙述的语气越"平静"、态度越"客观"、细节越"真实",幽默效果也就越强烈。

《第二十二条军规》的"幽默"表现为一种整体的幽默,无论是构思、布局、情节设计,还是叙述技巧、语言的运用,都具有"黑色幽默"的特点,内容与形式可谓达到了完美结合的程度。

第六节 萨 特

让-保罗·萨特(1905～1980),法国著名哲学家、作家和社会活动家,存在主义文学的领袖。

1905年6月21日,作家生于法属阿尔萨斯,父亲是海军军官。萨特两岁时其父去世,他与母亲同住巴黎的外祖父家中。1916年母亲再嫁,举家迁居拉罗榭,但萨特与继父关系一直不和。1920年,萨特中学毕业。1924年至1928年,他就读于著名的巴黎高等师范学院哲学系。1929年在哲学教师资格会考中,萨特名列第一,并结识西蒙娜·德·波伏娃。此后他长期靠教授哲学谋生,波伏娃后来则成为重要的存在主义女作家和萨特的终身伴侣。1934年萨特赴德国柏林,师从哲学大师胡塞尔,先后在德国法兰西学院和弗莱堡大学研究现象学和海德格尔的存在主义哲学。1940年,萨特应征入伍不久,在帕杜被德军俘虏,翌年获释。第二次世界大战中,他积极参加抵抗运动。1945年,他创办传播存在主义思想的《现代》杂志,从此放弃教学生涯。1950年后,萨特投身于世界和平运动。他一度加入法国共产党,后又因"匈牙利事件"宣布退党。50年代末60年代初,他极力反对法国在阿尔及利亚的战争。1964年,他拒绝接受诺贝尔文学奖,声称"我一向拒绝来自官方的荣誉"。1965年美国出兵越南后,萨特一直激烈谴责美国政府的侵略政策,曾参加罗素组织的"战争罪行审判法庭"。1968年,他积极支持并参加法国学生发动的"五月风暴"造反运动。同年又抗议、抨击苏联入侵捷克。1973年后,他双目几乎失明,仍坚持口授著述,参加社会运动。1980年4月15日,萨特病逝于巴黎。

萨特的哲学思想经历了三个发展阶段。二战前他深受克尔凯郭尔、胡塞尔和海德格尔等人的影响,《想象》(1936)、《论自我的超越》(1936)等文章既是他研究前辈哲学家的心得,也记录了作家本人哲学思索的某些重要成果。二战期间是萨特存在主义哲学的确立时期,完成于1943年的巨著《存在与虚无》是他哲学上的代表作,奠定了他的存在主义哲学大师的地位。以后萨特的学说虽仍有发展,但一直未脱离此书的框架和理论基础。二战之后的十余年里萨特存在主义哲学得到广泛传播,也引起来自各方面的攻击,萨特于是发表了著名的《存在主义是一种人道主义》(1945)的论文,为自己辩护,同时也对自己的学说作了一定程度上的修正。在这篇论文中,他特别强调个人选择与对他人责任的统一,这表明了其哲学内在的矛盾性。50年代中后期,存在主义哲学的影响开始衰退,它在思想文化界的主宰地位逐渐为结构主义所取代。这时期萨特最重要的哲学论著是《辩证理性批判》(1960)。他企图将存在主义与马克思主义相调和,一方面认为马克思主义哲学是这个时代唯一不可超越的哲学,宣称自己的存在主义就是"依附"于马克思主义的;另一方面又认为马克思主义已日益僵化,要用存在主义去修正马克思主义。萨特用存在主义去解释历史的发展,又否定自然辩证法,其实他对马克思主义的理解是片面的。

　　萨特是无神论存在主义的代表,其基本思想可概括表述为:"存在先于本质"。存在指人的存在,它是特殊的、单独的、非重复的;只有揭示个人的存在方式,才能理解其他一切事物的意义。存在的状态为孤独、烦恼、痛苦、畏惧、绝望、死亡。"人是自由的,人即自由";人首先存在,通过其活动才获得自身的意义。存在具有多种可能性,人必须行动,作出选择,并对其负责;选择受具体的和历史的情况限制。存在是超越的,倾向于超出自身,它是对未来的设计,是期待。存在不能还原为理性,理性在理解存在方面无能为力。

　　萨特的文学观与其哲学观是一致的,《什么是文学》(1947)一书是他文学思想的集中体现。他指出:"艺术创作的主要动机之一,是我们明确地在和世界的关系中感到我们是本质的东西的这样一种欲望。"换言之,也就是艺术家在自由的前提下通过选择创作这样一种形式,与外界发生联系,从而确定自己存在本质的努力。但萨特同时又认为,一部作品必须有读者的参与才能最后完成,作家只有通过读者的阅读才能感受到自己作品的本质,进而使自己成为本质的存在。因此,萨特提出:"全部的文艺作品都是呼吁",是对读者自由欣赏的呼吁。在这个意义上,萨特反对"为艺术而艺术"而主张"为他人,仅仅是为他人的艺术"。萨特还认为文学作品是应该具有道德意义的。他说:"虽然文学是一回事,道德是另一回事,我们还是能在审美命令的深处觉察到道德命令","不能设想,如果一部作品赞同、接受人奴役人的现象,或者只是不去谴责这一现象,读者在阅读这部作品时,还会享用自己的自由"。这些话都表明,萨特是主张文学介入生活、文学应该有明确的倾向性的。

萨特的文学创作主要包括小说和戏剧两部分,它们都从不同方面,表现了其存在主义哲学思想。

发表于1938年的日记体长篇小说《恶心》是萨特的代表作,也是存在主义文学的经典作品之一,它预示了《存在与虚无》中的许多思想观点。小说由主人公青年历史学家安东尼·罗康丹在贝维尔市约一个月的经历构成,其间穿插着他以前游历中欧、北非和远东的回忆片断。罗康丹要写一部关于18世纪法国的神秘冒险家德·洛勒旁侯爵的历史,来到小城收集他的资料,这条线索时断时续,贯穿在书中。除此之外,就是主人公一连串机械乏味的日常生活场景:在街上散步,到饭馆进餐,与酒店女老板调情,回旅馆睡觉,偶尔记下一些所谓的研究心得。情节平铺直叙,既不曲折也无戏剧性。罗康丹完全生活在自我感觉中,深深体悟到外界的荒诞和毫无意义,于是千方百计避免与身外的人与事发生联系,一旦周围的世界侵入他的意识,就会使他感到"恶心"。他在日记中写道:"你不该触摸物件,因为它们不是活的。你使用它们,然后把它们放回原处,你活在它们中间:它们是有用的,除此无它。但是它们触到我,这是难以忍受的。我害怕跟它们接触,就好像它们是活生生的动物。"小说中对主人公第一次产生"恶心"感的描写是这样的:"现在我知道了,我记得更清楚那天我在海边拿着石子时感觉到的是什么。那是一种甜腻不适的感觉。它是多么恼人啊!我可以肯定,它是从石子上来,它从石子传到我的手里。是的,就是这样,不折不扣就是这样:我手掌感到的是一种'恶心'。"因此,他对一切人与事都有一种疏远感,都漠不关心。图书馆中按字母顺序读书的"自学者"的毅力,旅馆侍女露茜不幸的婚姻,昔日情人安妮的反复无常,酒馆里偶然一遇的老医生的人生经验,都只是刹那间触动他的心弦,紧接着就会让他感到"恶心",让他完全失去兴趣。他在博物院画廊里以揶揄的态度观赏贝维尔昔日那些风云人物,嘲笑一对年轻夫妇对这些大人物毕恭毕敬的态度。在他看来,身边出现的人们身上都笼罩着传统和现实社会的阴影,他们甘愿放弃自由,选择做社会习俗的俘虏,其得意与失意都是咎由自取,只能由个人负责。人一旦屈服于既定的社会现实,按照别人赋予他的角色去生活,人就等于变成了物,丧失自由就意味着丧失了自我的尊严和价值。萨特强调人应为自己的选择负责,这种选择也应尊重他人的存在。他在《存在主义是一种人道主义》中说:"当我们说人对自己负责时,我们并不是指他只对自己的个性负责,而是要对所有的人负责。"因此,对公园中奸杀小女孩的凶手,作家显然持谴责的态度,对"自学者"在图书馆的性变态举动,也极为反感,为他感到"羞愧",尽管主人公在这两次事件中都未采取任何阻止的行动。

"恶心"感令罗康丹茫然不安,他意识到这样下去自己将会发疯,于是他决定运用自己"自由选择"的权力,去重新安排未来的生活。小说将结束时,他打算"试写"另一本书,"必须能使人透过印出的字和书页,猜出某些不可能存在的、超出于存在之上的东西"。这也就是说,罗康丹要通过创作新作品的形式,来重新确定自己的存在本质,完成从"自为存在"向"自在存在"的超越。但这里仍给我们留下一个疑问,因为萨特认为一部书的本质的确定,必须要有读者阅读过程的参与,因此罗康丹以后能否真的从"恶心"感中超越出来仍旧是个谜。然而主人公这种对未来的设计和"期待"还是有积极意义的。人总不能由于认识到世界的"虚无"和"荒诞"就坐以待毙,无所作为。加缪在评论此书时说:"看到生活的荒诞,这还不能成为目的,而仅仅是个起点。这是一个真理,几乎所有伟大的思想都由此起步。令人感兴趣的不是发现,而是人从中引出的结论和行动准则。在结束这次在不安的边界内的遨游之时,萨特先生似乎允许人们有所希望:一个在写作中获得解放的创造者的希望。"这个评价对《恶心》来说是十分恰当的。

小说以第一人称写成,这与作家要表达的思想内容有关。存在主义哲学关注的是具体境遇中的个人,是"我"的内心状态,"我"的"存在"对外界的感觉和反应,选择这一特定视角展开描写无疑十分合适。《恶心》的故事情节虽无波澜起伏,但主人公的心理变化却是有层次的。从对生活的意义感到困惑,到发现个别事物令自己"恶心",随后这种感觉不断扩大、上升,直至一切都令自己"作呕",被"恶心"所包围,最后主人公决定试着去自我拯救。这条心理线索十分清晰。小说在很大程度上可以被视作一部用文学语言写成的哲学著作,主人公的内省过程和心理感受都有特定的哲学依据。"恶心"这种纯生理和心理感觉实际上成为表述人的存在、内心感觉和现实空间之间关系的一个哲学概念。

1939年发表的短篇小说《墙》,也是一部典型的存在主义小说,它同样采用第一人称的叙述视角,以西班牙内战为背景,写三个待决囚犯临刑前一夜的内心活动和不同表现。小说将人的恐惧感渲染得淋漓尽致。朱安还是个孩子,心理上无法承受这一残酷现实,他尖声喊叫,面部扭曲,浑身瘫软,惊恐万状。而"我"和国际纵队的战士汤姆主观上都是不怕死的,但对死亡的本能恐惧却不以人的意志为转移。汤姆小便失禁,"我"则在冰冷的地牢里汗流浃背,自己却浑然不知。主人公"我"——游击队员巴勃罗·伊比埃塔是萨特哲学思想的集中代表,对必死的命运,伊比埃塔主观上处之泰然。尽管敌人威逼利诱,要他供出战友雷蒙·格里的下落,他却宁死不屈。最后他为了耍弄敌人,胡诌说格里藏在墓地里,因为他清楚格里其实躲在郊外的兄弟家。不料格里前一天同兄弟吵架出走,又不愿连累别人,真的转移到了掘墓人的小屋,敌人果然搜捕到了他。伊比埃塔从鬼门关上获释。当他弄清事情的原委时,禁不住"狂笑起来,笑声如嚎哭一样凄厉"。小说的主题是表现世界的荒诞:"我"的本意是牺牲自己,保护同志,结果却是出卖了战友,变成了"叛徒",整个斗争过程一下子失去了意义,变得不可理喻。伊比埃塔在作家笔下并非一个通常意义上的英雄人物。面对死亡,一切信仰都不再具有意义,"我"不供出格里,不是因为"友谊",起先是觉得他比"我"对西班牙"更有用",随后又认为这仅仅是由于"我"的"固执",因为一个人的生命并不比另一个人的生命更有价值,即使是生命本身也不值得过分留恋,生命终究是要消亡的。"我"由此勘破了生与死之间不过是一"墙"之隔,因此"我"获得了自由,对敌人的态度就是"我""自由选择"的结果。

二战后，萨特完成了三部曲长篇小说《自由之路》，即《理性的时代》(1945)、《缓期执行》(1945)和《心灵之死》(1949)。小说的背景是二战爆发前后的法国，作家从存在主义哲学的角度，表现了几个青年人的"成长"历程。战争改变了他们的人生轨迹，逼迫他们放弃原来的生存方式，作出各自的抉择。主人公之一马蒂厄最终加入抵抗战士的行列，奋不顾身地与德寇浴血奋战，选择了一条爱国志士的道路。如果说作家在《恶心》中仅仅给他的主人公以超越"虚无"的希望，那么在《自由之路》中马蒂厄则真正完成了这种超越，在英雄主义的选择中确定了自己的存在本质。

存在主义戏剧在西方剧坛占有一席之地，主要应归功于萨特。他的许多剧本上演时都曾引起过轰动，其中尤以《苍蝇》(1943)、《禁闭》(1944)和《死无葬身之地》(1946)等作品影响巨大。

《苍蝇》取材于古希腊戏剧诗人埃斯库罗斯的悲剧三部曲《奥瑞斯忒斯》中的第三部《报仇神》，但远古时代希腊城邦的场景其实是暗喻法西斯德国铁蹄践踏下的法兰西。"苍蝇"是邪恶的象征，它是罪恶、残暴的侵略者和一切投降卖国的附敌势力的代表。奥瑞斯忒斯在剧中不再是维护父权、弑母报仇的古代人物，实际上是为祖国解放"选择"了自我牺牲的现代斗士的形象。全剧回荡着崇高、悲壮的浩然之气，激励着沦陷中的法国人民奋起抗击敌人的强暴。

《禁闭》是一出哲理意味极浓的名剧。场景被规定在地狱之中的"一间第二帝国时期的客厅"，剧中人是三个死后相聚在一起的鬼魂：战争中临阵脱逃、被枪毙的加尔散，同性恋女人伊内丝，还有溺死亲生孩子的色情狂艾丝黛。他们都具有双重人格，既是施虐者又是受虐者，吵闹、争斗不休。三个鬼魂的关系体现了萨特关于人与他人关系的哲学思考。他认为，"他人是我的可能性的潜在毁灭者"，因为人总有一种否定他人的趋向，总是想把别人看作自己为他规定的角色，以此作为自己存在的一个参照，这其中潜藏着一种奴役他人的欲望，因此，奴役与被奴役就构成了人与人关系的一个内涵。《禁闭》的场景安排在地狱颇有深意，它暗示人与人之间的这种敌对和相互否定就像地狱一样可怕。剧本结尾时加尔散点明了题旨："提起地狱，你们便会想到硫磺、火刑、烤架……哈,真是莫大的玩笑!何必用烤架呢,他人就是地狱。"

《死无葬身之地》的人物是5个被俘的游击队员:卡里诺、索比埃、昂利、吕茜和她15岁的弟弟弗朗索瓦。敌人要他们说出另一个被俘者队长若望的身份,索比埃在酷刑下跳楼自杀,昂利在吕茜的默许下扼死了要投降的弗朗索瓦,余者最终全被敌人枪毙。此剧歌颂了战士们在厄运下保持尊严,在生与死的考验下选择死亡,誓不妥协的大无畏精神。

萨特的其他剧本还有《巴里奥那》(1940)、《恭顺的妓女》(1946)、《肮脏的手》(1948)、《魔鬼与上帝》(1951)、《涅克拉索夫》(1956)、《阿尔托纳的隐居者》(1959)等,都不同程度地表现了作家的存在主义思想。总的来看,他的戏剧创作同小说一样,也是随着他的思想的发展而发展的,如《恭顺的妓女》体现了作家战后"存在主义是一种人道主义"的主张,《肮脏的手》则反映了他对无产阶级政党的偏见,把政治斗争的实质从存在主义角度解释为个人意志的冲突。

萨特的戏剧构思巧妙、奇特,情节完整,语言不过分雕饰。存在主义戏剧是一种"情境剧",萨特一般都给剧中人设置一个封闭式的特定环境,剧情很少铺垫,直接进入高潮。人物命运非此即彼,绝无第三种选择,戏剧冲突十分强烈。这种冲突在两个层次上展开:一是人物与外部敌对势力的冲突,二是角色内心的冲突。作家强调的是第二层冲突,以突出人在困境中如何进行"自由选择"的主题,因此读来惊心动魄,有很强的艺术感染力。

萨特的其他有关文学论著还有传记作品《波德莱尔》(1947)、随笔《境遇》(共10集,1947～1976)、回忆录《字句》(1964)及未完成的《福楼拜传》等。他的创作活动影响之深远,在二战之后的西方可以说是罕有其匹的。

第七节　贝克特

一、生平和创作

塞缪尔·贝克特(1906～1989),爱尔兰剧作家、小说家和诗人。他的创作思想、对现代戏剧艺术的探索和革新,对二战后西方戏剧产生了重要影响。他被公认为荒诞派戏剧的领袖人物之一。

1906年4月13日,贝克特生于都柏林一个信仰新教的家庭,父亲是个测量员。作家早年就读于波多拉皇家学校,是个优秀的学生。中学毕业后,他进入都柏林三一学院继续深造,主攻法语和法国文学。1926年,贝克特第一次离开家乡,到法国南部游览,所见所闻给他留下深刻印象。1927年,他完成学业,获三一学院法文和意大利文学士学位。由于学院与法国大学有交流协定,贝克特以优异生的身份再度赴法,在伊科·诺梅尔大学教英语。这期间,他曾充当已双目失明的意识流小说大师乔伊斯的助手,参与整理《芬尼根的守灵》一书的手稿。随后重返爱尔兰,在母校任法语讲师,但不久他便辞职。1933年,父亲去世,贝克特继承了一笔为数不多的年金,从此开始了职业作家的生涯。1937年,贝克特在法国定居。二战期间,他投身抵抗法西斯运动,为地下组织传递情报,险些被秘密警察逮捕。战后,贝克特一直住在巴黎从事写作,直到去世。

贝克特的创作可分为两个时期,50年代前为前期,50年代后为后期。前期作品主要是诗歌和小说。从大学时代起,贝克特就开始了文学创作,在一些小杂志上发表诗歌和短篇小说。1930年,出版了第一部诗集《胡罗斯考坡》,随后又相继推出了短篇小说集《卵多于石》(1934)、诗集《回声之骨》(1936)、小说《莫尔菲》(1938)、《瓦特》(出版于1953年)、《莫洛伊》(1951)和《马龙·狄埃斯》(1951)。这些作品表明,贝克特热衷于对人的精神领域和心理空间的探索。特别是他的小说,主人公大多是些内心孤独的探索者,他们总是从与外部世界的联系中退回心灵世界,试图寻觅某种终极的意义。

1952年,戏剧《等待戈多》的出版,标志着作家后期创作的开始。此后他除完成了《不可命名的》(1953)和《诺威勒斯》(1955)两部小说外,主要是进行戏剧创作,先后推出了《失落的一切》(1957)、《最后一局》(1957)、《哑剧I》(1958)、《克莱普最后的录音带》(1958)、《哑剧II》(1959)、《余烬》(1959)、《快乐的日子》(1961)、《被逐者》(1962)、《乔伊》(1967)和《来与去》(1967)等一系列剧本。此外,这一时期他还写有一些广播剧、电视剧、电影剧本和文学评论等。

1969年,因为"他那具有新奇形式的小说和戏剧作品使现代人从精神贫困中得到振奋",贝克特荣获了诺贝尔文学奖。

贝克特的创作思想曾受到但丁、笛卡尔、乔伊斯等人的影响,但从他的作品来看,所反映和提出的问题则更多地与存在主义哲学相近。对现代社会中人类生存状况的探索是他创作的根本主题。每个人都是在毫无准备、毫无选择余地的前提下被投入世界的,那么人如何与自己的存在相妥协?我是谁?自我的本质到底是什么?贝克特的作品从不同的角度不断提出、探讨这些问题,但却未留下答案,显然,作家本人也无力作出解释和结论。

二、《等待戈多》

《等待戈多》是贝克特最重要的作品,也是荒诞派戏剧的经典之作。它的构思极为奇特,全剧只有两幕,场景只有一个——黄昏时分的一条乡间小路。剧中人物有五个:流浪汉爱斯特拉冈(戈戈)和弗拉基米尔(狄狄),一主一仆波卓和乐克,以及戈多的信使小男孩。剧情十分简单:两个流浪汉在路上无奈地等着一个叫"戈多"的人,说着语无伦次的话,做些莫名其妙的动作以打发时间。波卓用绳子牵着乐克上场,他们走后,小男孩来了,告诉两个流浪汉:"戈多今天不来了,明晚准来。"

剧本突出的是一种"等待意识",并由此派生出人的焦虑、不安、无奈与绝望。爱斯特拉冈和弗拉基米尔把全部希望都寄托在"戈多"身上,但这个"戈多"是谁呢?他们并不清楚。也许"戈多"是上帝?但这个上帝又显然不是《圣经》中那个上帝,而是一种能够赋予世界和人的存在以意义的抽象而神秘的力量。两个流浪汉不安地等待,实际上体现了现代西方人最基本的生存状态。他们等待"戈多",却不知道"戈多"是否真的要来,甚至不清楚"戈多"是否真的存在。他们想要离开,却又害怕"戈多"的惩罚。事实上,"戈多"并不存在于他们之外,而是存在于他们内心,是他们极度空虚的心灵所需求的一个外化物。他们自欺欺人地不愿意正视这一点,因为承认它就无异于否定了他们所存身的世界的终极意义,剥夺了自己苟延残喘的最后一个借口。明知"戈多"不会来,还要痛苦无奈地等下去,这种信仰危机时代的悲剧人生态度,是对现代人在一个荒诞世界中尴尬处境的怵目惊心的表现。因此,爱斯特拉冈和弗拉基米尔是两个现代受难者的形象。

剧中的波卓与乐克是两个流浪汉形象的补充和对照。他们从另一个角度渲染了人生痛苦、毫无意义的主题。这两人之间是一种奇异的主仆关系,奇异之处首先在于他们彼此依赖,谁都无法摆脱对方而独立存在。波卓扬言要赶走乐克,而实际上他的任何微不足道的需要都得由乐克去完成,没有乐克他根本就无法生存。乐克虽遭受波卓不断的羞辱,却一味讨好波卓,唯恐被他赶走。其次是主仆二人在精神上相互折磨。乐克固然被波卓视为一头"猪猡",但波卓却因为乐克老在自己眼前而痛苦不堪,担心他要"谋杀"自己。波卓与乐克的"主仆"关系,其实是现代西方社会中人与人之间异化关系的一种写照。从存在主义哲学角度看,现实社会中的每个人都有"奴役"他人的欲望,只有把他人看成某个确定的角色,自己才能获得相对确实的存在。波卓与乐克失掉了对方,也就失去了自我存在的价值。在剧中,他们似乎不在等待"戈多",而是像被什么无形的东西驱使似的急急忙忙赶赴前程,仿佛在自己的痛苦中自有一种"充实",不过这"充实"同样毫无意义。从第一幕到第二幕,波卓和乐克走了一圈又转回原地,一个成了瞎子,另一个变成哑巴。他们的生存方式不过是又一种悲剧而已。剧本临终,这一主一仆又跌跌撞撞地启程了,因此这悲剧还会周而复始地继续下去,正像爱斯特拉冈和弗拉基米尔寻死不得,继续等待"戈多"来临一样。实际上,剧中的这四个人都在等待,等待着某种力量拯救自己。

《等待戈多》的形式和内容是高度统一的,体现了荒诞派戏剧的一般艺术特点。

首先,此剧具有极强的象征性,剧中的人物、场景、戏剧动作都显示了这一点。爱斯特拉冈和弗拉基米尔是现代西方人的代表,高度概括了现代资本主义社会中人的幻灭、无所皈依、绝望痛苦的精神状态。该剧的场景安排在一条乡间小路上,而"路"是让人走的,隐含着不确定性,暗示了剧中人不可能找到真正的归宿,只能做毫无希望的精神流浪者。

其次,此剧没有传统戏剧中的戏剧冲突,甚至谈不上有一个完整、曲折的故事情节。它的两幕之间看不出事件的发展,当然也就没有开端、过渡、高潮和结局等传统戏剧的程式。剧中人从何而来,为什么等在那里也不得而知,完全没有因果关系可循。这种"反戏剧"结构正反映了作家对世界的基本看法:既然社会生活本身就充满了混乱和荒谬,难以用理性去解释,剧作家就打破传统的因果规律,把人生的真实状况搬上舞台,把心灵深处的感觉表现在荒诞的行动中。

第三,《等待戈多》一反传统戏剧要塑造个性鲜明的形象的要求,剧中人物全都个性模糊、性格破碎。以两个流浪汉形象为例,爱斯特拉冈和弗拉基米尔的职业、身份乃至性格特征,观众都不清楚。他们的区别从戏剧动作上看似乎只在于一个不断摆弄自己的靴子,另一个不断摆弄自己的帽子;把两个角色的台词互相颠倒一下也未尝不可。这是因为剧作家认为现代人根本就没有独立的人格和完整的个性,因此,剧中人在舞台被抽象为一般人类和所处时代的代表。

第四,重复手法的运用是此剧又一个突出的艺术特征。两幕的场景几乎完全一样,只是第二幕的秃树上添了四五片叶子,时间一样,都是暮色苍茫时候,两个流浪汉的境遇也一样。第一幕中出场的波卓和乐克,第二幕中以同样的方式上场。二人依然是主仆关系。第一幕快结束时登台的信使小男孩和在第二幕将尽时出现的小男孩,带来了同样的口信。爱斯特拉冈和弗拉基米尔一天又一天做着千篇一律的动作。时间与空间在观众的感觉里仿佛凝固了。这正是剧作家要达到的艺术效果:在一个荒诞的世界里,人的一生只能是一个痛苦而毫无意义的重复过程。日光之下没有新事,都是虚空。

第五，该剧的语言荒诞离奇，没有逻辑性可言。在作者看来，人与人之间是无法沟通的，失去自我的现代人缺乏鲜明的个性，也理解不了周围的环境。剧中人的对白、独白就显示了这一特点。两个流浪汉的对白既反映不出各自的性格特征，也没有必然的联系，常常是前者说的是一个问题，后者答的是另一个问题；即使同一个人讲话，也是前言不搭后语。最精彩的是乐克所说的全剧唯一的一处长篇独白，滔滔不绝，在剧本中连停顿的标点都没有，但他到底要说什么却很难弄明白，以至剧中其他人不堪忍受其折磨，一齐将他压倒在地。可以说，剧本的语言与其荒诞的构思和技巧的配合是相当成功的。

在荒诞派戏剧中，贝克特的作品以最为费解而著称，它不仅体现在作家独特的创作思想上，也表现在作品荒诞的形式上，从《等待戈多》中，我们就可以看出这一点。

第八节　马尔克斯

一、生平和创作

加布里尔·加西亚·马尔克斯（1928～），拉丁美洲著名小说家，"魔幻现实主义"文学最杰出的代表。他的创作深刻反映了拉丁美洲地区的历史和现实，表现了拉丁美洲人民的苦难和对幸福、自由的向往，为确立拉丁美洲文学在世界文坛上的重要地位作出了突出的贡献。

马尔克斯生于哥伦比亚一个炎热多雨的村镇亚拉卡达加，父亲是一个发报员。8岁以前，他一直与外祖父母生活在一起。1936年，他与父母一起迁往内陆小镇苏克雷，进入巴兰基利亚的一家学校读书。后来，他考入距首都圣菲波哥大不远的一所国立学院，并于1946年获得学士学位。在学期间，法国科幻小说家儒勒·凡尔纳的作品成为他课余最好的消遣。1947年，马尔克斯来到首都，入哥伦比亚大学研读法律，但却醉心于奥地利作家卡夫卡和美国小说家福克纳的小说。同年，他在《观察家》杂志发表了处女作、短篇小说《第三次辞世》；到1952年，

第十章 20世纪后期文学

该杂志共刊出他的10个短篇小说,这些作品的主题大多与对死亡的探索有关。1948年,马尔克斯涉足新闻界。1950年,由于对文学的酷爱,他中断了学业。1954年,他出任《观察家》杂志的影评员和记者。

1955年,马尔克斯奉派到瑞士和意大利采访。年底,《观察家》因刊登他的一篇文章遭当局查封,马尔克斯有家难归。就在这一年,他出版了自己的第一部长篇小说《落叶纷飞》。该书借鉴意识流小说的技巧写成,作家曾坦言自己受到福克纳《我弥留之际》和英国女作家伍尔芙的《达罗卫夫人》的启发。小说的背景是出现于作家多部作品中的马贡多,其原型是距他童年生活的村镇几里之遥的一个香蕉园。故事情节围绕老人(上校)、女人(上校之女)和小孩(上校外孙)三个人物的内心独白展开,三种声音交织、叠加,从不同视角表现美国商业势力侵入马贡多后,人们孤寂、无奈的心情。

1957年初,马尔克斯在巴黎邂逅美国小说家海明威。随后他漫游欧洲,足迹遍及东德、捷克斯洛伐克、波兰、苏联、匈牙利和英国等地;年末,抵达委内瑞拉首都加拉加斯,任《快报》编辑。

1958年,马尔克斯与少年时就相识的梅塞德斯·巴尔查结婚,同年发表中篇小说《无人给他写信的上校》。小说描写一位内战时期的上校退休后穷困、孤独的生活,基本上属于一部现实主义作品。

1959年至1965年,马尔克斯供职于多家拉美报刊,这期间曾到美国纽约做驻外记者,访问美国南部福克纳笔下的社会,并出版短篇小说集《格兰德大娘的葬礼》(1962)和长篇小说《倒霉的时辰》(1962)。

1966年,作家耗时18个月完成的力作《百年孤独》开始在圣菲波哥大、巴黎、墨西哥城和利马的文学刊物上连载,引起轰动。次年,小说单行本在阿根廷出版。同年,作家定居西班牙的巴塞罗那。

1972年,中短篇小说集《纯真的埃雷迪拉》在墨西哥面世,除同名中篇小说外,集中所收大部分小说均为1947年至1953年间的旧作。

1975年,作家的又一部重要长篇小说《家长的没落》出版,书中成功地塑造了一个凶狠、残暴的军事独裁者尼卡诺的形象。在创作之前,马尔克斯曾研究过多种拉丁美洲诸国独裁者的传记,分析他们的成长道路和一般特征以及外国政治、军事势力对拉丁美洲社会的影响,因此,这部小说是对拉丁美洲独裁者和该地区社会生活的深刻概括与生动写照。主人公尼卡诺靠军事政变登上权力的顶峰,为维护自己的统治,他对内采用高压政策,血腥镇压一切反对者,对外则奴颜婢膝,出卖国家的主权和财富。为了消除隐患,尼卡诺玩弄诈死伎俩,再把所有信以为真,欢呼庆祝的群众斩尽杀绝。除了耍阴谋诡计外,尼卡诺在生活中与白痴无异。作家以极为夸张的笔法,写他作为国家元首的日常工作就是命人把门从一边卸下安到另一边,然后再拆下安回原处。无论干任何事情,他都得靠老婆指点。尼卡诺的政权是仰仗外国侵略者刺刀的保护存在的,因此,当瘟疫流行、外国军队撤走后,他随即垮台,在孤独中死去。在刻画尼卡诺残酷、昏庸一面的同时,作家还将笔触深入到他的内心世界,表现其精神的空虚和孤独。尼卡诺尽管握有无上的权力,却不敢相信任何人。他的统治与人民相对立,这使他的心中始终充满了恐惧,外强中干成了他最典型的特征。作家指出,独裁者的孤独,是人格被权力异化的必然结果。小说还深刻揭露了打着"民主"、"援助"的幌子,插手别国事务的外国侵略者的丑恶嘴脸。他们撤离时将一切掠夺净尽,甚至将大海割成小块运走,把草原像卷地毯一样卷走,只留下一片光秃秃的石头。小说充满了荒诞离奇的情节,打破正常的时空关系,用多人称的独白形式构成整部作品多层次的叙事结构,在浓郁的魔幻氛围中显示出严峻的真实。作家曾说,《家长的没落》是自己最成功的小说。

1981年,作家发表了又一部轰动拉美的作品——中篇小说《一件事先张扬的命案》,受到舆论的广泛好评。

1982年,文学谈话录《番石榴飘香》问世;同年10月22日,由于马尔克斯的作品"融幻想与现实为一体,勾画出了一个丰富多彩的梦幻般的世界,反映了拉丁美洲大陆的生活和斗争",作家被授予诺贝尔文学奖。

二、《百年孤独》

《百年孤独》是马尔克斯的代表作,也是魔幻现实主义文学最重要的作品。自60年代问世后,已被译成36种以上的文字,在世界各地受到一致称赞,赢得了巨大的声誉。

小说以马贡多村镇为背景,描写布恩地亚家族七代人的命运,从而折射出哥伦比亚乃至整个拉丁美洲一个多世纪的历史进程,从政治、经济、文化等诸方面探讨了拉美地区贫困落后的原因。作家以生动、富于幻想的笔触,勾画出这片神奇大陆上丰富的自然与人文景观,反映了复杂、多变的社会生活,深入揭示了该地区人民的精神特征,小说因而成为一部气势恢宏的史诗性作品。

布恩地亚家族的第一代霍塞·阿卡迪奥·布恩地亚与妻子乌苏拉是马贡多的开创者。他们本是表兄妹。很久以前,霍·阿·布恩地亚的叔叔与乌苏拉的姑姑结婚,生下一个长猪尾巴的儿子。乌苏拉怕近亲结合重蹈前辈的覆辙,婚后坚决不与丈夫同房,村里人因此讥讽布恩地亚没有性功能。一次,布恩地亚与邻居斗鸡获胜,邻人又以此事相嘲,他一怒之下用矛刺死后者,夫妇俩远走高飞。经过两年多的艰苦跋涉,他们和跟随的几户村民最后定居在一片荒凉、多石的河畔。地名"马贡多",是布恩地亚从梦中得来的。起初这地方完全与世隔绝,后来随着发现了与外界联系的通道,马贡多逐渐繁盛起来,变成一个热闹的村镇。吉普赛人来后,他们的首领梅尔加德斯成为布恩地亚的朋友,他用科学幻想将布恩地亚引入文明的大门,后来却又神秘地淹死了自己。布恩地亚的科学实验没有结果,又失去了朋友,于是在孤独中发了疯,被家人捆在院中的大栗树下,半个多世纪后才死去。乌苏拉是这个家族中最长寿的女人,活了一百多岁,目睹了全家及马贡多的历史沧桑。在她以下六代人中,布恩地亚家族出过军人、浪荡子、修女、老姑娘、不成材的教士、夭亡的婴儿,最后终于彻底败落。第六代奥雷良诺·布恩地亚与自己的姨母阿玛兰塔·乌苏拉生下第七代传人、一个长尾巴的婴儿,这孩子次日就被蚁群拖往巢穴吃掉了。阿玛兰塔·乌苏拉血崩而死,奥雷良诺·布恩地亚走在马贡多的街道上,镇上的人们已经忘记了他那一度显赫的家族。一阵飓风袭来,马贡多从地球上永远消逝了。

小说中的人物称谓极富地域特色,计有四个阿卡迪奥、四个奥雷良诺、三个雷梅苔丝、两个阿玛兰塔,等等,极易混淆。

《百年孤独》里布恩地亚家族七代人总的发展趋势是一代不如一

代,走着一条逐渐没落直至灭亡的道路。他们的精神历程都是由狂热的欲望追求,转为最终的孤寂和冷漠,因此孤独是这一家族每一代人共同的特征。小说中写道:"布恩地亚家族中的每个人脸上,都带着一种一望可知的特有的孤独神情。"对他们来说,孤独仿佛一种神秘的命运难以抗拒。不论是富有开拓进取精神的第一代老布恩地亚,还是在枪林弹雨中出生入死、有过远大抱负的第二代奥雷良诺上校,以及那些爱情失意、私欲受挫的子孙们,都逃不脱最终陷入孤独的归宿。作家曾经指出,这部作品的主题就是"孤独"。但我们不应只把它看作一个家族的不幸,而应视作民族的悲剧。马贡多是哥伦比亚和整个拉美地区的缩影,因此,这"孤独"中积淀着深刻的悲剧性内涵。

布恩地亚家族的道路,是拉美人民苦难经历的曲折反映,"孤独"的产生既有内在的原因,也是外部势力影响的结果。小说曾追忆昔日的马贡多,那俨然一个和谐、欢乐的世外桃源。老布恩地亚亲自安排每户人家房屋的位置,让大家走同样的距离去河边汲水,让每一间屋子都能享有同样多的阳光。人人平等,互敬互爱。人们生气勃勃,没有一个人超过 30 岁,也没有一个人死亡。然而随着外界文明的侵入,马贡多失去了往日的生活方式,逐渐蜕变为一个充满喧嚣争斗、情欲横流的堕落城镇。专制独裁、血腥内战、党派争斗、外国资本的经济掠夺都出现了。这实际上是西班牙殖民主义者侵入南美后,当地社会变迁的结果。作家虽然态度鲜明地反对殖民主义,但并未肤浅地否定现代文明。昔日的马贡多尽管宁静、质朴,但却保守、闭塞,其原始、停滞的自然形态,与发展变化着的外部世界构成了鲜明的对照。小说在此痛切地昭示了一个真理:一个落后、保守的民族,在与文明世界的撞击中,不可避免地要沦为悲剧角色,成为政治、经济、文化各方面被奴役的对象。因此,作家在抨击殖民主义者、帝国主义者贪婪掠夺的丑恶嘴脸的同时,更以"哀其不幸,怒其不争"的态度,侧重于暴露人们普遍具有的落后、不健康的心理。他曾说:"与其说马贡多是世界上的某个地方,还不如说是某种精神状态。"面对外来文明的冲击,这里的人们不仅失去了自己的"根",抛弃了传统的价值观念、宗教信仰和文化习俗,而且痴狂地执著于贪欲、情欲、权欲的追求和满足。布恩地亚家族里充满了血腥的暴死、怪异的疯狂、畸形的乱伦,它的灭亡是必然的,其根源就在家族的内部。

在对马贡多的历史沧桑进行严峻审视的过程中,马尔克斯保持着清醒的头脑,这一点我们从他对笔下人物的不同倾向上可以看出。老布恩地亚、奥雷良诺上校和老祖母乌苏拉三个人物,是小说中着墨较多,也是作家给予不同程度肯定的形象。第一代布恩地亚始终保持了进取精神,探索世界的奥秘。尽管他最后失败了,但依然不失英雄的气概。他的葬礼在小说中写得肃穆、庄严、沉痛,表达了作家的敬意。奥雷良诺上校是家族中最富有行动性的人。他一生发动过32次失败的起义,躲过了14次暗杀、73次埋伏和1次行刑队的枪决,最后成了革命军的总司令。但作家同时一针见血地指出,如果他的队伍取胜,他必然会成为一个新的军事独裁者,而不可能变成造福于人民的领袖。乌苏拉则是作家心目中的理想女性,她善良、宽厚、疾恶如仇,是家族的守护神,也是拉美人民勤劳、朴实、爱憎分明的精神象征。尽管布恩地亚家族的人身上具有某些值得肯定的品质,但却无人能阻挡家族衰败的进程,因为他们毫无例外地走向了孤独。在作家看来,孤独的实质是一种毫无意义的生存哲学,它意味着以冷漠、消极的态度去对待生活,而不是去做主宰命运的强者。一个陷入孤独的民族是没有前途的,只能与贫穷、愚昧和落后为伍。

马尔克斯深刻揭示了拉美社会的现实和精神痼疾,但他并不是一个悲观的宿命论者。在《拉丁美洲的孤独》一文中,他明确指出:"面对压迫、掠夺和歧视,我们的回答是生活下去。……我们作为寓言的创造者,相信这一切是可能的……到那时,任何人无权决定他人的生活方式或死亡方式;到那时,爱情将成为千真万确的现实,幸福将成为可能;到那时,那些命运注定成为百年孤独的家族,将最终得到在地球上永远生存的第二次机会。"破败的马贡多在小说结尾时消失了,但它预示了一个新的马贡多将建立起来。只要人们走出个人的孤独,挣脱愚昧、保守的精神枷锁,真正地团结起来,去反抗殖民主义、帝国主义的侵略和专制独裁的黑暗统治,一个自由、民主的新世界就一定会诞生。这才是《百年孤独》的深层主题。

《百年孤独》在艺术上取得了极高的成就。这首先体现在弥漫于全书的魔幻氛围上。魔幻性的形成，来源于小说中大量的奇迹描绘、鬼魂形象和荒诞不经的情节。老布恩地亚死后，与早年被自己杀死的邻居的魂灵喃喃相诉，他去世时天上下了一夜黄花雨，铺满了整个马贡多的地面和各家的屋顶。俏姑娘雷梅苔丝正在晾晒衣物，脸色突然白得透明，她手握床单，冉冉升空而去。小孩的摇篮莫名其妙地自动在屋里兜圈绕行。霍·阿卡迪奥遭暗枪后，他的鲜血拐弯抹角、穿堂入室，直流入厨房，向老祖母乌苏拉报告凶讯……这类描写可谓匪夷所思，但它们并非只是作家异想天开的结果，而是有着深厚的拉美传统文化的基础。拉丁美洲是一个多元文化的汇聚地，西方文明、东方文化、非洲黑人的原始宗教观念与当地印第安人的文化交融在一起，形成了独特而神奇的人文背景，具有浓郁的神秘主义特点。小说中人鬼相交、虚实相间、现实生活与超自然现象并存的魔幻世界，实际上正反映了拉美各民族的文化精神。

其次，小说的叙事角度颇具特色。从叙事角度看，小说总体保持了一种倒叙的风格，即作家以俯视整个布恩地亚家族命运的姿态，向读者讲述一个已然逝去的故事，但小说情节铺展的逻辑起点却是"现在"。小说的开头："许多年后，面对行刑队，奥雷良诺·布恩地亚上校将会回忆起他父亲带他去识冰块的那个遥远的下午。"在这里，作家是从"将来"向"过去"回溯，但他的立足点显然又是处于"现在"。类似的句子和段落在小说中多次出现，如："若干年后，面对行刑队，阿卡迪奥准会回忆起，梅尔加德斯给他念了几页那本深奥著作时，他惊奇得震颤的情景……"在全书处于倒叙框架的大前提下，这种手法的运用在宏观上使作家始终位于一个"超然"的高视点上，成为洞悉马贡多秘密的智者；而在情节演进时以"现在"为逻辑起点的时序的相互交织，在强化小说的历史意识的同时，则突出了作品的"现实"意义。这其实隐含了作家的态度：从"现在"回顾布恩地亚家族的"过去"，展望它的"未来"，它都无法走出孤独，拉美人民的苦难命运至今仍在继续。

再次，与叙事手法相应，小说采用了环形的结构。从大的方面说，马贡多从无到有，再从有到无，百年之中，它从起点回到起点；布恩地亚家族的先人曾因近亲结合生下一个带尾巴的孩子，这才导致了老布恩地亚的出走和马贡多的建立,但家族的第六代奥雷良诺·布恩地亚与姨母阿玛兰塔·乌苏拉私通,又生出了家族最后一代——一个长尾巴的孩子。社会的发展,家族的变迁,都在画着一个个圆形的轨迹。从小的方面看,布恩地亚家族中的每个人的精神历程都是一个圆。他们都是从小就孤独、冷漠,长大后都试图以各自的方式,突破孤独的怪圈,但激烈的行动总是归于挫败后的沮丧,他们又以不同的方式,一个个地陷入更深沉的孤独之中。几代人的命运竟是如此相似。这种环形结构传达出巨大的沧桑和悲凉,去引发读者对拉丁美洲百年孤独的历史和现实原因的思考。

最后,小说具有明显的象征性,从书中的许多场景、情节乃至细节上都可以看出。俏姑娘雷梅苔丝美丽、纯洁、不食人间烟火,在污浊、淫乱的现实中无法存身,她升天的情景象征着爱与美的消失。奥雷良诺上校晚年不断炼制小金鱼,制好后就熔掉重做;阿玛兰塔不停地编织自己的裹尸布,织好拆掉,拆完再织。他们这种重复不已的行为,象征了家族生活的停滞不前和毫无意义。老布恩地亚是老族长,他死时天空沸沸扬扬下起黄花雨;老祖母乌苏拉是家族的精神支柱,她死后家中破败不堪,庭院水泥地的裂缝中钻出了朵朵小黄花,小黄花成了这个家族衰亡的象征。最精彩的是小说中关于健忘症场面的描写:有一次马贡多人患了集体健忘症,忘了一切,连桌子、床、奶牛等最常见和熟悉的东西都叫不出名来。这是对马贡多人忘记了自己的根和传统的暗示,也是对那些忘记了民族历史和先辈牺牲精神的现代人的讽刺。

马尔克斯在艺术上是位兼收并蓄的小说大家。拉美现代文坛深受西方现代主义文学的影响,从《百年孤独》中也不难看出它的痕迹。但在借鉴西方小说技巧的同时,作家始终将自己的艺术之根扎在拉美地区历史和现实的文化沃土之中。高屋建瓴的气魄,强烈的忧患意识,鲜明的时代感,以及细腻的景物描绘和深入的心理刻画相结合,从而使小说真正成为一部反映拉美人民生活与斗争的巨著。

思考练习题

1. 简述社会主义现实主义文学的巨大成就与经验教训。

2. 简述后现代主义文学的历史文化背景与哲学基础。
3. 新小说派的小说理论与创作特色是什么？
4. 简述《喧哗与骚动》的小说结构、人物形象与叙述手法。
5. 简述海明威《老人与海》的主题和叙述手法。
6. 简述纳博科夫的文学观念与创作特色。
7. 从萨特的文学创作看他的哲学思想。
8. 简述贝克特的戏剧创作对西方戏剧发展的影响。
9. 简述《第二十二条军规》的思想倾向与艺术特色。
10. 简述魔幻现实主义的社会历史背景与民族文化传统。
11. 简述《百年孤独》的思想内容与艺术特色。

再版后记

本书是国家教委委托编写的教材，供高等学校中文系、外文系学生使用，也可供自学者使用。

本书由朱维之、赵澧主编，北京、天津7所高等学校的17名教师参加编写工作。1982年完成初稿，经孙凤城、匡兴、朱维之、李明滨、陈惇、赵澧、徐京安、崔宝衡、黄晋凯、曹淑芬等人对各章初审修改之后，由朱维之、赵澧、陈惇、徐京安、崔宝衡5人统稿，完成全书。

1984年6月，召开专家审稿会审定了本书。主审人为吴富恒（山东大学），参加审稿的有朱雯（上海师范大学）、孙绳武（人民文学出版社）、张月超（南京大学）、张羽（中国社会科学院）。

本书自1985年8月出版以来，承蒙广大读者的关怀与鼓励，得以重印十多次。许多大专院校采用为教材，并提出了不少宝贵意见，我们在此表示由衷的感谢！

近十年来，国际间的文化交流日益发展，我国对外国文学的研究取得了新的进展。我们趁这次再版的机会，对本书作一番较大的修订：一方面，进一步精简全书的文字，删去可删的字句和章节，改正一些陈旧的观点；另方面，增加必要的新内容。在古代欧洲文学部分，增加早期基督教文学及其优秀作家路加。在20世纪欧美文学部分，增加劳伦斯、艾略特、萨特、贝克特、海勒、马尔克斯等节，把文学史的时限延伸到本世纪末。

由于本书的原执笔者目前大都工作繁忙，有的身在国外，有的担负着新的重任，很难有机会集中在一起，所以只能把修订工作的担子放在原统稿人的肩上。陈惇负责古代至18世纪部分的修订，徐京安负责19世纪部分，崔宝衡负责20世纪部分。同时约请青年学者王立新撰写20世纪部分的新添章节。最后由朱维之、崔宝衡统稿（赵澧在国外未能参加)。修订工作于 1992 年 8 月开始,历时一年,方始告成。由于我们水平有限,差错在所难免,谨请方家继续指正。

1993 年 8 月

第三版后记

本书二版的修订工作完成于1993年，迄今已逾十载。近十年来，世界风云变幻，文学创作与文学研究也取得了长足的发展。为了适应外国文学教学与学科建设的需要，本书于2003年初着手再次修订，日内即行付梓。

三版修订保留了原书的基本框架与基本特点，但对其内容、观点、文字作了较为全面的修改。其中较显著的是，删去了《路加》《鲍狄埃》两节，增加了《波德莱尔》《帕斯捷尔纳克》《福克纳》和《纳博科夫》四节，新版在每一章增加了"学习提示"和"思考练习题"。

由于朱维之先生、赵澧先生均已仙逝。本书三版由崔宝衡担任执行主编，会同陈惇、徐京安组成编委会，负责全书的修订工作。另外，王立新、马凌协助编委会做了部分修订工作。

本书在此次修订过程中得到了南开大学出版社肖占鹏、孙淑兰、薄国起等同志的大力支持，特致谢忱。

欧美文学源远流长，博大精深。编写一部既具科学性又具实用性的高质量教材，绝非一蹴而就，需要不断修改、充实。本书三版面世，仍一如既往地敬请专家、读者多多批评指正。

编委会

2003年11月

第四版后记

《外国文学史·欧美卷》于 2006 年入选教育部"普通高等教育'十一五'国家级规划教材"。根据有关规定,我们对本书进行第四次修订。此次修订的重点,是对第九章、第十章的内容、体例作了较大的调整,以求得全书结构体例的统一。至于本书不尽如人意之处,仍期待专家、读者批评指正。

第四版修订由崔宝衡、王立新担任执行主编,南开大学青年教师王旭峰博士参加了部分修订工作。

在本书此次修订过程中,南开大学出版社的肖占鹏、任增霞同志给予了大力支持与帮助,特致谢忱。

编委会
2009 年 6 月

第五版后记

《外国文学史·欧美卷》自1985年首次出版后，已修订过三版，凝聚了三代学者的心血。近30年来，本书一直受到广大师生的好评，被全国多所高校的同仁们选定为教材，也被许多喜爱西方文学的读者所青睐。一部教科书能够具有旺盛的生命力，关键在于其编写内容是否具有较高的质量、是否贴近教学实际、是否能够与时俱进，而这一切正是本书编委会所特别看重的。这部教材曾荣获教育部优秀教材一等奖、国家教学成果二等奖，入选普通高等教育"十一五"国家级规划教材。前四版教材累计已印刷48次，发行达百万册。无论是本书的主编还是出版社，都十分注意倾听来自使用者的意见和建议。第五版的修订，主要是从如下几个方面进行的：第一，在吸收学界最新研究成果的基础上，对部分重要作家和作品的论述进行了补充和修订。第二，淡化了文学评价中相对陈旧的意识形态色彩，更强调从历史语境和文学自身出发来理解作家、作品。第三，对书中的一些细节进行了修改和完善。总之，此次修订力求在保持本书基本特色的同时，反映外国文学研究和教学领域的新发展，满足当代外国文学教学的新需求。

本次修订由崔宝衡教授、王立新教授担任执行主编，负责确定全书修订的原则、修订的范围和最后的审定，南开大学青年学者王旭峰博士是修订的主要执笔人。

南开大学出版社社长孙克强教授、策划编辑莫建来同志对修订工作给予了大力支持，特致谢忱。

衷心期待学界专家和读者们继续对本书予以批评指正。

编委会
2013年12月21日

南开大学出版社网址：http://www.nkup.com.cn

投稿电话及邮箱： 022-23504636　　QQ：1760493289
　　　　　　　　　　　　　　　　QQ：2046170045(对外合作)
邮购部： 022-23507092
发行部： 022-23508339　　Fax：022-23508542

南开教育云：http://www.nkcloud.org

App：南开书店 app

　　南开教育云由南开大学出版社、国家数字出版基地、天津市多媒体教育技术研究会共同开发，主要包括数字出版、数字书店、数字图书馆、数字课堂及数字虚拟校园等内容平台。数字书店提供图书、电子音像产品的在线销售；虚拟校园提供 360 校园实景；数字课堂提供网络多媒体课程及课件、远程双向互动教室和网络会议系统。在线购书可免费使用学习平台，视频教室等扩展功能。